P.R. MOSLER

Horrortrip Freizeitpark

Ähnlichkeiten mit lebenden oder verstorbenen
Personen sind rein zufällig und nicht beabsichtigt.
Alle Namen sind frei erfunden.

novum pro

www.novumverlag.com

Bibliografische Information
der Deutschen Nationalbibliothek:

Die Deutsche Nationalbibliothek
verzeichnet diese Publikation in
der Deutschen Nationalbibliografie.
Detaillierte bibliografische Daten
sind im Internet über
http://www.d-nb.de abrufbar.

Alle Rechte der Verbreitung,
auch durch Film, Funk und Fernsehen,
fotomechanische Wiedergabe,
Tonträger, elektronische Datenträger
und auszugsweisen Nachdruck,
sind vorbehalten.

© 2021 novum Verlag

ISBN 978-3-99107-495-3
Lektorat: Mag. Eva Zahnt
Umschlagfotos: Wjphoto,
Phuongphoto, Ivan Cholakov, Arsty,
Benkrut | Dreamstime.com
pixabay.com/paulbr75
Umschlaggestaltung, Layout & Satz:
novum Verlag
Innenabbildungen:
siehe Bildquellennachweis S. 435

Die von der Autorin zur Verfügung
gestellten Abbildungen wurden in der
bestmöglichen Qualität gedruckt.

Gedruckt in der Europäischen Union
auf umweltfreundlichem, chlor- und
säurefrei gebleichtem Papier.

www.novumverlag.com

*Für alle diejenigen, die ihre Zeit gern damit verbringen
in eine Welt einzutauchen, die Spannung und Abenteuer,
Gefahren und Kämpfe verbindet mit Liebe und Humor.*

*Helden werden gebraucht, wenn sonst niemand da ist,
der die anstehenden Aufgaben verrichten kann.*

1 Prolog

Juni 2006.

An ihrem Schreibtisch sitzend harrt sie aus, wartet auf das Eintreten des Mannes, den man ihr gerade angekündigt hat. Sie weiß, wer er ist, auch welche Aufgaben zu seinen Spezialgebieten gehören. Er war bereits für ihren Mann tätig, genauso wie für ihren Schwiegervater. Dabei lieferte er immer wieder hervorragende Arbeit ab. Seine Akte liegt vor ihr auf dem Tisch.

Als sich die Tür öffnet, schreitet der Mann mit festen Schritten durch den Raum.

Vor ihrem Schreibtisch bleibt er stehen, so dass sie ihn ausgiebig betrachten kann. Der siebenunddreißigjährige Frank Rademacher ist ein Meter dreiundachtzig groß, hat dunkelbraunes kurzes Haar und braune Augen. Der durchtrainierte Körper ist muskulös. Seine ganze Erscheinung zeugt von Selbstbewusstsein und Arroganz. Er wirkt distanziert und kalt.

Frank sieht sich die Frau vor ihm ebenso genau an. Auch er hat seine Hausaufgaben gemacht, bevor er der Bitte um ein Treffen bei ihr nachkommt. Ann-Marie Lichtenstein ist achtundvierzig Jahre alt, wirkt aber keinen Tag älter als vierzig. Er schätzt die schlanke, gutaussehende Blondine auf ein Meter fünfundsiebzig, obwohl die Akte über sie ihr fünf Zentimeter mehr zugesteht. Im Augenblick ruhen ihre blauen Augen abschätzend auf ihm.

Er hat keine Probleme damit, den von ihr geforderten Auftrag anzunehmen. Solange die Bezahlung stimmt wird er ihn zu ihrer Zufriedenheit ausführen. Er kann sich schon denken, welche Ziele sie verfolgt.

„Frau Lichtenstein", begrüßt er sie mit einem leichten Kopfnicken. „Mein Beileid. Ich habe bereits von den tragischen Vorfällen in Ihrer Familie gehört. Was kann ich für Sie tun?"

„Sie sollen dafür sorgen, dass ich Gerechtigkeit erhalte!" Ihre Augen blitzen wütend auf.

„Das dachte ich mir schon. Wie stellen Sie sich das im Einzelnen vor? Oder habe ich komplett freie Hand?"

„Sie haben das Dossier gelesen, welches ich Ihnen zukommen ließ?"

„Natürlich!"

„Dann wissen Sie auch, um wen es mir geht." Sie braucht nicht in ihre Unterlagen zu sehen um zu wissen, welche Männer sie ihm nennen muss. „Gerd Bach hat meinen Sohn Klaus getötet, sein Mitarbeiter Uwe Meyer in seinem Auftrag meinen Mann Kurt und dessen Zwillingsbruder Erich. Dass mein Schwiegervater verhaftet wurde, ist ebenso der Verdienst von Gerd Bach[1]. Er ist der Mann, den ich haben will. Töten Sie ihn! Und zwar möglichst qualvoll. Kriegen Sie das hin?", fragt sie Frank frostig.

„Kein Problem!", antwortet Frank ihr ebenso gefühlskalt.

„Gut!" Sie nickt. „Gerd Bach arbeitet für die Firma *Staller Industrie Werke GmbH* in Düsseldorf. Die ganze Familie *Staller* stellte sich auf die Seite dieses Mannes. Sie sollen erfahren, was es heißt, Stück für Stück die Familie zu verlieren. Beginnen Sie mit dem Sohn, dann die Frau und Staller selbst nehmen Sie sich zum Schluss vor."

„Ist so gut wie erledigt!", versichert Frank ihr.

„Besorgen Sie sich, was Sie brauchen. Um Geld geht es mir nicht, es ist genug da. Über Ihr Honorar werde ich nicht verhandeln. Sie erhalten von mir fünfhunderttausend jetzt sofort und nach erfolgreicher Erledigung des Auftrags weitere zwei Millionen. Zudem erhalten Sie Zugriff auf einen Fonds für notwendige Beschaffungen und Personal vorerst in Höhe von einer Million. Darüber erwarte ich korrekte Abrechnungen."

---

1 Band 1 Kampf um die Loreley

‚Diese Frau ist nicht dumm, sie weiß genau, was sie will', denkt Frank anerkennend. „Ich bin einverstanden."

„Wie wollen Sie vorgehen? Ich will über Ihre Schritte informiert werden. Halten Sie mich auf dem Laufenden!", fordert die Witwe.

„Das Dossier reicht mir nicht aus", erklärt er ihr. „Ich will den Alltag dieser Leute kennenlernen. Jeden Schritt, den die machen, werde ich wissen, noch bevor sie ihn machen. Erst dann entscheide ich, wie die Vorgehensweise sein wird. Sollte es Abweichungen von Ihren Wünschen geben, werde ich das mit Ihnen im Vorfeld klären."

„Damit kann ich mich arrangieren." Ihr gefällt die resolute Art, mit der er sich durchsetzt. „Das ist aber nur der erste Teil. Es gab noch weitere Helfer, die Sie auszuschalten haben."

„Ich glaube, ich weiß schon, um wen es Ihnen dabei geht. Die beiden Beamten der *NS*-Fahndungsstelle aus Ludwigsburg. Habe ich Recht?"

„Ja. Ich will regelmäßige Berichterstattung von Ihnen, informieren Sie mich über alle Schritte, die Sie zu unternehmen gedenken. Gibt es Schwierigkeiten, möchte ich sofort davon erfahren. Wenn Sie darauf eingehen, sind wir im Geschäft."

„Solange Sie akzeptieren, dass es kein Zurück mehr gibt, wenn Sie mich jetzt anheuern. Sollten Sie einen Abbruch der Aktion wünschen, bekomme ich die volle Summe."

„Ich mache keinen Rückzieher", verspricht Ann-Marie fest. „Aber ich setze Ihnen ein Ultimatum. Die Verhandlungen gegen meinen Schwiegervater beginnen am Donnerstag, dem neunten November. Sowohl Gerd Bach als auch Andreas Staller werden gegen ihn aussagen. Der Pilot Uwe Meyer ebenfalls. Es ist Ihre Aufgabe, dies zu verhindern."

„Das ist mir klar", bestätigt Frank. „Es gibt aber noch mehr Personen, die gegen ihn aussagen."

Seine Auftraggeberin stimmt ihm zu: „Das ist richtig, aber wenn die Hauptpersonen nicht zur Verhandlung auftauchen können, wird diese bis ins nächste Jahr verschoben. Dadurch gewinnen wir mehr Zeit. Außerdem rechne ich nach Ihren Aktionen mit einem Rückzieher der übrigen Zeugen."

Frank ist beeindruckt. Sie hat sich sehr gut vorbereitet. „Dieser Konrad Schrader sitzt mittlerweile in Berlin. Es wird schwer an ihn heranzukommen", eröffnet er ihr. Gespannt wartet er ab, wie sie damit umgeht. „Achim Voss ist auch nicht ohne. Aber den schaffe ich problemlos."

„Kümmern Sie sich um Voss. Sollten Sie eine Möglichkeit finden ihn auszuschalten, dann tun Sie es. Ich nehme mir Schrader vor." Die Witwe lächelt boshaft. „Mein Sohn hatte einen Verbündeten an vorderster Front. Den habe ich bereits kontaktiert. Er wartet nur noch ab, bis Sie die Ihnen aufgetragenen Arbeiten erfolgreich erledigt haben."

‚Sie ist wirklich gut.' Bewundernd mustert Frank die Frau vor sich. Er hätte nichts dagegen, die Beziehung zu ihr für eine Weile zu vertiefen. Aber zuerst kommt die Arbeit.

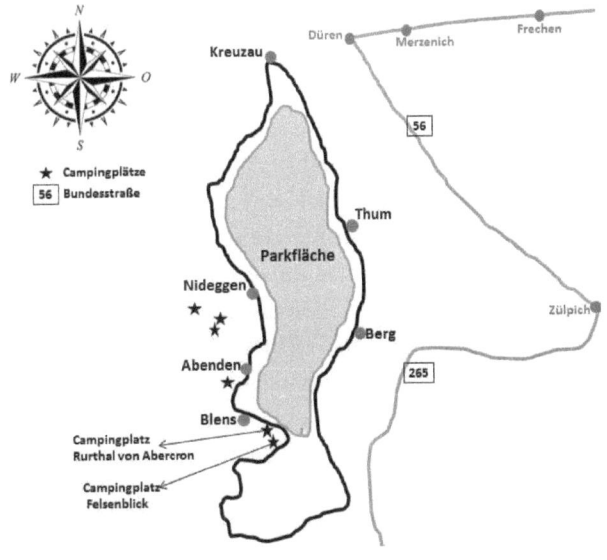

2

Mai 2006.

Der riesige Freizeitpark Weltenbummler besteht seit circa einem Jahr. Pünktlich zu Ostern im letzten März konnte der Park seine Tore öffnen. Günther Abels, einer der Sicherheitsinspektoren, die für den *TÜV*[2] in Deutschland Fahrgeschäfte überprüfen, hat dem Park nach ausgiebiger Kontrolle eine bedenkenlose Freigabe erteilt. Somit stand der Eröffnung des *11,25* Quadrat-

---

2 TÜV = Technischer Überwachungsverein mit hoheitlichen Aufgaben, unter anderem im Fahrerlaubniswesen sowie der Geräte- und Produktsicherheit

kilometer großen Grundstücks mit einhundertfünf Attraktionen nichts mehr im Wege.

Das Areal liegt mitten in der Eiffel. Von Westen nach Osten zwischen Nideggen und Thum, sowie in Nord-Süd-Richtung zwischen Kreuzau und Blens bildet das Parkgrundstück eine langgezogene Fläche. Durch die felsige Landschaft bot sich das Gelände regelrecht an, um die Attraktionen, die im Kopf des Betreibers entstanden, in die Tat umzusetzen.

Die Fahrgeschäfte unterliegen unglaublich strengen Vorschriften. Sie müssen jährlich auf Schäden und Verschleiß überprüft werden. Sobald ein Fahrgeschäft aufgebaut ist, wird es einer Kontrolle durch die Sicherheitsinspektoren unterzogen. Dazu gehört auch eine Probefahrt. Erst nach bestandener Abnahme darf es in Betrieb genommen werden.

Im Oktober *2000* erwarb Sven Kirschbaum im Alter von fünfundvierzig Jahren die Grundflächen, die nötig waren, um sich seinen Kindheitstraum zu erfüllen. Er wollte in das Fahrgastgeschäft einsteigen. Sein Ziel war es, einen Freizeitpark zu erschaffen, der für Menschen jeden Alters und jeder Hautfarbe etwas zu bieten hat. Vier Jahre brauchte er, nicht nur für den Aufbau der Attraktionen, sondern vor allem für die notwendigen Genehmigungen. Er musste sich mit Vorschriften, Sicherheitsbestimmungen, Richtlinien und behördlichen Auflagen befassen, besonders mit den Banken. Auch die umliegenden Städte stellten ihre Bedingungen. Die Zufahrt mit Anbindung an die Straßen war dringend notwendig. Auch hier gab es vieles zu beachten. Zwei der kleinen Landstraßen wurden ausgebaut, um dem Ansturm der Fahrzeuge, die hoffentlich seinen Park als Ziel wählen, gerecht zu werden. Er lud die ansässigen Umweltschützer ein, um sie an den Plänen maßgeblich zu beteiligen. Letztendlich konnte er sein Werk vollenden. Dann begannen die Prüfungen und Kontrollen zur Einhaltung der Sicherheitsbestimmungen, was bei der Größe des Parks noch einmal ein Jahr in Anspruch nahm.

Doch endlich ist es so weit, die Tore öffnen sich. Der Freizeitpark *Weltenbummler* wird von den Besuchern gut angenommen.

Postwendend spricht es sich herum, dass Preis und Leistung halten, was sie versprechen. Sven sieht sich am Ziel.

Es ist Freitag. Durch den vorhergegangenen Feiertag haben viele Menschen frei. Der Andrang der Besucher ist enorm. Unverzüglich bilden sich lange Schlangen an den Eingängen zu den Attraktionen.

Der *Taifun* ist eine der beliebtesten Attraktionen im Park. Die Achterbahn, die in dem chinesischen Bereich des Parks angesiedelt ist, besteht aus drei ineinander verschlungenen Schienensträngen, auf denen jeweils zwei Züge gleichzeitig fahren können. Nach einer kurzen Anfahrt, die über entgegengesetzt ausgerichtete langestreckte Kurven verläuft, ziehen schwere Ketten in den Schienen die Züge bis auf fünfzehn Meter hinauf. Dann sind die Wagons sich selbst überlassen. Mit einhundertfünfunddreißig Stundenkilometern stürzen sie bis auf einen Meter abwärts dem Boden entgegen. Die aufgeregten Schreie der Fahrgäste sind weithin zu hören. Ruckartig, die Insassen durchschüttelnd, legen sich die Züge in die erste scharfe Kurve, wobei sich die Geschwindigkeit noch steigert. Mit Schwung rasen sie durch einen doppelten Looping. Erleichterte Jubelrufe ertönen, nachdem das Hindernis überstanden ist.

Den Fahrenden wird eine kurze Verschnaufpause gegönnt, in der die Züge langsam ausrollen, bevor sie von dem nächsten Kettenlift erfasst werden. Sie erklimmen den Turm, der mit einer Höhe von zwanzig Metern den ersten Anstieg noch toppt. Bei der Abwärtsfahrt erreichen sie bis zu einhundertfünfundsechzig Stundenkilometer. Das ist die Voraussetzung dafür, dass sie sich fünf Meter über dem Boden durch eine dreifache Spirale winden können. Die enorme Geschwindigkeit lässt die Züge fast waagerecht durch die nächste scharfe Kurve sausen, um im Anschluss schwungvoll die folgenden Bögen zu bewältigen.

Die Gleise laufen in einer langen, wellenförmigen Strecke auf und ab, um über einen Bogen umzukehren. Nun geht es wieder aufwärts. Bei fünfundzwanzig Metern ist der höchste Punkt der Gleisanlage erreicht. Die Talfahrt beschleunigt die Züge auf einhundertzweiundsiebzig Stundenkilometer. Das letzte Stück der Schienenanlage läuft in weiten Bögen mit gezielt berechneten Anstiegen und flachen Senken rund um die Anlage und quer hindurch. Die Geschwindigkeit verringert sich dabei bis auf fünfzig Stundenkilometer. Zum Einfahren in den Bahnhof werden die Züge schon weit vorher über Steuerventile immer wieder stückweise abgebremst. Mit knapp sieben Stundenkilometern fahren sie in den Bahnhof ein, um dort vollends zu stoppen.

Das Kreischen, Lachen und Schreien der Insassen ist weithin zu hören. Auch die Besucher, die bisher noch nicht hier waren, werden von den fröhlichen Geräuschen angelockt. Während der Zug immer wieder abgebremst oder aufwärts gezogen wird, Kurven überwindet, sich in Loopings stürzt oder durch Spiralen schlängelt, steigen weitere Fahrgäste in den zweiten Zug. Auch auf den anderen beiden Pfaden sind je zwei Züge unterwegs.

Es sieht äußerst imposant aus, wenn sich alle sechs Züge gleichzeitig durch die Gleisanlagen winden. Die in Rot, Gelb und Grün bemalten Fahrzeuge wirken wie japanische Drachen, die ihren eigenen Tanz aufführen.

Dreißig Personen fasst jeder Zug. Es dauert nicht einmal drei Minuten, bis auch der letzte Platz gefüllt ist.

Endlich geht es los!

Langsam, aber stetig ziehen Ketten den ersten Zug nach oben. Ohne Schub geht es abwärts, wobei er immer mehr an Fahrt gewinnt. Spirale, Lift, Looping, alles wird unter lautem Kreischen der Insassen überwunden.

Soeben zieht der dritte Lift den letzten Zug durch schwere Ketten in den Schienen aufwärts, um anschließend aus fünfundzwanzig Metern Höhe hinabzuschießen. Die Mitfahrenden schreien auf oder jubeln.

Doch dann geschieht es!

Mitten in der Talfahrt, aus der höchsten Position heraus, versagen sämtliche Stromverbindungen zu dem hinunterrasenden Gefährt. Bremsen und Stabilisatoren fallen aus. Auch die Notversorgung springt nicht an. Der Zug stürzt unkontrolliert hinab. Am Anfang merken die Fahrgäste den Unterschied noch nicht. Aber mittlerweile erkennen auch die Letzten, dass etwas nicht stimmt. Der Zug gerät aus dem Gleichgewicht, er beginnt zu schwanken. Rundum brechen die Insassen in Panik aus. Die lauten Schreie verändern sich, es sind keine Rufe freudiger Erwartung mehr zu hören, sondern nur noch angstvolle Entsetzensschreie. Die ersten Hilferufe werden laut, aber sie können nichts unternehmen. Die Sicherheitsbügel drücken sämtliche Fahrgäste fest in ihre Sitze. Der Zug schießt mit extrem hoher Geschwindigkeit in die anschließende Gerade. Es war Glück im Unglück, dass er nicht aus den Schienen kippt. Für kurze Zeit atmen die Insassen auf. Ohne zu entgleisen sind sie auf dem letzten geraden Gleisstück angekommen. Allerdings immer noch viel zu schnell überwindet der Zug die restliche zu bewältigende Strecke. Ungebremst nähert er sich der vorrausfahrenden Bahn. Angstvoll rufen die Fahrgäste des zweiten Gefährts um Hilfe.

Durch die Schreie aufmerksam geworden, drehen sich die Personen auf den hinteren Sitzen des vorderen Zuges um. Was sie sehen lässt ihnen das Blut in den Adern gefrieren. Die Nase der folgenden Bahn, die wie ein fauchender japanischer Drache wirkt, kommt rasend schnell auf sie zu, doch zum Reagieren gibt es keine Möglichkeiten. Dann prallen die beiden Fahrzeuge mit einem ohrenbetäubenden Krachen zusammen. Durch die geballte Kraft des auffahrenden Gefährtes bohrt sich dieses weit in den vorwegfahrenden Zug. Die ganze Zeit hört das angsterfüllte Schreien nicht auf. Ein lautes Knacken, wie bei einer Schrottpresse, ist zu vernehmen. Durch den Druck platzt das Metall auseinander, die beiden Züge zerbrechen, die Sitzreihen lösen sich voneinander. Zu beiden Seiten der Schienen kippen sie mitsamt den darinsitzenden Personen zu Boden. Jetzt sind nicht mehr nur die entsetzten Schreie, sondern auch Schmerzensrufe und Wimmern zu hören. Trümmer und Splitter fliegen in alle Richtungen. Trotz der geringen Höhe von etwa einem Meter verletzen sich etliche Menschen, viele davon schwer.

Die umstehenden Besucher, die noch nicht fortgerannt sind, suchen bis auf ein paar Schaulustige panikartig das Weite. Die meisten laufen zum Ausgang. Auf dem Weg dorthin berichten sie jedem, der es hören will, was vorgefallen ist.

Postwendend leert sich der Park.

Die vier weiteren Züge des *Taifuns* müssen unverzüglich evakuiert werden. Das ist grundsätzlich aus Sicherheitsgründen bei einer technischen Störung üblich.

Feuerwehr und Rettungswagen nähern sich in aller Eile dem Unfallort. Durch die hohe Anzahl an Verletzten finden sich immer mehr Einsatzfahrzeuge am Schauplatz ein. Die medizinischen Ersthelfer haben alle Hände voll zu tun. Trümmer weisen auf einer weiten Fläche den Weg zum Unfallort. Es riecht nach verschmortem Kunststoff und Metall.

Aus den beiden vollbesetzten Zügen wurden von insgesamt sechzig Menschen zweiundvierzig verletzt, davon achtzehn schwer. Doch sie alle werden gottlob wieder vollständig genesen, Tote gibt es keine. Dies lag garantiert nicht an seinen Sicherheitseinrichtungen.

Sven weiß, dass der Unfall viel schlimmer hätte ausgehen können. Dennoch, er war schlimm genug. Ihm bleibt nur eines. Die restlichen Besucher aufzufordern, den Park zu verlassen, die Eintrittspreise zurückzuerstatten, um größtmögliche Schadensbegrenzung zu gewähren. Seine Ingenieure, Statiker und Elektriker machen sich unverzüglich an die Fehleranalyse. Er selbst benachrichtigt die Bauaufsicht vom *TÜV*. Er kennt sich weit genug aus um zu wissen, dass auch das Bundeskriminalamt seine Fragen stellen wird.

Jetzt steht der ehemalige Bauingenieur, die Hände in den Hosentaschen, fassungslos vor der Achterbahn. Die grünen Augen des mittlerweile fünfzigjährigen Betreibers starren ungläubig auf das Schild, das die Sachverständigen vom *TÜV* angebracht haben.

‚Außer Betrieb' steht dort geschrieben. Es wird darauf hingewiesen, dass das Betreten des Geländes untersagt ist.

Bis er den Park wieder öffnen darf wird es noch eine Weile dauern. Aber mit Sicherheit ohne den *Taifun*, denn die Untersuchungen dazu haben gerade erst begonnen.

Dieser Freitag, der sechsundzwanzigste Mai *2006*, bleibt ihm garantiert immer in Erinnerung.

Günter Abels, der Sicherheitsinspektor, der für den *TÜV* die Abnahme dieser Attraktion getätigt hat, ließ sich infolge des

Unfalls selbst aus dem Verzeichnis der Inspektoren für Fahrgeschäfte entfernen. Er kann es nicht fassen, dass er die festgestellten gravierenden Mängel in der elektronischen Steuerung hat übersehen können. Er zweifelt massiv an seiner Kompetenz. Eine solche Verantwortung möchte er nie wieder zu tragen haben.

Es dauert mehr als zwei Wochen, bevor sich die Sachverständigen für die Untersuchung des Unglücks einig sind. Ihrem Kollegen können sie keine Schuld zuweisen. Zudem gehen sie von einem einmaligen Versagen der elektronischen Sicherheitsvorkehrungen aus. Die sieben Sicherheitsinspektoren, die den ganzen Park bis ins Kleinste unter die Lupe nehmen, geben ihn für eine Wiedereröffnung frei. Am Mittwoch, dem vierzehnten Juni, wird der Park wieder in Betrieb genommen.

Sven wandert durch das riesige Areal. Der ein Meter fünfundsiebzig große, breitschultrige Mann hängt seinen Gedanken nach. Auch vor dem Zwischenfall mit der Achterbahn *Taifun* hatte er es immer wieder mit ausgefallenen Steuerelementen oder Störungen in der Elektrik zu tun. Die Pläne für die Überarbeitung der Achterbahn liegen mittlerweile bei einem entsprechenden Unternehmen zur Neuentwicklung. Er ist sich sicher, egal wie lange es dauert, er wird diese Achterbahn wieder in Betrieb nehmen. Diesmal aber ohne Mängel.

Seit einer Woche laufen die Fahrgastgeschäfte problemlos. Er atmet auf. Dann haben sie es jetzt wohl geschafft. Er ahnt nicht, wie sehr er sich mit seiner Meinung täuscht.

Schon am nächsten Tag wird er eines Besseren belehrt!

Die *Feuerkoralle* basiert auf dem Prinzip der *Krake*. Das Fahrgastgeschäft, auch *Polyp* genannt, besitzt fünf Arme, an denen drehbare Gondeln angebracht sind. Sven hat mit Hilfe seiner Ingenieure und Techniker diese Variante verfeinert.

Auf dem Boden liegt eine riesige Plattform, von der aus sich in alle Richtungen ausbreitend die acht schlängelnden Arme fünf Meter hoch erstrecken, um sich dann in Bögen bis auf zwei Meter an den Boden herabzusenken. In Rot und Gelb gestrichen sehen sie aus wie eine überdimensionale giftige Koralle. Die einzelnen Arme bewegen sich kreisförmig über auf der Plattform befestigte Gelenke, so dass ihre Spitzen eine ovale Umlaufbahn um ihre Achsen beschreiben. An jeder dieser Spitzen befindet sich ein drehbares Gondelkreuz. Dieses bewirkt, dass die vier an jedem Kreuz angebrachten Gondeln gedreht und geschwenkt werden können. Zusätzlich rotieren die Gondeln um ihre eigenen Achsen. Elektromotoren liefern die notwendige Antriebskraft, um all dies zu betreiben. Eine Gondel kann maximal vier Personen aufnehmen.

Während der Fahrt richtet sich die rotierende Plattform von rund fünfzehn Metern Durchmesser über einen Stahlausleger auf, bis sie fast senkrecht über dem Boden schwebt. Ein entsprechender Antrieb hebt sie dabei einen Meter von der Bodenoberfläche ab. Es sieht ganz leicht aus, wenn sie im Anschluss über den künstlich angelegten See schwenkt. Damit wird verhindert, dass zuschauende Parkbesucher in die Reichweite der rotierenden Teile geraten.

Sven ist bekannt, dass es in anderen Parks immer wieder Berührungsunfälle gab. Dies wollte er in seinem Park unbedingt verhindern. Trotzdem denkt er darüber nach, den Bereich rund um die Feuerkoralle zusätzlich mit weiteren Kameras auszustatten, damit der Operator aus der Kasse heraus einen optimalen Überblick auf Fahrgeschäft und Umgebung hat.

Die Korallenarme richten sich immer wieder aufwärts aus. Es scheint, als ob sie im Wasser umhergleiten. Wie zufällig wirkt es, dass sich ständig eine der Gondeln bis fast auf den Wasserspiegel des Sees senkt. Durch die Kombination der drehbaren Gelenke an der Plattform, den Armen, den Gondelkreuzen und Gondeln, sowie der Umlaufbewegung der Arme und der Schwenkbewegung des Stahlauslegers empfindet der zuschauende Besucher die Bewegungen als unsymmetrisch und unkoordiniert. Tatsächlich aber steckt hinter dem locker wirkenden Chaos ein bis ins Kleinste erarbeiteter Plan. Ein ausgeklügeltes Steuersystem sorgt für genaue zeitliche Abläufe, um ein Zusammentreffen der Gondeln zu unterbinden. Für die mit Dreipunktgurten gesicherten Fahrgäste ist die Fahrt ein aufregendes Erlebnis.

Auch wenn ein Dienstag nicht gerade die höchsten Besucherzahlen aufbietet, ist der Park gut gefüllt. Seit dem frühen Morgen läuft die *Feuerkoralle* fehlerfrei.

Der Operator in seinem Kassenhäuschen achtet aufmerksam auf die Gäste. Auch die wenigen Kameraanzeigen, die es hier gibt, hat er bei laufendem Betrieb im Auge.

Nach Beendigung der letzten Fahrt sind viele Plätze wiederbesetzt. Er überlegt, ob er noch auf restliche Fahrgäste warten soll. ‚Es ist Mittagszeit, so schnell wird keiner kommen', schätzt der Operator. Die Fahrgäste, die bereits Platz genommen haben, werden ungeduldig. Von den einhundertachtundzwanzig Plätzen sind sechsundsiebzig besetzt. Er entschließt sich zu starten.

Die Arme beginnen mit den Drehbewegungen. Ganz allmählich steigern sie sich.

Die mitfahrenden Menschen jauchzen fröhlich auf, als die Gondeln langsam zu rotieren beginnen. Dreißig Sekunden später nehmen die Gondelkreuze ihre Arbeit auf.

Nun richtet sich die Plattform auf, was die Insassen zustimmende Jubelrufe ausstoßen lässt. Sie schwenkt über das Wasser und die rotierenden Bewegungen nehmen zu. Unter Jauchzen und Schreien werden die Fahrgäste umhergewirbelt.

Urplötzlich bildet sich an einem der Gondelkreuze dicker Rauch.

Herumstehende Zuschauer werden als erste aufmerksam. Erstaunt beobachten sie, was weiter passiert. Keiner macht Anstalten, den Operator anzusprechen. Erst als ein zweites und ein drittes Gondelkreuz qualmen, beginnen sie besorgt zu raunen.

Durch die besorgten Mienen der umstehenden Menschen erkennt auch der Operator, dass außerhalb seines Führerstandes noch mehr vor sich geht. Eine Weile war er dadurch abgelenkt, dass die Bildschirme der Kameraüberwachung ausgefallen sind. Doch jetzt bedient er schnell seine Schalter. Er weiß genau, welche Handgriffe nötig sind, um das Fahrgeschäft zügig und ohne Gefährdung für die Mitfahrenden zu stoppen. Er behält die nötige Ruhe bei. Für solche Vorkommnisse wurden sie ausgiebig geschult. Immer wieder tritt er vor seine Kabine, begutachtet das Gestell und die Bewegungen.

Nichts passiert!

‚Sie müssten sich schon längst verlangsamen. Wieso funktioniert das nicht?', grübelt der Operator bestürzt. Langsam bricht ihm der Schweiß aus. Er versucht es noch einmal, doch nun versagt die Steuerung gänzlich, so dass er keine Möglichkeiten mehr hat, das Fahrgeschäft zu stoppen. Trotz der aufkeimenden Panik reagiert er, wie es in einer solchen Situation vorgeschrieben ist. Er greift nach dem Telefon, das intern mit der Sicherheitszentrale verbunden ist. Nur von dort aus kann jetzt noch in die Steuerung des Fahrgeschäfts eingegriffen werden. Der Operator weiß, dass ihm die Kollegen dort unverzüglich beistehen werden. Zu seinem Schrecken muss er feststellen, dass die Leitung tot ist.

„So ein Mist!", flucht er halblaut.

Allerdings weiß er sich zu helfen. Statt vollends in Panik zu geraten zückt der Mann sein Handy, wählt die passende Nummer und gibt den Notfall durch. Noch während er spricht hört er die aufgeregten Schreie der Menschen. Entsetzt starrt er auf das Konstrukt vor sich, aus dem jetzt heftige Flammen von der Plattform herauszüngeln.

Auch im Inneren der Arme muss sich das Feuer ausgebreitet haben, denn die Flammen schießen aus dem oberen Ende heraus und züngeln heiß gegen die Drehgelenke der Gondeln. Mit einem heftigen metallischen Knall stoppt das Fahrgeschäft in der Position, in der es sich gerade befindet. Die Plattform hängt in einem Winkel von fünfzehn Grad gänzlich über dem See, die obersten Korallenarme ragen weit nach oben hinaus.

Die Menschen sind nicht länger ruhig. Die angstvollen Schreie, die panischen Hilferufe, der Geruch von verbrannten Kabeln, das alles gewahrt der Operator nur nebenbei. Er greift nach seinem Feuerlöscher, um die Flammen an der Plattform zu ersticken. Solange er allein ist kann er nicht viel ausrichten. Seinen Kollegen in den angrenzenden Fahrgeschäften ist der Blick auf das Geschehen durch den Grünbewuchs fast gänzlich verwehrt. So schnell bekommen die nicht mit, was passiert.

Die Gäste in den vier unteren Gondeln lösen ihre Gurte und retten sich in das flache Wasser unter ihnen. Umstehende Passanten strecken ihnen helfend ihre Arme entgegen.

Der Operator atmet auf, als er die Sirenen der Feuerwehr hört. Unverzüglich verscheucht er die umstehende Menschenmenge. Er verschafft den beiden Feuerwehrfahrzeugen Platz. Auch solche Rettungsaktionen wurden gemeinsam mit dem Brandschutz vor Eröffnung des Parks für den Ernstfall geprobt.

Die beiden Feuerwehren fahren ihre Leitern aus, geschulte Einsatzkräfte begeben sich darauf und holen einen Fahrgast nach dem anderen aus dem brennenden Gebilde heraus. Weitere Rettungskräfte bemühen sich um die Eindämmung des Brandes an der Plattform, indem sie dem Brandherd mit ihren Schläuchen entgegenrücken.

Von den Männern der Feuerwehr kennt jeder seine Aufgabe. Es ist ein erbarmungsloser Kampf gegen das sich schnell ausbreitende Feuer, das nur mühsam von dem Löschstrahl im Zaum gehalten werden kann. Die Hilfskräfte auf den Leitern wissen um die Gefahr, in der sich alle, Passanten und Helfer, befinden. Zügig bergen sie einen Fahrgast nach dem anderen über die ausgefahrenen Leitern.

Bis auf die obersten zwei sind mittlerweile alle Gondeln leer. Die Leiter schwenkt ein Stück herum, dann kommt die erschreckende Rückmeldung:

„Die Gondeln sind zu weit entfernt", meldet der Truppenführer seinem Vorgesetzten.

Die Feuerwehrleiter hat eine Nennrettungshöhe von dreiundzwanzig Metern. Die obersten Gondeln ragen über die Plattform und weit über den See hinaus.

„Uns fehlen gute drei Meter", bewertet der Einsatzleiter ratlos. „Wir brauchen dringend eine andere Möglichkeit." Abschätzend mustert er die Brände. „Für eine Flugrettung fehlt uns die Zeit", begründet er fest.

Sven Kirschbaum selbst hat sich in aller Eile auf den Weg zur Unglücksstelle gemacht. Er trifft genau in dem Moment dort ein, als der Feuerwehrmann seinen Kommentar äußert. Erschrocken starrt er auf die sechs Menschen, die in panischer Angst um Hilfe schreien. In seiner Verzweiflung kommt ihm eine gewagte Idee, mit der er sich an den Einsatzleiter der Feuerwehr wendet:

„Was ist, wenn wir eine Leiter in den See stellen? Wir könnten sie an die unteren Gondeln lehnen. Ihre Leute klettern darauf. Wie hoch können Sie dann kommen?"

Der Feuerwehrmann schaut abschätzend nach oben. „Ich würde sagen, mehr als die Hälfte der Entfernung können wir schaffen. Aber auf keinen Fall bis ganz nach oben."

„Das müssen Sie auch nicht", entgegnet Sven. „Werfen Sie Leinen hinauf, an denen Ihre Leute hochklettern. Das können die doch, oder? Dann seilen Sie die Menschen ab. Wir nehmen sie unten im See in Empfang."

„Verrückt!", kommentiert der Einsatzleiter. Er richtet seinen Blick überlegend nach oben. „Das könnte tatsächlich funktionieren. In Anbetracht der geringen Zeit, die uns noch bleibt, würde ich Ihrem Vorschlag zustimmen."

Die Leiter ist schnell an den Gondeln angebracht. Zwei Feuerwehrmänner, die sich für diesen Einsatz freiwillig gemeldet haben, klettern hinauf. Sie steigen in die Gondeln.

Damit sie keine Personen verletzen sind die Seile, die sie jetzt hinaufschleudern, nicht mit Haken versehen. Dafür greifen drei Paar Hände zu, um die Seile aufzufangen. Die Fahrgäste in den Gondeln ziehen die Seile, so wie es ihnen aufgetragen wird, durch mehrere Lastenhaken, die eigentlich zum Transport der Gondeln gedacht sind, die Enden werfen sie wieder zurück.

Jetzt können die Retter alles befestigen und gut sichern, bevor sie aus den Gondeln steigen. Stück für Stück überwinden sie die knapp zehn Meter Distanz. Trotz jahrelanger Übung ist es auch für die geschulten Rettungskräfte eine Herausforderung, an den Seilen nach oben zu klettern. Durch die ihnen entgegenschlagenden Flammen wird das Unterfangen noch erschwert.

Der Brand hat sich bereits drastisch ausgedehnt. Das Feuer berührt mittlerweile das Dach der Gondeln, doch die Einsatzkräfte lassen sich nicht beirren. Schnell werden die Menschen aus den Gondeln, einer nach dem anderen, abgeseilt. Die erste Gondel ist geleert, zwei Kinder und ihre Mutter können unbeschadet aus dem Wasser steigen. Der Feuerwehrmann steigt als Letzter aus der Gondel. Auf sicherem Boden angekommen richtet er seine

Aufmerksamkeit besorgt auf den Kollegen. Er hat keine Möglichkeit diesem zu helfen.

Doch auch der zweite Retter konnte zwei der Insassen abseilen. Sie sind auf dem Weg aus dem See hinaus.

Nur noch eine Frau und der Feuerwehrmann befinden sich in der Gondel. Die junge Frau hat furchtbare Angst, sie weint. Ihr Helfer hat Mühe, sie zu beruhigen. Gerade als er sie mit den Gurten sichern will, bricht eine der beiden Aufhängungen des Gondelkreuzes auseinander. Die Hitze hat das Metall dermaßen verschmolzen, dass die Halterung den Widerstand aufgibt. Durch die Gewichtsverlagerung kippt die ganze Gondel zur Seite um, aber noch wird sie von der zweiten Aufhängung gehalten.

Die junge Frau schreit panisch auf. Beide, Frau und Feuerwehrmann, werden aus der kippenden Gondel geschleudert.

Ein entsetztes Raunen geht durch die Zuschauermenge beim Anblick der stürzenden Frau.

Im letzten Moment bekommt der Feuerwehrmann die Frau zu fassen. Sein eigener Fall wird durch die Gurte abgebremst, mit denen er an der Gondel angeseilt ist. Die abrupte Abbremsung durch die Seile presst ihm die Luft aus den Lungen. Schwer atmend wartet er einen Augenblick ab, bis er sich wieder unter Kontrolle hat, während die zitternde Frau wimmernd in seinen Armen hängt.

„Keine Angst", beruhigt er sie. „Ich lasse Sie nicht los."

Obwohl ihr Gewicht seinen Gelenken schwer zusetzt, hält er sie eisern fest. Dabei löst er seinen Gurt stückweise aus dem Karabinerhaken und seilt sich mit seiner Last langsam ab. Er braucht keine zwei Minuten, bis ihm helfende Hände die Frau abnehmen können.

Es waren die längsten zwei Minuten, die er seit langem erlebt hat! Seine Schultern fühlen sich an, als ob seine Arme herausgerissen wurden. Als Letzter klettert er aus dem Wasser. Sein Einsatzleiter streckt ihm hilfreich die Hand entgegen und zieht ihn die kleine Böschung herauf. Lobend klopft ihm der Vorgesetzte auf den Rücken.

Zeitgleich entsteht hinter ihnen ein ohrenbetäubendes Knirschen.

Die beiden Männer fahren aufgeschreckt herum. Sie beobachten, wie die Stahlaufhängung der Gondel komplett auseinanderbricht. Aus circa zwanzig Metern Höhe stürzt sie in den See.

Entsetzt starrt die eben gerettete Frau auf die Überreste der Gondel. Nur noch ein Haufen verbogenes Metall ist zu erkennen. Zwei Minuten früher, dann würde sie jetzt auch so aussehen. „Danke!" Überglücklich schlingt sie ihrem Retter die Arme um den Hals, um ihm einen innigen Kuss zu geben, den der Feuerwehrmann, sie an sich ziehend, ausgiebig erwidert.

Erleichterter Jubel bricht um die beiden herum aus.

Ein weiteres Fahrgeschäft wird aus dem Verkehr gezogen.

Die Sachverständigen für die Untersuchung des Unglücks werden sich schnell einig. Fehlerhafte elektronische Leitungen haben den Ausfall der Anlage und den Brand verursacht. Das minderwertige Material, das von der beauftragten Installationsfirma verwendet wurde, war der Auslöser. Allen wird schnell klar, dass Sven Kirschbaum keine Kenntnis von den illegalen Machenschaften dieser Firma hatte. In seinen Unterlagen gab es nichts zu beanstanden. Die Untersuchungen werden zeitnah abgeschlossen, mit dem Ergebnis, dass die Staatsanwaltschaft gegen den Geschäftsinhaber der Installationsfirma rechtlich vorgehen wird.

Sven schließt sich der Klage an.

Immerhin kann der Park unmittelbar nach der Untersuchung seine Tore wieder öffnen. Dennoch, ein weiteres Schild mit dem Aufdruck ‚Außer Betrieb' prangt in seinem Park, das Grundstück der *Feuerkoralle* bleibt abgesperrt.

Sven glaubt fest an seinen Park. Er ist sicher, dass die *Feuerkoralle* noch in diesem Jahr wieder laufen wird. Trotzdem macht er sich Gedanken um die angeblich gut funktionierende Elektrik, da sich die Zwischenfälle häufen. Er beauftragt seine Ingenieure alle Pläne und jedes Stück Papier, das zur Überprüfung nötig ist, zusammenzustellen. Er wird sich einen guten externen Sachverständigen suchen, der ihm die Mängel aufzeigen soll.

3

Schon seit Tagen herrscht heißestes Sommerwetter. Die beiden Männer, die an diesem Sonntagmorgen ihre Bahnen in dem Schwimmbad einer Gesamtschule in Düsseldorf-*Eller* ziehen, sind seit Jahren miteinander befreundet.

Noch vor dem Frühstück suchen Gerd Bach und Andreas Staller Abkühlung von den unentwegt hohen Temperaturen.

Der Konzernchef Peter Staller, Andreas' Vater, sorgt wie jedes Jahr in den Sommermonaten dafür, dass das kleine Hallenbad mit einem *fünfundzwanzig Meter-Becken* den Mitarbeitern der *Staller Industriewerke* an den Wochenenden morgens für vier Stunden zur freien Verfügung steht.

Nicht nur die Abkühlung, sondern auch das Zusammensein genießen die beiden siebenundzwanzigjährigen Männer. Der freundschaftliche Wettkampf, den sie sich liefern, trägt dazu bei, die Stimmung noch zu heben.

Wer die beiden betrachtet erkennt zwei gutaussehende sportliche Männer, bei deren Anblick so manch ein Frauenherz höher schlägt.

Andreas Staller ist ein Meter vierundachtzig groß, mit dichten schwarzen Haaren und den gleichen grauen Augen wie seine Mutter. Er ist Doktorand am *GGE*, dem *Institut für Applied*

Geophysics and Geothermal Energy der Universität in Aachen. Vor etwa zwei Jahren erhielt Andreas von seinem Professor Frank Klausthal das Angebot, an seiner Seite zu arbeiten und parallel seine Doktorarbeit zu schreiben. Er brauchte nicht lange, um sich für die heißbegehrte Stelle zu entscheiden. Bis heute hat er diesen Schritt nicht ein einziges Mal bereut.

Sein Freund Gerd Bach steht ihm mit seinen kräftigen braunen Haaren und Augen in der Farbe flüssigen Honigs mit seinem Aussehen in nichts nach. Der ein Meter sechsundachtzig große Ingenieur für Elektrotechnik ist Projektleiter bei der *Staller Industrie Werke GmbH*. Peter Staller holte den jungen Mann nach seinem Studium mit einem einmaligen Angebot in seine Firma. Mittlerweile ist Gerd sein Stellvertreter, also der zweite Mann im Werk.

Seit ihrem elften Lebensjahr besteht zwischen den beiden fast gleichaltrigen Männern eine Freundschaft, die ihresgleichen sucht. Die Vertrautheit und die tiefe Verbundenheit kann jeder erkennen, der die beiden zusammen beobachtet.

Ausgepowert und zufrieden sitzen sie anderthalb Stunden später in Gerds Wohnung bei einem reichhaltigen Frühstück zusammen. Gerd, der seinem Freund beim Schwimmen immer eine Nasenlänge voraus ist, zieht diesen noch eine ganze Weile mit seiner Niederlage auf. Sobald es wieder kühler wird, tauschen sie das Schwimmen gegen Radfahren ein. Gerd weiß, dass er da keine Chance hat gegen Andreas zu bestehen. Darum weidet er seinen Triumph ungeniert aus, bevor sie sich anderen Themen zuwenden.

„Wie funktioniert es mit dir und Emma?", verhört Andreas seinen Freund.

Sie lernten Emma Wolf während ihres letzten Abenteuers vor circa vier Wochen kennen. Emma und ihr Bruder Stefan waren zu diesem Zeitpunkt beide Mitarbeiter des Bundesnachrichtendienstes in Berlin und maßgeblich an der Befreiung von Peter Staller aus der Gewalt einer Gruppe gefährlicher Nazimitglieder[3]

---

3 Band 3 Mörderische Hinterlassenschaft

beteiligt. Schon bei ihrem ersten Kennenlernen verliebten sich Gerd und Emma ineinander. Während sich die Topagentin darum bemühte, die Aktivitäten von vier Diebinnen zu unterlaufen, die weltweit durch Gemäldediebstähle die gesamte Polizei in Atem hielten, versuchte Gerd den Aufenthaltsort des entführten Konzernchefs zu finden. Obwohl Gerd sie für eine der Diebinnen hielt, die der Firma *Staller* massiven Schaden zufügten, konnte er sich Emmas Ausstrahlung nicht entziehen. Doch bis sie sich ihre gegenseitige Zuneigung eingestehen konnten, mussten sie zahlreiche Schwierigkeiten überwinden. Nun bemühen sie sich darum, eine Fernbeziehung zwischen Berlin und Düsseldorf aufzubauen.

„Frag mich das in ein paar Wochen noch einmal", fordert Gerd seinen Freund auf. „Sie ist gerade eine Woche weg aus Düsseldorf. Wir müssen uns beide erst an die Situation gewöhnen."

„Das kann ich gut verstehen", bestätigt Andreas.

„Emma ist gut. Nein, sie ist die Beste", erklärt Gerd stolz. „Ihr Boss Wolfgang Keller greift mit seinen Aufträgen gern auf sie zurück. Oft hat sie vorher keine Ahnung, wohin es geht. Seit gestern ist sie wegen eines neuen Auftrags unterwegs. Sobald sie zurück kommt werden wir uns treffen."

„Macht es dir nichts aus, zu wissen, dass sie sich bei jedem Auftrag in Gefahr begibt?", fragt Andreas neugierig.

„Ich würde gern sagen ‚überhaupt nicht'. Aber so ist es nicht. Ich vertraue ihr und glaube an sie. Trotzdem werde ich verrückt bei dem Gedanken, dass sie da draußen ist und ich ihr nicht helfen kann. Sie darf noch nicht einmal mit mir darüber sprechen, welchen Auftrag sie zu erledigen hat", antwortet ihm Gerd. „Am liebsten würde ich sie hier bei mir einsperren, aber ich weiß ja selbst, wie das ist. Andy, sie braucht das, das ist ihr Job. Ich muss warten, bis sie von sich aus zu mir kommt. Ich hoffe, dass sie das irgendwann kann."

„Ich wünsche es mir für dich." Andreas kann sehen, wie sehr sein Freund Emma liebt. Auch er mag Emma, deshalb hofft er, dass die beiden dauerhaft zueinander finden. Doch vorerst wechselt er das Thema, um keine Melancholie aufkommen zu lassen.

„Du, Gerd, ich habe da eine Idee. Du musst mir sagen, was du davon hältst", beginnt er. „Vater will unbedingt wieder zur Arbeit gehen. Er macht Mutter schon eine ganze Weile verrückt damit."

„Das kann ich mir denken", stimmt Gerd ihm zu. Durch seine eigenen Erfahrungen kennt er diesen Wunsch ebenfalls. „Karo hat bestimmt ihre liebe Mühe damit, ihn noch etwas auszubremsen."

„Ja, richtig, sie ist am Verzweifeln. Du hast seine rigorose Weigerung, sich im Krankenhaus versorgen zu lassen, ja mitbekommen. Die Verletzungen, die er während seiner Gefangenschaft erlitten hat, sind zwar schon gut abgeheilt, aber noch nicht gänzlich verheilt. Es sind gerade einmal zwei Wochen vergangen, seit wir in Düsseldorf angekommen sind. Dass er fit genug für seinen Job sein soll, kann ich mir nicht vorstellen. Im Gegensatz zu ihm! Du kennst ihn ja."

„Allerdings!" Seit Gerd elf Jahre alt ist, sind Andreas und er befreundet, mehr als das, sie sind wie Brüder. Er ist der Einzige, der Andreas mit seinem Kosenamen anreden darf. Genauso lange kennt er auch dessen Vater Peter Staller und seine Frau Karola. Irgendwie haben diese drei Menschen ihn bei sich aufgenommen. Er geht seit nunmehr sechzehn Jahren bei ihnen ein und aus, sie sind zu seiner Familie geworden.

„Vater hat nächste Woche Geburtstag", spricht Andreas weiter. „Ich habe mir schon lange den Kopf zerbrochen, was wir ihm schenken können. Ich nehme an, dir geht es genauso?"

„Jetzt, wo du es sagst", antwortet Gerd verlegen.

Andreas verdreht die Augen. ,Das ist wieder einmal typisch Gerd!' Wie immer vergisst er solche Tage gänzlich und dann muss er kurzfristig etwas besorgen. Aber bisher hat er jedes Mal wieder den Vogel abgeschossen. Wie sein Freund das schafft, weiß er nicht.

„Pass auf", bittet Andreas ihn. „Bei uns im Institut gab es Eintrittskarten für einen Freizeitpark in der Eiffel. Er heißt *Weltenbummler*. Den gibt es erst seit circa einem Jahr. Soll einer der größten Parks Deutschlands sein. Die Karten sind ausgestellt für den nächsten Freitag. Ich habe mich einmal schlau gemacht. Der Park ist geöffnet von zehn bis zweiundzwanzig Uhr."

„Willst du ihn etwa in den Freizeitpark schicken?" Gerd schaut seinen Freund belustigt an. „Wenn er arbeiten will streikst du, aber auf die Achterbahn kann er ruhig gehen? Das passt irgendwie nicht zusammen. Oder verstehe ich das falsch?"

„Ja und nein. Wir stellen ihm ein Ultimatum. Er gibt bis Freitag noch Ruhe, dann machen wir zu viert den Park unsicher. Wenn er sich danach noch fit fühlt, kann er am Montag wieder schuften gehen, wenn nicht, setzt er noch eine weitere Woche aus, aber ohne uns alle zu nerven."

Anerkennend nickt Gerd. „Die Idee ist gar nicht so schlecht. Was sagt Karo dazu?"

„Sie weiß es noch nicht. Ich wollte erst mit dir reden. Dich brauche ich nämlich dazu", bettelt Andreas.

„Wieso mich?" Gerd ist gespannt, was Andreas sich ausgedacht hat.

„Also, erstens, die haben an dem Park auch Landeplätze für Hubschrauber. Ich habe einen gebucht. Du fliegst uns doch sicher da hin? Dann sparen wir uns die Anfahrt."

„Hättest du deine Flugstunden regelmäßig absolviert, wäre deine Fluglizenz noch gültig und du bräuchtest nicht fragen", stichelt Gerd.

„Ich weiß. Aber für mich gab es in den letzten Monaten Wichtigeres. Es reicht doch aus, wenn deine Lizenz gültig ist. Außerdem ist es sowieso besser, wenn du dich darum kümmerst, dass wir den Hubschrauber benutzen dürfen." Andreas lächelt verschwörerisch. „Bei Mutter musst du mir ebenfalls helfen. Du wickelst sie locker um den kleinen Finger. So wie du schaffe ich das nie. Mit Vater ist es das Gleiche. Ihr beiden seid euch, was die Arbeit angeht, sehr ähnlich. Du verstehst ihn. Er hört garantiert eher auf dich."

„Das glaube ich nicht, du schaffst das auch. Aber gut, wir machen das gemeinsam. Einverstanden?"

„Klar!", strahlt Andreas.

„Kannst du dich noch an das letzte Mal erinnern?" Gerds Augen glänzen übermütig auf.

„Wie könnte ich das je vergessen?", kommt die lachende Gegenfrage.

Beide müssen sie daran denken, wie sie, gerade fünfzehn Jahre alt, mit Peter im Freizeitpark waren. Nicht nur, dass sie sich sehr übermütig benommen haben, probierten sie genau alles das aus, was Karo ihnen im Vorfeld untersagt hatte. Das Ergebnis war, dass der Unternehmer seine beiden Rowdys bei der Parkaufsicht abholen durfte. Es hagelte eine gesegnete Strafpredigt, bevor Peter sich alles haarklein berichten ließ. Heute wissen sie, dass er nur halb so sauer war wie er tat. Die Strafpredigt von Karola war um etliches ernster gemeint. Sie ging den beiden Jungen wirklich unter die Haut. Schuldbewusst grübelten sie noch im Bett darüber nach. Sie beschlossen, sich bei Karo zu entschuldigen, schlichen leise die Treppe herunter, nur um zu hören, wie Peter von seiner Frau eine gepfefferte Standpauke erhielt. Ihretwegen! Erschrocken sahen sie sich an. Gerds Einstellung änderte sich schlagartig. Dieser tolle Mann sollte nie wieder seinetwegen von seiner Frau ausgeschimpft werden. Auch Karo wollte er sein Leben lang nicht mehr enttäuschen. Andreas ging es wie ihm. Gerade als sie sich bemerkbar machen wollen, vertragen sich die beiden Erwachsenen wieder. Für die wissbegierigen fünfzehnjährigen Jungen war dies ein sehr interessantes Erlebnis, das sie bis zum Schluss auskosteten. Daran mussten beide jetzt denken.

„Wenn Mutter uns bemerkt hätte, wäre die nächste Predigt fällig gewesen", lacht Andreas laut. Gerd stimmt ein.

Sie beginnen mit der Planung einer Geburtstagsfeier für das Oberhaupt der Familie Staller, sowie des *Staller* Konzerns. Danach genießen sie gemeinsam den Rest des Tages. Am späten Nachmittag bricht Andreas nach Aachen auf.

Montagmorgen trifft Gerd im Büro auf seine Sekretärin Anna Zerlinski. Mit der hübschen siebenundzwanzigjährigen, ein Meter siebzig großen Blondine verbindet Andreas und ihn eine jahrelange, tiefe Freundschaft. Bei so manch einem Abenteuer hat sie ihm zur Seite gestanden, ohne Rücksicht auf ihr eigenes Leben zu nehmen. Während ihrer Studienabschlussfahrt landeten sie bei dem Besuch eines Casinos mitten in einer Geiselnahme. Gemeinsam mit Gerd und Andreas stellte sie sich diesen Verbrechern in den Weg. Seit sie vor ein paar Wochen zusammen Peter Staller aus den Händen einer Gruppe brutaler Nazis befreit haben, ist Anna mit Stefan Wolf, dem Bruder von Emma, liiert. Gerd könnte sich keinen besseren Mann für seine Freundin vorstellen.

Anna und Gerd haben gemeinsam in der Firma von Peter Staller angefangen. Zu den Aufgaben der Sekretärin zählen die Koordination seiner Arbeitsschritte und die seines gesamten Teams. Diese Arbeit macht sie wirklich gut.

Nachdem sie die laufenden Aufträge und die Terminpläne durchgekaut haben, rückt Gerd mit seiner privaten Bitte heraus. „Anna, besteht die Möglichkeit, dass du mir hilfst für den Chef eine Firmenfeier zu organisieren?"

„Du meinst wohl, dass ich das für dich machen soll?"

„Ja, bitte. Du kannst das besser als alle anderen", schmeichelt Gerd.

Anna sieht ihn schockiert an. „Du erwartest, dass ich eine Geburtstagsfeier für den Chef organisiere. In knapp zwei Tagen? Er hat doch schon übermorgen Geburtstag. Das schaffe ich garantiert nicht. Ich glaube, das musst du selbst machen."

Voller Panik starrt Gerd die Freundin an. ‚Das kann unmöglich ihr Ernst sein! Wenn es um Beschaffung und Organisation geht, ist sie nicht zu schlagen.' „Anna, tu mir das nicht an", bettelt er. „Außer dir schafft das keiner. Ohne dich bin ich aufgeschmissen."

Obwohl das Lob Anna schmeichelt, bleibt sie ernst. Aber es fällt ihr schwer bei Gerds entsetztem Gesicht nicht loszulachen. „Ich werde dir helfen", verspricht sie ihm. „Ich suche dir die Telefonlisten der Getränkelieferanten, vom Catering und was du sonst noch so brauchst heraus. Die haben im Normalfall zwar zwei Wochen Vorlauf, aber das kriegst du bestimmt spielend hin. Du braust sie nur zu überreden die Getränke am Mittwoch gekühlt anzuliefern. Der Cateringservice soll sich mit dem passenden Personal um das Büffet kümmern. Ach ja, den Aufräumservice musst du auch organisieren."

Sie zählt noch einiges mehr auf. Langsam schwant Gerd, was für ein Aufwand nötig ist. Bei Anna wirkt das immer ganz einfach. Sie gerät bei solchen organisatorischen Aufgaben noch nicht einmal in Eile, während ihm jetzt schon der Angstschweiß ausbricht.

Anna fängt urplötzlich lauthals an zu lachen. Sie lacht so heftig, dass ihr Tränen in den blauen Augen stehen.

„Darf ich mitlachen?", fragt er mürrisch, da er das Gefühl hat, dass sie sich auf seine Kosten amüsiert.

„Du hättest dein Gesicht sehen sollen, das allein war es schon wert", lacht Anna immer noch. „Gerd, in zwei Tagen ein solches Fest vorzubereiten schaffe auch ich nicht", erklärt sie ihm wieder ernst werdend. „Deshalb habe ich bereits vor zwei Wochen angefangen alles zu organisieren, was dazu gehört. Es ist alles geregelt ..."

Weiter kommt sie nicht. Gerd springt auf und zieht Anna mit sich hoch. „Du bist einfach spitze!" Er wirbelt die auflachende Freundin einmal um seine Achse, bevor er sie zurück auf den Boden stellt. Dann gibt er ihr einen dicken freundschaftlichen Kuss.

„Nachdem Herr Staller aus Berlin zurückkam, war es mir einfach ein Bedürfnis dafür zu sorgen, dass hier niemand seinen Geburtstag vergisst", gesteht Anna. „Ich habe einfach gehofft, dass er sich fit genug fühlt, um an der Feier teilzunehmen."

„Davon kannst du getrost ausgehen. Seine Geburtstagsfeier will er sicher nicht verpassen!"

„Das Einzige, was du noch machen musst, ist Herrn Staller und seine Frau um zehn Uhr hierherzuholen. Um dein Geburtstagsgeschenk für ihn musst du dich aber selbst kümmern."

„Kein Problem. Andreas hat sich für uns beide etwas ausgedacht. Wir machen das gemeinsam." Er schildert ihr, was sie sich vorgenommen haben.

„Das ist hinterhältig", kommentiert Anna die Idee. „Aber ich glaube, ihr habt Recht. Ich bin gespannt, wie er reagiert."

„Ich auch."

Das Hauptgebäude der *Staller Industrie Werke GmbH* beherbergt sämtliche Büros der Teammitglieder. Hinter dem Empfang im Erdgeschoss sind direkt neben Treppe, Fahrstuhl und Lastenfahrstuhl die sanitären Einrichtungen für Besucher anberaumt. Hier unten befinden sich zusätzlich nur noch die Überwachungsräume für die interne Überwachung und Sicherung, in der die dafür eingeteilten Sicherheitskräfte ihren Dienst verrichten. Um die Wege auch für die Mitarbeiter der Fertigungsbetriebe möglichst kurz zu halten, wurde die Kantine gleich in der nächsten Etage eingerichtet. Sämtliche Labore und Versuchsräume befinden sich im zweiten Stockwerk, die allgemeinen Büroräume für Entwicklung und Technik im dritten. In den höher gelegenen Büros gelangt man zu den Teammitgliedern für Sonderprojekte. Dazu gehören im vierten Obergeschoss die Computerräume und das Büro der Sicherheitskräfte. Die fünfte Etage beherbergt Büro und Archive der Techniker. Zudem erreicht man dort auch die Räumlichkeiten des stellvertretenden Teamleiters, bevor man dann auf der sechsten Etage in das Reich des Projektleiters gelangt. Den Büros der leitenden Mitarbeiter sind Vorzimmer für die zuarbeitenden Fachkräfte anberaumt. Auch haben beide einen eigenen Besprechungsraum. Alle Etagen der Teammitglieder besitzen diverse Archive und zusätzliche Arbeitszimmer. Die gesamte Verwaltung des Konzerns findet ihren Platz in der siebten Etage, bevor es eine Etage höher zu einer Vielzahl von Konferenzräumen geht, die für diverse Aktivitäten zur Verfügung stehen. Eine Besonderheit bietet die neunte Etage, die seit der Entstehung des Gebäudes vollkommen leer steht. Der Aufbau dieser Etage ist genauso angeordnet wie die Chefetage im obersten Stockwerk und wird für einen eventuell notwendigen Stellvertreter oder Partner des Konzernchefs freigehalten. Zusätzlich zu dem exklusiven Büro von Peter Staller und dem Einzelbüro der Chefsekretärin mit angrenzenden Archivräumen beherbergt das oberste Geschoss eine kleine, komplett eingerichtete Wohnung mit Küche, Schlafraum, Wohnzimmer und einem einladenden Bad. In allen Stockwerken bieten die sanitären Einrichtungen ein angenehmes Maß an Komfort.

Gerd begibt sich aus der sechsten Etage, in der sein Büro liegt, nach unten zu den Teambüros. Er beginnt den Rundgang bei seinem Stellvertreter Daniel Richter.

Daniel managt nicht nur die laufenden Aufträge des Teams in der Abwesenheit von Gerd, ihm untersteht auch die Koordination sämtlicher Auftragseingänge. Das Team rund um Gerd Bach wickelt die Großaufträge, sowie spezielle Sonderwünsche ab. Alle standardmäßigen Arbeiten übernehmen die passenden Fachkräfte aus den vielen Büros und Werkstätten der Firma *Staller*.

Daniel zur Seite steht seit Anfang des Jahres Miriam Jung, eine von drei Studierenden, die im letzten Jahr nach einem Praktikum in der Firma *Staller* Arbeitsverträge erhielten. Die Studentin der Universität Düsseldorf verrichtet für den blonden Vierzigjährigen als Aushilfskraft die Arbeiten, die Anna für Gerd erledigt.

Da Daniel keine Probleme damit hat, die repräsentativen Pflichten zu übernehmen, bürdet Gerd ihm diese für ihn selbst verleidete Tätigkeit auf, wann immer er kann.

Auf dem Weg zu Daniel findet er den Schreibtisch von Miriam Jung leer vor. Schnurstracks marschiert er weiter in das Büro seines Stellvertreters, um überrascht stehenzubleiben. Vor ihm am Schreibtisch im Sessel ihres Vorgesetzten sitzt die zwanzigjährige Aushilfskraft. Der ein Meter siebzig großer kräftige Mann lehnt über ihre Schulter gebeugt hinter ihr. Er starrt auf seinen Computer, während Miriam ihm Erklärungen zu ihrer Tätigkeit abgibt.

„Hallo zusammen", meldet sich Gerd beim Eintreten an.

„Herr Bach", grüßt Miriam zurück. Zu ihrem eigenen Leidwesen läuft sie tatsächlich rot an. ‚Hoffentlich fasst er das jetzt nicht falsch auf.' Die ein Meter siebzig große Frau mit den langen hellbraunen Haaren kann sich noch genau daran erinnern, wie sie ihr Praktikum in dieser Firma begann. Nicht nur, dass sie der Meinung war, ihr Boss sei genau der richtige Mann für sie, hat sie sich durch ihre Schwärmerei vollkommen zum Narren gemacht. Aber dank ihm hat sich dann alles zum Guten gewendet.

Daniel zeigt keine Gewissensbisse. Humorvoll heißt der blonde Mann seinen Boss willkommen, bevor er ernst wird: „Was kann ich für dich tun?"

„Klärst du mich über die laufenden Arbeiten und die geplanten Termine auf? Ist etwas Neues hinzugekommen?"

„Nicht wirklich." Daniel zeigt auf seinen Computer, dessen Tastatur von Miriam in einem flotten Tempo bearbeitet wird. „Wir, das heißt, diese überaus fähige junge Dame", Daniel zeigt auf die Kollegin, „gibt gerade die Änderungen in die Terminpläne für diese Woche ein." Traurig blickt er seinen Boss an. „Gerd, diese Halbwüchsigen sind noch nicht einmal trocken hinter den Ohren, aber wenn ich sehe, was die in kürzester Zeit mit einem Computer anstellen, fühle ich mich regelrecht alt."

„Da hast du Recht, Opa", stichelt Gerd lächelnd. Miriam schaut mit vergnügt blitzenden Augen zu ihnen auf.

„Werd bloß nicht frech!" Halbherzig drohend weist Daniel mit dem Finger auf seinen Boss. „Dir wird es irgendwann auch so ergehen", verspricht er seinem Vorgesetzten. „Nein, es läuft wirklich alles nach Plan. Am Freitag ist die Abnahme in der Eishalle in Düsseldorf-*Benrath*. Die beiden Eventbereiche haben wir gänzlich neu verkabelt. Das war bedeutend effektiver als Stückwerk zu betreiben. Ansonsten haben wir uns an die Pläne gehalten. Willst du die Abnahme selbst übernehmen?"

„Nein, mach du das." Gerd braucht nicht lange zu überlegen. „Du hast den Auftrag von Anfang an begleitet, dann führe ihn auch zu Ende. Ich bin am Freitag sowieso nicht da. Du solltest Frau Jung mitnehmen." Er wendet sich der Studentin zu: „Sehen Sie sich alles an. Es wird nicht oft vorkommen, dass Sie zu einer Abnahme mitfahren können, also nutzen Sie die Chance."

„Das mache ich gern", freut sich Miriam. „Danke."

Tim Hoffmann, einer der Computerspezialisten aus seinem Team, gab den Büros Namen. Er fand es als unter seiner Würde, in einem Raum zu arbeiten, der lediglich aus einer Nummer bestand. Im Laufe der Zeit haben sich die Bezeichnungen der Räume bei allen eingebrannt und sämtliche Bürotüren der Teammitglieder sind mittlerweile mit passenden Schildern versehen. An der Tür, die Gerd jetzt öffnet, befindet sich die Aufschrift *Elektronik und Technik*.

Bis vor einigen Monaten herrschte hier das rege Treiben einer verschworenen Männergemeinschaft. Das änderte sich schlagartig, als die junge Michaela Kaiser, kurz Micha genannt, ihr Praktikum in dieser Abteilung begann. Die Einundzwanzigjährige studiert in Düsseldorf Wirtschaftsingenieurswesen der Fachrichtung Maschinenbau und eroberte sich durch ihre natürliche Art und ihre Fähigkeiten schnell einen Platz in dieser Truppe. Heute ist die ein Meter vierundsiebzig große hübsche Frau mit dem schokoladenbraunen Pferdeschwanz aus diesem Büro nicht mehr wegzudenken. Sie ist die zweite der drei Studierenden, die neben dem Studium in der Firma *Staller* ihre Arbeit absolvieren dürfen.

Jens Fischer, Diplom-Bauingenieur für Versorgungstechnik und Informatik, ist mit seinen einundvierzig Jahren der Älteste der Gruppe. Ihm zur Seite steht Ralf Haas, der zweiunddreißigjährige Maschinenbauingenieur. Der fünfunddreißigjährige Systemelektroniker Patrick Lange und sein einunddreißigjähriger Bruder, der Geowissenschaftsingenieur Tobias Lange, vervollständigen das Quartett. Alle vier Ingenieure haben die junge Frau in ihrer Gruppe regelrecht adoptiert. Sie achten auf sie wie Wachhunde auf ihren Welpen. Der Projektleiter lächelt bei dem Gedanken an diesen Vergleich. Er ist froh über die gut funktionierende Einheit.

Im Büro der Techniker findet Gerd nur Tobias vor, der sich um die abschließenden Schriftstücke kümmert, während alle anderen mit der Bearbeitung des letzten Auftrags auf der Baustelle beim Kunden beschäftigt sind. Nach einem kurzen Austausch mit dem Ingenieur ist Gerd über die problemlosen Abläufe informiert. Auf seinem weiteren Weg begibt er sich erst zu den Computerfachkräften, da er für seinen Aufenthalt bei den Sicherheitskräften mehr Zeit eingeplant hat.

Über das Schild an der Tür muss er immer wieder schmunzeln. Hier steht schlicht, was sich in dem Raum befindet, nämlich *Computer + Genies + Oscar*. Treffender geht es nicht!

Er betritt das Reich von Maximilian Schreiber. Außer dass er ein wirklich lieber Kerl ist, zählt er zu den intelligentesten Menschen in großem Umfeld. Der dreißigjährige ein Meter vierundsiebzig große übergewichtige Computerfachmann besitzt einen *IQ* von *154* und ist das Rechengenie der Firma *Staller*. Seine Freunde rufen ihn schlicht Max.

Gerd ist froh, dass sie den blonden Spezialisten für dieses Team gewinnen konnten. Dank Max' Hilfe ist schon so manch eine Anlage in Betrieb genommen worden, bei der sie ohne ihn aufgeschmissen gewesen wären.

Der Raum, in dem er sich nun aufhält, beherbergt unter anderem die Supercomputer der Marke *IBM Blue Gene*. Hier finden sich die modernsten *Hightech*-Geräte, ein riesiger Wandbildschirm, der in eine der Wände eingelassen ist, und das dazu passende Bedienfeld, welches aus einem großen Kontrolltisch unmittelbar davor besteht.

Der zweite Computerfachmann ist Tim Hoffmann, der im Gegensatz zu dem schnell einmal in Panik geratenden Max eher besonnen ist. Bei der Arbeit wirkt der Einunddreißigjährige ernst und konzentriert, ist aber ansonsten für jeden Scherz zu haben. Zu den Aufgabengebieten des schlanken, ein Meter neunzig großen rothaarigen Spezialisten für Computertechnologie gehört unter anderem die Erstellung von Simulationen. Außerdem betreut und überwacht er die Arbeiten mit *Oscar*.

Oscar ist ein Quantencomputer.

Der im angrenzenden Raum angesiedelte leistungsstarke Rechner, ein Highlight neuester Computertechnologie, kann in kürzester Zeit komplexe Systeme simulieren, die Suche in Datenbanken enorm beschleunigen und Verschlüsselungstechnologien selbstständig knacken. Die Spezialisten der Firma *Staller* sollen ihn für die Regierung auf seine Fähigkeiten und Schwachstellen hin testen. Viele Aufgaben konnten mit Hilfe des *Hightech*-Gerätes zeitnah erledigt werden, bei denen sie ohne diese Hilfe gescheitert wären. Nicht nur bei der Suche nach dem NS-Kriegsverbrecher Otto Gruber leistete *Oscar* gute Arbeit. Die Recherchen, die das Team mit seiner Hilfe erarbeiten konnte, trugen dazu bei, ein spanisches Drogenkartell zu zerstören, das seine Fänge bis nach Deutschland ausstreckte[4].

Seit Anfang des Jahres wird ein weiterer Arbeitsplatz in diesem Raum von Cornelius Pohlschneider belegt. Der blonde Einundzwanzigjährige ist der dritte Studierende der Universität Düsseldorf. Der ein Meter vierundsiebzig große angehende Computerfachmann weist sich durch einen hohen *IQ* aus, der ihm den Spitznamen *127* einbrachte. Auch er hat bereits

---

[4] Band 2 Die Vergeltung der Nemesis

bewiesen, dass er die ihm übertragenen Aufgaben gewissenhaft meistern kann.

Die Aufträge, die Gerd mit seinem Team für die Firma *Staller* zur Zufriedenheit der Kunden erledigt, sind fast ausschließlich Sonderprojekte, bei denen die Überwachung und Sicherung über Steuerelemente in die neueste Computertechnik eingebunden werden. In den seltensten Fällen können sie auf Standards zurückgreifen, sondern müssen individuelle Lösungen schaffen.

„Guten Morgen, Kollegen", begrüßt Gerd seine Computerspezialisten. „Wie läuft's bei euch?"

„Hallo Gerd", antwortet Max, schiebt seine rutschende Brille auf die Nase zurück und schaut auf. „Bei uns ist alles im grünen Bereich. Bis Freitag haben wir noch gut zu tun, dann wird es etwas ruhiger."

„Ja, Daniel war so nett, mich ins Bild zu setzen."

Tim nimmt vor ihm auf der Kante von Max' Schreibtisch Platz. „Ab nächster Woche können wir *Oscar* auch wieder an unserer Entschlüsselungsaktion arbeiten lassen. Durch die letzten Arbeiten hatten wir einfach keine Zeit, um weiter zu machen."

„Was meint ihr, wie lange ihr dafür brauchen werdet?"

Richard Wolf, der Vater von Emma und ihrem Bruder Stefan, wurde vor wenigen Monaten in seinem eigenen Büro getötet. Die Geschwister vermuten hinter dem Anschlag einen Insider aus den Reihen des Bundeskanzleramtes, für das auch Richard Wolf als Leiter der Abteilung Sechs tätig war. In seine Zuständigkeit gehörten die drei deutschen Nachrichtendienste, sowie die oberste Leitung über die Spezialeinsatzkräfte, den Personenschutz und die offene Aufklärung. Seine Aufgaben bringen dem Leiter dieser Abteilung den Titel Geheimdienstkoordinator ein.

Nach dem Tod ihres Vaters suchte Emma in seinen Aufzeichnungen nach Hinweisen auf den Mörder. Ohne Erfolg! Jedenfalls so lange bis Max und Tim mit *Oscar* an die Suche herangingen. Sie stellten ein gut ausgetüfteltes Verschlüsselungssystem fest, das nur mit Mühe zu entziffern ist.

„Schwer zu sagen", überlegt Tim. „Ich schätze, dass wir bestimmt vier Wochen benötigen, wenn nicht noch länger. Ihr müsst euch gedulden. Ohne *Oscar* würden wir das nie schaffen", betont er noch stolz.

„Da hast du wahrscheinlich Recht", vermutet Gerd.

Anschließend findet er sich gleich nebenan in dem letzten Büro seiner Mannschaft ein. Wie das Schild mit der Aufschrift *Rund um Sicherheit* anzeigt, teilen sich die leitenden Sicherheitskräfte diesen Raum. Dominik Schwarz und Oliver Klein fungieren zudem als Allrounder für Gerds Team. Da die beiden die Techniker des Teams im Einsatz unterstützen, trifft Gerd nur den smarten Uwe Meyer an.

Uwe ist der leitende Mann für Werks- und Personenschutz in und um die Firma *Staller*. Während der Außeneinsätze ist der sechsunddreißigjährige Pilot als Sicherheitsbeauftragter für das elfköpfige Team rund um seinen Boss Gerd Bach zuständig. Er hält ihnen möglichst den Rücken frei und sorgt für die Beschaffung notwendiger Equipments. Dem ein Meter fünfundachtzig großen muskulösen Mann mit braunem Kurzhaarschnitt sieht man die militärische Ausbildung an. Er ist Flugexperte und hat Sinn für Humor. Sein Dreitagebart schmälert seine Ausstrahlung nicht im Geringsten. Im Augenblick sitzt er über den wöchentlichen Berichten, die der Konzernchef regelmäßig von ihm einfordert. Bei Gerds Eintreten hebt er den Kopf und schaut ihm entgegen.

„Hey, Kumpel", heißt er seinen Boss salopp willkommen, was bei ihm allerdings eher ein Zeichen von Freundschaft ist als von Respektlosigkeit. „Alles klar?", fragt er, wobei seine blaugrauen Augen übermütig blitzen.

„Wenn du damit meinst, ob ich ein Auto zerlegt oder den Hubschrauber geschrottet habe, kannst du dich beruhigen. In dieser Woche war ich ganz artig", witzelt Gerd.

Beide Männer erinnern sich daran, wie Gerd und Andreas nur mit Mühe einem Anschlag durch einen Handlanger der Grubers entgehen konnten. Dabei wurde Andreas' Audi großflächig beschädigt. Nur wenige Tage darauf durchlöcherten seine Verfolger mit einer Vielzahl von Kugeln während einer gewagten Verfolgungsjagd Gerds Firmenwagen. Nicht einmal ein halbes Jahr hielt der gepanzerte Wagen, den Peter Staller ihm daraufhin besorgte, ehe er von Kerstin Seewalds Handlanger durch eine Panzerabwehrkanone zerstört wurde. Gerd und seine damalige Freundin Julia Dahlmann hatten Glück, dass sie diesen Anschlag lebend überstanden. Durch ihren Fehlschlag zum Äußersten getrieben organisierte Kerstin Seewald, die Chefin des Drogenkartells, eine Bombe, die den Firmenhubschrauber in seine Einzelteile zerlegen sollte. Wohlgemerkt mit Gerd und Andreas an Bord!

„Was nicht ist, kann ja noch werden", verkündet Uwe trocken. „Ist dir aufgefallen, dass heute erst Montag ist?"

„Ja. Und damit du dir keine Sorgen machst, möchte ich dich bitten am Mittwoch für mich einen Flug zu übernehmen. Einfache Strecke zwei Stunden. Um zehn Uhr musst du wieder hier sein."

Uwe starrt ihn entsetzt an. „Das heißt, vor sechs losfliegen", stöhnt er auf. „Wo soll es denn hingehen?"

„Nach Friedrichstadt am Bodensee. Du fliegst leer hin. Zurück hast du einen Passagier." Damit erklärt er Uwe seinen Plan. „Das bleibt aber unter uns", fordert Gerd.

„Finde ich gut. Geht klar", bestätigt ihm der Freund.

„Prima. Anna besorgt dir einen Landeplatz und die Möglichkeit zum Auftanken. Ich sehe zu, dass unser Gast bereitsteht, wenn du ankommst."

4

Seit dem Mittag herrscht an diesem Dienstag ein reges Treiben in der Firma *Staller*. Jeder, der es sich leisten kann seine Arbeit für zwei Tage zu unterbrechen, hilft bei den Vorbereitungen für die Geburtstagsfeier des Konzernchefs. Maximilian Schreiber und Tim Hoffmann haben sich ein besonderes Spektakel für den Konzernchef überlegt. Eifrig arbeiten sie mit den Kollegen an der Montage des notwendigen Equipments. Viele Mitarbeiter aus dem ganzen Werk finden sich für den Probelauf am Abend ein.

Wer um sechs Uhr morgens bereits in der Nähe der *Staller Werke* unterwegs ist, kann den firmeneigenen Hubschrauber aufsteigen sehen. Der *Eurocopter EC 155* mit hydraulischem Fahrwerk besitzt ein Glascockpit über einem Transportraum für bis zu zwölf Personen. Statt Heckrotor ist er mit einem *Fenestron*[5] ausgestattet. Die maximale Reisegeschwindigkeit beträgt zweihundertneunundsiebzig Stundenkilometer bei einer Flughöhe von viertausendfünfhundertzweiundsiebzig Metern.

---

5 Fenestron = gekapselter Heckrotor, der zum Ausgleich des Drehmoments vom Hauptrotor dient und in den Heckausleger eingebaut ist

Uwe hat alle notwendigen Instruktionen und die Freigabe für den Start erhalten. Langsam beginnen die Rotoren ihre Arbeit aufzunehmen, die allmählichen Drehbewegungen steigern sich rasch. Sobald die Maschine betriebsbereit ist zieht er den Hubschrauber senkrecht nach oben bis er die Flughöhe erreicht. Er richtet den Vogel nach Süden aus. Dann gibt er Gas. In vier Stunden soll er wieder hier sein, das ist zwar knapp bemessen, aber machbar, rechnet Uwe nach. Wenn Frau Waldner pünktlich am Landeplatz steht, kriegt er das hin. ‚Da hat Gerd sich ja wieder etwas Tolles ausgedacht.'

„Damit liegt er definitiv vorn!", bewertet Uwe seine Aufgabe.

Der Gast, den er abholen soll, ist die neunundsechzigjährige Dorothea Waldner. Uwe hatte bereits das Vergnügen, die lustige Frau mit den braunen Locken und den schalkhaft blitzenden blau-grauen Augen kennenzulernen. Sie war lange nicht mehr hier, deshalb ist sie genau der perfekte Überraschungsgast. Er muss lächeln als er sich daran erinnert, wie sie vor sechs Jahren bei einer Betriebsbesichtigung zu ihm sagte, er dürfe sie weder siezen noch Dorothea zu ihr sagen. Sie würde sich dann sehr alt vorkommen. Ihr Name sei ‚Doro'. Er erkannte sofort, dass Karola Staller ihr Temperament eindeutig von ihrer Mutter geerbt hat.

Gerd lässt sich an diesem Morgen Zeit. Um neun Uhr schlägt er im Anwesen der Familie Staller auf, wo Andreas bereits ungeduldig vor der Tür auf ihn wartet. „Wieso bist du so spät?"

„Reg dich gar nicht erst auf", beschwichtigt Gerd seinen Freund. „Es ist schon alles geregelt. Am Montag habe ich Karola überredet mitzumachen. War gar nicht so schwer wie ich dachte. Im Gegenteil! Sie wirkte richtig unternehmungslustig."

„Du hast vielleicht Nerven." Andreas atmet erleichtert auf. „Du kommst aber nicht auf die Idee mir das mitzuteilen, oder?"

Auf den bösen Blick hin lächelt Gerd seinen Freund nur schadenfroh an, um ihm anschließend auffordernd auf die Schulter zu klopfen. „Lass uns loslegen. Wir müssen um zehn da sein. Ich habe noch für eine Überraschung gesorgt."

Erstaunt schauen sie sich an, als sie beim Eintreten laute Stimmen hören. Anscheinend hat das Ehepaar Staller gerade eine heftige Meinungsverschiedenheit.

„Kommt überhaupt nicht in Frage", giftet Karola soeben ihren Mann an. „Der Arzt hat gesagt die ganze Woche noch, die hört am Sonntag auf. Das ist in vier Tagen, solange bleibst du noch hier! Montag geht es zum Arzt, der entscheidet, ob du gesund bist oder nicht!"

„Hallo, zusammen", begrüßt Gerd die beiden locker.

„Na, endlich", faucht die schlanke siebenundvierzigjährige Unternehmers-Gattin angriffslustig. Die Dozentin für Ernährungswissenschaften ist ein Meter achtundsechzig groß und trägt ihre dunklen Haare in einem modernen Kurzhaarschnitt. Die grauen Augen, die denen von Andreas absolut gleichen, blitzen herausfordernd auf. Die temperamentvolle Frau schnappt sich ihre Handtasche. „Ich fahre jetzt einkaufen. Mit deinem Wagen", verkündet sie ihrem Mann provokant. „Du passt auf ihn auf", wendet sie sich befehlend an Gerd, ehe sie den Arm ihres Sohnes ergreift. „Du kommst mit!", kommandiert sie, Andreas zur Tür hinauszerrend.

Verblüfft schaut Gerd den beiden hinterher, bis die Tür ins Schloss fällt. ‚Alle Achtung!', denkt er. ‚Der Abgang war bühnenreif.' „Auweia, wie hast du Karo denn so wütend bekommen?", erkundigt er sich bei dem Unternehmer.

Niedergeschlagen zuckt Peter Staller seine Schultern. Schlanke ein Meter sechsundachtzig groß, mit kräftigen dunklen Haaren ist der Konzernchef für die Damenwelt durchaus eine Augenweide. Auch sein Auftreten entspricht der Position, die er als oberster Chef eines großen renommierten Konzerns innehat. Im Augenblick ist er jedoch einfach nur frustriert.

„Ich habe ihr gesagt, dass ich in die Firma fahren will. Aber das hat sich ja wohl erledigt."

Verschlagen mustert Gerd seinen Chef. „Ich weiß nicht, sie hat gesagt ich soll auf dich aufpassen. Sie hat mir nicht verboten, dich zu chauffieren."

„Du ziehst mit?" Peters Miene hellt sich schlagartig auf. Die braunen Augen des Konzernchefs leuchten vor Freude. Er denkt nicht mehr daran, dass er sauer sein wollte, weil ihm noch niemand gratuliert hat. Sie alle machen sich seinetwegen Sorgen, da kann man einen Geburtstag schon einmal vergessen. Es ist noch nicht einmal ein runder, nur eine Achtundvierzig. „Bringst du mich in die Firma?", bettelt er.

„Du weißt schon, dass Karo das herausbekommt?"

„Darüber mache ich mir hinterher Gedanken", erklärt Peter aufgekratzt.

Die Bemerkung entlockt Gerd ein erheitertes Lachen, in das der Konzernchef gut gelaunt einstimmt.

Peter fühlt sich sichtlich wohl, als er frisch rasiert in Hemd und Anzug um zehn Uhr auf dem Firmenparkplatz aus dem *SUV* seines Projektleiters steigt.

Über der Werkshalle entdeckt Gerd den Hubschrauber, der gerade zur Landung ansetzt. ‚Perfekt!'

Im gleichen Augenblick kommt Daniel Richter auf Peter und ihn zu gerannt. „Gerd, endlich!", ruft er schon von weitem. „Herr Staller", begrüßt er auch den Konzernchef kurz, um sich direkt wieder Gerd zuzuwenden. „In der großen Werkshalle ist der Strom ausgefallen. Komplett! Wir kriegen ihn einfach nicht zum Laufen", informiert Daniel seinen Boss aufgeregt. Beiden fällt es schwer, ernst zu bleiben.

Prompt reagiert der Konzernchef wie erwartet. „Wie bitte?", fragt er aufgebracht. „Kaum bin ich ein paar Tage nicht hier, geht etwas schief." Mit festen Schritten begibt er sich zur Werkshalle. Gut, dass er sich nicht zu den fröhlichen Gesichtern seiner Untergebenen umdreht.

Beunruhigt zerrt Peter die große Stahltür auf, die zu den Werkshallen führt.

Der fünfzehn Meter lange Korridor liegt dunkel vor ihnen, nur die Notbeleuchtung an den Seiten funktioniert. Die drei Türen sind kaum zu erkennen, da die Sicht durch grauen Rauch beeinträchtigt wird, der über Boden und Wände wabert.

Der Unternehmer betätigt den Lichtschalter, aus dem mit unheilvollem Knistern Funken blitzartig in alle Richtungen heraussprühen. Sofort zieht Peter seine Hand zurück.

Gerds Augen leuchten anerkennend auf. ‚Max hat sich wieder einmal selbst übertroffen!'

Mit festen Schritten durchquert Peter den Gang, greift nach der Klinke und reißt die Tür zu der dahinter liegenden Werkshalle auf. Dicke Rauchschwaden verhindern die Sicht in den Raum, dennoch tritt der Konzernchef resolut ein. Er wundert sich darüber, dass selbst durch die Kippfenster, die rundum angeordnet sind, kein Licht hereinfällt.

Gerd und Daniel folgen ihm vergnügt in den stockdunklen Raum.

Auch hier versucht Peter sein Glück, indem er den Lichtschalter betätigt. Entsetzt blickt er auf die Funken, die aus dem Schalter austreten, um anschließend aufgeschreckt nach oben zu starren. Bunte Lichtblitze schießen aus den unter der Decke hängenden Lampen. Noch bevor er sich dazu äußern kann, verenden die Funkenstrahlen, nur um einem bunten Feuerwerk aus Lichtern, rund um den ganzen Raum, Platz zu machen.

Langsam dämmert selbst dem Konzernchef, dass das nicht mit rechten Dingen zugeht. „Was ist hier los?", herrscht er.

Abrupt endet das Schauspiel, die ganz normale Deckenbeleuchtung funktioniert plötzlich wieder. Der Rauch ist ebenfalls blitzartig verschwunden, dafür stehen sämtliche Mitarbeiter seiner Firma vor ihm. Über ihnen prangt ein Schild mit der Aufschrift *Herzlichen Glückwunsch*. Sie alle jubeln ihm zu oder stürmen für eine Gratulation auf ihn ein.

Der Konzernchef erblickt Andreas und seine Frau unter den Anwesenden. Immer noch böse wendet er sich an Karola. „Was sollte dieser Ausbruch heute Morgen?"

„Hat doch funktioniert. Gib es zu", fordert sie ihren Mann lächelnd auf. „Du hattest keine Ahnung!" Sie nimmt ihn in die Arme. „Herzlichen Glückwunsch." Dann gibt sie ihm einen langen Kuss.

„Ich habe euch schon vor siebenundzwanzig Jahren gesagt, dass ihr das nicht in aller Öffentlichkeit machen sollt", ertönt hinter ihnen eine strenge Stimme.

Wie zwei erwischte Teenager fahren die beiden auseinander.

Da Karola diese Stimme überall erkennen würde, wirbelt sie herum, um ihre Mutter zu umarmen. „Sagtest du mir nicht vorgestern, dass du meine Einladung ausschlagen musst, weil du bereits eine Verabredung hast?" Die Unternehmers-Gattin kann sich noch an ihre Enttäuschung erinnern, als ihre Mutter die Einladung ablehnte.

„Das war auch so", bestätigt ihr Dorothea Waldner. „Ich war mit einem verdammt gutaussehenden Piloten verabredet", gesteht sie, Uwe verschwörerisch zuzwinkernd.

Karola lacht fröhlich auf. „Das haben wir doch sicher dir zu verdanken?", fragt sie in Richtung Gerd. Um ihn in die Arme zu nehmen, muss sie sich auf die Zehenspitzen stellen. „Danke."

Gerd hält sie einen Moment fest, bevor er sich an Peter wendet. „Glaubst du wirklich, hier würde auch nur ein Einziger deinen Geburtstag vergessen?"

Vergnügt beginnen sie mit der Feier.

In einer ruhigen Minute finden sich die Mitglieder der Familie an einem der Tische zusammen. Peter wirkt bedeutend ausgeglichener als noch vor ein paar Stunden. Karola erkennt, wie sehr ihm die Firma und auch die Arbeit fehlen. Auffordernd nickt sie ihrem Sohn zu.

„Vater, wir haben noch ein Geschenk für dich." Andreas überreicht seinem Vater einen Briefumschlag. „Von uns allen", ergänzt er.

„Was ist das?" Peter dreht den Umschlag neugierig in seinen Händen, ehe er ihn öffnet. Zum Vorschein kommen vier Eintrittskarten für den Freizeitpark *Weltenbummler*, gültig an diesem Freitag. Überrascht starrt er auf die Karten, die er versonnen in seinen Händen hält. Er erinnert sich an den Besuch in einem anderen Freizeitpark, lange bevor diese Firma sein Lebensinhalt wurde.

Auch Karola muss an diesen einen Tag zurückdenken, der ihr beider Leben so verändert hat. Sie spürt den Schrecken noch als wäre es gestern gewesen. Und dann diese unsägliche Freude! Ihre Augen beginnen zu leuchten, während sie voller Wärme ihren Sohn betrachtet.

Peters Augen treffen sich mit denen seiner Frau. Sie begreifen, dass sie beide den gleichen Gedanken hegen und beginnen ausgelassen zu lachen.

Auf ihren fragenden Blick hin reicht der Konzernchef die Karten seiner Schwiegermutter, die nur einen Blick darauf wirft, bevor sie ebenfalls lauthals in das Gelächter einstimmt.

„Was ist denn mit euch los?", verhört Andreas die drei irritiert.

„Deine Eltern waren gerade vier Monate verheiratet, da sind sie mit Freunden im Freizeitpark gewesen", erzählt ihm seine Großmutter. „Den Ausflug haben sie mittendrin abgebrochen, da es Karo immer schlechter ging. Auf einmal stand ein völlig verstörter Peter vor unserer Tür, eine kalkweiße Karola in den Armen. Während dein Großvater seine Tochter in seiner Praxis untersuchte, lief er Spurrillen in meinen Teppich", erklärt sie vorlaut. „Er hat sich die schlimmsten Krankheiten ausgemalt. Aber als dein Großvater ihm dann mitteilte, dass er einfach nur Vater wird, kippte er fast aus den Latschen." Schadenfroh mustert sie ihren Schwiegersohn.

„Das hat mir eine Heidenangst gemacht", erinnert sich Peter. „Ich war noch keine zwanzig, Karo gerade erst neunzehn geworden. Wir wollten beide studieren. Ich war mir ganz sicher, dass ich das nie im Leben bewältigt kriege. An Kinder hatten wir noch gar nicht gedacht."

„An Verhütung anscheinend auch nicht", ergänzt Doro unverschämt.

„Darüber kann ich mich nur freuen", bekräftigt Andreas zur Belustigung aller. „Außerdem hast du dein Erlebnis gut verdaut, sonst wärst du nie mit uns in den Freizeitpark gefahren."

„Du meinst, als ihr fünfzehn wart?" Peter erinnert sich an den Ausflug als wäre er gestern gewesen. „Wenigstens war das ein einmaliges Erlebnis. Immerhin hat die Standpauke von Karo eine Weile gewirkt."

„Ja", erklärt seine Frau trocken. „Genau eine Stunde lang." Das anzügliche Lächeln, das sie den zwei jungen Männern zuwirft, lässt die beiden zu ihrer Freude puterrot anlaufen.

‚Uns hätte eigentlich klar sein müssen, dass Karo alles mitbekommt', grübelt Gerd verlegen. Schnell wechselt er das Thema.

„Wir haben uns gedacht, es wird Zeit für dich, wieder einmal vor die Tür zu kommen", informiert er Peter. „Sonst bringt ihr euch noch gegenseitig um", stichelt er gutherzig. „Karo ist auch einverstanden."

„Aber nur, wenn du dich bis dahin zurückhältst und mir nicht auf den Wecker gehst", kündigt diese an.

„Außerdem hat sich Mutter bereit erklärt, dich ab Montag wieder ziehen zu lassen, wenn du dich am Freitagabend noch fit fühlst", ergänzt Andreas.

„Das ist doch ein echter Ansporn." Peter freut sich auf den Ausflug im Kreis seiner Familie. Er ist sicher, dass er das spielend bewältigt!

5

Freitagmorgen um zehn Uhr setzt der Hubschrauber der Firma *Staller* auf der ihm zugewiesenen Landestelle auf. Zu dem Freizeitpark *Weltenbummler* gehören drei große Hotels mit Eventhallen und Kongresszentren, die alle in unmittelbarer Nähe des Haupteingangs liegen. Seit Sven Kirschbaum Landeplätze für Hubschrauber anbietet, werden die Einrichtungen, vor allem die Tagungsräume, auch von weiter entfernten Firmenoberhäuptern als Treffpunkt für Besprechungen genutzt.

Sven weiß, dass die Personen, die in dieser Form reisen, meist gut betucht sind, deshalb bemüht er sich regelmäßig um diese Kunden, in der Hoffnung, neue Sponsoren für seinen Park zu gewinnen. Er lässt es sich auch diesmal nicht nehmen, die Insassen des Hubschraubers persönlich willkommen zu heißen. Allerdings hat er es bisher noch nicht erlebt, dass die Menschen, die aus einem solchen Fluggerät aussteigen, in normaler Freizeitbekleidung, bestückt mit Rucksäcken, vor ihm stehen. Er ist sich absolut sicher, dass die Überprüfung seiner Sicherheitsleute korrekt war. Diese hat ergeben, dass der Hubschrauber zu einer der renommiertesten Firmen im Raum Düsseldorf gehört. Doch die Leute, die jetzt vor ihm stehen, sehen nicht aus wie die Firmenoberhäupter eines großen Unternehmens.

Der Parkbetreiber unterdrückt rasch sein Erstaunen, ehe er auf seine Gäste zutritt. „Sven Kirschbaum", stellt er sich vor. „Ich bin der Betreiber dieses Parks und möchte Sie hier recht herzlich willkommen heißen."

Peter, der sich schon denken kann, worum es geht, muss sich ein Lächeln verkneifen. „Es ist sehr aufmerksam, dass Sie uns selbst begrüßen", bedankt er sich freundlich und ergreift die ihm dargebotene Hand. „Wir haben schon viel von Ihrem Park gehört. Deshalb möchte ich die Freizeitattraktionen gemeinsam mit meiner Familie auskundschaften."

Sven ist enttäuscht. Der einzige Luxus, den sich diese Familie leistet, scheint der Hubschrauber zu sein. Trotzdem freut er sich über jeden Besucher. „Dann wünsche ich Ihnen viel Vergnügen im Weltenbummler. Einen schönen Tag noch."

Gerd schaut dem Betreiber nachdenklich hinterher. Auch ihm ist der Grund für diese Begrüßung schnell klargeworden. „Es ist bestimmt nicht einfach, ein derartiges Unternehmen am Laufen zu halten."

Aufgekratzt beginnen sie mit ihrer Besichtigungstour.

„Mein Gott." Karola starrt auf den Grundrissplan des Parks. „Der ist viel zu groß, um an einem Tag bewältigt zu werden." Ratlos schweift ihr Blick umher. „Wo soll man denn da anfangen?"

Andreas hat die passende Idee: „Wie wäre es, wenn wir uns einen Überblick über den Park verschaffen? Die Einschienenbahn fährt die ganze Strecke ab. Wir fahren einmal komplett herum, dabei sucht sich jeder von uns drei oder vier Fahrgeschäfte aus. Anschließend starten wir von hier aus. Wir stecken uns die günstigste Route ab, um alle Attraktionen, die wir ausprobieren wollen, auf einer Tour zu erreichen."

Der Plan findet allgemeine Zustimmung. Gemeinsam mit vielen anderen Besuchern steigen sie am nahegelegensten Haltepunkt in die bereits wartende Einschienenbahn ein. Sie haben Glück, unmittelbar hinter der Fahrerkabine sind zwei Platzreihen mit je zwei Sitzen frei. Das Ehepaar landet in der ersten Reihe, Andreas und Gerd dahinter.

Peter legt einen Arm um seine Frau, dann betrachten sie zusammen die Umgebung. Vergnügt registriert er, dass Karolas Augen leuchten wie bei einem aufgeregten Teenager.

Auch Gerd und Andreas schauen sich amüsiert an, da die Vorfreude der Unternehmers-Gattin nicht zu übersehen ist.

Der Bahnhof für die Einschienenbahn befindet sich in drei Metern Höhe auf einer stabilen Stahlkonstruktion, zu der eine breite Treppe nach oben führt. Auch eine langsam ansteigende Rampe für Rollstuhlfahrer windet sich bis zu der Plattform, die den Wartebereich ausmacht. Die Bahn fährt um die gesamte Anlage herum, wobei sie mehrere Bahnhöfe ansteuert, um die Besucher aufzunehmen, die des Laufens überdrüssig geworden sind. Dabei bleiben bis zum Boden immer mindestens drei Meter Platz, so dass die Besucher des Parks keine Rücksicht auf ein ankommendes Gefährt nehmen müssen und ihren Weg durch den Park ungehindert bestreiten können.

Der Zug füllt sich schnell bis auf den letzten Platz, dann geht es los!

Nach zehn Minuten steigt der Boden an, auch der Zug gewinnt an Höhe. Mit viel Abstand dreht er seine Runde um die großen Fahrgeschäfte wie Achterbahnen, Wasserrutschen, Rodelbahnen, Karussells, Geisterbahnen, sowie die überall vorhandenen Imbissstationen.

Sie erreichen das südlichste Ende der Parklandschaft. Der Zug bremst ab, um in dem hiesigen Bahnhof anzuhalten. Die Sicht aus dem Fenster zeigt ihnen eine große Kurve an, die in gleichbleibender Höhe um das äußerste Ende des Parks führt. Sobald die Kurve endet senkt sich die Schiene talabwärts.

„Seht euch das einmal an", fordert Andreas die anderen auf. „Das sind bestimmt fünfundzwanzig Prozent Steigung. Oder was meint ihr?"

Die Strecke, die der Zug gleich zurücklegen wird, verläuft über eine felsige Anhöhe, um sich dann in das Tal des Parks abzusenken. Es sind sicherlich fünfzehn Meter Höhenunterschied zu überwinden.

Gerd schätzt die Länge der Strecke auf rund sechzig Meter. ‚Andreas hat Recht', urteilt auch er. ‚Das sind garantiert fünfundzwanzig Prozent. Ganz schön happig!'

Ein Mann in normaler Freizeitkleidung, der an diesem Bahnhof zusteigt, erweckt Gerds Aufmerksamkeit. Sein geschultes Auge kann in ihm mühelos einen Angestellten des Parks ausmachen. Der riesige Schlüsselbund, sowie das Funksprechgerät, das er am Gürtel unter seiner ärmellosen Weste trägt, verraten ihn. Als er sich dem Fahrer nähert wirft dieser ihm einen ängstlichen Blick zu, den der Parkangestellte durch seine beruhigend angehobenen Hände beantwortet.

Die Türen der Bahn schließen sich, dann rollt sie langsam an.

Gerd lässt die zwei Männer nicht mehr aus den Augen, außerdem bemerkt er, dass die Bahn jetzt viel langsamer fährt. Die Angst der beiden kann er regelrecht fühlen. ‚Da ist irgendetwas ganz und gar nicht in Ordnung', begreift er. Seine Nackenhaare stellen sich zu Berge. „Haltet euch bitte gut fest", weist er seine Begleiter an.

„Wieso? Was ist los?" Andreas kann nichts Negatives entdecken, er weiß aber auch, dass sein Freund eine solche Bitte nicht ohne Grund aussprechen würde. Vorerst bekommt er jedoch keine Antwort.

Gerd wendet sich an den Angestellten des Parks, der jetzt auf der anderen Seite des Ganges neben ihm Platz nimmt. „Ist irgendetwas nicht in Ordnung?", erkundigt er sich bei dem Mann.

„Nein, gar nicht", erhält er zur Antwort. „Wie kommen Sie darauf?"

„Bisher ist der Fahrer allein gefahren. Jetzt hat er den Zug bis auf ein Minimum abgebremst. Außerdem ist nicht zu übersehen, dass er Angst hat. Sie sind bestimmt auch nicht ohne Grund zugestiegen. Kann es sein, dass Sie Probleme mit der Steuerung haben?", fragt Gerd ganz gezielt.

René Heppner, der Zugbegleiter, gibt sich geschlagen. Bedacht antwortet er auf Gerds Frage: „Die hiesigen Züge sind mit einer Linienzugbeeinflussung, kurz *LZB*, ausgestattet. Das ist ein System, welches die Funktionen der Zugbeeinflussung und Sicherung auf der ganzen Strecke von siebenundzwanzig Komma acht Kilometern übernimmt. Es ist aber keine vollautomatische Steuerung, das System überwacht das Fahrverhalten der Züge.

Bei Bedarf greift es über die Steuerung in das Fahrverhalten des Zuges ein. Unseren Fahrern werden im Führerstand die Daten wie Höchstgeschwindigkeit oder verbleibender Bremsweg auf einem Computerpult angezeigt. Die normale Geschwindigkeit, mit der der Zug durch den Park gleitet, beträgt fünfzehn bis maximal zwanzig Stundenkilometer." Der Parkangestellte macht eine Pause. Er glaubt nicht, dass Gerd alles verstanden hat. Für die meisten Besucher ist der Zug eine nutzbare Attraktion. Mit der dahinter verborgenen Technik will sich niemand befassen. Umso mehr ist er über die nächste Frage des jungen Mannes erstaunt.

„Können Sie mir auch erklären, wie der Zug mit dem Steuersystem verbunden ist?"

„Dafür haben wir einen Zentralrechner, das ist unsere Streckenzentrale. Sie befindet sich am ersten Bahnhof in der Nähe des Haupteinganges. Über einen Linienleiter ist der Zug jederzeit mit der Zentrale verbunden. Das ist ein im Gleis verlegtes Kabelpaar zur induktiven Datenübertragung. Die ganze Strecke wird digital abgelesen. Zwischen Zentrale und Fahrzeug werden am laufenden Band Aufruftelegramme und Antworttelegramme in elektronischer Form übermittelt." ‚Jetzt wird er bestimmt aufgeben', vermutet René.

„Also erfolgt die Übertragung der Telegramme mittels Frequenzmodulation?", erkundigt sich Gerd.

Überrascht horcht der Mann auf. Der Besucher hat ihm aufmerksam zugehört. ‚Dem ist dieses Fachgebiet garantiert nicht fremd', schätzt René. „Ja, ganz recht", bestätigt er erstaunt. „Die Übertragungsrate liegt bei sechsunddreißig bis sechsundfünfzig Kilohertz."

„Wo liegen Ihre Probleme? Bei der Steuerung oder der Übertragung?", hakt Gerd leise nach.

Erschrocken sieht sich René im Zug um. Anscheinend hat ihnen niemand der anderen Fahrgäste zugehört. Statt einem langweiligen Vortrag zu folgen schauen sie sich während der Fahrt lieber die dargebotenen Freizeitattraktionen an. Prüfend betrachtet René den jungen Mann. ‚Der scheint sich tatsächlich auszukennen.'

Er weiß nicht genau, warum er ihm vertraut, aber René ist sicher, dass der junge Mann sich ruhig verhält. Ebenfalls möglichst leise antwortet er Gerd: „Das dürfte ich Ihnen eigentlich gar nicht erzählen, aber Sie haben Recht, wir haben tatsächlich immer wieder einmal mit kleineren Problemen zu kämpfen. Zwischenzeitlich kommt es schon einmal zu Ausfällen der Linienzugbeeinflussung. Es sind Datenlesefehler aufgetreten, die ein manuelles Eingreifen der Fahrer erforderlich machen. Deswegen fahren wir an den Anstiegen und Talfahrten auch zu zweit, so kann sich im Notfall einer auf das Fahren konzentrieren, während sich der andere um die Steuerung kümmert. Der Zug kann, wenn nötig, gänzlich manuell gefahren werden." René schaut aus dem Fenster, bevor er weiterspricht. „Wir kommen gleich am höchsten Punkt der Fahrt an, direkt über den Felsen. Die große Kurve davor bremst uns noch etwas ab, den Rest übernimmt die Linienzugbeeinflussung. Diese Talfahrt dort hinten ist das schlimmste Stück, die möchte selbst ich nicht ungebremst hinunterrasen. Wir erreichen in abgebremstem Zustand circa vierzig Stundenkilometer." Er lächelt Gerd unbeholfen an. „Wird schon schief gehen."

Im gleichen Moment ertönt ein heftiger Knall, dann ein Zischen und Quietschen.

Der Zugbegleiter stürzt erschrocken ins Fahrerhaus. „Bremsen!", befiehlt er dem Fahrer.

„Was meinst du, was ich hier mache?", erhält er aufgeregt zur Antwort. Doch die Bremsen reagieren nicht. Für solche Fälle gibt es eine Notabschaltung, die im Bedarfsfall dafür sorgt, dass der Zug unverzüglich zum Stehen kommt. Zumindest sollte sie dafür sorgen!

„Sieh dir das bitte an", weist ihn der Fahrer auf die ausgefallenen Bildschirme hin. „Und was jetzt?"

„Kein Problem", erwidert der Kollege. „Die *LZB* wird uns gleich bis zum Stillstand abbremsen. Da geschieht nichts weiter!"

Der Zug passiert die ersten Bremsvorrichtungen im Schienenstrang. René atmet beruhigt auf, als er das metallische Klicken der Steuerelemente hört. Die Bremsen fangen an zu schleifen und der Zug wird langsamer. Doch statt wie erwartet auszurollen kann man das Schaltgeräusch der Steuerelemente vernehmen. Schlagartig geht ein heftiger Ruck durch den ganzen Zug.

„Festhalten!", schreit Gerd.

Andreas und er stemmen sich mit den Beinen gegen die Vordersitze, um Halt zu bekommen. Sie schlingen ihre Arme um Peter und Karola, die in der ersten Reihe sitzen, gerade noch rechtzeitig, damit die beiden nicht nach vorn geschleudert werden.

Mehrere Personen verlieren durch den abrupten Bremsvorgang den Halt in ihren Sitzen. Sie landen auf dem Boden im Mittelgang. Überall hört man entsetzte Schreie und Wehklagen. Der Zugbegleiter fängt eine Frau auf, die nach vorn katapultiert wird, wodurch er bei ihr Schlimmeres verhindern kann. Er selbst prallt rückwärtig mit der Schulter gegen die Halterung des Feuerlöschers. Gerd vernimmt das Knacken eines Knochens, während der Mann voller Schmerz aufschreit.

Dann rollt der Zug endgültig aus, bleibt für einen kurzen Augenblick stehen, bevor er schlagartig anfängt zu beschleunigen. Seinen Schmerz unterdrückend stürzt der Zugbegleiter zu dem Fahrer. „Nein, nein, nein!", brüllt er. „Was machst du denn?"

„Wer, ich?", ertönt die angstvolle Frage des Fahrers. „Ich mache gar nichts! Ich kann gar nichts machen, hier ist nämlich alles ausgefallen."

Der Zug legt sich in die beginnende Kurve, die ihn eigentlich ausbremsen soll, doch die Geschwindigkeit nimmt stattdessen weiter zu.

Gerd weiß, dass schnellstes Handeln erforderlich ist. Mit einem Satz ist er auf den Beinen, tritt an den Führerstand heran und fasst René Heppner vorsichtig am Arm. „Was genau ist passiert?"

„Die Steuerelemente reagieren nicht mehr. Der Zug wird immer noch mit Strom versorgt, aber die Steuerzentrale bremst uns nicht ab. Sie liest die Daten falsch aus! Sie beschleunigt immer weiter." Abschätzend schaut er aus dem Fenster. Was er zu sehen bekommt lässt ihn noch eine Spur blasser werden. „Bei der Geschwindigkeit sind wir in etwa drei Minuten an der Senke. Wenn wir da ungebremst hinunterfahren, dann gnade uns Gott."

„Gerd?" Peter steht bereits neben ihm. Für viele Worte ist keine Zeit.

„Ich brauche Max", erklärt Gerd. „Andy, schaffst du bitte alle Fahrgäste nach hinten", fordert er seinen Freund auf.

„Sofort!", verspricht Andreas und kommt der Aufforderung seines Freundes unverzüglich nach, ohne erst viele Fragen zu stellen. Ängstlich kauern sich die Menschen in den engen Sitzreihen zusammen.

„Würden Sie mich bitte an das Schaltpult lassen?" Ohne auf dessen Antwort zu warten zieht Gerd den Fahrer entschlossen auf die Beine.

„Was haben Sie vor? Sie können nicht einfach hier herumwerkeln. Bitte lassen Sie das", fordert René Gerd auf, als er sieht, dass dieser die Abdeckung der Schaltkonsole, die durch einfache Steckverbindungen angebracht ist, abhebt.

„Er weiß, was er da macht", versichert Peter dem Mann, während er Gerd bereits sein Handy entgegenhält. „Max ist dran."

Gerd schnappt sich das Handy, macht zwei Fotos von den freigelegten Schaltungen, die er seinem Computerfachmann zusendet, ehe er ihn um Hilfe bittet. „Du hast zwanzig Sekunden, um mir zu sagen, wie ich den Zug stoppen kann, sonst rede ich wahrscheinlich nie wieder mit dir", witzelt er zum Abschluss.

Stille.

Sie nähern sich der Kurvenmitte.

„Max?", verlangt Gerd eindringlich.

„In Ordnung", hört er Max' aufgeregte Stimme. „Du hast vor dir zwei wichtige Steuerrelais, die du möglichst schnell abtrennen solltest. Das erste befindet sich genau in der Mitte, das große weiße mit den vielen Kabeln."

„Ist nicht zu übersehen." Gerd wendet sich an die Fahrgäste: „Ich brauche eine Zange, oder Schere."

Karola wühlt bereits in ihrem Rucksack. Sie reicht ihm die Schere aus dem Erste Hilfe-Paket, das sie immer dabeihat. „Hier."

„Es gibt ein braunes Kabel, das musst du zuerst durchschneiden, dann das schwarze. Davon gibt es vier, auf jeder Seite eins. Schneide nur das durch, das zu dir zeigt! Los", befiehlt Max.

Gerd erledigt die ihm vorgeschriebenen Handgriffe. „Fertig."
„Wir werden langsamer", erkennt Peter.
„Ja, richtig." Max lässt sich nicht ablenken. „Das zweite Relais findest du oben rechts. Dort siehst du ein Großrelais, das aus insgesamt vier Elementen besteht, die übereinander angeordnet sind."
„Ich sehe sie", bestätigt ihm Gerd.
„Es ist das dritte von oben. Du musst den roten Draht durchschneiden, anschließend den blauen. Aber nur von dem dritten Relais! Du darfst dich nicht vertun."
Gerd bricht der Schweiß aus. Nicht nur, dass es am weitesten von ihm entfernt ist, liegen so viele Kabel über und neben dem Relais, dass es kaum zu erkennen ist. Behutsam legt er sich mit dem Oberkörper auf die Steuerkonsole. Mit beiden Händen zieht er vorsichtig die verworrenen Kabel auseinander. Dann entdeckt er den roten Draht, greift danach und lässt seine Hände daran entlanggleiten, bis er erkennt, dass der Draht tatsächlich am dritten Relais angeschlossen ist. Zweimal rutscht er mit seinen feuchten Händen von dem Kabel ab, doch endlich ist es geschafft. Mit einem leisen Klicken schneidet er den Draht durch. Ohne Pause begibt er sich auf die Suche nach dem blauen Kabel. ‚Da, da ist es!' Er greift zu, setzt die Schere an, macht sich bereit das Kabel zu zerschneiden. Im letzten Augenblick setzt er wieder ab. Erneut gleiten seine schweißnassen Hände am Kabel entlang. Er hat richtig gesehen. Das Kabel ist am zweiten Relais angeschlossen. ‚Das ist gerade noch einmal gut gegangen!' Aufatmend beginnt er von Neuem mit der Suche.
„Gerd", spricht ihn Peter ganz ruhig an. „Wir haben nicht mehr viel Zeit."
Das Ende der Kurve ist fast zum Greifen nahe.
„Mach schnell, ihr braucht ein gutes Stück Bremsweg", ertönt Max' Stimme aus dem Handy. „Herr Staller, Sie sollten sich alle gut festhalten", beschwört er den Konzernchef.
Sofort sorgen Andreas und sein Vater für die Sicherung der Insassen.
„Ich hab's!", schreit Gerd, als er das blaue Kabel endlich gefunden hat. Den Draht fest in der Hand setzt er die Schere an.

Er hört das leise Klicken beim Zertrennen des Kabels, dann ist es geschafft.

Ruckartig bremst der Zug voll ab. Gerd wird über das Pult geschleudert und landet aufstöhnend mit dem Rücken an der Frontscheibe. Durch den Aufprall verteilen sich die Schmerzen im ganzen Körper. Das Handy, das neben ihm auf der Konsole lag, fliegt über den Boden.

Durch seine verletzte Schulter kann René nicht fest genug zupacken, um Halt zu finden. Er wird von seinem Sitz gerissen und stürzt, einen Schrei ausstoßend, quer durch den Zug.

Ihre Füße fest in den Boden gestemmt fängt Karola ihn auf und zieht den Mann, der vor Schmerzen kaum etwas wahrnimmt, zu sich heran. Mit beiden Händen klammert sie sich um ihn herum an der Sitzlehne fest.

Die Fahrgäste schreien auf, mit Schrecken starren sie auf das immer näherkommende Ende der Kurve. Ganz langsam verringert sich die Geschwindigkeit, die Nase des Zuges neigt sich abwärts, dann bleibt der Zug endgültig stehen. Fassungsloses Staunen löst die Schreie ab, man hört nur noch unterdrücktes Weinen von einigen verletzten Personen.

Andreas und sein Vater helfen den gestürzten Fahrgästen zurück auf ihre Sitze, vorsichtig heben sie René Heppner aus seiner zusammengekauerten Position hoch, um auch ihn auf einen der Sitzplätze zu verfrachten, den Rücken vorsichtig an die Seitenwand gelehnt. Peter reicht Karola seine Hand, zieht sie auf die Beine und nimmt sie in die Arme, froh dass ihr nichts passiert ist und stolz darauf, dass sie genau im richtigen Moment gehandelt hat, um für den Zugbegleiter Schlimmeres zu verhindern.

Indessen klettert Gerd, dessen ganzer Körper von dem Aufprall schmerzt, vorsichtig von der Schaltkonsole herunter. Er begutachtet die Spitze des Zuges, die circa anderthalb Meter über das gerade Ende hinausragt, aber er steht still!

Der Fahrer der Einschienenbahn springt strahlend von seinem Sitz auf, um Gerd entgegenzulaufen.

„Nein!", ruft Gerd und streckt abwehrend eine Hand aus. Mit wenigen Schritten überwindet er den Mittelgang auf dem

Weg zu den Fahrgästen. „Bleiben Sie bitte alle dort hinten. Wenn sich das Gewicht nach vorn verlagert, stürzen wir vielleicht doch noch hinunter. Setzen Sie sich bitte wieder hin."

Die Fahrgäste, die dem Beispiel des Fahrers gefolgt waren, kommen seiner Aufforderung rasch nach. Die gerade überstandenen Ängste möchten sie nicht noch einmal erleben.

„Das haben Sie fabelhaft gemacht", lobt der Zugführer Gerd.

„Danke", lächelt dieser. „Aber jetzt müssen wir prüfen, wie wir hier wegkommen." Er bückt sich nach Peters Handy, dessen Display vollkommen zerplatzt ist. „Tut mir leid", entschuldigt er sich bedauernd.

„Das braucht es nicht", winkt Peter ab. „Ein Handy ist ersetzbar, ein Menschenleben nicht."

Gerd holt sein eigenes Mobilfunkgerät hervor und wählt, da Max' Handy durch Peters Anruf belegt ist, die Nummer von Tim. Kaum, dass sich die Verbindung aufgebaut hat, hört er die aufgeregte Stimme seines Computerspezialisten. „Gerd, na endlich! Warte, ich reiche dich weiter. Ich bin gerade etwas beschäftigt."

Erstaunt mustert Gerd sein Handy. ‚Warum ist Tim denn so kurz angebunden?'

Dann erschallt Max' Stimme aus dem Lautsprecher: „Gerd, geht es allen gut? Wir haben uns schon Sorgen gemacht."

Da er den Lautsprecher seines Mobilfunkgerätes eingeschaltet hat, können alle mithören. „Warum denn?", erkundigt er sich lässig, gleichzeitig zwinkert er den Leuten rund um sich verschmitzt zu, was diese veranlasst, verhalten zu lachen.

„Was ist denn bei euch los?", erkundigt sich Max irritiert bei seinem Boss.

„Nichts weiter. Max, kannst du uns sagen, wie wir hier herauskommen?"

„Gar nicht!", erklärt dieser. „Das geht erst ab einem bestimmten Schienensignal, bis dahin müsst ihr fahren. Nach unten!"

„Was? Ich soll ins Tal fahren? Allein?" Gerd glaubt sich zu verhören.

„Das schaffst du! Ich helfe dir. Tim lässt gerade die Simulation laufen, damit wir dir genau durchgeben können, wann du wie stark bremsen musst."

Jetzt weiß er, warum der Freund so wortkarg war. Tim arbeitet bereits an einem Ausweg aus ihrem Dilemma. „Das meint Max tatsächlich ernst." Ungläubig starrt er Andreas an.

„Du kriegst das hin! Ich vertraue dir", verkündet der Freund überzeugt.

„Und wir auch!" Karola drückt ihn fest an sich.

„Ich werde Ihnen helfen", erklärt der Zugfahrer. „Ich übernehme die Bremsen und Sie die Schaltung. Wäre doch gelacht, wenn wir das nicht hinbekommen."

Von Tim und Max lässt er sich haarklein schildern, was sie zu tun haben, dann machen sie sich ans Werk. Nachdem alle Kabel entsprechend angeschlossen sind, geht es los. Ganz langsam gewinnt die Bahn an Fahrt. Immer wieder bremsen sie das schwere Gefährt ab. Durch die Anweisungen der Computerspezialisten aus Gerds Team erreichen sie die Talsenke ohne Schwierigkeiten. Sie lassen den Zug bis zum nächsten Bahnhof rollen, wo sie ihn punktgenau an der Plattform anhalten. Als sich die Türen öffnen stehen die Fahrgäste auf, applaudieren Gerd und dem Fahrer, bevor sie den Zug nacheinander verlassen.

René Heppner hatte schon zu Beginn ihrer Handlungen per Funkgerät dafür gesorgt, dass alle anderen Züge, die auf dem Gleis unterwegs waren, in den nächsten Bahnhöfen verweilen. Gleichzeitig informierte er die Streckenzentrale über ihre Schritte. Hilfspersonal und medizinisches Rettungspersonal wird unverzüglich zum nächstgelegenen Bahnhof geschickt. Mehrere Krankenwagen stehen bereit, um die Fahrgäste aufzunehmen, die ärztlicher Hilfe bedürfen. Sanitäter kümmern sich vor Ort um jeden einzelnen Fahrgast, übernehmen die Erstversorgung und die notwendige Betreuung.

Sven Kirschbaum, der persönlich erschienen ist, lässt sich von seinem Mitarbeiter das Geschehene berichten, während dessen Schulter eine erste Versorgung erhält.

„Ohne diesen Mann wäre das ziemlich mies für uns alle ausgegangen." René Heppner zeigt auf den als letzten aussteigenden Gerd. „Wir hatten Glück, dass er dabei war. Sie sollten sich wirklich bei ihm bedanken."

Der Parkbetreiber dreht sich in die angegebene Richtung um. Verblüfft beäugt er Gerd und die Familie Staller. ‚Da habe ich ja ganz schön danebengelegen!', begreift er. Als Gerd, gefolgt von den anderen, bei ihm ankommt, richtet er seine Aufmerksamkeit auf diese Familie. „Entschuldigung."

René schaut seinen Chef irritiert an. ‚Was soll denn das?' Statt sich zu bedanken entschuldigt er sich.

Doch Gerd versteht ihn. „Ist ja alles gut ausgegangen", versichert er dem Betreiber, während er lächelnd dessen ausgestreckte Hand ergreift.

„Ich kann Ihnen gar nicht genug danken." Sven lässt seine Augen an der Schienenanlage entlang zur Talsenke gleiten. „Das war die denkbar ungünstigste Stelle für einen Ausfall der Anlage." Dem Parkbetreiber ist bewusst, dass dieses Unglück auch einen viel schlimmeren Ausgang hätte nehmen können.

„Das ist ja immer so", stimmt Gerd ihm zu.

„Gottlob war das ein Einzelfall." Er hofft, dass der junge Mann diese Aussage kommentarlos schluckt. Es liegt absolut nicht in seinem Interesse, die Besucher seines Parks unnötig zu verunsichern. Außerdem ist er davon überzeugt, dass sich ein solcher Vorfall nicht wiederholen wird. Seine Techniker haben ihm berichtet, dass es sich um eine einmalige, altersbedingte Überlastung der Steuerelemente gehandelt hat. Er wird diesen Zug aus dem Verkehr ziehen und durch einen anderen ersetzen. „Werden Sie Ihren Ausflug nach dem Geschehen hier abbrechen?"

„Nein", antwortet ihm zur allgemeinen Verwunderung Karola. „Wir sind hierhergekommen, um uns den Park anzusehen. Das möchte ich immer noch", erklärt sie dem Betreiber. „Sie haben uns ja versichert, dass das nicht noch einmal passiert."

„Sie haben es gehört", ergänzt Peter. „Wir machen weiter."

„Dann kann ich Ihnen nur noch einmal einen angenehmen Tag wünschen", verabschiedet sich Sven freundlich.

„Bin ich der Einzige, der nicht versteht, worum es geht?", wendet sich Andreas an seine Mutter, nachdem sie endlich allein sind. Es entgeht ihm nicht, dass Peter und Gerd Karola stolz anlächeln. „Sonst bist du doch die Erste, die um Schwierigkeiten einen großen Bogen macht", wirft er seiner Mutter vor.

„Es ist nicht so, dass ich Herrn Kirschbaum nicht mag, ganz im Gegenteil, eigentlich ist er sehr nett, aber er verheimlicht uns etwas. Das konnte ich genau spüren", schildert ihm seine Mutter. „Das war bestimmt nicht die einzige Katastrophe, die es hier im Park gab. Er war viel zu gefasst."

„Karo hat Recht", erkennt Gerd. „Der Zugbegleiter sagte ja schon, dass sie des Öfteren Ausfälle dieser Art hatten. Allerdings haben die nicht mit so einem Ausmaß gerechnet."

„Ich verstehe. Was habt ihr denn als Nächstes geplant?", will Andreas neugierig von seiner Mutter wissen.

„Wir gehen spazieren", bestimmt sie. „Wir sehen uns die Attraktionen an. Ich will wissen, ob in diesem Park noch mehr Menschen in Gefahr geraten können."

6

Sie befinden sich am südlichsten Ende vom Park in einem Talkessel. Hier sind die Attraktionen der asiatischen Kulturen angesiedelt. Sie entdecken im chinesischen Bereich die stillgelegte Achterbahn *Taifun*.

„Seht einmal auf das Datum", fordert Gerd die anderen auf. „Das ist noch keinen Monat her, dass die Bahn außer Betrieb genommen wurde."

„Denkst du das Gleiche wie ich?", verhört ihn Andreas.

„Anscheinend war die Einschienenbahn nicht das erste Problem in diesem Park", vermutet auch Peter.

„Glaubt ihr, für die Ausfälle sind überall die Steuerungen schuld?" Karola sieht ihre Familie ungläubig an.

„Das können wir nicht wissen", widerspricht Gerd. „Aber Schwierigkeiten hat dieser Sven Kirschbaum auf jeden Fall. Und das nicht zu knapp!"

Im Umkreis sind viele Schaustellergeschäfte für Kinder arrangiert. Mehrere Restaurants und Imbissbuden bieten ihre Speisen an. Auch die sanitären Anlagen sind reichlich im Park angeordnet. Ein imposantes *4D*-Kino, das bei jeder Vorstellung vierhundertzweiundfünfzig Besuchern Plätze anbieten kann, wartet mit Geschichten aus *1000 und Einer Nacht* für jede Altersklasse auf.

Direkt hinter dem Kino beginnt ein riesiger Felsen, der sich meterweit in den Park hineinschlängelt, mitten zwischen die Attraktionen. Dass dieser Felsen künstlich angelegt wurde, ist kaum zu erkennen. Auch Andreas lässt sich täuschen. „Der Berg liegt denkbar ungünstig hier mitten im Park", bemerkt er, um gleich darauf ungläubig auf den enormen Steinquader zu starren, der den Eingang zu dem angrenzenden Felsen versperrt. Allerdings öffnet er sich alle paar Minuten, um die kleinen Dschunken passieren zu lassen, die an einer Schiene hängend transportiert werden. Am Ende des Felsens erscheinen die Dschunken nach rund fünfzehn Minuten wieder im Tageslicht, wobei die fröhlichen Gesichter der Fahrgäste eher auf eine angenehme Besichtigung hinweisen. Zudem fahren hier auch die kleinen Kinder mit.

„Wirklich gut gemacht", bewertet Andreas die Konstruktion, dann sehen sie sich weiter um.

Ein Gruselkabinett im Parkgebiet *Alt England* hat es den beiden Freunden angetan. Das Haus im Alt-Herrenstil sieht verfallen und heruntergekommen aus, Farbe blättert überall vom Holz ab, die Fenster sind mit Brettern vernagelt. Die beiden Türme links und rechts ragen über das zweistöckige Gebäude hinauf, aber vertrauenserweckend sehen sie nicht aus. Gerd und Andreas lesen sich das Hinweisschild am Eingang durch.

> *Duke William Battenbourgh, aus seiner Burg vertrieben, herrscht seit hundert Jahren über dieses Haus. Er schwor ewige Rache, allen, die ihm zuwider gesinnt waren. Jeder, der sich in dieses Haus begibt, ist verdammt, eine qualvolle Verwandlung zu überstehen, auf alle Zeit verflucht hier zu verweilen.*
>
> **Wehe dem, der dieses Haus betritt!**
>
> *Nur, wer das Labyrinth bezwingt, den Ausgang erreicht, kann die unglücklichen Seelen erlösen.*

Darunter findet man Warnhinweise für Menschen mit besonderen Schwächen wie Herzleiden, Höhenangst oder Klaustrophobie. Es wird auf Grusel und Nervenkitzel durch echte Schausteller hingewiesen. Kindern unter zehn Jahren ist der Zutritt verboten.

Die Freunde sehen sich grinsend an. „Karo!", bekräftigen sie beide gleichzeitig.

Sie dirigieren Andreas' Eltern in das Haus. Dabei achten sie darauf, dass Karola dem Hinweisschild keine Beachtung schenkt. Den fragenden Blick von Andreas' Vater lassen sie unbeantwortet.

Peter erkennt das schalkhafte Aufblitzen in den Augen seiner Jungen. ‚Was hecken die beiden jetzt wieder aus?', überlegt er und nimmt sich vor, wachsam zu sein. Recht schnell merkt er, dass die zwei es nicht auf ihn, sondern auf seine Frau abgesehen haben. ‚Hoffentlich geht das nicht nach hinten los!'

Fünf knarrende Stufen führen auf eine Veranda mit verschlissenen aufgerissenen Holzdielen und die Haustür quietscht beim Öffnen gewaltig in den Angeln. Sie betreten die Vorhalle, während hinter ihnen die Tür mit einem lauten Knall ins Schloss fällt.

„Hier kommen wir nicht mehr hinaus", versichert Andreas bei einer Musterung des Türblatts, das keine Klinke aufweist.

„Scheint eine Einbahnstraße zu sein", stimmt Gerd ihm zu.

Der ganze Raum ist vollgestopft mit altem Gerümpel, kaputten Möbeln oder Trümmern, die Tapete hängt in Fetzen von den Wänden herab, überall findet man Staub und Spinnweben.

Angeekelt verzieht Karola die Nase. „Die sollten hier einmal gründlich sauber machen."

Die beiden jungen Männer strahlen regelrecht bei der Vorfreude auf das, was noch kommt.

Mittlerweile kann sich Peter denken, worauf das Ganze hinausläuft. Obwohl er daran zweifelt, dass seine Frau das genauso spaßig findet wie Andreas und Gerd, kann auch er sich der Spannung nicht entziehen.

Zu beiden Seiten neben ihnen befindet sich je eine Tür, die zu den angrenzenden Zimmern führt, doch von dieser Seite aus sind sie nicht zu öffnen. Der einzige Weg aus diesem Labyrinth heraus lenkt sie anscheinend in das Hausinnere. Dafür müssen sie sich durch einen schmalen Gang winden.

Auf einem kleinen Tisch steht ein uraltes Telefon, das lautstark vor sich hin bimmelt.

„Heb einmal ab", ermutigt Peter erwartungsvoll seine Frau.

Die starrt auf die im leichten Wind wehenden Spinnweben, die das ganze Telefon umgeben. Durch die weißen Fäden hindurch erkennt man deutlich den Hörer.

Karola schenkt ihrem Mann einen bösen Blick. Sie weiß genau, dass ihre drei Männer nur darauf warten, dass sie angewidert kreischt. ‚Nicht mit mir!' Mutig greift sie durch die Spinnweben nach dem Hörer. Als ihre Hände die staubigen Geflechte berühren muss sie sich sehr zusammenreißen, um ihre Hand nicht zurückzuziehen. Bevor sie es sich anders überlegt hebt sie entschlossen den Hörer von der Gabel. Im gleichen Moment laufen eine wabbelnde grüne Masse und blutrote Flüssigkeit aus Sprechmuschel und Hörer, verteilen sich über das gesamte Telefon, bevor sie durch den kleinen Teppich sickern. Ruckartig lässt Karo den Hörer auf die Gabel zurückfallen.

„Igitt!", ist ihr einziger Kommentar, ehe sie eilends weitergeht.

Gut gelaunt folgen ihr die drei Männer in gemütlichem Tempo.

An der nächsten Weggabelung stoppt Karola, um sich zu orientieren. Sie wendet sich in Richtung Hausfront, in der Hoffnung, dort auf den Ausgang zu treffen. Noch bevor die anderen sie erreichen können, hören sie ihr Aufkreischen. Blitzartig steht sie wieder neben ihnen, wobei sie atemlos, mit großen Augen hinter sich zeigt.

Anscheinend hat der Zombie, der sich ihnen zähnefletschend nähert, Karola einen gehörigen Schrecken eingejagt, was ihre angstvolle Mimik bestätigt.

‚Die Maskenbildner haben gute Arbeit geleistet', bewertet Gerd anerkennend.

Blutunterlaufene, tief in den Höhlen liegende Augen starren ihnen entgegen und Hautfetzen hängen an seinem Gesicht mit den verfaulten Zähnen herunter. Wütend knurrend bleibt dieses Monster plötzlich stehen, ohne jemanden erreichen zu können. Gierig streckt es seine Arme nach ihnen aus, doch eine Fußfessel hindert den Zombie daran, den in die andere Richtung entschwindenden Besuchern zu folgen.

Durch das Erlebnis aufgeschreckt legt die Unternehmers-Gattin den Weg durch das Labyrinth fast im Eiltempo zurück.

Eine große Fensterfront gibt den Blick in einen verwilderten Garten frei. Der Teich in der Mitte des Gartens ist mit hohem Schilfgras umwachsen, die Terrasse wirkt baufällig.

Bei einem Blick nach draußen schüttelt sich Karola angewidert. „Da gehe ich garantiert nicht hinaus", bekräftigt sie.

Am Ende des Ganges entdeckt sie eine Tür, die allerdings durch aufeinandergetürmtes Gerümpel versperrt ist. Etwa einen Meter davor gibt es eine hölzerne Bodenklappe, bestückt mit einem eisernen Ring, der als Griff dient. Wild entschlossen greift die Unternehmers-Gattin danach, zieht die Klappe energisch bis zur Hälfte auf, nur um entsetzt zurückzuspringen.

Mit einem erschreckenden Knurren kommt ihr ein weiterer Zombie aus der Öffnung entgegen.

Alle Männer, auch der Zombie, rechnen mit einem Aufschrei der Frau und ihrem Rückzug. Doch da haben sie Karola gänzlich unterschätzt, sie geht zum Angriff über. Mit einem Schrei springt sie, beide Beine voran, auf die Bodenklappe.

Der Schausteller kann sich gerade noch zurückziehen, obgleich sein lautes „Aua!" zeigt, dass er die Klappe doch abbekommen hat.

Andreas und Gerd sehen sich nur kurz an, um dann gleichzeitig laut los zu prusten.

Der böse Blick seiner Frau verhindert, dass Peter sich den beiden anschließt, doch er hat Mühe sein Lachen zu unterdrücken. Mit humorvoll blitzenden Augen greift er über das Gerümpel hinweg nach der Türklinke, die sich problemlos nach außen öffnen lässt. „Hier geht es lang!"

Sie klettern über das erstaunlich stabile Gerümpel und laufen den dahinter liegenden Gang entlang, der abrupt an einer dunklen Glasscheibe endet. Genau wie Gerd und Andreas legt auch Karola ihre Nase an die Scheibe und bemüht sich darum, etwas von dem zu erkennen, das sich hinter dem dunklen Glas verbirgt. Mit einem entsetzten Aufschrei fährt sie von dem Glas zurück, als auf der anderen Seite ein furchteinflößender Zombie vor ihrem Gesicht auftaucht. Erleichterung macht sich in ihr breit, als sie begreift, dass das Ungetüm nicht zu ihnen vordringen kann.

Beim Umschauen stellen sie rasch fest, dass der einzige Weg an der Scheibe vorbei durch ein Lüftungsgitter führt. Sie quetschen sich zwischen Spinnweben hindurch und landen prompt im Garten.

Sofort stürzen sich zwei weitere Zombies auf die Besucher, indem sie in einem Affentempo aus dem Schilf heraus auf sie zu kriechen, wobei sie in den wildesten Tönen fauchen und knurren.

Unendlich froh darüber, die seitliche Tür entdeckt zu haben, schlüpft Karola eilig hindurch, damit die Männer ihr folgen können.

Das zufriedene Nicken der beiden als Zombies verkleideten Männer bemerkt keiner von ihnen. Nachdem sie die Besucher genau dort haben, wo sie hinsollen, ziehen sich die abscheulichen Wesen leise in ihr Versteck zurück.

Karola und ihr Gefolge befinden sich jetzt hinter der dunklen Glasscheibe, durch die sie vorhin die gruselige Gestalt betrachten konnten.

Zähnefletschend streckt das Scheusal bereits seine Arme nach der eintretenden Frau aus.

Gerade erst vor den zwei Gartenungeheuern geflohen regt sich in der Unternehmers-Gattin so langsam die Wut. Was haben sich ihre Männer nur dabei gedacht? ‚Die wollen sich auf meine Kosten einen Spaß machen', grübelt sie sauer. ‚Nicht mit mir! Ihr könnt noch euer blaues Wunder erleben!' Der Zombie steht direkt vor ihr, zum Greifen nah. Hinter ihm erblickt sie ein Gemälde, das einseitig an der Wand befestigt ist. Wie eine Tür schwingt das Bild ein Stück von der Wand weg und gewährt die Sicht auf einen dahinter liegenden Gang.

Karola reagiert instinktiv. „Jetzt habe ich aber genug!", faucht sie und holt aus. Ihr kräftiger Schlag trifft den Zombie so fest unter dem Kinn, dass er zurück gegen die Scheibe taumelt. Verdattert starrt er der Frau hinterher, die bereits den Weg entlangläuft.

Ihre drei Männer sehen sich perplex an. Keiner von ihnen hat mit einer dermaßen heftigen Reaktion der sonst eher besonnenen Frau gerechnet. Während Peter und Andreas Karola im Eiltempo folgen, nimmt Gerd sich die Zeit, dem Schausteller ein „Entschuldigung" zuzurufen, bevor er den dreien hinterherläuft.

Am Ende des Ganges erreichen sie die Treppe, die in einem der Türme angesiedelt ist, folgen ihr und gelangen in das nächsthöher gelegene Stockwerk. Durch weiteres Gerümpel verstellte Ausgänge, an Spinnweben und Zombies vorbei führt der Weg zu drei Türen. Sie alle sehen gleich aus, doch jede hat eine andere Beschriftung. Karo liest die Inschrift auf der ersten Tür.

Ene, mene, muh und aus bist Du!

Was die Besucher des Hauses nicht wissen ist, dass hinter dieser Tür eine Rutsche nur darauf wartet, eintretende Personen nach unten zu befördern. So landet man dann in einem der beiden Räume, die im Erdgeschoss unmittelbar hinter der Eingangstür angesiedelt sind. Von dort hat man nur die Möglichkeit sich in das Foyer zu begeben, da der Weg zurück durch die hinter ihnen automatisch zuschlagenden Türen verwehrt wird.

Auch die zweite Tür ist mit einem Kinderreim versehen, ohne dass der auf das dahinter verborgene Geheimnis hinweist.

Pusteblume, Löwenzahn, 1, 2, 3 und Du bist dran!

Dieser Durchgang gibt den Weg nach unten über eine Treppe frei, der Rückweg wird genau wie bei dem ersten Raum durch die selbstschließende Tür im Rücken des Besuchers versperrt. Und auch hier führt der einzige Weg in den Flur im Erdgeschoss direkt hinter dem Eingang.

Entschließt sich ein Besucher, eine dieser beiden Türen zu benutzen, ist er dazu verdammt, seinen Rundgang noch einmal von vorn zu starten.

Als Karo das dritte Schild liest versteht sie sofort, worauf dieser Reim hinzielt, reißt entschlossen am Türknauf, um ihren Weg fortzusetzen.

Hexenhaus und schwarzer Kater,
Fledermäuse als Berater,
Hexenmus und Zauberkuss,
Du bist der, der suchen muss.

Ohne sich weiter aufzuhalten läuft sie den Gang, der sich vor ihr auftut, entlang, gefolgt von drei erwartungsvollen Männern. Das Schild an der Wand verweist auf den Ausgang, dessen Richtungsanzeige sie geflissentlich nachkommt. Hinter der nächsten Ecke befindet sich ein Lastenfahrstuhl. Den Zombie, der davor Wache steht, rennt Karola einfach um, sodass er mit einem Aufschrei auf seinem Hintern landet.

„Hey!", ruft der Mann überrascht aus und bleibt perplex auf dem Boden sitzen. ‚Eigentlich sind wir diejenigen, die Schrecken verbreiten sollen, nicht andersherum', geht es ihm durch den Sinn.

Andreas und Gerd tauschen vergnügte Blicke, sie kommen hier voll auf ihre Kosten.

Die vier begeben sich in den Fahrstuhl, der von hier aus nur aufwärts fährt. Karola fällt es schwer, den Pflanzenbewuchs und Dreck, der die Seitenwände, Boden und Decke überzieht, zu ignorieren.

Andreas hat damit keine Probleme. Seine Augen blitzen übermütig auf, als er die Anzeigentafel erblickt. „Mutter", fordert er Karo auf. „Drück bitte den Knopf nach oben."

Die Angesprochene wendet sich um und streckt die Hand nach der Schalttafel aus.

„Baahh!" Angeekelt macht sie einen großen Satz rückwärts, wodurch sie genau in den Armen ihres lachenden Mannes landet.

Trotz Karolas böser Miene können die jungen Männer das flegelhafte Kichern nicht unterdrücken.

Gerd greift durch die grüne, mit wabbeligen Maden gefüllte Masse, um den Knopf zu betätigen. ‚Fühlt sich an wie Silikon', schätzt er anerkennend.

Der Fahrstuhl, der sich im zweiten Turm befindet, setzt sich mit einem Ruck in Bewegung, um ein Stockwerk höher wieder anzuhalten. Sie betreten einen circa dreizehn Quadratmeter großen Raum, der nur ein kleines Fenster besitzt, aus dem sich ein dickes Tau nach draußen Richtung Boden spannt. Dem Fahrstuhl gegenüber streckt ein wirklich schauerlich aussehender, grinsender Zombie seine Arme nach ihnen aus.

Karola tritt entsetzt zur Seite. Die Berührung mit etwas Weichem in ihrem Rücken lässt sie aufgeschreckt herumfahren. Sie steht Auge in Auge keinen Meter von dem Zombie weg, dessen Bild sie in dem gut getarnten Spiegel gesehen hat.

Bevor Karo ihn attackieren kann, lächelt er sie an. „Rette uns!" bettelt er. „Verlasse dieses Haus, dann sind wir alle erlöst."

„Nur zu gern", pflichtet Karola ihm bei.

Lange, scharfe Fingernägel zieren seine Hände, die mit eitrigen Pusteln übersät sind und aus zahlreichen Eiterbeulen in seinem Gesicht tropft schleimige grüne Flüssigkeit heraus.

Mit spitzen Fingern, ihre Übelkeit unterdrückend nimmt die Unternehmers-Gattin den Dreipunktgurt aus seinen Händen entgegen.

Als Andreas ihr helfen will, winkt sie ab. „Ich mache das allein", beteuert sie energisch, schlüpft mit den Beinen durch die Öffnungen des Gurtes, um im Anschluss alle Ösen in den Verschluss zu haken. Mit einem Ruck schwingt sich Karola auf den Fenstersims und klinkt den Karabinerhaken vom Dreipunktgurt an dem Seil ein. „Das kriegt ihr wieder!", versichert sie ihren Männern mit einem letzten bösen Blick, bevor sie sich abstößt. Dann hat der Spuk ein Ende!

Aufgekratzt verlassen auch die Männer das Haus.

Karola nimmt sich fest vor, eine Weile nicht mit den dreien zu reden, ihnen zu zeigen, dass sie sauer ist.

„Das hast du fabelhaft gemacht", strahlt Peter und gibt ihr einen leidenschaftlichen Kuss.

Gerd und Andreas nehmen sie ebenfalls begeistert in die Arme. „Du warst spitzenklasse. Einfach phänomenal", jubeln sie.

Wie kann sie ihnen da noch böse sein? Unternehmungslustig gehen sie weiter auf Erkundungsreise.

Sie entdecken die Ausläufer der Sommerrodelbahn. Ein Sessellift bringt die Besucher zur Bergstation hinauf, von wo aus sich zwei Rodelbahnen nebeneinander über knapp dreieinhalb Kilometer nach unten schlingern.

„Cool", strahlt Andreas. „Die nehme ich mit! Und du?"

„Davon halten mich keine zehn Pferde ab!" Gerds Augen blitzen genauso übermütig wie die seines Freundes. Beide erinnern sich daran, wie sie sich mit fünfzehn auf einer solchen Bahn zum Leidwesen der anderen Fahrgäste ein gewagtes Rennen geliefert haben. Die Beschwerden, die es anschließend hagelte, waren wohl ausschlaggebend für den Aufenthalt bei der Parkaufsicht.

„Was meinst du?" Andreas prüft die Strecke mit den Augen. „Fünfzehn Minuten nach oben, zehn Minuten nach unten?"

„Was bist du? Ein alter Mann?", hänselt ihn Gerd. Nach einer kurzen Musterung nickt er. „Fünfzehn rauf ist okay. Abwärts sechs Minuten."

„Das schaffst du nie im Leben!", beharrt Andreas.

„Wetten?", stichelt Gerd. „Lass mir zwei Runden zum Einfahren, die dritte Fahrt zählt. Wer verliert, macht heute Abend den Hubschrauber sauber."

„Abgemacht."

Die Freunde ziehen unternehmungslustig los.

Peter weiß, dass Andreas jetzt nicht mehr zurück kann, also verkneift er sich einen überflüssigen Kommentar, sondern schüttelt nur unbillig den Kopf.

‚Wann werden sie endlich erwachsen?', fragt sich Karola insgeheim, während sie den beiden besorgt nachschaut. Allerdings ist sie sich nicht sicher, ob sie das überhaupt will.

Die Freunde brauchen nicht lange anstehen. Durch den Wochentag hält sich die Besucherzahl in Grenzen, was sich vor allem an den Eingängen zu den Attraktionen bemerkbar macht.

Die Gondeln des Sessellifts werden während der Fahrt bestiegen. Ein Operator hält sie nur kurz von Hand an. Sobald der Zweisitzer bestiegen ist, lässt er wieder los, hängt aber bevor sie davonschwebt zwei der Kunststoffschlitten an den Transportarm der Gondel.

Oben angekommen springen die beiden jungen Männer aus den Sitzen.

Ein Operator, der auf dem Berg seinen Dienst verrichtet, achtet darauf, dass die Besucher beim Aussteigen keinen Schaden nehmen und greift bei Bedarf helfend zu. Bevor die Gondel Richtung Tal davonschwebt nimmt er die Schlitten ab.

Die Freunde begeben sich zu den Rodelbahnen. Sie haben Glück, vor ihnen ist zwar eine Schulklasse angekommen, doch die Jungen und Mädchen betreten zuerst mit ihrem Lehrer die Aussichtsplattform. Rasch schnappen sich die beiden Männer ihre Schlitten, dann stehen sie am Start. Da sie hinter sich keine Personen aufhalten, warten sie noch eine Weile, um sicher zu sein, dass niemand mehr auf der Bahn ist, dem sie schaden könnten. Immerhin wollen sie nach ihrer Fahrt nicht wieder Bekanntschaft mit der Parkaufsicht machen. Sie richten ihre Schlitten aus, jeder auf einer Bahn, und nehmen sorgsam darauf Platz.

Noch einmal werfen sie sich herausfordernde Blicke zu, dann geht es los. Beide holen Schwung, stoßen sich ab, nur um fast liegend die Bahn hinunter zu schießen. Über Steilkurven, S-Kurven und Abwärtsgerade rasen sie dem Ende der Fahrtrinne entgegen. Andreas erreicht das Ziel knapp vor Gerd, der anschließend die gestoppte Zeit überprüft.

„Und?", bohrt Andreas ungeduldig.

„Neun Minuten siebenundzwanzig."

„Sag ich doch", strahlt Andreas mit Genugtuung.

„Das war die erste Fahrt. Wart's ab!" Gerd lässt sich nicht aus der Ruhe bringen.

Sie stellen sich ein weiteres Mal an. Auf der Fahrt nach oben wendet sich Gerd plötzlich in seinem Sitz hin und her, betrachtet die Gondeln hinter sich, den Boden weit unter ihnen und schaut sich die Stahlkonstruktion der Liftgondel genau an.

„Hey, was ist denn mit dir los?", wundert sich Andreas.

„Mir ist aufgefallen, dass sich der Sicherheitsbügel von Anfang an aufklappen lässt", teilt ihm der Freund mit.

„Das gibt es doch gar nicht! Das kann unmöglich gewollt sein. Da kann doch wer weiß was passieren." Ungläubig packt auch Andreas nach dem Bügel, den er ohne Widerstand nach oben schieben kann. Rasch stellt er seine Füße auf das untere Ende des Bügels, um diesen in seiner Position zu fixieren.

Gerd folgt in aller Eile seinem Beispiel. Oben angekommen wendet er sich zu der entschwindenden Gondel um. Er registriert die Nummer dreizehn auf der Rückseite der Gondel. Sobald sie wieder unten sind wird er dem Operator Bescheid geben.

Dann starten sie zur zweiten Fahrt, bei der Andreas auch diesmal um eine Nasenlänge vorn liegt. „So viel zum Thema alter Mann", bekräftigt er überheblich. „Wie viel?"

„Acht Minuten vierzehn", ist die Antwort.

„Deine sechs Minuten kannst du vergessen. Außerdem liege ich vorn", spottet Andreas schadenfroh. „Viel Spaß beim Saubermachen."

„Noch haben wir eine Fahrt", erinnert Gerd ihn ruhig.

Andreas zuckt nur die Schultern. ‚Das schafft Gerd nie!' Er ist sicher, dass er gewinnt.

Sie stellen sich zum dritten Mal an. Vor ihnen stehen acht Leute, die gerade beginnen, sich zu zweit auf die ankommenden Gondeln zu verteilen.

„Ich bin gleich wieder da", versichert Gerd dem Freund, ehe er sich an den murrenden Leuten vorbeiquetscht, um zu dem Operator zu gelangen.

„Der Aufenthalt hier drinnen ist für die Fahrgäste verboten", verbietet dieser ihm unverzüglich den Zugang. „Gehen Sie zurück!"

„Das mache ich ohne weiteres", besänftigt Gerd den Mann. „Ich wollte Ihnen nur mitteilen, dass an der Gondel mit der Nummer dreizehn der Sicherheitsbügel nicht richtig schließt. Er kann während der ganzen Fahrt geöffnet werden. Wenn auf den Plätzen Kinder landen, können Sie richtig Probleme kriegen."

Der Operator wird blass. „Mein Gott, gut dass Sie mir das sagen, vielen Dank. Dort lasse ich niemanden mehr einsteigen." Überhaupt nicht mehr erzürnt lässt er kurz darauf Andreas und Gerd den Berg hinauffahren.

Vorsichtig testen die beiden ihren Sicherheitsbügel, der sich, genau wie bei der Gondel während der vorherigen Fahrt, ohne große Kraftaufwendung öffnen lässt.

Andreas muss kräftig schlucken. „Wie können die eine solche Anlage in Betrieb nehmen?"

„Anscheinend haben die gar keine Ahnung, wie viele Mängel es in diesem Park gibt", vermutet Gerd besorgt. „Sobald wir unten sind mache ich dem Typen die Hölle heiß."

„Nein", widerspricht ihm Andreas. „Ich weiß etwas Besseres." Er zückt sein Handy. Noch bevor sie oben ankommen hat er seine Mutter über ihre Feststellungen in Kenntnis gesetzt. Er ist sich ganz sicher, dass niemand mehr in diesen Lift einsteigen wird. Eigentlich tut ihm der Operator sogar ein Stück weit leid, denn der ist jetzt Karola Staller ausgeliefert.

Noch einmal stehen sie vor der Abfahrt.

Triumphierend wendet sich Andreas an Gerd. „Deine Niederlage erwartet dich."

„Du kennst doch den Spruch ‚Wer zuletzt lacht …'", zitiert Gerd.

Diesmal stellen beide die Zeitmesser an ihren Armbanduhren. Startklar nicken sie sich zu. „Los!", gibt Andreas den Start frei. „Abwärts geht's", ruft er gut gelaunt, während er sich mit viel Schwung abstößt.

Gerd legt sich voll in die Kurven hinein. Wo er zuvor nur getestet hat, saust er diesmal mit viel Schwung entlang. Die Steilkurve passiert er mit so hoher Geschwindigkeit, dass er an der obersten Kante entlang driftet. Schlitternd richtet er sich anschließend in der Fahrbahnmitte aus. Durch die S-Kurve pendelt er regelrecht hindurch. Die folgende Steilkurve nutzt er um für die letzte gerade Strecke noch einmal so richtig Schwung zu holen. Dann ist er im Ziel. Sein Schlitten schießt noch ein ganzes Stück über die Bahn hinaus, bis er auf den ausgelegten Gummimatten abrupt anhält.

Gerd steht auf und sieht sich nach Andreas um. Sein Freund hat noch ein gutes Stück Strecke zu bewältigen. Der Blick auf seine Uhr sorgt für ein zufriedenes Grinsen. Fünf Minuten siebenundfünfzig.

Andreas stoppt neben ihm: Sechs Minuten dreiundzwanzig.

Gerd streckt ihm eine Hand entgegen und zieht ihn hoch. „Komm, alter Mann", spottet er gehässig. „Ich helfe dir auf."

Andreas braucht nicht nachzufragen, er kann sich selbst ausrechnen wie das vor sich gegangen ist. Er hat Gerd wieder einmal gänzlich unterschätzt. ‚So ein Mist! Aber irgendwann kriegt er das zurück', schmollt er.

Während die beiden ihren Kampfgeist erproben, sorgt Karola mit Unterstützung ihres Mannes dafür, dass auch dieses Fahrgeschäft bis zur Überprüfung seine Tore schließt.

Der Operator hat viel zu viel Angst vor einem Unglück und widerspricht der energischen Frau gar nicht erst. Nachdem die letzten Fahrgäste wieder im Tal angekommen sind, schaltet er seine Anlage ab. Unverzüglich macht er sich mit seinem Kollegen von der Bergstation auf den Weg zu Sven Kirschbaum.

7

Beim Mittagessen in einem gemütlichen kleinen Gartenlokal wird über die Sicherheit des Freizeitparks und seiner Fahrgeschäfte diskutiert.

„Es ist offensichtlich, dass die hier gravierende Mängel an den Sicherheitsvorkehrungen haben", stellt Andreas fest.

„Das denke ich auch", pflichtet Peter seinem Sohn bei. „Die Frage ist nur, warum? Anscheinend haben selbst die Angestellten im Park keine Ahnung von den verheerenden Zuständen."

„Der Park braucht eine Generalüberholung", äußert auch Karola.

„Warum bietest du ihm nicht deine Anlagen an?", flachst Andreas an seinen Vater gewandt.

„Bei den katastrophalen Umständen, die hier herrschen, werde ich mich bestimmt nicht aufdrängen", bekundet Peter.

„Für heute ist mein Bedarf jedenfalls gedeckt." Karola ist der Spaß an dem Ausflug gründlich verleidet.

„Die Katastrophen haben aber noch kein Ende erreicht", behauptet Gerd fest.

„Wieso? Was meinst du?", horcht Peter alarmiert auf.

Gerd kann von seinem Platz aus auf den hohen Turm der Wasserbahn sehen. ‚Bei heißem Wetter ist das garantiert eine der begehrtesten Attraktionen im Park', schätzt er. Allerdings sieht es im Augenblick eher danach aus, als ob dieses Fahrgeschäft das nächste mit verschlossenen Türen wird.

„Dreht euch einmal um", fordert er die anderen auf, mit der Hand auf die Wasserbahn weisend.

Von einem erhöhten Bahnhof aus startet die Wasserbahn in etwa vier Metern über dem Boden. Durch einen Kettenlift werden die Boote, die wie Baumstämme aussehen, nach dem Start zwei weitere Meter hochgezogen. Danach senkt sich die Strecke ein Stück weit ab, die Boote gewinnen an Fahrt und schlingern zügig durch die nächste Kurve. Ein Felsentunnel verhindert die weitere Sicht auf die Boote. Dem Kreischen nach zu urteilen, das aus dieser Höhle erschallt, geht es steil abwärts. Fast ebenerdig erscheinen die Baumstämme auf der anderen Seite der Höhle. Die Insassen lachen nach dem überstandenen Sturz vergnügt auf. Langsam fahren die Baumstämme noch eine Weile weiter, wobei es immer wieder hinauf und hinunter geht. Zum Abschluss müssen sie einen hohen Turm überwinden, bei dem die Boote mit einem Kettenlift auf dreißig Meter Höhe gezogen werden. Sobald die Kuppe überwunden ist, stürzen sie im freien Fall hinunter. Geführt werden sie dabei nur durch die Seiten der Fahrtrinne. Am Ende tauchen die Baumstämme mit der Nase tief ins Wasser ein. Es ist beabsichtigt, dass kein Fahrgast trocken bleibt, doch außer aufspritzendem Wasser bekommen sie nichts ab. Im Normalfall steigen sie alle gesund am Bahnhof aus.

Diesmal ist es anders!

Der letzte Baumstamm, der von dem Kettenlift erfasst wurde, hat sich verkeilt. Er steckt in circa achtundzwanzig Metern Höhe fest, während die Kette weiter an dem Boot zieht, doch es rückt keinen Zentimeter vorwärts. Die Zugvorrichtung unter dem Boot reißt bei der extremen Belastung ab und gibt die Kette frei. Dadurch hängt das Boot ungesichert in der Fahrtrinne, nur gehalten durch die beiden Ecken, an denen es sich verkeilt hat. Das folgende Boot wird bereits von dem immer noch funktionierenden Kettenlift aufgenommen. Da der erste Baumstamm den Weg versperrt, transportiert der Kettenlift das zweite Boot bis an dieses heran. Jetzt hängen beide Boote ineinander verkeilt in achtundzwanzig Metern Höhe fest. Die Kette des Lifts zieht weiterhin an dem zweiten Boot.

Unter der Spitze des Turms ist der Antrieb für den Kettenlift montiert. Er ist vom Boden viel zu weit entfernt, als dass auch nur ein Mensch hören könnte wie es zischt und knackt. Durch die dauerhafte Vollbelastung, die auf den Elektromotor einwirkt, überlastet dieser, er erhitzt sich rasch und dicker Qualm tritt aus. Der Kettenlift wird seine Arbeit sicher nicht mehr lange ausführen.

Sollte auch das zweite Boot den Zug durch die Kette verlieren, ist es mehr als wahrscheinlich, dass beide Baumstämme abstürzen. Die Überlebenschance der Insassen grenzt an null Prozent.

Die Menschen in den Booten schreien laut um Hilfe. Je vier Personen sitzen in einem Boot. In dem ersten eine Familie mit zwei kleinen Kindern, in dem zweiten zwei junge Paare.

„Gütiger Himmel!" Peter ist sofort klar, dass die Baumstämme abstürzen, sobald sie sich auch nur ein kleines Stück aus ihrer verkeilten Lage lösen.

Karola erfasst die erschrockenen Blicke ihrer Männer. Sie begreift schlagartig, dass keiner von ihnen ruhig sitzen bleiben und dem Unglück zusehen kann. „Nun lauft schon", fordert sie die Männer auf. „Seht zu, dass ihr den Menschen dort helft. Ich regele das hier und komme nach."

„Danke." Peter drückt ihr einen schnellen Kuss auf, bevor er den jungen Männern eilends folgt. Er weiß, wie schwer seiner Frau eine solche Entscheidung fällt.

Sie treffen gleichzeitig mit Sven Kirschbaum am Schauplatz ein. Ohne Umschweife spricht Gerd den Mann an. „Was werden Sie unternehmen?"

Sven schaut ihn unglücklich an. „Ich habe keine Ahnung. Die Feuerwehr ist hierher unterwegs. Die brauchen noch gute zwanzig Minuten. Aber deren Leitern reichen bei Weitem nicht hoch genug."

Beim Anblick des Fahrzeugs, das von dem Betreiber als Beförderungsmittel im Park genutzt wird, weiß er, was getan werden kann. Er erkennt auch, dass seine Idee die einzige Möglichkeit auf Rettung für die acht Menschen dort oben ist. „Leihen Sie mir Ihren Wagen?"

„Was haben Sie denn vor?"

„Das würde ich auch gern erfahren", äußert Peter.

„Wir holen die Leute mit dem Hubschrauber da heraus", erklärt Gerd. Er wendet sich an seinen Freund. „Allein schaffe ich das nicht. Andy, ich brauche dich."

„Das geht klar", kommt die feste Antwort.

„Ich bin auch dabei!", verkündet Peter fest.

„Vater!"

„Spar dir besser jeden weiteren Kommentar", unterbricht Peter seinen Sohn direkt. „Los!"

Sie springen in den kleinen Fuhrparkwagen, ein Landfahrzeug mit einem *48-Volt*-Elektromotor, wie es auch auf Golfplätzen verwendet wird. Peter und Gerd steigen in den Zweisitzer ein, Andreas schwingt seinen Körper auf die kleine Ladefläche hinter den beiden Sitzen. Mit vierundzwanzig Stundenkilometern geht es Richtung Ausgang. Der Hubschrauber steht am entgegengesetzten Ende des Parks, das sie erst nach zwanzig Minuten erreichen. Mit der Nase unmittelbar vor dem Eingangstor stoppt Gerd das Fahrzeug. Sie springen heraus und rennen an dem verdutzten Mann, der sich in dem Kassenraum aufhält, vorbei.

‚Hoffentlich ist es noch nicht zu spät', fleht Gerd, während er den *Eurocopter* startet. ‚Wir haben viel zu lang bis hierher gebraucht.' Er zieht die Maschine senkrecht hoch, dann gibt er Gas. Unter sich können sie die ankommenden Feuerwehrfahrzeuge erkennen. Andreas, der weiß wie die Seilwinde zu bedienen ist, zeigt seinem Vater während des kurzen Fluges, welche Handgriffe nötig sind.

„Wir sind da!" Gerd zieht den Hubschrauber über die verkeilten Baumstämme, wo er auf seiner Position verharrt. „Ihr müsst das obere Boot zuerst leermachen."

„In Ordnung!" Andreas ist bereits gesichert und trägt genau wie Gerd und Peter einen Helm mit Kommunikationsgerät. „Es kann losgehen!"

Er tritt in die offene Ladeklappe, schaut einmal nach unten, ehe er seinem Vater das passende Zeichen gibt, dann löst er sich von der Kufe des Hubschraubers. Langsam spult Peter die Winde ab und lässt seinen Sohn vorsichtig auf das erste Boot hinab. Sorgenvoll beobachtet er jede seiner Bewegungen.

Die Feuerwehr erreicht den Schauplatz gleichzeitig mit dem Hubschrauber. Noch während sich die Einsatzkräfte vor dem Leitfahrzeug versammeln erkennen sie, dass der Hubschrauber die einzige Rettung für die Menschen dort oben ist.

Dem Einsatzleiter ist sogleich klar, welcher Gefahr sich die Parkbesucher aussetzen, die sich unterhalb der Wasserbahn aufhalten, um sich von der spektakulären Rettung nichts entgehen zu lassen. Mehrere Schaulustige stehen mit gezückten Handys und leuchtenden Augen im unmittelbaren Absturzbereich der Boote. Bei so viel Unvernunft kann er nur den Kopf schütteln. „Räumt den Bereich unterhalb der Wasserbahn. Die Menschen müssen schnellstens dort verschwinden. Wir sperren das Gebiet weiträumig ab. Vorwärts!"

Sie verteilen sich. Ein Teil der Einsatzkräfte beginnt mit der Evakuierung der Umgebung, die restlichen Feuerwehrmänner sorgen dafür, dass niemand mehr an den Schauplatz herankommen kann. Lange werden die Baumstämme nicht mehr halten, dann stürzen sie unkontrolliert herunter. Niemand kann voraussagen, wo sie aufschlagen werden.

Andreas nähert sich dem oberen Baumstamm. An diesem Tag herrscht Windstille, doch die Rotoren sorgen für reichlich Aufwind. Es ist nicht einfach, sich punktgenau abzuseilen. Als seine Füße den Kontakt zum Boot wahrnehmen, gibt er das verabredete Zeichen, woraufhin Peter die Winde stoppt.

„Wer will zuerst mit mir fliegen?" Andreas lächelt die beiden Jungen von etwa acht und zehn Jahren auffordernd an. „Die Chance habt ihr bestimmt nicht noch einmal."

„Ich will zuerst", erklärt ihm der Ältere tapfer. „Aber wenn man in Gefahr ist, muss man die Jüngeren vorlassen. Tommy darf als Erster fliegen."

„Das finde ich super, dass du daran denkst", antwortet Andreas. Er legt Tommy das Dreipunktgeschirr an, dann schnallt er den Jungen an seinem Tragegurt fest. „Ich bin gleich wieder da", verspricht er mit einem beruhigenden Blick zu den besorgten Eltern. Auf dem Weg nach oben hält er den Jungen fest an sich gedrückt, um ihn vor dem Wind zu schützen. Gleichzeitig bemüht er sich darum, sein Gleichgewicht zu halten. Peter zieht ihn mitsamt seiner Last auf den Boden der Ladeluke, ehe sie gemeinsam den Jungen aus dem Dreipunktgurt lösen.

Andreas wendet sich noch einmal an das Kind. „Das hast du toll gemacht. Du setzt dich jetzt da drüben hin und ich hole deinen Bruder. Das habe ich ihm ja versprochen. Einverstanden?"

Mit einem Kopfnicken setzt sich der Knirps in den Laderaum. Peter klopft seinem Sohn lobend auf die Schulter, um ihn anschließend erneut abzuseilen.

Kurz darauf lächelt Andreas dem zweiten Jungen zu. Auch er kommt, dank der professionellen Hilfe, heil im Hubschrauber an, dann sind die Eltern an der Reihe. Andreas überlegt kurz, ob er unten bleiben soll. Wenn er sich abschnallt ist das Gewicht, das nach oben gezogen werden muss, um etliches geringer, aber er verwirft den Gedanken rasch wieder. Sein Gewicht ist für den Baumstamm ein Risiko, er könnte sich aus der verkeilten Stellung lösen und abstürzen. Außerdem brauchen die ungeübten Menschen beim Hochziehen seine Unterstützung. Kurz geht ihm durch den Kopf, wenn Gerd und er das nicht damals bei der Bundeswehr geübt hätten, könnten sie den Menschen hier vielleicht gar nicht helfen.

Peter beobachtet, wie Andreas die Mutter der Kinder vor sich angurtet und holt schnell die elektrische Winde ein. Auch der Vater kann zügig aus dem Boot gerettet werden. Nach zwölf Minuten ist das erste Boot leer.

Mittlerweile merkt man Andreas an, dass ihm die Anstrengung zu schaffen macht.

„Wir tauschen!", entscheidet der Unternehmer.

„Nein, Vater, das geht nicht." Andreas will seinem noch angeschlagenen Vater diesen Kraftakt nicht zumuten. Außerdem ist es für ungeübte Menschen nicht leicht, wenn nicht sogar unmöglich, sich richtig zu verhalten.

„Du hast gar keine andere Wahl. Das weißt du auch. Die nächsten beiden hole ich herauf. Ich weiß, was ich tun muss. Du erholst dich etwas, dann können wir wieder tauschen."

Andreas gibt sich geschlagen, er weiß, dass sein Vater Recht hat. Schnell wechseln sie die Plätze.

Peter setzt sich auf den Rand der Ladeklappe, dabei wandert sein Blick in Richtung Boden. Das mulmige Gefühl in seinem

Magen vergeht erst, als er die verängstigten Menschen in dem Baumstamm erblickt. Einen Moment lang geht ihm durch den Kopf, dass ihm solche Aktionen früher nicht einmal ein Wimpernzucken entlockt hätten. Mit seinen Freunden Friedrich von Middendorf und Andreas Eiffen hat er schon ganz andere Abenteuer überstanden. Vorsichtig rutscht er auf die Kufe des Hubschraubers. „Los", befiehlt er, bevor er es sich anders überlegen kann.

Diesmal ist es Andreas, der seinen Vater langsam abseilt, bis dessen Füße den Baumstamm erreichen. Erst auf Peters Wink hin stoppt sein Sohn die Winde.

Aufmunternd schaut der Unternehmer die Insassen des Bootes an. „Wer ist am mutigsten?", fragt er humorvoll.

„Meine Frau ist schwanger", erklärt ihm ein junger Mann. „Können Sie sich bitte zuerst um sie kümmern?"

„Natürlich." Peter muss an Karola denken, wie es ihr immer schlechter ging. Zum Schluss wurde sogar ein Fahrgeschäft ihretwegen angehalten. Er weiß noch genau, wie er sich gefühlt hat. Auf seine Aufforderung hin steht die Frau vorsichtig auf und ergreift die Hand, die er ihr entgegenstreckt.

„Ich entschuldige mich schon einmal im Voraus", beteuert sie ängstlich lächelnd. „Wahrscheinlich wird mir gleich furchtbar übel."

Peter lacht laut auf: „Wenn es weiter nichts ist."

Mit seiner Hilfe legt sie den Gurt an. Peter achtet darauf, alle Handgriffe korrekt auszuführen, so wie es ihm sein Sohn gezeigt hat. Er kontrolliert alles noch ein zweites Mal, hier darf nichts schief gehen. Dann gibt er das Zeichen zum Hochziehen. Als sie den Halt des Bootes unter den Füßen verlieren schreit die Frau auf. „Keine Angst, es ist alles in Ordnung", beruhigt er sie. Oben angekommen strecken sich ihnen helfende Hände entgegen.

Beim zweiten Anlauf ist Peters Angst fast gänzlich verschwunden, sie hat einer festen Entschlossenheit Platz gemacht. Obwohl er schweißnass ist, nicht nur wegen der Anstrengung, macht er weiter. Hier brauchen Menschen ihre Hilfe. ‚Wir werden es schaffen!' Davon ist er überzeugt. Auch die zweite Frau kann von ihm gerettet werden.

Mittlerweile schmerzt sein ganzer Körper. Eine solche Belastung war jedenfalls nicht eingeplant. Wie versprochen tauscht er wieder mit Andreas.

Karola, die sich zu Sven gesellt hat, bleibt fast das Herz stehen. ‚Was ist denn da oben los? Das ist doch mein Mann.' Der Mann, der sich vor zwei Wochen in der Gefangenschaft einer Gruppe Naziverbrecher schwere Verletzungen zugezogen hat. Verletzungen, die bei Weitem noch nicht verheilt sind. Jetzt hängt er unter dem Hubschrauber und rettet ohne Rücksicht auf seine eigene Gesundheit anderen Menschen das Leben. Eigentlich müsste sie sauer auf ihn sein, ihm den Hals herumdrehen, wenn er wieder bei ihr steht. Aber stattdessen ist sie einfach nur stolz auf ihn, auf alle drei!

Andreas erreicht die beiden verbliebenen Männer in dem Boot, gurtet den ersten Mann vor sich an, dann geht es aufwärts.

„Ich bin gleich wieder da", versichert er dem letzten verbleibenden Fahrgast. Der kann seine Angst zwar nicht verleugnen, ist aber froh über die bisherige Rettungsaktion. Dass seine Frau sicher in dem Hubschrauber sitzt, hilft ihm enorm. Er wartet, bis Andreas zurückkommt. Auch ihm wird ein paar Minuten später von Peter Staller aus dem Gurt geholfen. Überglücklich schließt ihn seine Frau in die Arme.

„Wir haben alle", berichtet Andreas an Gerd gewandt.

„Das ist gut." Gerd betrachtet die beiden verkeilten Boote. „Ich hätte da noch eine Idee." Er mustert Andreas prüfend. „Andy, kannst du noch einmal runtergehen?"

„Wenn es wichtig ist", bestätigt Andreas ihm. „Was geht dir durch den Kopf?"

„Schau dir die beiden Boote an. Das zweite hängt immer noch im Kettenlift. Wenn wir das erste Boot entfernen, kann das zweite mit viel Glück normal über die Kuppe abwärtsfahren."

Andreas wendet seine Aufmerksamkeit den beiden Baumstämmen unter sich zu. „Du willst das erste Boot an den Lasthaken vom Hubschrauber nehmen?"

„Ja, so denke ich mir das."

Der Geologe bleibt skeptisch. „Was, wenn es schief geht? Wenn es so stark verkeilt ist, dass es sich nicht löst?"

„Dann nehmen wir den Haken wieder ab", verspricht Gerd. „Mehr Sorgen mache ich mir, wenn wir es wirklich losbekommen. Es wird stark pendeln. Aber einen Versuch ist es wert. Oder?"

Überlegend starrt Andreas hinaus, er weiß, was Gerd meint. Pendelt das Boot zu stark, kann es den Hubschrauber aus dem Gleichgewicht bringen. Beginnt die Maschine zu trudeln, dann haben sie alle verloren. „Okay, ich bin dabei", trifft er seine Entscheidung.

Gerd spürt das Vertrauen, das sein Freund ihm entgegenbringt.

Schnell macht sich Andreas fertig. Mit dem Transporthaken bewaffnet lässt er sich abwärts befördern. Peter ist nicht begeistert davon, seinen Sohn noch einmal abzuseilen, aber er verkneift sich einen Kommentar, da er die Notwendigkeit begreift.

„Was machen die da oben noch?", erkundigt sich Sven bei Karola. „Die Leute sind doch alle gerettet."

Karola kann nur die Schultern zucken, auch sie begreift nicht, was die Verzögerung soll. Wie gebannt schaut sie auf die Handlungen, die sich vor ihnen abzeichnen. „Das ist mein Sohn, der sich da abseilt. Warum geht er denn noch einmal herunter?"

Dem Einsatzleiter der Feuerwehr wird als Erstem klar, welche Absicht die Besatzung des Hubschraubers verfolgt. „Mein Gott! Sind die da oben wahnsinnig?", stöhnt er bestürzt auf. „Das kann gar nicht gut gehen. Die werden alle abstürzen!"

„Was meinen Sie damit?" Alarmiert starrt Sven den Einsatzleiter an, um seine Aufmerksamkeit rasch wieder auf den Hubschrauber zu richten.

„Die wollen die Boote herausziehen", berichtet der Einsatzleiter. „Damit die nicht zwischen die Besucher stürzen. Dafür müssen sie die Boote mit der Winde aus der Wasserbahn ziehen. Die Baumstämme sind viel zu schwer. Die werden so stark pendeln, dass sie den Hubschrauber aus der Flugbahn reißen. Das schafft der Pilot nie im Leben", bekräftigt er.

Karola wirbelt zu ihm herum. „Wenn einer das schafft, dann ist es dieser Pilot. Ansonsten würde er sich nicht darauf einlassen", faucht sie den Mann an. Trotzdem beobachtet sie voller Sorge, was ihre Familie dort oben in Angriff nimmt.

Andreas erreicht das Boot, klettert vorsichtig bis in die Spitze, wo er den Transporthaken an der für ein Anheben des Bootes vorgesehenen Lastöse befestigt. Zurück im Hubschrauber löst er rasch seine Gurte von der Seilwinde, damit die Bergung des Bootes beginnen kann. Vorsichtig betätigt Peter die Winde, deren Seil sich allmählich zwischen Boot und Hubschrauber anspannt. Die Winde muss jetzt stark arbeiten, da das Boot keinen Zentimeter nachgibt. Gerd hat Schwierigkeiten, den Hubschrauber ruhig zu halten. Immer wieder spürt er, wie der Vogel seitlich abdriften will, sodass er jedes Mal vorsichtig gegensteuert.

„Das funktioniert nicht", ruft ihm Andreas zu. „Es gibt keinen Zentimeter nach. Wir müssen das Seil lösen."

„Warte noch einen Moment", erwidert Gerd. „Wenn das jetzt nicht klappt, musst du das Seil schnell kappen. Ich sage dir wann." Er richtet die Maschine so aus, dass er in Achsrichtung mit dem zweiten Boot steht. Dann gibt er langsam Gas.

Andreas versteht sofort, was Gerd vorhat. Sein Freund will sich die Triebkraft des zweiten Bootes zu Nutze machen. Er behält den ersten Baumstamm genau im Auge. Zuerst ruckelt er ein paar Mal hin und her, dann rutscht er schlagartig ein Stück nach vorne.

„Es klappt!", brüllt Andreas gegen den Lärm der Rotoren an. „Mach langsam weiter."

Plötzlich löst sich der Baumstamm aus der Wasserbahn, schießt mit Schwung vorwärts und bricht aus der Wasserbahn aus. Ohne Halt saust das Boot unter ihnen schwer an dem Seil nach vorn. „Vorsicht!", warnt Andreas den Freund.

Gerd zieht den Hubschrauber schleunigst mit der Nase nach oben, um der Kraft, die ihn jetzt aus der Flugbahn zu reißen droht, entgegenzuwirken.

Der zweite Baumstamm befindet sich kerzengerade in seiner Spur, auch der Kettenlift arbeitet noch, sodass die Kette den jetzt leeren Baumstamm ganz normal über die Kuppe transportiert. Im freien Fall stürzt das Boot abwärts, taucht ein, um anschließend abgebremst zum Bahnhof zu fahren.

Rundum bricht lauter Jubel aus. Die Menschen applaudieren dem Piloten und seiner Mannschaft.

Allerdings haben diese keine Zeit darauf zu achten, da sie mit ihrer pendelnden Last alle Hände voll zu tun haben. Das Boot stoppt abrupt in der vordersten Stellung. Das dicke Drahtseil, das Hubschrauber und Boot miteinander verbindet, ist bis zum Zerreißen angespannt, doch es hält. Ruckartig saust der Baumstamm in die entgegengesetzte Richtung. Immer wieder pendelt das Boot unter ihnen am Haken hin und her.

Der Transport von Lasten ist schon mit einem Außenlastgeschirr gefährlich genug, aber einen Frachtflug, bei dem die Last einseitig an einer Seilwinde pendelt, würde jeder Sachverständige als Selbstmord bezeichnen.

Gerd hat alle Hände voll zu tun, um den Hubschrauber sauber in der Luft zu halten. Mit seiner ganzen Kraft umfasst er den Steuerknüppel. Die linke Hand liegt auf dem Hebel, der die Blattverstellung beeinflusst. So kann er an dem *5-blättrigen Spheriflex-Hauptrotor* den Anstellwinkel der Rotorblätter verändern. Beide Füße stehen auf den Bodenpedalen, mit denen die Anstellwinkel des *10-blättrigen Heckrotors*, einem *Fenestron*, gesteuert werden. Der Hubschrauber schwingt so stark, dass die gerade geretteten Menschen sich ängstlich in die Arme nehmen.

Andreas kann unschwer erkennen, dass Gerd bis zum Äußersten konzentriert seine ganze Kraft aufbieten muss. Entschlossen wirft er sich in den Copiloten-Sitz und ergreift mit beiden Händen den Steuerknüppel vor sich, um seinem Freund bei seiner Aufgabe zu helfen.

Gemeinsam schaffen sie es, den Vogel auszurichten. Sie harren aus, bis sich die Last unter ihnen allmählich beruhigt, erst dann atmen sie erleichtert auf.

„Geschafft!", stöhnt Andreas. Die Freunde grinsen sich an, wobei sie wieder einmal ihre tiefe Vertrautheit zueinander empfinden.

„Mama, wenn ich groß bin, möchte ich auch Hubschrauberpilot werden", verkündet der kleine Tommy mit strahlenden Augen seiner entsetzten Mutter.

Der Schrecken, die Angst, die Anspannung, das alles fällt von den Insassen des Hubschraubers ab, ausgelassen beginnen sie zu lachen.

„Sag Karola Bescheid", bittet Gerd den Konzernchef. „Die Feuerwehrmänner sollen den Baumstamm abnehmen. Sonst kann ich nicht landen."

Peter schnappt sich das Handy seines Sohnes, da sein eigenes die Fahrt mit der Einschienenbahn nicht überlebt hat. Karola ist schnell unterrichtet.

„Sie sollen das Boot in Empfang nehmen, damit der Hubschrauber landen kann", wendet sich die Unternehmers-Gattin an den Einsatzleiter.

Der immer noch sprachlose Einsatzleiter teilt ihr durch eine Kopfbewegung sein Einverständnis mit, rührt sich aber nicht von der Stelle. Er stiert weiterhin verdattert dem näherkommenden Hubschrauber entgegen.

„Dann los!", schnauzt Karola ihn an.

Das scheucht den Mann endlich auf. Er ruft seine Männer zu sich. Zu viert begeben sie sich zu dem freien Platz vor dem Eingang der Wasserbahn. Indessen senkt sich ihnen der *Eurocopter* langsam entgegen. Einer der Feuerwehrmänner gibt Gerd per Handzeichen zu verstehen, wie weit er sich noch nähern muss, dann greifen kompetente Hände nach Boot und Lasthaken. Im Nu ist beides voneinander getrennt. Der Pilot erhält das Zeichen zum Aufsteigen.

Da er eine ungefähre Ahnung davon hat, wie sich die Menschen in seinem Hubschrauber fühlen, wendet Gerd sich ihnen zu. „Wollen Sie dem Parkbetreiber die Hölle heiß machen?", erkundigt er sich. „Oder überlassen Sie das Ihren Anwälten?"

„Wie meinen Sie das?", hakt einer der geretteten Männer nach.

„Die Wasserbahn hat gravierende Mängel. Dadurch ist es zu der Katastrophe gekommen. Sie könnten auf Schadenersatz drängen."

Unentschlossen sehen sich die Leute an.

Die junge Frau, die Peter zuerst aus dem Boot holte, macht den anderen einen Vorschlag: „Ich glaube, es ist viel wichtiger, dass der Park vor allem für die Kinder sicherer gemacht wird.

Ich finde, wir sollten alle zu einem Anwalt gehen. Wir schicken dem Betreiber die Aufforderung, statt einem Schadenersatz soll er in die Sicherheit der Fahrgeschäfte investieren."

Mitgerissen von ihrer Ansprache stimmen ihr sämtliche Insassen zu.

„Das ist eine hervorragende Idee", freut Gerd sich begeistert. „Wo möchten Sie hin? In den Park, auf einen der Parkplätze oder soll ich Sie woanders absetzen?"

Alle möchten nur noch nach Hause, ihre Fahrzeuge stehen am Haupteingang.

„In Ordnung, dann landen wir dort. Allerdings muss ich noch einen kleinen Umweg fliegen." Die fragenden Blicke ignoriert er, stattdessen wendet er sich an seinen Freund auf dem Copiloten-Sitz: „Andy, würdest du bitte den Platz räumen. Ich brauche hier vorne dringend fachmännische Unterstützung."

Andreas braucht nicht lange nachzufragen. Schmunzelnd tauscht er mit einem strahlenden Tommy den Platz. Freiwillig wechselt der sich während des Fluges mit seinem Bruder ab.

Karola und Sven erwarten den Hubschrauber am Haupteingang. Der Betreiber wendet sich an die geretteten Gäste, die entschlossen ihre Bedingungen stellen.

„Ich werde mich auch ohne Ihre Forderungen schnellstmöglich darum kümmern", verspricht Sven. Er verteilt seine Visitenkarten. „Bitte senden Sie mir Ihre Kontaktanschrift zu. Ich werde Sie auf dem Laufenden halten."

Zufrieden über sein Entgegenkommen machen sich die Leute auf den Heimweg.

„Wie böse bist du auf mich?", erkundigt sich Peter vorsichtig bei seiner Frau.

„Auf uns?", ergänzt Andreas.

Karo lässt sich mit der Antwort Zeit. „Ich bin unglaublich stolz auf euch", antwortet sie dann mit einem liebvollen Blick auf ihre drei Männer. „Können wir jetzt endlich nach Hause?"

Zwei Minuten später sind sie in der Luft.

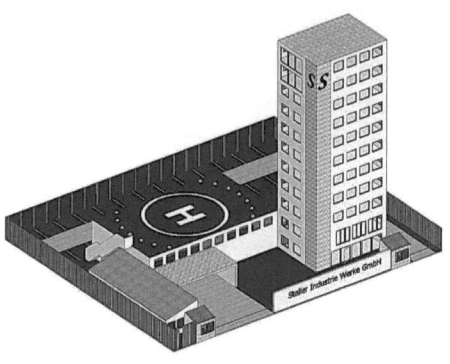

8

Achim Voss ist seit ein paar Monaten Leiter der zentralen *NS-Fahndungsstelle* in Ludwigsburg. Die Mitarbeiter dieser Behörde sind für den Bundesnachrichtendienst tätig, welcher wiederum dem Bundeskanzleramt unterstellt ist. Seit Ende des Zweiten Weltkrieges bemüht sich diese Abteilung *NS-Kriegsverbrecher* zu enttarnen und aufzuspüren. Erfahrene Polizisten und Staatsanwälte führen gemeinsam diese Abteilung, mit dem Ziel ihre Aufgaben zu bewältigen.

Der Fünfunddreißigjährige löste seinen Vorgesetzten Konrad Schrader ab, als dieser die stellvertretende Leitung der Abteilung Sechs im Bundeskanzleramt in Berlin übernahm. Zu diesen Beförderungen trug maßgeblich die Ergreifung des *NS-Kriegsverbrechers* Otto Gruber bei, dem nur durch die Unterstützung der Firma *Staller* und seiner Mitarbeiter das Handwerk gelegt werden konnte. Dank der hervorragenden Begabung von Gerd Bach, Geschehnisse und Handlungen bis ins Kleinste nachzuvollziehen, erhielten sie die fehlenden Beweise für die Verhaftung des Mannes. Zusammen mit ihm und den Mitgliedern der Familie Staller mussten die Beamten schwere Kämpfe ausfechten.

Achims Gedanken schweifen ab zu den damals durchgestandenen Gefahren. Er lächelt bei der Erinnerung daran, wie er

Gerd kennenlernte. Obwohl er den jungen Kerl für einen absoluten Draufgänger hielt und ihn am liebsten in eine Zelle verfrachtet hätte, konnte er sich einer gewissen Hochachtung vor dessen Fähigkeiten nicht verschließen. Mittlerweile verbindet Gerd und ihn eine tiefe, dauerhafte Freundschaft, die ihn dazu brachte, Gerd auch später noch bei so manch einem Abenteuer hilfreich zur Seite zu stehen.

Der ein Meter achtzig große, durchtrainierte Mann mit den kurzen braunen Haaren sitzt müde an seinem Schreibtisch und wartet auf den angekündigten Anruf.

Vor nunmehr zehn Tagen meldete sich der Anrufer das erste Mal. Er bietet Achim Informationen über vier ehemalige Nationalsozialisten an, die schon seit Ewigkeiten ganz oben auf der Liste der meistgesuchten *NS-Kriegsverbrecher* stehen. Im Ausgleich fordert der Mann Schutz für sich und seine Familie. Dreimal haben sie bisher miteinander gesprochen. Achim ist klar, dass der Mann enorme Angst hat. Er ist sehr vorsichtig, gab bisher immer nur so viel preis, dass sie die Wahrheit seiner Aussagen überprüfen konnten. Achim will dem Mann, dessen Namen er nicht kennt, ein Treffen seiner Wahl vorschlagen.

Das Telefon klingelt.

Schnell greift Achim nach dem Hörer des Festnetzapparates. „Voss", meldet er sich.

„Achim Voss?", kommt die Gegenfrage.

„Ja." Ungeduldig wartet Achim auf die Informationen seines Gesprächspartners. „Was können Sie mir geben?" Das ist die Frage, mit der er seinem unbekannten Gesprächspartner zu verstehen gibt, dass er zwanglos sprechen kann und niemand außer ihnen beiden zuhört.

„Haben Sie die Informationen überprüft, die ich Ihnen zukommen ließ?", kommt die Gegenfrage. Allerdings antwortet der Mann sich gleich selbst: „Selbstverständlich haben Sie das! Dann wissen Sie auch, dass alles stimmt, was ich Ihnen mitgeteilt habe."

„Natürlich", bestätigt Achim dem Mann. „Hören Sie, warum treffen wir uns nicht irgendwo? Zu Ihren Bedingungen, wo Sie wollen! Sobald ich genug Material habe um zuzugreifen, kann die Staatsanwaltschaft Sie in das Zeugenschutzprogramm aufnehmen. Ihnen und Ihrer Familie wird nichts geschehen. Das garantiere ich Ihnen."

„Wie wollen Sie das bewerkstelligen? Die haben ihre Leute überall." Achim hört die Angst in der Stimme des Mannes.

„Wir könnten Ihre Familie schon von hier wegbringen, ohne dass jemand davon erfährt. Das habe ich bereits geklärt. Damit kommen wir Ihnen ein großes Stück entgegen. Sobald alles geregelt ist können Sie Ihren Angehörigen folgen."

„Ich werde es mir überlegen. Sie hören von mir! Am Montag um zweiundzwanzig Uhr." Damit beendet der Mann die Verbindung.

Achim schenkt dem Mann, der vor seinem Schreibtisch sitzt, seine Aufmerksamkeit. Der neununddreißigjährige Jan Kowalewski kam nach dem Ausscheiden von Konrad Schrader in diese Abteilung, um ihn zu unterstützen. Dass Achim sich auf seinen Partner verlassen kann, hat dieser bereits des Öfteren bewiesen.

„Du willst doch nicht wirklich allein zu einem Treffen mit diesem Mann gehen? Was, wenn es eine Falle ist?", verhört ihn Jan.

Achim mustert seinen Kollegen unverschämt. „Dafür habe ich ja dich. Vor Montag können wir nichts mehr unternehmen. Also ab nach Hause. Wird Zeit, dass ich in die Kiste komme."

Sonntagabend treffen einige der Mitarbeiter aus dem *Staller-Team* zu einer fröhlichen Runde in einem der angesagten Lokale zusammen. Die Kneipe *Schalander* in Düsseldorf-*Wersten* zählt zu den Favoriten der bevorzugten Treffpunkte. In gemütlicher Atmosphäre bietet sie den Gästen dreizehn verschiedene Biere frisch vom Fass, darunter die fünf bekanntesten Düsseldorfer Altbiere. Die Auswahl an passenden Speisen kann sich ebenfalls sehen lassen.

Auch Gerd findet sich an diesem Abend bei seinen Kollegen ein.

Für eine geraume Weile ist der Freizeitpark *Weltenbummler* das Gesprächsthema Nummer eins. Auf den Tag angesprochen schildert der Projektleiter seinen Mitarbeitern die Vorfälle, die sich während ihres Ausflugs ereignet haben.

„Wie können die einen Park aufmachen, der in so einem katastrophalen Zustand ist?", staunt Ralf Haas. Der ein Meter sechsundsiebzig große, überschlanke Mann mit den kupferfarbenen Haaren und den humorvollen grünen Augen ist seit vier Jahren Familienvater. „In so eine Freizeitattraktion gehen nicht nur junge Leute. Dort findet ihr viele Kinder, auch die Kleinen, zudem alte Menschen, Menschen mit Behinderungen, ja, selbst Rollstuhlfahrer haben Spaß an diesen Dingen. Wenn ich bedenke, ich könnte mit meinem Sohn in solche Gefahren geraten, wird mir richtig übel."

„Da hast du zweifellos Recht", überlegt auch Jens Fischer. „Ich habe zwar keine Kinder, aber diese Mängel sind für jeden lebensgefährlich. Das ist erschreckend", empört sich der leicht untersetzte Bauingenieur. Der ein Meter neunundsechzig große Leiter der technischen Abteilung des Teams ist seit circa zehn Jahren geschieden, was ihn aber keineswegs daran hindert, Freizeitaktivitäten mit Freunden und Bekannten zu genießen.

Sämtliche Kollegen nicken bestätigend zu seiner Bemerkung.

Gerd ist an diesem Abend der Erste, der sich von den Kollegen verabschiedet. Seinen Wagen hat er vorsichtshalber bei Andreas in Düsseldorf-*Kalkum* auf dem Anwesen der Familie Staller stehen gelassen.

Als er an dem keine fünfhundert Meter entfernten Taxistand neben der Rufsäule ein einzelnes Taxi erblickt, läuft er schnell dort hinüber. ‚Das erspart mir die Fahrt mit der Bahn', freut er sich.

Die beiden Männer, die ihm aus der Kneipe folgen, bemerkt er nicht.

Gerd öffnet die Tür des Fahrzeugs um einzusteigen, während seine beiden Verfolger zufrieden abwarten. Mit einem kurzen Handzeichen verständigen sie sich mit dem Fahrer. Gleich haben sie den Mann, auf den es ihr Boss abgesehen hat! Sobald er eingestiegen ist wird ihr Kumpel losfahren, um vor ihren Füßen kurz zu stoppen. Von zwei Pistolen in Schach gehalten kann auch ein Gerd Bach nichts mehr ausrichten. Sie wähnen sich am Ziel!

„Warten Sie! Bitte, warten Sie!" Eine junge Frau in der Bekleidung einer Flugbegleiterin kommt auf den Taxistand zu gerannt, einen *Trolli* hinter sich herziehend. Der lange schwarze Pferdeschwanz schwingt beim Laufen von einer Seite zur anderen, bis sie atemlos vor ihm stehen bleibt. „Entschuldigung", lächelt sie ihn flehend an. „Fahren Sie in Richtung Köln? Können Sie mich mitnehmen? Ich muss dringend zum Flughafen. Ich bin schon viel zu spät dran."

„Nein, tut mir leid, ich muss in die andere Richtung", erklärt ihr Gerd zur Freude des Fahrers.

„Tja, da kann man nichts machen." Traurig schaut die Frau Gerd an.

Es ist Zufall, dass er die Straßenbahn bemerkt, die an der Haltestelle gegenüber wartet. Die Anzeige an der Bahn weist auf die passende Strecke hin und die Türen sind geöffnet. ‚Dann halt doch die Bahn', entscheidet er rasch. „Ich überlasse Ihnen das Taxi", bietet er der Frau an. „Hoffentlich schaffen Sie es noch rechtzeitig. Viel Glück." Damit dreht er sich auf dem Absatz um und sprintet los. Das „Dankeschön" der erfreuten Frau hört er nicht mehr. Im letzten Moment kann er in die Bahn springen, deren Türen sich unmittelbar hinter ihm schließen.

Seine Verfolger starren ihm entsetzt hinterher, wodurch wertvolle Sekunden verrinnen, ehe sie losrennen, allerdings haben die beiden Männer keine Chance, die Bahn noch zu erreichen.

Um nicht aufzufallen übernimmt der Fahrer in dem Taxi die Fahrt zum Flughafen Köln, bevor er das geklaute Fahrzeug in einer Seitenstraße abstellt.

Die beiden Männer, die Gerd von der Kneipe aus gefolgt sind, beeilen sich zu ihrem Wagen zu gelangen. Während sich der Fahrer darum bemüht, die richtige Straßenbahn zu finden und ihrer Zielperson weiter zu folgen, zückt der Beifahrer sein Handy.

„Habt ihr ihn?", erkundigt sich Frank Rademacher sofort.

„Nein, er ist uns entkommen. Aber er hat uns nicht bemerkt", beeilt sich der Mann seinem Boss zu versichern, um ihm im Anschluss den Sachverhalt zu schildern.

„Fahrt zu seiner Wohnung. Wenn ihr ihn abpassen könnt, schnappt ihn euch, wenn nicht wartet ab. Es kommt auf ein paar Stunden nicht an."

Frank ist sauer. ‚Die Gelegenheit war gut. Musste diese blöde Kuh sich einmischen?' Ohne diese Frau hätte er Gerd Bach bereits in seiner Gewalt.

Gerd hat keine Ahnung, wie knapp er seiner Ergreifung entkommen ist. Da er noch mit seinem Freund verabredet ist, macht er sich zum Anwesen der Familie Staller auf. Dadurch warten die beiden Söldner von Frank Rademacher in dieser Nacht vergebens auf seine Ankunft.

Montagmorgen holt ihn der Alltag wieder ein. Gerd lässt es langsam angehen, da er heute Früh noch nicht so richtig wach ist. Der Film, den er sich mit Andreas angesehen hat, war gut, und lang! Auch das Bier, das sein Freund besorgt hatte, war nicht zu verachten. Letztendlich war es einfach ein gelungener Abend.

Er hat die Berichte über den letzten Auftrag vor sich liegen. Seine Kollegen konnten bei der Inbetriebnahme saubere Arbeit abliefern, sodass die Abnahme der Sicherheitsanlage in Düsseldorf-*Benrath* zur vollen Zufriedenheit des Kunden verlaufen ist. Er heftet die letzten Unterlagen in den Auftragsordner, als Peter Staller sein Büro betritt.

„Störe ich?", erkundigt sich der Konzernchef.

„Du störst mich nie", erwidert Gerd. „Aber wieso bist du hier? Wie konntest du Karo dazu überredet, dich ziehen zu lassen?"

„Das war gar nicht nötig. Sie hat es mir von allein erlaubt. Langsam hat auch meine Frau begriffen, wie viel mir das alles hier bedeutet."

„Ja, sie kennt dich ganz gut."

Prüfend mustert der Unternehmer seinen Projektleiter. Er erkennt die Anzeichen von zu wenig Schlaf. „War wohl eine kurze Nacht?", fragt er anzüglich.

„Kann man so sagen", lächelt Gerd. „Aber es hat sich gelohnt. Andy tut mir leid. Er musste in aller Herrgottsfrühe aufstehen, um nach Aachen zu fahren."

„Selbst schuld", behauptet Peter schmunzelnd. Auch er kann sich noch gut daran erinnern, wie er früher die Wochenenden mit seinen Freunden verbrachte. „Setzt du mich in Kenntnis?", bittet er seinen Stellvertreter. „Was hat sich hier in der letzten Woche getan?"

„Du meinst, außer dem Stromausfall in der Werkshalle?" Gerd kann sich die Frage nicht verkneifen. Seine Augen blitzen dem Unternehmer schalkhaft entgegen.

Peter bleibt ernst. „Ich glaube, ich werde mit Herrn Schreiber ein ernstes Wörtchen reden müssen."

Bevor Gerd seinen Kollegen in Schutz nehmen kann, hört er staunend die Frage seines Chefs: „Wann hat er eigentlich die letzte Gehaltsanpassung bekommen?"

Sven Kirschbaum hält Wort. Noch am Freitagabend schließt er die Tore zu seinem Freizeitpark auf unbestimmte Zeit. Über die Medien lässt er verlauten, dass vorverkaufte Eintrittskarten ihre Gültigkeit behalten, aber auf Wunsch auch rückerstattet werden. Er ruft seine gesamten Mitarbeiter zu einer außerplanmäßigen Besprechung zusammen.

„So kann es nicht weitergehen", erklärt er ihnen. „Die komplette Elektronik, sämtliche Fahrgeschäfte, sprich, der ganze Park muss grundlegend überarbeitet werden. Sie alle sind aufgefordert mir dabei zu helfen." Die Gehälter wird er weiterzahlen und von sich aus niemanden entlassen, verspricht er allen, die bereit sind ihn zu unterstützen. Er will seinen Park wieder in Betrieb nehmen, dafür gibt er sich Zeit bis zur Hauptsaison im nächsten Jahr.

Im Anschluss an die Mitarbeiterbesprechung setzt er sich mit seinen Ingenieuren zusammen. Es wird ein langer Arbeitstag, aber am Ende sind sich alle einig. Der ganze Freizeitpark mit allen Fahrgeschäften muss von einem hundertprozentig funktionsfähigen Sicherheitssystem betreut werden. Alles, was dafür in Angriff genommen werden muss, werden sie gemeinsam bewerkstelligen.

Jennifer Graf ist eine Ingenieurin, die seit Eröffnung des Parks dabei ist. Sven betraut sie mit der Überwachung der notwendigen Arbeiten. Nur zu gern ist die Achtunddreißigjährige bereit, ihren Chef zu unterstützen. Ihre sportliche Figur bei einer Größe von einem Meter siebenundsechzig und der schwarze Pagenschnitt passen hervorragend zu ihrer Art. Die blau-grünen Augen der temperamentvollen Frau blitzen unternehmungslustig auf.

Der zweiundfünfzigjährige Georg Renken wird als unterstützender Statiker an der Seite seiner Kollegin bleiben.

Montagmorgen führt ihn der erste Weg zur Bank. Sven hat schwere Kämpfe zu bewältigen, doch er bekommt die Freigabe und die dringend erforderliche Unterstützung zur Generalüberholung der elektrischen Anlagen, ohne die seine Freizeitattraktionen nicht betrieben werden können. Auch bei der Sicherheitsbehörde für das Betreiben von Fahrgeschäften stößt er auf offene Ohren. Es kommt selten genug vor, dass sich Betreiber so einsichtig zeigen wie Sven Kirschbaum. Die Mitarbeiter des *TÜV* sind bereit, Hand in Hand mit dem Unternehmer zusammen zu arbeiten.

Gegen Mittag findet sich Sven wieder in seinem Firmengebäude auf dem Parkgelände ein. Jetzt heißt es, den wichtigsten Schritt zu unternehmen. Seine Mitarbeiter legen ihm die Liste mit den Fachbetrieben der Umgebung vor, doch diese schiebt er nach einem kurzen Überblick unwillig zur Seite. Er hat bereits klare Vorstellungen, wen er mit im Boot haben möchte. Die Aufschrift auf dem Hubschrauber sieht er noch genau vor sich. Seine Mitarbeiterin sollte ihm die notwendigen Informationen besorgen, worauf er sie nun anspricht: „Jennifer, haben Sie die Informationen bekommen, um die ich Sie gebeten habe?"

„Ja, habe ich", antwortet die Gefragte. „Die Firma *Staller Industrie Werke GmbH* ist eine Firma für Alarm- und Sicherheitssysteme, die weltweit agiert. Die Firma hat sich einen guten Ruf aufgebaut. Ich habe sogar einen Artikel im Netz gefunden, wo sie vom Pressesprecher des Bundeskanzleramtes in Berlin ausgezeichnet wurde. Das ist erst ein paar Wochen her. Die Firma installiert auf Kundenwunsch jegliche Form von Sondereinrichtungen. Allerdings vermute ich, dass das nicht ganz preiswert sein dürfte."

„Das ist im Augenblick nebensächlich. Ich brauche hier die Besten. Wenn ich mich nicht irre, bekommen wir das genau da. Ich werde mich umgehend an diese Firma wenden."

Kurz darauf sitzt er in seinem Wagen, einem *VW Passat 2'0 TDI* mit *140* PS, auf dem Weg zur Firma *Staller*, um anderthalb Stunden später vor der Einfahrt zum Werksgelände anzuhalten.

Die Schranke, die ihn an seiner Weiterfahrt hindert, wird von einem Wachmann beaufsichtigt, der freundlich lächelnd an Svens Wagen herantritt, noch ehe dieser aussteigen kann.

„Guten Tag", begrüßt ihn der Angestellte. „Verraten Sie mir bitte, zu wem Sie möchten?"

„Tja, um ehrlich zu sein, ich habe keine Ahnung", gibt Sven zu. Er reicht dem Wachmann seine Visitenkarte. „Ich möchte mich mit jemandem unterhalten, der in der Lage ist, die Überwachungsanlage in meinen Freizeitpark zu überprüfen und mit allem auszustatten, was gebraucht wird, um einen reibungslosen Ablauf zu gewährleisten. Vielleicht können Sie mir verraten, an wen ich mich da wenden sollte?"

„Bei einer so speziellen Anforderung sollten Sie sich entweder an Herrn Staller, also den Chef persönlich, wenden oder an Herrn Bach, seinen Projektleiter für Sonderaufgaben. Ja, ich glaube, da wären Sie genau richtig." Der Wachmann weist Sven den Weg: „Fahren Sie etwa fünfhundert Meter geradeaus, da kommen die Hinweisschilder auf den Besucherparkplatz. Den Eingang können Sie gar nicht verfehlen. Fragen Sie am Empfang nach Herrn Bach. Ich werde aber schon Bescheid sagen."

„Vielen Dank für die Hilfe."

Der Wachmann öffnet für ihn die Schranke. Während Sven Richtung Parkplatz fährt, informiert der Wärter die Sekretärin des Projektleiters über den ankommenden Besucher.

Anna begibt sich umgehend zum Empfang, wo sie fast gleichzeitig mit Sven eintrifft. Freundlich begegnet sie dem Fünfzigjährigen. „Herr Kirschbaum?" Anna reicht ihm die Hand und stellt sich vor, dann bittet sie den Besucher ihr zu folgen.

„Ich hoffe, ich bin nicht dermaßen spät, dass ich Ihnen und Ihren Mitarbeitern den wohlverdienten Feierabend verleide", entschuldigt sich der Parkbetreiber. „Ich hatte eine Vielzahl von Terminen wahrzunehmen, bevor ich mich hierher begeben konnte."

„Machen Sie sich darüber keine Gedanken", beruhigt Anna ihn. „Womit können wir Ihnen denn behilflich sein?"

Sven geht davon aus, dass die Sekretärin die Frage stellt, um im Vorfeld bereits zu sondieren, ob es ein lohnender Auftrag werden kann, oder ob sie ihren Chef damit gar nicht erst behelligen soll. „Ich benötige professionelle Hilfe bei der Überprüfung und Aufrüstung der Überwachungsanlage für meinen Freizeitpark. Das möchte ich mir bei Ihnen anbieten lassen", erklärt er Anna.

Diese macht plötzlich große Augen. Da die Abenteuer der Familie Staller im Freizeitpark bereits durch das gesamte Werk kursieren, ist auch sie bestens informiert. Anna glaubt zu wissen, wen sie vor sich hat. „Sie sind der Betreiber vom *Weltenbummler*?", erkundigt sie sich neugierig. „Von Ihren Problemen habe ich bereits gehört."

Sven kommt nicht mehr zu der Frage, woher sie davon weiß, da sie am Büro von Gerd Bach angekommen sind.

Anna öffnet ihm die Tür. „Gerd, du hast einen Besucher", meldet sie den Mann an. „Herr Kirschbaum."

Jetzt ist es an Sven große Augen zu machen. „Sie sind Gerd Bach, der Projektleiter der *Staller Industrie Werke*?"

„Ja, das ist richtig", lächelt Gerd. Er bietet seinem Besucher einen Platz an. „Ich glaube, ich weiß schon weshalb Sie hier sind. Sie brauchen unsere Unterstützung in Ihrem Park."

„Allerdings. Und das am besten gestern!", stöhnt Sven.

„Ich verstehe." Prüfend mustert Gerd seinen Besucher. „Um ehrlich zu sein, Ihre Sicherheitseinrichtungen sind eine Katastrophe. Ich verstehe nicht, wie Sie die Genehmigung zur Eröffnung der Fahrgeschäfte bekommen haben."

Sven muss kräftig schlucken. ‚Leider hat der Mann vollkommen Recht', geht es ihm durch den Sinn. „Mit dem heutigen Wissen kann ich Ihnen nur zustimmen. Aber vor einem Jahr ist alles einwandfrei vom *TÜV* abgenommen worden. Seitdem haben wir mehrfach mit Steuerausfällen, Materialermüdung, überlasteten Schaltrelais und einer Vielzahl anderer Probleme zu kämpfen. Gegen die Firma, die ich für die Verkabelung in Vertrag genommen habe, läuft mittlerweile sogar ein Verfahren. Sie haben minderwertiges Material benutzt, um in die eigene Tasche zu wirtschaften. Die Leidtragenden sind die Besucher meines Parks."

„Da kann ich Ihnen nur zustimmen. Das ist auch der Grund, warum ich Ihnen eine Absage erteile. Wir werden Ihnen nicht helfen!"

Sven starrt sein Gegenüber maßlos verdattert an. „Sie lehnen den Auftrag ab? Einfach so?"

„Genau." Gerd ist sich sicher, dass dieser Auftrag die Firma *Staller* ihren guten Ruf kosten kann. „Sehen Sie, Sie haben eine riesige Anlage. Ich gehe davon aus, dass mehrere Firmen gleichzeitig die Überwachungen installiert haben. Sie haben keine Ahnung, welche Fahrgeschäfte einwandfrei laufen und welche nicht. Auf diese Grundlage kann und will ich nicht aufbauen. Unsere Firma wird nicht ein einziges Ihrer Fahrgeschäfte an die bestehende Anlage anschließen."

Nachdem Gerd geendet hat ist es mäuschenstill im Raum. Sven lässt sich die Worte durch den Kopf gehen. ‚Der Mann hat genau ins Schwarze getroffen', überlegt Sven. ‚Das Vernünftigste wäre, alles neu zu installieren. Eine komplett neue Anlage. Dann kann ich mir die Überprüfung des vorhandenen Systems sparen. Aber, leisten kann ich mir das bestimmt nicht.' Trotzdem will er hören, was ihm der Projektleiter anbieten kann.

„Also gut", erklärt Sven mit Bedacht. „Wären Sie denn mit im Boot, wenn ich mich auf eine vollständig neue Anlage einlasse? Keine Runderneuerung. Alles aus einer Hand. Aus Ihrer."

„Sie wollen alles herausreißen und neu installieren?", hakt Gerd erstaunt nach.

„Sie haben mir gerade selbst gesagt, wie unzuverlässig mein System ist. Ja, ich bin bereit diesen Schritt zu gehen", bestätigt Sven mit fester Stimme. „Wenn ich es mir leisten kann", fügt er noch hinzu.

Spontan greift Gerd zum Telefon und wartet auf die Rückmeldung. „Hast du gerade Zeit?", fragt er in den Apparat, ohne eine Anrede zu verwenden. „Ich habe einen Gast, den ich dir gern vorstellen möchte." Seine honigbraunen Augen blitzen amüsiert auf.

„Möchtest du, dass ich vorbeikomme?"

„Nein, wir kommen zu dir." Gerd steht auf. „Wir sollten unser Gespräch im Chefzimmer fortführen. Ich möchte Sie mit dem Konzernchef bekannt machen."

Gerds belustigter Ausdruck irritiert den Betreiber, aber er folgt ihm zum Büro des Konzernchefs.

Chantal Roth, die persönliche Sekretärin von Peter Staller, winkt die beiden durch. Gerd ist klar, dass Peter sie über die Ankunft der Besucher informiert hat. Auch wenn die fünfzigjährige Sekretärin mit den gepflegten grauen Haaren gerade einmal mit einer Größe von einem Meter siebenundsechzig aufwarten kann, kommt niemand so ohne weiteres an der temperamentvollen Frau vorbei, wenn sie es nicht will.

Er öffnet die Tür und lässt den Parkbetreiber an sich vorbei gehen. Der Konzernchef kann sich das Lächeln nicht verkneifen, das in ihm aufkeimt, nachdem er seinen Besucher erkannt hat. Er kommt um den Schreibtisch herum, damit er den Gast gebührend begrüßen kann.

„Eigentlich wundert mich hier gar nichts mehr", beteuert Sven als ihm klar wird, dass er in dem Konzernchef jenen Mann vor sich hat, der am Freitag in Jeans und T-Shirt vor ihm stand. Nachdem der Unternehmer hört, wozu sich Sven bereit erklärt, macht er ihm ein Angebot: „Ich schlage Ihnen Folgendes vor", beginnt er.

Gerd weiß, wie sehr Peter an dem Freizeitpark interessiert ist. Deshalb wundert es ihn nicht im Geringsten, dass der Konzernchef Sven Kirschbaum ein großzügiges Angebot unterbreitet.

„Es ist ein enorm großes Projekt, was Sie da ins Leben rufen", beurteilt Peter. „Von hier aus können wir den Umfang gar nicht ermessen. Ich schicke Ihnen mein Team. Die machen eine erste Bestandsaufnahme, dann werden die Pläne für eine Neuinstallation erarbeitet. Anschließend sprechen wir gemeinsam alles durch. Und zwar vor Ort. Wenn wir uns einig werden, übernehmen wir den Auftrag. Bis dahin fallen für Sie keine Kosten an. Betrachten Sie es als Sponsoring der Firma *Staller*. Ich denke, wir werden uns auch über die Kosten für den Auftrag einigen können."

Sven staunt nicht schlecht. „Ich wäre schön blöd, wenn ich da nicht einwillige. Wieso tun Sie das?"

„Sagen wir einfach, mir liegt etwas an diesem Park."

„Wann können Sie anfangen?" Svens Tatendrang ist geweckt. Er sieht sich seinem Ziel ein gutes Stück näher.

„Was halten Sie von morgen?", bietet Gerd ihm amüsiert an. „Sie wollen doch sicher zur nächsten Saison wieder Ihre Tore öffnen?"

„Ja." Sven nickt. „Da Sie mir schon dermaßen entgegenkommen, mache ich Ihnen einen Vorschlag. Richten Sie sich in einem von meinen Hotels ein. Sie können sich in dem zugehörigen Kongresscenter Ihre Zentrale, oder wie Sie das nennen, einrichten. Die Zimmer stehen Ihnen zur freien Verfügung, solange Sie sie brauchen. Das spart unnötige Anfahrtszeiten."

„Gute Idee. Dann schlagen wir morgen Früh mit dem gesamten Team bei Ihnen auf", verspricht ihm Gerd zum Abschied.

Eine Stunde später sitzen alle im Konferenzraum zusammen. Der Konzernchef selbst unterrichtet seine Mitarbeiter über den Auftrag, der ab dem nächsten Tag auf sie zukommt.

„Habe ich das richtig verstanden, dass wir den ganzen Freizeitpark mit allen Fahrgeschäften in eine Gesamtüberwachungszentrale einbinden werden? Außerdem noch die Sicherheitsvorkehrungen ausarbeiten und neu verkabeln?" Tim Hoffmanns Augen strahlen erfreut auf. „Das heißt, dass wir die Anlagen immer wieder testen müssen. Und das bedeutet: Probefahrten! Jede Menge Probefahrten!", verkündet er begeistert.

Gerd muss lächeln als er das Strahlen auch auf den Gesichtern der anderen erkennt. „Bis dahin müsst ihr erst einmal gute Arbeit abliefern. Lasst uns loslegen."

Seine Mitarbeiter machen sich aufgekratzt an die Arbeit. Nur Oliver Klein zieht eine Schnute, weil er nicht gerade froh über diesen Auftrag ist. Der achtunddreißigjährige Allrounder hat sein Studium sowie die militärische Laufbahn gemeinsam mit seinem Freund Dominik Schwarz absolviert. Das Angebot von Peter Staller ließ die beiden nicht lange zögern, sodass sie kurzerhand in die Privatbranche wechselten. Oliver, ein Meter dreiundachtzig groß, mit schokoladenbraunem Kurzhaarschnitt, ist erst seit einer Woche mit einer hübschen Blondine liiert. Die Beziehung ist also noch ganz frisch. Ihm ist bewusst, dass ein solch großer Auftrag Zeit braucht. Aus Erfahrung weiß er, dass die notwendigen Arbeiten, gerade am Anfang, nur selten einen geregelten Feierabend zulassen. Er wird seine Freundin garantiert länger nicht sehen und ob sie das so ohne weiteres mitmacht, wagt er zu bezweifeln. ‚Andererseits ist es vielleicht ganz gut, wenn sie von Anfang an weiß, worauf sie sich einlässt', spekuliert er. ‚Wie wird sie wohl reagieren, wenn ich ihr das heute Nachmittag erzähle', grübelt er.

9

Keine zehn Kilometer entfernt vom Firmengelände liegt mitten im Herzen der historischen Altstadt von Düsseldorf das *Living Hotel De Medici*. Zwischen Rheinufer und Königsallee bietet das exklusive 5-Sterne-Luxushotel seinen Gästen einen gehobenen Komfort. Hier erwartet Frank Rademacher seine Mitarbeiterin.

Die hübsche fünfunddreißigjährige Blondine berichtet ihrem Chef, was sie bisher erreichen konnte.

„Bleib am Ball", nickt Frank zufrieden. „Sobald du etwas Nützliches erfährst meldest du dich. Gute Arbeit, Kira", lobt er.

Kira Ott, die derzeitige Freundin von Oliver Klein, strahlt zufrieden. Es war ein Leichtes, sich an den Mitarbeiter von Gerd Bach heranzumachen. Für eine Weile seine Freundin zu mimen ist ihr auch nicht unangenehm. Der Mann sieht klasse aus, hat gute Manieren und ist auch sonst sehr rücksichtsvoll. Aber selbst, wenn dem nicht so wäre, würde sie ihren Auftrag wunschgemäß ausführen.

Frank greift zum Handy. Die direkte Durchwahl zu Ann-Marie Lichtenstein haben nur wenige.

„Herr Rademacher", meldet sich die Achtundvierzigjährige sogleich. „Was können Sie mir berichten?"

Er gibt seine Informationen weiter. „Ich kümmere mich mit meinen Leuten zuerst um Achim Voss. Im Anschluss nehmen wir uns Bach und Stallers Sohn vor."

„Damit bin ich einverstanden", teilt ihm die Witwe mit. „Aber passen Sie auf, dass er Ihnen nicht entkommt."

„Das wird er nicht", verspricht Frank. „Wie soll ich bei Voss vorgehen? Soll man wissen, warum er erledigt wurde oder reicht Ihnen ein einfaches Ausschalten?"

„Nein, ich möchte, dass jeder weiß, dass man sich nicht ungestraft mit der Familie Gruber anlegt."

„Das macht es etwas aufwendiger, aber kein Problem. Voss wird den morgigen Tag nicht mehr erleben."

„Wie wollen Sie vorgehen?", verlangt Franks Auftraggeberin zu erfahren.

„Wir schnappen ihn uns auf seinem eigenen Terrain, da fühlt er sich sicher. Wir haben ihm bereits einen Köder angeboten. Er hat angebissen. Heute Abend greifen wir zu."

„Passen Sie auf, dass nichts schief geht", fordert Ann-Marie Lichtenstein.

„Das wird es nicht", versichert Frank selbstbewusst. „Der Mann ist uns sicher."

Noch in der gleichen Stunde sitzt er in seinem Wagen, einem *7er BMW* mit einem *6'0-Liter-V12*-Motor, auf dem Weg nach Ludwigsburg. Aus Erfahrung weiß Frank, dass es in seinem Gewerbe immer gut ist, ein leistungsstarkes Fahrzeug zur Verfügung zu haben. Der *445* PS starke mitternachtsblaue Wagen trifft genau seinen Geschmack. Abschätzend schaut er auf die Anzeige seiner Armbanduhr. In circa viereinhalb Stunden wird er am Zielort eintreffen. Dann haben sie noch fünf Stunden für die Vorbereitungen. ‚Das dürfte ausreichen!', schätzt er.

Frank trifft auf seine drei Männer im *Nestor Hotel*. Historisches Flair und modernes Ambiente vereinen sich in dem 4-Sterne-Hotel in der Nähe des Schlossparks miteinander, doch die Wellness- und Fitnessangebote interessieren ihn nicht, auch das Restaurant mit Wintergarten und Bar kann ihm keinen Blick entlocken. Er hat einen Auftrag! Hier geht es einzig um die Arbeit. Der denkmalgeschützte Backsteinbau der ehemaligen Garnisonsbäckerei aus dem Jahre *1874*, der zu diesem Hotel umgebaut wurde, dient lediglich seinem Kurzaufenthalt.

Das Hotel liegt nur sechs Minuten von der Autoverwertung entfernt, die Frank für sein Vorhaben ins Auge gefasst hat. Den Betreiber zu bitten, ihm den Platz für einen Tag zu überlassen, natürlich gegen eine entsprechend hohe Summe, war eine Kleinigkeit.

Da Frank über alle Schritte informiert ist, sind die restlichen Vorbereitungen rasch getroffen. Er verteilt die elektronischen Störsender, die er sich von seinem Fachmann bauen ließ. Sie sprechen alles noch einmal durch. Jeder Mann weiß genau, was er zu tun hat.

Kurz vor zweiundzwanzig Uhr erreichen sie das *Schorndorfer Tor*. Für das historische Barockschloss und die alte Stadtmauer haben sie keinen Blick übrig. Sie interessiert nur das Haus mit der Nummer Achtundfünfzig.

Die kleine versteckt liegende Tiefgarage, die nachträglich unter dem Gebäude errichtet wurde, haben Franks Männer längst ausgekundschaftet. Von der Rückseite des Gebäudes aus wird den hiesigen Mitarbeitern die Zufahrt gewährt. Allerdings ist Frank und seinen Handlangern die Einfahrt durch eine Schranke versperrt, doch darauf sind sie vorbereitet.

Franks Mann für die Elektronik benötigt nicht einmal zwei Minuten, damit die Planke nach oben fährt und den Weg freigibt. Mit Hilfe der Störsender kommen sie mühelos hinein, ohne von den Überwachungskameras aufgezeichnet zu werden. Die Schranke schließt sich ordnungsgemäß wieder hinter ihnen. Sie parken direkt gegenüber von Achims Wagen in einer Parklücke ein.

Die Personen, die Frank anheuert um seine Aufträge kundengerecht auszuführen, wissen, dass sie hundertprozentig saubere Arbeit abzuliefern haben. So ist es auch in diesem Fall. Der Plan zur Ergreifung von Achim Voss wurde von ihnen sauber ausgearbeitet, wozu auch sämtliche notwendigen Hintergrundinformationen gehören. Bevor sie ihre Operation starten wissen sie genau, wem der gegenüberliegende Parkplatz gehört, wer der Mann ist und welche Aufgabe er bekleidet. Es bedurfte nur eines schlichten Anrufs mit ein paar diskreten Hinweisen, um den Mann für einige Tage aus dem Gebäude zu bekommen. Der Parkplatzinhaber fährt einen schwarzen *Mercedes E220 CDI* mit einer Leistung von *125 kW*. Bei der Autovermietung bestanden sie ganz gezielt auf genau den gleichen Wagentyp mit der passenden Farbe.

Frank ist überzeugt, dass der Beamte sich täuschen lässt und nicht näher auf das Kennzeichen achten wird. „Du bist dran", fordert er seinen Beifahrer auf.

Der schnappt sich sein *Prepaid* Handy. Punkt zweiundzwanzig Uhr betätigt er die eingespeicherte Nummer. Indessen gehen

Frank und seine übrigen Kumpane in der Nähe hinter den Säulen und Fahrzeugen in Deckung.

„Voss", meldet sich der gewünschte Gesprächspartner.

„Achim Voss?", stellt der Mann seine abgesprochene Gegenfrage.

„Ja." Auch Achim gibt die bekannte Antwort. „Was können Sie mir geben?"

„Ich bin bereit mich mit Ihnen zu treffen. Zu meinen Bedingungen."

„Einverstanden", bestätigt Achim dem Mann. „Das habe ich Ihnen ja zugesagt. Wo und wann?"

„Jetzt sofort. In Ihrer Tiefgarage. Ich warte an Ihrem Wagen."

„Woher wissen Sie, welchen Wagen ich fahre?", vergewissert sich Achim alarmiert.

„Ich habe Sie beobachtet. Ich wollte genau wissen, wer Sie sind, bevor ich mit Ihnen rede. Wenn Sie jemand anderen schicken, werde ich das merken. Dann verschwinde ich auf Nimmerwiedersehen."

„Ich schicke niemand anderen. Ich bin in zwei Minuten da." Achim beendet die Verbindung.

„Das ist verdammt wenig Zeit. Wir können keine Leute mehr organisieren", bemerkt Jan. Der blonde, ein Meter achtundsiebzig große Hauptkommissar bleibt kritisch. „Das stinkt verdammt nach Falle."

„Schon möglich", pflichtet Achim ihm bei. „Aber anders finden wir es nicht heraus. Du musst mir den Rücken decken."

„Klar. Ich habe für den Bedarfsfall auch schon vorgesorgt. Zwei Kollegen stehen für mich auf Abruf bereit. Die nehme ich zur Verstärkung mit", erklärt er dem Kollegen, während er mit einer Hand nach dem Telefon auf seinem Schreibtisch greift. „Sollte alles gut gehen, wirst du uns nicht zu sehen bekommen."

„Dann los!"

Achim steigt in der Tiefgarage aus dem Fahrstuhl. Seine Kollegen kommen hinter ihm die Treppe vom Erdgeschoss herunter. ‚Sie werden jeden Augenblick hier sein', beruhigt er seine angespannten Nerven.

Langsam bewegt er sich auf seinen silbernen *BMW 330i* mit *190* kW zu, der unberührt auf seinem Platz parkt. Wachsam schweifen seine braunen Augen umher. Er bemerkt den schwarzen Mercedes eines Kollegen aus einem der anderen Büros, der verlassen in seiner Parkbucht steht. Ohne weiter darauf zu achten wendet er sich seinem eigenen Wagen zu, dem er sich bis auf drei Meter nähert, ehe er stehenbleibt. Es ist niemand zu sehen. ‚Das Ganze stinkt zum Himmel', denkt er.

Gerade als er seine Waffe, eine *SIG Sauer P226* mit Kaliber *.357 SIG*, ziehen will, richtet sich seitlich von ihm ein Mann auf.

„Herr Voss? Danke, dass Sie gekommen sind."

„Das hatte ich Ihnen versprochen." Achim bleibt auf Distanz. Er traut dem Mann nicht über den Weg. Aber es beruhigt ihn, dass der Gesprächspartner seine Hände sichtbar vor seinem Körper platziert.

„Sind Sie allein?"

„Sehen Sie hier noch jemanden?", entgegnet Achim. „Wozu haben Sie sich entschlossen? Wie geht es weiter?"

Noch ehe der Mann antworten kann springen seine drei Kumpane aus ihrer Deckung hervor.

Achim erkennt zu spät, dass er der Umgebung und dem Fahrzeug gegenüber zu wenig Aufmerksamkeit geschenkt hat. Seine Waffe ziehend wirbelt er auf dem Absatz herum, wobei er das vermeintliche Opfer mit seinem Körper verdeckt. Im gleichen Moment erhält er einen kräftigen Schlag auf den Hinterkopf. Er hat das Gefühl, sein Schädel explodiert. Benommen stürzt er zu Boden. Er erholt sich zwar rasch, aber die drei Männer sind schneller, ergreifen ihn und zerren ihn vom Boden hoch. Halb schleifen und halb tragen sie ihn zu dem wartenden *Mercedes*.

„Schnell", fordert Jan Kowalewski seine Kollegen zum Handeln auf. Ihre Deckung aufgebend rennen sie auf die Männer zu.

Benebelt erfasst Achim, wie seine Kollegen mit gezückten Dienstwaffen auf ihn zueilen.

Noch bevor die Beamten reagieren können reißen zwei der Eindringlinge ihre Maschinenpistolen vom Typ *UZI* hoch. Die Stangenmagazine im Kaliber *9 x 19* Millimeter, gefüllt mit vierzig Patronen, bieten ihnen ausreichend Munition, um die heraneilenden Polizisten mit Kugeln einzudecken.

Die ballistischen Schutzwesten der Beamten können gegen den Kugelhagel, der auf sie einprasselt, keine ausreichende Wirkung erzielen. Die Männer schreien auf, als die Projektile in ihre Körper eindringen. Niemand hat mit einem dermaßen gut geplanten Angriff in ihrer eigenen Dienststelle gerechnet. ‚Wir haben uns wie blutige Anfänger benommen', begreift Achims Kollege, bevor auch er von den Kugeln niedergestreckt wird.

„Nein", brüllt Achim entsetzt. Hilflos muss er mit ansehen, wie seine Kollegen tödlich getroffen zu Boden sinken. Er wird in den Kofferraum des Wagens gedrängt, die Klappe schließt sich über ihm.

„Los!", befiehlt Frank ruhig.

Eilig, aber ohne übertriebene Hast steigen die Männer ein. Mit quietschenden Reifen fährt ihr Boss an, um im Eiltempo aus dem Parkhaus zu rasen. Er wartet nicht erst darauf, dass sich die Schranke öffnet, sondern hält ungebremst darauf zu. Bei dem Aufprall zerbricht die Planke fast mittig, sodass das abgebrochene Teil in hohem Bogen neben ihnen auf die Fahrbahn fliegt und scheppernd über den Asphalt rollt.

Dann ist der *Mercedes* um die nächste Ecke verschwunden. Der ganze Spuk hat nicht länger als ein paar Minuten gedauert. Die Störsender beeinträchtigen die Kameras dermaßen, dass keine brauchbaren Bilder entstanden sind.

Durch die Schüsse alarmiert eilen die diensthabenden Beamten aus dem Foyer eine Etage nach unten. Um ihren Kollegen Hilfe zu leisten kommen sie allerdings zu spät, sie finden nur noch die drei toten Beamten. Von Hauptkommissar Achim Voss fehlt jede Spur. In aller Eile wird eine groß angelegte Suche nach dem Kollegen in Angriff genommen. Die Aufnahmen aus der Überwachung bieten ihnen keine brauchbaren Ansatzpunkte.

Ungehindert erreicht der *Mercedes* ein paar Minuten nach dem Vorfall das Grundstück der Autoverwertung. Seine Kumpane zerren Achim aus dem Kofferraum des Fahrzeugs und schleifen ihn zum Eingang der Halle, dessen Tor ihnen von Frank bereits aufgehalten wird. Niemandem fallen die Männer auf, die ihren Gefangenen grob in das Gebäude verfrachten.

Da er sich heftig wehrt, schlagen zwei seiner Widersacher methodisch auf ihn ein, bis seine Gegenwehr abreißt.

Die anfänglichen Schmerzen, die urplötzlich in seinem Körper explodieren, lassen sich nicht mehr ignorieren. Übelkeit wallt in ihm auf, seine Sinne beginnen zu schwinden. Er stürzt. ‚Was wollen die Kerle von mir?', überlegt Achim. ‚Wer hat diese Typen auf mich angesetzt?' Noch kann er sich das Ganze nicht erklären, aber er begreift, dass seine Ergreifung von langer Hand vorbereitet war. Um seinen Informanten kann es nicht gehen, der gehört schließlich zu denen. ‚Das war alles inszeniert!'

Die Männer zerren ihn vom Boden hoch. Noch immer hören sie nicht auf. Achim muss einiges an Schlägen einstecken, ohne dass seine Gegenwehr viel auszurichten vermag.

Auf einen Wink von Frank stellen seine Leute ihre Aktivitäten ein. Achim, der mittlerweile aus zahlreichen Verletzungen blutet, liegt fast besinnungslos am Boden. Ohne Rücksicht zerren die Schläger ihn wieder auf die Beine. Einer der Männer umklammert von hinten seine Arme wie in einem Schraubstock und hält ihn aufrecht.

„Sie machen es sich nur unnötig schwer", behauptet Frank an Achim gewandt. „Geben Sie Ihre Gegenwehr auf, dann haben Sie es bedeutend schneller hinter sich."

Achim spuckt das Blut, das er in seinem Mund verspürt, aus. Sein Kiefer und seine Wangen sind durch die Schläge bereits stark angeschwollen. Über sein rechtes Auge läuft Blut aus einer Platzwunde an der Stirn. Bemüht, sich zu konzentrieren, mustert er den Mann vor sich. „Wer sind Sie?"

„Das ist unwichtig. Ich glaube, der Name meiner Auftraggeberin interessiert Sie viel mehr." Frank grinst unverschämt. „Ich soll Sie von Ann-Marie Lichtenstein grüßen."

‚Das ist es', begreift er schlagartig. ‚Diese Frau braucht meinen Tod. Sie will meine Aussage verhindern. Wahrscheinlich nicht nur meine.' Er muss unbedingt hier heraus. Seine Freunde sind in großer Gefahr. ‚Ich muss sie warnen', ist sein einziger Gedanke.

Von der Decke herunter hängen zwei Ketten, an deren Enden sich stabile Handfesseln befinden. Ihm ist schon klar, wofür die gedacht sind. Einen angenehmen Tod gönnen diese Männer ihm bestimmt nicht.

Zwei von Franks Handlangern schnappen sich die Ketten, um mit ihrer Arbeit fortzufahren.

Achim bemerkt die Waffe, die einer der Männer im Gürtel trägt. Sie ist vom Hersteller *SIG Sauer*. Achim erkennt die Marke, auch den Typ, eine Selbstladepistole *P226*. Das ist seine Waffe! Zum Nachdenken hat er keine Zeit, er setzt alles auf eine Karte! Rasch senkt er seinen Kopf, um Schwung zu holen. Dann knallt er dem Mann hinter sich seinen Schädel kräftig auf die Nase. Das Knacken des Knochens hört er zwar, hat aber keine Zeit, um sich darüber zu freuen. Er reißt seine Ellbogen erst nach vorn, dann nach hinten.

„Aah!" Bei dem Aufprall schreit der Mann vor Schmerz auf. Für einen Moment achtet er nicht darauf, sein Opfer weiter festzuhalten und löst unbeabsichtigt seinen Griff. Durch die ruckartigen Bewegungen kann Achim sich endgültig aus dem Zugriff befreien. Er springt auf den ersten Mann an der Kette zu.

Beide Männer fahren bei dem Aufschrei zu ihm herum, lassen die Ketten los und wollen ihn ergreifen, wobei sie sich gegenseitig behindern.

Achim hat nicht zu hoffen gewagt, dass es so einfach geht. Er greift nach der Pistole, um mit zwei gezielten Schüssen die beiden Angreifer auszuschalten. Für eine Kontrolle, ob er gut getroffen hat, bleibt keine Zeit, er wirbelt zu dem Anführer herum.

Frank reagiert blitzschnell. Es gibt für ihn auf die Schnelle keine brauchbare Deckung, um sich vor einer Kugel aus Achims Waffe zu schützen. Mit einem Satz springt er hinter seinen verbliebenen Handlanger.

Achims Schuss trifft den Mann mit der gebrochenen Nase in den Hals. Er achtet nicht weiter auf den tödlich Getroffenen, der röchelnd in die Knie sinkt. Viel gefährlicher für ihn ist der Kopf dieser Bande, dessen Pistole, eine *Glock 17*, jetzt auf ihn zielt.

Frank bleibt ruhig. Es ist nicht das erste Mal, dass er sich in einer schwierigen Lage befindet. Der Söldner ist bestens ausgebildet, um auch mit dieser Situation fertig zu werden. Sein erster Schuss trifft den Beamten in die linke Schulter.

Achim wird nach hinten geschleudert, die Wucht des Einschlags wirft ihn zu Boden. Fast augenblicklich kann er spüren, wie die Kraft aus seinem Arm weicht, er lässt sich kaum bewegen. Die durch die Schmerzen verursachte Übelkeit steigt urplötzlich in ihm auf. Nach Luft ringend bemüht er sich darum, den Schock zu überwinden und seine Sinne zu behalten, dabei behält er die Waffe weiterhin in der rechten Hand.

Frank wartet nicht, bis Achim die Pistole auf ihn ausrichtet, sondern feuert ein zweites und ein drittes Mal. Beide Kugeln treffen ihr Ziel.

Achim schafft es nicht, den Schüssen des Terroristen auszuweichen. Schmerzhaft zuckt er bei den Treffern zusammen. Auch wenn sein Bauch wie Feuer brennt, rappelt er sich noch einmal auf und schießt, trotz seiner Schmerzen, wild zurück.

Schleunigst geht Frank hinter einem Reifenstapel in Deckung. Als die Schüsse verhallen, wartet er einen Moment ab. Nichts ist zu hören! ‚Der Mann könnte mittlerweile tot sein', schätzt er. Doch bevor er sich nicht davon überzeugt hat, bleibt er wachsam. Seine Selbstladepistole im Kaliber *9 × 19* Millimeter mit einem neunzehn Schuss Stangenmagazin im Anschlag vor sich blickt er wachsam um die Ecke.

Es ist niemand mehr da!

Frank tritt endgültig aus seiner Deckung hervor. ‚Wo ist der Kerl hin?'

Die breite Blutspur weist ihm den Weg.

Achim hat nicht darauf gewartet ein gutes Schussfeld zu bekommen. Für einen Zweikampf mit diesem Mann fehlt ihm die Kraft, aber vor allem die Zeit. Er muss viel Wichtigeres erledigen, und ihm bleibt kaum noch Zeit. Der Bauchschuss, der ihn erwischt hat, zeigt ihm deutlich, dass es für ihn nur eine kleine Chance gibt, seine Aufgabe zu erledigen. Mühsam rappelt er sich auf. Die Tür unmittelbar hinter ihm führt ins Freie. ‚Wie soll ich meinem Verfolger entkommen, wo ich kaum laufen kann?', denkt er verzweifelt. Er erblickt den *Mercedes*. Eine Hand auf die stark blutende Schusswunde in seinem Bauch pressend schleppt er sich zu dem Wagen und reißt die Fahrertür auf. Schweißgetränkt lässt er sich auf den Sitz fallen. Immer wieder werden seine Handlungen durch schweres Husten beeinträchtigt, aber er will nicht aufgeben. Sein Glück hält an, der Schlüssel steckt. ‚Das ist typisch für solche Kerle', urteilt er in Gedanken. ‚Immer den Fluchtweg offenhalten.' Ihm kommt das jetzt zu Gute. Mehrmals muss er mit seinen blutigen Fingern nach dem Zündschlüssel greifen, da er immer wieder abrutscht. Verzweifelt versucht er es erneut, bis der Motor endlich startet. Mit quietschenden Reifen rast er vom Hof.

Frank hört den Motor aufheulen. Seine Vorsicht aufgebend rennt er nach draußen, allerdings können die Kugeln, die er dem Fahrzeug hinterher feuert, keinen großen Schaden anrichten. Der Wagen brettert bereits Richtung Ausfahrt davon und es gibt für ihn keine Möglichkeit dem Beamten zu folgen. Wütend starrt er dem schlingernden Wagen hinterher. Das ist absolut nicht so gelaufen, wie er es geplant hatte. Aber das ist auch nicht nötig. Ihm ist bewusst, dass dem Mann höchstens noch fünf bis sechs Minuten bleiben, bevor er verblutet ist. Wahrscheinlich wird er gegen irgendein Hindernis knallen, um dort zu verenden. Schaden kann er auf keinen Fall anrichten, warnen kann er auch niemanden, denn sein Handy haben sie ihm ja direkt abgenommen.

Frank wendet sich um. Er betritt noch einmal die Autowerkstatt, um dort aufzuräumen. Die Schrottpresse eignet sich hervorragend für die Entsorgung der Toten. Anschließend schultert er die Reisetasche mit den Waffen. Zu Fuß macht er sich auf den Weg ins Hotel. Vor einer Entdeckung braucht er sich keine Sorgen zu machen, weder das Leihfahrzeug noch irgendetwas anderes bei dieser Operation kann Rückschlüsse auf seine Beteiligung liefern.

Dies ist Achims Stadt! Sein Zuhause! Hier kennt er sich aus. Obwohl er fast nichts mehr sieht und seinen Körper nicht wirklich spürt braucht er nur vier Minuten bis zur nächsten Polizeistation. Allein aus dem Wagen auszusteigen bereitet ihm eine unglaubliche Anstrengung. Überall, wo er sich abstützt, entsteht eine blutige Spur, er kann kaum noch stehen, das Atmen fällt ihm schwer. Stolpernd beeilt er sich in die Wache hineinzukommen.

„Hilfe!", brüllt er so laut er kann. Halb ohnmächtig knickt er in den Beinen ein, richtet sich aber wieder auf. Mühsam schafft er nochmals ein paar Schritte, um wieder einzuknicken. Er muss sich abstützen. Seine Hände hinterlassen blutige Streifen auf der Wand.

Die Polizisten um ihn herum springen auf und eilen ihm entgegen. Der blutgetränkte Mann ist ein grauenvoller Anblick.

Achim hat keine Kraft mehr, er stürzt zu Boden. Dem ersten Polizisten, der bei ihm ankommt, drückt er seinen Ausweis in die Finger.

„Warnen Sie Konrad Schrader. In Berlin beim *BND*[6]. Sagen Sie ihm Ann-Marie Lichtenstein schickt ihre Söldner aus." Seine stockende Stimme ist kaum noch zu verstehen. „Haben Sie das verstanden?", will er mit glasigen Augen von dem Beamten wissen.

„Ja, habe ich. Ich werde mich darum kümmern. Bleiben Sie bitte ruhig liegen, Sie dürfen nicht so viel reden", versucht ihn der Beamte zu beruhigen.

„Schon gut, wir wissen beide, wie das hier ausgeht." Schmerzen verspürt er keine mehr, nur eine bodenlose Kälte. Achim blickt den Beamten eindringlich an. „Tun Sie mir einen Gefallen. Machen Sie Gerd Bach ausfindig. In Düsseldorf. Er ist in großer Gefahr."

Der Notarzt stürzt durch die Tür. Doch er kann dem schwer Verletzten nicht mehr helfen. Drei Minuten später ist Achim Voss tot!

Der Polizist, der sich um den sterbenden Beamten kümmerte, ist Polizeihauptkommissar Björn Gäbler. Er erkennt die Anzeichen von Folter bei Achim Voss, daher glaubt er die Geschichte, die der Beamte ihm gerade mitteilte. Er begibt sich in sein Büro. Trotz der späten Stunde sorgt er umgehend für eine Verbindung zum Bundesnachrichtendienst in Berlin.

---

6 BND = Bundesnachrichtendienst

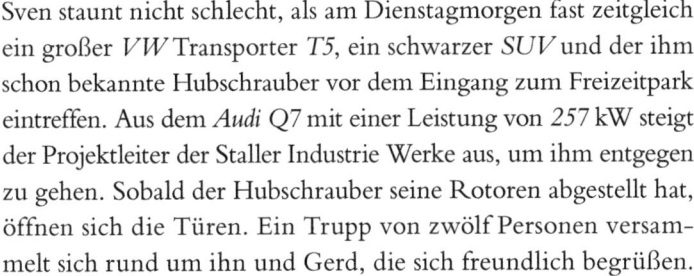

10

Sven staunt nicht schlecht, als am Dienstagmorgen fast zeitgleich ein großer *VW* Transporter *T5*, ein schwarzer *SUV* und der ihm schon bekannte Hubschrauber vor dem Eingang zum Freizeitpark eintreffen. Aus dem *Audi* Q7 mit einer Leistung von *257* kW steigt der Projektleiter der Staller Industrie Werke aus, um ihm entgegen zu gehen. Sobald der Hubschrauber seine Rotoren abgestellt hat, öffnen sich die Türen. Ein Trupp von zwölf Personen versammelt sich rund um ihn und Gerd, die sich freundlich begrüßen.

„Mit so einem großen Aufgebot habe ich gar nicht gerechnet", freut sich der Betreiber. „Umso mehr sind Sie mir alle herzlich willkommen." Er selbst weist den Fahrzeugen den Weg zu dem Hotel, das er gänzlich für die Mitarbeiter der Firma Staller reserviert hat.

„Das Hotelpersonal wurde von mir weitgehend unterrichtet. Sollte Ihnen etwas fehlen, haben Sie bitte keine Hemmungen danach zu fragen. Der Konferenzraum im Erdgeschoss steht Ihnen zur freien Verfügung. Genauso wie alle Angebote des Hotels einschließlich Schwimmbad und Sauna. Die Küche ist übrigens ausgezeichnet", versichert Sven den Leuten lächelnd.

Der Transporter mit *3,2-Liter-V6*-Benzinmotor wird zügig von allen ausgeladen. Bis zum Mittag haben sie ihr Equipment aufgebaut.

Nachdem alle Arbeitsplätze eingerichtet sind, machen sie sich auf den Weg zu einem Rundgang durch den Park. Dabei schildert Gerd die Mängel, die er bei seinem Besuch im Park feststellen konnte. Sie erreichen die Sommerrodelbahn, die Andreas und er genutzt haben, um ihre Kräfte zu messen. Gerd verweist auf die Sicherheitsbügel.

Uwe richtet seinen Blick abschätzend auf die Bahn, ehe er seinen Boss neugierig mustert. „Wie lange hast du gebraucht?", fragt er ihn zur Belustigung sämtlicher Kollegen.

„Knapp sechs Minuten", antwortet Gerd ihm ernst.

„Beachtlich", vermerkt Uwe stolz.

Durch die vielen Notizen, die sich alle machen, sind sie bis zum Abend ausreichend beschäftigt. Morgen Früh werden sie mit den Vermessungen und ersten Entwürfen beginnen. Für jedes einzelne Fahrgeschäft müssen die Überwachungen, die Warnungen sowie die Sicherheitsvorkehrungen festgelegt werden.

Ministerialdirektor Wolfgang Keller sitzt hinter seinem Schreibtisch, als es heftig klopft. Sein Büro befindet sich im Bundeskanzleramt, wo er den Posten des Leiters der Abteilung Sechs innehat. Damit ist der Siebenundvierzigjährige als Geheimdienstkoordinator zuständig für die drei deutschen Nachrichtendienste.

Durch sein tägliches Joggen und regelmäßiges Krafttraining kann der ein Meter achtzig große Mann mit einer sportlich durchtrainierten Figur aufwarten. Der intelligente Mann hat keine Schwierigkeiten damit, seinen Aufgaben gerecht zu werden. Er ist bereit zu handeln, wenn es erforderlich ist.

Ohne auf eine Aufforderung zu warten wird die Tür aufgerissen. Konrad Schrader, stellvertretender Leiter der Bundesnachrichtendienste, stürmt wütend auf ihn zu. Der zweiundvierzigjährige Mann, dessen dunkelbraune Haare an den Schläfen bereits ergrauen, macht im Allgemeinen einen selbstsicheren, autoritären Eindruck. Augenblicklich ist er jedoch viel zu aufgebracht, um überlegt zu handeln.

„Was ist denn in dich gefahren?", faucht er seinen Vorgesetzten an. „Du schickst mitten in der Nacht bewaffnete Kollegen zu mir nach Hause. Die zerren uns aus den Betten, befehlen uns je einen Koffer zu packen, bevor sie uns in Arrest nehmen. Glaubst du wirklich, ich lasse mir das einfach so gefallen?"

Wolfgang betrachtet seinen langjährigen Freund gelassen. Er nimmt ihm den Ausbruch nicht übel. Dass Konrad sich nicht in Sicherheitsverwahrung packen lässt, war ihm schon klar. Versuchen musste er es aber! Jetzt steht dieser wutrauchend vor seinem Schreibtisch.

„Entschuldige, es ging nicht anders."

„Ach, tatsächlich?", giftet Konrad ihn an. „Was ist so wichtig, dass es nicht bis morgen warten könnte? Nein, heute", korrigiert er sich.

Es gibt nur einen Weg, den Mann vor sich zu beruhigen. Er braucht die Wahrheit, offen und schonungslos.

„Achim Voss ist tot", eröffnet er ihm deshalb.

Die Nachricht, die der ansonsten stahlharte Mann jetzt erhält, lässt ihn zusammenzucken, seine Wut verraucht schlagartig, während er sich auf den nächsten Stuhl fallen lässt. Wie sein Vorgesetzter ist auch Konrad ein Meter achtzig groß. Seine sonst beeindruckende Erscheinung wird von der Trauer um seinen langjährigen Freund und Kollegen schwer erschüttert.

„Mein Gott", flüstert Konrad entsetzt. „Was ist passiert?"

Wolfgang berichtet ihm, was er über den Tod von Achim Voss erfahren hat. „Er wurde gefoltert. Anscheinend hat er es geschafft, seinen Peinigern zu entkommen. Sie haben mehrfach auf ihn geschossen. Trotzdem hat er durchgehalten, bis er sein Wissen weitergeben konnte."

„Ann-Marie Lichtenstein", wiederholt Konrad. Er muss zurückdenken an die Zeit, als ihnen Otto Gruber entfloh indem sein Enkel Klaus Lichtenstein ihn befreite. Nachdem der NS-Kriegsverbrecher den Hubschrauberabsturz schwer verletzt überlebte, wurde er in einem Krankenhaus unter Bewachung gestellt. Doch der Sohn von Ann-Marie Lichtenstein holte ihn dort heraus. Mit Hilfe der *Staller*-Mitarbeiter stießen sie auf die Verbindung all dieser Leute und fanden letztendlich Grubers Aufenthaltsort, wo sie den Verbrecher dann auch verhaften konnten.

Nun wartet Otto Gruber auf seine Verhandlung, bei der Gerd Bach und sein Pilot Uwe Meyer als Hauptbelastungszeugen dafür sorgen werden, dass er sich seinen Verbrechen stellen muss. Alarmiert sieht Konrad seinen Vorgesetzten an. „Wir müssen dringend nach Düsseldorf."

„Nein, du nicht. Dir verpasse ich ab sofort ein paar Wachhunde", verkündet der Vorgesetzte. „Solange bleibst du in meiner Nähe."

„Wolfgang, hör zu ...", beginnt der Freund. Doch er wird direkt unterbrochen.

„Nein, Konrad. Du brauchst es gar nicht erst zu versuchen. Du stehst genauso auf der Abschussliste wie Gerd Bach und die Familie Staller." Der Ministerialdirektor hat klare Vorstellungen davon, was getan werden muss. „Ich werde diesen Leuten nicht in die Hände spielen, indem ich alle potentiellen Opfer an einem Platz zusammenziehe. Du bleibst hier! Ende der Debatte!"

Konrad weiß, wann er verloren hat. „Was ist mit den anderen? Hast du sie gewarnt?"

„Noch nicht. Darum kümmere ich mich als nächstes." Dann stellt er die Frage, die ihm nur Konrad beantworten kann. „Glaubst du, Emma Wolf ist in der Lage, auf Gerd Bach aufzupassen?"

„Davon bin ich überzeugt. Aber sie ist doch gar nicht da."

„Doch, seit gestern Abend. Ich rufe sie an."

Dem Geheimdienstkoordinator ist klar, dass die Nachricht auch für seine Agentin schwer zu verdauen sein wird. Seit sie gemeinsam gegen diese Nazi-Verbrecher gekämpft haben, die Peter Staller entführt hatten, war sie mit Achim Voss befreundet. „Kannst du bei dem Gespräch dabei sein?", bittet er deshalb den Freund.

Statt einer Bestätigung hält Konrad ihm den Telefonhörer entgegen.

Emma Wolf ist erst seit ein paar Stunden wieder in Berlin. Wer sie den Gang entlanglaufen sieht käme nie auf den Gedanken, in ihr eine knallharte Topagentin zu vermuten, die für den Geheimdienst arbeitet. Selbst in dem dezenten schwarzen Kostüm und der schlichten blassblauen Bluse wirkt die ausnehmend schöne Frau eher wie aus einem Herrenmagazin entsprungen. Die Sechsundzwanzigjährige ist ein Meter neunundsiebzig groß, hat strahlend grün-braune Augen und lange lockige Haare, die in einer Mischung aus tiefem Burgunderrot über Mahagoni bis hin zu einem kräftigen Rotton erstrahlen. Ihr Aussehen kombiniert mit dem gut proportionierten Körper sorgt häufig dafür, dass ihr die Augen der Männer auf ihrem Weg bewundernd folgen.

Der Anruf von ihrem Boss Wolfgang Keller, den sie vor einer halben Stunde bekam, ließ keine Zweifel an der Dringlichkeit ihres Erscheinens. Noch bevor sie die Tür zu seinem Büro erreicht wird diese geöffnet und Konrad tritt ihr entgegen. Emma ist klar, dass der Pförtner am Eingang den Geheimdienstkoordinator unverzüglich über ihr Eintreffen informiert hat. Daher jetzt das Empfangskomitee! Ihre Augen hellen sich auf, als sie den Patenonkel ihres Bruders erkennt. „Konrad, schön, dich zu sehen", begrüßt sie ihn.

„Emma, gut dass du wieder da bist. Ich habe bereits von deiner erfolgreichen Mission gehört. Herzlichen Glückwunsch." Trotz dem Lächeln, das Konrad ihr schenkt bleiben seine Augen ernst.

Irritiert mustert Emma ihn. Konrad gehört zu ihrer Familie, seit sie denken kann, er war der beste Freund ihres Vaters. Zudem ist er der Patenonkel ihres Bruders, seine Frau Brigitte ihre Patentante. Sie weiß, dass die Arbeit, die sie ausübt, gefährlich ist und ihren Angehörigen einiges an Vertrauen abverlangt, aber gerade Konrad kam damit bisher immer klar. Sie kann sich den ernsten, ja, fast traurigen Ausdruck auf dem Gesicht des väterlichen Freundes nicht erklären. „Konrad ...", beginnt sie irritiert.

Doch der schüttelt nur den Kopf. „Komm bitte mit", unterbricht er sie.

Wolfgang steht auf, um sie willkommen zu heißen, auch er ist extrem ernst.

Emma tritt auf ihn zu und überreicht ihm einen *USB-Stick*. „Es ist alles da, was Sie haben wollten. Das Entschlüsselungsprogramm habe ich gleich mit heruntergeladen."

„Danke." Geistesabwesend legt ihr Chef den Datenträger auf seinen Schreibtisch.

Erstaunt mustert die Agentin ihren Vorgesetzten. Wolfgang Keller hatte es verdammt eilig, diese Informationen zu erlangen. Jetzt nimmt er noch nicht einmal Notiz davon. Langsam wird es Emma zu bunt. ‚Das geht nicht mit rechten Dingen zu.'

„Was ist hier los?" Ihr Blick wandert zwischen den beiden Männern hin und her. Er bleibt auf Konrads traurigem Gesicht hängen.

„Achim ist tot!", unterrichtet dieser Emma.

„Was?" Sie plumpst auf den nächsten Stuhl und starrt Konrad fassungslos an. „Warum?" Sie kannte Achim. ‚So ohne weiteres stirbt der nicht. Da muss jemand nachgeholfen haben!' Aufgebracht richtet sie sich auf. „Wer war das?"

„Ich werde Ihnen sagen, was wir bisher wissen", verspricht ihr der Geheimdienstkoordinator mit einem prüfenden Blick. „Alles, ohne Rückhalte, denn ich habe im Zusammenhang damit einen Auftrag für Sie. Aber ich muss wissen, ob Sie in der Lage sind, diesen auszuführen. Emotional meine ich. Ich werde Ihnen diese Frage im Anschluss stellen. Das Einzige, was ich fordere, ist Ehrlichkeit. Einverstanden?"

Emma atmet tief durch, ehe sie nickt. Sie hat noch nicht einmal die Nachricht vom Tod ihres Freundes verdaut. Aber anscheinend kommt da noch mehr auf sie zu.

Die beiden Beamten berichten Emma, was sie bisher erfahren haben.

„Wieso mischen Sie sich da ein?", verhört sie ihren Chef. „Das fällt doch gar nicht in Ihren Aufgabenbereich."

„Ich schätze einmal, dass die Grenze in diesem Fall nicht eindeutig geklärt ist. Es handelt sich hier durchaus um Belange, die uns interessieren könnten. Zudem denke ich, dass sich einige meiner Mitarbeiter sowieso nicht aus den Ermittlungen heraushalten würden. Habe ich Recht?" Fragend wandern seine Augen erst zu Konrad, um dann an Emma hängenzubleiben.

„Ja, wahrscheinlich", gibt die Agentin zu, während sie gedanklich das Gehörte sortiert. „Woher wissen Sie, dass es Achim ist?", will sie wissen.

‚Kann ich ihr das wirklich zumuten', überlegt der Abteilungsleiter. Ihm ist bewusst, dass seine Agentin eine der bestausgebildetsten

Spitzenkräfte ist, die mit einer solchen Situation durchaus umgehen kann, doch Achim Voss war ihr Freund, da sieht das vielleicht anders aus. Seine unausgesprochene Frage wird von Konrad mit einem ernsten Nicken beantwortet, woraufhin der Geheimdienstkoordinator nach einem Briefumschlag greift, der auf seinem Schreibtisch liegt. Er reicht ihn an Emma weiter. „Das sind die Bilder aus der Überwachungskamera von der Polizeidienststelle in Ludwigsburg. Ich musste ihn identifizieren. Frau Wolf", bremst er ihren Griff in den Umschlag ab. „Es sind keine angenehmen Bilder", warnt er sie vor.

Die Überwachungskamera hat gute Arbeit geleistet, die Bilder sind vor erstklassiger Qualität und gestochen scharf. Man kann alle Details sehr genau erkennen. Beim Anblick ihres Freundes muss sie heftig schlucken. Sie erfasst die Anzeichen von Folter, die an ihm zu erkennen sind. Eine bodenlose Wut kocht in ihr hoch und sie muss sich sehr beherrschen, um nicht aufzuschreien. Langsam verstaut sie die Bilder wieder in dem Umschlag, ehe sie diesen an ihren Vorgesetzten zurückgibt. Sie kann ihren Ärger nur mühsam unter Kontrolle halten. „Wissen wir, wer das war?"

„Nein", ist die kurze Antwort. „Aber wir wissen, wer das in Auftrag gegeben hat."

„Wer?", fordert Emma barsch.

„Ann-Marie Lichtenstein." Wolfgang wartet auf Emmas Reaktion. Er erkennt es am wütenden Aufblitzen ihrer Augen. ‚Sie weiß Bescheid', stellt er fest.

„Weiß Gerd Bach es schon?", erkundigt sich die Agentin ruhig.

„Nein, noch nicht."

„Das sollte er aber umgehend erfahren. Andreas Staller auch. Die beiden schweben genauso in Lebensgefahr", bekräftigt Emma.

„Ja", bestätigt Wolfgang. „Aber wir machen einen Schritt nach dem anderen. Und zwar in der richtigen Reihenfolge."

„Sie haben also einen Plan?"

„Allerdings. Zunächst wenden wir uns an die Presse. Die werden morgen darüber unterrichtet, dass Mitarbeiter der Ludwigsburger Polizei einen toten Beamten in einem Fahrzeug gefunden haben."

„Die sollen nicht wissen, dass wir gewarnt sind", begreift Emma. Noch während sie es ausspricht erkennt sie die gesamte Tragweite dessen, was ihr Chef vorhat. „Sie wollen sie als Lockvögel benutzen?" Schockiert starrt sie ihren Vorgesetzten an. „Sind Sie noch ganz bei Trost? Sie haben doch gesehen, was die mit Achim gemacht haben."

„Ja, aber jetzt sind wir gewarnt." Wolfgang erklärt Emma was er vorhat: „Seit den frühen Morgenstunden befinden sich rund um das Anwesen und um die Firma der Familie Staller Einsatzkräfte in Bereitschaft. Niemand macht dort einen Schritt, ohne dass wir das erfahren. Andreas Staller lasse ich gerade abholen. Er muss sich nach Düsseldorf begeben. Auf dem riesigen Universitätsgelände kann ich ihn nicht schützen. Konrad bleibt hier, seine Frau befindet sich unter unserer Aufsicht."

„Was ist mit den Studierenden?", hakt Emma nach.

„Wir denken nicht, dass diese in Gefahr sind, da sie nicht zu der Verhandlung vorgeladen werden. Vorsichthalber wurden sie aber bis auf weiteres nach Hause gebracht. Wir haben dafür gesorgt, dass keiner von ihnen allein ist."

Emma nickt. „Was soll ich machen?"

„Sie kommen nah genug an Gerd Bach heran, um auf ihn aufzupassen, damit er keine Dummheiten macht! Ich könnte mir vorstellen, dass er es im Alleingang mit den Mördern von Achim Voss aufnehmen will. Halten Sie ihn davon ab." Prüfend sieht er die Agentin an. „Schaffen Sie das? Eine ehrliche Antwort bitte", fordert der Ministerialdirektor.

„Ja, das kriege ich hin. Mir liegt nämlich eine ganze Menge daran, dass er am Leben bleibt."

„Gut", bestätigt Wolfgang. „Ihr Flug geht in einer Stunde. Florian Goldschmidt wartet draußen. Sie kennen ihn ja. Er sorgt dafür, dass sie den Flieger pünktlich erreichen. Ich höre von Ihnen", befiehlt er zum Abschluss.

Seine stille Musterung und der Ernst, der auf seinem Gesicht zu erkennen ist, geben Emma zu verstehen, worauf er anspricht. Sie kann sich genau erinnern, wie entsetzt er war, als sie ihm vor ihrer letzten Reise eröffnete, wen sie für den Maulwurf hält, der immer wieder die gut geplanten Arbeiten der Bundesnachrichtendienste zunichtemacht und den sie zudem auch für den Mörder ihres Vaters hält. Obwohl er sich das absolut nicht vorstellen konnte versprach ihr der Vorgesetzte, weiter zu forschen. „Ich melde mich", verspricht sie.

Vor der Tür trifft Emma auf den Einsatzleiter der Sicherheitstruppe. Sie hat mit dem dreißigjährigen Florian Goldschmidt schon einmal zusammengearbeitet, um die Menschen im Bundeskanzleramt zu retten. Es ist gerade einmal drei Wochen her, da drohte dem Gebäude der obersten Bundesbehörde und den darin befindlichen Personen die Vernichtung durch vier Bomben, die eine Gruppe finsterer Gestalten in der Tiefgarage installiert hatte. Mit Hilfe von Gerd, seinem Team und ihrem Bruder konnte sie das Attentat im letzten Moment verhindern. Der Bundesbeamte stand ihr mit seiner Einheit unterstützend zur Seite.

„Was wollen Sie unternehmen, um diese Leute zu schützen?", erkundigt sich Florian.

„Das weiß ich erst, wenn ich da bin. Ich habe keine Ahnung, was ich dort vorfinde."

Der Personenschützer greift in seine Brusttasche, zieht einen Zettel hervor und reicht ihn an die Agentin weiter.

Emma betrachtet die Zahlen auf dem Papier. „Was ist das?"

„Meine Telefonnummer. Rufen Sie mich an, wenn Sie Hilfe brauchen. Ich werde da sein", verspricht er ihr.

Emma starrt lange einfach nur auf den Zettel, den sie in ihren Händen dreht. „Ich könnte tatsächlich Ihre Hilfe gebrauchen." Bittend schaut sie den Beamten an. „Konrad Schrader ist in großer Gefahr. Würden Sie für mich auf ihn aufpassen?"

Er hatte eigentlich an eine andere Art von Hilfe gedacht, aber er nickt. „Ja. Ich passe auf ihn auf. Doch um ihn vollkommen beschützen zu können müssen Sie mir schon ein paar Informationen geben."

„Nichts wird Konrad davon abhalten gegen Otto Gruber auszusagen. Jetzt, nachdem diese Kerle Achim getötet haben, erst recht nicht. Ich bin mir mittlerweile sicher, dass wir mindestens einen Maulwurf in unseren Reihen haben. Noch weiß niemand, wer das ist, aber wir sind ihm auf der Spur. Dieser Mann könnte auf Konrad angesetzt sein."

„Ich verstehe. Sie haben also keinen Namen für mich? Eine Idee, wer es sein könnte?"

„Schon, aber wenn ich mich irre, schauen Sie in die falsche Richtung. Dann ist Konrad tot."

Florian begreift, dass die Agentin Recht hat. „Ich weiche nicht von seiner Seite", verspricht er.

„Danke. Doch da ist noch mehr." Beschwörend spricht Emma weiter: „Das, was ich Ihnen jetzt sage, bleibt unter uns. Klar?"

„Natürlich", bestätigt der Beamte fest.

„Niemand hat bisher ein Wort darüber verloren, dass Wolfgang Keller in dieser Verhandlung ebenfalls aussagen wird. Mein Vater war der Vorgesetzte von Konrad Schrader und Achim Voss. Keller ist Vaters Nachfolger und übernimmt jetzt dessen Aussage. Er ist genauso in Gefahr."

„Kapiert!" Er bleibt an ihrer Seite, bis sie durch die Kontrolle zu ihrem Linienflieger geht und auch danach schaut er ihr weiter besorgt hinterher. Seit ihrer ersten Begegnung schwärmt der gutaussehende ein Meter vierundachtzig große Beamte für die junge Agentin. Ihm ist auch klar, für wen ihr Herz schlägt. Sollte sich das je ändern, will er für sie da sein.

Es ist bereits Mittag, als sie die Firma von Peter Staller in Düsseldorf erreicht. Sie stoppt ihren Leihwagen, einen *Mercedes S 600L* mit einem *12-Zylinder*-Motor, vor der Schranke. Emma hat eine Schwäche für leistungsstarke Fahrzeuge. Mit einer Leistung von *368* kW entspricht diese Limousine der Oberklasse genau ihren Vorstellungen.

Eine kurze Musterung des Wachmanns genügt ihr, um den Beamten in ihm zu erkennen. Sie reicht ihm ihren Ausweis.

„Sie wurden uns schon angekündigt", bestätigt der Mann.

„Von wem?", erkundigt sie sich.

„Herr Wolf befindet sich im sechsten Stock des Hauptgebäudes. Im Büro von Herrn Bach", erwidert er statt einer Antwort.

„Eher im Vorzimmer." Die Feststellung kann sie sich nicht verkneifen.

Der als Wachmann getarnte Polizist hat Mühe, bei dem trockenen Kommentar der Agentin nicht zu grinsen.

Da die Empfangsdame Emma kennt und diese durch die beiden Oberhäupter des Unternehmens uneingeschränkten Zugang besitzt, gewährt sie der Beamtin den Zutritt ohne Beanstandung.

Fünf Minuten später steht Emma in Gerds leerem Büro. Bei Peter Staller hat sie mehr Glück. Sie trifft nicht nur auf ihren Bruder, sondern auch auf Andre Offermann, den Einsatzleiter des Düsseldorfer Elite-Teams, das zur Bewachung von Peter Staller und seiner Familie eingeteilt ist.

„Em', na endlich!", wird sie ungeduldig von Stefan empfangen.

Der achtundzwanzigjährige rotblonde Einzelkämpfer ist ein Meter zweiundachtzig groß und durchtrainiert. Der Berliner Beamte war Mitglied in einer Einheit der Spezialeinsatzkommandos, bis er sich für einen verdeckten Einsatz freiwillig meldete. Dadurch wechselte er kurzzeitig in die Reihen des Geheimdienstes. Für seinen Auftrag schloss er sich der Gruppe rechtsextremer Nationalsozialisten an, die Peter Staller entführten. Während der Befreiungsaktion haben er und Anna sich ineinander verliebt. In zwei Wochen wird Stefan Wolf seinen Arbeitsplatz in Berlin gegen einen Platz beim *SEK*[7] in Düsseldorf eintauschen, damit er an ihrer Seite bleiben kann.

„Du hast mich doch nicht etwa vermisst?", stichelt Emma.

„Bilde dir bloß nichts ein", widerspricht Stefan sofort. „Ich hätte nur gern ein paar Informationen darüber, was hier gespielt wird."

„Daran ist mir auch gelegen", pflichtet der Konzernchef ihm bei. Genauso wie Anna begrüßt auch er die Agentin voller Wärme. „Schön, Sie wiederzusehen."

„Schade, dass du Gerd nicht antriffst", bemerkt Anna.

„Wo ist er?", fragt Emma alarmiert.

„Er tobt sich im Freizeitpark aus." Stefans grüne Augen blitzen vergnügt auf.

---

7 SEK = Spezialeinsatzkommando der Polizeibehörden

„Wie bitte?" Verwirrt betrachtet sie ihren Bruder. ‚Gerd ist im Freizeitpark? Um ihn herum geht alles drunter und drüber, doch er amüsiert sich?' Das kann sie nicht glauben.

Der Konzernchef muss über die Wortwahl des Beamten schmunzeln. „Das Team installiert dort eine neue Sicherheitsanlage", stellt er Stefans Aussage richtig.

Entsetzt landet Emma auf dem nächsten Stuhl und stöhnt gequält auf: „Das darf einfach nicht wahr sein. Das schreit ja geradezu nach einem Hinterhalt."

Hellhörig geworden mustert Peter die Agentin. „Wie meinen Sie das?"

„Was ist los?" Auch Stefan will Antworten. „Bis jetzt haben wir keine Informationen darüber erhalten, warum wir hier alles abschotten sollen. Wolfgang Keller hat mich aus dem Bett getrommelt und hierhergeschickt, um mich mit den hiesigen Beamten zu treffen. Em', was weißt du?"

Sie unterrichtet die Anwesenden von den Vorkommnissen der letzten Stunden.

Bestürztes Schweigen breitet sich im Raum aus. Sie alle sind betroffen über den Tod des Freundes. Zudem müssen sie sich Sorgen um die Gesundheit ihrer Angehörigen machen.

Der Geheimdienstkoordinator sorgte mit seinem Einfluss dafür, dass speziell geschulte Sicherheitskräfte aus den Reihen der Düsseldorfer Polizeibehörden zum Schutz von Peter Staller und dessen Familie abgestellt wurden. Stefan Wolf erteilte er den Auftrag über die Handlungen der Beamten zu wachen und alle Vorkehrungen zu treffen, die die Sicherheit der Familie Staller gewährleisten. Obendrein ist es die Aufgabe des Berliner Agenten seinen Vorgesetzten ständig auf dem Laufenden zu halten.

Auch Emma hat einen klaren Befehl von dem Ministerialdirektor erhalten. Sie muss sich um die Teammitglieder und ihren Boss kümmern. „Ich fahre sofort zu Gerd. Du bleibst hier", weist sie ihren Bruder nur kurz auf seine Aufgabe hin. „Deine Aufgabe ist es dafür zu sorgen, dass hier niemandem etwas passiert."

„Geht klar." Stefan ist Profi genug um zu wissen, was er zu tun hat. An der Seite der Düsseldorfer Elite-Spezialisten wird er mit Andre Offermann für einen lückenlosen Schutz der Beteiligten sorgen.

„Andreas muss auch bald eintreffen. Bitte seid vorsichtig", fordert Emma den Konzernchef eindringlich auf. Nach einem beschwörenden Blick zu ihrem Bruder ist sie zur Tür hinaus.

Florian findet sich bei Wolfgang Keller ein. Mittlerweile hat er zwei seiner Leute im Büro von Konrad Schrader platziert, zwei weitere davor.

„Was machen Sie hier?", erkundigt sich der oberste Leiter der Nachrichtendienste heftig. „Kümmern Sie sich um die Ihnen zugeteilten Aufgaben!"

„Genau das habe ich vor", beteuert der Bundesbeamte.

„Dann sollten Sie eigentlich im Büro von Konrad Schrader sein und nicht hier! Mit mir hat das Ganze nichts zu tun!"

„Das glauben doch noch nicht einmal Sie selbst. Sie wissen, warum ich hier bin."

„Nein, das weiß ich nicht", faucht Wolfgang. Allerdings kommen ihm erste Zweifel. ‚Kann es sein, dass der Beamte Kenntnis von seiner Aufgabe hat? Wohl eher nicht.' „Lassen Sie mich in Frieden!"

Statt eine scharfe Antwort zu geben bleibt der Beamte ruhig. „Tut mir leid, das ist unmöglich. Nicht nur Herr Schrader ist in Gefahr. Sie auch!"

Erstaunt mustert Wolfgang ihn. „Woher haben Sie Ihre Informationen?", verhört er den Leiter der Sicherheitstruppe scharf. „Außer mir gibt es nur noch einen einzigen Menschen, der davon Kenntnis hat, was Sie gerade ansprechen. Ich bin mir hundertprozentig sicher, dass der Ihnen keine Auskunft gegeben hat."

Florian lehnt sich lässig an den Schreibtisch des Ministerialdirektors. Von oben herab mustert er den aufgebrachten Mann provozierend. „Sind Sie sicher?"

„Ja!" Wolfgang kennt den stellvertretenden Generalbundesanwalt Roland Cordtmann lange genug, um von dessen Loyalität überzeugt zu sein. Plötzlich begreift er woher der Leiter der

Personenschutzgruppe seine Informationen hat. „Was hat Frau Wolf Ihnen erzählt?"

„Nur, dass Sie die Nachfolge ihres Vaters übernehmen. Inklusiv dessen Aussage."

„Das hätte ich mir eigentlich denken können", grummelt Wolfgang. „Aber das ist egal. Niemand hat Kenntnis davon, dass ich diese Aussage machen werde. Darum bin ich auch nicht unmittelbar in Gefahr."

Florian schüttelt den Kopf. „Sie denken allen Ernstes, dass ich darauf höre? Unabhängig davon, dass eigentlich Sie selbst mich hätten informieren müssen, habe ich Emma Wolf versprochen, auf Sie beide aufzupassen. Schließlich ist das meine Aufgabe. Ich werde mein Versprechen halten. Verlassen Sie sich darauf."

„Tun Sie, was Sie wollen. Aber engen Sie mich nicht ein."

„Herr Schrader hat zwei Teams im Wechsel zur Bewachung. Je vier Mann. Dasselbe besorge ich Ihnen auch. Wenn Sie mir dafür die Bewilligung geben, kriegen wir das alles ruhig über die Bühne."

„Meinetwegen", gibt sich Wolfgang geschlagen. Zufrieden zieht Florian die nötigen Papiere, bereits fertig ausgefüllt, aus seiner Tasche. Er reicht sie seinem Vorgesetzten zur Unterzeichnung.

11

Bis elf Uhr ist er in Ludwigsburg geblieben. Frank wollte abwarten, ob die Nachrichtensprecher etwas über den Verbleib des toten Beamten erwähnen. Sie sendeten gar nichts, deshalb geht er davon aus, dass Achim noch nicht gefunden wurde. ‚Das ist gut so', stellt er zufrieden fest. Selbst wenn sie den Mann dann endlich entdecken, führen garantiert keine Spuren zu ihm zurück. ‚So wird niemand vorzeitig gewarnt', freut er sich.

Frank überlässt es seiner Auftraggeberin dafür zu sorgen, dass sich die Beweggründe für den Tod des Beamten herumsprechen. Er hat noch reichlich Arbeit vor sich, mit der er unverzüglich fortfahren will.

Kira Ott wartet bereits auf seine Rückmeldung. „Frank, endlich", wird er stürmisch begrüßt. „Wie ist es gelaufen?"

„Nicht ganz so wie geplant. Aber es ist erledigt." Frank schildert ihr in kurzen Worten, was sie wissen muss. Dass sein Plan misslungen und die Operation beinah fehlgeschlagen ist, behält er für sich. Sie muss ja nicht alles wissen!

Seine Partnerin berichtet ihm, was sie von Oliver erfahren hat.

„Die sind also die nächsten Wochen in freiem Gelände tätig", nickt Frank zufrieden. „Das ist gut. Da schnappen wir uns diesen Bach. Meyer kassieren wir gleich mit ein." Er erklärt ihr sein Vorhaben. „Ich habe aber noch eine andere Idee. Ich bin gespannt, wie das unserer Auftraggeberin schmeckt. Du bleibst am Ball. Gute Arbeit, Kira", lobt er. „Besorge für uns passende Unterkünfte, möglichst nah am Park. Schick schon einmal die Männer los, die ich für diesen Job eingeteilt habe. Da ich drei Leute verloren habe, müssen sie ersetzt werden. Kümmere dich darum! Du machst weiter wie besprochen. Spätestens in fünf Tagen schlagen wir mit Bach im Gepäck auf. Sieh zu, dass du Andreas Staller bis dahin ebenfalls hast. Die zwei gemeinsam zu töten wird ein Geschenk für unsere Auftraggeberin."

„Mach dir keine Sorgen, ich bekomme das hin", versichert ihm Kira. „Die Daten für deine Unterkunft hast du in zwei Stunden auf deinem Handy." Sie sorgt dafür, dass die beiden hochmodern eingerichteten Wohnwagen für ihn und seine Männer bereitstehen, bevor sie ihren neuen Auftrag in Angriff nimmt.

Frank wählt die Nummer seiner Auftraggeberin. „Achim Voss ist erledigt", beeilt er sich ihr mitzuteilen. Die Details gibt er nicht weiter, auch nicht die Fehler, die er und seine Leute gemacht haben. ‚Wozu auch? Es ist schließlich erledigt. Voss schadet niemandem mehr', bewilligt er sich insgeheim seine Vorgehensweise.

„Es freut mich, dies zu hören", entgegnet Ann-Marie Lichtenstein. „Wie machen Sie jetzt weiter?"

Frank schildert ihr die neuen Erkenntnisse: „Wir können uns Bach dort bedenkenlos schnappen. Meyer schalten wir dabei auch aus. Allerdings habe ich noch eine andere Idee. Wir können dem *Staller* Konzern gehörig zusetzen, wenn wir die Arbeiten sabotieren. Ein paar der Mitarbeiter dürfen dabei ja sicher draufgehen. So haben dieser Bach und Staller bereits ein wenig zu knabbern, bevor der Spaß dann richtig losgeht."

„Ich bin mit dieser Vorgehensweise einverstanden", teilt ihm die Witwe mit. „Aber passen Sie auf, dass Bach Ihnen nicht ins Handwerk pfuscht."

„Das wird er nicht", verspricht Frank.

„Wie lange werden Sie brauchen?"

„Wir gehen in zwei Gruppen vor. Ich selbst kümmere mich um Bach, meine Partnerin um Staller Junior. Das dürfte auch nicht lange dauern", verspricht ihr Frank. „Aber Sie sollten Ihren

Mann schleunigst auf Schrader loslassen. Wenn die hören was mit Voss passiert ist, kommen Sie an Schrader nicht mehr heran."

„Sie könnten Recht haben. Ich werde das berücksichtigen."

Frank Rademacher liebt den Komfort von gut ausgestatteten Hotels. Doch wenn es zweckdienlicher ist, anderweitig zu logieren, dann nimmt er auch das in Kauf. In diesem Fall ist der Campingplatz *Ruhrtal von Abercron,* der am südlichsten Ende des Freizeitparks liegt, bestens geeignet um auch mit schweren Waffen im Gepäck nicht aufzufallen. Um sechzehn Uhr trifft er an den beiden Wohnwagen vom Typ *LMC Ambassador 770P* mit je neun Metern Länge auf seine Leute. Die hochmodern eingerichteten Anhänger bieten mit ihren fast vierzig Quadratmetern Fläche ausreichend Platz für Frank und seine acht Begleiter.

Unmittelbar nach der Ankunft begibt sich der Söldner mit zwei seiner Männer auf Erkundungstour. Zufrieden gewahrt er die vielen Möglichkeiten, die sich ihnen in dem unübersichtlichen Park bieten.

„Frank", wird er von Dieter angesprochen. „Sieh dir das an."

Dieter ist Franks Stellvertreter und sorgt während dessen Abwesenheit für die reibungslosen Abläufe ihrer Aktivitäten. Der Mann weist auf ein zweisitziges Landfahrzeug, das sich mit geringer Geschwindigkeit nähert. Die Gesichter der beiden darinsitzenden Männer können sie nicht erkennen.

„Circa neunhundert Meter", schätzt Frank die Entfernung, nimmt seinen Rucksack ab und holt die Teile heraus, die er braucht, um sein Gewehr zusammenzusetzen.

„Ist das wirklich so eine gute Idee?", will sein Kumpel wissen. „Machen wir die nicht viel zu früh auf uns aufmerksam? Willst du die beiden abknallen?"

„Nein, die kriegen das gar nicht mit. Lass mir meinen Spaß", fordert Frank, während er alles noch einmal überprüft, um anschließend auf die beiden Männer in dem Fahrzeug anzulegen. Durch das Zielfernrohr beobachtet er das näherkommende Gefährt. Den Fahrer kann er nicht erkennen, da er durch seinen Kollegen verdeckt wird, die Sicht auf den Beifahrer ist gut. Durch die Unterlagen, die er über das Team von Gerd Bach zusammengetragen hat, identifiziert er diesen als Ralf Haas. Der Mann interessiert ihn nicht.

„Du und Spaß", stichelt sein Gesprächspartner. „Spuck's schon aus. Was bezweckst du mit deiner Aktion?"

„Ich will ihre Reaktionen testen. Daran erkennen wir, ob die uns erwarten oder nicht." Frank stellt sich so hin, dass er ein gutes Schussfeld hat und visiert den vorderen Reifen an. In aller Ruhe wartet er, bis der Wagen näherkommt. Bei einer Entfernung von fünfhundert Metern drückt er ab. Die Kugel zerschlägt den Reifen genau in der Mitte. Mit einem tiefen Zischen entweicht die Luft.

„Guter Schuss", lobt Dieter ihn.

Sie beobachten, wie die beiden Insassen aussteigen, sich kurz beratschlagen, um dann ihr Gepäck zu schultern und loszugehen.

„Mein Gott, sind die dämlich." Franks zweiter Begleiter schüttelt verächtlich den Kopf.

„Egal", bekräftigt sein Boss. „Die haben jedenfalls keine Ahnung, dass wir hier sind."

Zufrieden machen sie sich auf den Rückweg.

Obwohl es wochentags ist herrscht auch über die Mittagszeit reger Verkehr. Emma braucht über zwei Stunden, bis sie den Freizeitpark in der Eifel erreicht. Es sind zwar alle Tore zu, aber die Hotelparkplätze können trotzdem angefahren werden. Sie folgt den Hinweisschildern. Die geparkten Fahrzeuge der Firma *Staller* sind nicht zu übersehen. Sie stellt ihren Wagen direkt neben Gerds *SUV* ab. Den *Audi Q7* mit einer *4,2*-Liter-Maschine und einer Leistung von *257* kW bekam Gerd im letzten November von Peter Staller zum Geburtstag geschenkt. Die Buchstaben *GB* auf dem Kennzeichen entlocken ihr ein Lächeln. Es ist siebzehn Uhr, als sie das Hotel betritt.

Vom Empfang lächelt ihr ein älterer Mann entschuldigend zu. „Tut mir leid, meine Dame", spricht er Emma an. „Wir haben leider geschlossen."

„Ja, das ist auch gut so", bestätigt Emma dem verwunderten Mann. „Können Sie mir bitte sagen, wie ich zu Herrn Bach, dem Projektleiter der Firma *Staller*, komme?"

„Also, wo der genau steckt kann ich Ihnen nicht sagen. Seine Mitarbeiter schwirren hier überall herum", antwortet der Mann. „Aber wenn Sie dort hinten den Gang entlang gehen, kommen Sie zum Konferenzraum. Da haben die Leute eine Vielzahl an Geräten und Computern aufgebaut. Es befinden sich immer ein paar von denen in dem Raum."

„Vielen Dank." Emma folgt der angegebenen Richtung. Schon von weitem hört sie die Stimmen der Teammitglieder. Sie kann die panische Stimme von Max hören, die beruhigende Antwort von Tim. ‚Hier bin ich richtig', begreift sie, während sie dem Weg um die nächste Ecke folgt. Da sieht sie ihn! Zusammen mit einem etwa fünfzig Jahre alten Mann steht er mitten im Flur. Ihr Herz macht einen Satz. Es ist viel zu lange her, seit sie sich das letzte Mal gesehen haben. Ganz deutlich spürt sie die Sehnsucht nach ihm in sich aufkeimen, doch im Augenblick kann sie das nicht gebrauchen. Schließlich könnte sein Leben davon abhängen, dass sie ihre Arbeit vernünftig macht, deshalb reißt sie sich schnell zusammen.

Sven, der sie als Erster entdeckt, ist sicher, dass die aufregende Frau in dem engliegenden Kostüm bestimmt keine Mitarbeiterin von Gerd Bach ist. Die laufen alle in Jeans oder Arbeitskleidung herum. Um denen eine unnötige Störung zu ersparen, richtet er seine Aufmerksamkeit auf die junge Frau. „Kann ich Ihnen vielleicht behilflich sein?"

Neugierig wendet Gerd sich um. „Emma?", staunt er. ‚Was macht sie hier? Sie wollte doch erst am Wochenende zurückkommen', überlegt er. Seine Nackenhaare stellen sich auf und er spürt das Kribbeln auf seiner Haut. ‚Irgendetwas stimmt da nicht.' Trotz der beklemmenden Gedanken kann er die Freude darüber, sie zu sehen, nicht verbergen. Seine Augen strahlen auf und der Wunsch ihr nah zu sein wird übermächtig. Für einen Moment ist alles um ihn herum vergessen, als sie sich in seine Arme schmiegt und ihm zur Begrüßung einen liebevollen Kuss gibt.

„Hallo Gerd", lächelt sie, dann reicht sie Sven Kirschbaum die Hand. „Ich bin Emma Wolf. Die Freundin von Herrn Bach."

„Das war nicht zu übersehen", schmunzelt Sven und freut sich darüber, dass die beiden rot anlaufen, wenn auch nur ein bisschen. Er begrüßt die junge Frau mit der gleichen Freundlichkeit, die auch sie ihm entgegenbringt. Sie zu fragen, was sie während der Arbeitszeit ihres Freundes hier zu suchen hat, dazu ist er zu höflich.

Tim steckt den Kopf aus dem Raum. „Gerd, wir haben alles angeschlossen, die Software ist installiert und alle Verbindungen stehen. Sollen wir heute noch einen Testlauf der Geräte starten?" Als sein Blick auf die Agentin fällt strahlen seine Augen begeistert auf. „Hallo Emma. Bist du wieder auf Verbrecherjagd?", erkundigt er sich wissbegierig. „Wen willst du denn diesmal erschießen?"

„Erschießen? Sie wollen hier jemanden erschießen?", staunt Sven perplex. Er hat in den wenigen Stunden, die das Team rund um Gerd Bach hier ist, bereits mitbekommen, dass der rothaarige Computerfachmann der Spaßvogel in dieser Gruppe ist. Doch mit so etwas macht man doch keine Scherze!

„Keine Angst", erklärt Tim dem Parkbetreiber, noch ehe Emma antworten kann. „Sie ist eine von den Guten. Sie erschießt nur die, die es verdienen."

„Vielen Dank für die Erklärung", spottet Emma, ehe sie sich ihrem Freund zuwendet. „Entschuldige bitte die Störung, aber es geht nicht anders. Können wir uns irgendwo in Ruhe unterhalten?"

Gerd spürt sofort, dass etwas nicht in Ordnung ist. Er kann ihre Anspannung regelrecht fühlen. „Klar, gleich hier drüben."

„Wo ist Uwe? Kann er auch herkommen?"

Bei ihrer besorgt gestellten Frage melden ihm seine Sinne Alarmbereitschaft. Ganz eindringlich klingt seine Frage: „Emma, was ist los?"

„Gleich", verspricht sie. „Wo ist Uwe?"

Gerd dreht sich bittend zu seinen Leuten um: „Kann einer von euch Uwe herbeordern?"

„Das könnte etwas dauern", erklärt ihm Dominik Schwarz. „Er ist mit Ralf im Park unterwegs. Sie haben sich vorhin gemeldet.

Uwe war kräftig am Fluchen, weil sie sich einen Platten eingefangen haben. Sie dürfen den Rest der Strecke laufen." Das Gesicht des sechsunddreißigjährigen Allrounders wirkt eher schadenfroh als besorgt.

„Einen Platten?", staunt Patrick. „An den Fahrzeugen? Ich dachte, die Dinger sind unplattbar?"

Alarmiert wendet Emma sich an den Allrounder: „Dominik, wo sind die beiden jetzt genau? Ich muss sofort dahin!"

„Ich komme mit." Gerd will endlich Klarheit.

„Nein." Emma fährt zu ihm herum. Abwehrend greift sie nach seinen Armen und hält ihn fest. „Versprich mir, dass du nicht vor die Tür gehst, solange ich weg bin. Bitte", bettelt sie beschwörend.

Er kann spüren, wie wichtig es ihr ist, ihn hier in Sicherheit zu wissen. „Na gut. Ich warte", gibt er widerwillig sein Einverständnis. „Aber nicht allzu lange", fügt er schmollend hinzu.

„Hallo Leute." Der Pilot der *Staller* Werke kommt gefolgt von dem Bauingenieur Ralf Haas um die Ecke. „Das war vielleicht ein Spaziergang! Dieses blöde Teil ist genau am anderen Ende des Parks verreckt." Uwe entdeckt Emma. „Was machst du denn hier?" Prüfend mustert er die Agentin. Auch er kann spüren, dass etwas nicht stimmt. Er wirft Gerd einen alarmierten Blick zu, den dieser genauso erwidert.

Emma atmet erleichtert auf, als Uwe und Ralf unversehrt vor ihr auftauchen. Sie begreift, dass hier alle in Gefahr sind. Es reicht nicht aus, nur Gerd und Uwe zu informieren, deshalb entschließt sie sich zu einer Erklärung. Ohne Uwe zu antworten betritt sie den Konferenzraum, in dessen Mitte sie sich auffordernd vor Gerds Team aufbaut.

Neugierig folgen ihr die vier Männer vom Flur aus, um sich nichts entgehen zu lassen.

„Könnt ihr mir bitte einen Augenblick zuhören?", fordert Emma mit lauter Stimme.

Fast augenblicklich herrscht Stille. Die Augen aller Anwesenden landen auf ihr.

Sven ist viel zu wissbegierig, als dass er den Raum verlassen würde. ‚Das hier ist mein Park', begründet er gedanklich seine Anwesenheit.

Wenn es Probleme gibt, will er wissen welcher Natur sie sind. Aber was diese Frau jetzt erzählt, kann er kaum glauben. Überrascht reißt er die Augen auf. ‚Das ist unglaublich, wie im Krimi!'

Es gibt keinen einfachen Weg, um den Freunden mitzuteilen, was sie zu sagen hat. Ihre Augen wandern über die Personen, die ihr neugierig entgegensehen. „Achim Voss ist tot …" Weiter kommt sie nicht.

Augenblicklich wird sie durch Zurufe unterbrochen.

„Was?"

„Wie ist das passiert?"

Ähnliche, entsetzt gestellte Fragen hallen durch den Raum. Nur Gerd bleibt still. Schockiert starrt er Emma an.

Sie berichtet den Leuten aus dem Team, was diese wissen müssen. Die Einzelheiten zu Achims Tod verschweigt sie ganz bewusst. „Es dürfte nicht schwer sein herauszubekommen, wo ihr arbeitet. Das Gelände hier eignet sich hervorragend für einen Hinterhalt. Ich möchte, dass niemand allein nach draußen geht. Achtet genau auf die Personen um euch herum. Gebt mir Bescheid, sobald euch etwas merkwürdig vorkommt."

Viel zu aufgewühlt um ruhig auf seinem Stuhl sitzenzubleiben, verlässt Gerd den Raum, die Hände in den Hosentaschen starrt er einfach nur aus dem Fenster. Emma folgt ihm, bleibt aber einfach abwartend hinter ihm stehen, bis ihr das Schweigen zu lang wird. „Es tut mir so leid", flüstert sie.

„Achim war einer der Besten!", behauptet Gerd überzeugt, ohne sich umzudrehen. „Er hat sich bestimmt nicht einfach so umbringen lassen." Er wirbelt zu Emma herum. „Was ist geschehen?", faucht er sie wütend an.

Ihm erzählt sie auch das, was sie den anderen verschwiegen hat. ‚Achim war sein Freund, genau wie meiner', begreift sie. ‚Er hat ein Recht darauf zu erfahren, was vorgefallen ist.' Sie erkennt die ohnmächtige Wut, die sich in ihm breitmacht. Ihr ist es ja genauso gegangen.

„Ich will den Kerl haben", tobt er außer sich. „Ich rede mit Peter, dann fahre ich nach Ludwigsburg. Du brauchst gar nicht erst versuchen, mir das auszureden."

„Das will ich auch nicht. Wenn ich glauben würde, dass wir ihn da erwischen könnten, wäre ich die erste an deiner Seite. Aber dort finden wir niemanden mehr." Beschwörend schaut sie ihn an. „Gerd, diese Typen waren nur wegen Achim dort. Jetzt sind sie hinter dem nächsten her. Du bist mit Sicherheit ihr Hauptziel. Bleib einfach hier, die Typen kommen zu dir. Und wenn sie kommen, sind wir vorbereitet. Einverstanden?"

Nachdenklich mustert er ihr Gesicht. „Gut. Vorerst gebe ich mich damit zufrieden." Er lächelt plötzlich. „Heißt das, du bleibst hier?"

Sie nimmt sein Gesicht in beide Hände. „Solange du mich brauchst."

Die Arme um sie legend zieht er sie für einen Moment an sich. „Ich brauche dich immer." Der zärtliche Kuss und ihre Nähe tun ihm gut, beruhigen sein aufgewühltes Inneres. „Ich muss wieder an die Arbeit." Mit dem Anflug eines Lächelns drückt er ihr seine Schlüsselkarte in die Hand. „Hier, richte dich erst einmal ein."

Die Agentin dreht ihre Runde durch den Park. Sogleich stellt sie fest, dass das Gelände mit seinem vielen Buschwerk und den hohen Felsen perfekt geeignet ist für Angriffe aus dem Hinterhalt. Sie hat keine Ahnung, welche Sicherheitsvorkehrungen ihnen helfen könnten. Sie weiß aber auch, dass Gerd sich nicht so leicht davon abbringen lassen wird, hier weiter zu machen. ‚Was kann ich nur unternehmen, um meine Freunde zu schützen?', grübelt sie verzweifelt. ‚Am besten wäre es, wenn wir den Angriffszeitpunkt vorherbestimmen könnten. Aber das ist kaum möglich. Oder etwa doch?' Emmas Gedanken laufen auf Hochtouren. ‚Na klar, das ist es! Wozu habe ich hier eine Firma für Überwachungsanlagen?', erinnert sie sich. ‚Ja, genau! Wir werden das Gelände digital überschauen!'

Kurz darauf erreicht sie den liegengebliebenen Caddy, den Uwe und Ralf benutzt hatten. Sie überprüft den geplatzten Reifen, gleitet mit den Händen langsam über die Außenfläche, bis sie das Loch findet, durch das die Luft des Reifens entwichen ist. Mit ihrem kleinen Taschenmesser, das ihr schon des Öfteren gute Dienste erwiesen hat, vergrößert sie den Riss, bis ihre

Finger hineingreifen können. Sorgfältig tastet sie den Innenraum ab, spürt einen kleinen Widerstand und arbeitet solange weiter, bis sie ihn mit spitzen Fingern herausziehen kann. Prüfend beäugt sie das Stahlmantelgeschoss vom Kaliber *7,62 x 51 Millimeter NATO*, das sie jetzt in der Hand hält.

Das Gelände rundherum ist weit offen. Emma weiß, dass Uwes Instinkte hervorragend sind. Er hätte jeden Schützen unverzüglich bemerkt. Der Kerl muss wenigstens fünfhundert Meter weg gewesen sein. Egal wer da geschossen hat, der Mann versteht sein Handwerk. Uwe und Ralf hatten unverschämtes Glück. Die wollten garantiert keinen der beiden töten, sonst wäre derjenige jetzt nämlich tot. Zügig macht sie sich auf den Rückweg, mit den Gedanken bei ihren Gegnern. Es ist klar, dass ihre Feinde hier sind, auch welches Ziel sie verfolgen!

Beim Abendessen setzt sie Gerd und Uwe über ihre Entdeckung in Kenntnis.

Uwe wird blass als er hört, wie knapp er mit dem Leben davongekommen ist. „Diese verdammten Schweine", flucht er laut vor sich hin. „Die wollten nur rauskriegen, ob wir sie erwarten."

„Immerhin wissen wir dadurch, dass sie hier sind", stimmt sein Boss ihm zu.

„Die haben ziemlich schnell herausgefunden wo ihr zu finden seid", bemerkt Emma nachdenklich.

„Ja, stimmt. Wie haben die Kerle das so rasch geschafft?", staunt Uwe.

„Ich schätze, dass die an Insiderwissen herankommen", grübelt Gerd. „Ich habe aber keine Ahnung durch wen. Aus dem Team würde sich keiner dafür hergeben."

„Unwissentlich vielleicht", vermutet Emma. „Aber das bringt uns vorerst nicht weiter."

„Was meinst du, Boss", wendet Uwe sich an Gerd. „Sollen wir unsere Zelte hier abbrechen?"

„Morgen Früh rede ich mit allen. Ich würde gern bleiben, aber ich setze nicht das Leben meiner Freunde und Kollegen aufs Spiel, ohne sie zu informieren. Jeder soll selbst entscheiden, ob er weitermacht. Micha und Cornelius schicke ich nach Hause.

Auch mit Sven Kirschbaum werde ich offen reden. Er muss im Klaren darüber sein, was hier vor sich geht."

Es ist noch dunkel draußen, als Emma aufwacht. Sie hat keine Ahnung, wodurch sie geweckt wurde, aber zum Aufstehen ist es viel zu früh. Sie dreht sich zu Gerd um, doch das Bett auf seiner Seite ist leer. Während sie sich aufrichtet lässt sie ihre Augen durch den dunklen Raum wandern. Nichts! Auch das Bad ist dunkel.
„Gerd?" Sie erhält keine Antwort.

Seine Jeans und das T-Shirt vom Vorabend liegen nicht mehr auf dem Stuhl, auf dem er seine Kleidung am Abend abgelegt hatte, die Schuhe fehlen ebenfalls.

‚Was hat er vor? Geht er etwa allein auf diese Kerle los? Das darf einfach nicht sein! Da hat er keine Chance!' Alarmiert springt Emma auf, ihre Müdigkeit ist wie weggeblasen. Rasch steigt sie in ihre Hose und schlüpft in die Freizeitschuhe, ihre Bluse knotet sie einfach vor dem Bauch zu. Mit einer Hand greift sie nach der Schlüsselkarte, die andere fasst den Griff ihrer Dienstwaffe. Es ist eine halbautomatische Selbstladepistole *HK-P2000 V4* von *Heckler & Koch* mit einem Kaliber *9 x 19* Millimeter und *Browning*-Verschluss. Die gleiche Waffe, die Gerd von Konrad Schrader und Achim Voss zum Geburtstag erhalten hat.

Über die Treppe macht sie sich eilig auf den Weg nach unten. Die Fensterfront am Eingang gibt den Blick auf den schwarzen *SUV* frei, der unangetastet auf dem Parkplatz steht. Emma atmet auf, als sie das Eingangsportal verschlossen vorfindet. ‚Auf diesem Weg ist er also nicht nach draußen. Aber wo ist er dann hin?' Sie wendet ihre Schritte dem Empfangstresen zu.

Ehe sie etwas sagen kann springt der Mann hinter dem Tresen erschrocken auf. Soweit er kann weicht er zurück und streckt abwehrend die Hände aus.

„Bitte", stammelt er, „bitte, ich ..." Er bricht ab, mit großen angsterfüllten Augen starrt er auf die Pistole in Emmas Hand.

Geschwind beruhigt ihn die Agentin. „Keine Angst, Ihnen passiert nichts. Ich bin hier um Gerd Bach und sein Team zu beschützen. Haben Sie Herrn Bach heute schon gesehen?"

„Ja, ich glaube er wollte in den Fitnessraum", nickt der Portier. „Der ist gleich da hinten." Er weist ihr mit seiner zitternden Hand die Richtung.

„Danke." Erleichtert macht sie sich auf den Weg.

Schon beim Eintreten begreift sie, was los ist. Mit wilder Entschlossenheit bearbeitet Gerd den Sandsack vor sich, dabei trägt er weder Boxhandschuhe, noch hat er seine Hände anderweitig geschützt. Das geht wohl schon eine ganze Weile so, da er in Schweiß gebadet ist.

Sie steckt ihre Waffe in den hinteren Hosenbund, froh, dass diese nicht zum Einsatz kommen muss, dann tritt sie nah an ihn heran. „Gerd! Es ist genug! Hör bitte auf."

„Du verstehst das nicht", faucht er sie an.

„Oh, doch", erwidert sie fest. „Und ob ich das verstehe! Aber es ist genug."

Gerd wirbelt mit blitzenden Augen zu ihr herum. „Das geht dich nichts an!", schnauzt er. Es ist so einfach, seine Wut an der geliebten Frau auszulassen, auch wenn er das gar nicht will. Sie versteht ihn, kann ihm verzeihen. „Emma", bettelt er. Seine ganze Verzweiflung liegt in diesem einen Wort.

Sie braucht keine weitere Aufforderung um ihn in die Arme zu nehmen. Gemeinsam mit ihm lässt sie sich zu Boden gleiten, hält ihn fest, wiegt ihn in ihren Armen, bis der schlimmste Ausbruch vorbei ist. Langsam hebt er den Kopf, schaut sie aus traurigen Augen verzweifelt an. Der gequälte Ausdruck in seinem Gesicht lässt ihr Herz vor Mitgefühl überquellen.

„Es ist meine Schuld", bricht es aus ihm heraus. „Lucia, Achim. Uwe hat die Frau, die er liebte, erschossen. Alles meinetwegen! Vielleicht wäre es besser, wenn du dich von mir fernhältst."

„Jetzt reicht es aber!", herrscht Emma ihn heftig an, bevor sie sanft weiterspricht: „Ich weiß, dass du dir die Schuld gibst. Das ist ganz normal, aber es stimmt nicht! Ohne dich wäre Andreas jetzt tot, die Studierenden ebenso. Niemand außer dir wusste, wie Kevin Lauder vor dem Tod durch die explodierende Tretmine zu retten war. Nur durch dich wurden die Papiere zur Ergreifung von Otto Gruber gefunden. Er hätte seine Machenschaften an der *Loreley* beenden können. Denk einmal darüber nach, wie viele Menschen dabei umgekommen wären. Ich bin sicher, dass Konrad und Achim sich Gruber in den Weg gestellt hätten. Aber du warst es, der herausgefunden hat, wie der Mann zu stoppen war. Ohne dich hätten die beiden sicherlich dran glauben müssen. Und Uwe? Er wusste, wie sie war, wer sie war. Ihm war von Anfang an klar, dass das nicht gut geht. Aber du hast Recht, er hat sie geliebt. Kerstin Seewald wollte auf keinen Fall ins Gefängnis gehen, sie brauchte einen Grund, dass Uwe schießt. Wäre Uwe ihr Ziel gewesen, würde auch er jetzt nicht mehr leben. Glaubst du, dass er auch nur eine Kugel gegen diese Frau hätte abfeuern können, um sich selbst zu retten? Durch dich, durch dein Eingreifen sind viele Menschen am Leben, die es ohne dich nicht mehr geben würde." Sie nimmt sein Gesicht in ihre Hände. „Erst als wir uns begegnet sind, konnte Peter Staller befreit werden. Auch er würde ohne dich jetzt nicht mehr leben. Stefan genauso. Du bist dazwischen gegangen, du hast die Kugel abbekommen, die für ihn bestimmt war." Lächelnd hebt sie seinen Kopf an, um ihm tief in die Augen zu sehen. „Und wen sollte ich lieben, wenn du nicht da wärst?" Der Kuss, den sie ihm gibt, ist ganz sanft, zärtlich und voller Liebe.

Ihre Worte hallen in ihm nach. Seine eigene Schuldzuweisung erhält erste Risse und die dicke Mauer fängt langsam an zu bröckeln. Während er Emma in seine Arme zieht, lächelt sie ihn liebevoll an. Der leidenschaftliche Kuss lässt die Mauer endgültig einstürzen.

„Woher weißt du eigentlich so viel über mich?", wundert sich Gerd. „Etliches davon war, bevor wir zusammenkamen."

Emmas Augen leuchten schalkhaft auf. „Deine Akte war eine interessante Bettlektüre", gesteht sie ihm und steht auf. „Lass uns gehen."

Er ergreift ihre ausgestreckte Hand, um sich von ihr hochziehen zu lassen. Dabei weist sie ihn auf die blutigen Knöchel an den Fingergelenken hin. „Wir müssen unbedingt deine Hände versorgen."

Uwe gesellt sich beim Frühstück zu ihnen, indem er den Stuhl Gerd gegenüber wählt. Beim Setzen gleiten seine Augen prüfend über seinen Boss. Die Anzeichen einer aufgewühlten Nacht sind nicht zu übersehen. Sein Blick erfasst die blutigen Spuren auf den Händen, die der Kampf gegen seine eigenen Geister bei Gerd zurückgelassen hat. Fürsorglich beäugt er anschließend Emmas Erscheinung. „Ich hoffe, er hat nicht dich als Sparringspartner benutzt?"

„Nein, hat er nicht." Liebevoll lächelt sie Gerd an, um anschließend provozierend aufzulachen. „Dann würde er jetzt anders aussehen."

„Ach ja?" Amüsiert hebt Gerd den Kopf. „Glaubst du wirklich?", erkundigt er sich ungläubig bei seiner Freundin.

„Irgendwann können wir ja zusammen trainieren. Du wirst dir hinterher wünschen, nicht darauf eingegangen zu sein", versichert Emma ihm fröhlich.

Gerd stimmt in das Gelächter von Emma und Uwe ein. „Es ist alles in Ordnung", verspricht er seinem Kollegen.

Zwanzig Minuten später steht er im Konferenzraum vor den Mitarbeitern seines Teams. Ehe er beginnen kann, erscheint Sven Kirschbaum mit zwei weiteren Personen.

„Ich möchte Ihnen meine Mitarbeiter vorstellen", wendet sich der Parkbetreiber an Gerd. „Frau Jennifer Graf ist Bauingenieurin, Herr Georg Renken einer meiner Statiker. Beide sind seit der Planung des Freizeitparks dabei. Sie kennen hier jeden Zentimeter. Ich habe die beiden gebeten, Ihr Team zu unterstützen. Gleichzeitig sollen sie sich die nötigen Kenntnisse aneignen, um die Überwachung meiner Anlagen nach Eröffnung des Parks zu übernehmen."

„Dann sollte ich Sie eigentlich in unserem Team willkommen heißen", entgegnet Gerd. „Allerdings verschiebe ich das auf später. Es trifft sich gut, dass Sie gerade hier sind. Ich habe meinem Team einiges zu sagen. Das sollten Sie sich auch anhören."

Gerd wartet nicht, bis die drei Platz genommen haben, er beginnt sofort: „Guten Morgen, Kollegen. Emma hat ja schon berichtet, was passiert ist. Ich kann mir vorstellen, dass euch das immer noch beschäftigt. Mir geht es jedenfalls so." Er macht eine kurze Pause. Sein Blick schweift über die Menschen, die gespannt vor ihm sitzen. „Achim Voss war nicht einfach nur ein Polizist. Das wisst ihr alle, ihr kanntet ihn. Er war einer der Besten! Niemand schafft es, diesen Mann einfach so umzubringen. Die Männer, die das getan haben, sind knallharte Profis, die nur ein Ziel haben. Sie wollen diejenigen ausschalten, die in der Verhandlung gegen Otto Gruber aussagen sollen. Dazu zählen sicherlich Uwe und ich, aber auch Oliver, Dominik und Patrick könnten in Gefahr sein." Er lässt die Worte einen Augenblick wirken. „Der Platten, den Uwe und Ralf gestern hatten, entstand durch den Schuss aus einem Gewehr. Das zeigt uns nur zu deutlich, dass die Mörder von Achim seit gestern Abend hier in unserer Nähe sind. Für jeden von euch, der hierbleibt, könnte das tödlich enden. Ich möchte, nein, ich verlange, dass ihr alle darüber nachdenkt. Wer nach Hause fahren will, soll das tun. Ich habe mich entschlossen hierzubleiben. Ob wir den Auftrag von Herrn Kirschbaum abwickeln können hängt davon ab, wer und wie viele bleiben werden."

„Warum bleibst du hier?", erkundigt sich Dominik. Der blonde ein Meter zweiundachtzig große Flugexperte absolvierte sein Studium kombiniert mit einer militärischen Ausbildung, ehe er in die *Staller* Werke wechselte. Er ist sicher, dass auch allen anderen klar ist, was sein Boss bezweckt. „Du spielst den Lockvogel. Habe ich Recht?"

„Wenn ich nach Hause fahre, werden mir die Verbrecher folgen. Dann führe ich sie geradewegs zu den Stallers. Außerdem ist auch dort jeder in Gefahr, der in meine Nähe kommt."

„Bei mir ist es genauso", bestätigt Uwe. „Ich bleibe."

„Und du glaubst, wir würden euch hier allein lassen?", fragt Max. „Wie kommst du auf so eine Schwachsinnsidee?"

„Ich möchte meine Freunde lieber am Leben wissen, als sie einer Gefahr auszusetzen", erklärt Gerd. „Zudem haben einige von euch Familie, Angehörige, die auf euch angewiesen sind. Das sollte auf jeden Fall Vorrang haben."

„Also ich bleibe", bekräftigt Max.

Zustimmende Rufe kommen von allen Seiten.

„Seid ihr sicher?" Gerd sieht jeden Einzelnen an, nur um festzustellen, dass er sich auf seine Mannschaft verlassen kann.

„Wie oft waren du und Uwe für andere da? Jetzt wird es Zeit, dass ihr das einmal zurückbekommt. Sag uns einfach, was wir tun können. Du hast doch bestimmt schon einen Plan", horcht Max ihn aus.

„Ja, dazu kommen wir gleich." Gerd richtet sich direkt an die beiden Studierenden: „Micha, Cornelius, Sie beide packen Ihre Sachen. Sie schicke ich zurück."

Als Cornelius den Mund öffnet um zu widersprechen, unterbricht Gerd ihn direkt: „Darüber gibt es keine Diskussion. Auch wenn Sie dem Alter nach erwachsen sind, trage ich die Verantwortung für Sie. Ich möchte mich weder vor der Universität noch vor Ihren Eltern verantworten müssen, falls Ihnen irgendetwas zustößt. Sobald diese Kerle hinter Schloss und Riegel sitzen hole ich Sie wieder dazu. Außerdem können wir Ihre Hilfe bei der Bedienung von *Oscar* bestimmt gut gebrauchen."

Die Angesprochenen murren zwar, fügen sich aber den Anweisungen des Teamleiters.

„Herr Kirschbaum", beginnt Gerd an den Betreiber gewandt. „Sie haben es gehört, meine Männer bleiben hier. Das heißt, wir arbeiten an der Entwicklung Ihrer Anlage weiter. Wir werden dabei garantiert auf Schwierigkeiten stoßen, von denen niemand absehen kann, wie sie ausfallen. Wenn Sie das nicht in Kauf nehmen wollen oder Angst um Ihren Park haben, brechen wir alle unsere Zelte hier ab. Das ist Ihre Entscheidung."

„Wer ist Otto Gruber?", kommt Svens Gegenfrage.

Gerd gibt dem Betreiber die gewünschte Auskunft. Auch Michaela und Cornelius lauschen erstaunt seiner Berichterstattung. Die Studierenden können sich nicht annähernd vorstellen, bei einer Exkursion in eine solch gefährliche Situation zu geraten.

‚Da haben die ja ganz schön viel erlebt', grübelt Cornelius fasziniert, im Gegensatz zu Michaela, die ihren Boss nur entsetzt anstarrt.

„Was Sie alle da geleistet haben ist beachtlich", bemerkt der Parkbetreiber. „Ich bin der Meinung, dass man dies entsprechend honorieren sollte. Meine Unterstützung haben Sie! Meine Mitarbeiter sollen allerdings für sich selbst sprechen. Unter diesen

Umständen werde ich von niemandem verlangen sich meinetwegen in Gefahr zu begeben."

„Ich bin dabei", ergreift Jennifer Graf das Wort. „Sie alle setzen sich für diesen Park ein, obwohl Sie genug andere Probleme haben. Ich bin hier von Anbeginn dabei, das bleibe ich auch bis zur Fertigstellung."

„Mutig!" Jens Fischer bewundert die Aussage der Bauingenieurin. Ausgiebig betrachtet er die sympathische Frau neben sich.

Jennifer erwidert seinen Blick nicht weniger interessiert, wendet sich aber rasch wieder den Gesprächen zu.

„Den Worten meiner Kollegin kann ich mich nur anschließen", bekräftigt auch Georg Renken. „Obendrein glaube ich, dass Sie alles Erdenkliche für unsere Sicherheit unternehmen werden."

„Damit liegen Sie goldrichtig", bestätigt ihm Gerd. „Ich kann mich nur bei Ihnen für Ihr Vertrauen bedanken. Dann darf ich Sie also herzlich in unserem Team willkommen heißen. Fangen wir an!" Er winkt seine Freundin nach vorne. „Emma hat sich den Park angesehen. Sie wartet mit ersten Ideen zur Verbesserung unserer Sicherheit auf. Max, Tim, bei der Ausführung seid ihr beiden gefragt. Jens, auch deine Techniker werden hier Hand anlegen müssen. Sprecht euch ab und dann sagt mir bitte, was machbar ist und was ihr dafür braucht. Emma!"

Ausführlich schildert die Agentin ihre Ideen, die von den beiden Computerspezialisten sofort durchdacht werden.

„Könnte funktionieren", gibt Max zu.

„Nein, das könnte nicht nur", widerspricht Tim. „Das klappt garantiert. Wir müssen nur noch ein bisschen an der Idee feilen."

Sofort machen sie sich an die Ausarbeitung eines Plans zur Überwachung des Parks. Sämtliche Mitarbeiter des Teams unterstützen die beiden auf Zuruf bei der Entwicklung. Dreieinhalb Stunden später haben sie einen Entwurf ausgearbeitet, mit dem alle Teammitglieder einverstanden sind. Noch einmal gehen sie alle notwendigen Schritte durch.

„Für mich ist das perfekt", behauptet Jens.

„Mehr können wir wirklich nicht unternehmen", stimmt auch Daniel zu.

„Mir fällt beim besten Willen nichts mehr ein, was wir noch machen könnten", bemerkt Tim. „Was ist mit dir, Max?"

„Mir auch nicht. Das war alles."

„Gut, dann legen wir los", fällt Gerd die Entscheidung.

Uwe fliegt die beiden Studierenden zurück in die Firma *Staller*. Er muss über das Gesicht des angehenden Computerfachmannes lächeln. Man kann nur zu deutlich erkennen, dass der junge Mann schmollt.

Liebend gern würde Cornelius an der Seite des Teamleiters bleiben, da dieser zu einem Vorbild für ihn geworden ist, seit er in dieser Firma angefangen hat.

„Er hat Recht", äußert Uwe kurz.

„Ja, ich weiß", nickt Cornelius. „Ich kann Herrn Bach ja auch verstehen …" Unglücklich bricht er ab.

„Aber es muss dir ja nicht gefallen", ergänzt Uwe und lacht los. „Stimmt's?"

Cornelius' Augen blitzen bei dem Kommentar des Piloten erheitert auf. Er ist froh, dass Uwe ihn versteht.

Michaela schüttelt nur den Kopf. „Männer!", behauptet sie altklug. „Können wir jetzt los?"

In seiner Tasche hat Uwe den Einkaufszettel, wie Tim ihn lustiger Weise nennt, für die Beschaffung der notwendigen Überwachungsgeräte. Nachdem der Pilot dem Konzernchef Bericht erstattet hat, erhält er umgehend das erforderliche Equipment.

12

Ann-Marie Lichtenstein weiß genau wie es weitergeht. Sie kennt sich aus in dem Milieu, mit dem sie jetzt zu tun hat. Ihr Schwiegervater Otto Gruber bildete sie aus, lange bevor sie seinen Sohn Kurt Gruber geheiratet hat. Auch sie erledigte so manch einen Auftrag im Namen der Familie, ehe ihr Sohn Klaus geboren wurde. Beide, Sohn und Mann, sind tot und das verdankt sie einzig Gerd Bach.

Sie wählt die Rufnummer, die auf der Karte steht, eine Beileidskarte, die ohne Absender in ihrem Briefkasten gelandet ist. Von wem diese Karte stammt ist ihr auch so bewusst. Mit dem Mann, der sich hinter dieser Rufnummer verbirgt, hat sie vor sechs Wochen schon einmal gesprochen.

„Wer ist da?", wird sie gefragt.

„Ann-Marie Lichtenstein", antwortet sie.

„Ich rufe zurück. In elf Minuten." Damit legt der Mann am anderen Ende auf.

Pünktlich klingelt ihr Telefon. Die angezeigte Nummer ist ihr unbekannt. „Wie weit sind Ihre Leute?", erkundigt er sich direkt.

„Mittendrin", erwidert die Witwe. „Sie leisten sehr gute Arbeit."

„Ja, das habe ich bereits gehört."

„Sie sollten handeln", empfiehlt Ann-Marie dem Mann. „Wenn unsere Zielperson gewarnt ist, kommen Sie nicht mehr an ihn heran."

„Das stimmt."

Einen Moment ist es still in der Leitung. Sie will schon nachfragen, ob er noch da ist, als er endlich weiterspricht.

„Wir erledigen ihn am Freitagmorgen."

„Wir?" Ann-Marie glaubt sich zu verhören. „Was meinen Sie mit ‚wir'?"

„Was ist denn daran falsch zu verstehen?", forscht er ungeduldig. „Sie schlagen am Donnerstag hier auf. Ich besorge Ihnen ein Zimmer. Die Adresse sende ich Ihnen zu. Freitagmorgen spazieren Sie einfach da hinein. Das wird unsere Gegenspieler genügend ablenken, damit meine Leute nahe genug an das Ziel herankommen. Alles Weitere klären wir, wenn Sie hier sind." Ohne eine Bestätigung von ihr abzuwarten beendet er die Verbindung.

Ann-Marie mustert noch eine ganze Weile ihr Telefon. ‚Warum eigentlich nicht?', denkt sie. ‚Das bin ich Klaus schuldig.'

„Hey, Boss, sieh mal", fordert Dieter seinen Befehlshaber auf und reicht ihm das Fernglas. „Die hauen wohl wieder ab."

Frank Rademacher beobachtet abwechselnd mit seinen Leuten den Park seit den frühen Morgenstunden. Er kann Uwe Meyer in dem Piloten ausmachen. Durch seine umfangreichen Nachforschungen über alle Personen rund um Gerd Bach und die Familie Staller erkennt er in den beiden Passagieren, die mit ihrem Gepäck zusteigen, zwei der Aushilfskräfte aus dem Team.

„Das sind nur die Studierenden", beruhigt er sich und seinen Kumpan. „Wahrscheinlich können die nicht die ganze Zeit in ihrer Universität fehlen. Die beiden sind mir egal, Uwe Meyer nicht! Doch der kommt zurück, da bin ich sicher. Solange die anderen noch hier sind wird der Hubschrauber garantiert gebraucht. Passt weiterhin auf! Ich will dabei sein, wenn er landet. Gebt mir Bescheid, sobald er ankommt!"

„Wird gemacht, Boss!", verspricht Dieter.

Vier Stunden darauf erhält Frank die Bestätigung. Er kann beobachten, wie das gesamte Team beim Ausräumen der Ladung hilft. ‚Das wird das Equipment für den Park sein', vermutet Frank. Er ist sich sicher, dass die keine Ahnung von seiner Existenz haben, geschweige denn wie nahe er ihnen ist. Heute Morgen wurde erstmals die Nachricht gesendet, dass ein Beamter aus Ludwigsburg tot in einem Fahrzeug aufgefunden wurde. Ihm war von Anfang an klar, dass Achim Voss niemanden mehr warnen konnte. ‚Jetzt werden die bestimmt bald mit der Installation an den ersten Fahrgeschäften beginnen', hofft er. Frank freut sich schon auf ein paar kleine Sabotageeinlagen. Heute Morgen wurde auch der Sprengstoff und was er sonst noch bestellt hat von einem speziellen Boten geliefert. Er ist auf das Beste vorbereitet.

Im Konferenzraum versammelt sich derweil das Team. Max und Tim erläutern ihren umfangreichen Plan.

„Wir haben uns Folgendes gedacht", beginnt Tim. „Jedes Fahrgeschäft muss ja im Einzelnen verkabelt werden. Die Idee ist im Grunde ganz unkompliziert. Wir schlagen zwei Fliegen mit einer Klappe. Es werden nicht nur die Fahrgeschäfte verkabelt, sondern gleichzeitig auch unsere Überwachung für das Gelände eingerichtet. Wir picken uns die Attraktionen heraus, die sich von ihrer Lage her dafür am besten eignen. Mit denen beginnen wir! So wie Max und ich uns den Ablauf vorstellen, dürfte eventuellen Zuschauern noch nicht einmal auffallen, dass wir das Außengelände mit verkabeln. Müssen wir uns in der Umgebung aufhalten, tarnen wir unsere Handlungen durch Vermessungsarbeiten."

„Wirklich gut", lobt Uwe.

Mit einem kurzen „Danke" registriert Tim das Lob. „Das ist aber nur der erste Schritt. Es geht noch weiter."

„Wir werden den Eingang zum Hotel, den Parkplatz sowie den Landeplatz überwachen", übernimmt Max die weitere Erklärung, wobei er seine Augen eindringlich über die Kollegen gleiten lässt. „Wir wollen vermeiden, dass wir mit einer tickenden Bombe vom Hof fahren, oder fliegen. Immerhin kennen wir das schon", holt er ihnen frühere Erlebnisse in Erinnerung. „Gerd, deinen *SUV* nehme ich mir noch separat vor, genauso wie den Hubschrauber. Ich denke an ein Frühwarnsystem durch Bewegungsmelder und Kontaktanzeiger."

„Für die Fahrgeschäfte installieren wir an jeder Attraktion ein Bedienpult. Der zuständige Operator muss selbstständig agieren können und nur im Bedarfsfall auf Hilfe durch die Zentrale zugreifen müssen. Erst wenn alle Attraktionen unabhängig voneinander eingebunden sind, machen wir den nächsten Schritt." Tim schaut sich zufrieden nickend unter den Kollegen um, da ihm alle konzentriert zuhören. „Es wird eine Überwachungszentrale geben mit passenden Großrechnern, Bedienpult und Monitoren. Sie sollte möglichst zentral im Park liegen. Sobald von dort der Bediener die Kontrolle übernimmt, kann der Operator nicht mehr handeln. Das geschieht mittels Passwörtern. Zur Sicherheit müssen aber immer zwei Bediener gemeinsam die Freigabe erteilen."

„Unsere Überwachungszentrale für die Umgebung kommt in den Konferenzraum. Sie arbeitet über Funk. Allerdings werden wir das Signal kapseln", erklärt Max. „Es erhält eine zweifache Absicherung. Die Funkfrequenz, die wir ausarbeiten, wird es in dieser Form nicht noch einmal geben. Ich würde gern sagen, dass kein Außenstehender Zugriff darauf hat. Kann ich aber nicht, ich muss es leider anders formulieren. Solange sich niemand in das System hackt, kann kein Fremder darauf zugreifen."

„Max, was ist los?", neckt Uwe den Freund. „Du lässt doch nicht etwa nach?"

Der Computerspezialist ignoriert den Einwand. „Die Daten für die Geländeüberwachung, welche in unseren Zentralrechner eingehen, werden zur gleichen Zeit von *Oscar* eingelesen", ergänzt er. „Ich sorge dafür, dass er sofortige Auswertungen übernimmt. Die Ergebnisse sendet er dann hierher."

„Gute Arbeit", lobt Gerd seine Spezialisten. Gedanklich sortiert er bereits das Gehörte, um sich die weiteren Handlungen vor Augen zu halten. „Wie sieht der Ablaufplan aus? Welche Schritte müssen wir zuerst in Angriff nehmen?"

Wie zwei Verschwörer schauen sich die beiden Computerfachkräfte an. Ihr Grinsen und die selbstgerechte Mimik können sie dabei nicht unterdrücken.

„Wir sind schon ein ganzes Stück weiter", erklärt Max stolz. „Alle Fahrgeschäfte sind einzeln in die Rechner eingegeben und die Sensorik ist ausgearbeitet. Für die Attraktionen, die wir zuerst in Angriff nehmen wollen, sind die Funktionspläne fertig, es fehlt noch der Terminplan. Unsere Geländeüberwachung läuft parallel. Auch hier ist die Anlagenmontage fertig ausgearbeitet."

„Wir wollen heute noch eine erste Simulation laufen lassen", fügt Tim hinzu. „Außerdem möchten wir nach dem Abendessen mit allen die Pläne einsehen. Könnte doch sein, dass wir etwas vergessen haben. Ihr sollt euch Gedanken darüber machen, was der Operator an den einzelnen Fahrgeschäften noch kontrollieren soll oder muss."

„Tja, Leute, dann haben wir jetzt ein Problem", behauptet Gerd.

„Waas?" Max' Stimme steigt um drei Tonlagen, während er seinen Boss voller Panik beäugt. „Hier gibt es keine Probleme! Alles ist bis ins Kleinste aufeinander abgestimmt."

„Das mag ja sein", bestätigt sein Boss ruhig. „Aber es gibt noch keinen Auftrag für die weiteren Arbeiten. Bisher ist nur vorgesehen, den Plan zur Vorlage für den Kunden zu erstellen. Ich rufe den Chef an. Vorher dürfen wir nicht weitermachen. Wie lange braucht ihr, um mir eine Version für den Kunden zu erstellen?"

„Wenn alle mitarbeiten, zwei Stunden, höchstens drei", schätzt Tim.

„Gut. Dann legt los", befiehlt Gerd. „Holt euch alle Kollegen dazu, die ihr brauchen könnt. Die Simulationen verschieben wir auf morgen, auch die Teambesprechung. Ich kümmere mich um den Chef und Herrn Kirschbaum."

Noch vor dem Frühstück am nächsten Tag fahren drei schwarze Limousinen auf dem Hotelparkplatz vor. Mehrere Männer steigen aus den Fahrzeugen aus und sehen sich aufmerksam um. Erst als die Sicherheit für ihren Fahrgast gewährleistet ist öffnet Andre Offermann die hintere Tür des mittleren Fahrzeugs, aus dem

Stefan Wolf gefolgt von Peter Staller aussteigt. Zusätzlich zu den drei Fahrern werden sie von insgesamt sieben Männern begleitet, die alle mit den typischen Anzügen des privaten Sicherheitsdienstes gekleidet sind. Doch keiner von diesen zehn Männern gehört zum privaten Begleitschutz von Peter Staller. Sie alle sind Spezialeinsatzkräfte zur Bekämpfung von Terroristen unter dem Kommando von Andre Offermann.

Der Einsatzleiter der Elite-Polizisten konnte sich keinen Reim auf die Anwesenheit des Berliner Beamten Stefan Wolf machen. Auch, dass der Schutz der Familie Staller dem Berliner Ministerialdirektor so wichtig ist, dass er sämtliche Düsseldorfer Behörden mobilisiert, ergab für ihn keinen Sinn. Erst als er sich mit der Akte über die Vorfälle rund um den Anschlag auf das Bundeskanzleramt vor drei Wochen beschäftigte, verstand er die Verbindungen. Wolfgang Keller sorgte mit seinen weitreichenden Kontakten höchst persönlich für den Einsatz der Düsseldorfer Spezialeinheiten.

Andre hat keine Probleme, mit dem gut ausgebildeten Stefan Wolf Hand in Hand zu arbeiten. Doch welche Position seine Schwester in Berlin einnimmt konnte er nicht in Erfahrung bringen. Die Beamtin soll hier auf Gerd Bach und seine Mitarbeiter aufpassen. ‚Sie ist noch sehr jung, keine Dreißig', schätzt Andre. Der vierundvierzigjährige Einsatzleiter fragt sich, ob sie das wirklich schafft. Selbst ihr Bruder, den er für einen äußerst fähigen Polizeibeamten hält, ordnet sich seiner jüngeren Schwester anstandslos unter. ‚Wo liegen die Stärken dieser Frau?', fragt er sich. ‚Wenn ein Mann wie Wolfgang Keller auf sie zurückgreift, muss sie etwas Besonderes sein.'

Die Sicherheitskräfte rund um den Konzernchef sorgen dafür, dass er das Hotel zügig betritt. Zwei Beamte begleiten Stefan, Andre und Peter, die übrigen Männer verteilen sich vor dem Hotel. Sie werden niemanden hindurchlassen, der sich nicht ausweist oder den sie nicht gezielt zuordnen können.

An der Rezeption staunt der Portier nicht schlecht bei dem ankommenden Aufgebot. Er grübelt darüber nach, wer wohl dieser Mann sein mag. ‚Auf jeden Fall muss er wichtig sein.' Lächelnd begegnet der Hotelangestellte den näherkommenden

Gästen. „Meine Herren", beginnt er freundlich. „Wie kann ich Ihnen behilflich sein?" ‚Hoffentlich reagieren die nicht sauer, wenn sie erfahren, dass das Hotel geschlossen hat', überlegt er.

Noch bevor Peter ihm antworten kann unterbricht Andre Offermann das Gespräch, indem er sich an Stefan wendet. „Wir müssen noch einmal nach draußen", teilt er dem Berliner Beamten mit. „Ihr bleibt bei Herrn Staller", weist er seine Leute an. „Wartet hier."

Emma, die wie jeden Morgen ihre Runde durch den Park joggt, erkennt schon von weitem die drei Limousinen, vor allem aber die Männer in den dunklen Anzügen, die so absolut nicht in diese Gegend hineinpassen. „So ein Mist", flucht sie halblaut vor sich hin. Voller Sorge beschleunigt sie ihre Schritte, nur um vor dem Hoteleingang von einem der Wachmänner gestoppt zu werden.

„Halt! Hier kommen Sie nicht hinein. Zeigen Sie mir Ihren Ausweis!", fordert der Mann.

„Meinen Ausweis?", schnauzt Emma. „Meinen Ausweis? Sie haben Sie ja wohl nicht mehr alle!" So wütend wie sie ist würde sie dem Beamten am liebsten den Kopf abreißen. Allerdings wird ihr gerade noch rechtzeitig klar, dass der Mann nichts dafür kann, sondern nur den gegebenen Befehlen folgt. „Holen Sie Herrn Offermann hierher, sofort! Sagen Sie ihm, dass Emma Wolf ihn sprechen will. Los!"

Der Elite-Polizist mustert die junge Frau in der Freizeitbekleidung kritisch. Er hat keine Kenntnis darüber, wer diese Frau ist, sie wurde ihm auch nie vorgestellt, aber sie ist darüber im Bilde, von wem sie befehligt werden. Über sein Kommunikationsgerät setzt er sich mit seinem Einsatzleiter in Verbindung.

Es dauert nicht einmal eine Minute, bis der Einsatzleiter und sein Begleiter vor der Agentin stehen. „Frau Wolf", begrüßt er sie, kommt aber nicht weiter.

„Was glauben Sie eigentlich, was Sie hier veranstalten?", schnauzt Emma den Beamten an. „Wieso kommen Sie mit einem solchen Aufgebot in aller Öffentlichkeit hierher? Dann können Sie sich auch gleich bei jedem Verbrecher vorstellen."

„Emma!", versucht Stefan sie zu beschwichtigen, aber auch er scheitert an der Wut seiner Schwester.

„Nein", fährt sie ihren Bruder aufgebracht an. „Wir bemühen uns darum, nicht aufzufallen und ihr erscheint mit großem Tamtam auf der Matte. Was meinst du, warum ich alle Informationen gestern Abend weitergegeben habe? Wenn die Kerle uns beobachten, habt ihr dadurch den ganzen Plan zunichte gemacht."

Betroffen sehen sich die Beamten an, während Emma sich darum bemüht, ihre Fassung wiederzuerlangen.

„Lassen Sie uns ins Foyer gehen und nach einer Lösung suchen. Alle!", verlangt die Agentin.

Andre Offermann beeilt sich, ihrer Forderung schnellstens nachzukommen. Von der jungen Frau vor seiner Einheit dermaßen zur Rede gestellt zu werden passt ihm gar nicht. ‚Das ist immer noch mein Einsatz, nicht ihrer! Sie benimmt sich, als ob sie die Chefin wäre! Was bringt sie so auf die Palme?', überlegt er.

„Hat dein Freund dir denn nicht mitgeteilt, dass er seinen Chef zu einer Besprechung hierher beordert hat?", erkundigt sich Stefan bei seiner Schwester.

„Sicher, doch dass ihr daraus gleich einen Staatsakt macht, habe ich nicht erwartet."

„Was ist denn hier los?", verhört Peter die Anwesenden beim Näherkommen.

„Herr Staller", heißt Emma den Konzernchef mit einem Nicken willkommen, ehe sie ihm mit einem säuerlichen Blick auf den Einsatzleiter eine Erklärung gibt: „Wir haben nur eine Meinungsverschiedenheit zum Vorgehen unserer Elite-Truppen."

„Na dann", äußert der Konzernchef gelassen. „Dafür brauchen Sie mich wohl nicht", stellt er fest. „Wo finde ich denn meinen Projektleiter?"

„Ich bringe Sie hin", bietet Emma ihm an. „Stefan, Herr Offermann, Sie kommen mit", verlangt die Agentin. Ohne auf eine Zustimmung zu warten geht sie den Männern zum Konferenzraum voraus.

Hier laufen alle, Geräte und Mitarbeiter, bereits auf Hochtouren. Noch vor dem Frühstück haben sie gemeinsam die Pläne begutachtet und letzte Änderungen vorgenommen. Mit der Endversion sind alle einverstanden. Jetzt liegt es an ihrem Projektleiter, dem Konzernchef, aber vor allem dem Kunden, diese schmackhaft zu machen, denn ohne Genehmigung der beiden geht es nicht weiter.

Gerd verspricht sich viel davon, dass Jennifer Graf und Georg Renken den Plänen begeistert zugestimmt haben.

„Guten Morgen, alle miteinander", begrüßt Emma das Team. „Ihr habt Besuch", kündigt sie die Männer in ihrer Begleitung an.

Jennifer und Georg können sich denken, wer dieser Mann ist. Schon beim Eintreten strömt Peter Staller die Autorität und Macht aus, die ein Mann in seiner Position innehat.

Gerd übernimmt es, die drei einander vorzustellen, ehe er sich an das Team richtet. „Wird Zeit fürs Frühstück. Wir machen eine Stunde Pause."

Das braucht er nicht zweimal sagen. Alle stürmen eilig in Richtung Frühstücksraum.

„Gerd, warte bitte", hält Emma ihn zurück, um ihm die Situation zu schildern, die sie heute Morgen vorgefunden hat.

Nachdenklich schaut er eine Weile vor sich hin, dann hebt er entschlossen den Kopf. „Noch ist nichts verloren, selbst wenn uns unsere Gegner beobachtet haben. Sie haben nur gesehen, dass eine Anzahl an Männern in drei Limousinen hier angekommen ist. Allerdings bleibt ein Restrisiko."

„Was für ein Risiko?", hakt Stefan nach.

„Sie könnten in Peter den Konzernchef erkannt haben, dann wissen sie, dass ihr zu uns gehört. Aber ich schätze einmal, er wurde vom Auto aus so schnell ins Hotel bugsiert, dass niemand sehen konnte, wer da angekommen ist."

„Es gab jedenfalls nur ein sehr kurzes Zeitfenster dafür", stimmt Andre zu.

„Darauf bauen wir auf. Ihre Männer werden mit den drei Limousinen unverzüglich wieder abreisen. Peter bleibt hier. An seiner Stelle muss jemand anders mitfahren, der unseren Gegnern unbekannt ist. Ich spreche mit Herrn Kirschbaum. Er soll Sie ganz offen verabschieden. Von uns lässt sich dabei niemand blicken. Mit Ihren Leuten haben wir schließlich nichts zu tun!"

„Wir können Herrn Staller hier unmöglich allein lassen", blockt Andre Offermann den Plan von Gerd umgehend ab.

„Sollen Sie ja auch gar nicht. Steigen Sie in die Fahrzeuge und verschwinden Sie. Wir machen einen Treffpunkt aus, dann holt Sie unser Pilot Uwe Meyer mit dem Hubschrauber hierher. In Arbeitsmontur, wohlgemerkt. So fallen Sie nicht weiter auf."

Der Einsatzleiter begreift wie wichtig es ist, dass die Gegenseite nicht vorzeitig gewarnt wird. Der Plan des *Staller*-Projektleiters ist die einzige Möglichkeit, das noch zu verhindern. „Also schön", gibt er sich einverstanden. „Wir machen uns auf den Rückweg. Aber nicht nach Düsseldorf sondern nach Düren. So sparen wir viel Zeit ein. Ihr Pilot soll uns an der Kreispolizeibehörde abholen."

„Das ist der größte Fehler, den wir machen können", entgegnet Gerd. „Bis Düren sind es gerade ein paar Kilometer. Gehen Sie ruhig davon aus, dass unsere Gegner ein Zusammentreffen mit Ihnen arrangieren werden, um herauszufinden, ob und was Sie mit uns zu schaffen haben. Dafür ist die Strecke nach Düren zu kurz. Die stellen ganz schnell fest, dass Sie zur Polizei gefahren sind."

„Wo sollen wir denn dann anfahren? Etwa bis Düsseldorf? Das ist viel zu weit!"

„Das ist auch nicht nötig. Aber die Richtung muss stimmen. Lassen Sie mich überlegen, auf dem Weg nach Düsseldorf liegen als nächstes Merzenich und dann Frechen als größere Ortschaften auf Ihrem Weg. Ich denke nicht, dass die Ihnen so weit nachfahren werden. Wenn Sie nicht erkennen können, ob die Ihnen folgen, fahren Sie bis Frechen durch. Das müsste reichen. Setzen Sie sich im Anschluss mit unserem Piloten per Handy in Verbindung und geben Sie Ihren Standort durch, dann holt er sie ab."

Der Einsatzleiter lässt sich den Plan durch den Kopf gehen, wägt die Risiken und die Fehlerquellen ab. „Einverstanden." Abschätzend betrachtet er Stefan Wolf. „Sie sollten hierbleiben. Allerdings brauche ich dann zwei Ersatzmänner, die diesen Kerlen gänzlich unbekannt sind."

„Da hilft uns bestimmt Herr Kirschbaum weiter", vermutet Gerd.

Er hat sich nicht getäuscht. Sven Kirschbaum organisiert in Windeseile zwei seiner Leute vom Personal, die zusammen mit den Beamten unter Anwendung des geplanten Szenarios aufbrechen.

Der Einsatzleiter der Elite-Kräfte begreift nicht, warum sich ein fähiger Beamter wie Stefan Wolf von diesen Leuten die Einsatzplanung aus der Hand nehmen lässt und dann bedenkenlos seine Zustimmung gibt. ‚Sicher, der Plan von Herrn Bach ist gut, aber die letzte Entscheidung sollte bei uns liegen. Wieso lässt Herr Wolf sich die Abläufe von denen vorschreiben? Was macht diese Männer so einzigartig?' Andre nimmt sich vor, möglichst bald mit dem Berliner Kollegen darüber zu reden.

Während sich der Pilot der *Staller* Werke bereit macht, ihre Unterstützung zeitnah an einer der umliegenden Polizeiwachen abzuholen, begeben sich auch die *Staller*-Oberhäupter mit Emma und Stefan in den Frühstücksraum, wo sie sich an einen ruhigen Tisch zurückziehen. Gerd und Emma setzen den Unternehmer über die neuesten Entwicklungen in Kenntnis.

Der Konzernchef bleibt eine ganze Weile still. „Ist dir eigentlich klar, was du da machst?", erkundigt er sich bei Gerd. „Ihr alle sitzt hier auf dem Präsentierteller. Keiner von euch kann sich in dieser Umgebung gegen einen Hinterhalt schützen. Glaubst du allen Ernstes, ich würde dazu meine Einwilligung geben?"

Mit diesem Einwand hat Gerd gerechnet, deshalb weiß er auch, wie er darauf zu antworten hat: „Diese Leute sind Profis. Glaubst du, wir sind in Sicherheit, wenn wir uns zuhause verkriechen? Du hast doch gehört was Emma erzählt hat. Die haben sich Achim aus einer gut gesicherten Dienststelle geholt. Nein, die wissen genau, wie sie uns kriegen können. Egal wo! Aber hier sind wir vorbereitet. Unser Plan ist gut, wir können es schaffen. Ich will nicht, dass noch mehr in Gefahr geraten, Karo zum Beispiel, oder Anna."

„Du kämpfst mit unfairen Mitteln", wirft der Konzernchef ihm vor. „Auch ich will nicht, dass jemand in Gefahr gerät. Schon gar nicht meine Frau. Ihr aber auch nicht."

„Wir wissen, worauf wir uns einlassen", bekräftigt Gerd.

Lange mustert der Unternehmer den jungen Mann an seiner Seite, ohne eine Äußerung von sich zu geben. Er hat keine Ahnung, wie er mit Gerds Entscheidung umgehen, geschweige denn wie er ihn davon abhalten soll. ‚Das Beste wird sein, ich unterstütze ihn weitgehend, so kann ich wenigstens teilweise Einfluss auf die hiesigen Abläufe nehmen.' „Na, schön", gibt er endlich seine Zustimmung. „Ich bin dabei. Fürs Erste jedenfalls. Ich behalte mir vor, das Ganze zu beenden, wenn es zu gefährlich wird. Aber zuerst sollten wir uns um Herrn Kirschbaum kümmern. Ohne seine Bestellung mit einem klar definierten Arbeitsumfang können wir hier sowieso nicht weitermachen."

Gerd zweifelt nicht daran, dass der Parkbetreiber den Plänen zustimmen wird. So positiv wie sich seine beiden Mitarbeiter verhalten haben, rechnet er auch hier nicht mit Schwierigkeiten.

Nah genug, um durch das Fernglas alle Aktivitäten rund um das Hotel beobachten zu können, verbringen zwei der Handlanger von Frank Rademacher die frühen Morgenstunden damit, sich nichts entgehen zu lassen. Seit vier Stunden sind sie jetzt auf ihrem Posten und alles andere als begeistert über die ihnen aufgetragene Arbeit. „Mein Gott, ist das öde", beschwert sich der erste der beiden Männer. „Die liegen da drüben noch alle in ihren Kojen und wir dürfen uns hier die Beine in den Bauch stehen."

Da sie sich auf ihrem Beobachtungsposten abwechseln, liegt sein Kumpel lang ausgestreckt im Gras, die Arme unter dem Kopf verschränkt. „Immer noch besser als die ganze Zeit das Schnarchen von Dieter ertragen zu müssen. Irgendwann bringt ihn deshalb jemand um, sage ich dir."

Beide lachen sie vergnügt auf, bevor sie sich wieder ihrer Aufgabe widmen.

Durch das Fernglas erkennt der Handlanger drei Limousinen, aus denen insgesamt zwölf Männer aussteigen, die sich zum Hoteleingang begeben. Er setzt das Fernglas ab. „Los, ruf Frank her, das will er bestimmt sehen. Mach schon!"

„Bin dabei!"

Der kurze Wortwechsel verhindert, dass die beiden Männer den Disput zwischen der Agentin und dem Beamten mitkriegen.

Es dauert keine fünf Minuten, da erscheint Frank Rademacher neben ihnen. „Was ist los?"

„Wir haben Besuch." Mit den Worten wird ihm das Fernglas überreicht.

„Wissen wir, wer das ist?", verhört Frank seine Männer.

„Nein. Da war niemand dabei, den wir kennen sollten." Sein Mann wird auf keinen Fall zugeben, dass er nicht genügend aufgepasst hat, um alle angekommenen Personen zu identifizieren.

„Was willst du jetzt machen?", erkundigt sich auch sein zweiter Mann.

„Es gibt nur zwei Möglichkeiten", überlegt Frank. „Entweder sie gehören zusammen oder nicht. Wenn nicht, verschwinden sie gleich wieder."

Sie können erkennen, wie die zwölf Männer aus dem Hotel herauskommen, vom Parkbetreiber verabschiedet werden, in ihre Fahrzeuge steigen und abfahren.

„Ich will wissen, warum die Kerle da waren", meckert der Söldner. „Laut ihren Kennzeichen kommen sie aus Düsseldorf. Zurück müssen sie auf jeden Fall über die Landstraße *L327* fahren. Inszeniert einen kleinen Unfall, der sie stoppt, dann fragt sie aus. Dalli!"

Die Limousinen mit den Elite-Polizisten sind noch keine fünf Kilometer entfernt, da treffen sie auf einen Kleinwagen, der durch eine Reifenpanne mehr als die halbe Fahrbahn blockiert.

„Theoretisch müssten wir jetzt helfen", behauptet Andre Offermanns Fahrer. „Halten wir nicht an, könnten wir Verdacht erregen."

„Diese Kerle sind Profis", erinnert Andre seine Leute. „Die werden jeden von uns als Beamten erkennen."

„Lassen Sie mich gehen", bringt sich Sven Kirschbaums Koch in Erinnerung. „Sagen Sie mir bitte nur, wie ich mich verhalten soll."

„Glauben Sie, dass Sie das schaffen?"

„Ist doch nur eine Autopanne", lächelt der Koch. „Wenn die, wie Sie sagen, nur Informationen haben wollen, werden die wohl kaum auf mich schießen", behauptet er mutig. „Oder?" Die Frage äußert er bedeutend ängstlicher.

„Nein, Sie haben Recht. Da passiert nichts." Er kann nur für sie alle hoffen, dass seine Aussage zutrifft.

Nachdem er instruiert ist, steigt der Koch aus, um den beiden Männern mit ihrer Panne Hilfe anzubieten. Dabei erklärt er ihnen frei heraus, dass sein Boss, ein Automobilentwickler aus Düsseldorf, das Hotel für ein Meeting nutzen wollte, was der Hoteleigentümer vergessen hatte abzusagen. „Sie können sich nicht vorstellen, wie sauer mein Chef ist", berichtet er weiter. „Er wollte nicht einmal anhalten. Erst als ich ihm sagte, er würde sich strafbar machen, durfte ich nach dem Rechten fragen. Benötigen Sie Hilfe?"

„Nein, vielen Dank", antwortet Dieter. „Wir schaffen das auch allein. Ist ja nur der Reifen. Aber warum reisen Sie mit drei Limousinen zu einem Meeting an? Haben Sie Ihre Gäste gleich mitgebracht?"

„Was? Oh, nein. Den anderen Gästen hat er gerade telefonisch abgesagt. Was soll ich sagen, mein Chef hält sich für etwas Besonderes. Er hat ständig Angst, irgendjemand könnte es auf ihn abgesehen haben. Sie wissen schon, Entführung, Erpressung, Spionage, so etwas eben. Dabei ist er, unter uns gesagt, eher eine kleine Leuchte auf dem Automobilmarkt, aber seit er in einer der größeren Zeitungen erwähnt wurde, steigert sich seine Einbildung zum Größenwahn."

Gemeinsam lachen sie über den Witz des angeblichen Firmenangestellten.

„Da haben Sie es nicht leicht", stellt Dieter fest. „Aber vielen Dank, dass Sie unseretwegen so viel Ärger auf sich nehmen. Machen Sie es sich nicht noch schwerer, indem Sie Ihren Chef warten lassen." Beruhigt schaut der Terrorist den davonfahrenden Fahrzeugen hinterher. ‚Frank wird zufrieden sein.'

„Merzenich reicht aus", teilt Andre Offermann seinem Fahrer mit, während er die Handynummer des *Staller*-Piloten wählt.

‚Gerd Bach hatte Recht, Düren anzufahren wäre ein Fehler gewesen.' In Gedanken leistet er Emma Wolf Abbitte, da sie mit ihren Vermutungen vollkommen richtig lag. Die hiesige Aktion ihrer Gegner beweist ihnen, dass sie rund um die Uhr beobachtet werden. Seine Entscheidung hätte alle Maßnahmen zunichtemachen können.

Derweil sehen die beiden Oberhäupter der *Staller Industrie Werke* die Pläne gemeinsam mit Sven Kirschbaum durch und diskutieren die geplanten Sicherheitsvorkehrungen, Schaltungen und Überwachungspunkte.

Der Parkbetreiber ist begeistert von den Einrichtungen, die dieses Team für seine Fahrgeschäfte vorgesehen hat. ‚Vieles davon wurde bisher noch nicht einmal in Erwägung gezogen', stellt Sven fest. Er ist sich absolut sicher, dass er die richtigen Leute für seinen Park engagiert hat, trotz der widrigen Umstände! Auch er gibt sein Einverständnis, wozu das mehr als großzügige Entgegenkommen des Konzernchefs nicht wenig beiträgt.

Während sich die Firmenoberhäupter darum bemühen Sven von den Plänen zu überzeugen, laufen die Geschwister Wolf durch den Park.

„Es ist gut, dass du da bist", gibt Emma zu. Noch vor wenigen Stunden hat sie darüber nachgedacht, ob sie die richtigen Entscheidungen trifft, wenn sie Gerds Forderung billigt, den Kampf gegen ihre Feinde in diesem Park auszutragen. Jetzt hat sie die Möglichkeit, ihre Meinung mit jemandem abzusprechen, der sich auf solche Gefahreneinsätze versteht.

Prompt kommt der passende Kommentar von ihrem Bruder: „Ich finde es ja schön, so vermisst zu werden, aber ich denke, das dicke Ende kommt noch. Also, Kleine", neckt Stefan seine jüngere Schwester, der nur drei Zentimeter zu einem Gleichstand fehlen. „Was darf ich denn für dich erledigen?"

„Angeber", betitelt Emma ihn, ohne eine Miene zu verziehen. Sie wissen beide um die Gefahren, denen sie sich durch die zeitweise gefährliche Arbeit, die sie beide verrichten, aussetzen.

Die Verbundenheit, die sie als Geschwister empfinden, wird durch das gegenseitige Verständnis, das sie sich entgegenbringen, noch vertieft.

Die Agentin ignoriert das anzügliche Grinsen ihres Bruders. „Ihr habt ein ziemliches Aufgebot mitgebracht."

„Wir wollten kein Risiko eingehen. Du hast gesehen, was Achim Voss zugestoßen ist. Die Firma und das Anwesen von Peter Staller werden besser bewacht als ‚Fort Knox'", erklärt ihr Stefan. „Andre Offermann hat ein komplettes Elite-Team rund um die Firma im Einsatz, ein weiteres beim Anwesen der Familie."

„Das ist auch gut so. Wir sollten diese Kerle nicht unterschätzen. Ich werde mich heute noch mit Wolfgang Keller in Verbindung setzen. Keiner von uns hatte mit einem Freizeitpark gerechnet. Ich kann die Truppe hier auf keinen Fall allein beschützen. Keller muss mir Unterstützung schicken."

„Das macht er garantiert", beruhigt Stefan seine Schwester. „Du solltest Herrn Offermann nicht so hart kritisieren, er ist ein sehr guter Polizist und macht seine Arbeit absolut korrekt."

„Ich habe nicht ihn kritisiert, sondern euch", erinnert Emma ihn. „Solche Fehler dürfen einfach nicht passieren, das kann tödlich enden."

„Du hast ja Recht", gesteht Stefan. „Das kommt nicht wieder vor. Versprochen!" Er wechselt das Thema, während sie weiter durch den Park wandern: „Wie läuft es mit euch beiden?"

Dass er auf die Beziehung zwischen ihr und Gerd anspielt, versteht sie auch ohne nähere Erklärung. „Gut. Viel zu gut", lächelt Emma. „Wenn ich mit ihm zusammen bin, dann fühle ich mich komplett."

„Ich weiß, was du meinst. Mit Anna geht es mir genauso. Deswegen fällt es mir leicht, nach Düsseldorf zu wechseln, auch wenn ich meine kleine Schwester vermissen werde", schmunzelt Stefan.

„Vielleicht brauchst du das gar nicht", gesteht ihm Emma. „Wenn das hier vorbei ist, will ich Konrad bitten mir einen Job beim *LKA* oder *BKA* in Düsseldorf zu besorgen."

„Du willst wechseln?", staunt Stefan. „Das hätte ich nicht gedacht. Du liebst deine Arbeit. Es muss dich ganz schön erwischt haben, wenn du zu diesem Schritt bereit bist."

„Schon möglich, ja. Aber es ist etwas anderes. Ich denke schon eine Weile darüber nach. Bei meiner Arbeit habe ich immer wieder mit Gewalt und Tod zu tun. Ich glaube, was mit Achim passiert ist, war ausschlaggebend für meine Entscheidung. Ich will solange wie möglich bei den Menschen sein, die mir etwas bedeuten, die ich liebe. Verstehst du das?"

„Nur zu gut." Stefan nimmt seine Schwester in die Arme, um sie für einen Moment an sich zu ziehen. „Du tust das Richtige", beteuert er fest. „Wie hat Gerd die Geschichte mit Achim aufgenommen?"

Emma gibt ihm eine Zusammenfassung dessen, was im Fitnessraum vorgefallen ist. „Er wird sich den Kerl schnappen, sobald er die Möglichkeit dazu bekommt."

„Du musst gut auf ihn aufpassen", empfiehlt Stefan besorgt. „Er könnte den Kürzeren ziehen."

„Ich weiß."

Auf dem Rückweg treffen sie auf den Einsatzleiter, der nach seiner Landung gezielt nach den beiden Berliner Beamten gesucht hat. „Kann ich mit Ihnen reden?"

Stefan grinst ihn frech an: „Jetzt erst? Ich habe schon viel früher damit gerechnet."

„Ignorieren Sie ihn", empfiehlt Emma dem Elite-Polizisten, während sie ihrem Bruder unsanft einen Stoß mit dem Ellbogen verpasst. „Was wollen Sie wissen?"

„So ziemlich alles! Wer sind Sie? Wieso schickt Wolfgang Keller ausgerechnet Sie beide? Und wieso hören Sie auf die Befehle eines Zivilisten, wenn es doch eindeutig um die Arbeit der Polizei geht? Das sind nur ein paar der tausend Fragen, die mir in Zusammenhang mit Ihnen durch den Kopf gehen."

„Ich versuche einmal die Kurzform", antwortet Emma. „Gerd Bach und sein Team sind alle hochintelligent. Das haben sie bereits mehrfach bewiesen. Sie arbeiten häufig im Auftrag unserer Regierung. Dafür steht ihnen besonderes Equipment zur

Verfügung. Ich selbst habe schon des Öfteren mit ihnen zusammengearbeitet und weiß, dass ich mich auf das Urteilsvermögen dieser Leute verlassen kann. Vor allem auf das von Gerd Bach."

„Aber was ist, wenn es zum Einsatz kommt? Wissen Sie auch, wie diese Personen sich dann verhalten?"

„Auch da können wir ihnen restlos vertrauen", verspricht Emma.

„Es ist noch nicht lange her, dass Gerd Bach sich eine Kugel eingefangen hat, die mich töten sollte", erinnert sich Stefan.

Staunend starrt Andre den Beamten an. Anscheinend wird er sich erst dann ein Bild von diesen Menschen machen können, wenn er sie in Aktion beobachten kann. Im Augenblick kann er das nur abwarten.

„Was ist mit Ihnen beiden? Wie passen Sie da hinein?"

„Wir arbeiten in der Abteilung von Wolfgang Keller", gibt Stefan ausweichend Antwort.

‚Sie werden sich nicht zu meiner Frage äußern', begreift der leitende Beamte. ‚Entweder wollen, können oder dürfen sie über ihre Tätigkeit nichts preisgeben.' Anscheinend hat er es hier mit sehr engen Mitarbeitern des Berliner Abteilungsleiters zu tun. Das beweist ihm auch das Verhalten der Beamtin. „Okay, das reicht mir vorerst", gibt er sich notgedrungen zufrieden.

13

Gerd ruft alle Beteiligten im Konferenzraum zusammen. Noch während sich die letzten Personen einen Platz suchen beginnt er mit seiner Erklärung: „Wir haben die Genehmigung für die Installationen erhalten. Daniel gibt euch nachher die Terminpläne. Wir arbeiten in zwei Gruppen mit fünf bis sechs Personen. Niemand agiert allein da draußen! Keine Abweichungen vom Plan, schon gar nicht ohne Absprache. Egal woran ihr gerade arbeitet, seid bitte wachsam, behaltet eure Umgebung im Auge und bleibt überaus vorsichtig. Wir haben es hier mit knallharten Profis zu tun. Jeder von uns könnte ohne Vorwarnung auf einen dieser Kerle treffen. Müsst ihr euren Standort wechseln, meldet das bitte vorher. Da wir die Anlage nicht unbeobachtet lassen können, würde ich gern das Wochenende durcharbeiten. Das heißt ein paar von euch müssen hier sein. Ihr könnt euch aber abwechseln."

„Wenn wir alle bleiben und durcharbeiten, sind wir schneller fertig", versichert Tim. „Das sollten wir zumindest solange machen, bis die Überwachung hundertprozentig funktioniert." Die Zustimmung der anderen Teammitglieder setzt er voraus. Er atmet auf als er rundum die positiven Rückmeldungen erhält. „Das wäre schon einmal geklärt", bekräftigt er erfreut.

Der Konzernchef erhebt sich von seinem Stuhl, um sich neben Gerd zu stellen. Prüfend wandert sein Blick über die Gesichter seiner Mitarbeiter. „Ich werde die nächste Zeit hierbleiben", bekundet er zum Entsetzen aller. „Nicht nur, dass Sie hier jede Arbeitskraft brauchen können, sind meine Begleiter sicher einverstanden, wenn wir ihre Fähigkeiten auf das ganze Team ausweiten." Herausfordernd mustert Peter den Einsatzleiter seines Bewachungstrupps.

Andre starrt entsetzt zu Stefan. „Das hat mir gerade noch gefehlt", stöhnt er.

Stefans Blick wandert von ihm zu Emma. Noch vor ein paar Stunden hat er sie wegen ihres Auftrags bedauert. Jetzt stecken die Elite-Einheit und er in der gleichen Situation. Doch er glaubt an sie, glaubt an die gut funktionierende Einheit von Andre Offermanns Team, an die hervorragende Ausbildung, die sie alle durchlaufen haben und an den ausgeprägten Spürsinn seiner Schwester. „Wir schaffen das!", versichert er ernst, als er das Vertrauen spürt, das sich in ihm aufbaut.

„Prima, dann kann ich mir die Anforderung von Verstärkung sparen", freut sich die Agentin.

Fast fröhlich gibt Peter den Startschuss: „Dann, meine Herrschaften, fangen wir an."

„Es geht los", freut sich auch Frank Rademacher. Er kann beobachten, wie die Arbeiter des *Staller*-Teams das Equipment auf mehrere Fahrgeschäfte verteilen. Gleichzeitig fangen andere bereits an, die alten Installationen zu entfernen. Auch die Vermessungen werden in Angriff genommen. In aller Ruhe sieht Frank ihnen durch sein Fernglas zu. Er sucht sich bereits die passenden Attraktionen für seine Sabotagen aus. Die Mitarbeiter rund um Gerd Bach kann er alle identifizieren. Doch da schwirren noch viel mehr Leute herum. Sie alle tragen die typische Arbeitskleidung von Monteuren. Er ist sicher, dass diese Arbeiter hausinterne Unterstützung aus der Firma *Staller* sind. Das hat ihm auch der Flug von Uwe Meyer gezeigt, der die Handwerker erst vor kurzem mit dem Hubschrauber hierher holte.

Frank käme nie auf die Idee, dass die vermeintlichen Monteure Spezialeinsatzkräfte aus Düsseldorf zur Bekämpfung von Terroristen sind. Trotzdem ist die Anzahl der hier arbeitenden Personen zu hoch, als dass er seinen ursprünglichen Plan weiter verfolgen würde. Selbst wenn er durch seine Sabotagen vorab den einen oder anderen ausschalten kann, bleiben viel zu viele Arbeiter übrig, die seinen Zielobjekten zu Hilfe eilen können. „Nein", entscheidet er. „Das machen wir anders." Mit einem gemeinen

Lächeln betrachtet er durch das Fernglas, welche Arbeiten verrichtet werden. Zufrieden ruft er seine Männer zusammen.

„Heute Nacht fangen wir an. Mit den ausgewählten Fahrgeschäften machen die es uns richtig leicht. Hier im Süden haben die damit begonnen, das Kettenkarussell im Kinderland zu verkabeln. Das Einfachste ist, die Ketten zu manipulieren. Sobald die die erste Probefahrt machen heben die gewaltig ab. Direkt vor unserer Nase steht das Riesenrad. Auch hier werden wir zuschlagen. Die Aufhängung der Gondeln bietet sich regelrecht für eine Manipulation an. Diese Wasserbahn, *Rio Rapido*, macht doch einen sehr instabilen Eindruck. Findet ihr nicht auch?", erkundigt sich Frank trocken.

Seine Handlanger lachen bei seiner Einschätzung vergnügt auf.

„Machen wir weiter! Ein Stück weiter westlich von der Wasserbahn befindet sich die Riesenrutschbahn. Den Turm können wir leider nicht hochjagen. Dann glauben die auf keinen Fall an einen Unfall. Aber wir können dafür sorgen, dass bei der ersten Abwärtsfahrt die hölzerne Rutsche an diversen Stellen auseinanderfällt. Zu guter Letzt nehmen wir uns den Tower vom *Hangover* vor. Ist bestimmt interessant zu sehen, wie der Turm zusammenbricht, während die Gondel ungehalten nach unten stürzt."

Seine Männer stimmen ihm beeindruckt zu.

„Hey, Boss. Was versprichst du dir eigentlich davon?", erkundigt sich einer von Franks Schergen. „Du machst das doch nicht aus Spaß. Stimmt's?"

„Nein", bestätigt ihm Frank. „Ganz einfach. Was meint ihr, wie aufgeschreckt die morgen sein werden, wenn hier alles schief geht? Die haben keine Ahnung was los ist. Glaubt ihr, einer von denen achtet dann darauf, ob sich zwischen ihnen fremde Leute aufhalten? Wir werden in aller Ruhe mitten hindurch spazieren. Es wird ein Leichtes sein, uns Bach und Meyer zu schnappen. Ehe die irgendetwas merken sind wir wieder verschwunden."

„Das ist echt durchtrieben", staunt Franks Kumpel grinsend. „Finde ich klasse!"

„Achtet bitte darauf, dass ihr nicht zu viel Sprengstoff benutzt", ergänzt Frank. „Wir wollen die nicht auf einen Schlag auslöschen, sondern gezielt von unseren Opfern ablenken."

„Was macht das für einen Unterschied?", will einer der Männer wissen. „Die können doch getrost draufgehen, oder?"

„Theoretisch schon. Aber es könnte durchaus sein, dass wir Bach und Meyer nicht sofort zu fassen kriegen. Dann gehen diese Typen bei der ersten Sprengung drauf, aber wir stehen mit leeren Händen da. Oder Bach und Meyer erwischt es dabei ebenfalls. Das würde meiner Auftraggeberin garantiert nicht in den Kram passen. Sie hat für die beiden einen etwas anderen Tod vorgesehen. Mit den Fahrgeschäften, die ich ausgesucht habe, können wir einen großen Wirkungskreis abdecken, egal wo die sich gerade aufhalten. Durch die Fernbedienung kann ich die Explosionen derart steuern, wie sie uns am Nützlichsten sind. So kriegen wir die beiden lebend in die Hände. Verstanden?"

„Sicher", beteuert Dieter. „Wir kriegen das hin!"

„Gut", nickt Frank.

Bis zum Abend sind die geplanten Fahrgeschäfte fertig montiert. Wieder einmal konnten sich die Firmenoberhäupter der *Staller Industrie Werke* davon überzeugen, wie gut die Fachkräfte in diesem Team zusammenarbeiten. Die Beamten, die zur Bewachung abgestellt waren, haben sich hauptsächlich in die vermeintlichen Vermessungsarbeiten eingebracht. So konnten sie unauffällig das Gelände sondieren. Allerdings sind ihnen dabei keine besonderen Vorkommnisse aufgefallen.

Peter Staller, Maximilian Schreiber und Stefan Wolf übernehmen die Arbeiten in der Überwachungszentrale. Durch die konkreten Anweisungen von Max geht es auch hier zügig voran. Auch Andre Offermann befindet sich bei ihnen, da er von hier aus alle seine Männer im Blick hat und sich mit Hilfe der Kommunikationsgeräte genau da einbringen kann, wo es nötig ist.

Derweil sucht Emma über das Internet die anmietbaren Unterkünfte heraus. Zusätzlich zu diversen Hotels und Pensionen gibt es auch sechs Campingplätze in der Umgebung, davon vier in unmittelbarer Nähe des südlichen Parkendes.

„Wenn diese Kerle wirklich vorhaben, sich Uwe und Gerd zu schnappen, ist ein Campingplatz garantiert die bessere Wahl", überlegt sie halblaut. „Irgendjemand sollte sich diese Plätze einmal ansehen." An wen sie bei dem Kommentar denkt wäre jedem Zuhörer sofort klar. Sie macht sich Gedanken darüber, wie sie diese Aufgabe am besten in Angriff nehmen kann, schließlich will sie sich nicht vorzeitig zu erkennen geben. ‚Wenn die Kerle Verdacht schöpfen, war die ganze Vorbereitung hier umsonst', stellt sie fest.

Plötzlich schießt sie mit blitzenden Augen von ihrem Stuhl hoch. „Das ist es!", ruft sie aus.

Während ihrer täglichen Joggingrunde hat sie sich in dem Freizeitpark gründlich umgesehen. In dem Parkgebiet *Kalifornien* findet man nicht nur die Fahrgeschäfte, sondern auch den Bereich *Hollywood*. Vor allem bei den weiblichen Teenagern dürfte der *Star* sehr beliebt sein. Ein als riesiger Wohnwagen aufgemachter Kosmetik- und Umkleidesalon mit angrenzendem Fotoshooting beherbergt alles, was der Star von heute so braucht, unter anderem Perücken.

Emma flitzt los. „Wenn es hilft, diese Kerle ausfindig zu machen, kann ein Versuch nicht schaden", macht sie sich selbst ihr Vorhaben schmackhaft, während sie nach den passenden Utensilien sucht.

Zwanzig Minuten später steht sie vor vier verdutzt dreinblickenden Männern. In ihrem schwarzen Kostüm mit weißer Bluse, den flachen Pumps und der dicken Hornbrille sieht sie aus wie eine Bibliothekarin. Ihre nun blonden Haare, sowie die dank Kontaktlinsen blauen Augen lassen sie gänzlich anders wirken. Die kleine Handtasche, die eine hervorragende Kamera beherbergt, hat ihr schon des Öfteren gute Dienste erwiesen. Auf diese Weise getarnt erhält sie unbemerkt gestochen scharfe Bilder.

„Was hast du vor?", verhört Stefan sie ahnungsvoll.

„Ich sehe mir die Campingplätze an", erklärt Emma ihm. „Als Lehrerin, die mit ihren Schülern drei Tage an der Burg Nideggen auf Wanderung gehen will, muss ich mich schließlich im Vorfeld über die Anlagen informieren."

„Das machen Sie auf keinen Fall allein", befiehlt ihr der Einsatzleiter.

„Und wie wollen Sie erklären, warum ich einen Begleitschutz brauche?", erkundigt sich Emma neugierig. „Gehen Sie ruhig davon aus, dass ich allein bedeutend weniger auffalle als in Begleitung. Solche Einsätze habe ich schon öfter absolviert", beruhigt sie den Beamten.

Stefan verkneift sich jeden Kommentar, da er aus Erfahrung weiß, wie seine Schwester arbeitet. Dass ihr sein besorgter Blick folgt, bemerkt sie nicht.

Die Installationsarbeiten sind in vollem Gang, als Emma in ihrem Wagen losfährt. Um ihr Kennzeichen braucht sie sich bei ihrer Geschichte keine Gedanken zu machen, da es klar auf einen Leihwagen hinweist. Sie beginnt hinter Nideggen mit dem ersten Campingplatz und arbeitet sich in Richtung Süden vor. Auf der Strecke bis nach Blens klappert sie vier der sechs Campingplätze ab, ohne auch nur annähernd auf Anhaltspunkte zu stoßen. Die Agentin ist frustriert. ‚War das Ganze vielleicht doch eine Schnapsidee?'

Sie fährt durch Blens hindurch in Richtung Hausen. Hier gibt es nur ein paar hundert Meter voneinander entfernt gleich zwei Campingplätze, die bis an die Felsenkanten heranreichen. Beide haben einen wunderbaren Ausblick auf den Freizeitpark, dessen südliches Ende unterhalb an den Felsen entlangläuft. Vor dem ersten der beiden Einrichtungen sucht sie sich einen Parkplatz.

Der Campingplatz *Ruhrtal von Abercron* scheint im Vergleich zu den bisher begutachteten Plätzen exklusiver zu sein. Die Stellplätze für Wohnwagen oder Zelte liegen weiter auseinander. Auch sind sie durch Buschwerk und Bäume nicht nur voneinander getrennt, sondern zudem uneinsichtig gegenüber neugierigen Nachbarn.

‚Das würde schon eher zu den Absichten der Attentäter passen', Emma beschließt, sich den Platz näher anzusehen.

Eine Schranke hindert ankommende Fahrzeuge an der Weiterfahrt. In dem Wachhäuschen daneben räkelt sich ein älterer Mann gelangweilt herum. Freudestrahlend sieht er der auf ihn zukommenden Frau entgegen. „Endlich tut sich etwas in meinem kläglichen Dasein", freut er sich. „Wie kann ich Ihnen denn behilflich sein, junge Dame?"

Die Agentin schmunzelt über die witzige Art des Platzwärters. „Ich bin auf der Suche nach einem Zeltplatz für meine Schüler und Begleiter. Wir möchten für drei Tage in dieser Gegend auf Wanderschaft gehen", erklärt Emma dem Mann, um bei ihrer Geschichte zu bleiben. „Allein von dem, was ich bisher sehe, gefällt mir Ihr Platz bereits besser als alle anderen zusammen", schmeichelt sie ihm. „Dürfte ich mich wohl ein wenig umsehen? Ich werde auch niemanden stören." Bittend schaut sie ihn an.

Der bildhübschen blonden Frau mit dem koketten Augenaufschlag kann der Wärter nicht widerstehen. „Also, wenn Sie versprechen, dass Sie sich still verhalten, sehe ich da kein Problem. Schauen Sie sich ruhig um."

„Danke."

Emma vermutet, dass sie bei den Stellplätzen an der Felsenkante am ehesten fündig wird, weshalb sie ihre Schritte in diese Richtung lenkt.

Nach ein paar Minuten erblickt sie zwei hochmoderne, allem Anschein nach neue exklusive Wohnwagen. Auch die beiden leistungsstarken *Mercedes*-Limousinen, die daneben parken, machen keinen billigen Eindruck. Am elegantesten wirkt der schicke mitternachtsblaue *BMW* mit 445 PS Leistung. ‚Da hat jemand ganz schön tief in die Tasche gegriffen', stellt die Agentin fest. Sie geht näher an die Wohnwagen heran. Vorsichtig macht sie einige Aufnahmen von den Fahrzeugen und ihren Nummernschildern.

Ein Wohnmobil älteren Jahrgangs befindet sich auf einem der Plätze gegenüber. Unter einem davor gespannten Sonnensegel sitzt eine alte Frau in ihrem Liegestuhl.

Emma stellt belustigt fest, dass die Frau, obwohl sie fleißig strickt, ihre Umgebung genau im Auge behält. Das ist ihre Chance näher heranzukommen! Sie geht auf die Frau zu. Dabei achtet sie auf die Vorgänge gegenüber.

Zwei Männer sitzen vor einem der Wohnwagen im Schatten. Sie bewachen einen Grill, der noch nicht allzu lange glüht. Aus dem zweiten Wohnwagen gesellt sich jetzt ein weiterer Mann hinzu. Sie unterhalten sich miteinander, scherzen und lachen wie ganz normale Touristen.

Ein paar Fotos von den Typen für ihren Boss Wolfgang Keller sind rasch geknipst.

„Kann ich Ihnen vielleicht behilflich sein?" Die neugierig gestellte Frage der alten Frau lenkt Emma ab.

Ihrer Rolle entsprechend lächelt sie die Camperin freundlich an. „Da bin ich mir nicht sicher. Sehen Sie, ich schaue mich nach einem Zeltplatz für meine Schüler um. Wir wollen in der übernächsten Woche hier in der Gegend auf Wanderschaft gehen. Aber mit einer Horde vierzehnjähriger Teenager hier einzufallen ist wohl nicht gerade das Richtige."

Die alte Dame schmunzelt. „Vielleicht ist es genau richtig. Sehen Sie sich hier einmal um. Es ist viel zu ruhig. Geben Sie Ihren Jungen einen Fußball und ich garantiere Ihnen, innerhalb von fünf Minuten verdoppelt sich die Spielerschar."

Die Agentin stimmt in das übermütige Lachen der Frau ein, als plötzlich eine Stimme hinter ihr ertönt: „Kann ich Ihnen weiterhelfen?"

Der Mann, der beim Umdrehen in ihrem Blickfeld erscheint, sieht alles andere als schlecht aus. Instinktiv spürt sie die Gefahr, die von ihm ausgeht. Bei ihrer prüfenden Musterung nimmt sie sein Selbstbewusstsein und seine Arroganz wahr, ihr wird sofort klar, dass sie ihn nicht unterschätzen darf. „Nein, danke. Diese Dame hier hat mir alles erklärt, was ich wissen muss." Sie lächelt der Frau noch einmal freundlich zu.

„Und was genau wollten Sie wissen?", erkundigt sich Frank Rademacher lauernd bei ihr.

„Ob dieser Platz dafür geeignet ist, dass ich mit meinen Kindern hierherkomme", antwortet sie ihm absichtlich kurz angebunden.

„Ihren Kindern?" Überrascht wandern seine Augen an der Gestalt der jungen Frau entlang, um auf ihrem Gesicht hängenzubleiben. „Wie viele haben Sie denn?"

„Siebenundzwanzig. Ich bin Lehrerin an einer Gesamtschule in der Nähe von Köln. Wir wollen die Wanderrouten rund um die Burg *Nideggen* für drei Tage ausnutzen. Deswegen sehe ich mich hier um. Warum fragen Sie?" Gespannt wartet Emma darauf, was er antwortet. Sie traut sich nicht, ein Foto zu machen, da er viel zu nah steht, um das Geräusch des Auslösers zu überhören.

„Ich habe Ihren *Mercedes* auf dem Parkplatz gesehen. Ein schicker Wagen. Gefällt mir gut", teilt er ihr mit.

Frank hat sofort erkannt, dass ein neues Fahrzeug angekommen ist. Unverzüglich sieht er sich nach Neuankömmlingen um. Als die gutaussehende Blondine in sein Blickfeld gerät ist er eher fasziniert als besorgt.

Ihr ist klar, dass dieser Mann darauf geschult ist, jederzeit achtsam zu sein. Jetzt heißt es aufpassen! „Meinen Wagen?", fragt sie, wobei ihr gekonnt irritierter Gesichtsausdruck ihn davon überzeugt, dass sie keine Ahnung von seinen Gedankengängen hat. Möglichst schüchtern bemüht sie sich um Antwort. „Das ist ein Leihwagen. Noch nicht einmal der richtige. Ich wollte einen *Seat Ibiza* haben, den kenne ich wenigstens. Stattdessen bekomme ich ein so großes Auto. Der ist mir viel zu schnell."

‚Meine Güte', denkt Frank. ‚Die Frau hat einen wirklich klasse Körper, aber absolut nichts in der Birne. Allerdings, mit der richtigen Kleidung, ein wenig zurechtgemacht, könnte sie bestimmt jeden Mann bekommen. Ich wäre jedenfalls nicht abgeneigt. Kira würde aus dieser Frau innerhalb einer Stunde den reinsten Vamp zaubern. Immerhin stellt sie für mich und meine Mission kein Risiko dar.' Noch einmal betrachtet er die gutaussehende Blondine prüfend. Er kann absolut keine Gefahr spüren. „Dann sollten Sie vorsichtig fahren", empfiehlt er Emma.

„Ja, das mache ich. Vielen Dank." Emma wendet sich zum Ausgang.

Sie kann seine Blicke auf ihrem Körper regelrecht spüren, aber jetzt müsste sie weit genug entfernt sein. Ehe sie sich zu ihm herumdreht richtet sie die Kamera auf die passende Höhe aus. Sie kann höchstens ein Foto machen, ohne dass ihm an ihren Bewegungen etwas auffällt. Schüchtern schenkt sie ihm einen Augenaufschlag, ehe ihr Blick bewundernd an ihm entlang gleitet.

Frank ist von dem Aussehen der Frau lange genug abgelenkt, um nicht zu bemerken, wie sie ihn aufnimmt.

Eilig verschwindet sie von dem Campingplatz. Sie ist sich sicher, dass sie die richtigen Typen erwischt hat. ‚Ob Keller mir etwas zu dem Mann erzählen kann?'

Bewusst langsam und zögerlich fährt sie mit ihrem *Mercedes* von dem Parkplatz herunter. Obwohl sie bis zum herankommenden Auto noch viel Platz hat, lässt sie dieses erst vorbei, bevor sie auf die Straße einbiegt. Sie ist sich sicher, dass ihr der Mann hinterherschaut. Erst als sie vom Campingplatz aus nicht mehr zu sehen ist, gibt sie Gas.

Auf die Antwort von Wolfgang Keller braucht Emma nicht lange warten. Noch bevor sie die erwünschten Unterlagen erhält meldet er sich bei ihr. Die Anspannung in seiner Stimme ist nicht zu überhören. „Frau Wolf, was geht da bei Ihnen vor? Was haben Sie mit Rademacher zu tun?"

„Rademacher? Ist das der Mann auf dem Foto?", stellt sie erst einmal die Gegenfrage.

„Ja. Der Mann ist äußerst gefährlich. An ihm haben sich schon etliche Agenten die Zähne ausgebissen. Noch einmal, was haben Sie mit ihm zu tun?"

„Er ist hier. Ich schätze er ist es, der auf Achim Voss angesetzt war. Das macht auch Sinn. Der Mann, der Achim ausgeschaltet hat, muss sehr gut in seinem Job sein. Jetzt folgt er der Spur zu Gerd Bach und Uwe Meyer." Damit schildert Emma ihrem Vorgesetzten, was sie vermutet.

„Passen Sie auf sich auf. Viel Glück."

Sie überfliegt das Dossier, das er ihr sendet. Frank Rademachers Akte ist beeindruckend. Als Söldner angefangen macht er sich in entsprechenden Kreisen rasch einen Namen. Gewalt und Tod zieren seinen Weg. Sie betrachtet die Fotos, die Keller der Akte beigefügt hat. Ja, ganz klar, das ist der Kerl vom Campingplatz. Ohne weitere Zeit zu vergeuden klemmt sie sich ihren Laptop unter den Arm und marschiert schnurstracks in den Konferenzraum.

Noch vor dem Abendessen sind alle Kameras installiert, die Software wurde von Max aufgespielt und die Funkfrequenzen werden gerade eingestellt. Alle Teammitglieder sind anwesend, sie legen letzte Hand an die gut funktionierende Überwachung.

Emma platzt mitten in die Vorbereitungen zu dem ersten Testlauf. „Hey, Leute. Könnt ihr bitte eine Pause einlegen? Ich möchte euch etwas zeigen."

Neugierig erscheint Stefan neben ihr. „Was hast du für uns?"

„Gleich!", verspricht sie ihm.

Max schließt ihren Computer an sein Netz an, sodass alle die Bilder auf dem großen Flachbildschirm sehen können, der für die Begutachtung der Testläufe installiert wurde.

„Ich denke, wir haben den Kerl gefunden, der die Fäden in der Hand hält", versichert Emma und nimmt ihre Unterlagen zur Hand.

„Woher haben Sie so schnell seine Akte?", verhört Andre die Agentin.

„Von Wolfgang Keller."

„Der Kerl ist also kein Unbekannter für unsere Behörden?"

„Nein, ganz im Gegenteil." Emma zeigt auf das erste Bild. „Frank Rademacher, Exsöldner, mit beeindruckender Akte. Ihm werden viele Attentate auf hochrangige Persönlichkeiten weltweit zu Lasten gelegt. Doch bisher konnte ihm nichts nachgewiesen werden. Seht ihn euch bitte genau an." Sie zeigt die Aufnahmen, die sie im Laufe des Tages selbst geschossen hat. Anschließend sehen sie sich die Bilder an, die Emma von Wolfgang Keller erhielt.

Mittendrin bremst Oliver sie aufgeregt ab: „Halt! Stopp! Geh bitte nochmal ein paar Bilder zurück."

Sie kommt seiner Bitte nach.

„Da. Genau, das ist es. Wo kommt dieses Foto her?", erkundigt sich Oliver bei Emma.

Sie sucht in den Unterlagen, die sie geschickt bekam, die passende Beschreibung. „Das Foto wurde vor drei Jahren aufgenommen. Es zeigt Frank Rademacher mit seinen Leuten vor dem Attentat auf die schwedische Außenministerin im September *2003*. Auch hier konnte man keine Beteiligung nachweisen. Angeblich waren es Neonazis. Von seinen Männern hat keiner überlebt. Sie wurden übrigens alle mit der gleichen Waffe erschossen."

„Er lässt keine Zeugen zurück", bemerkt Stefan.

„Genau. Rademacher und seine Partnerin konnten nach dem Anschlag in der Menge untertauchen."

„Seine Partnerin?", hakt Oliver erschrocken nach.

„Ja. Sie heißt Kira Ott", erklärt ihm Emma. „Sie taucht immer wieder an seiner Seite auf. Die Akte über sie fällt etwas kleiner aus, aber sie ist nicht weniger gefährlich als Rademacher. Auch ihr werden diverse Attentate zur Last gelegt." Prüfend mustert sie den Allrounder. Sie kann sich denken, was jetzt kommt.

„Tut mir leid, Leute." Vollkommen geknickt schaut Oliver in die Runde. „Immerhin ist jetzt klar, woher die Kerle so schnell Bescheid wussten. Das war ich", bekennt er.

„Das konntest du nicht wissen." Wütend schaut Emma sich die Frau auf dem Foto an. ‚Du hast meinem Freund wehgetan, dafür kassiere ich dich ein', verspricht sie sich selbst.

Auch Gerd mustert den Freund. „Willst du aussteigen?", erkundigt er sich bei Oliver.

„Keiner würde dir einen Vorwurf machen", ergänzt Uwe. „Und keiner versteht das besser als ich", fügt er leiser hinzu.

„Aussteigen? Auf keinen Fall. Die werden mich noch kennen lernen", erbost sich der Allrounder.

„Gut. Dann machen wir weiter", fordert Gerd die anderen auf.

Interessiert hakt Max nach: „Was hast du geplant?"

„Nichts. Wir lassen die den nächsten Schritt machen", erklärt Gerd. „Ich glaube nicht, dass wir lange warten müssen." Die fragenden Blicke ignoriert er.

14

Die halbe Nacht ist bereits vorbei, als die Bewegungen der schattenhaften Gestalten den Frieden des Parks unterbrechen. Leise schleichen sich die Männer in geduckter Stellung an, wobei sie jede Deckung nutzen, die sie auf ihrem Weg finden. In ihrer schwarzen Kleidung sind sie bei der Dunkelheit kaum zu erkennen.

Vier der Männer begeben sich zu dem Kettenkarussell, das auf einem fünfzig Zentimeter hohen Fundament aufgebaut ist. Es ist ein *Zierer-Wellenflieger* von einundzwanzig Metern Durchmesser, der über Hydraulik und Seilzug angetrieben wird. Das Dach des Karussells, an dem die einzelnen Fahrgastträger mit stabilen Ketten befestigt sind, wird über einen leicht geknickten Mast aufwärtsgeschoben, so dass es sich zu einer Seite neigt. Dabei kreist der obere Teil schnell, während sich der Mast langsamer in entgegengesetzte Richtung dreht, was für die wellenförmige Drehbewegung sorgt. Die maximal sechsundfünfzig Fahrgäste werden in ihren Sitzen stetig bis auf luftige zwölf Meter Höhe befördert. Im Augenblick steht das Dach gerade und die aufwendige *LED*-Beleuchtung ist abgeschaltet.

Wahllos greifen Franks Männer nach den Ketten, an denen die Fahrgastträger aufgehängt sind, klettern gekonnt daran hoch, bis sie die Kettenverankerungen mit den Händen erreichen können, und befestigen die Sprengstoffstangen. Die Zündkapseln sind mit den Funkfernzündern verbunden. Vorsichtig wird in jede

Stange eine Zündkapsel gesteckt. Sie müssen nur noch mit ein wenig Klebeband gegen unbeabsichtigtes Lösen gesichert werden.

Am Fuß des Riesenrades wartet Frank auf vier seiner Handlanger. Die Männer nehmen ihre Rucksäcke ab, aus denen sie die vorgefertigten Bomben holen, um letzte Handgriffe daran vorzunehmen.

„Passt mit den Funkempfängern auf", weist Frank seine Leute an. „Ich will keine Blindgänger haben. Sowohl Sprengstoff als auch Zünder werden bei den Auswirkungen der Sprengung gänzlich vernichtet. Es wird keine Rückstände geben."

„Wie viele sollen wir anbringen?", fragt Dieter ihn.

Der Terrorist wirft einen Blick auf das Riesenrad. Selbst wenn es nicht unbedingt nötig gewesen wäre, hat er sich doch mit jedem Fahrgeschäft, das sie für ihre Sabotagen verwenden wollen, gründlich auseinandergesetzt. Er hat dafür gesorgt, dass jeder seiner Leute den Aufbau, die dahintersteckende Antriebstechnik und die Sicherheitsvorkehrungen kennt. ‚Man kann schließlich nie wissen, wofür das gut sein könnte.'

Das Gestell des Riesenrades ist auf einer Plattform von sechsundzwanzig mal einundzwanzig Metern aufgebaut. Die vier schräggestellten Stützen treffen an der Radnabe in der Mitte des Rades zusammen. Eine runde Stahlkonstruktion von fünfzig Metern Durchmesser endet außen in zwei umlaufenden Ringen, welche durch Stahlseile mit der Radnabe verbunden sind. Zu beiden Seiten neben dem Eingangsbereich befinden sich für die Besucher unzugänglich zwei große Elektromotoren, die das Riesenrad über die äußeren Ringe antreiben, so dass es sich allmählich über die Radnabe dreht. Die mit Sicherheitsglas ausgestatteten, geschlossenen Fahrgastkabinen sind zwischen den äußeren Radschienen an Stahlkonstruktionen pendelnd gelagert, so dass sie sich während der Fahrt jederzeit ausrichten können und dem Betrachter unabhängig von Wind und Wetter eine atemberaubende Sicht über Park und Umgebung bieten. Rund fünfzigtausend *LED*-Leuchten machen die Besucher des Parks innerhalb der Öffnungszeiten auf das Riesenrad aufmerksam. Zurzeit ragt das imposante Konstrukt bewegungslos in den Himmel.

„Die ersten drei Stück sollten ausreichen", teilt Frank seinen Helfern mit. „Selbst wenn sie das Riesenrad leer laufen lassen, werden die fallenden Gondeln für Stimmung sorgen."

Der nüchterne Kommentar bewirkt, dass sich seine Männer vergnügt ans Werk machen. Mit dem notwendigen Handwerkzeug bestückt klettern sie behände an den seitlichen Stahlträgern bis auf die Dächer der Fahrgastkabinen hinauf. Sie bringen die Sprengsätze so an der Aufhängung der Gondeln an, dass diese beim Auslösen der Sprengung abscheren. Ein Sturz ist dann nicht mehr zu vermeiden.

Keine fünfzehn Minuten später stehen seine Handlanger neben Frank an der Raftingbahn *Rio Rapido*. Die dreihundertsechzig Grad rotierenden Rafting-Boote müssen diverse Kurven, sprudelnde Sturzbäche, unverhoffte Stromschnellen, Höhen und Tiefen überwinden. Dabei erstrahlen sie in farbenfroher Beleuchtung. Highlight ist der große Wasserfall zum Abschluss. Durch die Bullaugen in der Fahrbahn finden auch die Zuschauer ihre Freude an der Anlage. Im Augenblick liegt die Bahn ruhig und dunkel im Park.

Dieter lässt seine Augen über die Bahn nach oben wandern. „Wo willst du ansetzen?"

„Ich habe mir die Steuerung angesehen. Hier ist lediglich eine speicherprogrammierbare S7-Steuerung eingesetzt, die für die notwendigen Sicherheitsabstände sorgt. Das hilft uns nicht weiter. Wir nehmen uns die beiden Senken und den Wasserfall vor", bekräftigt Frank. „Zwei Bomben parallel, je eine an der Innenseite und eine außen. Sucht nach den Knotenpunkten. Wenn ihr die Befestigungen sprengt, bricht die ganze Bahn auseinander. Nehmt lieber ein paar mehr, damit wir auf jeden Fall den notwendigen Erfolg erzielen. Möglichst weit oben! Damit sich der Sturz auch lohnt", scherzt er trocken.

Seine Männer lachen leise auf.

„Legt los", befiehlt Frank.

Er selbst nimmt sich ebenfalls eine der Stellen vor. Sauber befestigt er die Sprengstoffstangen. Der Funkempfänger ist bereits mit dem Zünder verbunden. Vorsichtig steckt er die Spitze der Zündkapsel in die Plastikmasse des Sprengstoffs.

Der Turm der Riesenrutschbahn, die unter dem Namen *Devils slide*, also *Teufelsrutsche*, wagemutige Besucher anzieht, ist fünfundzwanzig Meter hoch. Ein zweiunddreißig Meter langes Förderband transportiert die Besucher auf halbe Höhe in die Mitte des Holzturms. Durch die hohe Geschwindigkeit, mit der das Förderband läuft, bedarf es viel Geschick, um ohne Hilfe, auf eigenen Beinen stehend am Ende anzukommen, was immer wieder für die Belustigung der Zuschauer sorgt. Den restlichen Höhenunterschied muss der Besucher in Eigeninitiative über die vielen Stufen aufwärts zurücklegen. Oben angekommen erhält er einen stabilen Jutesack, mit dem er die einhundert Meter lange Rutschbahn überwinden muss, um an sein Ziel zu gelangen. Dabei schlängelt sich die Rutsche zweimal rund um den Turm herum nach unten, bevor sie in einem sanften Auslauf endet.

Frank weiß mittlerweile, dass die gesamte Rinne dieser Attraktion aus Holz ist. Mit seinen acht Mitstreitern präpariert er in kürzester Zeit die Rutsche. Sie setzen in jeden Bogen zwei Bomben in gleichen Abständen unter die Holzrinne.

Zum Schluss richten sie ihre Aufmerksamkeit auf die letzte Attraktion, die sie sich vornehmen wollen. Der Tower vom *Hangover* ist fünfundachtzig Meter hoch und besitzt eine sich drehende Gondel, die wie ein Korkenzieher nach oben fährt. Die Fahrt aufwärts kann an verschiedenen Stellen angehalten werden, wobei sich die Kabine dann um ihre Achse dreht. Sie bietet dem Mitreisenden eine einmalige Aussicht über einen großen Teil des Parkgeländes mit seinen Attraktionen. Die Fallgeschwindigkeit der ungebremsten Gondel beträgt fünfundzwanzig Meter in der Sekunde, was bei den Fahrgästen immer wieder für erschrockene Aufschreie sorgt.

Frank kennt seine Männer genau, weiß welche Personen er wofür einteilen kann, wählt genau die passenden Fachleute aus und schickt sie nach oben. Diese klettern an dem Turm, der wie ein Kran aufgebaut ist, hinauf. Beim Abwärtsklettern werden sämtliche Bremsen auf der Strecke von ihnen so mit Sprengstoff bestückt, dass die explosiven Stangen den Blicken der heute hier arbeitenden Leute verborgen bleiben. Frank kümmert sich derweil mit Dieter um die Gondel selbst. Im Anschluss wartet er, bis sich seine Handlanger um ihn sammeln.

„Fertig", berichtet einer seiner Männer.

Franks Augen wandern noch einmal über den *Hangover* und die anderen Freizeitattraktionen, denen sie gerade zu Leibe gerückt sind. Sobald er morgen den Fernauslöser für die Bomben betätigt, geht hier an all diesen Fahrgeschäften gleichzeitig die Hölle los. „Trotz der Ablenkung wird uns nur wenig Zeit bleiben, um Bach und Meyer aus ihren eigenen Reihen herauszuholen."

„Schade, dass wir nicht auf die dämlichen Gesichter unserer Gegner achten können", bemerkt Dieter fast traurig.

„Dafür kriegen wir mit, dass sie wie aufgeschreckte Kaninchen umherlaufen", grinst einer seiner Kumpane.

„Ja. Verschwinden wir von hier", raunt Frank seinen Gefolgsleuten zu. „Für heute Nacht sind wir fertig."

„Sollten nicht ein oder zwei von uns Schmiere stehen?", erkundigt sich Dieter.

„Wozu? Die haben keine Ahnung, was hier los ist. Im Gegenteil. Wenn sie euch entdecken, hätten wir mehr zu verlieren. Also, weg hier."

Sie verschwinden so leise wie sie gekommen sind.

Im Vierstundentakt wechseln sich die Mitarbeiter bei der Kontrolle der Überwachungsanlage ab. Seit Mitternacht sitzen die beiden Allrounder Dominik Schwarz und Oliver Klein vor den Geräten. Ihre Schicht ist schon halb um. Immer noch ist alles ruhig.

„Was, glaubst du, haben die vor?", grübelt Oliver. „Meinst du, die versuchen sich Gerd und Uwe hier zu schnappen, während wir alle dabei sind?"

„Ich wüsste nicht, wie die das bewerkstelligen wollen", erhält er zur Antwort. „Die können sich doch denken, dass wir auf beide aufpassen. Ich schätze, die verpassen ihnen eher eine Kugel."

„Nein." Oliver braucht nicht lange zu überlegen, um seinem Freund zu widersprechen. „Das machen die garantiert nicht. Es wäre doch viel einfacher gewesen, Achim zu erschießen. Stattdessen haben sie keine Mühe gescheut, um ihn aus seiner Dienststelle herauszuholen. Du hast gehört, was Emma gesagt hat. Sie haben sich ihn erst vorgenommen, dann erschossen. Nein", wiederholt er noch einmal. „Die werden auf keinen Fall schießen. Sie wollen Gerd und Uwe lebend. Denen geht es darum, einen möglichst großen Einschüchterungseffekt auf die anderen Zeugen ausüben. Da will jemand unseren Jungs einen qualvollen Abtritt verschaffen."

Oliver steht auf, um sich mit frischem Kaffee zu versorgen. Vor dem Tisch mit den Getränken bleibt er stehen. Mit Kanne und Tasse in der Hand wendet er sich zu seinem Freund um. Sein Blick fällt auf die Bildschirme. Was er da sieht, lässt ihn den Kaffee vergessen. Mit einem Satz hängt er vor dem Bildschirm. „Siehst du auch, was ich sehe?"

Sogleich ist Dominik an seiner Seite. Man muss genau hinsehen, aber auch er erkennt die schwarz gekleideten Männer, die sich in aller Seelenruhe an dem Riesenrad zu schaffen machen. Seine Augen wandern über die anderen Monitore. „Da, das Kettenkarussell", weist er Oliver auf weitere nächtliche Besucher hin.

„Dann geht es tatsächlich los." Im Nu hat Oliver sein Handy in der Hand.

Gerd braucht keine drei Minuten bis er sich bei den beiden einfindet. Emma und Stefan erscheinen kurz darauf. Sie können beobachten, wie diese Männer sich an der Wasserbahn, sowie der Riesenrutsche zu schaffen machen.

„Das sind die Kerle, die Achim umgebracht haben." Mit grimmiger Miene beobachtet Gerd, was im Park vor sich geht. Ihm wird schnell klar, worin der Zweck dieser Aktion besteht. Fast augenblicklich entsteht in seinen Gedanken ein Plan, der dem Ziel dieser Kerle entgegenwirkt. „Emma, schmeiß unsere Leute aus den Betten, wir brauchen sie hier. Deine Truppe brauchen wir auch, Stefan", bittet er die Geschwister.

„Gerd ...", beginnt Emma eindringlich, wird aber sofort von ihrem Freund unterbrochen:

„Keine Angst", lächelt er kalt. „Ich werde nicht im Alleingang auf die Typen losgehen, sondern habe einen Plan. Aber dafür brauche ich die ganze Mannschaft. Bitte", fordert er Emma noch einmal auf.

Eine weitere Aufforderung brauchen die beiden nicht, sie sausen los, um Gerds Bitte nachzukommen.

Nach fünfzehn Minuten ist auch der Letzte im Konferenzraum angekommen. Max war einer der ersten. Seit geraumer Zeit hängt er vor dem Computer. Erwartungsvoll verhört Stefan den Projektleiter: „Was willst du unternehmen?"

„Das hängt davon ab, ob Max es schafft, die Spur dieser Kerle lückenlos nachzuverfolgen."

„Ja, das schaffe ich", mischt Max sich strahlend ein. „Oder vielmehr, das habe ich geschafft. Ich bin gleich fertig, du kannst loslegen."

„In Ordnung." Gerd wendet sich an seine Mannschaft.

„Tim Hoffmann fehlt noch", wirft Peter ein.

„Nein, er ist mit einer Sonderaufgabe betraut. Wir treffen ihn später." Gerd richtet sich an die Männer und Frauen, die mit erwartungsvollen Mienen angespannt vor ihm sitzen. „Die Kerle sind vor etwa zwei Stunden in den Park eingedrungen. Insgesamt konnten wir neun Männer ausmachen, die sich an die Fahrgeschäfte herangeschlichen haben. So wie es aussieht haben die sich genau die Attraktionen vorgenommen, die gestern von uns verkabelt wurden. Die Kerle gehen wahrscheinlich davon aus, dass heute erste Probefahrten durchgeführt werden. Nur hat von denen keiner damit gerechnet, dass wir ihnen bei ihren üblen Machenschaften zusehen. Max ist gerade dabei die Aufnahmen so zu bearbeiten, dass wir erkennen können, was sie gemacht haben. Ich schätze, jedem hier ist klar, dass dahinter eine gezielte Sabotage steckt. Max", fordert er den Kollegen auf.

Max startet seinen Programmablauf, wobei er auf seine Arbeit hinweist. „Die Bänder haben alles lückenlos aufgezeichnet, so dass wir die Herrschaften aus verschiedenen Blickwinkeln betrachten können. Ich habe einen Filter über die Aufnahmen gelegt, mit dem ich die Helligkeit verändern kann, ohne die Schärfe einzubüßen. Ihr könnt alles auf dem großen Bildschirm beobachten." Er spult vor, bis die ersten Bewegungen zu erkennen sind. „Hier geht es los. Sie kommen über den südlichen Zaun. Nein, Entschuldigung. Sie kommen unten durch."

„Für das Loch müssen die Stunden gebraucht haben", stellt Andre fest.

„Die Zeit dazu hatten die doch", kontert Emma trocken.

Alle im Konferenzraum achten gespannt auf den übergroßen Monitor. Sie können erkennen, wie die Männer sich aufteilen. Eine Hälfte macht sich an dem Kettenkarussell zu schaffen, die andere nimmt sich die Gondeln vom Riesenrad vor. Staunend sehen sie zu, wie sich die absolut durchtrainierten Männer in kürzester Zeit an den Ketten hinaufziehen, während andere die Fahrgastkabinen des Riesenrades erklimmen.

„Die Aufnahmen sind gut. Wir können nicht nur die Bewegungen erkennen, sondern auch punktgenau sehen, was die Kerle an welcher Stelle machen. Das hier wird euch nicht gefallen", bekundet Max. Er drückt die Pausentaste genau an der richtigen Stelle.

Den Mann, der auf dem Bild zu erkennen ist, zoomt er näher heran. Max vergrößert den Ausschnitt, auf dem die Hände des Mannes zu sehen sind. Dann zoomt er sie ein weiteres Stück heran, bis man das Paket, das er hält, identifizieren kann. Dieses lässt jeden Sprengstoffspezialisten blass werden.

„Funkauslöser", stöhnt Stefan.

„Plastiksprengstoff", bekräftigt ein weiterer Beamter.

„Ja, genau!" Max lässt die Aufnahmen weiterlaufen. „Die vier Typen haben acht Sprengsätze an den Kettenaufhängungen befestigt. Die folgenden Aufnahmen sind von der Kamera am Riesenrad. Dort sind fünf Kerle zugange, die drei der Gondeln mit ihren Paketen bestücken. Die Kamera hat sie aufgenommen, bis die nächste sie aufgreift."

„Keiner von denen hat eine Ahnung davon, dass sie beobachtet wurden", erklärt Gerd. „Sobald wir heute an die Arbeit gehen, werden die den Auslöser betätigen. Dass der eine oder andere dabei draufgehen könnte, ist denen ziemlich egal."

„Warum machen die das?", erkundigt sich Jens Fischer. „Was versprechen die sich von solch einer Sabotage?"

„Jens hat Recht", pflichtet Ralf Haas seinem Kollegen bei. „Warum das Ganze?"

„Wegen der Ablenkung!", mischt sich Jennifer Graf ein. „Ist doch ganz klar. Was meinen Sie, wird passieren, wenn so eine Gondel aus dem Riesenrad nach unten stürzt? Die Trümmer finden Sie in weitem Umkreis. Ohne Vorwarnung würden diese Kerle genau die erwünschte Unruhe erreichen."

Emma starrt Gerd perplex an. „Du glaubst, die dringen hier ein, schnappen sich Uwe und dich, während alle anderen aufgeschreckt umher rennen?"

„Auch wenn mir das nicht gerade gefällt, würde ich sagen, du hast es genau getroffen", bestätigt ihr Gerd.

„Er hat Recht", überlegt Stefan. „Keiner käme auf den Gedanken, dass die einfach hier hereinspazieren. Bis wir das merken sind die wieder weg."

„Darauf willst du es doch wohl nicht ankommen lassen?", forscht der Konzernchef ernst nach. Er kennt Gerd mittlerweile gut genug um zu wissen, dass sie ohne einen Plan seinerseits nicht hier sitzen würden.

„Nein." Gerd mustert die erwartungsvollen Gesichter vor sich. „Was meint ihr, wie entgeistert die sind, wenn ihr Feuerwerk gänzlich versagt?"

„Du willst die Ladungen entschärfen!", begreift Uwe. „Nicht schlecht."

„Dafür hast du doch bestimmt schon ein Konzept entworfen. Habe ich Recht?", erkundigt sich Peter.

„Natürlich. Aber zuerst sehen wir uns diesen Actionthriller bis zum Ende an." Gerd gibt Max zu verstehen, dass er die Aufnahme weiter abspielen soll.

Andre hört den Kommentaren und Erklärungen stillschweigend zu. Der Einsatzleiter ist mit seinen eigenen Gedanken beschäftigt. ‚Was diese Truppe rund um Gerd Bach da auf die Beine stellt, ist schon enorm. Diese Menschen müssen über ein sehr hohes Niveau an Wissen und Können verfügen, um eine solche Handlung sauber zu planen und vor allem durchzuführen', überlegt er. Gespannt lauscht er weiter den Ausführungen des Projektleiters.

„Vom Riesenrad zur Wasserbahn", kommentiert Max die Bilder vor sich. „Die haben so ziemlich an jedem Schwerpunkt der Bahn innen und außen Bomben platziert."

„Mein Gott", jammert Georg Renken. „Wenn der Auslöser betätigt wird, bricht die Bahn wie ein Kartenhaus zusammen."

„Das entspricht auch meiner Berechnung", pflichtet Max ihm nüchtern bei. „Wie ihr sehen könnt, geht es an der Riesenrutsche in der gleichen Weise weiter."

Jennifer schüttelt sich schaudernd. „Ich darf mir gar nicht vorstellen, dass da Menschen in den Schlitten sitzen würden."

Keiner der anderen käme auf die Idee, ihr zu widersprechen.

„Zu guter Letzt haben wir noch das hier." Max hatte das Band bei der Diskussion gestoppt. Nun läuft es wieder an. „Der *Hangover!*"

„Was? Die haben den Turm vom *Hangover* mit Sprengstoff versehen?", irritiert schaut Uwe in die Runde.

„Kann ich mir eigentlich nicht vorstellen. Das würden wir doch sofort entdecken", urteilt auch Stefan.

„Ja, genau", bestätigt ihm Max. „Und dumm sind die Kerle ganz bestimmt nicht. Seht euch das einmal an."

Auf dem Band sieht man, wie fünf von den Kerlen an dem Turm hinaufklettern. Von oben zurück installieren sie auf der Innenseite an den Bremspunkten Sprengsätze.

„Wie die Affen", kommentiert Dominik.

„Was sind die? *Spiderman*?", grübelt Uwe.

„Die sind zweifelsohne zu hundert Prozent fit", bestätigt Stefan bewundernd.

„Anscheinend nehmen sich die anderen in der Zwischenzeit die Gondel vor. Man kann genau erkennen, wo sie die Ladungen anbringen", behauptet Andre und zeigt auf die passende Stelle des angehaltenen Films. „Hier, genau unter der Bodenplatte."

„Ja, richtig", bestätigt Max. „Es ist zweifelhaft, dass Personen, die sich in der Gondel befinden, die Explosionen der Bomben während der Abwärtsfahrt überleben. Wenn aber doch, sterben sie garantiert in dem Moment, wenn die Gondel unten aufsetzt. Spätestens dann gehen nämlich die Sprengsätze unter der Gondel hoch."

„Es dürfte nicht viel von der Gondel übrigbleiben", vermutet Stefan.

„Das war's." Max endet mit seiner Ausführung. „Wie geht es nun weiter?"

Gerd stellt sich vor seine Mannschaft. Die Hände in den Hosentaschen wandern seine Augen prüfend von einem zum anderen. „Ich habe da eine Idee. Allerdings bin ich mir nicht sicher, inwieweit das funktionieren kann."

„Lass hören", fordert Uwe. „Entscheiden können wir hinterher."

„Wir legen so schnell wie möglich los. Alle, die bereit sind bei der Entschärfung und Entsorgung der Bomben zu helfen, teilen wir in drei Gruppen auf. Wir sollten die Zeit auf keinen Fall aus den Augen verlieren. Die Aktion muss möglichst schnell, leise und professionell durchgeführt werden. Wir dürfen keine einzige Bombe übersehen. Danach hauen wir uns noch für ein paar Stunden hin, bis auf die Leute für die Überwachung. Nach dem Frühstück beginnen wir mit der Arbeit. Allerdings verschaffen wir den Herrschaften noch ein bisschen Nervenkitzel. Uwe und ich lassen uns erst gegen Mittag blicken. Dann dürften die ungeduldig genug sein. Ich bin sicher, dass ein paar der Kerle dafür auserkoren werden, sich Uwe und meine Wenigkeit zu schnappen. Die anderen müssen ihnen den Rückweg freihalten. Aber, und jetzt kommt's, ihre Ablenkung versagt gänzlich."

„Die werden ganz schön dumm aus der Wäsche schauen", wirft Uwe ein.

„Genau. Wie es weiter geht, hängt von der Reaktion dieser Typen ab. Ich schätze, dass wir selbst diese harten Profis durch unser Eingreifen verunsichern. Wenn die glauben, dass alles verloren ist, handeln sie vielleicht unüberlegter. Sie werden versuchen Uwe und mich mit Waffengewalt zu bekommen."

„Ja, das würde zum Profil von Rademacher passen", bestätigt ihm Emma.

„Von da an brauche ich Ihre Leute", fordert Gerd den Einsatzleiter auf. „Ich möchte keinen aus meinem Team in der Nähe dieser Verbrecher sehen wenn es losgeht, dafür sind Sie und Ihre Männer da."

„Das kriegen wir hin", versichert ihm der Beamte. Andre ist erstaunt und gleichzeitig froh darüber, dass Gerd bei seiner Planung die Elite-Polizisten mit einbezieht und die Grenzen seiner eigenen Mitarbeiter genau im Auge zu haben scheint.

„Dein Plan hat nur einen Haken", mischt sich Peter in die Gespräche ein. „Wie willst du sichergehen, dass die Gegenseite niemanden zur Beobachtung abgestellt hat? Du kannst sie ja kaum fragen."

„Eigentlich tun wir genau das." Gerds amüsierter Blick trifft auf den von Max, der ohne weitere Aufforderung zum Handy greift. Als sich der Gesprächsteilnehmer am anderen Ende meldet, sagt er keinen Ton, hört einfach nur zu. „In Ordnung, bleib dran", ist seine geheimnisvolle Antwort, während er sich bereits an der Tastatur seines Rechners zu schaffen macht. Kurz darauf strahlt er seinen Boss stolz an. „Wir können starten."

„Dann tun wir das doch", gibt Gerd den Startschuss.

Auf dem Bildschirm erscheint eine Ansicht vom Freizeitpark. Diesmal von oben. Es sieht aus, als ob man über den Park hinwegfliegt. Durch die Dunkelheit ist die Sicht allerdings beeinträchtigt. Hin und wieder tauchen rote Flecken auf, die über den Bildschirm huschen.

„Das ist eine Infrarotkamera", erkennt Emma.

„Wie bekommt ihr denn die Aufnahmen hin?", staunt Stefan.

Auch die Truppenmitglieder starren verblüfft auf die Bilder, die sie da zu sehen bekommen.

„Tim Hoffmann ist begeisterter Modellflieger", berichtet Gerd den Beamten. „Er macht das richtig gut. Sein Segelflugzeug ist absolut geräuschlos. Wir haben eine dreihundertsechzig Grad-Wärmebildkamera eingebaut. Damit kann er das ganze Gebiet überblicken."

„Die Kamera reagiert auf Wärme", ergänzt Max. „Die Bilder werden in *Falschfarben-Darstellung* erzeugt, wobei die dunklen Farben die kältesten Stellen anzeigen. Die Temperaturanzeigen gehen in den Wärmezonen von Gelb über Orange nach Rot. Je wärmer ein Körper ist, umso kräftiger ist die Rotanzeige." Das Segelflugzeug nähert sich den Wohnwagen auf dem Campingplatz.

Langsam kreist es einmal darüber, ehe es sich entfernt, nur um kurz darauf von der anderen Seite zurückzukehren. Die Wärmequellen werden deutlich angezeigt. „Ich zähle neun Personen in den beiden Anhängern", fügt Max hinzu. „Sie liegen also alle friedlich in ihren Kojen."

„Tim und Max werden auf unsere Freunde aufpassen, während wir hier unsere Nacht- und Nebelaktion starten", erklärt Gerd. „Wir sollten uns trotzdem beeilen. Fangen wir an!"

Langsam begreift auch Andre, warum die Berliner Beamten diesem Mann vertrauen. ‚Seine Strategie ist bis zum Kleinsten durchdacht', stellt er fest. ‚Es gibt nicht einen Punkt, den dieser Mann dem Zufall überlässt. Außerdem plant er seine Männer nur so weit ein, wie es deren Fähigkeiten erlauben. Hut ab! Er ist wirklich gut.' Der Einsatzleiter ist bereit, sich auf den Plan an der Seite dieser Menschen einzulassen. Stumm nickt er Emma auf ihren fragenden Blick zu.

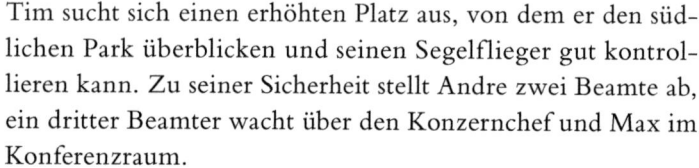

15

Tim sucht sich einen erhöhten Platz aus, von dem er den südlichen Park überblicken und seinen Segelflieger gut kontrollieren kann. Zu seiner Sicherheit stellt Andre zwei Beamte ab, ein dritter Beamter wacht über den Konzernchef und Max im Konferenzraum.

Drei der Spezialeinsatzkräfte machen sich mit Uwe, Dominik und Tobias auf den Weg zum Kettenkarussell. Die sechs Männer brauchen bedeutend länger als der Trupp von Frank Rademacher, um an den wackeligen Ketten empor zu klettern, doch letztendlich entfernen sie alle Sprengsätze von dem Fahrgeschäft.

Gerd, Patrick und Oliver bilden das zweite Team. Stefan und Emma begleiten sie zusammen mit Andre Offermann zum Riesenrad. Freiwillig schließt sich Jennifer Graf diesem Team an. Im Gepäck hat die begeisterte Alpinkletterin ihre Ausrüstung, so kann auch diese Gruppe im Eiltempo die Bomben entfernen.

Zur Ausbildung der Spezialeinheiten gehören grundsätzlich Kurse im Umgang mit Explosivstoffen. Auch die Mitarbeiter aus Gerds Team erhielten Unterweisungen im Umgang mit Sprengstoff. Sie alle lassen die notwendige Vorsicht walten. Die Beamten sorgen dafür, dass die erbeuteten Zündkapseln und die Funkauslöser keinen Schaden mehr anrichten können.

Das dritte Team setzt sich zusammen aus Daniel, Jens und Ralf, die ebenfalls einen dreiköpfigen Begleitschutz erhalten. Der *Rio Rapido* wird von ihnen vollständig unter die Lupe genommen, immerhin wollen sie keinen der Sprengsätze übersehen. Georg Renken unterstützt die Gruppe mit seinem Fachwissen über die Statik und die Knotenpunkte. Die Gruppe ist noch nicht fertig, als sich die beiden anderen Teams zu ihnen gesellen.

„Wie sieht es aus?", hakt Uwe nach.

„Wir sind rückwärts an die Sache herangegangen", berichtet Georg. „Der normale Ablauf bei einer Fahrt beginnt, indem die Gondeln bis auf siebzehn Meter Höhe gezogen werden, danach geht es durch die Steilkurve in S-Form leicht abwärts. Hier entstehen erste starke Stromschnellen, die die Gondeln im Kreis herumwirbeln. Nun sausen sie auf kurzer Stecke im Sturzbach rund sieben Meter abwärts. Die zweihundertsiebzig Grad-Kurve dahinter sorgt durch ihre Stromschnellen nochmals für Geschwindigkeit. Der zweite Sturzbach ist etwa genauso lang wie der obere, aber er überwindet eine Höhe von fast zehn Metern. Dabei liegt die Rutsche schräg. Die enormen Stromschnellen, die hier entstehen, lassen die Gondeln ordentlich hin und her schaukeln. Im Anschluss geht es mit viel Schwung in die letzte S-Kurve. Durch die heftigen Stromschnellen an dieser Stelle werden die Insassen ordentlich durchgeschüttelt, bevor sie leicht aufwärts zum Ausgangspunkt geführt werden. Dabei bremsen sie dann allmählich ab. Die Rampe mit siebzehn Metern Höhe von unten aus zu erklimmen ist ein sinnloses Unterfangen. Daher haben wir uns entschlossen, andersherum anzufangen. Läuft auch ganz gut. Den unteren Bogen des *Rio Rapido* haben wir komplett freigelegt, den ersten Anstieg dahinter auch. Allerdings ist es enorm schwierig, ohne die passende Ausrüstung an den feuchten Geländern hinauf zu klettern. Ihre Leute beißen sich gerade die Zähne aus an dem Abstieg in der obersten Steilkurve."

Daniel gesellt sich mit zweien der Spezialeinsatzkräfte zu ihnen. Gerds Stellvertreter zeigt nach oben auf die Kurve. „Wir sind bis zu der zweihundertsiebzig Grad-Kehre vorgedrungen. Von unten an bis dorthin sind wir alles abgegangen. Die Mistkerle haben an den Verbindungspunkten der Wasserbahn immer innen und außen je eine Ladung platziert, die sind alle entfernt. Jens und Ralf haben den schwierigeren Part. Sie sind über die zweite Rutsche bis ganz nach oben geklettert. Auf siebzehn Metern Höhe haben sie die ersten Sprengsätze abgenommen. Bleibt nur noch die große S-Kurve. Wenn wir richtig gezählt haben, müssen die insgesamt noch fünf weitere Knotenpunkte bearbeiten."

Georg nickt ihm zu. „Die ersten beiden davon sind bereits entschärft. Also noch drei." Er weist mit der Hand auf die Schräge, an der sich Ralf und Jens um Halt bemüht an den Bomben zu schaffen machen. Der Statiker lässt sich nicht aufhalten, er spricht weiter: „Der Bogen bis zur Rutsche muss noch untersucht werden. Die Kurve liegt schräg, um den Gondeln mehr Schwung zu verschaffen. Sie können sehen, dass sie außerdem noch ein Stück abwärts geht." Der Statiker deutet auf den hohen Wasserturm. „Das ist nicht einfach, dort vorwärts zu kommen."

Die beiden Ingenieure aus Gerds Team haben soeben die Bomben an der dritten Stelle entschärft. Bevor sie sich in der Steilkurve weiter nach unten begeben, schicken sie die Einzelteile der Sprengladungen in eine Plastiktasche gepackt zum Entsorgen an einem Seil nach unten, wo die Beamten darauf warten.

„Bleiben noch zwei", rechnet Uwe nach.

Während Ralf die höher gelegene Außenseite abgeht, arbeitet sich Jens Schritt für Schritt an der Innenkante entlang. Genau in der Mitte der Kurve, am Befestigungspunkt, werden sie fündig. Und wieder nehmen sie die Sprengsätze vorsichtig auseinander.

Ralf seilt die Einzelteile ab, ehe er sich, um festen Stand bemüht, aufrichtet. Dabei wickelt er die Leine mit beiden Händen wieder auf und steckt sie ein. Er macht sich bereit, weiter zu klettern, aber er hebt seinen Fuß einen winzigen Moment zu früh. Das Gleichgewicht verlierend rutscht er auf den feuchten Planken aus. Mit einem Schrei schlittert er Richtung Innenwand.

„Großer Gott!" Georg zeigt immer noch nach oben, seine Augen sind schreckgeweitet. Auch der Rest vom Team starrt entsetzt zu dem Freund hinauf. Keiner ist in der Lage, dem abstürzenden Mann zu helfen. Der Ingenieur wird mit Sicherheit durch seinen eigenen Schwung über den Rand der Bahn hinausgeschleudert. Entweder schlägt er dann auf dem Boden oder in der untersten Wasserbahn auf.

Jens wendet sich gerade wieder seinem Geländer zu, da hört er den Schrei. Mit großen Augen sieht er Ralf an sich vorbei schießen in Richtung Abgrund. Es gibt nur eine Möglichkeit, den Freund vor einem lebensbedrohlichen Absturz zu bewahren. Mit einem einzigen Satz sprintet er nach vorn, erwischt den Freund am Gürtel seiner Jeans und greift fest zu. Um ihn zurück in die Wasserbahn zu ziehen muss er sich drehen.

Durch den Schwung wird Ralf in die Rinne gedrückt und saust die Rutschbahn, die zweihundertsiebzig Grad-Kehre, sowie die zweite Rutschbahn unbeschadet nach unten. Helfende Hände ziehen ihn am unteren Ende aus der Bahn.

Erleichtert atmen alle auf, als der Freund pitschnass, aber unbeschadet vor ihnen steht.

„Leute", mahnt Emma, deren Augen entsetzt nach oben gerichtet sind, ihre Hand zeigt auf Jens. „Hat einer von euch eine Idee, was wir jetzt machen?"

Da er für seine Drehung den Griff um das Geländer aufgeben muss, verliert nun auch Jens seinen festen Stand. Sein eigener Schwung lässt ihn mit dem Bauch vor die Außenwand der Bahn prallen und über das Geländer hinauskippen. Im letzten Moment kann er danach greifen. Jetzt hängt er an dem Geländer der Steilkurve und hält sich mit beiden Händen an den feuchten Streben fest. Sobald er loslässt wird er aus fast fünfzehn Metern nach unten stürzen.

„Wir müssen schnell da hinauf!" Uwe will los spurten.

Jennifer hält ihn zurück: „Warten Sie! Das dauert viel zu lang. Ich übernehme das, aber ich brauche Ihre Hilfe. Kommen Sie bitte mit."

Direkt unterhalb der Steilkurve packt sie ihren Rucksack aus, entwickelt das Seil, das mit einem Karabinerhaken versehen ist, und hakt einen Widerhaken, der an den Enden mit drei Metallkrallen versehen ist, ein. Nun reicht sie Uwe das Seil. „Werfen Sie es oberhalb von Ihrem Freund über das Außengeländer. Sobald der Haken Halt findet kann ich hochklettern." Sie schaut auf. „Das sind gute fünfzehn Meter. Schaffen Sie das?"

„Das werden wir gleich feststellen", erwidert Uwe. Er holt Schwung, dann wirft er. „Vorsicht!", warnt er die anderen.

Rasch springen die Freunde ein Stück zurück. Uwe fehlte etwa ein Meter, der Widerhaken landet im Wasser der unteren Bahn.

„Versuch es noch einmal", bittet ihn Emma. „Viel Zeit hat Jens nicht mehr."

„Ich weiß." Uwe wickelt das Seil für einen neuen Versuch auf. Er lässt den Haken an dem Seil mehrmals hin und her schwingen, holt Schwung und atmet tief ein. Mit seiner ganzen Kraft schleudert er den Haken nach oben, dabei schließt er die Augen und schickt ein Stoßgebet auf die Reise.

„Ja!"

Emmas verhaltener Ruf lässt ihn die Augen wieder öffnen. Erleichtert folgen seine Augen dem Seil nach oben.

Der Widerhaken hat sich sauber um das Geländer gewickelt. Die Spitzen der Haken klemmen fest an der Seitenwand. Das ist ausreichend, um das Gewicht der Ingenieurin aufzunehmen.

Jennifer hat bereits ihr Klettergeschirr angelegt. Sie zeigt den anderen, wie sie ihr helfen können. Mit vereinten Kräften ist die Frau zügig nach oben gezogen.

Schnell klettert sie in die Wasserbahn, löst den Widerhaken und nimmt das Seil mit. Ihr fehlen nur knapp vier Meter bis zu der Unglücksstelle. Vorsichtig überwindet sie die Distanz, auf jeden Schritt achtend. ‚Wenn ich jetzt abrutsche, kommt für Jens jede Hilfe zu spät', erkennt Jennifer. Sie erreicht das Geländer unmittelbar neben Jens. Direkt neben seiner Hand befestigt sie den Widerhaken und achtet darauf, dass das Seil gerade nach unten verläuft. Dann lächelt sie Jens aufmunternd zu. „Wie wär's mit einem unfallfreien Abstieg?"

„Liebend gern", gibt der Ingenieur durch zusammengebissene Zähne zurück. Der Schweiß steht ihm auf der Stirn. Er kann spüren, wie seine Kräfte schwinden. ‚Lange kann ich mich nicht mehr halten', denkt er panisch.

Sie sieht die Angst in Jens' Augen, das Zittern seiner Arme, das die Anstrengung hervorruft. „Sehen Sie mich an", befiehlt sie, wartet bis er den Kopf hebt, schaut ihm tief in die Augen und beteuert fest: „Wir schaffen das!"

Plötzlich wird er ganz ruhig. Er spürt, dass er ihr vertrauen kann. „Okay."

Jennifer klettert über die Reling nach draußen. Sie lässt sich ein Stück abwärts gleiten, bis sie auf Hüfthöhe mit ihm ist. Auf ihren eigenen Halt achtend legt sie ihm den Dreipunktgurt an. Anschließend hakt sie diesen an ihrem eigenen Gurt ein. „Wenn ich es Ihnen sage, lassen Sie los", weist sie ihn an.

„Ja, gut."

Jennifer winkt den Freunden zu, die sich unter ihr versammelt haben. Sie greift nach dem Seil und macht sich bereit, das Gewicht von Jens aufzunehmen. Ihr ist bewusst, dass dies eine Herausforderung für ihre Arme wird, aber sie ist bereit dazu. „Jetzt!"

Jens lässt die Reling los.

Sofort spürt sie den Ruck in ihren Armen. Langsam seilt sie sich mit ihrer Last ab. Kaum kommen sie unten an, strecken sich ihnen helfende Hände entgegen. Dann stehen sie endlich alle auf festem Boden.

„Du warst klasse!" Überschwänglich drückt Emma die Ingenieurin an sich.

„Da hast du Recht", pflichtet ihr Jens bei, ergreift Jennifers Arm, dreht sie zu sich herum und zieht sie an sich. „Danke!" Er gibt ihr einen langen innigen Kuss.

Alle sind überrascht, als die Ingenieurin ihre Arme um den Mann schlingt und den Kuss ausgiebig erwidert, am meisten sie selbst.

Leises erleichtertes Lachen macht sich rund herum breit.

„Fertig sind wir aber immer noch nicht", verkündet Georg wieder ernst werdend.

„Da gibt es noch zwei Bomben", teilt ihnen Jens mit. „Eine innen, eine außen. Genau vor der Rutsche. Das sind die letzten beiden. Aber jetzt müssen wir uns wieder von unten an hocharbeiten."

Die Idee breitet sich ganz allmählich in ihr aus. Langsam wandert Emma an der Wasserbahn entlang. Dabei erinnert sie sich daran, wie es damals war. Ihr Vater lebte noch. Sie war gerade zwölf Jahre alt, als Stefan und sie zum Leidwesen ihrer Eltern auf einmal aus einer Wasserbahn verschwanden. Die Fahrt mit der Gondel hatten sie normal begonnen, kamen aber nicht wieder am Ausgangspunkt an. An der höchsten Stelle, unmittelbar vor der steilen Rutsche, stiegen sie einfach aus. Während die Erwachsenen alles absuchten, benutzten die Kinder die Wasserbahn als Rutsche, um anschließend den Freizeitpark auf eigene Faust auszukundschaften. Daran musste Emma gerade denken. „Halten die Gondeln an, ehe sie über die Kuppe der Rutsche fahren?", verhört Emma den Statiker.

„Ja", bestätigt Georg. „Die Gondeln drehen sich da oben in aller Ruhe einmal um sich selbst, bevor es abwärtsgeht."

Emma richtet ihren Blick auf die Kuppe der Bahn. Links und rechts laufen zwei Metallstützen nach oben, um die über der Rutsche liegende Steilkurve zu stabilisieren. ‚Perfekt!', freut sie sich, ihre Augen blitzen vor Vergnügen diebisch auf. „Lust auf ein *Déjà-vu*?", fragt sie ihren Bruder.

Auch Stefan muss lachen. Ihm ist sofort klar, worauf sie anspricht. „Glaubst du, wir kriegen das hin?"

„Es hat doch schon einmal funktioniert."

„Danach gab es acht Wochen Arrest unter erschwerten Bedingungen", erinnert sich Stefan grinsend an die Zeit, in der seine Mutter jede nur erdenkliche Hausarbeit auftat, um den beiden Teenagern die Strafe so schwer wie möglich zu machen.

„Komm schon, du Spielverderber", fordert Emma ihren Bruder heraus.

„Was habt ihr vor?", hinterfragt Gerd besorgt.

„Wir fahren mit der Gondel hinauf. Oben steigen wir aus", schildert Emma ihm trocken.

„Und du hältst mich für übermütig?", staunt Gerd. „Ich kann euch wohl nicht davon abbringen?"

„Aber ich!", versichert Andre. „Diesen Plan werde ich nicht genehmigen. Das Risiko ist viel zu groß."

„Da widerspreche ich Ihnen", bekräftigt die Agentin energisch. „Kommen Sie schon, das ist uns bereits im Alter von zwölf und vierzehn Jahren gelungen. Wir wissen, worauf wir uns einlassen. Und außerdem, haben Sie vielleicht eine bessere Idee?"

„Nein", bekennt der Einsatzleiter murrend. Sein Blick wandert über die Wasserbahn. ‚Sie ist sich sehr sicher. Ihr Bruder vertraut ihr ebenfalls. Vielleicht sollte ich das auch tun?' „Also schön", gibt er sein Einverständnis. „Sollte das schief gehen, reiße ich Ihnen persönlich den Kopf ab", droht er ihr.

Leise nehmen sie die Wasserbahn in Betrieb. Ohne Licht oder Musik beginnen die Gondeln ihre Fahrt auf dem Wasser. Die Geschwister steigen geschwind in eine der Gondeln ein. Noch bevor sie den höchsten Punkt erreicht haben, stehen die beiden von ihren Plätzen auf. Stefan stellt sich hinter Emma, fasst sie außen an den Oberschenkeln, wobei er selbst so weit wie möglich in die Knie geht. Sie erreichen den Scheitelpunkt der Bahn, die über seitliche Streben gestützt wird. In knapp zwei Metern Höhe über der Bahn verbindet ein Querbalken die beiden Stützen. Die Gondel stoppt genau vor dem Balken.

„Jetzt!", ruft Emma und springt auf.

Gleichzeitig verhilft Stefan ihr zu mehr Schwung, indem er sich aufrichtet. Mit aller Kraft wirft er seine Schwester dem Balken entgegen.

Emma schießt in Richtung Querbalken. Bevor sie vorbeirutschen kann greift sie zu. Ein paar Mal schwingt sie unter dem Balken hin und zurück, dabei zieht sie die Beine an und schiebt sie zwischen den Armen hindurch, bis sie ihre Knie beim Zurückschwingen über den Balken legen kann. Während sie nun ihre Kniekehlen fest daran presst, baumelt ihr Oberkörper kopfüber herunter. Sie kann Stefan unter sich in der drehenden Gondel erkennen.

Die Gondel setzt genau in diesem Moment zur Talfahrt an.

„Spring", fordert Emma ihren Bruder auf, ihm beide Hände entgegenstreckend.

Stefan stößt sich aus der fallenden Gondel ab.

Ihre Hände greifen für einen kurzen Moment umeinander. Wie auf einer Schaukel holt Emma Schwung. Sie schaukelt mit ihrem Bruder an den Armen zur Seite.

Stefan saust auf die äußere Strebe zu, die er mit beiden Beinen umfasst. Als Emma seine Hände loslässt, greift er rasch zu, wobei er heftig mit seinem Körper gegen die Strebe prallt. ‚Ich hatte ganz vergessen, wie schmerzlich der Aufprall ist', erinnert er sich kurz, als ihm die Luft aus dem Brustkorb gepresst wird. Für einen Augenblick bleibt er einfach nur dort und atmet tief durch. Dann löst er sich von der Seitenstrebe und klettert um sie herum nach außen. Die Sprengladung befindet sich kaum einen halben Meter von ihm entfernt.

Derweil setzt sich Emma auf den Balken, robbt zur anderen Seite, um hinunterzuklettern. Sie befindet sich jetzt Stefan gegenüber an der inneren Strebe. Auch sie kommt problemlos an ihre Bombe heran. Beide Sprengladungen werden von ihnen auf der Stelle auseinandergenommen. Die Einzelteile, die keinen Schaden anrichten können, stecken sie ein.

„Fertig?", fragt Stefan seine Schwester mit übermütig blitzenden Augen. „Wer als erster unten ist?"

„Na klar", antwortet Emma lachend. Sie steigen in die Fahrbahnrinne, die bis zu einem halben Meter mit Wasser gefüllt ist. „Los!"

Auf Stefans Kommando hin springen beide mit den Füßen voran in das Wasser. Sie rutschen jetzt die gleiche Strecke hinab, die auch schon Ralf Haas bewältigt hat. Schulter an Schulter sausen sie ungebremst dem Boden entgegen. Nass, aber zufrieden steigen sie aus der Fahrbahnrinne und reichen den Kollegen die Utensilien der Bomben.

Uwe starrt die Geschwister fasziniert an. „Ihr habt einen Riesenknall. Wisst ihr das?"

Andre Offermann hat keine Ahnung, was er dazu sagen soll. Dass diese Frau eine gewöhnliche Polizistin sein soll, bezweifelt er immer mehr. Je länger er sie beobachtet, desto mehr Fragen tauchen auf.

Auch Gerds Augen sind den Geschwistern anfänglich besorgt gefolgt, doch dann erinnert er sich daran, wie gut die zwei sich verstehen, wie sie nur durch Blicke miteinander kommunizieren.

,Wenn Emma sagt, sie schaffen das, dann ist das auch so', versichert er sich voller Vertrauen. Trotzdem ist er froh, als die beiden wieder heil neben ihm stehen.

Der gesamte Trupp macht sich auf den Weg zur Riesenrutsche.

Eine Treppe führt erst außen, dann innerhalb des Turms bis auf die Spitze. Mit speziell dafür präparierten Jutesäcken geht die Fahrt in der Fahrtrinne spiralförmig um den Turm herum bergab. Für diejenigen, die wagemutig die Fahrt begonnen haben, gibt es kein Zurück mehr. Die Geschwindigkeit, mit der der Fahrgast auf seinem Jutesack hinunterrast, kann in geringem Maße noch von ihm selbst geregelt werden. Sensoren oder Bremsen zur Beeinflussung gibt es hier keine. Nur zur Kontrolle wird die Geschwindigkeit an zwei Stellen ausgewertet. Zudem nimmt eine fest installierte Kamera die Besucher auf.

Die Bilder können im Anschluss an die Fahrt käuflich erworben werden. Nicht selten sorgen die Grimassen der aufgenommenen Personen für Gelächter oder Spott.

Nachdem sie beim Aufsteigen vorsichtshalber die Treppe auf Sprengstoffe untersucht haben, begeben sich zwei von ihnen in die Holzrinne. Mit Hilfe von Jennifers Klettergeschirr können sie stückweise die Rinne von innen und außen kontrollieren. Die Mitarbeiter des Teams werden an jedem Bogen fündig.

Kurz darauf versammeln sich alle vor dem Turm des *Hangovers*. Ratlos schauen sie auf die Freizeitattraktion, die sich vor ihnen dem Himmel entgegenstreckt.

„Von uns kann wohl keiner bis da oben hin klettern. Schon gar nicht, ohne gesichert zu sein. Was machen wir jetzt?" Daniel ist sicher, dass hier niemand mit einer Idee aufwarten kann.

„Nehmt euch bitte die Gondel vor", fordert Gerd die anderen auf. „Damit ist der erste Teil wenigstens erledigt."

Auf die Aufforderung hin beginnen Daniel und ein paar Kollegen mit der Entfernung der Sprengsätze, die unter dem Bodenblech an den Bremsen der Gondel befestigt sind.

In der Zwischenzeit tritt Georg Renken an Gerd heran. „Ich hätte da eine Idee, aber die ist mehr als verrückt", gesteht er möglichst leise.

„Dafür sind wir genau die Richtigen", erhält er zur Antwort. „Wenn Sie eine Lösung hierfür haben, möchte ich sie hören. Auch wenn sie noch so verrückt sein sollte."

„Im Fuß des Turms liegen zwei Bodenbleche. Die dienen unseren Monteuren beim Aufbau und Abbau des Turms als Trittbleche. Sie werden auf dem Dach der Gondel festgeschraubt. Beim Aufbau kommt zuerst das Fuß-Stück in die Gondel hinein. Dann arbeiten sich die Männer Stück für Stück nach oben weiter. Dabei wird die Gondel von dem Bediener immer ein Stück weiter hinaufgefahren. Sie kann stufenlos in jeder beliebigen Höhe angehalten werden. Das Blech hat Platz für zwei Personen. Wir könnten sie um hundertachtzig Grad versetzt auf das Dach schrauben. Durch das Seil von Frau Graf haben wir die Möglichkeit, unsere Männer gegen einen Absturz zu sichern."

„Das ist doch eine hervorragende Idee", begeistert sich Gerd. „Warum so ängstlich?" ‚Der Haken bei der Geschichte kommt wohl erst noch', vermutet er. Und er soll Recht behalten!

„Keiner von uns kann die Gondel wirklich bedienen. Sie muss auch nicht nur in der Höhe immer unterhalb der Bomben auf Zuruf anhalten, sie muss sich auch noch drehen, damit alle vier Seiten kontrolliert werden können. Da muss jemand punktgenau die Steuerung im Griff haben. Ich glaube nicht, dass das einer von uns hier schafft."

„Da kann ich Ihnen nur zustimmen. Ich kenne aber den richtigen Mann für diese Aufgabe." Gerd greift bereits nach seinem Handy, während er Georg um erste Schritte bittet: „Könnten Sie sich darum kümmern, dass die Bleche montiert werden? Fragen Sie, wer freiwillig da hinauf geht. Sorgen Sie wenn möglich auch schon für die Sicherung der Leute." Anschließend erklärt er seinem Computerspezialisten die Aufgabe, für die er ihn vorgesehen hat.

Max hört genau zu. Er versteht augenblicklich, worauf es ankommt. Sofort beginnt er, sich Zutritt zu der Steueranlage des *Hangovers* zu verschaffen. „Das kriege ich hin", versichert er kurz darauf. „Lass mir ein paar Minuten Zeit. Für die Stopps brauche ich drei bis vier Sekunden Vorlauf. Wenn die Jungs die

Sprengladungen über sich entdecken, muss ich sofort Bescheid kriegen."

„Das schaffen wir", verspricht Gerd.

„Da ist aber noch etwas", ergänzt Max. „Die Trittbleche müssen genau auf den Ecken des Turms montiert sein. Je ein Mann kontrolliert eine Seite. Sie müssen genau aufpassen. Fährt die Gondel über eine dieser Bomben, haben wir vier Leute weniger."

„Vielen Dank für den Hinweis", bemerkt Gerd ironisch.

Die Bleche sind montiert, wodurch auf dem Dach der Gondel zwei Plattformen entstehen, die von zwei Personen gleichzeitig betreten werden können. Auf der ersten Plattform haben sich Dominik und einer der Männer aus der Düsseldorfer Elite-Einheit angesiedelt. Ihnen gegenüber auf dem zweiten Blech befinden sich einsatzbereit Oliver und ein zweiter Beamter. In der Gondel wartet Uwe mit zwei Elite-Polizisten darauf, die abgebauten Sprengladungen in Empfang zu nehmen.

Gerd bleibt mit seinem Handy am Ohr vor dem Turm stehen. Sobald ihm die um den Turm verteilten Kollegen mit Handzeichen Stopp und Start anzeigen, gibt er dies an Max weiter. Punktgenau hält Max jedes Mal die Gondel an. Ebenso zielsicher ist er im Umgang mit der Steuerung zum Drehen der Gondel. Eine nach der anderen werden die Sprengladungen von den Bremsen entfernt. Die Beamten aus Andres Einheit nehmen die Zünder aus dem Sprengstoff und lösen sie von den Funkempfängern, dann legt sich einer der beiden Männer auf das Trittblech und reicht die Teile an den wartenden Uwe und die beiden Beamten weiter.

Ganz langsam bewegt sich die Gondel aufwärts. Nach einer Dreiviertelstunde erreicht sie den höchsten Punkt. Die Männer wissen, dass alle Sprengsätze entfernt wurden, trotzdem wandern ihre Blicke prüfend über die Wände des Turms, während Max die Gondel in einem durch behutsam abwärtsfahren lässt. Erst als sie wieder festen Boden unter den Füßen spüren, wagen sie es aufzuatmen.

„Das war saubere Arbeit, Leute", lobt Stefan die bunt zusammengewürfelte Mannschaft.

Nach den Aufräumaktionen begeben sich alle für den Rest der Nacht ins Bett. Peter und Gerd übernehmen freiwillig die letzte Wache.

„Gerd", unterbricht Peter die Stille. „Ich weiß, wie wichtig es dir ist, die Mörder von Achim Voss zu schnappen, aber ich möchte nicht noch jemanden verlieren. Schon gar nicht dich. Versprich mir, dass du vorsichtig bist. Geh bitte nicht allein gegen diesen Kerl vor."

„Du hast wahrhaftig Angst um mich!"

Die Feststellung bringt Peter zum Schmunzeln. „Seit ich dich kenne", gesteht er dem jungen Mann.

„Warum hast du dich damals eigentlich so für mich eingesetzt?", erkundigt sich Gerd. „Ich war dir doch vollkommen fremd."

„Du hast meinem Sohn geholfen, als ich nicht für ihn da sein konnte. Außerdem habe ich in dir die Ähnlichkeit zu jemandem gesehen, den ich sehr gut kenne", lächelt der Konzernchef.

„Wen?" Neugierig wartet Gerd auf die Antwort.

„Mich!"

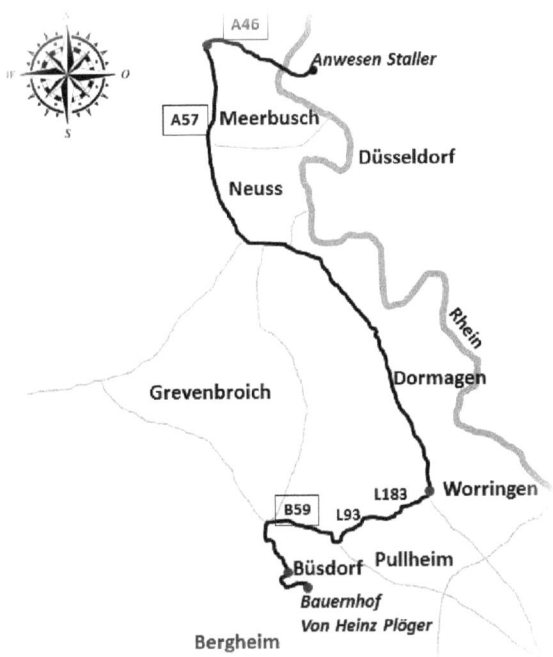

16

Kira Ott versammelt ihre Männer um sich herum. Letzte Instruktionen werden verteilt: „Ihr wisst, was ihr zu tun habt. Fangen wir an", befiehlt sie.

Die Männer von Frank Rademacher haben kein Problem damit, Befehle von dieser Frau entgegenzunehmen. Sie wissen, was Kira zu leisten fähig ist.

Die beiden *Mercedes*-Limousinen vom Typ *S350L* mit einer Leistung von jeweils *200* kW bringen sie schnell zum Ausgangspunkt ihrer geplanten Aktion. Rund fünf Kilometer entfernt vom Anwesen der Familie Staller halten sie an. Diese Stelle wurde ganz gezielt von Kira ausgewählt. Sie konnte sich in den letzten Tagen davon überzeugen, dass hier in den Vormittagsstunden gähnende Leere herrscht. Exklusive Wohnungen und teure Mieten sorgen dafür, dass alle Anwohner zeitig zur Arbeit fahren. Die Straße ist auf beiden Seiten großzügig mit Bäumen gesäumt, die die Sicht auf das kommende Geschehen vereiteln werden.

Aus dem Kofferraum des ersten Fahrzeugs holt Kira einen Kinderwagen und baut ihn auf. Nachdem auch das Kissen sauber in dem Gefährt verstaut ist, wartet sie ab.

Nicht einmal fünf Minuten muss sie warten, bis sich der Transporter nähert. Der Kastenwagen vom Typ *Opel Vivaro 1,9 TDI* mit 74 kW Leistung, auf den sie es abgesehen haben, trägt die Werbung einer in Düsseldorf ansässigen Reinigungsfirma für Bekleidung.

Kira und ihre Männer kennen den Weg, den das Fahrzeug heute zurücklegen wird. Ihre gut durchgeführten Recherchen weisen auf die regelmäßigen Aufträge von Karola Staller an diese Firma hin. Sie ist eine der Kundinnen, die heute beliefert werden. Der dafür ausgemachte Termin ist elf Uhr. Es war also abzusehen, wann der Transporter hier erscheint.

Das Fahrzeug nähert sich Kiras Position, die gekonnt den richtigen Moment abwartet, um nicht einmal zwei Meter vor dem ankommenden Transporter mit ihrem Kinderwagen die Fahrbahn zu überqueren.

Der Fahrer hat keine Möglichkeit auszuweichen. Mit weit aufgerissenen Augen starrt er auf die Frau mit ihrem Kinderwagen, die urplötzlich vor ihm auftaucht. Er rammt seinen Fuß fest auf der Bremse, doch der Weg reicht nicht aus.

Vor Schreck lässt die Frau den Kinderwagen los und springt zurück.

Der Transporter erfasst den Kinderwagen und reißt ihn mit sich, bis das Fahrzeug endlich zum Stillstand kommt. Der Fahrer und auch sein entsetzt dreinblickender Beifahrer springen eilends aus dem Wagen. Der Kinderwagen liegt vollkommen verkeilt unter den Rädern des Transporters. Ihnen fällt nicht auf, dass die Frau sich absolut ruhig verhält.

„Mein Gott", stöhnt der Fahrer entsetzt auf. Bei dem Gedanken daran, dass er gerade ein Baby überfahren hat, wird ihm übel. „Leo, was sollen wir denn jetzt ..." Weiter kommt er nicht.

Urplötzlich tauchen zwei Männer mit Waffen in den Händen hinter ihnen auf. Die beiden Schüsse sind kaum zu vernehmen. Unterschallmunition, abgeschossen aus Pistolen, die mit Schalldämpfern bestückt sind, verringert den Geräuschpegel enorm. Statt einem lauten Knall erinnert das Geräusch eher an den Hammerschlag eines Handwerkers. Rundum ist niemand zu sehen, der dem Geschehen seine Aufmerksamkeit schenken könnte.

Die tödlich getroffenen Angestellten der Reinigungsfirma werden von den Männern aufgefangen. Sie zerren den Toten die Jacken vom Körper, um sie im Anschluss eilends in den Kofferraum einer Limousine zu verfrachten. Zwei von Kiras Leuten streifen sich die Jacken ihrer Opfer über und springen in den Transporter.

Derweil landen die Überreste des Kinderwagens im Kofferraum des zweiten *Mercedes*. Obwohl die Aktion in einem Wohngebiet stattfindet, hat niemand den Überfall beobachtet. Das Ganze dauerte nicht mehr als drei Minuten bis der Transporter seine Fahrt zu dem geplanten Kunden wieder aufnimmt, die zwei Limousinen hinter sich.

An der Schranke zum Anwesen der Familie Staller stoppt der Fahrer den Transporter. Der Wachmann prüft die Auftragspapiere und erkundet das Innere des Wagens, dann gibt er den Weg frei. Seinem Kollegen, der abwartend mit einem Funkgerät in der Hand ein Stück den Weg zum Haus hinauf steht, winkt er beruhigend zu. Die Lieferung der Wäsche war für heute angekündigt, also kein Grund zur Sorge.

Genau unter der offenen Schranke bleibt der Transporter plötzlich stehen. Der Fahrer steigt aus, betrachtet ungläubig sein Vorderrad, dann läuft er um sein Fahrzeug herum nach vorn, die Augen auf den Bereich unter dem Wagen gerichtet.

Der Wachmann gesellt sich zu ihm. „Gibt es ein Problem?"

„Ich bin irgendwo drübergefahren", erklärt ihm der Fahrer säuerlich. Er zeigt auf die verbeulten Stellen am Fahrzeug. „Was liegt denn hier bei Ihnen im Weg herum?", will er aufgebracht wissen.

Irritiert schaut sich der Wachmann das Fahrzeug an. Er kann die Beulen unter dem Fahrzeug deutlich erkennen. Doch zu einer Antwort kommt er nicht mehr. Den Knall aus der schallgedämpften Pistole, mit der die Kugel abgeschossen wird, hört außer den Männern am Fahrzeug niemand. Der Wachmann ist tot, noch bevor er auf dem Boden aufschlägt.

Jetzt kommt auch der zweite Personenschützer auf das Fahrzeug zugelaufen. Durch den Aufenthalt des Transporters unter der geöffneten Schranke irritiert, will er nach dem Rechten sehen. Als er bemerkt, dass der Beifahrer mit einer Pistole auf ihn anlegt, ist es zum Handeln schon zu spät. Tödlich getroffen bricht er auf der Stelle zusammen. Sie lassen ihn einfach liegen. Im Handumdrehen wird der Wachmann, der vor dem Transporter liegt, zur Seite geschafft. Dann machen sie die Einfahrt frei, indem sie das Fahrzeug vorsetzen. Die Limousinen halten unmittelbar hinter der Schranke. Sie nehmen sich die Zeit, die beiden toten Angestellten der Reinigungsfirma und den Kinderwagen in den Transporter zu befördern, bevor sie diesen bis vor die Haustür fahren. Die beiden Limousinen stoppen im Schutz des Transporters.

Mittlerweile sind alle das Anwesen bewachende Einsatzkräfte über den Zwischenfall informiert. Eilends gehen sie auf ihren zugewiesenen Plätzen in Stellung.

Kira schaut sich gründlich um.

Von zwei Seiten stürmen bewaffnete Spezialeinsatzkräfte gegen die Eindringlinge vor.

„Los!"

Mehr braucht Kira nicht zu sagen. Ihre Männer nehmen die Beamten umgehend unter Beschuss.

„Auf dem Dach", weist sie einen weiteren Mann an.

Der hat die drei Scharfschützen bereits gesichtet, die schleunigst in Stellung gehen. Er legt mit seinem eigenen Scharfschützengewehr vom Typ *PSG-1* der Marke *Heckler & Koch* mit Zielfernrohr auf die Männer an. Er kennt genau die wenigen Punkte, an denen die Spezialeinsatzkräfte trotz ihrer Ausrüstung verwundbar sind. Dafür wurde er ausgebildet. Er hat lange genug trainiert, um keine Fehler zu machen und lässt sich nicht aus der Ruhe bringen. Für jeden Gegner braucht er nur einen Schuss. Noch ehe sie die Eindringlinge ins Visier nehmen konnten, sind sie erledigt.

Umsichtig wie Kira ist, haben sie mit Gegenwehr gerechnet. Die Blendgranaten, die sie den Polizisten entgegenschleudern, hindern diese an gezielten Schüssen. Der laute Knall und das grelle Licht der Granaten beeinflusst die Wahrnehmungssinne. Eine kurze Orientierungslosigkeit ist die Folge. Diese Spanne reicht Rademachers Handlangern aus, um die überraschten Beamten endgültig auszuschalten. Kira dringt mit ihren Männern in das Hausinnere vor.

Karola Staller und Maria, die spanische Haushälterin der Familie, befinden sich in der Küche. Kaum hört Karola die Schüsse, schiebt sie Maria resolut in die Abstellkammer. „Nicht rühren", befiehlt sie. Fieberhaft überlegt sie, was zu tun ist. ‚Andreas!' Sie muss zu ihrem Sohn. Auf dem Absatz macht sie kehrt und rennt zur Tür hinaus, wo sie ruckartig zum Stillstand kommt, während sie die unbekannte Frau vor sich erschrocken anstarrt.

Mitten im Flur steht Kira Ott und richtet ungerührt ihre Pistole auf sie. „Schön, dass Sie mir entgegenkommen", lächelt die Terroristin. „Würden Sie mich bitte begleiten!" Sie ergreift Karolas Arm und zieht sie wie einen Schutzschild vor sich, wobei sie die Waffe fest gegen ihren Hals drückt.

Bei den ersten Schüssen stürmt Andreas aus der Anliegerwohnung, die an das Haus angrenzt, heraus. Die ihn bewachenden Spezialeinsatzkräfte umringen ihn eilig. Mit ihren Körpern schützen sie ihn gegen Angriffe, während sie ihn zu einem wartenden Fahrzeug zerren.

„Wo ist meine Mutter?", brüllt Andreas den Männern entgegen.

„Herr Staller!"

Andreas wendet sich der Frau zu, die ihn gerufen hat. Mit Entsetzen gewahrt er die Waffe, die auf seine Mutter gerichtet ist.

„Wenn Sie jetzt einsteigen, ist Ihre Mutter tot", verspricht Kira ihm. „Gehen Sie ohne Gegenwehr mit uns, bleibt sie am Leben. Zumindest jetzt noch", ergänzt sie trocken.

„Das dürfen Sie nicht tun", versichert ihm der Beamte, der neben Andreas steht. Er ergreift seinen Arm. „Steigen Sie ein."

„Soll ich etwa zusehen, wie diese Frau meine Mutter erschießt?" Aufgewühlt reißt Andreas sich los. Zum Zeichen, dass er sich ergibt, hebt er die Arme. Dann geht er langsam auf die Frauen zu. Sofort wird er von Rademachers Männern ergriffen. Mit ihren Gefangenen steigen sie eilig in die beiden wartenden Limousinen ein.

Ohne das Leben der Geiseln zu gefährden können die vier verbliebenen Einsatzkräfte nichts unternehmen. Hilflos beobachten sie jeden Schritt dieser Leute. Bei der kleinsten Chance werden sie zuschlagen. Sie machen sich bereit, in ihren Wagen zu stürzen, um den Geiselnehmern zu folgen.

Der letzte Mann, der in die Limousine einsteigt, verharrt für einen Moment, während er die Beamten hinterhältig angrinst. Gleichzeitig holt er aus, um den Gegenstand, den er in der Hand hält, mit Schwung unter das Fahrzeug der Elite-Polizisten zu schleudern. Dann steigt auch er rasch ein. Mit quietschenden Reifen brausen die beiden Fahrzeuge davon.

„In Deckung!", schreit einer der Beamten.

Aber dazu ist es zu spät. Die Detonation der Sprengladung ist so gewaltig, dass sie das gepanzerte Fahrzeug in Einzelteile zerlegt. Die Druckwelle schleudert die von Wrackteilen und Glasscherben getroffenen Polizisten in hohem Bogen auf den Asphalt, wo sie schwer verletzt liegen bleiben.

Seit dem frühen Morgen sortiert Cornelius gelangweilt die Daten, die *Oscar* ausspuckt. In zwei dicken Ordnern heftet er die Unterlagen der Überwachungskameras ab. ‚Erst neun', stellt er bei einem Blick auf die Uhr fest. ‚Langweiliger geht's nicht!' Doch dann wird sein Interesse durch den nächsten Stapel Papiere, den er sich vornimmt, geweckt. Auch die Akten über Frank Rademacher und Kira Ott wurden von Max in den Rechner eingegeben. Jetzt starrt Cornelius fasziniert auf die Bilder, die den Unterlagen beigefügt sind, und liest sich die dazugehörigen Informationen durch.

Michaela steckt ihren Kopf in das Büro. Als sie sieht, dass ihr Kommilitone allein ist, kommt sie näher und lässt sich auf einen

Stuhl neben seinem Schreibtisch plumpsen. „Mein Gott, ist das langweilig", erklärt die zur Untätigkeit verdammte Studentin. Sie betrachtet den angesammelten Papierwust vor Cornelius. „Was machst du da?"

Statt einer Antwort reicht der junge Mann ihr die Unterlagen. „Sieh dir das einmal an. Die haben tatsächlich die Verbrecher ausfindig gemacht. Frank Rademacher heißt der Kerl, der den Auftrag hat, alle umzubringen."

Neugierig schnappt sich Micha die Papiere, hört aber während sie liest Cornelius weiter zu.

„Ich glaube, von den Leuten hier im Werk weiß noch keiner davon. Auch die Beamten nicht. Wir sollten jemandem Bescheid geben."

„An wen dachtest du da?", erkundigt sich Micha aufschauend.

„Ich schätze, Andreas Staller wäre der Richtige", überlegt Cornelius.

„Du willst ihn anrufen?"

„Nein." Der Student überschlägt seine Möglichkeiten. „Ich werde zu ihm fahren. Er soll sich die Unterlagen selbst durchlesen. Dann kann er entscheiden, ob sie etwas unternehmen müssen."

„Anna wird dich nie im Leben allein aus der Firma weglassen. Das musst du schon ihr überlassen."

„Warum soll ich ihr erst alles erklären, damit sie es dann weitererzählt? Das ist eine Fehlerquelle mehr in der Datenübermittlung." Beschwörend schaut Cornelius seine Kommilitonin an. „Außerdem, sie muss es ja nicht mitkriegen. Der Nachteil ist nur, ich habe kein Auto. Da muss ich wohl die Bahn nehmen. Das dauert dann eine Weile. Kannst du Anna nicht ein bisschen ablenken?"

Micha mustert ihn lange prüfend. „Also gut, ich bin dabei. Aber wir machen das anders. Wir warten, bis wir an Anna vorbeikommen, dann fahre ich dich mit meinem Wagen zum Anwesen der Familie Staller."

„Das ist super von dir", begeistert sich der junge Mann. „Das Anwesen wird ja ebenfalls überwacht. Uns kann also gar nichts passieren. Warum sollte Anna da sauer sein?"

„Dein Wort in Gottes Ohr", erwidert die Studentin skeptisch.

Zwanzig Minuten später befinden sie sich in Michaelas altem *Ford Fiesta 1,4 l* auf dem Weg zum Anwesen der Familie Staller. Den Wachmann an der Zufahrt des Firmengeländes hat Cornelius dermaßen bedrängt mit der wichtigen Mission, die sie für Anna zu erledigen haben, dass der ganz vergaß, den Wahrheitsgehalt nachzuprüfen. Schließlich sind ihm die studentischen Aushilfen des *Staller*-Teams nicht fremd.

„Halt an", brüllt Cornelius in dem Moment, als Micha gerade in die Auffahrt zum Haus der Familie Staller einbiegen will.

Vor Schreck tritt sie ruckartig auf die Bremse. „Spinnst du?", faucht sie ihn an. „Was ist denn in dich gefahren?"

Der Student zeigt mit ausgestreckter Hand auf das Wachhäuschen an der Schranke, wo der Wachmann in gekrümmter Haltung auf dem Boden liegt. „Du bist bestimmt meiner Meinung, dass hier etwas nicht in Ordnung ist?"

„Da ist noch einer!" Michaela weist mit der Hand auf einen weiteren Mann in der Uniform des privaten Wachdienstes. „Glaubst du, dass die tot sind?"

Mit erschrocken aufgerissenen Augen starren sie auf den Angestellten, der bäuchlings auf dem Zufahrtsweg liegt, ohne sich zu rühren.

„Keine Ahnung. Schon möglich", antwortet Cornelius ehrlich.

„Was jetzt?" Unschlüssig kaut Micha auf ihrer Unterlippe.

„Wir sollten uns erst einmal unsichtbar machen. Setz ein Stück zurück, an den Straßenrand. Dann sehen wir uns vorsichtig um."

„Du willst da hineingehen? Bist du wahnsinnig?" Die junge Frau starrt ihren Begleiter mit großen Augen an. „Das sollten wir doch besser der Polizei überlassen." Sie legt den Rückwärtsgang ein und setzt in eine große Parklücke am Straßenrand, wobei sie reichlich Gas gibt.

In dem Moment hören sie einen ohrenbetäubenden Knall. Zwei dunkle *Mercedes*-Limousinen rasen aus der Auffahrt auf die Straße. Sie fahren direkt an den beiden Studierenden vorbei, ohne auf deren parkendes Fahrzeug zu achten.

„Da ist Andreas Staller!" Aufgeregt deutet Michaela auf Andreas, der eingekeilt zwischen zwei Männern auf dem Rücksitz der ersten

Limousine hockt. Auch Karola Staller kennt sie von der Geburtstagsfeier des Konzernchefs. „Im zweiten Wagen sitzt seine Mutter."

„Auf dem Beifahrersitz im ersten, das war Kira Ott", erklärt Cornelius aufgeregt. „Ihr Bild habe ich vorhin in der Akte gesehen. Sie arbeitet für Frank Rademacher, diesen Terroristen, der alle töten soll." Cornelius trifft eine Entscheidung. „Die wollen die beiden umbringen. Wir müssen denen hinterher. Los, fahr schon! Lass dich bloß nicht abhängen."

Aufgeschreckt fährt Micha los. Sie hat Glück, dass die beiden leistungsstarken Fahrzeuge sich an die Geschwindigkeitsbegrenzungen halten, um nicht aufzufallen. Ihr kleiner Wagen mit gerade einmal 74 kW Leistung könnte ansonsten kaum mithalten. Sie stoppen an einer Ampel unmittelbar hinter den Limousinen.

Die jungen Leute sind so aufgeregt, dass sie gar nicht auf die Idee kommen, sich Unterstützung zu besorgen. Sie sind einzig mit dem Gedanken beschäftigt, den beiden Menschen vor sich in den Fahrzeugen zu helfen.

Micha wirft einen Blick in den Rückspiegel. „Das verstehe ich nicht. Das Haus der Familie Staller wurde doch schwer bewacht. Wieso werden die nicht verfolgt?"

Cornelius schaut sich um. „Anscheinend haben diese Typen alle unschädlich gemacht, die ihnen hätten folgen können. Da war doch dieser Knall. Erinnerst du dich? Wahrscheinlich haben die Kerle die Fahrzeuge der Beamten unbrauchbar gemacht. Das könnte ich mir jedenfalls vorstellen. Ich glaube, wir beide sind die Einzigen, die herausfinden können, wo die hinwollen."

Kira hat die Akten zu den *Staller*-Mitarbeitern rund um Gerd Bach studiert. Ein Blick in den Rückspiegel hätte sie die beiden Verfolger erkennen lassen. Allerdings ist sie viel zu sehr damit beschäftigt die versprochene Nachricht an Frank zu senden.

Andreas Staller und Mutter in unserer Obhut. Sie waren schwer bewacht. Mussten Gegner ausschalten. Warten im Quartier.

‚Wenn Frank das liest, wird er begeistert sein.' Kira lehnt sich zufrieden in ihrem Sitz zurück.

Die Fahrt verläuft über die nahe gelegene Rheinbrücke. Am Autobahnkreuz Meerbusch wechseln sie von der *A44* auf die *A57* in Richtung Neuss. Zum Glück für die Verfolger ist die Autobahn gut gefüllt, sodass die Fahrer der Limousinen keine Chance haben, das Gaspedal durchzutreten. Ohne bemerkt zu werden kann der kleine Wagen den Entführern an Meerbusch, Neuss, Grevenbroich und Dormagen vorbei bis zur Ausfahrt Worringen nachfahren, doch der Abstand wird immer größer. In die Ausfahrt kann Michaela den beiden Fahrzeugen noch folgen, dann hat sie ihr Ziel aus den Augen verloren.

„Wo sind sie hin?"

„Da! Du musst links abbiegen." Cornelius weist mit der Hand in die angegebene Richtung. Im letzten Augenblick konnte er die entschwindenden Wagen ausmachen. Michaela lenkt in die angewiesene Richtung ein. Rasant folgt sie der Landstraße *L183*, wobei sie bedeutend mehr Gas gibt als die Geschwindigkeitsbegrenzung hier erlaubt. Dafür haben sie kurz darauf wieder Sichtkontakt zu den weit vorrausfahrenden Limousinen.

„Bleib so", empfiehlt ihr der Student. „Wenn wir näher heranfahren, fallen wir denen vielleicht auf."

Angestrengt achten die Studierenden auf den Weg, den die beiden Fahrzeuge vor ihnen wählen. Sie wechseln auf die Landstraße *L93* nach Bergheim, lassen Pulheim links liegen und biegen auf die Bundesstraße *B59* ab.

„Wo wollen die denn hin?" Micha schüttelt verständnislos den Kopf. „Die machen ja die reinste Rundtour."

„Das dient bestimmt dazu eventuelle Verfolger abzuhängen", vermutet Cornelius. „Wir müssen gut aufpassen, dass sie uns nicht entdecken."

„Kein Problem, die sind sowieso gleich weg", behauptet die Studentin frustriert.

Auf der leeren Bundesstraße können die Fahrer der beiden *Mercedes*-Limousinen endlich Gas geben. Die Entfernung zwischen ihnen und dem *Fiesta* wird zunehmend größer. Dann sind sie aus ihrem Sichtfeld entschwunden.

„So ein Mist", flucht Cornelius.

Es ist Zufall, dass Michaela die beiden Fahrzeuge in etwa anderthalb Kilometern Entfernung in entgegengesetzter Richtung an ihnen vorbeifahren sieht. „Da!", ruft sie aus. „Da sind sie!"

So schnell sie kann überwindet sie die Strecke, die auch ihre Ziele genommen haben.

„Was soll das?", staunt Micha. „Wir fahren doch wieder zurück. Das hätten die auch einfacher haben können."

Cornelius schaut aus dem Seitenfenster, lässt seine Augen über die Umgebung wandern. ‚Geradeaus liegen mehrere größere Orte, durch die die Landstraße hindurchführt', erkennt er. „Ich schätze, die wollen nicht unbedingt durch die Ortschaften fahren. Deshalb nehmen sie lieber unwegsames Gelände oder Umwege in Kauf. Hoffentlich verlieren wir sie nicht."

Auch wenn der *Fiesta* weit zurückgefallen ist, können sie durch das flache Gelände beobachten wie die beiden Fahrzeuge in die kleine Ortschaft Büsdorf hineinfahren, um gleich darauf rechts von ihnen wieder herauszufahren.

„Wenn sie den nächsten Ort erreichen, finden wir sie nicht wieder", äußert Micha verzweifelt. Ihr Blick fällt auf die Hinweisschilder am Straßenrand. „Es sind nur drei Kilometer bis nach Oberaussem."

„Da!" Cornelius weist aufgeregt mit dem Finger nach vorn. Statt zur nächsten Ansiedlung weiterzufahren biegen die beiden Wagen links ab. Kurz darauf sind sie in einem kleinen Wäldchen verschwunden.

Während Micha weiterfährt behält Cornelius das Ende des Waldes im Auge. „Sie kommen nicht mehr hinaus. Die haben garantiert dort irgendwo angehalten. Wir müssen sie suchen. Langsam jetzt!", fügt er hinzu, als seine Kommilitonin in das Wäldchen abbiegt.

Nach knapp einhundert Metern beschreibt der Weg einen langgezogenen Bogen. Ihnen wird die Sicht auf die Zufahrt zu einem Bauernhof gewährt, den die beiden Limousinen gerade ansteuern. Aber auch von dort kann man den näherkommenden Wagen problemlos entdecken.

„Halt an", fordert Cornelius rasch. „Setz ein Stück zurück, hinter die Bäume. Wir müssen hier aussteigen."

Michaela befolgt seinen Rat, fährt ein gutes Stück zurück und setzt rückwärts zwischen die Bäume, damit der *Fiesta* nicht so schnell entdeckt wird. Zu Fuß schleichen sich die beiden Studierenden zwischen den Bäumen hindurch, bis ihnen die Sicht auf den Bauernhof freigegeben wird. Sie sind ein gutes Stück von dem Hof entfernt, können jedoch beobachten, wie Andreas und seine Mutter grob aus den Wagen gezerrt und mit Waffengewalt in die Scheune befördert werden.

„Schnell zurück. Wir müssen hier weg", befiehlt Cornelius. Er hat erkannt, dass sie durchaus vom Bauernhof aus bemerkt werden können. Aus seinem letzten Abenteuer ist ihm nur zu gut in Erinnerung was dabei passieren kann. In aller Eile kämpfen sie sich durch die Bäume zurück zu Michaelas *Ford*.

„Wir sollten die Polizei rufen", schlägt die Studentin vor.

„Nein, das kennen wir schon. Die fahren mit Blaulicht und Sirene vor. Dann sind die Geiseln tot. Ich weiß etwas Besseres, ich rufe Herrn Bach an." Der junge Mann zückt sein Handy. „Die Mailbox", erklärt er kurz darauf frustriert. „Ich versuche es später wieder." Er starrt zu dem Hof. „Wir müssen wohl selbst aktiv werden. Hättest du vielleicht eine Idee?", erkundigt er sich unbeholfen. Überrascht hört er Michas Antwort.

„Schon möglich."

Andreas wird mit den Handgelenken an zwei von der Decke hängende Ketten gefesselt. Karolas Arme ziehen die Männer um einen dicken Stützbalken. Sie fesseln ihre Hände mit Handschellen.

Kira bleibt lässig vor Andreas stehen. Neugierig mustert sie den Mann, dessen Akte sie eingehend studiert hat. Sie weiß, dass er acht Jahre jünger ist als sie. Doch das hindert sie nicht daran, ihm mit Argwohn zu begegnen. Auch sie hat sich bereits in jungen Jahren zu einer herausragenden Kämpferin entwickelt. Seine Augen verraten ihr seine Entschlossenheit.

„Was wollen Sie von uns?" Obwohl er bis zum Anschlag angespannt ist, bleibt Andreas äußerlich ruhig.

„Ich? Gar nichts", antwortet die Partnerin von Frank Rademacher. Er zeigt keine Angst und hat sich auf der ganzen Fahrt ruhig verhalten. Das honoriert sie. „Wir bekommen viel Geld für Sie. Das ist Ansporn genug", beantwortet sie seine Frage. Ihre Männer sorgen mit Klebeband dafür, dass die Gefangenen sich nicht bemerkbar machen können. Kira kann erkennen, wie es in Andreas arbeitet. ‚Er sucht bestimmt nach einem Ausweg!' Sie selbst würde es genauso machen. Dem muss sie rasch Einhalt gebieten. Sie gibt ihren Männern einen Wink. „Bearbeitet ihn ein wenig. Nur damit er nicht abhaut." Gelassen sieht sie zu, wie die Männer auf Andreas einschlagen.

Die Faust, die in seinem ungeschützten Magen landet, entfacht ein schmerzhaftes Feuer in ihm. Seine Fesseln halten ihn allerdings weiter aufrecht. Unter dem Klebeband, das seinen Mund verschließt, kann er kaum atmen. Zwei weitere Schläge hält er noch aus, bevor er fast besinnungslos erschlafft.

Karola schreit entsetzt auf. Durch den Klebestreifen bleibt ihr Schrei jedoch gänzlich ungehört. Niemand achtet darauf. Voller Panik muss sie wehrlos mit ansehen, wie ihr Sohn systematisch zusammengeschlagen wird. Sie zerrt so heftig an ihren Fesseln, dass diese ihr die Haut an den Handgelenken aufreißen.

„Das reicht", stoppt Kira ihre Leute. „Ruhen Sie sich aus. Es wird noch anstrengend genug für Sie beide", empfiehlt sie ihren Gefangenen. Mit einem letzten schadenfrohen Blick auf die Unternehmers-Gattin geht sie lachend hinaus.

Karola bemüht sich angestrengt, ein Lebenszeichen ihres Sohnes aufzufangen, der bewusstlos in seinen Ketten hängt. Tränen laufen ihr über die Wangen. ‚Wie sollen wir hier nur herauskommen?', überlegt sie verzweifelt. ‚Peter und Gerd haben keine Ahnung, wo wir uns aufhalten.' Hoffnungslos lässt sie den Kopf hängen.

„Kannst du mit deinem Handy im Internet nach dem Besitzer des Bauernhofs suchen?" Michas Idee nimmt langsam Formen an.

„Klar", bestätigt Cornelius. „Was genau suchst du?"

„Der Hof gehört denen bestimmt nicht, sie haben ihn sicher nur gepachtet. Oder beschlagnahmt", ergänzt sie ernst und kramt nach ihrem eigenen Handy. Die Nummer, die sie jetzt braucht, hat sie schon lange nicht mehr gewählt, trotzdem kann sie sich noch gut an die Freunde aus der Nachbarschaft erinnern. Trevor und Ines-Theresa Velten zogen nach Bergheim, als der Vater der Zwillinge dort ein Geschäft für Computer und Fernsehbedarf eröffnete. Ines-Theresa, nach ihrer mexikanischen Urgroßmutter benannt, hört auf den Spitznamen *IT*. Sie studiert Betriebswirtschaft an der gleichen Universität, an der auch Micha eingeschrieben ist. Ihr Bruder Trevor, kurz *TV*, ist bei seinem Vater in die Ausbildung gegangen. Mittlerweile führt er das gutgehende Geschäft mit ihm zusammen. Den Kontakt zueinander haben die drei jungen Erwachsenen nie ganz abgebrochen.

„Ich hab's gefunden", eröffnet ihr Cornelius. „Der Hof gehört Karl-Heinz Plöger. Ich habe ihn so schnell gefunden, weil er über das Internet seine Bioprodukte anbietet. Hier steht, sein Hof ist vom vierundzwanzigsten Juli bis zum dreißigsten Juli geschlossen. Aus familiären Gründen."

„Was das wohl für Gründe sein mögen?", grübelt Micha. „Aber egal, das passt!" Sie wählt die Nummer von Trevor Velten. „Hallo *TV*", grüßt sie den Freund. „Rate, wer hier ist?"

Der Freund erkennt sie sofort. „Micha! So eine Überraschung. Wie geht es dir?"

„Um ehrlich zu sein, ich habe richtig große Schwierigkeiten. Deshalb rufe ich auch an. Ich brauche deine Hilfe." Damit erklärt sie dem jungen Mann, was Andreas und seiner Mutter zugestoßen ist.

Fasziniert lauscht Trevor ihrer Schilderung. „Ist das dein Ernst? Schießerei, Entführung, Mord? Bei dir geht es ganz schön rund. Wie soll ich dir helfen?"

„Hast du noch deinen Transporter?" Der *Mercedes Sprinter* wurde von Trevors Vater zur Auslieferung reparierter Geräte benutzt. Aber auch, um die jungen Leute von der Disco abzuholen, wenn diese einmal wieder zu spät waren.

Micha hört Trevor lachen. „Natürlich. Den gebe ich nicht her."

„Und einen Fernseher hast du doch bestimmt auch über?"

„Eigentlich hat man so etwas nie über. Was brauchst du?"

Michaela erläutert ihm ihren Plan. Selbst Cornelius bekommt große Augen bei dem, was sich die junge Frau da ausgedacht hat. ‚Das ist so verrückt, dass es schon wieder funktionieren könnte‘, urteilt er und stimmt seiner Kommilitonin begeistert zu.

„Bis IT die Papiere ausgedruckt und ich alles gepackt habe dauert es eine Weile. Mindestens dreißig Minuten. Wir treffen uns bei deinem Wagen."

Es dauert fast eine Stunde. Micha und Cornelius haben sich auf ihrem Beobachtungsposten zwischen den Bäumen abgewechselt. Bis jetzt hat sich nichts gerührt. Nur ein Wachposten sitzt auf einem Stuhl vor dem Scheunentor. Gelangweilt schnitzt er an einem Stück Holz herum.

Jetzt stehen die beiden Studierenden neben Michas *Fiesta* und blicken dem ankommenden weißen *Mercedes Sprinter* mit einem *3,0*-Liter-Dieselmotor und einer Leistung von *140* kW abwartend entgegen.

Mit einem Satz springt der junge Mann aus dem Fahrzeug mit der Aufschrift des Reparaturdienstes. Er nimmt Micha in die Arme und drückt ihr überschwänglich einen Kuss auf die Wange. Anschließend reicht er Cornelius die Hand. „Ich bin Trevor Velten, du kannst mich *TV* nennen. Das tun alle." Er weist erklärend auf die Werbung am Fahrzeug, die auf das Geschäft für Elektrogeräte und Fernseher hinweist.

„Cornelius Pohlschneider", stellt sich der angehende Computerspezialist dem Elektrofachmann vor. „Wenn du magst, kannst du auch *127* sagen."

„Frag lieber nicht", beeilt sich Micha einzugreifen. „Können wir loslegen?"

Kurz darauf biegt der Transporter in die Auffahrt zum Bauernhof ein.

Trevor hält seinen *Mercedes Sprinter* fast vor den Füßen des Wachmannes an.

Dieser erhebt sich schwerfällig, um sich dem Fahrer des Wagens neugierig zu nähern. Als er den jungen Mann auf dem Fahrersitz sieht, entspannt er sich ein Stück weit. ‚Das ist keiner aus Bachs Truppe‘, erkennt er.

Trevor lächelt den Mann freundlich an und kurbelt das Seitenfenster herunter, woraufhin dieser an die Fahrertür herantritt.

„Hallo", grüßt Trevor. „Ich habe hier ein Fernsehgerät abzugeben. Können Sie mir vielleicht erklären, wohin ich damit muss?"

„Ein Fernsehgerät?" Irritiert mustert der Wachmann den Fahrer. „Was für ein Fernsehgerät?"

„Nun ja, ist schon klar. Mein Chef hat gesagt, dass Sie das nicht wissen. Er sollte den Fernseher schließlich nur reparieren. Aber das Ding ist ihm vom Tisch gefallen. Deswegen habe ich jetzt einen neuen mitgebracht. Als Ersatz sozusagen. Wo soll er denn hin?"

„Geben Sie ihn einfach her. Ich kümmere mich selbst darum", weist ihn der Wachmann an.

„Okay, aber das geht nicht. Sehen Sie, der Fernseher ist zwar umsonst, aber da Sie die Reparatur in Auftrag gegeben haben, müssen Sie die Anfahrtskosten erstatten. Steht alles hier auf dem Lieferschein. Ich bekomme achtundsechzig Euro fünfzig von Ihnen."

Einen Augenblick starrt der Mann Trevor nur an. „Da muss ich nachfragen. Moment." Er zieht sein Handy.

Kira erscheint fast sofort. „Was ist hier los?"

Noch einmal beginnt Trevor mit seiner Geschichte.

Kira ärgert sich über den Idioten. ‚Wir könnten ihm einfach eine Kugel in den Kopf jagen', erwägt sie, verwirft ihren Gedanken aber rasch. Die Spur ließe sich zu leicht zu ihr zurückverfolgen. Sie können aber gerade jetzt keine Aufmerksamkeit gebrauchen. Sauer begleicht sie die Rechnung, unterschreibt den Lieferschein aber vorsichtshalber mit dem Namen *Plöger*. Von dem Besitzer des Bauerhofs gibt es keine Verbindung zu ihr, der Hof wurde kurzfristig unter falschem Namen für sieben Tage angemietet und der Bauer hat sie nie zu Gesicht bekommen.

Langsam fährt der Transporter davon, doch dass er hinter der nächsten Wegbiegung im Schatten der Bäume anhält, ahnt von den Söldnern niemand.

Die beiden Terroristen schauen dem davonfahrenden Fahrzeug nach, bis es aus ihrer Sicht entschwunden ist.

„Cool!" Mit glänzenden Augen schnappt sich Kiras Mann den großen Karton, um sich strahlend mit dem nagelneuen *Hightech*-Fernseher ins Wohngebäude zu begeben.

„Schick einen Ersatzmann", befiehlt ihm Kira kopfschüttelnd. „Männer und Spielzeug, das verträgt sich einfach nicht", murmelt sie vor sich hin. Wenn sie schon einmal hier ist, kann sie auch gleich nach dem Rechten sehen. Sie betritt die Scheune, um sich von der korrekten Verwahrung ihrer Gefangenen ein Bild zu machen.

Durch Trevor abgelenkt bekommt der Mann nicht mit, wie sich Cornelius und Micha schon beim ersten Wortwechsel hinten aus dem Transporter schleichen.

Geduckt laufen sie so schnell es geht zur Scheune. Die Studentin packt den Griff des Scheunentors und schaut Cornelius, der ihr auffordernd zunickt, angstvoll an. Beide atmen tief durch, ehe Michaela das leise in den Angeln quietschende Holztor öffnet. Sie haben Glück, der Wachposten ist weit genug abgelenkt, um die Geräusche nicht zu hören.

Die beiden Studierenden schlüpfen unbemerkt in das Gebäude. Der Anblick des arg zugerichteten Andreas und seiner weinenden Mutter lässt sie entsetzt innehalten. Darum bemüht, ihren Schrecken zu überwinden, eilen sie zu den Gefangenen.

Cornelius legt einen Zeigefinger vor seinen Mund, um den beiden zu suggerieren, dass sie sich still verhalten müssen, dabei entfernt er die Klebestreifen.

Mutter und Sohn atmen tief durch, während sie die jungen Leute dankbar ansehen.

Die Unternehmers-Gattin erkennt die beiden studentischen Aushilfen von der Geburtstagsfeier ihres Mannes wieder. Neue Hoffnung macht sich in ihr breit. „Was machen Sie hier? Ist Peter auch da?", flüstert sie.

„Nein, nur wir beide. Wir haben gesehen, wie man Sie entführt hat. Da sind wir Ihnen gefolgt", berichtet Micha der Frau.

„Das ist jetzt egal", unterbricht Cornelius. „Wir müssen schleunigst hier weg." Er begutachtet die Fesseln. „Mist", flucht er leise. „Mussten es unbedingt Handschellen aus Metall sein?" Auf der Suche nach Werkzeug wandert er durch den ganzen Raum. Eine Bügelsäge, ein Brecheisen, ein Akkuschrauber und ein Wagenheber ist alles, was er findet. „Nicht gerade viel", urteilt er.

Michaela achtet derweil auf das Scheunentor. Sie vernimmt herannahende Schritte. „Da kommt jemand", flüstert sie aufgeregt.

„Versteck dich", befiehlt Cornelius. Er schnappt sich das Klebeband und drückt es den beiden Gefesselten wieder auf die Gesichter. „Tut mir leid, aber das muss sein. Wenn wir auffallen, ist alles verloren." Auch er versteckt sich eilends.

Kira Ott erscheint in der Scheune. Einen Meter vor Andreas stoppt sie, um befriedigt sein angeschwollenes Gesicht zu mustern. „Tut bestimmt weh! Machen Sie sich nichts draus. Wenn Frank mit Ihnen fertig ist, bleibt nicht viel übrig, was noch wehtun könnte." Sie überprüft die gutsitzenden Fesseln und nickt zufrieden. „Allerdings müssen Sie noch ein wenig warten", erklärt sie Andreas. „Er ist gerade mit Ihrem Freund beschäftigt." Auf den fragenden Blick hin ergänzt sie gehässig ihre Aussage. „Mit Gerd Bach."

Die Wachablösung ist da. „Kira? Brauchst du Hilfe?"

„Nein. Alles in Ordnung." Sie verlässt die Scheune. „Aufpassen!", befiehlt sie ihrem Handlanger.

„Schon klar!" Ihr Mann nimmt auf dem Stuhl vor dem Tor Platz. „Als ob ich das nicht selbst wüsste", flüstert er vor sich hin.

Alle vier atmen auf, als sich das Tor hinter den beiden schließt. Micha zieht die Klebestreifen erneut ab. „Was jetzt?" Ihre Frage gilt Cornelius. Anscheinend hat der schon einen Plan.

„Befreien Sie zuerst meine Mutter", fordert Andreas leise.

„Nein", befiehlt diese. „Zuerst mein Sohn."

„Wenn Sie nicht beide sofort ruhig sind, werde ich als erstes die Klebestreifen wieder anbringen", schnauzt Cornelius leise. Als ihm klar wird, wie er sich gerade verhält und mit wem er spricht, schaut er entsetzt auf. Unsicher zuckt er mit den Schultern. „Entschuldigung."

Trotz der angespannten Situation müssen alle lächeln.

„Konnten Sie sehen, wer die Schlüssel für die Handschellen hat?", erkundigt sich der Student bei den Gefangenen.

Beide schütteln den Kopf.

„Dann machen wir das anders. Für langes Suchen oder risikoreiche Unternehmungen fehlt uns die Zeit. Wenn die uns erwischen, sind wir alle tot", mutmaßt er. „Die sind definitiv in der Überzahl."

„Was hast du vor?", verhört Micha ihn.

„Hier." Cornelius drückt ihr den Wagenheber in die Hand.

„Was mache ich damit?"

„Du stellst dich hinter die Tür. Sollte der Wachmann hereinkommen, schlag ihn *K.O.*"

Ohne weiteren Kommentar sucht sich Micha einen geeigneten Platz hinter der Tür.

„Cornelius", bittet Andreas den Studenten leise. „Versuchen Sie Ihren Boss zu erreichen. Wenn es stimmt, was diese Frau sagt, ist er in großer Gefahr. Sie müssen ihn warnen!"

„Das habe ich schon mehrfach versucht. Er meldet sich nicht. Tut mir leid. Ich versuche es weiter, mehr geht nicht. Erst müssen wir hier heraus."

„Ja." Andreas nickt. „Danke."

Der junge Mann betrachtet die beiden Mitglieder der Familie Staller. „Frau Staller, Sie mache ich zuerst los. Aus einem ganz einfachen Grund. Das schaffe ich fast lautlos. Bei Ihrem Sohn geht das nicht. Einverstanden?"

Beide nicken ihm bestätigend zu.

Er schnappt sich die Bügelsäge. Das Brecheisen setzt er zwischen der Säule und den Handschellen an. So drückt er die Kette, die die beiden Klammern verbindet, von der Wand weg. Vorsichtig beginnt er die Kette zu zersägen. Nach knapp zehn Minuten ist es soweit. Ihm steht der Schweiß auf der Stirn, aber er hat es geschafft.

„Danke." Karola nimmt den jungen Mann in die Arme.

Verlegen winkt der ab. „Machen wir weiter." Er sieht sich die Ketten an, mit denen Andreas in seiner Position gehalten wird. „Nur habe ich noch keine Ahnung wie. Alles, was mir einfällt, macht zu viel Krach. Die Säge geht auch nicht. Da oben komme ich nicht heran."

Andreas wirft einen Blick nach oben. Die Ketten sind in etwa vier Metern Höhe an der Decke mit Stahlplatten angeschraubt. Der Praktikant hat Recht. Der Akkuschrauber ist zu laut. Außerdem fehlt in der Scheune das Wichtigste. Eine Leiter. Ohne die kommt da oben keiner heran. Selbst um die Fesseln oberhalb seiner Handgelenke zu zersägen müsste Cornelius eine Leiter benutzen.

„Dann verschwindet", empfiehlt er den anderen.

„Kommt nicht in Frage", erwidern alle drei gleichzeitig.

„Konnten Sie sehen, wer die Schlüssel hat?", erkundigt sich Michaela. Mutter und Sohn schütteln den Kopf. „Dann müssen wir das eben ausprobieren. Passt auf!" Die junge Frau erklärt allen rasch, welchen Plan sie verfolgt, dann versteckt sie sich hinter dem Scheunentor während Cornelius in Deckung geht. Karola bleibt stehen, wo sie ist.

Nachdem alle ihre Plätze eingenommen haben stöhnt die Studentin laut auf.

Der Wachmann hört die Laute bis nach draußen. ‚Was ist denn da los? Besser ich schaue nach, bevor Kira wieder ausrastet!' Aufmerksam beäugt er beim Eintreten seine Umgebung. Mitten im Raum erblickt er die Unternehmers-Gattin, gar nicht mehr gefesselt. „Wie haben Sie denn das geschafft?", fragt er verdutzt. Während seine Pistole schussbereit auf die Frau zielt, holt er mit der anderen Hand sein Handy aus der Hosentasche, um seine Befehlshaberin zu kontaktieren. Dazu kommt er allerdings nicht mehr.

Michaela lässt das Brecheisen mitten auf seinen Schädel krachen. Der Mann verdreht die Augen und stürzt ohnmächtig zu Boden. Eilig durchsucht die junge Frau den Bewusstlosen, um sich kurz darauf strahlend aufzurichten, mit dem Schlüssel in der Hand. „Das hätten wir gleich machen sollen!"

„Es hätte genauso gut schief gehen können", hält Cornelius dagegen, während Micha an Andreas herantritt, um ihn von seinen Fesseln zu befreien.

„Danke." Endlich ist auch er frei. Überglücklich schlingt seine Mutter ihre Arme um ihn.

Als der Wachmann sich stöhnend zu regen beginnt, wirbelt Michaela zu ihm herum. Bevor er einen Ton von sich geben kann, knallt sie dem Mann, der sich gerade aufrichten will, die Faust unter das Kinn. Die Augen verdrehend kippt der Verbrecher wieder hinten über.

„Wow", staunt Cornelius. „Mit dir lege ich mich bestimmt nicht an!"

Die Studentin überlegt nicht lange, sondern drückt dem Mann einen der Klebestreifen auf den Mund. Anschließend schnappt sie sich ein Stück Kordel, das in der Nähe liegt, und fesselt ihm die Hände und auch die Füße zusammen. „Machen wir, dass wir hier wegkommen, bevor sie den Mann da vermissen", empfiehlt sie den anderen.

„Ich versuche es noch einmal bei Herrn Bach. Dann verschwinden wir." Cornelius hat bereits das Handy am Ohr. Erleichterung macht sich bei ihm breit, als er die Stimme des Projektleiters vernimmt.

„Cornelius, das ist jetzt etwas ungünstig."

„Oder auch nicht", erwidert der Student, um im Anschluss seinem maßlos verblüfften Boss zu berichten, was vorgefallen ist.

17

Ann-Marie Lichtenstein erreicht das Berliner *Apart Hotel Residenz* am *Deutschen Theater*, in dem für sie ein Zimmer unter dem Namen Beatrice Sturm reserviert wurde.

Das Hotel entspricht nicht gerade den Anforderungen, die Ann-Marie an ein Hotel zu stellen pflegt. Die gebuchte *Grand-Suite* mit fünfundsiebzig Quadratmetern, bestehend aus zwei Zimmern, separater Küche und großzügigem Badezimmer, bietet allerdings den Komfort, den sie sich wünscht. Entscheidend für die Wahl dieses Hotels war wohl die Nähe zum Bundeskanzleramt. Selbst zu Fuß benötigt sie nicht mehr als zehn Minuten.

Es hat sie kein bisschen überrascht, dass dem geheimnisvollen Kontaktmann ihres Sohnes bekannt ist, unter welchem Namen sie ihre Geschäfte abzuwickeln pflegt. Ihr schweizer Pass auf diesen Namen hält jeder Kontrolle Stand. Das beweist ihr auch das Verhalten der Hotelangestellten bei der Anmeldung an der Rezeption.

Die Empfangsdame begegnet ihr freundlich und zuvorkommend. „Die Buchung beinhaltet zwei Übernachtungen inklusiv Frühstück", berichtet ihr die Frau hinter dem Tresen. „Sie wollen also am Samstag wieder abreisen?"

„Ja, das ist richtig", bestätigt Ann-Marie der Frau.

„Normalerweise bitten wir darum, dass die Zimmer bis elf Uhr verlassen werden. Sollten Sie aber noch länger brauchen, geben Sie uns bitte einfach nur Bescheid."

„Das wird nicht nötig sein, ich denke ich werde am Samstag schon sehr früh aufbrechen. Auch möchte ich die Rechnung gern im Vorfeld begleichen."

Nachdem alles geregelt ist, begibt sich Ann-Marie auf ihre Suite. Schon beim Eintreten spürt sie, dass sie nicht allein ist.

Sie stellt ihren Koffer mitten im Zimmer ab, um ihre Hände im Bedarfsfall frei zu haben. Langsam geht sie auf den gemütlich aussehenden Drehsessel zu, der ihr vor dem Fenster stehend seine Rückseite präsentiert. Den Mann darin kann sie nicht sehen, doch sie weiß, dass er da ist. „Wer sind Sie?"

„Das ist egal."

Sie muss das akzeptieren. „Wie wollen Sie vorgehen?"

Jetzt dreht er sich in dem Sessel zu ihr um und betrachtet sie genauso ausgiebig wie sie ihn.

Ann-Marie schätzt ihn auf circa fünfundvierzig Jahre, etwa ein Meter vierundsiebzig groß. Die dunklen Haare und seine kalten braunen Augen unterstützen den energischen, verschlossenen Eindruck. Irgendwie kommt er ihr bekannt vor. Sie hat ihn garantiert schon einmal gesehen! Nur kann sie sich nicht erinnern, wo oder wann das gewesen ist.

„Ich selbst werde nicht aktiv eingreifen", erklärt er der Witwe kurz angebunden. „Ich habe Ihnen die passenden Leute für diesen Auftrag besorgt. Die wissen, was sie zu tun haben. Seit gestern wird Konrad Schrader auf Schritt und Tritt begleitet. Damit mussten wir rechnen. Sie werden die Sicherheitsbeamten von ihm weglotsen. Ich sorge dafür, dass Sie zur passenden Zeit bei Schrader aufkreuzen können. Sie erhalten eine nicht zurück verfolgbare Pistole von mir. Benutzen Sie keine andere Waffe. Bringen Sie erst gar keine mit. Gehen Sie so nah wie möglich an Schrader heran. Aber nur so weit, dass Sie Ihren Rückzug im Griff haben. Dann schießen Sie. Es ist egal, ob Sie treffen oder nicht. Sie verschwinden kehrt wendend. Vor der Tür wartet ein Wagen auf Sie. Der Fahrer weiß Bescheid." Er reicht ihr einen Zettel.

Sie prägt sich Buchstaben und Zahlen des Kennzeichens gründlich ein, greift nach dem Feuerzeug, das auf dem Tisch liegt, zündet den Zettel an und lässt ihn in den Aschenbecher gleiten. Zufrieden nickt ihr Gesprächspartner.

„Das ist alles?", hakt sie nach.

„Freuen Sie sich nicht zu früh. Sie haben höchstens drei Minuten, um aus dem Gebäude herauszukommen. Danach riegeln die alles ab. Werden Sie geschnappt, gefährdet das Ihre ganze Mission."

„Ich werde nicht geschnappt", bekräftigt Ann-Marie überzeugt.

„Gut." Er lächelt kurz. „Den Rest übernehmen die dafür angeheuerten Männer. Es gibt weder zu Ihnen noch zu mir eine Verbindung. Wenn Sie sich zu dem Attentat bekennen wollen, machen Sie das im Nachhinein gefälligst selbst."

„Einverstanden."

„Sobald Sie Ihre Aufgabe erledigt haben, packen Sie Ihre Sachen und verschwinden von hier. Nehmen Sie kein Flugzeug. Auch nicht die Bahn."

„Das ist kein Problem. Beatrice Sturm hat einen Leihwagen in der Hotelgarage stehen. Ich fliege erst ab Halle. Bis dahin brauche ich gute zwei Stunden. Der Flug geht nur bis Frankfurt. Dort steht mein privater Wagen."

Ihr Gesprächspartner nickt anerkennend. „Die Planung ist gut. Wann geht Ihr Flug?"

„Dreizehn Uhr fünfzehn."

„Dann schlagen wir um neun Uhr zu", verkündet er.

„Wie komme ich hinein?"

„Auf dem Spreebogen gibt es in Höhe der Moltkebrücke wunderschöne Bänke. Finden Sie sich fünfzehn Minuten vorher dort ein. Unser Mann besorgt Ihnen eine frische Besuchererlaubnis."

Er steht auf. „Wir werden uns nicht noch einmal treffen. Es ist alles geklärt. Ich erwarte Ihre pünktliche Zahlung."

„Selbstverständlich", versichert ihm Ann-Marie. Er verschwindet so unbemerkt wie er gekommen ist.

Sie verhält sich unauffällig, verlässt an diesem Tag das Hotel nicht mehr. Sie nutzt in aller Ruhe die angebotenen Entspannungsmöglichkeiten des Hotels. Das Hotelrestaurant bietet ihr zum Abend eine ausgezeichnete italienische Küche.

Im Büro von Wolfgang Keller herrscht bereits um acht Uhr Hochbetrieb. Der Leiter der Abteilung Sechs, Konrad Schrader, und Florian Goldschmidt gehen fieberhaft die Möglichkeiten durch, die sie haben, um den Geschwistern Wolf bei ihrem Einsatz von Berlin aus zu helfen.

„Ich kann mit meinen Männern innerhalb einer Stunde vor Ort sein", bekräftigt der leitende Beamte des Personenschutzes. Es fällt ihm schwer seine Aufregung zu unterdrücken. „Ihnen besorge ich im Eiltempo eine andere Einsatztruppe zur Bewachung."

Wolfgang muss lächeln. Ihm ist nicht entgangen, was Florian Goldschmidt für die Agentin empfindet. „Frau Wolf hat genügend Einsatzkräfte zur Verfügung. Wichtiger ist es, ihr im Falle einer Verhaftung die Bürokratie aus dem Weg zu räumen. Sollte sie Rademacher schnappen, darf er uns nicht durch einen dummen Fehler wieder entkommen."

„Die Düsseldorfer Behörden sind ja bereits im Einsatz. Sowohl in der Firma *Staller* als auch bei dem Unternehmer zuhause. Wir sollten auch noch die umliegenden Behörden informieren", empfiehlt Konrad Schrader ruhig. „Die können sich dann einsatzbereit halten. Für den Bedarfsfall."

„Das wäre sicherlich gut", bestätigt ihm sein Vorgesetzter. „Da gibt es nur ein Problem." Er sieht sich in seinem Büro um. „Schicken Sie Ihre Männer vor die Tür", fordert er den leitenden Personenschützer auf. „Alle!"

Florian ist klar, dass das, was sein Vorgesetzter jetzt zu sagen hat, nicht für jedermanns Ohren bestimmt ist. Ein Wink mit dem Kopf reicht aus, damit seine Männer den Raum verlassen, um draußen zu warten. Er selbst lehnt sich mit dem Rücken an die Tür, gespannt was der Ministerialdirektor ihnen mitzuteilen hat.

Wolfgang atmet tief durch. „Es gibt in unseren Reihen einen Maulwurf. Dank Frau Wolf wissen wir mittlerweile davon. Leider konnten wir ihn noch nicht identifizieren. Er muss aber in den oberen Reihen angesiedelt sein. Das heißt auch, dass er über jeden unserer Schritte Bescheid wissen könnte."

Konrad starrt ihn entsetzt an. „Daran arbeitet Emma? Wieso sie?" Er ist sicher, die Antwort zu kennen.

„Ihr Vater ist diesem Mann zu nah gekommen. Das war sein Todesurteil."

Ganz langsam begreift Konrad das Gehörte. „Sie hatte also von Anfang an Recht. Wie lange weißt du schon davon, ohne es mir zu sagen?", erkundigt er sich aufgebracht bei seinem Freund.

„Ich musste es ihnen versprechen."

„Ihnen?" Florian kann nicht folgen. ‚Wen meint er? Wer arbeitet mit Emma Wolf zusammen?'

Aber Konrad versteht seinen Freund. „Sie sind zusammen an dieser Sache dran?" Eigentlich müsste er sich noch mehr Sorgen machen. Aber er weiß, was seine Patenkinder gemeinsam zu leisten fähig sind. „Gut, lassen wir das vorerst auf sich beruhen. Was unternehmen wir jetzt aktuell, um sie zu unterstützen?"

„Ich habe bereits eine Liste mit den Behörden erstellt, die in Frage kommen. Konrad, Herr Goldschmidt, ich möchte, dass Sie beide sich die Liste teilen. Suchen Sie sich eine ruhige Ecke und rufen Sie eine nach der anderen an. Sorgen Sie dafür, dass Sie nicht abgehört werden können. Einverstanden?"

Beide Männer bestätigen die Anweisungen des Vorgesetzten.

„Gut. Auf der Liste befindet sich ein Passwort. Dieses Passwort wurde von mir freigegeben. Alle Daten in Bezug damit unterliegen der obersten Geheimhaltung. Wir sollten unverzüglich an die Arbeit gehen."

„Was machst du indessen?", forscht Konrad.

Wolfgang kommt nicht zu einer Antwort. Durch die Tür schneit ein aufgeregter Dirk Stein herein, im Schlepptau Florians Männer. „Da seid ihr ja! Ich habe euch schon gesucht."

„Was gibt es denn so Wichtiges?", hakt Konrad nach.

„Die Konferenz in Raum eins, um neun Uhr fünfzehn. Scheint wichtig zu sein. Ihr kommt doch sonst immer frühzeitig. Habt ihr denn keine Nachricht bekommen?" Der Staatssekretär hält Wolfgang die ausgedruckte E-Mail vom Chef des Bundeskanzleramtes vor die Nase. Wohlweislich verschweigt er, auf welchem Weg er in den Besitz der fingierten E-Mail gelangt ist.

„Nein." Der Geheimdienstkoordinator greift nach dem Ausdruck, den er einer ausführlichen Musterung unterzieht. Er kann keinen Hinweis auf einen Fehler entdecken. Allerdings entgeht ihm nicht der lauernde Ausdruck auf dem Gesicht seines Freundes. ‚Werde ich jetzt auch schon paranoid?', überlegt er. ‚Anscheinend sehe ich mittlerweile überall Gespenster. Oder liegt es an dem Verdacht, den Frau Wolf mir gegenüber geäußert hat?' Seit mehreren Jahren ist er mit dem Staatssekretär befreundet. In all der Zeit gab es nie Anlass dazu, diese Freundschaft oder die Arbeit von Dirk Stein in Frage zu stellen. Bevor er keine handfesten Beweise vorliegen hat, wird er daran auch keine Zweifel zulassen.

„Wir haben ja noch Zeit", ergänzt Wolfgang mit einem Blick auf die Uhr, die gerade erst neun Uhr anzeigt. „Gehen wir!"

Kurz vor der abgesprochenen Zeit findet sich die Witwe von Kurt Gruber auf einer Bank am Spreebogen ein. Ihr Blick schweift über die Spree, die Moltkebrücke, die Umgebung.

Ein Jogger läuft vorbei, stoppt aber direkt neben ihr, stellt seinen Schuh auf die Bank, um seinen Schnürsenkel neu zu binden. Ohne sie direkt anzusehen beginnt er zu reden: „Erste Etage, die Damentoilette, im Wasserkasten. Warten Sie dann im Flur zu Zimmer vier. Um neun Uhr."

Erstaunt schaut sie zu ihm auf, doch der Mann läuft, ohne eine Antwort abzuwarten, davon. Auf der Bank liegt eine Chipkarte in der Größe einer Visitenkarte. Ann-Marie sieht sie sich genauer an. Es ist ein Besucherausweis für das Bundeskanzleramt. Zur Besichtigung in Begleitung einer befugten Person. Darauf angesprochen wird sie Konrad Schrader benennen. Damit sollte sie eigentlich weit genug kommen. Sie macht sich augenblicklich auf den Weg.

Als sie die Eingangshalle betritt, laufen vor ihr zwei Frauen, die sich angeregt unterhalten. Beide sind anscheinend recht unglücklich über die Arbeit ihrer Friseure.

Ann-Marie spricht die Frauen an: „Entschuldigt, dass ich mich einmische, aber ich habe einen Teil von eurem Gespräch mitbekommen. Ich hatte die gleichen Probleme. Vielleicht darf ich euch einen Rat geben."

Die beiden Frauen mustern die ausnehmend gute Erscheinung der Frau hinter ihnen, deren blonde Haare aussehen wie aus einem Schönheitsmagazin. Dass dieses Aussehen Ann-Marie ein kleines Vermögen wert ist, können die beiden nicht wissen. Schnell kommen sie ins Gespräch. Am Durchgang halten sie kurz an. Eine Frau nach der anderen schiebt ihre Chipkarte in den Scanner, auch

Ann-Marie. Dabei hört sie nicht auf, sich weiter mit den Frauen zu unterhalten. Der Wachmann, der die gescannten Karten überprüft, schaut sie fragend an. Sie zeigt mit einem Achselzucken auf die beiden Frauen vor sich, die zügig weitergehen, ohne ihren Redefluss zu unterbrechen. Der Wachmann nickt der hübschen Frau zu, die ihn dankbar anlächelt. Schnell schließt Ann-Marie wieder zu den Frauen auf, die nun vor dem Fahrstuhl stehenbleiben.

„Wo musst du hin?", wird sie gefragt.

„In die zweite. Ich nehme die Treppe. Hilft der Figur", lächelt sie den verstehend nickenden Frauen zu. ‚Das ging ja leichter als gedacht', freut sie sich. ‚Hoffentlich funktioniert alles andere genauso gut.' Ungehindert erreicht sie die erste Etage.

Die Toiletten sind gleich neben dem Fahrstuhl angeordnet. Sorgfältig sieht sie sich um, ehe sie durch die Tür schlüpft. Es gibt nur eine Kabine. Nachdem sie sich vergewissert hat, dass sie allein ist, zieht sie ein Paar dünne Handschuhe über und öffnet die Abdeckung des Wasserkastens. Ein durchsichtiger Plastikbeutel ist mit Klebeband an der Seite befestigt. Sie zieht ihn heraus, entfernt das Klebeband und die Folie, dann steckt sie die Pistole, eine *SIG Sauer P226* mit einem zwölf Schuss Stangenmagazin vom Kaliber *9 x 19* Millimeter, ein. Beim Verlassen der Toilette bleibt sie äußerst wachsam. Sie kann es sich nicht leisten, vorzeitig entdeckt zu werden. Ihr Blick wandert über die Hinweisschilder zu den Fluren. Direkt ihrem Standort gegenüber weist ein Schild auf die Zimmer eins bis elf hin.

Der lange Flur liegt verlassen vor ihr. Überall hängen Überwachungskameras. ‚Wie soll ich weiter vorgehen? Irgendetwas müsste sich jetzt eigentlich tun!' Ein Blick auf die Uhr verrät ihr, dass sie überaus pünktlich ist.

Dann hört sie es! Das Geräusch einer sich öffnenden Tür und die Schritte der Personen. Trotz der vielen Männer um ihn herum erkennt sie den, auf den sie es abgesehen hat, sofort.

Die Beamten der Personenschutzeinheit unter dem Kommando von Florian Goldschmidt schirmen die beiden Vorgesetzten nach allen Seiten ab. Dass sich der Staatssekretär beim Verlassen des Raumes bewusst zurückhält, fällt niemandem auf.

Keiner der Beamten bemerkt, dass sich hinter ihnen eine weitere Tür öffnet. Ann-Marie ist klar, dass dort die angeheuerten Attentäter auf die geplante Ablenkung warten. Viel Zeit zum Handeln bleibt ihnen bestimmt nicht. Sie greift nach der Pistole, legt auf Konrad Schrader und seine Begleiter an und drückt mehrfach ab. Dabei zieht sie die Waffe von links nach rechts, ohne sauber zu zielen.

Zwei der Beamten stürzen getroffen zu Boden.

„Schnappt sie euch", ruft Florian.

Die nicht getroffenen Beamten formieren sich eilends neu. Während vier der Einsatzkräfte auf die Angreiferin zustürmen, bemühen sich die verbliebenen zwei mit ihrem Befehlshaber darum, die zu bewachenden Vorgesetzten in das Zimmer zurück zu dirigieren.

Ohne abzuwarten schmeißt Ann-Marie die Waffe nach dem fünften Schuss fort. Auf dem Absatz macht sie kehrt und rennt in Richtung Ausgang, die Einsatzkräfte hinter sich.

Die angeheuerten Attentäter, zwei Männer mit gefälschten Ausweisen, stürmen bei den ersten Schüssen der Witwe aus dem Raum. Durch die lauten Schüsse und die Schreie der getroffenen Beamten wird ihr Vordringen gänzlich überhört. Sie legen in aller Ruhe auf ihre Zielperson an, bevor sie die ersten Kugeln abfeuern.

Nur Wolfgang Keller bemerkt die Bewegungen hinter sich und wendet sich den Angreifern zu. Er erkennt die Gefahr für den neben ihm stehenden Freund. Seine Pistole ziehend schubst er Konrad aus der Schusslinie, um sich den Schützen in den Weg zu stellen. Doch mehr als einen Schuss kann er nicht abfeuern, dann nehmen ihn die Attentäter ins Visier.

Die erste Kugel trifft seine rechte Schulter und wirft ihn zurück, dadurch verfehlt die Kugel des zweiten Mannes sein Herz. Sie dringt zu weit oberhalb ein, um tödlich zu sein.

Der Leiter der Personenschutzeinheit wirbelt beim ersten Schuss herum. Augenblicklich erfasst er die Situation, die sich ihm darstellt. Dafür ist der Elite-Spezialist ausgebildet. Die beiden

Männer erhalten keine Chance zu einem zweiten Schuss, tödlich getroffen brechen sie zusammen.

In Windeseile ist Ann-Marie die Treppe hinunter. Ehe sie aufgehalten werden kann erreicht sie die Sicherheitsschranke. Sie zieht die Chipkarte durch den Scanner, aber nichts passiert. Erst beim dritten Versuch ist ihre Hand ruhig genug, damit die Karte von dem Scanner eingelesen werden kann. Endlich öffnet sich die Schranke für sie. Ihr gehetzter Ausdruck fordert den Wachmann auf, sich ihr entgegenzustellen. Sein Fehler ist, dass er der Frau in dem aufreizenden Kostüm mit den hochhackigen Schuhen keinen gezielten Faustschlag zutraut. Bewusstlos sinkt er zu Boden.

Durch die entstandene Verzögerung konnten die Einsatzkräfte der Elite-Einheit aufholen. Kurz hinter der Attentäterin stürmen sie durch die Eingangstür. Aus dem wartenden Taxi heraus wird das Feuer auf die Männer eröffnet, die eilends in Deckung gehen, um aus einer sicheren Stellung heraus auf die Fliehende zu feuern.

Ann-Marie springt in das Fahrzeug, ohne von den Kugeln der Beamten getroffen zu werden. Mit quietschenden Reifen braust das Taxi davon.

Knapp eine halbe Stunde später checkt sie aus dem Hotel aus, steigt in ihr Fahrzeug und verlässt das Hotel auf dem Weg nach Halle.

Konrad kniet besorgt neben seinem verwundeten Freund auf dem Boden. Er hat sein Hemd ausgezogen, um damit die Blutung der Wunden zu stoppen, indem er seine Hände fest darauf presst.

Indessen riegelt Florian Goldschmidt mit seinen Leuten den gesamten Flur ab. Alle Personen müssen umgehend die angrenzenden Räume verlassen. Auch Dirk Stein wird unter Protestbekundungen von Florians Männern hinausbefördert.

Während sie auf den Notarzt warten, erwacht Wolfgang Keller aus seiner Bewusstlosigkeit. Mit glasigen Augen schaut er zu seinem Freund. „Frau Wolf", beginnt er stockend. „Sag ihr, sie hat Recht."

„Ja, in Ordnung. Das mache ich", verspricht Konrad ihm. „Sprich nicht so viel. Du musst dich ausruhen."

„Gleich", flüstert Wolfgang. Er ist kaum zu verstehen. „Sag ihr, ich habe es gesehen."

Der Notarzt und die Ersthelfer biegen in den Flur ein. Sie versorgen den Verwundeten, ehe er von dem herbeigerufenen Rettungshubschrauber in aller Eile ins zehn Minuten entfernte Unfallkrankenhaus transportiert wird.

Wolfgang Keller durchläuft die notwendigen Untersuchungen, um schnellstens in den Operationssaal gebracht zu werden. Ein erstklassiges Ärzteteam sorgt für die medizinischen Eingriffe, die jetzt von Nöten sind, um sein Leben zu retten.

Währenddessen läuft Konrad vor dem Eingang zum Operationssaal auf und ab. ‚Wenn Wolfgang nicht gewesen wäre, würde ich jetzt dort liegen', urteilt er. ‚Oder Schlimmeres!'

Der Krankenhausbereich vor dem Operationssaal wird von den Spezialeinsatzkräften der Sicherungsgruppe vollständig abgeriegelt. Auch die beiden verwundeten Einsatzkräfte aus Florian Goldschmidts Einheit befinden sich zur weiteren Versorgung in den Operationssälen des Krankenhauses. Außer dem behandelnden Ärzteteam wird niemand zu den Verletzten vorgelassen.

Ann-Marie Lichtenstein wartet auf den Aufruf ihres Linienfluges. Sie hat laut Anzeigentafel noch eine Stunde bis zum Abflug. Immer wieder muss sie über den Mann nachdenken, der in ihrem Hotelzimmer war. Sie sind sich schon begegnet. „Ich kenne ihn! Ganz bestimmt", murmelt sie vor sich hin. ‚Nur woher? Es war ihm wichtig, nicht erkannt zu werden, im Geheimen zu agieren. Wie ein Schläfer. Das ist es! Ja, natürlich. Wie konnte mir das entfallen?' Ihr Schwiegervater hat ihn ausgebildet, zusammen mit ihrem Mann Kurt. Entschlossen greift sie nach dem Telefon.

„Was wollen Sie?", klingt die ihr bekannte Stimme aus dem Gerät.

„Wie ist es gelaufen?", verhört sie ihn.

„Jedenfalls nicht, wie Sie es sich gewünscht haben."

„Das müssen Sie mir näher erklären", fordert die Witwe barsch.

„Schrader lebt. Er hat noch nicht einmal einen Kratzer abbekommen. Anscheinend gibt es heute keine guten Leute mehr. Sie haben ihn ja auch nicht getroffen."

„Das war auch nicht geplant. Ich sollte nur die Ablenkung sein. Ihre Leute hatten den Befehl Schrader zu erledigen. Also fragen Sie die, warum sie das nicht gemacht haben."

„Die beiden sind tot. Sie wurden bei dem Attentat erschossen."

„Dann haben Sie Stümper angeheuert. Sehen Sie zu, dass Sie Ihren Fehler ausbügeln", befiehlt Ann-Marie. „Ach, Hasselbach, machen Sie es selbst, wenn Sie keine besseren Leute haben."

„Ah, Sie haben sich endlich erinnert. Ich gratuliere. Aber der Name Hasselbach ist Vergangenheit. Niemand findet eine Verbindung von mir dorthin. Sie wissen, wie ich heiße. Merken Sie sich das besser!"

„Sorgen Sie dafür, dass meine Wünsche in Erfüllung gehen, dann ist Ihr Geheimnis bei mir sicher", verspricht ihm die Frau.

„Wollen Sie mir etwa drohen?" Dirk Stein kocht vor Wut. Sicher, er hat seine eigenen Ziele verfolgt als er den beiden Männern den Auftrag gab, Wolfgang Keller aus dem Weg zu räumen. Dies war oberste Priorität. Im Anschluss sollten sie Schrader auslöschen. Sich vorzeitig erschießen zu lassen gehörte definitiv nicht zum Plan. Trotzdem hat sich diese Frau nicht so aufzuführen. Sie hat ihm nichts zu befehlen! Schon gar nicht zu drohen!

Ann-Marie übergeht seine Frage. „Ich will Schrader, Sie wollen Keller. Wie kommen wir an unser Ziel? Getrennt, gemeinsam oder machen Sie einen Rückzieher? Dann suche ich mir andere Leute", faucht sie.

„Ich mache keinen Rückzieher", bekräftigt er wütend. Ihm ist bewusst, dass er sich das gar nicht leisten kann. „Keller ist im Krankenhaus. Sobald er verlegungsfähig ist, kommt er garantiert in eine Sicherheitseinrichtung. Ich sorge dafür, dass Schrader ihn abholt. Dann schaffen wir alle mit einer einzigen Bombe aus dem Weg."

„Also schön, kümmern Sie sich darum. Aber passen Sie auf, dass nicht wieder etwas schief geht."

„Es wird nichts schief gehen", beteuert er. Da sie ihm sein Fehlverhalten vorwirft, ist er sauer genug, es ihr heimzahlen zu wollen. „Übrigens", beginnt er gehässig. „Ihr Mann hat auch kläglich versagt."

„Was wollen Sie damit sagen?"

„Rademacher. Er hat komplett versagt. Achim Voss konnte vor seinem Tod die Behörden warnen. Ein riesiges Aufgebot an Spezialeinsatzkräften wartet nur darauf, dass er versucht sich Bach und Meyer zu holen. Entweder er geht dabei drauf, oder er landet im Knast. Rund um die Stallers ist ebenfalls alles hundertprozentig abgesichert. Da kommt keiner durch."

„Sollte Rademacher wirklich versagen, werde ich mich persönlich um die Herren kümmern. Anscheinend gibt es heutzutage keine guten Leute mehr."

„Da könnten Sie Recht haben", pflichtet Stein ihr bei.

„Kümmern Sie sich um Schrader. Bach und Staller sind meine Aufgabe."

„Einverstanden."

18

Alle Vorbereitungen sind getroffen. Seit dem frühen Morgen liegen Frank Rademacher und seine Männer auf der Lauer. Unruhig trommeln Franks Finger auf das Fernglas. Ausgerechnet heute beginnen die erst später mit den Arbeiten. Er will sich endlich Bach und Meyer schnappen. Diesmal wird nichts schief gehen!

Die ersten Arbeiter erscheinen an den eingerichteten Baustellen, schleppen einiges an Kartons zu den Fahrgeschäften und packen diese umgehend aus. Bis zum Mittag verteilen die Leute überall ihr Equipment. Aber Gerd hat sich noch nicht blicken lassen, Uwe ebenso wenig.

„Na kommt, macht schon", fordert Frank ungeduldig. Die Vibration seines Handys kündigt ihm die erwartete Nachricht seiner Mitarbeiterin an. „Sie haben Staller Junior und seine Mutter erwischt", berichtet er den anderen, zieht aber gleichzeitig gedankenversunken seine Stirn in Falten.

„Hey, Boss", wird er aufgeschreckt. „Was ist denn mit dir los?"

„Kira hat die beiden zwar erwischt, aber anscheinend mussten sie sich den Weg freischießen. Die wurden also bewacht. Warum?"

„Vielleicht aus reiner Vorsicht. Weil Voss tot ist", vermutet einer der Männer.

„Schon möglich", gibt Frank ihm Recht. ‚Ob die doch etwas wissen? Wenn ja, woher?' Frank ist sich sicher, dass niemand Kenntnis von seiner Anwesenheit hat. Trotzdem braucht er eine Hintertür. ‚Nur für den Fall, dass etwas schief geht.' Er betrachtet den Park ausgiebig durch sein Fernglas, lässt die Augen über die angrenzenden Fahrgeschäfte, Einrichtungen und Gebäude gleiten. Als ihm die richtige Idee in den Sinn kommt beginnt er hinterhältig zu lächeln. „Ich will so nah wie möglich an unseren Zielobjekten sein, wenn die Panik losgeht. Ihr zwei", damit zeigt Frank auf zwei seiner Gefährten. „Ihr seid für Meyer zuständig. Schnappt ihn euch, egal wie! Dieter", spricht er seinen Vertrauten an. „Du gehst mit mir. Wir holen uns Bach. Klar soweit?"

„Alles klar!", bekommt Frank zur Antwort.

„Gut. Ihr zwei", er zeigt auf die nächsten beiden Männer. „Ihr geht da runter. Knackt das Schloss zu dem Schuppen hinter dem Imbissstand. Ihr bleibt solange dort bis ihr gebraucht werdet. Haltet uns den Rücken frei. Wir sammeln uns in dem Schuppen, bevor wir abhauen. Er ist das letzte Gebäude vor unserem Ausgang. Von dort können wir uns zur Not freischießen. Ihr anderen mischt die Leute bei Bedarf ein bisschen auf. Sollten die durch unsere Sabotagen nicht genug verschreckt sein, ballert zwischen denen herum, das dürfte reichen. Die sind bestimmt nicht bewaffnet. Also brauchen wir keine Angst zu haben, dass die zurückschießen. Aufpasser haben die auch keine. Es arbeiten von Anfang an immer die gleichen Personen an den Fahrgeschäften. Bevor die Profis bei denen auftauchen, will ich das zu Ende bringen. Es darf nichts schiefgehen. Verstanden?"

„Verstanden!", bestätigen seine Männer.

„Dann machen wir uns bereit. Besorgt die Mikrofone", befiehlt Frank. Er selbst geht zum Wohnwagen um sein Gewehr zu holen. Seine *Glock 17*, eine Selbstladepistole mit Kaliber *9 x 19* Millimeter und sechzehn Schuss Stangenmagazin, hat er immer dabei, genauso wie das Kampfmesser, das in einer Tasche an seinem linken Ärmel steckt. Er greift sich noch ein Reservemagazin, dabei sieht er die beiden Rauchbomben auf dem Tisch liegen. ‚Die können bestimmt nicht schaden', vermutet er und steckt sie ein.

Nachdem alle mit Kommunikationsgeräten ausgestattet sind, schleichen sie sich an die arbeitenden Menschen heran.

Über das Handy ist Gerd die ganze Zeit mit Daniel verbunden. Bei der kleinsten Auffälligkeit tauschen sich die beiden Männer aus.

„Sie kommen." Max weist auf die Anzeige der Überwachungskamera, auf der die sich nähernden Männer deutlich zu erkennen sind.

„Anscheinend werden sie ungeduldig", vermutet Uwe.

Sein Boss starrt wie gebannt auf die heranschleichenden Terroristen, ohne eine Antwort zu geben.

„Gerd?" Dem Konzernchef fällt sein Verhalten als erstes auf. „Stimmt etwas nicht?"

„Seht ihr auch, was ich sehe?", stellt Gerd die Gegenfrage. „Die sind verkabelt", gibt er direkt Auskunft.

Jetzt sehen es auch die anderen.

„Das ist nicht gut", bestätigt Stefan. „So schnell können wir gar nicht sein, um alle zu überraschen." Sein besorgter Blick richtet sich auf den Einsatzleiter.

Andre zuckt bedauernd die Schultern. „Wohl kaum. Diese Kerle sind Profis, die wissen, was sie da machen."

„Max, kannst du ihre Frequenz irgendwie herauskriegen?", erkundigt sich Gerd. „Wenn du es schaffst, deren Kommunikation zu stören, wäre das für uns garantiert von Vorteil."

„Sicher, das lässt sich bestimmt machen", bestätigt Max und beginnt augenblicklich mit der Suche. „Ich habe aber keine Ahnung wie lange ich brauche, bis ich die richtige Frequenz finde."

„Gib dein Bestes. Mehr geht nicht." Gerd wirft Uwe einen auffordernden Blick zu. „Kann es losgehen?"

„Ich warte nur auf dich", ist die trockene Antwort.

Peter verkneift sich einen Kommentar. Er ist sauer, dass er Gerd das Versprechen gegeben hat, sich nicht aus dem Konferenzraum herauszubewegen. Er hasst es, tatenlos zusehen zu müssen. Zudem hat er in Andre einen Aufpasser an seiner Seite, da der Einsatzleiter die Handlungen seiner Männer über die Bildschirme koordinieren wird.

Zusammen mit Stefan steigen Gerd und Uwe in das Landfahrzeug, das sie zur Wasserrutsche bringen soll.

„Wo ist Emma?", will Gerd von Stefan wissen.

„Wo wohl?", erwidert dieser trocken. „Sie liegt wahrscheinlich auf einem der Dächer." Beide Männer müssen daran denken, wie Emma ihnen mit ihrem Scharfschützengewehr den Weg freigeschossen hat, als ihnen Gefahr durch die Nazi-Mitglieder drohte. Ohne Emma, die eine erstklassig ausgebildete Schützin ist, würden sie beide heute nicht hier stehen.

Vor dem *Rio Rapido* steigen sie aus. Für alle gut sichtbar bleiben sie stehen, um sich angeblich zu besprechen, wobei sie ausgiebig mit den Armen in die verschiedenen Richtungen deuten. Anschließend begibt sich Gerd zum Riesenrad, während Uwe gut sichtbar vor der Wasserbahn seine Arbeit aufnimmt. Beide starten die Anlagen für einen Probelauf ohne Fahrgäste.

Frank entdeckt seine Zielpersonen in dem Augenblick, als sie aus dem Fahrzeug steigen. Obwohl er es kaum erwarten kann endlich anzugreifen, wartet er noch ab. Aus Erfahrung weiß er, dass überhastetes Handeln nur schaden kann. Er beobachtet, wie Gerd Bach am Riesenrad seinen Leuten Anweisungen gibt. Nur zwei Monteure bleiben noch bei ihm, die anderen packen ihre Sachen zusammen, um sich am Fuß des *Hangover* mit den Kollegen zu treffen. ‚Anscheinend wollen die genau dort weitermachen. Das klappt ja besser als gedacht', freut sich Frank.

Auch Uwe Meyer bedient die Wasserbahn mit nur zwei Männern. Beide Fahrgeschäfte laufen langsam an. Jetzt startet zudem noch das Kettenkarussell. Ein Monteur bedient die Schaltung, während ihm zwei weitere zusehen. Die anderen Arbeiter ziehen in Richtung *Hangover* ab.

Am Fuß des Turms verweilen die Handwerker, um in aller Ruhe auf das Treiben des Bedieners zu achten, der jetzt die Gondel startet.

‚Besser kann es nicht laufen', begeistert sich Frank als die Gondel ihre Drehbewegung aufnimmt. ‚Nicht nur, dass alle Fahrgeschäfte gleichzeitig laufen, was uns größtmögliche Ablenkung verschaffen wird, haben die beiden Zielpersonen so gut wie keine Unterstützung, wenn wir unsere Aktion starten.'

„Es geht los", gibt er den Startbefehl. Dabei drückt er bereits auf den Auslöser.

Nichts passiert!

Er drückt noch einmal.

Doch auch diesmal wartet er umsonst auf den Knall der erhofften Explosionen.

„Verdammt!", flucht er laut. ‚Wieso funktioniert das nicht? Liegt das an dem Sprengstoff? An der Elektronik? Oder wissen die, dass wir da sind? Pfuschen die uns etwa ins Handwerk?', grübelt Frank entgeistert, schüttelt aber direkt den Kopf. ‚Nein, die haben keine Ahnung. Sonst wären die schon längst abgehauen.'

„Boss?", hört er die irritierte Frage von Dieter.

„Es funktioniert nicht!", wütet Frank stinksauer. Er hat keine Ahnung, was da schiefläuft, aber eines weiß er genau, sein Lieferant für den Sprengstoff kann sich warm anziehen, wenn er ihm nach seinem Auftrag einen Besuch abstattet.

„Wir gehen vor, wie besprochen, auch ohne unser Feuerwerk. Wenn es sein muss, setzt die Rauchgranaten ein."

Peter, der über sein Handy mit Gerd verbunden ist, achtet auf den elektronischen Empfänger, der vor ihm auf dem Tisch liegt. Er registriert das kurze Aufleuchten beim Empfang des Signals. „Sie kommen", gibt er an alle die Meldung weiter.

„Aufgepasst, es geht los." Auch Stefans Männer sind über Kommunikationsmittel miteinander und mit dem Lautsprecher im Konferenzraum vernetzt. Sie können drei von Franks Handlangern ausmachen, die wild um sich schießend den Mitarbeitern vom Team auf die Pelle rücken, gleichzeitig stürmen zwei Männer auf Uwe zu.

Frank mit seiner Begleitung stellt sich seinem ausgewählten Zielobjekt in den Weg. Aus dem Augenwinkel bemerkt er, dass die vermeintlichen Monteure zu ihren Waffen greifen. ‚Mist! Die haben also doch auf uns gewartet. Die werden sich noch wundern, wenn sie feststellen mit wem sie es zu tun haben.' Seine

Männer und er werden mühelos auch mit einer solchen Situation fertig. Schließlich sind das keine Profis.

„Rauchgranaten", befiehlt er seinen Handlangern. Er wirft bereits die erste zwischen Gerd und die herbeieielenden Helfer.

Auch seine Leute werfen ihre Granaten gezielt zwischen ihre Gegner. Rasch bildet sich eine dicke graue Wand aus Nebel.

Gerd reagiert spontan, indem er aus dem Sichtkreis seiner Widersacher zur Seite in den Nebel tritt. Seine Pistole ziehend wartet er, dass sie auf ihn zu kommen.

Statt, wie erwartet, unmittelbar auf sein Opfer loszugehen umgeht Dieter die beiden Beamten in dem Nebel. Mit gezogener Waffe tritt er an sie heran.

Als sie ihn bemerken ist es schon zu spät für eine Abwehrreaktion. Sie schaffen es nicht einmal mehr sich zu ihrem Angreifer herumzudrehen. Die Kugeln dringen von hinten in ihre Körper ein. Gut, dass die ballistischen Schutzwesten, die sie unter ihren Jacken tragen, das Schlimmste verhindern. Trotzdem reichen sie nicht aus, um die Beamten vollständig vor Verletzungen zu bewahren.

Gerd hört die Schreie der getroffenen Beamten. Er wendet sich in diese Richtung, um ihnen zu helfen. Sehen kann er sie durch den Rauch nicht. Erst als er Dieter fast mit der Hand berühren kann, sieht er dessen Silhouette. Die Waffe ist auf die am Boden liegenden, sich unter ihren Verletzungen windenden Männer gerichtet.

Er kann den Terroristen sicher nicht rechtzeitig erreichen, um ihn an einem Schuss zu hindern, er versucht es gar nicht erst, sondern legt auf den Mann an und zielt sorgfältig. Er trifft die Waffe, mit der Dieter auf die Köpfe der verletzten Beamten zielt. So nah wie er dem Angreifer stand, wurde die Schusshand des Söldners durch die entstandene Verletzung enorm in Mitleidenschaft gezogen.

Mit einem schmerzhaften Aufschrei lässt Dieter die Waffe fallen. Da er nicht erkennen kann, mit wie vielen Gegnern er es zu tun hat, zieht er sich schleunigst in den Rauch zurück.

Noch bevor Gerd zu den verletzten Beamten gelangen kann, nähert Frank sich ihm von der Seite. Ein sauberer Tritt des Terroristen befördert Gerds Pistole auf den Asphalt.

Er wusste, dass er zeitnah mit einem Angriff rechnen musste. Nicht sonderlich überrascht wirbelt Gerd herum und greift seinen Widersacher an. Sein Faustschlag trifft Frank kräftig in der Magengrube.

Für Frank kommt der Angriff überraschend. Er ist davon ausgegangen, dass sein Gegner eher das Weite suchen würde als zu kämpfen. ‚Was will dieser Junge mit seinem Angriff erreichen?', staunt Frank. ‚Er hat keine Chance gegen mich.' Obwohl ihm die Luft aus der Lunge entweicht, reagiert er umgehend, richtet sich auf und greift seine Zielperson an. Ohne Vorwarnung prallt seine Faust auf das Kinn seines Opfers.

Gerd wird zurückgeschleudert, sein Gesicht scheint zu explodieren. Kurzzeitig schwindet seine Sicht und vor seinen Augen tanzen Sterne.

Frank lässt seinem Gegner keine Zeit, um sich auch nur annähernd zu erholen. Unverzüglich setzt er nach, indem er mit einem weiteren Faustschlag mitten auf das Gesicht seines Opfers zielt.

Gerd kann gerade noch ausweichen. Seine Benommenheit abschüttelnd rammt er dem Terroristen seine Rechte vor die Brust, die Linke folgt.

Frank wird unterhalb des rechten Wangenknochens getroffen, stolpert rückwärts, fängt sich aber rasch wieder. Den Schmerz ausblendend geht er unmittelbar zum Gegenangriff über. Aus seiner leicht vorgebeugten Stellung heraus wirbelt er um seine Achse. Der Hieb auf die anvisierte Bauchdecke seines Widersachers verfehlt sein Ziel, da dieser zurückweicht. Aber die folgende Linke sieht Gerd nicht kommen. Sie explodiert mitten in seinem Gesicht.

Der Aufprall wirft ihn zwar nicht um, lässt ihn aber weit nach hinten stolpern. Vor Schmerzen halb benommen richtet er sich auf, nur um seinen Magen als Ziel für Franks nächsten Schlag preiszugeben. Die Luft entweicht hörbar aus seiner Lunge. Er bemüht sich, die aufsteigende Übelkeit zu unterdrücken und wieder festen Stand zu erlangen. Schwer atmend wartet Gerd auf den nächsten Angriff des Terroristen.

Frank reißt seine Faust für einen erneuten Treffer hoch.

Doch so schnell gibt Gerd nicht auf. Er blockt die Schlaghand seines Gegners ab, ehe er einen kräftigen Hieb direkt unter dem Kinn seines Widersachers platziert.

Von dem Schlag benommen weicht Frank zurück. Auch er atmet mittlerweile stärker. Ehe er sich aufrichten kann ist sein Gegner heran. Frank wehrt die rechte Hand, die auf ihn zuschießt, ab, nur um Gerds linke hart in seiner Bauchhöhle zu spüren. Stöhnend atmet er aus. Er erkennt, dass der junge Mann ihm kräftemäßig absolut ebenbürtig ist. Auch stellt er sich im Faustkampf nicht allzu ungeschickt an. ‚Ganz im Gegenteil. Das macht der bestimmt nicht zum ersten Mal', geht es dem Söldner durch den Kopf.

Frank weiß, dass ihm nicht mehr viel Zeit bleibt, um sein Opfer kampfunfähig zu machen und ihn aus dem Park zu schaffen. Seine Taktik ändernd weicht er von Gerd zurück, dann lässt er ihn kommen. Auf Gerds Faustschlag ist er vorbereitet, trotzdem stöhnt er schmerzvoll auf, als die geballte Kraft seines Gegners auf ihn prallt. Allerdings hat er den jungen Mann jetzt genau da, wo er ihn haben will, nämlich direkt vor sich. Blitzschnell greift er nach seinem Messer. Mit Kraft stößt er die Klinge von oben herab in dessen rechten Oberarm.

Gerd schreit laut auf, als das Messer tief in seinen Arm eindringt. Fast augenblicklich verspürt er die Lähmung, die sich in seinem Arm breit macht. Als Frank das Messer grob aus der Wunde heraus reißt, schreit er erneut schmerzvoll auf. Zurückweichend verschafft er sich für einen Moment Platz. Sein Atem kommt jetzt stoßweise, aber er will nicht aufgeben. Dieser Mörder darf einfach nicht entkommen! Er braucht ihn nur noch so lange aufzuhalten, bis die anderen bei ihm sind.

Frank attackiert sein Opfer aufs Neue. Blitzschnell schießt seine Hand mit dem Messer nach vorne. Dabei zieht er die Waffe quer über dessen Brust.

Gerd schafft es nicht gänzlich der Klinge zu entkommen. Sie ritzt durch seine Kleidung eine lange, tiefe Schramme in seinen Brustkorb. Im Handumdrehen bildet sich ein blutroter Streifen auf dem zerschnittenen Hemd. Der scharfe, ziehende Schmerz lässt Gerd aufstöhnen. Seine Abwehr und auch seine Konzentration lassen allmählich nach und er bekommt nur schwer Luft.

Frank lässt ihm keine Zeit zu reagieren. Der gut trainierte Einzelkämpfer beherrscht die Situation vollkommen. Ehe sein Gegner sich erholen kann platziert er einen weiteren Schlag auf dessen Brust, wobei er den Messerknauf fest in der Faust hält.

Die Schmerzen breiten sich explosionsartig in seinem Körper aus, während die Wunde auf seiner Brust noch ein Stück weiter aufreißt und Gerd stöhnend vornüber zusammensackt. Frank nutzt die Blöße seines Opfers gnadenlos aus. Um ihn endgültig auszuschalten trifft seine Faust hart auf Gerds Nacken.

Der Schlag raubt ihm die Besinnung. Dass er zu Boden stürzt, spürt er nicht mehr.

„Pack an", fordert Frank, als Dieter neben ihm auftaucht. Zu zweit schleifen sie ihr Opfer in Richtung Schuppen.

„Ich habe es geschafft", tönt die Stimme von Max durch die Sprechfunkanlage. „Die Sendefrequenz der Kerle ist unterbrochen."

Doch sein Boss hört ihn nicht mehr.

Die beiden Männer, die Uwe ergreifen wollen, landen trotz des Nebels punktgenau vor ihm. Allerdings zielen sie mit ihren Waffen auf die beiden Einsatzkräfte hinter dem Sicherheitsbeauftragten der *Staller* Werke. Ohne die beschusshemmenden Westen wären die zwei Beamten auf der Stelle tot. Aber auch so sorgen die großkalibrigen Geschosse bei dem heftigen Aufprall für einen vorläufigen Ausfall der beiden Männer.

Ehe seine Widersacher Uwe ergreifen können schlägt dieser zu. Dem ersten der beiden Angreifer fliegt die Pistole in hohem Bogen aus der Hand. Die darauffolgende Faust schleudert ihn zurück. Mit geballten Fäusten wendet Uwe sich dem zweiten Mann zu.

Stefan, der ganz in der Nähe steht, zieht sofort seine Waffe, um sich in den Kampf zu stürzen. Den von Uwe zu Boden geschlagenen Angreifer erreicht er in dem Moment, als dieser sich wieder aufrappeln will. Mit dem Griff seiner Pistole schlägt er den leicht benommenen Mann endgültig nieder. Ohne sich nach dem Mann umzusehen läuft der Agent weiter auf den Piloten zu. Der zweite Angreifer sieht sich plötzlich allein zwei Feinden gegenüber. Ohne lange zu zielen drückt er ab.

Mit einem Aufschrei sackt Uwe zu Boden. Die Kugel hat seinen Oberschenkel durchschlagen, sodass er sich nicht auf den Beinen halten kann. Der stechende Schmerz nimmt ihm jegliche Bewegungsmöglichkeit. Während er stöhnend sein Bein umfasst, zielt der Angreifer nun genauer.

„Sag ‚Auf Wiedersehen'", bittet er den entsetzten Uwe verächtlich.

Im gleichen Moment ist Stefan heran, der den Mann mit einem gut gezielten Schuss niederstreckt.

„Danke, Stefan", presst der erleichterte Pilot durch zusammengebissene Zähne hervor.

„Dafür bin ich doch da", beruhigt der Beamte ihn. „Bleib liegen!" Er untersucht die heftig blutende Wunde, bevor er mit seinem Gürtel das Bein abbindet. „Uwe Meyer hat es erwischt. Ich brauche einen Krankenwagen", brüllt er in das Mikrofon.

Die zwei Krankenwagen mit den einsatzbereiten Rettungskräften wurden von dem Agenten für den Notfall angefordert und stehen auf Zuruf einsatzbereit auf dem Parkplatz des Hotels. Unverzüglich setzt sich das erste Fahrzeug in Bewegung.

Uwe richtet sich ein Stück weit auf und greift nach Stefans Arm. „Die Kerle sind verdammt schnell", sagt er eindringlich. „Wo ist Gerd? Er hätte sich nach deinem Ruf garantiert gemeldet", flüstert er benommen.

„Gerd?", forscht Stefan nach, erhält aber keine Antwort. Die einzige Chance sind die Kameras. „Max, was kannst du sehen?"

„Leider noch gar nichts. Der Nebel verschwindet nur sehr langsam. Tut mir leid."

Daniel, Dominik und Oliver tauchen neben Stefan auf. „Was macht ihr hier?", faucht Stefan. „Geht sofort zurück zu den Leuten aus Herrn Offermanns Truppe."

„Die können auf den Rest aufpassen", bestimmt Daniel. „Dominik und ich bleiben bei Uwe. Seht zu, dass ihr Gerd findet! Macht schon", schnauzt er befehlend.

Stefan braucht nicht lang, um sich zu entscheiden. „Dann los!"

Die drei Spezialeinsatzkräfte, die am Kettenkarussell auf den Beginn des Einsatzes gewartet haben, treten den drei um sich schießenden Verbrechern entgegen. Durch die im Dauerfeuer ratternden Maschinenpistolen können sich die Beamten den Männern nicht auf Schussweite nähern, ohne selbst getroffen zu werden. Sie suchen sich Deckung und nageln die Eindringlinge durch ihre Schüsse an ihrem Platz fest.

Emma bezieht schon früh ihren Posten. Angrenzend an das Riesenrad befindet sich in einer Höhe von drei Metern ein Bahnhof für die Einschienenbahn. Von dort hat sie gute Sicht auf den Park, auch auf den Lagerschuppen hinter dem Imbissstand. Sie kann beobachten, wie sich Frank Rademacher mit seinen Leuten anschleicht.

Sofort nimmt sie die passende Stellung ein, wofür sie das Gewehr auf dem Rand der umlaufenden Balustrade abstützt. Ihr Scharfschützengewehr *PSG-1* der Marke *Heckler & Koch* mit Zielfernrohr ist mit Weichkerngeschossen vom Kaliber *7,62 × 51 Millimeter NATO* geladen. Vornüber gebeugt harrt sie aus, mit Sicht auf das Geschehen, das Gewehr im Anschlag und den Blick durch das Zielfernrohr gerichtet.

Als es losgeht erblickt sie die drei um sich schießenden Männer, die sich Gerds Team entgegenstellen, die beiden Männer, die sich Uwe nähern und Frank Rademacher mit seinem Kumpan, die es allem Anschein nach auf Gerd abgesehen haben. Sie zielt sorgfältig, um zuerst Rademacher und dann die übrigen Männer auszuschalten.

Unverrichteter Dinge setzt sie ihr Gewehr wieder ab. ‚Wieso haben die Kerle Rauchgranaten dabei? So ein Mist!' Emma ist wütend. Durch den aufwallenden Nebel kann sie nicht genug sehen, um einen sauberen Schuss zu platzieren. Ihr ist bewusst, dass sich Frank Rademacher und Gerd jeden Moment zum Kampf gegenüberstehen können. ‚Ausgerechnet jetzt, wo er meine Hilfe am dringendsten braucht. Ich muss unbedingt zu Gerd', empfiehlt sie sich selbst, schüttelt dann aber heftig den Kopf. „Panik hilft hier nicht weiter", weist sie sich leise zurecht. Wie gefährlich dieser Terrorist ist, braucht sie sich nicht extra vor Augen zu halten, seine Kumpane ebenso. Dann hört sie Stefans Meldung:

„Uwe hat es erwischt. Ich brauche einen Krankenwagen."

‚Das läuft überhaupt nicht wie erwartet', stellt Emma fest. ‚Die Kerle haben sich sofort auf die neue Situation eingestellt. Das sind erstklassig ausgebildete Profis!'

Viel zu langsam verzieht sich der Rauch.

Emma entschließt sich auf die Suche nach Gerd zu gehen. Da erspäht sie ihre Kollegen, die von den drei Männern und ihren Maschinenpistolen arg bedrängt werden. Zwei der Beamten scheinen bereits verwundet zu sein. Noch einmal nimmt sie ihre Stellung ein und zielt sorgfältig. Zwei kurz hintereinander abgefeuerte Kugeln treffen gekonnt ihre Ziele. Ehe dem dritten Mann klar ist was da passiert, wird er von den Beamten überwältigt. Einer der Kollegen winkt erleichtert zu ihr hinüber. Sie richtet sich auf, um den Gruß zu erwidern, dabei entdeckt sie die beiden Männer, die für Franks Rückendeckung sorgen sollen.

„Hey, Leute", meldet sie sich über die Kommunikationsverbindung. „Der Lagerschuppen hinter dem Imbissladen. Gleich neben dem Riesenrad. Ihr findet dort noch zwei von den Kerlen."

„Vielen Dank für den Hinweis", hört sie Oliver. „Wir sind schon unterwegs. Kannst du sie ein bisschen aufhalten?"

„Geht klar", bestätigt Emma. Durch das Zielfernrohr kann sie Stefan mit dem Allrounder auf den Schuppen zulaufen sehen.

Franks Männer verschanzen sich in dem mit Wellblech verkleideten Lagerhaus. Die zwei kleinen Fenster dienen ihnen als Schussluken. Damit können die Kerle sich alle vom Hals halten, solange ihnen die Munition nicht ausgeht.

Allerdings haben die nicht mit Emma gerechnet. Die Agentin zielt auf den Lauf des ersten Gewehres. Langsam hebt sie ihre Schusswaffe an, um dem sichtbaren Stück des Gewehrlaufes bis zum letzten Ende zu folgen. Dort erkennt sie die Hand, die das Gewehr hält. Sie drückt ab. Den Schrei des Mannes kann sie nicht hören, aber sie ist sicher, dass sie gut getroffen hat. Das beweist ihr die aus dem Fenster fallende Waffe, die der Mann mit seiner verletzten Hand nicht mehr festhalten konnte.

„Guter Schuss", wird sie von Oliver gelobt. „Schaffst du das noch einmal?"

Der Schusswinkel zum zweiten Fenster ist anders. Emma prüft ihre Schussmöglichkeiten. Sie erkennt durch ihr Zielfernrohr die Mündung des Gewehrs. ‚Ich fasse es nicht, der Kerl will tatsächlich auf mich schießen', erkennt Emma eher belustigt als besorgt. ‚Ohne Zielfernrohr auf diese Entfernung? Das schafft der nie!' Der Lauf des Gewehres geht kerzengerade nach hinten. ‚Das könnte funktionieren', erwägt die Agentin. Allerdings hat sie diesen Schuss erst einmal richtig geschafft. ‚Trotzdem, einen Versuch ist es wert.'

„Pass auf", antwortet sie dem Allrounder. Sie visiert ihr Ziel genauestens an, ehe sie abdrückt.

Dem Mann bleibt keine Zeit um zu begreifen, was da vor sich geht, bevor die Kugel in den Lauf des Gewehres eindringt.

Emma kennt sich aus, die Waffe wird dem Mann in der Hand explodieren.

Das frohe Gebrüll des Allrounders beweist ihr, dass die Kugel ihr Ziel wie gewünscht erreicht hat. Zufrieden schaut sie zu, wie ihr Bruder und Oliver gefahrlos in den Lagerschuppen vordringen, um die beiden verletzten Söldner herauszuzerren und mit Kabelbindern zu fesseln.

Plötzlich sieht sie Frank Rademacher und seinen Handlanger. Sie befinden sich im Rücken der Allrounder, auf dem Weg zum Schuppen. Entsetzt muss sie mit ansehen, wie der bewusstlose, schwer blutende Gerd von ihnen mitgezerrt wird.

„Vorsicht, Jungs", warnt sie. „Hinter euch."

Frank erkennt die Gefahr gerade noch rechtzeitig, um sich vor dem Zugriff durch seine Feinde zu retten. Auf der Suche nach einem Schutz bietenden Versteck entdeckt er das verfallene Gebäude. „Da hinein", befiehlt er knapp.

Mit ihrer Last retten sie sich vor einer Ergreifung durch ihre Gegner.

Das Haus, in dem sie Schutz suchen, ist das Haus von *Duke William Battenbourgh*, das gleiche Haus, in dem Karola Staller den Zombies auf den Pelz gerückt ist. Sie lassen den bewusstlosen Mann zu Boden gleiten. Frank tritt an das Fenster neben der Tür, um sich ein Bild von der Sachlage zu machen. „Bleib hier", befiehlt er Dieter. „Du hast ein gutes Schussfeld. Ich sehe mich oben um. Vielleicht finde ich noch einen anderen Weg hier heraus."

„In Ordnung", verspricht Franks Kumpan. „Was ist mit ihm?" Er zeigt auf Gerd.

Frank mustert den Verletzten kalt. „Der geht allein nirgendwo hin."

19

Drei Stufen auf einmal nehmend rast Emma die lange Treppe von der Bahnstation herunter, auf dem Weg zu Stefan und den Elite-Polizisten. ‚Wir müssen Gerd unbedingt befreien', denkt sie voller Angst. ‚Da ist höchste Eile geboten.' Blitzartig saust sie den Weg entlang, bis sie die Stelle erreicht, an der ihr Freund gegen Frank Rademacher gekämpft hat. Sie bremst ihren Lauf ab, als ihr Fuß während des Laufes gegen eine Pistole stößt. Automatisch bückt sie sich, um die über den Asphalt schlitternde Waffe aufzuheben. Ihre Augen weiten sich entsetzt als sie begreift, dass sie Gerds Pistole in ihren Händen hält. Es fällt ihr schwer, die furchtbaren Gedanken zu verdrängen, die in ihr aufkeimen.

„Reiß dich zusammen", schimpft sie sich selbst aus. „So kannst du ihm nicht helfen!" ‚Hoffentlich ist es dafür noch nicht zu spät', wünscht sie sich, steckt die Pistole hinten in den Hosenbund und rennt weiter, bis sie bei Stefan eintrifft. „Was ist mit ihm? Wo ist er?"

Ihr Bruder zeigt auf das Haus. „Rademacher und noch einer von seinen Kumpanen haben sich mit ihm da drinnen verschanzt."

„Wir müssen auf der Stelle dort hinein! Die Kerle bringen ihn um!" Voller Angst beäugt sie das marode wirkende Gebäude.

Mittlerweile bieten die Überwachungskameras wieder einen Einblick auf den Park. Peter kann vom Konferenzraum aus beobachten, was vor sich geht, auch hört er die Gespräche seiner Leute. ‚Gerd ist in Gefahr. Er braucht jede Hilfe, die er kriegen kann', geht es ihm durch den Kopf. Die Schlüssel von Gerds *Audi*, die griffbereit in einer Schale auf Max' Schreibtisch liegen, fallen ihm ins Auge. Für Peter gibt es kein Halten mehr. Aufspringend schnappt er sich den Schlüssel.

„Was haben Sie vor?", vernimmt er die panische Stimme von Max, die ihn an seine Zusicherung erinnert: „Sie haben versprochen hier zu bleiben."

„Ja. Und Gerd hat versprochen heil zurück zu kommen", faucht Peter ihn an. Als er begreift, wie er sich seinem Angestellten gegenüber gerade verhalten hat, atmet er einmal heftig durch. „Tut mir leid", entschuldigt er sich für seinen Ausbruch. „Gerd braucht mich jetzt!"

Da Max über die Beziehung seiner Vorgesetzten zueinander im Bilde ist, nickt er dem Konzernchef versöhnlich zu. „Nun machen Sie schon. Holen Sie unseren Boss da heraus", fordert er.

„Kommt nicht in Frage!", mischt sich jetzt auch Andre energisch ein. „Sie bleiben hier!"

Peter dreht sich auf dem Absatz um. „Was würden Sie machen, wenn es Ihr Sohn wäre?", fährt er den Einsatzleiter an.

Erstaunt mustert Andre den Unternehmer, dann nickt er resignierend. „Ich komme mit!"

„Nein!", widerspricht Peter dem Beamten. „Ich komme klar! Sorgen Sie von hier aus für den sauberen Einsatz Ihrer Leute." Eine Antwort wartet er nicht ab, sondern stürzt nach draußen. Dreißig Sekunden später braust er in Gerds *SUV* zum anderen Ende des Parks, um dort mit quietschenden Reifen anzuhalten.

„Was machen Sie denn hier?", schnauzt Stefan erbost. ‚Gibt es in diesem Laden eigentlich irgendjemanden, der auf das hört was ich sage?', fragt er sich frustriert. „Sie bleiben genau hier stehen! Rühren Sie sich nicht vom Fleck!"

„Was haben Sie vor?", will Peter wissen.

„Wir rücken denen jetzt auf die Pelle. Damit die keine Zeit finden sich um Gerd zu kümmern. Sobald wir drinnen sind, haben die verloren." Stefan weiß, wie er vorzugehen hat, für ihn ist alles geklärt. Er wendet sich von dem Unternehmer ab, um mit den Spezialisten der Elite-Truppe gegen die beiden Terroristen vorzudringen.

Der Unternehmer wartet genau fünf Sekunden. Ihm ist wieder eingefallen, woher er das Haus kennt. Er erinnert sich an den Ausgang durch das Turmfenster, den er mit seiner Familie benutzte. Im Eilschritt läuft er um das Gebäude herum. ‚An dem dicken Seil, das in den zweiten Stock führt, kommt man wohl kaum bis da hinauf', schätzt er.

„Sind Sie schon einmal an einem solchen Seil aufwärts geklettert?" Emma hat ihn beobachtet. Als sie bemerkt, dass er ein bestimmtes Ziel hat, folgt sie ihm.

Ihre Frage lässt Peter erschrocken zusammenfahren. „Emma", bettelt er. „Ich muss etwas tun."

Sie versteht nur zu gut, wie ihm zu Mute ist. „Ich halte Sie bestimmt nicht auf", ermutigt Emma ihn. „Nehmen Sie mich mit?"

„Wenn Sie mir verraten, wie wir da hinein kommen, sind wir im Geschäft", erklärt Peter ernst.

Das Seil hat gute fünfzehn Meter Länge. Auf dem Boden liegen die Dreipunktgurte mit den Karabinerhaken. Dicke Hanfseile von ebenfalls fünfzehn Metern Länge liegen daneben. Ein Ende der Seile ist mit Karabinerhaken bestückt.

‚Die sind wohl dafür da, wenn auf den letzten Metern jemand stecken bleibt', schmunzelt Emma bei dem Gedanken daran, dass zu guter Letzt doch noch helfende Hände die Menschen nach unten ziehen müssen. „Es ist alles da, was wir brauchen. Was mich zu meiner Frage zurückbringt. Sind Sie schon einmal an einem solchen Seil hochgeklettert?"

„Nein", erwidert der Unternehmer wahrheitsgemäß.

„Dann gehe ich zuerst. Es ist zwar anstrengend, aber gar nicht so schwer. Außerdem kann ich Ihnen von oben helfen."

„Und wie?", zweifelt Peter.

„Ich nehme eines von den Seilen mit. Sie haken das andere Ende nachher an Ihrem Dreipunktgurt ein. Dann kann ich Sie nach oben ziehen. Fangen wir an, wir haben keine Zeit zu verlieren."

Emma schlüpft in einen der Gurte. Als nächstes wickelt sie sich eines der Seile um die Hüften. Um ihre Handflächen trocken zu halten, bückt sie sich und reibt ihre Hände erst über den staubtrockenen Bodenbelag, der aus losem Schotter besteht, anschließend aneinander.

Mit beiden Händen greift sie nach dem Tau, lässt sich zurückfallen und schlingt auch die Beine darum, sodass sie wie ein

Affe unter dem dicken Seil hängt. Sie löst eine Hand und hakt den Karabinerhaken des Gurtes daran ein. So gesichert kann sie, selbst wenn sie eine Pause brauchen sollte, nicht abstürzen. Immer eine Hand vor die andere setzend, die Beine nachziehend, schiebt sie sich aufwärts.

Vier Minuten später ist sie oben. Doch noch hat sie es nicht geschafft. Sie schiebt sich ein Stück weiter, dann kann sie den Fenstersims fassen. Ihren Oberkörper an das Tau pressend quetscht sie einen Ellbogen zwischen ihren Rücken und die Fensterbank, um sich hochzustemmen. Anschließend schiebt sie ihren Körper weiter, bis sie auf der Fensterbank sitzt.

„Geschafft", freut sich Peter, während die Agentin eilig nach drinnen klettert.

Er hat ihr genau zugesehen. ‚Sah doch ganz einfach aus', urteilt der Konzernchef. ‚Das kriege ich locker hin.'

Peter fängt das Seil, dessen Ende Emma ihm zuwirft, mühelos auf. Er hängt sich in der gleichen Weise an das Seil wie es die Beamtin kurz zuvor gemacht hat und hakt den Karabinerhaken seines Dreipunktgurtes am Tau ein, das Ende von Emmas Seil befestigt er am Dreipunktgurt. Dann beginnt er sich aufwärts zu ziehen. Schon nach kurzer Zeit merkt er, wie anstrengend es ist, seinen Körper nur über Arme und Beine vorwärts zu bewegen. ‚Mit meinem Urteil war ich wohl etwas zu voreilig', gesteht er sich ein, kommt aber zügig voran. Die Strecke ist rasch überwunden, da Emma ihm durch das kräftige Heranziehen des Seils zusätzlich beim Überwinden der Entfernung hilft.

Die Agentin packt behände zu und stützt den Konzernchef, bis er durch das Fenster geklettert ist. Obwohl sie es eilig hat, wartet sie noch ab, bis sich Peters Atmung nach dem Kraftakt beruhigt hat.

„Gehen wir!", verlangt er ungeduldig.

„Moment." Emma hält ihn zurück, indem sie ihm eine Hand auf den Arm legt. „Versprechen Sie mir, dass Sie Gerd hier herausholen. Egal was passiert! Ich kümmere mich um die beiden Kerle."

Peter starrt die junge Frau entsetzt an. Ihm ist sofort klar, was sie da anspricht und auch, wie das ausgehen kann. ‚Darf ich das zulassen? Wäre es nicht meine Pflicht, sie davon abzuhalten?', fragt er sich. Der kleinste Fehler könnte ihren Tod zur Folge haben. „Ist dir klar, dass Gerd mir das nie verzeihen würde?"

„Bitte", bettelt sie flehend. Auch sie wechselt zu der persönlichen Anrede: „Du müsstest das doch verstehen."

Der Unternehmer nickt zustimmend. Er fühlt sich hilflos und kann nur hoffen, dass der Agentin nichts passiert. „Pass auf dich auf. Noch einmal eine Frau zu verlieren, die er liebt, das verkraftet er nicht."

Sie schleichen sich Stück für Stück in das Hausinnere. Der Konzernchef führt sie den Weg hinunter, den er in entgegengesetzter Richtung vor kurzem schon einmal bezwungen hat. Ohne auf dem Weg ein Wort miteinander zu wechseln erreichen sie die Tür mit dem Kinderreim.

Peter greift nach der Klinke, doch Emma hält ihn zurück. Es ist mehr ein Gefühl, das ihr die Gefahr verrät. Sie schiebt Peter mit dem Rücken an die Wand. Der Zeigefinger auf ihrem Mund signalisiert ihm still zu sein. Sobald sie die Tür öffnet wird sie auf Frank Rademacher treffen. Sie ist sicher, dass auch er die Gefahr spürt. ‚Er wartet auf mich! Ob er mich wiedererkennt?'

Sie atmet noch einmal tief durch, dann öffnet sie mit Schwung die Tür. So schnell sie kann rennt sie Haken schlagend in den Raum. Sie will verhindern, dass er zu einem gezielten Schuss kommt. Außerdem sollen seine Blicke ihr folgen, damit der Konzernchef unbemerkt bleibt.

Er steht kampfbereit mitten im Raum, in einer Hand die Pistole, in der anderen das Messer. Sie wirbelt herum, von ihm weg bis an die gegenüberliegende Wand.

Frank Rademacher lässt sie nicht aus den Augen, bis sie in ihrer Position ihm gegenüber stoppt. Seine Überraschung ist groß als er erkennt, dass er es mit einer noch sehr jungen Frau zu tun hat. ‚Sie ist höchstens fünfundzwanzig', schätzt er. Den Vorsatz, seinen Gegner kaltblütig zu erschießen, vergisst er vorerst. „Sind denen da draußen etwa die Kämpfer ausgegangen?", erkundigt er sich verdutzt.

Unterdessen schleicht sich Peter zügig hinter dem Terroristen vorbei zum anderen Ende des Raumes. Die Hindernisse, die sie noch vor kurzem freudig überwunden haben, könnten ihn nun verraten. Er klettert darüber, kriecht hindurch oder windet sich daran vorbei, bemüht kein Geräusch zu verursachen. Leise bewegt er sich Stück für Stück weiter in Richtung Treppe.

Jetzt heißt es für Emma den Mann lange genug ablenken. „Warum glauben Sie das?", erkundigt sich Emma bei dem Söldner. „Sie wissen doch, was Frauen zu leisten fähig sind."

Erstaunt hebt er eine Augenbraue. „Ach, weiß ich das?"

„Ich muss Ihnen doch nicht sagen, dass wir alles über Sie wissen. Auch wer mit Ihnen in einem Boot sitzt. Kira schnappe ich mir später auch noch. Verlassen Sie sich darauf!"

‚Woher weiß diese Frau, dass ich mit Kira zusammenarbeite?' Frank ist baff, dass sie so viel über ihn in Erfahrung bringen konnte. Seine Akten sind nur den wenigsten bekannt. „Wer sind Sie?"

Emma schüttelt traurig den Kopf. „So schnell wird man vergessen. Dabei ist es nur ein paar Tage her, dass wir uns zuletzt gesehen haben."

Franks Augen wandern abschätzend über ihre ausnehmend gute Erscheinung, die man trotz der legeren Kleidung erkennt. „Das kann nicht sein. Eine Frau, die so aussieht, würde ich nicht vergessen."

„Das wäre ein wirklich tolles Kompliment", bemerkt Emma anzüglich. „Wenn es nicht gerade von Ihnen käme."

„Geben Sie mir einen Hinweis."

„Sie haben mich nach meinen Kindern gefragt", erinnert Emma ihn. „Sie klangen ganz erstaunt bei der Zahl Siebenundzwanzig." Peter ist aus ihrer Sichtweite verschwunden, nun kann sie sich ganz auf den Terroristen konzentrieren.

Bei Frank fällt der Groschen, er erinnert sich an die überaus hübsche Blondine auf dem Campingplatz. ‚Die haben uns die ganze Zeit beobachtet', wird ihm klar. ‚Verdammt! Da waren doch Profis am Werk.' „Wer sind Sie?", fragt er wieder.

„Das spielt keine Rolle", erklärt sie ihm. „Es reicht, wenn Sie wissen, dass ich dafür sorgen werde, dass Achim Voss Genugtuung erhält."

‚Also das hat sie auf den Plan gerufen. Sie ist sauer, weil ihr Freund tot ist', begreift Frank. ‚Jetzt glaubt diese Polizistin, dass sie ihren Freund rächen kann, dass sie es mit mir aufnehmen kann.' Frank grinst breit. „Dann werde ich dich gleich hinterherschicken. Ich bin gespannt, ob du auch so jammerst wie er."

Emma bleibt ruhig, sie lässt sich von ihrem Widersacher nicht aus der Fassung bringen. „Achim hat nicht gejammert. Er hat gekämpft! Obwohl ihr ihn in der Mangel hattet, ist er euch entkommen. Er hat es sogar bis zur nächsten Polizeiwache geschafft. Innerhalb von einer Stunde waren alle gewarnt. Ihr habt verdammt schlampig gearbeitet", reizt sie ihn.

„Das ist nicht wahr", wütet Frank ungläubig.

„Doch! Und was habt ihr hier veranstaltet? Ihr wolltet euch Gerd Bach holen. Habe ich Recht?" Emma lacht trocken auf. „Ihr habt euch von ein paar Amateuren überrumpeln lassen."

„Nein! Die hatten die Hosen gestrichen voll! Die haben bei den Profis um Hilfe gebettelt." Frank ist überzeugt von seiner Arbeit.

„Damit liegen Sie weit daneben. Die Jungs selbst sind Profis genug, um gegen euch zu bestehen. Ach, und außerdem werde ich jetzt die Arbeit von Gerd Bach zu Ende bringen." Ohne Vorwarnung springt sie ihn mit beiden Beinen an.

Der Söldner wird durch den Raum geschleudert, bis die Wand seinen Sturz aufhält.

Emma hat in ihrer Ausbildung gelernt, dass die körperliche Kraft von Frauen nicht ausreicht, um es mit gut ausgebildeten Männern aufnehmen zu können. Sie muss schneller sein als er, geschickter. Sie darf ihm keinen Treffer erlauben, denn dann hat sie verloren. Nach dem Sprung kommt sie sauber auf ihren Füßen auf.

Wütend richtet Frank sich auf. „Na schön, ganz wie du willst! Die brauche ich nicht." Überheblich wirft er seine Pistole und das Messer weg. Er unterschätzt die Agentin vollkommen. „Na, komm schon!" Mit beiden Händen winkt er sie auffordernd heran.

Wie zwei Ringer umkreisen sie sich, aufmerksam jede Bewegung des anderen verfolgend. Frank macht einen Schritt auf sie zu. Gleichzeitig holt er mit geballter Faust zum Schlag aus.

Emma pariert den Hieb mühelos, dreht sich an ihm vorbei, bis sie sich halb hinter ihm befindet, hebt ihren Arm nach vorn in Brusthöhe, um für den nötigen Schwung zu sorgen, dann lässt sie ihren Ellbogen hart auf seine Nieren prallen.

Auch wenn ihm der Schlag nicht allzu viel ausmacht, schreit er wütend auf. Eilig wendet er sich ihr zu, doch ehe er reagieren kann trifft ihn Emmas Fuß vor der Brust.

Dass er außergewöhnlich gut trainiert ist, muss Emma neidlos anerkennen. Jeden anderen hätte sie mit diesem Tritt umgeworfen, aber er macht nur einen Ausfallschritt und fängt sich wieder.

„War das alles, was du draufhast?", höhnt er. Seine vorschießende Faust ist auf ihr Gesicht gerichtet.

Der Angriff überrascht Emma keineswegs. Ihren Oberkörper nach hinten biegend, geht sie weit genug in die Knie, dass der Schlag sie verfehlt. Blitzartig richtet sie sich auf, dreht sich gleichzeitig zur Seite und packt mit beiden Händen seinen ausgestreckten Schlagarm. Ihre linke Schulter befindet sich unter seiner Armbeuge. Es ist ein Leichtes für Emma ihn aus dem Gleichgewicht zu bringen. Eine kurze Drehung, ohne seinen Arm loszulassen, bewirkt, dass er seinen festen Stand verliert.

Durch den Schwung ihres Körpers fliegt er nach vorn. Erst nach ein paar Schritten hat er sich so weit unter Kontrolle, dass er erbost zu ihr herumschwingen kann.

Doch noch ist Emma nicht fertig! Flink ist sie ihm gefolgt, sodass sie nach seiner Drehung unmittelbar vor ihm steht. Emmas linke Faust knallt unter sein Kinn. Der Schlag war fest genug, dass es laut knackt. Sie setzt mit der Rechten nach, die seinen Wangenknochen seitlich trifft.

Frank stöhnt auf, sein Kopf schießt zur Seite und für einen Moment sieht er Sterne.

Während er den Kopf schüttelt, um wieder klarer zu werden, nutzt die Agentin den Moment, um nach ihrer Waffe zu greifen. „Stopp!", faucht sie Frank an.

Doch der Terrorist ist sauer genug, um jede Warnung auszuschlagen. Seine Faust schießt erneut nach vorn, aber Emma ist schneller.

Seinem Schlag ausweichend drückt sie ab. Die Kugel trifft ihn in der rechten Schulter. Sie weiß, dass er dadurch nicht aufgehalten wird.

Frank schreit auf. Er spürt den Einschlag im ganzen Körper, Übelkeit will sich in ihm breitmachen und das jähe Pochen in seinem Arm kündigt ihm den kommenden Schmerz und den Schock an. Doch auch wenn ihn die Kugel für einen Moment ausbremst, gibt er nicht auf. Er hat lange genug trainiert, um die Schmerzen auszublenden. Ihm ist klar, dass er seine Gegnerin schnellstens entwaffnen muss, um diesen Kampf für sich zu entscheiden. Mit vorgestreckten Armen stürzt er auf die Agentin zu.

Nur ein Volltreffer würde ihn stoppen, doch Emma will ihn auf keinen Fall töten. Sie feuert eine weitere Kugel ab, die sein Knie durchschlägt.

Frank stürzt mit einem lauten Schmerzensschrei zu Boden. Er dreht sich geschwind auf die Seite, um sich aufzurichten. Da ist Emma heran. Mit ihrem Schuh tritt sie fest genug auf sein verletztes Knie, dass er gequält aufschreit.

„Bleiben Sie liegen!", befiehlt Emma ihm. „Sonst ist die nächste Kugel das Letzte, was Sie spüren."

Er sinkt besiegt zurück auf den Boden. Erst jetzt lässt er die Schmerzen zu, während er die Frau wutentbrannt anstarrt.

Indessen schleicht der Konzernchef die Treppe hinunter, folgt dem bekannten Weg bis fast zum Eingang. Gerd liegt immer noch auf dem Boden, aber anscheinend kommt er gerade zu sich. Peter verspürt eine unglaubliche Erleichterung, als er erkennt, dass Gerd sich vorsichtig bewegt.

In dem Bewusstsein, dass Gerd ihm nicht schaden kann, hat Dieter diesem den Rücken zugewandt. Er feuert durch das kleine Fenster neben der Tür auf die Beamten. Zudem erwartet er aus dieser Richtung keine Feinde, weshalb er das Geschehen hinter sich vollständig außer Acht lässt. Sein Boss würde ihn sofort warnen, wenn es Probleme gäbe, die er nicht allein bewältigen kann.

Der Konzernchef sucht sich aus dem Gerümpel um ihn herum einen schlagkräftigen Gegenstand. Der Rest eines Stuhlbeins entspricht absolut seinen Wünschen. Sorgfältig holt er aus, dann kracht das Holz auf den Schädel des Mannes, der betäubt zu Boden stürzt.

Es dauert eine Weile bis Gerds Gedanken klar genug sind um zu erkennen, wo er ist und was gerade vor sich geht. Sein Körper schmerzt überall, seine Brust brennt wie Feuer und die kleinste Bewegung verursacht höllische Qualen. Allerdings wird seine Sicht langsam klarer.

Franks Kumpan wendet ihm den Rücken zu. Am liebsten würde er sich auf den Kerl stürzen, ihm den Hals umdrehen. Aber er hat nicht einmal die Kraft um sich aufzurichten. Er kann nur versuchen schleunigst von hier zu verschwinden. ‚Aber so einfach ist das wohl auch nicht.' Dann erkennt er Peter, der sich von hinten an den Söldner heranschleicht und den Kerl mit einem kräftigen Schlag niederstreckt. Erleichtert lässt sich Gerd zurücksinken.

Da sich die Tür nicht von innen öffnen lässt tritt Peter vorsichtig an das Fenster heran, in der Hoffnung, dass niemand auf ihn schießt. „Kommt herein!"

Das lassen sich seine Mitarbeiter nicht zweimal sagen. Der Aufforderung ihres Chefs nachkommend stürmen die beiden Allrounder in das Gebäude. Schnell ergreifen sie den betäubten Mann.

„Wir brauchen einen Krankenwagen", ordert Stefan mit einem Blick auf Gerd. „Wo ist Rademacher?"

„Um den kümmert sich Emma", erklärt Peter besorgt und zeigt mit dem Finger nach oben. „Hier drüber."

Der laute Knall eines Schusses schallt durch das Haus, gefolgt von einem zweiten.

Aufgeschreckt saust Stefan los, um seiner Schwester schnellstens zu helfen. Er kommt gerade rechtzeitig um zu sehen, wie Emma dem verwundeten Mann ziemlich unsanft Handschellen anlegt. „Worum mache ich mir eigentlich Sorgen?"

„Keine Ahnung", gibt sie trocken zurück. Gemeinsam zerren sie den stöhnenden Terroristen auf die Beine.

„Was ist mit Gerd? Wo ist er?" Angsterfüllt hält Emma die Luft an. ‚Waren sie rechtzeitig da?'

Stefan zeigt nach unten. „Nun geh schon. Ich mache das hier." Lächelnd beobachtet er, wie seine Schwester die Treppe hinunterrast.

Trotz seiner Schmerzen grinst Frank ihn überheblich an. „Das Lachen wird euch noch vergehen", prophezeit er. „Ihr werdet mich bald wieder laufen lassen."

„Ist das so?" Stefan mustert seinen Gefangenen kritisch. „Ich hoffe doch, dass wir das zu verhindern wissen."

Franks Grinsen wird noch eine Spur breiter.

‚Er ist verdammt selbstsicher', grübelt Stefan. ‚Hoffentlich kommt da nicht noch etwas Unvorhergesehenes auf uns zu. Wir sollten auf den Kerl aufpassen.'

„Gerd!" Emma landet in dem Augenblick neben ihm auf den Knien, als draußen der Krankenwagen vorfährt. „Hast du nicht gesagt, du kommst heil zurück?", wirft sie ihm erleichtert vor.

„Und du hast versprochen, dich so weit wie möglich von Rademacher fern zu halten", entgegnet er mit zusammengebissenen Zähnen.

„Habe ich doch", bestätigt Emma ihm ernst.

„Hilfst du mir auf?"

„Das machen die Sanitäter gleich."

„Du glaubst doch nicht, dass ich mich von denen nach draußen tragen lasse", wundert sich Gerd. „Nun hilf mir schon", bettelt er.

Als er endlich aufrecht steht atmet er zitternd ein. Seine Brust schmerzt stark und er spürt die Übelkeit in seinem Magen. Da er Angst hat wieder einzusacken, stützt er sich auch weiterhin auf seine Freundin.

„Harter Kerl", zieht Emma ihn auf. Erleichtert, dass es nicht schlimmer ausgegangen ist, hilft sie ihm das Haus zu verlassen.

Die Rettungskräfte kümmern sich eilig um den verletzten Mann.

Alle die nicht auf die Gefangenen achten müssen, sammeln sich um den Krankenwagen mit Gerd.

Er ist froh, als er seine Leute unbeschadet erblickt. „Was ist mit Uwe? Wo ist er?"

„Der hat eine Kugel im Oberschenkel", berichtet ihm einer der Sanitäter. „Die wird gerade herausoperiert. Sie kommen auch gleich in einen hübschen Operationssaal", verspricht er Gerd.

Peter wirft nur einen kurzen Blick auf die Anzeige seines Handys, bevor er erstaunt den eingehenden Anruf entgegennimmt.

„Anna, was gibt es denn?" Dann weiten sich seine Augen erschrocken. „Warten Sie", bittet er die Sekretärin.

Mit einem großen Schritt steht er neben Gerd, dann schaltet er den Lautsprecher ein. „Würden Sie bitte noch einmal wiederholen, was Sie mir gerade geschildert haben?"

Anna holt tief Luft. „Heute Vormittag sind schwer bewaffnete Männer in Ihr Haus eingedrungen. Sie haben die meisten der Beamten erschossen. Fünf liegen verletzt im Krankenhaus. Die Kerle haben Andreas und Ihre Frau entführt. Keiner weiß, wohin sie die beiden gebracht haben. Ich habe keine Ahnung, was ich tun soll", endet sie verzweifelt.

Das ganze Team und die anwesenden Beamten haben die Worte gehört. Betroffen sehen sie sich an. Peter rührt sich nicht von der Stelle, starrt fassungslos auf sein Handy, unfähig zu reagieren.

Emma nimmt ihm das Gerät aus der Hand. „Anna", spricht sie die Freundin an. „Unternimm bitte gar nichts, wir kümmern uns darum. Ich melde mich bald."

Alle schweigen entgeistert. Keinem von ihnen will eine Idee in den Sinn kommen, wie sie die Entführten ausfindig machen können.

„Verdammt", faucht Stefan plötzlich und schlägt wütend mit der Faust gegen seine Handfläche. „Er weiß es."

Verständnislos dreht sich Emma in seine Richtung. „Was?"

„Rademacher. Er hat gesagt, wir müssen ihn bald wieder laufen lassen", Stefan begreift schlagartig die Zusammenhänge. „Der will sich garantiert austauschen lassen."

Peters Augen bekommen einen Hoffnungsschimmer. „Werden Sie das tun? Ihn austauschen?"

Die Geschwister sehen sich alarmiert an. Sie wissen genau, dass keine Behörde einem solchen Austausch zustimmen würde.

Gerd ist ebenfalls frustriert. Er will den Mörder von Achim Voss nicht laufen lassen. „Was können wir tun?"

„Du lässt dich erst einmal zusammenflicken", erinnert Dominik ihn an seine Verletzungen.

„Das glaubst auch nur du", erwidert Gerd heftig.

Emma fragt nicht lange nach, sie weiß, wie ihr Freund tickt. Er kann unmöglich ruhig in einem Krankenbett liegen, solange seine Familie in Gefahr ist. Er gehört jetzt an Peters Seite! „Flicken Sie ihn so zusammen, dass die Verbände halten", fordert sie den Arzt auf. Als dieser widersprechen will winkt sie kurzerhand ab. „Wir liefern ihn in ein paar Stunden im Krankenhaus ab. Ich hoffe, dass ich das nicht bereue", wendet sie sich an Gerd.

„Danke", ihm ist klar, dass ihr diese Entscheidung schwer fällt und sie viel Vertrauen kostet.

„Ich nehme mir Rademacher vor", erklärt Emma. „Vielleicht kriegen wir ja etwas aus ihm heraus."

„Ich komme mit!" Stefan traut seiner Schwester zu, dass sie nicht viel von dem Kerl übrig lässt, so geladen wie sie ist.

„Glaubst du wirklich, dass der Kerl redet?", staunt Oliver. „Der Mann war garantiert schon öfter in Polizeigewahrsam, der weiß bestimmt, wie das abläuft. Immerhin ist der Mann seit Jahren im Geschäft."

Emma starrt ihn frustriert an. „Irgendwie müssen wir weiterkommen. Und das schnell!"

Ihre Augen wandern gedankenversunken über den Park, bis sie an dem Equipment für die Installationen hängen bleiben. „Ja!", schreit sie auf, als ihr schlagartig einfällt, wie sie vorgehen können. „Oliver, Dominik, schnappt euch ein paar Abdeckfolien und legt sie in dem Haus aus. In der Mitte stellt ihr dann einen stabilen Stuhl darauf. Beeilt euch bitte!"

Die beiden Allrounder grinsen sich an, da sie sofort begreifen, was die Agentin vorhat. „Schon unterwegs", bestätigen sie.

Kurz darauf schaffen die Geschwister Frank Rademacher zurück in das Haus, wo Stefan ihn unsanft auf einen Stuhl verfrachtet.

Obwohl Frank vor Schmerzen aufstöhnt, blitzen seine Augen triumphierend auf. „Hat ja nicht lange gedauert", bemerkt er arrogant in Richtung des Agenten.

„Sie haben keinen Grund, sich zu freuen", faucht Emma ihn an. „Sollten Sie mir auf meine Fragen nicht antworten, finden Sie sich nicht in Freiheit wieder, sondern fünf Meter unter der Grasnarbe."

„Eure Einschüchterungsversuche könnt ihr gleich aufgeben. Ihr werdet mir nichts tun", betont Frank so ruhig wie möglich.

„Dann kriegt ihr nämlich Ärger mit euren Vorgesetzten." Er kennt sich mit Polizeimaßnahmen zur Genüge aus. Trotzdem klingt seine Behauptung nicht ganz so selbstsicher wie sie sollte. Immerhin haben die beiden ihn gerade vor den Augen aller grob aus dem Rettungswagen gezerrt, in dem er versorgt wurde. ‚Und überhaupt, wo bin ich hier eigentlich?', geht es ihm durch den Kopf. Das mulmige Gefühl verstärkt sich beim Betrachten des Raumes noch um einiges.

Oliver und Dominik haben ganze Arbeit geleistet, auf dem Boden ist auf einer Fläche von vier Metern dicke Plastikfolie ausgelegt. Sogar an den Wänden haben die beiden Allrounder die Schutzfolie mit Klebestreifen befestigt. Das Ganze sieht aus wie die Spritzkabine einer Lackiererei. Nur der Stuhl, der mitten auf der Folie steht, wirkt deplatziert.

„Sind Sie sich da so sicher?", holt Emma ihn aus seinen Gedankengängen zurück und mustert ihn arrogant von oben bis unten.

„Ihr seid Polizisten, ihr habt eure Vorschriften, an die ihr euch halten müsst."

Die Geschwister sehen sich mit vergnügt blitzenden Augen an.

„Wir sind keine Polizisten", klärt Stefan den Terroristen auf. „Glauben Sie wirklich, die würden einfache Polizisten auf einen Mann wie Sie ansetzen?" Er zeigt auf seine Schwester. „Sie hat Sie im Alleingang fertig gemacht. Auch uns ist klar, dass das kein einzelner Polizist geschafft hätte."

„Wer seid ihr denn sonst?" Franks Neugier ist geweckt.

„Wir? Wir sind niemand", versichert Emma dem Mann. „Sehen Sie, uns gibt es eigentlich gar nicht. Niemand weiß von unserer Existenz. Wer sollte uns zur Rechenschaft ziehen?"

Frank starrt die beiden verdutzt an. ‚Was sagen die da? Keine Polizisten?' Er ist sicher, dass die zwei gut ausgebildete Kämpfer sind. ‚Wer sollten die sonst sein?' So langsam wird ihm einiges klar. ‚Das ist die Elite unter den Spezialisten', begreift er. ‚Wahrscheinlich aus irgend so einer geheimen Kampftruppe. Deshalb sind die so schnell an meine Akte gekommen! Da habe ich mir ja ganz schön Ärger eingehandelt. Die werden sich wohl kaum auf einen Austausch einlassen.' Allerdings hofft er auf den Einfluss von Peter Staller. Um seine Frau wieder zu bekommen wird der nichts unversucht lassen.

Emma lässt ihn grübeln. Sie zieht das Skalpell aus der Tasche, welches sie sich bei den Ersthelfern ausgeliehen hat. Ganz nah tritt sie an Frank heran. Ihre freie Hand greift nach seinem Hemd. Während der große Augen macht, beginnt sie, einen Knopf nach dem anderen abzuschneiden, um das Hemd im Anschluss weit auseinander zu ziehen. Dann beginnt sie sein Unterhemd mit dem Skalpell auseinander zu schneiden. Dabei lässt sie sich reichlich Zeit.

Schlagartig begreift der Söldner, wozu die ausgelegten Plastikfolien dienen, nämlich damit bei der geplanten Folter keine Spuren zurückbleiben. Spuren, verursacht durch sein Blut! Angstvoll achtet er auf ihre Hände.

Ohne seine Haut zu ritzen legt die Agentin seinen Oberkörper frei. „Wie viel Zeit habe ich?", hakt Emma trocken bei Stefan nach.

„Wie viel willst du?" Noch weiß Stefan nicht, worauf seine Schwester aus ist. Aber er vertraut ihrem Urteilsvermögen zu hundert Prozent. Es fällt ihm nicht schwer, ihr Spiel mitzuspielen.

Emma mustert den Terroristen prüfend. „Ist ein harter Kerl", bekräftigt sie. „Bis der redet muss ich ihn wohl in kleine Streifen schneiden. Gib mir fünf Stunden."

Stefan hat Schwierigkeiten ernst zu bleiben bei dem entsetzten Gesicht des Söldners. „Fünf Stunden? Ich wette er redet nach drei." Stefan geht gekonnt auf ihre Forderung ein. Er weiß, dass sie den Mann schnellstens aus der Reserve locken müssen.

„Die Wette gilt." Sie nimmt die Herausforderung an ohne mit der Wimper zu zucken. „Besorgst du mir bitte etwas zu essen? Ich habe Hunger. In der Zwischenzeit mache ich hier weiter."

Ohne Widerspruch wendet sich Stefan zum Gehen.

„Halt! Warten Sie", brüllt Frank ihm hinterher. „Sie können mich doch nicht mit dieser Irren hier allein lassen."

Stefan lacht in sich hinein. ‚So langsam hat der Typ die Hosen gestrichen voll. Emma ist nicht zu bremsen, sie macht den Kerl nach *Strich und Faden* fertig', freut er sich.

„Was heißt hier Irre?", will Emma empört wissen. „Ich habe doch noch gar nicht angefangen." Sie setzt das Messer an seinem Brustkorb an. Die Schneide ritzt seine Haut etwa drei Zentimeter weit auf. „Schön scharf", bemerkt sie erfreut.

Der Söldner atmet heftig ein. Es ist nicht der Schmerz, den Emma ihm mit der kleinen Wunde zufügt, sondern eher die Erkenntnis, dass diese Frau ohne Skrupel dazu fähig ist, ihn auf das Schlimmste zu foltern. Auch er hat keine Hemmungen zu tun, was nötig ist. ‚Aber verdammt noch einmal! Sie ist doch eine Frau.' Selbst Kira hat ihre Grenzen. Doch die Frau, die jetzt vor ihm steht, scheint es regelrecht zu genießen. Sie ist geradezu erpicht darauf, mit der Folter anzufangen.

„Sie sollten es sich überlegen", empfiehlt Stefan dem gefesselten Mann. „Geben Sie ihr besser was sie will. Sie ersparen sich eine Menge Schmerzen."

„Was wollen Sie wissen?"

Emma atmet auf. ‚Es wird nicht mehr lange dauern, dann haben wir ihn.' „Ich will die Adresse. Wo sind Andreas Staller und seine Mutter?"

Frank stiert vor sich hin. Noch hat er eine Chance freizukommen. Dafür muss er sich jetzt extrem gut verkaufen. Er schätzt, dass er mit dem Mann vor sich eher verhandeln kann als mit der Frau, deshalb wendet er sich an Stefan. „Was sind Ihnen die beiden wert?"

„Was meinst du?", erkundigt der sich bei seiner Schwester.

„Vergiss es", schnauzt Emma. „Wenn er nicht freiwillig mit den Informationen herausrückt, kriege ich sie eben auf andere Weise. Es gibt keinen Handel." Das dauert ihr alles zu lange, sie muss ihn schnellstens aus der Reserve locken. Plötzlich blitzen ihre Augen temperamentvoll auf. Jetzt weiß sie, wie sie ihn packen kann! Sie hat sich daran erinnert, wie der Söldner sie auf dem Campingplatz ansah, wie er ihren Körper begutachtet hat. ‚Der Mann hat ein enormes Ego', bewertet sie ihn.

Stefan kennt seine Schwester gut genug um zu erkennen, dass sie einen Plan hat. Er ist sich sicher, dass sie sich den Gefangenen endgültig vorknöpfen wird.

Er soll Recht behalten!

„Ich bin es leid", meckert Emma. „Wetten, der Jammerlappen hält keine fünfzehn Minuten durch. Halt das bitte." Sie reicht Stefan das Skalpell, tritt an den gefesselten Mann heran und öffnet seinen Gürtel und Hose.

Als Stefan begreift was Emma da vorhat, muss er sich auf die Lippen beißen um nicht laut loszulachen. Gut, dass der Typ nicht weiß, wo seine Schwester die Grenze zieht. Ihm ist klar, dass sie nie einen Wehrlosen bewusst verletzen würde.

Frank jedoch brüllt fast vor Entsetzen. „Was haben Sie vor?"

„Was wohl?" Freundlich lächelnd schaut ihn die Agentin an. „Ich fange mit Ihrem edelsten Teil an." Sie holt sich das Skalpell von Stefan zurück. „In erregtem Zustand ist das richtig gut durchblutet. Das wird bestimmt lustig." Sie tritt noch einen Schritt näher an ihn heran.

„Nein, nein, nein", jault der Terrorist fassungslos auf. Er versucht von der Klinge wegzurutschen, die immer näher auf ihn zukommt. Er hat keine Chance frei zu kommen, das ist ihm jetzt klar. Aber er kann lebend hier heraus. „Sie sind auf einem Bauernhof in Bergheim", gibt er sich geschlagen und nennt ihnen die Adresse.

Stefan öffnet die Tür, vor der zwei Beamte nur darauf warten eintreten zu können. Sie bringen den gebrochenen, entmutigten Mann zurück zum Rettungswagen, wo er von den Elite-Polizisten nicht aus den Augen gelassen wird.

„Noch zwei Minuten länger und ich wäre ebenfalls in Tränen ausgebrochen", erklärt Stefan grinsend seiner Schwester. „In Lachtränen."

„Ich durfte keine Zeit verlieren. Den Kerl an seinem Ego zu packen war das einzig Richtige."

„Du meinst an seiner Männlichkeit", witzelt Stefan.

Peter und Gerd warten bereits auf die Geschwister. Über die Mikrofone konnten sie mit anhören, wie die Befragung des Söldners verlief.

„Gute Arbeit", lobt Gerd seine Freundin.

„Sehen wir zu, dass wir nach Bergheim kommen." Peter hat es eilig, die Angst um seine Familie ist ihm anzusehen.

„Mit dem Hubschrauber wären wir schneller", überlegt Gerd. „Uwe ist nicht da, ich schaffe es im Augenblick leider auch nicht zu fliegen." Bittend wendet er sich an seinen Kollegen. „Dominik, wir brauchen dich."

„Das ist ja wohl klar", antwortet der Allrounder und streckt Peter die Handfläche entgegen. „Die Schlüssel für den *Audi* bitte. Ich hole euch hier ab." Er schnappt sich die Schlüssel, die ihm gereicht werden, um in wilder Fahrt durch den Park zum Landeplatz zu preschen.

„Ich komme mit", erklärt Oliver seinem Boss. „Ich habe da noch eine Rechnung zu begleichen."

„Dann sollten wir alles vorbereiten bis Dominik zurückkommt." Auch Stefan brennt darauf zu handeln.

Emma greift in ihren Hosenbund, aus dem sie Gerds Pistole hervorzieht. „Die lag da so herum", erklärt sie ihrem Freund. „Ich denke, die kannst du noch gebrauchen."

„Danke." Gerd freut sich, die Waffe zurück zu erhalten, die ihm seine Freunde zum letzten Geburtstag überreichten. Immerhin war auch Achim Voss an dem Geschenk beteiligt.

Kurz darauf befinden sie sich in der Luft.

Weit sind sie noch nicht gekommen, als Gerds Handy einen Anrufer meldet. Umständlich, durch seinen Arm behindert, kramt er das Mobilfunkgerät hervor. „Das ist Cornelius", stellt er verwundert fest. „Cornelius, das ist jetzt etwas ungünstig."

Statt weiterzusprechen hört er einfach nur zu, während sich seine Augen ungläubig weiten. „Bleib in der Leitung. Wir sind so schnell wie möglich bei euch", verspricht er. „Michaela Kaiser und Cornelius Pohlschneider sind heute Morgen mitten in die Entführung geplatzt", unterrichtet er die anderen. „Die beiden sind den Kerlen gefolgt. Sie haben sich bis zu Andreas und Karo vorgearbeitet. Die brauchen dort dringend unsere Hilfe."

„Dann sollten wir uns beeilen", schlägt Oliver vor.

„In circa vier Minuten sind wir über dem Bauernhof", informiert sie Dominik. „Macht euch bereit zum Eingreifen."

20

„Sie sind in vier Minuten hier", meldet Cornelius den anderen. „Wir sollten verschwinden solange es noch geht."

Damit sind alle einverstanden.

Micha ruft ihren Freund an: „Wir kommen jetzt nach draußen."

Vorsichtig nähern sie sich der Tür.

Andreas muss sich auf seine Mutter stützen, da er beim Auftreten mit Schwierigkeiten zu kämpfen hat.

Als Michaela die vorsichtigen Bewegungen des Doktoranden bemerkt, eilt sie zu den beiden, um ihn auf der anderen Seite zu stützen. ‚Wahrscheinlich hat er innere Verletzungen erlitten', vermutet sie besorgt. Cornelius öffnet das Scheunentor, darauf bedacht kein Geräusch zu verursachen, aber das leise Quietschen der Scharniere kann er trotzdem nicht verhindern. Er sieht sich in sämtliche Richtungen gründlich um, ehe er die anderen heraus winkt. „Alles ruhig. Besser wird es nicht mehr."

Leise schleichen sie aus der Scheune und bewegen sich an der Wand entlang in Richtung Straße vorwärts. Durch Andreas behindert kommen sie nur langsam voran.

„Ich halte euch nur auf", begreift Andreas. „Seht zu, dass ihr wegkommt."

„Vergiss es!", faucht ihn seine Mutter derart heftig an, dass er jeden weiteren Widerspruch hinunterschluckt.

Sie haben die Straße fast erreicht, da ertönen hinter ihnen laute Rufe. Mit der Zigarette in der Hand tritt einer der Männer vor die Tür des Wohnhauses. Was er zu sehen bekommt, lässt ihn den Glimmstängel schnell wegschmeißen. Seine Waffe hervorziehend rennt er den Fliehenden hinterher. „Die Gefangenen hauen ab!", brüllt er laut. „Stehenbleiben! Sofort stehenbleiben!", schreit er ihnen hinterher.

Kira taucht an der Spitze der restlichen sechs Männer aus Rademachers Truppe vor dem Wohnhaus auf. Bei den ersten Rufen ihres Kumpels haben sie eilig ihre Waffen ergriffen und stürmen hinaus.

„Schnappt sie euch!", brüllt Kira, wobei sie bereits vorwärts sprintet. Weit kommt sie allerdings nicht!

Über die Bäume hinweg rast ein Hubschrauber auf sie zu, durch dessen geöffnete Ladeluke die Insassen auf Kira und ihre Männer schießen. Sofort suchen sie sich Deckung vor den auf sie abgefeuerten Kugeln.

Stefan und Emma liegen mit ihren Scharfschützengewehren im Anschlag in der offenen Ladeluke. Gekonnt schalten sie erst einen Mann und danach einen zweiten aus.

Erleichterung macht sich bei den Fliehenden breit. Der Hubschrauber bietet ihnen die Unterstützung, die sie jetzt dringend brauchen, um ihren Weg zu dem Transporter möglichst unbeschadet fortzusetzen.

Schockiert beobachtet Kira, wie die ersten zwei ihrer Männer zu Boden gehen. Aber Aufgeben ist für sie keine Option. Sie braucht Andreas Staller, muss ihn dringend in ihre Gewalt bringen, das ist ihr klar. Alles andere würde Frank ihr nie verzeihen.

„Ihr zwei kommt mit", sie zeigt auf die ausgewählten Leute. „Wir brauchen Feuerschutz", brüllt sie.

Sofort richten die übrigen drei Männer ihre Waffen auf den Hubschrauber. Aus allen Rohren feuernd versuchen sie die Angreifer von ihrer Chefin abzulenken.

Kira springt auf. Im Zickzack rennt sie hinter den Fliehenden her.

Die beiden von ihr ausgewählten Männer beeilen sich, es ihr nach zu machen.

„Seht einmal, da!" Dominik deutet nach vorne aus dem Cockpit. Ein weißer Transporter ist zu erkennen, der den Studierenden, Andreas und seiner Mutter rückwärts entgegenfährt. Anscheinend wollen die vier genau dort hin.

„Bring uns da hinunter", bittet Gerd den Allrounder. „Genau hinter die vier."

Dominik senkt die Maschine ab.

Emma betrachtet die Umgebung, nimmt alles in sich auf, was sie sieht. Dabei überschaut sie die Situation und legt sich einen Plan zurecht. Sie drückt Peter ihre Pistole in die Hand und teilt auch alle anderen ein. „Peter, geh zu deiner Frau und den Studierenden. Steigt in den Transporter und fahrt los. Wir halten euch den Rücken frei. Gerd, kannst du Andreas in den Hubschrauber schaffen? So wie es aussieht, muss er dringend ins Krankenhaus. Schaffst du das?" Besorgt mustert sie ihren Freund.

„Sicher", bestätigt Gerd kurz.

„Stefan, du und Oliver, ihr holt euch die drei Kerle, die noch übrig sind", befiehlt die Agentin. „Beeilt euch bitte. Ich schnappe mir indessen diese Hexe mit ihren beiden Helfern." Sie greift nach ihrer Ersatzwaffe, die sie immer dabei hat und die in einem Halfter an ihrem linken Bein steckt. Es ist eine *P6*, eine speziell für Polizeibeamte erarbeitete Variante der *SIG Sauer P225* mit Kaliber *9 x 19* Millimeter.

Oliver begreift, dass Emma diese Frau nicht entkommen lassen wird, aber sie achtet darauf, dass nicht er Hand anlegen muss an die Frau, mit der er, wenn auch nur kurz, zusammen war.

„Geht klar", bestätigen beide Männer.

Einen Meter über dem Boden stoppt der Hubschrauber in der Luft. Die Geschwister und Oliver springen umgehend hinaus.

Unverzüglich greifen Stefan und der Allrounder die drei Komplizen von Kira an. Die beschusshemmenden Westen, die Stefan besorgt hat, bieten ihnen ein wenig Sicherheit. Doch ein gezielter Treffer kann auch dann noch für Schäden sorgen. Bemüht, sich keine Kugel einzufangen, dringen sie in geduckter Stellung vor, wobei sie auf ihre Gegner schießen.

Mit einem Aufschrei stürzt der erste von Olivers Kugel getroffen zu Boden. Stefan legt nach. Das Geschoss dringt tief in den rechten Arm des zweiten Mannes ein, der schmerzhaft aufschreiend seine Waffe fallen lässt. Dann stehen die beiden Schützen direkt vor den Kerlen. Da er sich ohne Hilfe oder Rückendeckung vor den Angreifern sieht, gibt auch der dritte Mann seinen Widerstand auf und wirft die Waffe fort. Zum Zeichen, dass er keine Gegenwehr beabsichtigt, hebt er die Hände in Kopfhöhe. Mit Kabelbindern gefesselt und aneinander gebunden sind die drei Männer keine Gefahr mehr für die Freunde.

Sorgfältig sehen Stefan und Oliver sich um. Sie finden den niedergeschlagenen Mann in der Scheune, der gerade wieder zu sich kommt. In gleicher Weise wie seine Kumpane gefesselt kann auch er keinen Schaden mehr anrichten.

Stefan sucht die Umgebung nach Emma ab. Sie kann bestimmt seine Hilfe brauchen, denn immerhin will sie es gleich mit dreien von den Terroristen allein aufnehmen.

Zeitgleich mit den anderen springt auch Peter aus der Maschine, um mit großen Schritten zu den Fliehenden zu rennen. „Karo", brüllt er.

Seine Frau wendet sich ihm zu. „Peter!" Ihre Augen strahlen erfreut auf.

Endlich hat er sie erreicht und streckt die Arme nach ihr aus. Erst als sie sich an ihn schmiegt spüren beide die Erleichterung.

Gerd folgt Peter auf dem Fuße. Der Sprung aus ein Meter Höhe ist normalerweise keine Belastung für ihn. Seine Verletzungen sorgen jedoch für starke Schmerzen beim Aufkommen. Trotzdem macht er sich schleunigst auf den Weg zu Andreas, wobei selbst die paar Meter ihn so sehr anstrengen, dass ihm schon nach den ersten Sekunden der Schweiß auf der Stirn steht, doch darauf kann er keine Rücksicht nehmen, denn sein Freund braucht ihn jetzt. Bestürzt über dessen Aussehen bleibt er ruckartig vor Andreas stehen.

„So schlimm?", hakt Andreas nach.

„Wie der Verlierer nach fünf Runden mit einem Schwergewichtler", bemüht sich Gerd zu scherzen.

Andreas mustert ihn von oben bis unten. „Na, da kannst du aber auch mithalten", behauptet er trocken. Arm in Arm, sich gegenseitig stützend, machen sich die beiden auf den Weg zum Hubschrauber.

„Halt! Stehenbleiben!" Die zwei Männer, die Kira gefolgt sind, stellen sich ihren Opfern in den Weg, wobei ihre Pistolen keine Zweifel daran aufkommen lassen, wen sie mit ihrer Aufforderung meinen.

Die Freunde brauchen keine langen Absprachen, sie verstehen sich auch ohne Worte. Aneinander festhaltend, sich dabei gegenseitig stützend, bemühen sie sich darum ihr Gleichgewicht nicht zu verlieren. Jeder von ihnen tritt einem der Angreifer die Waffe mit Schwung aus der Hand.

Die Pistolen fliegen ein gutes Stück durch die Luft, ehe sie auf den Boden krachen. Allerdings sieht man den jungen Männern an, dass schon diese kurze Gegenwehr beide enorm viel Kraft gekostet hat.

Kiras Gefolgsleute haben nicht mit einer Gegenwehr ihrer Opfer gerechnet, da die beiden offensichtlich starke Verletzungen davongetragen haben, doch sie stellen sich schnell auf die neue Situation ein. In Angriffsposition nähern sie sich ihren Feinden.

„Ich mache das", versichert Gerd fest. „Warte einen Moment." Mit der Pistole in der Hand tritt er seinen Widersachern entgegen. ‚Bevor die Kerle Andy kriegen, müssen sie erst an mir vorbei.'

Andreas schaut seinem Freund besorgt hinterher. Nicht nur er kann problemlos erkennen, dass Gerd sich nur mit Mühe auf den Beinen halten kann.

Wie nicht anders zu erwarten war, treten die Angreifer Gerd kampfbereit entgegen, wobei sie sich siegessicher angrinsen. Der Mann wird für sie leichtes Spiel sein!

Bevor einer der Kerle reagieren kann erscheint Peter an Gerds Seite. Karola und die Studierenden sind sicher in dem Transporter von Trevor Velten untergebracht. Jetzt zielt der Unternehmer mit seiner Pistole auf die unbewaffneten Männer. „Brauchst du Hilfe?"

„Kann nicht schaden", beteuert Gerd erleichtert.

Kiras Männer stellen sich blitzartig auf die neue Situation ein und gehen sofort zum Angriff über.

Dem ersten Gegner feuert Peter einen Schuss vor die Füße, dann hebt er die Pistole in Brusthöhe des Mannes, der letztendlich einsehen muss, dass er gegen den bewaffneten Mann keine Chance hat. Er hebt die Hände zum Zeichen, dass er aufgibt, wirft seinem Gefährten aber einen hoffnungsvollen Blick zu. Gleich wird sich das Blatt zu ihren Gunsten wenden, davon ist er überzeugt.

Sein Kumpan stürmt, der auf ihn gerichteten Pistole ausweichend, auf den verletzten Gegner zu.

Gerd ist klar, dass er dieser Kollision nichts entgegen zu setzen hat und macht sich auf den Aufprall des Mannes gefasst. Sie werden mit Sicherheit auf dem Boden landen. Wer dabei den Kürzeren zieht, weiß er leider auch und für einen gezielten Schuss ist der Angreifer zu schnell.

Kaum einen Meter von Gerd entfernt wird der Mann abrupt gestoppt. Emma rennt mit ihrem Körper einfach in ihn hinein und schubst ihn von sich, bevor sie ihren Ansturm abbremst. Durch den Schwung kann sich ihr Gegner nicht auf den Beinen halten. Einen erschreckten Schrei ausstoßend schlittert er unsanft über den Boden. Die Agentin richtet ihre Pistole auf den Mann. „Liegen bleiben. Dann brauche ich nicht nachzuhelfen."

Zum Zeichen, dass er aufgibt, streckt der Söldner die Hände von sich.

„Danke." Gerd ist froh, dass er sich dem Mann nicht stellen musste. Es wäre für ihn sicher nicht allzu glimpflich ausgegangen.

Emma lächelt ihm kurz zu, dann ist sie auch schon wieder verschwunden.

Stefan und Oliver erscheinen bei ihnen, durchsuchen die gefangenen Männer und legen ihnen im Anschluss Fesseln an, bevor sie die Kerle zu ihren Kumpanen verfrachten.

Derweil sorgt Peter dafür, dass Gerd und Andreas im Hubschrauber Platz nehmen. Bevor einer der beiden widersprechen kann, befiehlt der Konzernchef seinem Piloten zu starten. „Bringen Sie die beiden ins Krankenhaus. Bleiben Sie bei ihnen bis wir da sind!"

Dominik zieht den Hubschrauber bis auf Flughöhe hoch, dann beschleunigt er.

Mittlerweile sind die Sirenen der Polizeifahrzeuge zu hören. Die Behörden reagieren mit der Versendung ihrer Beamten auf die Anforderung von Unterstützung, um die Stefan vor dem Abflug gebeten hat. Durch die Vorwarnung von Konrad Schrader wurde dem Ersuchen des Berliner Beamten im Eilverfahren Folge geleistet.

Kira selbst schlägt einen Bogen. Sie bemüht sich, an dem Hubschrauber vorbei zu gelangen. Nur so hat sie die Möglichkeit zur Flucht. Sie atmet auf, als sich niemand um sie kümmert.

Fast hat sie es geschafft, da taucht Emma vor ihr auf. Gekonnt tritt sie Kira die Pistole aus der Hand. „Gib auf, du hast verloren", fordert Emma die Frau lässig auf.

„Das glaubst auch nur du", faucht Kira. „Was willst du? Mich aufhalten?" Verächtlich lacht sie auf. „Süße, da sind schon ganz andere gekommen. Du schaffst das auch nicht."

„Wenn du meinst", zweifelt die Agentin. „Immerhin habe ich vor nicht einmal zwei Stunden deinen Partner kalt gestellt."

Kira macht große Augen. „Das kaufe ich dir nicht ab! Keiner schafft Frank! Schon gar nicht so eine dahergelaufene Schlampe."

„Du wirst deine Meinung noch ändern, wenn ich mit dir fertig bin."

„Dann lass sehen, was du drauf hast", fordert Kira erwartungsvoll. Sie hat begriffen, dass sie erst an dieser Frau vorbei muss, um hier wegzukommen. Rasch nimmt sie ihre Kampfstellung ein.

Emma ist bewusst, dass sie die Terroristin nicht unterschätzen darf. Sie lässt sie keine Sekunde aus den Augen.

Die beiden Frauen umkreisen sich, immer darauf bedacht, einen Vorteil zu erzielen.

Emma erkennt das angriffslustige Aufblitzen in den Augen ihrer Gegnerin, kurz bevor diese ihren Angriff startet.

Zur Ablenkung hebt Kira die Fäuste, wie für einen Faustschlag. Dann tritt sie ohne Vorwarnung aus dem Stand heraus kraftvoll zu.

Emma hat damit gerechnet, sie weicht dem Tritt durch eine schnelle Drehung nach rechts aus. Mit der Rechten ergreift sie Kiras Bein und hält es fest. Ihre linke Faust saust kraftvoll auf das ausgestreckte Schienbein.

Kira schreit schmerzhaft auf, ihr Oberkörper knickt nach vorne ein. Sie bemüht sich darum, ihr Gleichgewicht nicht zu verlieren, während Emma ihr Bein schwungvoll von sich stößt. Sekundenbruchteile danach landet die rechte Faust der Agentin punktgenau auf ihrem Kinn. Sie wird zurückgeschleudert, kann ihren Sturz mit viel Mühe gerade noch abfangen. Den Schmerz ignorierend geht sie zum nächsten Angriff über.

Den linken Haken ihrer Gegnerin wehrt Emma locker ab, doch die folgende Rechte landet unsanft in ihren Rippen. Schmerzhaft stöhnt sie bei dem Aufprall auf und weicht zwei Schritte zurück.

Kira lacht laut. „Und du willst mich kleinkriegen?", höhnt sie, bereit für den nächsten Angriff. Die Fäuste voran rennt sie auf die Beamtin zu.

Emma lässt sie kommen. Erst im allerletzten Moment reißt sie ihren Fuß hoch, der mitten auf die Brust ihrer Widersacherin prallt. Mit Genugtuung hört Emma, wie der Frau die Luft aus den Lungen entweicht.

Kira wird abgebremst, geht aber nicht zu Boden.

Damit hat Emma gerechnet. Um die Söldnerin wirklich zu stoppen bedarf es eines weiteren Schlages. Erst der harte Schwinger unter Kiras Kinn reißt die Söldnerin von den Füßen.

Aufschreiend landet Kira mit dem Rücken auf der Erde. Sie weiß, dass sie sich keine Unterbrechung erlauben darf, dann hat sie verloren. Ohne ihre Hände zu benutzen springt sie wieder auf die Beine. Sie hat lange trainiert, um mit Schmerzen umgehen zu können. Es gibt nichts, wovor sie Angst haben muss. Diese Frau ist ihr nicht gewachsen!

Anerkennend stellt Emma fest, wie fit ihre Gegnerin ist.

Blitzartig lässt die Terroristin eine ganze Folge von Schlägen auf die Agentin einprasseln. Doch Emma wehrt die Angriffe genauso gekonnt ab, um dann zurückzuschlagen.

Mittlerweile atmen beide Frauen schwerer, nutzen jede Gelegenheit um Luft zu holen, während sie genau auf die Handlungen der jeweils anderen achten.

Nach und nach sammeln sich alle Männer am Schauplatz, um den beiden Frauen fasziniert bei ihrem Kampf zuzusehen.

„Em', hör auf zu spielen", mischt Stefan sich gelangweilt ein. „Komm zum Ende."

Stefans Aufforderung stachelt Kiras Wut gewaltig an. ‚Sieht der Kerl nicht, dass ich hier alles im Griff habe?' Voller Hass schießt Kiras Faust nach vorne.

Emma duckt sich darunter weg. Sich ihrerseits revanchierend landet sie einen kräftigen Hieb in dem ungedeckten Bauch ihrer Gegnerin.

Der Schlag raubt Kira die Luft. Hustend taumelt sie ein Stück zurück.

Ehe sie sich erholt ist Emma heran, die einen weiteren kräftigen Hieb in dem ungeschützten Magen der Terroristin platziert.

Kira sackt nach vorn ein, beide Hände vor den Bauch pressend. Der folgende Treffer, der mitten in ihrem Gesicht explodiert, wirft sie zurück. Sie kann sich nicht aufrecht halten, ihre Beine knicken ein und sie landet mit den Knien auf dem Boden.

Emma wirbelt herum, reißt ihren Fuß schwungvoll nach oben, das Bein ausstreckend. Ihr Tritt vor Kiras Oberkörper lässt diese endgültig nach hinten kippen.

Aber noch immer gibt sie nicht auf.

‚Na warte', denkt Kira. So schnell lässt sie sich nicht unterkriegen. Mittlerweile spürt sie ihren ganzen Körper. Sie muss zugeben, dass sie ihre Gegnerin vollkommen unterschätzt hat.

Emma bleibt abwartend hinter der Frau zu ihren Füßen stehen.

Kira richtet sich stöhnend und mühsam atmend auf alle Viere auf. Ihre Bewegungen sind bei Weitem nicht mehr so koordiniert und flink wie zu Beginn. Langsam richtet sie ihren Oberkörper auf.

„Ich helfe dir", verspricht Emma, greift ihr in die Haare und reißt den Kopf der schreienden Frau hoch. „Das ist dafür, dass du Oliver wehgetan hast." Mit einem gewaltigen Schlag schickt Emma die Frau ins Reich der Träume. Tief Luft holend bleibt sie einen Moment vor der Bewusstlosen stehen, die Hände auf die Oberschenkel gestützt.

Stefan tritt neben sie und legt ihr eine Hand auf die Schulter. „Gut gemacht, Schwesterchen."

Emma ignoriert die Stichelei, immer noch außer Puste greift sie in ihre Hosentasche, um Oliver ihre restlichen Kabelbinder zu übergeben. „Übernimmst du das für mich?"

„Mit dem größten Vergnügen."

Drei Polizeistreifen und ein Transporter vom Landeskriminalamt in Düsseldorf biegen mit Blaulicht auf den Bauernhof ein. Aus jedem Streifenwagen stürmen zwei bewaffnete Polizisten mit gezückten Waffen. Auch der Fahrer des Transporters und seine vier Begleiter springen eilends heraus, um mit vorgehaltener Waffe in das Geschehen einzugreifen.

Die Beamten staunen nicht schlecht, nachdem die Geschwister Wolf ihnen die Situation geschildert haben. Eilends werden Krankenwagen für die verletzten Personen angefordert. Alle anderen Männer aus Kira Otts Gefolge verfrachten die Polizisten in den Gefangenentransporter, um sie in sicheren Gewahrsam zu bringen.

Kira Ott wird in einen Streifenwagen befördert. Drei Beamte begleiten die langgesuchte Kriminelle zu ihrer Zelle.

Mittlerweile haben sich auch Karola und die jungen Leute zu dem Rest der Truppe gesellt.

„Das war absolut spitzenklasse. Macht ihr so etwas öfter?" Trevor schaut sich begeistert und mit strahlenden Augen um.

Perplex starren ihn alle an.

„Was denn?", fragt der Fernsehtechniker verwirrt nach. „Wenn das häufiger vorkäme, würde keiner mehr einen Fernseher kaufen."

Sein Kommentar sorgt für allgemeines Gelächter.

„Wie kommen wir jetzt hier weg?" Peter hat seinen Arm um Karola gelegt. Am liebsten würde er sie nie wieder loslassen. „Ich möchte gern zu Gerd und Andreas ins Krankenhaus. Meine Frau muss auch behandelt werden", fügt er mit einem Wink auf deren Handgelenke hinzu.

„Mein Wagen steht hinter den Bäumen", erklärt Michaela ihnen. „Aber schon zu viert müssen wir uns gewaltig zusammenfalten", ergänzt sie. „Alle passen wir auf keinen Fall hinein."

„Ich habe noch sechs Plätze frei", bietet Trevor an. „In welches Krankenhaus wollt ihr denn?"

Ein kurzer Anruf genügt um zu erfahren, dass Andreas und Gerd in der Düsseldorfer Universitätsklinik behandelt werden.

Da es die einfachste Lösung ist, lassen sich Cornelius, Micha, Peter und Karola von dem jungen Mann zur Universitätsklinik bringen. Oliver übernimmt den *Fiesta* von Michaela. Er wird sich in die Firma *Staller* begeben, um dort alle zu informieren.

Die Geschwister Wolf schließen sich den Beamten des Landeskriminalamtes an, die sich mit ihren Gefangenen zügig nach Düsseldorf begeben.

Auf dem Weg dorthin wählt Emma die Nummer von Wolfgang Keller, um ihn über die Vorfälle in Kenntnis zu setzen. Statt ihrem Chef nimmt Konrad Schrader den Anruf entgegen. Emma spürt, wie Angst in ihr aufkeimt und sich ihre Nackenhaare aufstellen. „Wo ist Keller?"

„Im Krankenhaus." Konrad berichtet ihr, was in Berlin vorgefallen ist. „Ohne Wolfgang wäre ich jetzt tot", endet er.

Bestürzt lauscht die Agentin seiner Berichterstattung. „Kommt er durch?"

„Ja. Die Ärzte haben gesagt er wird wieder", versichert Konrad, ehe er Emma argwöhnisch verhört: „Was ist bei euch los? Welche Hiobsbotschaft hast du für mich? Du rufst hier doch nicht umsonst an."

„Nein, aber keine Angst, es ist alles gut. Wir haben sie! Auch den Kerl, der Achim getötet hat." Emma schildert dem erstaunt zuhörenden Konrad, was in den letzten Tagen geschehen ist. „Wer übernimmt Kellers Aufgaben, bis er wieder auf den Beinen ist?"

„Das dürfte wohl Dirk Stein sein", vermutet Konrad.

„Oh nein! Bitte tu mir das nicht an", stöhnt Emma entsetzt. „Kannst du da nichts machen?"

„Wovon, zum Henker, sprichst du da? Stein macht seine Arbeit gut. Warum sollte er nicht für Wolfgang einspringen?", erregt sich Konrad heftig.

Emma überlegt, was sie ihm am Telefon sagen kann. „Nicht jetzt. Keller und ich sind da auf etwas gestoßen. Das, was heute bei euch los war, passt auch ins Schema."

Konrad wird blass. Wenn er zusammenfasst, was Wolfgang ihm erzählt hat und das, was Emma da andeutet, sind hier alle in Gefahr. ‚Habe ich Emma richtig verstanden? Kann das sein?

Wolfgang ist seit Jahren mit Dirk Stein befreundet. Nein, das ist es bestimmt nicht! Und wenn doch?' Deshalb also war sein Freund so zugeknöpft, er wollte ihn und alle anderen beschützen. Am Telefon wird er keine weiteren Auskünfte kriegen. „Wie machst du jetzt weiter?"

„Das sage ich dir, wenn ich in Berlin bin. Sieh zu, dass du so viel wie möglich über Ann-Marie Lichtenstein herausbekommst. Die Dame würde ich gern auch noch erwischen. Es wäre doch schön, wenn sie der Verhandlung ihres Schwiegervaters beiwohnen könnte", wünscht sich Emma ironisch. „In Handschellen wohlgemerkt", fügt sie böse hinzu.

„Ich klemme mich dahinter", verspricht ihr Konrad.

„Danke. Und, Konrad, pass auf dich auf, ich möchte nicht noch jemanden verlieren, der mir wichtig ist."

Die Sonne geht bereits unter, bis sie endlich alles geregelt haben. Erst am Abend erreichen Stefan und Emma das Krankenhaus. Ohne sich aufzuhalten rennen sie den Flur entlang. Durch die Glasscheiben entdecken sie im Wartebereich nicht nur Peter Staller, sondern das ganze Team mit Ausnahme von Uwe.

Eine Krankenschwester tritt den beiden in den Weg, um sie von einem weiteren Vordringen abzuhalten.

„Versuchen Sie es gar nicht erst", faucht Emma sie an, während sie bereits im Eilschritt an der verdutzten Krankenhausangestellten vorbei in den Warteraum rennt, ihren Bruder an ihrer Seite.

Stefan tritt zu Anna, die froh ist, ihn heil wieder zu haben. Als er seinen Arm um sie legt, schmiegt sie sich fest an ihn.

„Peter!" Emma stürzt auf den Konzernchef zu. „Wie geht es Gerd? Und Andreas?" Sie kann Karola Staller nirgendwo entdecken. „Was ist mit deiner Frau?" Die angstvollen Fragen zeigen, wie aufgewühlt die junge Frau ist. Auch Geheimagenten haben eben Gefühle.

Der Unternehmer streckt einen Arm aus. Um Emmas Schwung zu bremsen fängt er sie auf. „Immer mit der Ruhe", lächelt er. „Wo fange ich an? Also Karo ist bei Andreas. Ihre Handgelenke wurden behandelt. Das hat sie erst zugelassen als sie wusste, wie es ihren Jungen geht. Andreas hat zwei gebrochene Rippen, unzählige Prellungen und sieht auch sonst ganz farbenprächtig aus. Aber nichts, was nicht wieder heilen wird."

„Das ist gut", atmet Emma auf. Sie wartet ängstlich darauf, was er ihr noch sagen wird.

„Gerd musste in den Operationssaal. Das war ja klar, doch es ist wohl halb so wild. Sie haben ihn wieder zusammengeflickt. Momentan ist er im Aufwachraum, aber wir durften noch nicht zu ihm."

Karola erscheint im Wartezimmer. An beiden Handgelenken trägt sie dicke Verbände. Ihre grauen Augen blitzen wütend.

„Was ist los?", erkundigt sich Peter alarmiert.

„Du kannst zu deinem Sohn gehen. Wenn ich noch einmal da hinein gehe, bringe ich ihn wahrscheinlich um", faucht seine Frau. „Statt sich auszuruhen beharrt er darauf aufzustehen. Er bleibt absolut nicht im Bett."

„Sagt er auch warum?"

„Er ist der Meinung, dass Gerd ihn jetzt braucht", berichtet Karola ihrem Mann, ehe sie tief durchatmet um sich zu beruhigen. „Ich bin nur so sauer, weil er still liegen muss, damit seine Rippen heilen können."

„Ich gehe zu ihm."

Kaum ist Peter verschwunden, biegt die behandelnde Ärztin um die Ecke. Bei dem Aufgebot, das ihr entgegen sieht, schmunzelt sie. „Herr Bach ist jetzt ansprechbar", erklärt sie. „Er hat nach einer ganzen Reihe von Leuten gefragt, aber ich kann nicht alle zu ihm lassen. Maximal zwei Personen."

„Das passt doch", rechnet Tim. Er legt Karola und Emma je eine Hand auf den Rücken, um sie vorwärts zu schieben. „Nun geht schon", fordert er die beiden auf. „Sagt ihm, dass wir alle hier sind."

Das lassen sich die beiden nicht zweimal sagen.

Die Ärztin bremst die Frauen aus. „Gibt es vielleicht Angehörige von Herrn Bach unter Ihnen? Die muss ich dann vorrangig behandeln."

„Angehörige?" Resolut ergreift die Unternehmers-Gattin Emmas Arm. „Ich bin seine Mutter", erklärt sie der überraschten

Ärztin. „Und das schon ziemlich lange." Sie zeigt auf Emma. „Die junge Frau hier ist seine Freundin. Das reicht doch wohl."

Fragend schaut die Ärztin in die Runde, nur um von den Mitarbeitern des Teams allgemeine Bestätigung zu ernten.

„Also schön. Gehen wir." Die Ärztin begleitet die beiden Frauen in das Krankenzimmer.

Müde schaut Gerd den Ankommenden entgegen. „Emma!" Seine Augen leuchten auf.

Sofort ist sie an seiner Seite. „Du Idiot", lächelt sie mit Tränen in den Augen. „Musstest du unbedingt den Helden spielen?"

„Es war sonst keiner da", antwortet er matt. „Holt ihr mich hier heraus? Ich kann Krankenhäuser nicht ausstehen."

„Sobald du allein nach draußen laufen kannst", verspricht Emma. „Du willst doch nicht getragen werden. Oder?", erkundigt sie sich so ernst wie möglich.

„Bloß nicht!"

Gerds Antwort lässt sie leise auflachen. ‚Das klappt doch immer wieder!'

„Helft ihr mir beim Aufstehen?", bettelt er.

„Was?" Beide Frauen starren ihn verdattert an. Auch die Ärztin reißt erschrocken die Augen auf.

„Du kannst unmöglich aufstehen", erwidert Emma. „Wieso hast du es so eilig?"

„Ich muss zu Andreas. Er braucht mich", erklärt Gerd ihr matt.

„Fang du nicht auch noch an", giftet Karola wütend. Dann hat sie die richtige Idee. „Pass auf, dass er liegen bleibt", bittet sie Emma, um anschließend die Ärztin mit sich vor die Tür zu ziehen.

Schon kurz darauf schieben zwei Krankenhausangestellte das Krankenbett mit Andreas ins Zimmer, gefolgt von Karola und Peter. Die Krankenschwestern richten die Betten nebeneinander aus und verlassen das Zimmer.

Bei dem vertrauten Blick, den sich die beiden jungen Männer zuwerfen, erkennt man deutlich ihre tiefe Verbundenheit.

„Hoffentlich gebt ihr jetzt Ruhe", herrscht Karola die beiden an.

Gerd fallen bereits die Augen zu.

„Sie sollten jetzt gehen", fordert die Ärztin sie auf. „Das Beste, was die zwei tun können, ist schlafen."

„Wir kommen morgen wieder", verspricht Peter.

„Bist du dann noch da?" Bettelnd schaut Gerd Emma an.

„Du weißt doch, ich bin da, wenn du mich brauchst", verspricht sie ihm mit einem liebevollen Kuss auf die Stirn.

„Ich brauche dich immer", flüstert er noch, bevor ihm die Augen zufallen.

Sie betrachtet ihn noch einen Moment, dann verlässt auch sie als Letzte den Raum. Draußen auf dem Flur wendet sie sich an Peter. „Kann ich mit dir reden?"

„Sicher." Erstaunt folgt er ihr um die nächste Ecke.

„Ich brauche deine Hilfe." Sie schildert dem Konzernchef, was sie über das Attentat auf Konrad erfahren hat. „Ich muss dringend nach Berlin, möchte aber so schnell wie möglich zu Gerd zurück. Hilfst du mir mit eurem Hubschrauber aus? Bitte." Flehend sieht sie ihn an.

„Ich mache sogar noch mehr. Herr Schwarz fliegt dich hin, Herr Klein wird euch beide begleiten. Nur für den Fall." Peter kann seine Sorge nicht verbergen.

„Ich komme auch mit!" Stefan biegt um die Ecke. Vorwurfsvoll betrachtet er seine Schwester. „Wann hattest du vor, mir das zu sagen?"

„Sobald ich von Peter die Zusage habe, dass er auf Gerd und Andreas aufpasst." Ihre flehenden Augen richten sich beschwörend auf den Unternehmer. „Wir haben keine Ahnung, was dieser Frau noch alles einfällt. Passt bitte alle auf euch auf."

Keine fünfzehn Minuten vergehen, bis die vier in der Luft auf dem Weg nach Berlin sind.

21

Es ist fast Mitternacht, als die Geschwister in Berlin aus dem Hubschrauber steigen. Da Konrad über ihr Kommen informiert ist, wissen sie, dass der stellvertretende Leiter der Abteilung Sechs auf sie wartet. Vor der Tür zu Konrad Schraders Büro müssen sich die Geschwister ausweisen.

In dem Raum ist es trotz der späten Stunde regelrecht überfüllt. Florian Goldschmidt wacht mit vier seiner Leute über jeden Schritt des Vorgesetzten. Zusätzlich treffen sie auf Holger Baumann, Präsident des Bundesverfassungsschutzes, und den Staatssekretär Dirk Stein.

Sämtliche Augen wenden sich den beiden Neuankömmlingen bei ihrem Eintreten zu.

„Na, endlich!", äußert sich Konrad erleichtert. Obwohl er weiß, dass seine Patenkinder in der Lage sind, ihre Aufträge zu meistern, ist er froh, sie gesund und munter vor sich zu sehen.

Emma ist sich sicher, richtig zu liegen, wenn sie in Dirk Stein den Maulwurf vermutet, doch bis sie dafür die Beweise findet muss sie äußerst vorsichtig sein. Deshalb begrüßt sie auch den Staatssekretär freundlich lächelnd. „Wie geht es Wolfgang Keller?", forscht sie in die Runde.

‚So wie Frau Wolf mich begrüßt und dabei freundlich angestrahlt hat ist sie mit Sicherheit gänzlich unwissend', freut sich Dirk Stein in dem Bewusstsein, dass sie keine Ahnung hat, wer er ist. „Es geht ihm den Umständen entsprechend", antwortet er daher genauso bereitwillig. „Er wurde operiert, hat aber alles gut überstanden."

„Eine Kugel traf seine rechte Schulter", erklärt ihnen Konrad. „Die zweite Kugel drang oberhalb vom Herz in seine linke Brust ein. Sie hat Herz und Lunge verfehlt. Beide Kugeln konnten entfernt werden. Wolfgang hat trotzdem noch einen langen Genesungsweg vor sich."

„Kann ich zu ihm? Ist er ansprechbar?", erkundigt sich die Agentin.

„Sie sollten ihm vorerst seine Ruhe lassen", empfiehlt ihr Dirk Stein.

„Ja", pflichtet sie ihm nachdenklich bei. „Wahrscheinlich haben Sie Recht. Er soll sich erst erholen."

„Genau."

„Wie geht es denn jetzt weiter, solange er ausfällt?", horcht Stefan nach.

„Das haben wir hier gerade besprochen", schildert Konrad ihnen. „Herr Stein wird sich um die organisatorischen Aufgaben kümmern. Herr Baumann hat sich bereit erklärt, mit mir zusammen die aktiven Aufgaben zu übernehmen und dafür solange hier vor Ort zu bleiben wie er gebraucht wird. Sollten Sie ihn suchen, finden Sie ihn in dem Büro gleich hier nebenan." Konrad weist mit der Hand in die entsprechende Richtung.

„Genau", stimmt Holger Baumann zu. „Ich bin für Sie alle jederzeit zu sprechen. Immerhin haben wir eine Vielzahl an Aufgaben zu bewältigen. Dazu gehört auch die Suche nach der Frau, die dieses Attentat erst ermöglichte."

„Leider haben wir bisher nichts über sie finden können. Noch nicht einmal, wie sie hier hereinkam", ergänzt Konrad frustriert.

„Bleib einfach dran", empfiehlt ihm Emma. „Irgendwann wirst du etwas finden."

„Hoffentlich. Auf jeden Fall werde ich die Ermittlungen in alle Richtungen ausdehnen, sollten sie auch noch so verrückt erscheinen", schwört Konrad. „Aber jetzt erst einmal zu euch, was hat sich da abgespielt?"

„Nichts weiter! Das Übliche halt", spielt Stefan die Geschehnisse in dem Freizeitpark herunter. Für eine ausführliche Erklärung findet sich bestimmt zu einem späteren Zeitpunkt in kleinerer Runde die Gelegenheit.

„Sie haben Frank Rademacher erwischt?", erkundigt sich Florian neugierig bei dem Agenten. „Wie haben Sie das geschafft?"

„Emma hat ihm eins auf die Nase gegeben", antwortet der Gefragte todernst.

„Das ist alles? Einfach so?" Der Bundesbeamte macht große Augen. „Der Kerl war bisher nicht zu stoppen."

Stefan zuckt lässig die Schultern. „Er hat sich mit der Falschen angelegt. Emma war sauer, weil er ihren Freund umbringen wollte."

Verständnislos schüttelt Florian Goldschmidt den Kopf, während seine Augen verwundert zu der Agentin wandern.

Emma ignoriert die beiden. Stattdessen richtet sie ihre Aufmerksamkeit auf den Staatssekretär. „Ich würde gern noch einmal nach Düsseldorf zurückkehren und dafür sorgen, dass Rademacher und Ott keine Möglichkeit finden zu entkommen. Erhalte ich dafür die notwendigen Vollmachten?"

‚Das ist gar nicht so schlecht. Dann ist sie weit genug weg, um mir nicht zu schaden', überlegt sich der Staatsbeamte. „Einverstanden. Das ist wahrscheinlich gar keine schlechte Idee. Ich werde mich unverzüglich darum kümmern. Auch um Staatsanwaltschaft und Haftrichter. Holger, deine Hilfe dabei wäre nicht schlecht." Gefolgt von Holger Baumann wendet er sich zum Gehen. „Uns brauchen Sie ja im Augenblick hier nicht."

Ehe Dirk Stein die Tür öffnen, geschweige denn den Raum verlassen kann, ruft Emma die beiden Männer zurück: „Einen Moment bitte noch!"

Mit fragenden Mienen wenden sich die beiden Staatsbeamten der Agentin zu.

„Da gerade alle versammelt sind, möchte ich noch etwas loswerden, das mir am Herzen liegt."

‚Was kommt jetzt? Ahnt die Frau doch etwas?' Bei seinen besorgniserregenden Gedanken hält Dirk Stein erschrocken die Luft an, aber als er hört was sie sagt, kann er mehr als erleichtert aufatmen. ‚Das ist die Lösung für alle Probleme!'

„Ich kündige!", bekräftigt Emma fest. „Sobald das hier vorbei ist."

„Emma!", überrascht sieht Konrad die Patentochter seiner Frau an. „Bist du sicher?" Doch dann beginnt er zu lächeln, als ihm plötzlich klar wird, was der Grund für diese Entscheidung ist, oder vielmehr wer. „Gerd Bach", vermutet er mit einem verständnisvollen Nicken.

Stefan registriert das entsetzte Gesicht des leitenden Personenschützers. ‚Der Mann kann einem fast leidtun', urteilt er. ‚Immerhin müsste ihm jetzt klar sein, dass er keine Chance hat gegen Gerd zu bestehen.'

Zufrieden verlässt Dirk Stein mit seinem Kollegen das Büro, zwei Bundesbeamte der Sicherungsgruppe im Schlepptau.

Es bedarf nur eines kurzen Winks von Konrad, um Florian zu veranlassen, seine Leute aus dem Raum zu schicken. Er selbst rührt sich allerdings keinen Zentimeter von der Stelle, sondern bleibt mit verschränkten Armen stehen.

Emma hat damit kein Problem, sie vertraut ihm. „Ich muss unbedingt zu Wolfgang Keller", beginnt sie. „Außerdem brauche ich seine Unterlagen zu einer ganz bestimmten Recherche."

„Stein hat Wolfgangs ganzen Schreibtisch leerräumen lassen. Es steht alles in seinem Büro", berichtet ihr Konrad.

„Das habe ich mir schon gedacht", gesteht Emma. „Aber diese Unterlagen sind nicht hier. Nur Wolfgang Keller weiß, wo sie sind."

Irritiert starrt Florian die Agentin an. ‚Wo bin ich hier hineingeraten?' Er will endlich Antworten. „Was soll das alles?"

Es ist Konrad, der ihm auf seine scharf ausgestoßene Frage antwortet: „Wolfgang hatte uns ja bereits angedeutet, dass er auf der Suche nach dem Maulwurf war. Emma unterstützte ihn dabei. Wir wissen nicht, was er gefunden hat, bevor er angeschossen wurde." Er mustert die Agentin nachdenklich. „Ich nehme an, du weißt wer es ist."

„Ich bin mir ziemlich sicher. Aber ich kann es noch nicht beweisen." Emma will sich nicht eher äußern, bis sie handfeste Beweise hat. Sie hofft, dass ihr Vorgesetzter fündig geworden ist.

„Wer?", fordert Florian im Befehlston. „Wen haben Sie in Verdacht?"

„Das werden wir Ihnen nicht auf die Nase binden", beteuert Stefan demonstrativ. „Jedenfalls nicht zu diesem Zeitpunkt."

„Ohne mit Wolfgang Keller zu reden kommen wir nicht weiter", überlegt Emma. „Wie ist es um ihn bestellt, Konrad? Kann ich zu ihm? Ist er ansprechbar?" Dirk Stein gegenüber wollte sie diese Fragen nicht stellen, um keine schlafenden Hunde zu wecken.

„Ich bin nicht sicher. Das erfahren wir wohl erst im Krankenhaus."

„Vergessen Sie's", schnauzt der Beamte der Sicherungsgruppe. „Ich werde Sie garantiert nicht zu ihm lassen. Jedenfalls nicht ohne eine überzeugende Begründung."

„Nur er kann uns sagen, ob sich weitere Personen in Gefahr befinden", erklärt Emma dem Bundesbeamten. „Ich brauche seine Order, um zu wissen, wie ich weiter vorgehen soll. Ich mache Ihnen einen Vorschlag. Begleiten Sie uns zu ihm. Eventuell erfahren Sie dann mehr."

„Na, schön", gibt sich Florian Goldschmidt geschlagen. Auch wenn für ihn die Sicherheit des Ministerialdirektors Vorrang hat, darf er nicht außer Acht lassen, dass es da noch bedeutend mehr potenzielle Zielpersonen geben könnte.

Innerhalb der nächsten Stunde stehen die vier am Krankenbett des Abteilungsleiters. Konrad braucht sämtliche Überredungskünste, damit sie zu so früher Stunde zum Bett des Vorgesetzten durchgelassen werden. Der Wunsch des Patienten sorgt letztendlich dafür, dass sie Zutritt erhalten.

Der von der Nachtschwester hinzugerufene Arzt wird von Wolfgang Keller undiplomatisch vor die Tür geschickt. „Machen Sie, dass Sie hinauskommen", schnauzt er kurz. Allein dieser Ausbruch kostet den verletzten Mann dermaßen viel Kraft, dass er hustend in sein Kissen zurücksinkt.

„Er darf sich auf keinen Fall übernehmen. Bitte regen Sie ihn nicht auf", beschwörend schaut der Arzt in die Runde. „Ich warte draußen."

Benommen durch die vielen Medikamente schaut der Geheimdienstkoordinator seinen Besuchern entgegen. „Frau Wolf. Wie ist es gelaufen?", erkundigt er sich matt.

Emma tritt neben sein Bett, ergreift seine Hand und lächelt ihn an. „Wir haben die Mistkerle. Auch Rademacher. Sie sitzen alle hinter Schloss und Riegel."

Erleichtert atmet er durch. „Das ist gut! Wurde jemand verletzt? Oder getötet?"

„Keine Toten. Jedenfalls nicht auf unserer Seite", kürzt Emma den Bericht für den Vorgesetzten ab. „Uwe Meyer wurde angeschossen. Gerd Bach und Andreas Staller wurden beide verletzt. Sie liegen im Krankenhaus, erholen sich aber wieder."

„Gut", erschöpft sinkt er in die Kissen. „Was muss ich noch wissen?"

„Reicht das nicht?", fragt Emma ihn sanft.

Der Ministerialdirektor richtet sich ein Stück weit auf, um ihr kritisch in die Augen zu schauen. „Was verheimlichen Sie mir?"

„Woher wollen Sie wissen, dass ich Ihnen nicht alles gesagt habe, Keller?"

„Noch nicht einmal jetzt, wo ich in diesem Krankenbett liege, lassen Sie mir den gebührenden Respekt zukommen", behauptet Wolfgang resigniert. Er erinnert sich daran, wie sein Start in das Amt des Geheimdienstkoordinators verlief. Da die Agentin, im Gegensatz zu ihm, an der Meinung festhielt, dass es einen Maulwurf gibt, der ihren Vater getötet hat, enthob er sie ihres Amtes und brachte sie anderweitig unter. Sie bewies ihm durch die ruppige Anrede lediglich mit seinem Nachnamen, dass sie mit seiner Entscheidung nicht einverstanden war. Nachdem er sich dann doch entschloss, ihr einen Auftrag zu übertragen, konnte er sich von ihrem hervorragenden Spürsinn und ihrer erstklassigen Leistung überzeugen. Mittlerweile haben sie sich nicht nur auf beruflicher Ebene angenähert, so dass nach und nach ein freundschaftliches Verhältnis zwischen ihnen entstand.

Emma schaut ihren Vorgesetzten verblüfft an. Auch sie erinnert sich daran, wie diese Anrede zustande kam. Lächelnd beugt sie sich zu ihm hinunter und drückt ihm einen sanften Kuss auf die Wange. „So hat alles angefangen. Das ist meine Art Ihnen zu zeigen, dass es für mich in Ordnung ist, so wie es ist."

Für einen kurzen Moment muss er lächeln. Wolfgang weiß wie die Agentin arbeitet, auch ihre Denkweise ist ihm nicht unbekannt. „Sie haben meine Frage nicht verneint", stellt er richtig.

Sie hatte gehofft, daran vorbeizukommen. Doch damit hat sie sich nur etwas vorgemacht. ‚Wolfgang Keller ist nicht dumm!' Sie ist sich fast sicher, dass er mit ihrer Aussage rechnet. „Dirk Stein übernimmt Ihre Aufgaben", klärt sie ihn vorsichtig auf.

Sofort bekommt er große Augen. „Mein Gott, das kann nicht gut gehen! Das müssen Sie unbedingt verhindern", stößt er heftig hervor.

Florian starrt entgeistert auf den verletzten Vorgesetzten. Bis jetzt war er sich nicht sicher, ob er Konrad Schrader glauben soll. Emma vertraut er vom ersten Moment an, aber auch sie konnte bisher keine Beweise für ihre Vermutung aufbringen. Dass sich allerdings der Ministerialdirektor selbst aus dem Krankenbett heraus gegen den Staatssekretär ausspricht, stärkt ihn in seiner Auffassung, den Anwesenden vorerst zu vertrauen.

„Geben Sie uns etwas in die Hand", bittet Emma ihren Vorgesetzten. „Keller, was haben Ihre Nachforschungen ergeben? Haben Sie Beweise gefunden?"

„Es ist noch nicht alles ausgewertet. Ich hatte auf Hilfe durch Ihre Kontakte gehofft." Er winkt sie ganz nah zu sich heran, sodass sie sich zu ihm herunter beugt. Bei dem, was er ihr jetzt ins Ohr flüstert, bekommt sie große Augen.

„Ich kümmere mich darum", verspricht sie ihm. „Ruhen Sie sich aus."

„Er ist in allergrößter Gefahr", teilt Emma den anderen kurz darauf im Flur vor dem Krankenzimmer mit. „Er muss rund um die Uhr bewacht werden", fordert sie von Florian Goldschmidt. „Lassen Sie niemanden zu ihm hinein, auch nicht Herrn Stein oder Herrn Baumann."

„Dafür müssen Sie mir aber einen Grund geben", fordert der Beamte.

Prüfend nimmt sie ihn in Augenschein, während sie darüber nachdenkt, ob sie diesem Mann wirklich hundertprozentig vertraut. Ihre Gefühle signalisieren ihr eindeutig eine Bestätigung.

„In Ordnung, ich vertraue Ihnen. Wir glauben, dass Dirk Stein unser Maulwurf ist. Wolfgang Keller hat in den letzten Wochen versucht, so viel wie möglich über ihn herauszufinden. Er ist sich sicher, dass er ganz gezielt anvisiert wurde. Die beiden Kerle hatten es nicht auf Konrad abgesehen, sondern auf ihn."

„Was? Was sagst du da?" Konrad reißt die Augen auf. „Warum?"

„Er ist ganz nah an ihm dran. Zu nah!" Emma ist wütend. „Wir müssen den Kerl endlich unschädlich machen. Ob Holger Baumann in die Sache verwickelt ist, entzieht sich bisher unserer Kenntnis."

„Er kann Dirk Stein nicht ausstehen", behauptet Konrad.

„Das könnte er auch ganz bewusst so darstellen", widerspricht Florian ihm.

„Ja, stimmt", gibt Emma ihm Recht. „Wolfgang Keller ist davon überzeugt, dass Herr Baumann auf der richtigen Seite steht. Ich bin gewillt, ihm zuzustimmen. Wir sollten aber zumindest in der nächsten Zeit noch auf der Hut sein. Machen wir einen Fehler, könnte das den Tod für diesen Mann bedeuten." Sie zeigt auf das Krankenzimmer, in dem ihr Vorgesetzter liegt. Niemand widerspricht ihr.

„Weißt du, wo Wolfgang Kellers Unterlagen sind?", erkundigt sich Stefan.

„Ja, er hat es mir gesagt."

„Dann los." Florian kann es nicht abwarten.

„Nein. Sie nicht!", weist Emma den Beamten zurück. „Sie und Konrad bleiben hier. Passen Sie auf Keller auf."

„Ohne Unterstützung könnt ihr beiden nicht los", mischt sich auch Konrad ein.

„Wir sind nicht allein. Wenn wir Hilfe brauchen, melden wir uns. Seid vorsichtig, wir wissen nicht, was der Gegenseite noch alles einfällt", bittet sie, bevor sie sich auf dem Absatz umdreht.

Florian schaut ihr niedergeschlagen hinterher. Er hat das beklemmende Gefühl, sie nie wieder zu sehen.

Emma besorgt sich von Dirk Stein die notwendigen Berechtigungen, um in Düsseldorf problemlos agieren zu können. Zum

Abschied reicht sie ihm freundlich lächelnd die Hand. „Passen Sie auf sich auf", empfiehlt sie ihm. „Und auf Konrad."

„Das werde ich", verspricht ihr der Staatssekretär erfreut. Wenn es nach ihm geht, wird diese Frau nie erfahren, wer für all das Geschehene hier verantwortlich ist. Auch für den Tod ihres Vaters. Aber er ist vorsichtig genug, nichts dem Zufall zu überlassen. Von dem Moment an, in dem die Geschwister Wolf einen Fuß vor die Tür setzen, folgen ihnen seine Männer. Wohin werden die beiden seine Männer wohl führen? Egal wohin! Die Verfolgung durch seine Leute allein reicht nicht aus. Immerhin hat er hier bestens ausgebildete Spitzenkräfte vor sich.

Fast sofort merken die beiden Agenten, dass sie verfolgt werden. „Das war zu erwarten", mutmaßt Stefan. „Wo willst du jetzt hin?"

„Zu Vater", erwidert seine Schwester. Sie zieht ihr Handy aus der Hosentasche, um Oliver und Dominik mit dem Hubschrauber auf den Friedhof zu bestellen. „Gehen wir."

Zügig schreiten die Geschwister zwischen den Gräbern entlang. „Wir könnten sie abhängen", überlegt Emma. „Oder wir zeigen ihnen ganz deutlich, dass wir die Unterlagen haben."

„Dann sind Konrad und Herr Keller vorerst sicher." Stefan nickt verstehend. „Das könnte aber gleich für uns ziemlich unangenehm werden."

„Ja. Ziehst du mit?"

„Hast du deshalb mit Dominik gesprochen?", hakt Stefan nach.

„Ein bisschen Rückendeckung hat noch nie geschadet."

„Also gut. Sehen wir, wie gut die Typen sind", fordert Stefan. „Die schaffen es ja noch nicht einmal, jemanden unbemerkt zu verfolgen."

„Unterschätze sie bitte nicht. Das kann tödlich enden."

Sie erreichen das Grab von Richard Wolf. Emma fühlt wieder diesen dicken Kloß in ihrem Hals. Es ist noch nicht einmal ein Jahr her, seit sie hier standen, um ihren Vater in seine letzte Ruhestätte zu betten.

Aufmerksam schaut sie sich in alle Richtungen um. Auch wenn ihre Verfolger zwischen Grabsteinen und Bäumen ausreichend

Deckung finden, entgehen sie nicht den Augen der Agentin. Ein Stück weiter hinten befindet sich ein Grab, das in ihr die Erinnerung an einen Mann wachruft, der am Tag der Beerdigung von dort zu ihr herübersah. Ganz intensiv war sein Blick. Er ging ihr unter die Haut. Sie hat dieses Gefühl bisher nur bei einem einzigen Mann gespürt. Schlagartig wird ihr klar, wer der Mann an dem Grab dort drüben war. Auch ohne die Inschrift lesen zu müssen weiß sie, wer in diesem Grab liegt. Lucia Franke! Hier, auf diesem Friedhof, ist sie ohne es zu wissen Gerd Bach zum ersten Mal begegnet.

„Em'?", ungeduldig holt Stefan sie aus ihren Gedanken.

„Entschuldige." Sie reißt sich zusammen. „Wir müssen den Stein anheben. Auf der linken Seite."

Das Urnengrab von Richard Wolf ist mit einer dicken quadratischen Marmorplatte abgedeckt, deren Seiten etwa einen halben Meter lang sind. Stefan räumt die in kleinen Kübeln rund um den Stein angeordneten Blumen zur Seite. Emma greift nach der kleinen Metallschaufel, die am Ende in der Erde steckt. Sie schiebt die Schaufel unter die erste Ecke der Platte. Ohne große Kraftanstrengung kann sie die Platte mit der Inschrift anheben. Stefan greift mit beiden Händen zu. Er hebt den Grabstein weiter an. Jetzt können beide erkennen, dass die dreißig Zentimeter dicke Steinplatte von unten ausgehöhlt ist. Sie bietet Platz für zwei dicke Aktenordner, die in Zellophan-Folie luftdicht verpackt vor Verwitterung geschützt sind. Emma holt die Ordner hervor, dann richten sie die Platte wieder aus. Mit den Ordnern im Arm erhebt sich Stefan, während seine Schwester die Blumen rund um den Grabstein neu arrangiert.

„Vielen Dank, dass Sie uns die Arbeit abnehmen", ertönt eine Stimme hinter ihnen. Langsam drehen sich die Geschwister um. Sie blicken in vier auf sie gerichtete Pistolen.

„Lassen Sie mich raten", witzelt Stefan. „Sie sind nicht hier, um die Grabpflege zu übernehmen."

„Da müssen die sich ja die Hände schmutzig machen", kichert Emma.

„Das Lachen wird Ihnen noch vergehen", verspricht ihnen der Redeführer. „Die Unterlagen bitte", fordert er mit Nachdruck von Stefan.

Oliver und Dominik tauchen hinter den vier Männern auf, ohne dass diese davon etwas mitbekommen.

„Warum sollte ich Ihnen die geben?", fragt Stefan nach.

„Was wollen Sie dagegen machen?" Schadenfroh lacht der Mann auf. „Sie haben keine Chance. Ist Ihnen noch nicht aufgefallen, dass Sie gänzlich in der Unterzahl sind?"

Kopfschüttelnd schaut Emma ihren Bruder an. „Du hattest Recht", pflichtet sie ihm bei. „Die Typen sind nicht nur zu blöd uns unbemerkt zu verfolgen, sie sind auch zu dämlich zum Zählen."

„Vergessen Sie's! Sie können uns nicht verärgern. Wir lassen uns von Ihnen nicht zu unbedachten Handlungen herausfordern", beteuert der Mann. „Sie haben uns nicht bemerkt. Das können sie höchstens Ihrer Großmutter erzählen. Sie haben uns ohne Umstände zu den Unterlagen geführt."

„Ja, weil wir es so wollten", haut Stefan in die gleiche Kerbe.

„Sicher nicht!", entgegnet der Redeführer ungläubig. „Das ist auch egal. Ich will diese Unterlagen haben. Sofort", schnauzt er. Seinen Leuten gibt er mit einem Wink den Befehl zum Handeln. Energisch zielen sie mit ihren Pistolen auf die Geschwister.

„Nehmen Sie die Waffen herunter", werden diese augenblicklich aufgefordert. „Sonst sind wir gezwungen, das Feuer auf Sie zu eröffnen."

Die Männer können nicht ermessen, wer da in ihrem Rücken steht, schon gar nicht, mit wie vielen Gegnern sie es zu tun haben. Das Einzige, was sie feststellen, ist, dass sie die Geschwister vollkommen unterschätzt haben. Ein kurzes Austauschen reicht, um ihre Niederlage zu erkennen. Da sie nicht vorhaben, sich für ihren Boss erschießen zu lassen, werfen sie resignierend ihre Pistolen weg. Im gleichen Augenblick stürmen bewaffnete Polizisten hinter den Bäumen hervor, die die vier Männer ergreifen und ihnen umgehend Handschellen angelegen.

„Wie hast du denn das so schnell hinbekommen?", verhört Stefan seine Schwester erstaunt.

„Das waren Dominik und Konrad", erklärt Emma.

Mehrere Schüsse fallen kurz hintereinander. Zwei der gefangenen Männer stürzen aufschreiend zu Boden. Auch einer der

Polizisten wird von einer Kugel getroffen und zurückgeschleudert. „Runter", schreit Oliver, während er sich gegen den getroffenen Beamten wirft und ihn mit sich in Deckung reißt.

In aller Eile suchen auch Stefan und Emma Schutz hinter den umstehenden Bäumen, ihre Pistolen schussbereit in den Händen.

Ein weiterer der verhafteten Männer schreit auf, als eine Kugel in seinen Oberarm einschlägt. Emma springt mit einem Satz zu ihm. Sie zerrt ihn mit sich hinter den Baum, wobei sie in die Richtung feuert, aus der sie beschossen werden. Eine Kugel schlägt keine zwanzig Zentimeter neben ihr im Boden ein.

Auch der vierte verhaftete Mann schreit auf. Getroffen stürzt er zu Boden, wobei er den ihn festhaltenden Polizisten gleich mitreißt.

„Nur ein Schütze", ruft Emma den anderen zu. „Rechts von uns in den Bäumen." Im Bruchteil einer Sekunde sah sie das Mündungsfeuer aufblitzen.

Alle ziehen die Köpfe ein, als der nächste Kugelhagel auf sie einströmt. Diesmal finden die Geschosse kein Ziel.

Die Geschwister brauchen keine langen Worte um sich zu verständigen, sondern wechseln nur einen kurzen Blick. Sie wissen, was sie zu tun haben.

„Gebt uns Feuerschutz", brüllt Stefan.

Die Polizisten beginnen abwechselnd in die Richtung zu feuern, aus der sie beschossen wurden.

Geduckt und hakenschlagend wie Kaninchen laufen die beiden Agenten auf ihr Ziel los. Sie behalten die Baumgruppe vor sich fest im Auge, doch sie können niemanden erkennen. Es fällt kein einziger Schuss mehr von dort. Noch ehe sie an den Bäumen ankommen ist ihnen klar, dass sie zu spät sind. Der geheimnisvolle Heckenschütze hat das Weite gesucht, bevor sie ihn ergreifen konnten.

Die vier Männer, die Stefan und Emma zum Friedhof gefolgt waren, wurden alle getroffen, zwei von ihnen tödlich. Die beiden anderen sind schwer verletzt. Rettungswagen transportieren sie ins nächste Krankenhaus, wo sie unter Bewachung versorgt werden.

Der leitende Beamte verspricht Emma, sich mit Konrad Schrader in Verbindung zu setzen. Sie selbst macht sich mit ihrem Bruder, ihren Freunden und den Unterlagen auf den Weg nach Düsseldorf, wo sich Stefan für den Rest der Nacht zu Anna begibt, während sie sich in Gerds Wohnung einquartiert. Sein Abschiedsgeschenk, als sie vor drei Wochen nach Berlin aufbrach, war ein Schlüssel zu seiner Wohnung und ihr persönlicher Sicherheitscode für die Alarmanlage.

„Damit du einen Grund hast, jederzeit wiederzukommen", versicherte er ihr lächelnd. Aber ohne, dass auch er da ist, findet sie keine Ruhe. Sie beginnt die Unterlagen ihres Vorgesetzten zu sichten.

Fast sofort fällt ihr auf, dass er drei Recherchen parallel erarbeitet hat. Da sind Ann-Marie Lichtenstein, Dirk Stein und Otto Gruber. ‚Was hat Otto Gruber mit seinen Recherchen zu tun? Wieso sollte es da Verknüpfungen geben? Dann die Recherchen über Ann-Marie Lichtenstein. Was hat sie mit dem Maulwurf zu tun?' Das Ganze wirft erst einmal mehr Fragen auf, als dass sie Antworten findet.

Sie liest sich die Unterlagen zu Ann-Marie Lichtenstein durch. Es ist alles da, ihr Werdegang, ihre Geburtsurkunde, Eheschließung und Scheidung. Auch die Geburtsurkunde ihres Sohnes Klaus. Im Alter von sechzehn Jahren nimmt sie eine Stellung als Haushaltshilfe im Anwesen von Otto Gruber in Igel an. Zwei Jahre später heiratet sie Kurt Gruber.

Der Ministerialdirektor ist sich sicher, dass die Frau von Otto Gruber persönlich erzogen und ausgebildet wurde. Seinen Vermerk findet Emma am Rand als handschriftliche Notiz.

Die gut ausgebildete Untergrundspezialistin macht sich in den folgenden Jahren einen Namen in einschlägigen Kreisen. Nach der Geburt ihres Sohnes wird es ruhiger um Kurt Grubers Ehefrau. Bis nach dem Tod ihres Sohnes ist sie auf der Bildfläche nicht mehr aufgetaucht, zumindest nicht in der Form, dass die Behörden davon etwas mitbekommen hätten.

Emma glaubt auf keinen Fall, dass die zur Spitzenkraft ausgebildete Frau urplötzlich aufgehört hat. ‚Sie ist wahrscheinlich nur abgetaucht. Aus dem Untergrund hat sie dann weitergemacht.'

Die Agentin erkennt zwar die Verbindung der Grubers zu Ann-Marie Lichtenstein, aber was hat das Ganze mit Dirk Stein zu tun? Wie kann ihr das Gelesene weiterhelfen? Im Augenblick hat sie keine Verwendung für die Recherchen zu dieser Frau.

Fürs Erste gibt sie auf. Ihr fallen sowieso langsam die Augen zu.

22

„Rademacher hat auf ganzer Linie versagt", teilt Dirk Stein ihr mit, sobald sie das Gespräch annimmt.

„Ich höre", fordert Ann-Marie ihn auf weiterzusprechen.

„Er sitzt in Gewahrsam. Ein Teil seines Gefolges ebenso, der Rest ist tot. Gerd Bach, Uwe Meyer, auch Andreas Staller erfreuen sich bester Gesundheit. Na ja, ein bisschen angeschlagen vielleicht, aber mehr nicht", berichtet ihr Dirk Stein gehässig.

„Wo sind die drei jetzt?"

„Bach und Staller sind in Düsseldorf. Im Augenblick befinden sie sich noch im Krankenhaus. In welchem Krankenhaus sich Uwe Meyer befindet, darüber habe ich keine Kenntnis."

„Kümmern Sie sich um Schrader. Ich nehme mir Bach und sein Gefolge vor", befiehlt ihm die Frau hart.

„In Ordnung."

Ann-Marie ist wütend. Ihr ist mittlerweile klar, dass Dirk Hasselbach seine eigenen Ziele verfolgt. Aber das kann ihr egal sein. Dieser Mann interessiert sie nicht. Sie hat einen klaren Auftrag erhalten, den sie zur Zufriedenheit ihres Auftraggebers erledigen wird. Dafür nutzt sie jeden, der ihr hilfreich ist. In Rademacher hat sie sich getäuscht. Von einem Mann mit einem solchen Ruf hatte sie sich mehr versprochen. Jetzt wird sie das selbst in die Hand nehmen. Es ist noch früh genug um zu handeln.

Der Sonntag bietet sich für ihr Vorhaben regelrecht an. Oftmals ist nur ein Minimum an Arbeitskräften vorhanden. An den Feiertagen wird häufig auf Hilfspersonal zurückgegriffen. Da fällt eine neue Aushilfskrankenschwester bestimmt nicht sonderlich auf.

Es dauert keine fünf Minuten um einen Flug von Luxemburg, wo sie im ehemaligen Haus ihrer Eltern wohnt, nach Düsseldorf zu buchen. In drei Stunden muss sie am Flughafen sein. Das ist zwar knapp, aber durchaus zu schaffen. Auch wenn die Pralinenschachtel schnell gekauft ist, vergeht allein mit Hin- und Rückfahrt mehr als eine Dreiviertelstunde. Ihre geheime Notfallapotheke beinhaltet alles, was sie braucht. Sie platziert sämtliche Utensilien, die sie benötigt, auf ihrem leergeräumten Schreibtisch. Zuerst das Gestell mit den sechs Reagenzgläsern. Dazu den passenden langstieligen Löffel. Ferner gehören ein Krug mit Wasser, die Einwegspritze, ein feiner Pinsel, Gummihandschuhe und Schutzmaske dazu. Das Glas mit dem *Kaliumcyanid*[8] aus ihrer Apotheke holt sie als letztes. Als sie im Anschluss an ihren Schreibtisch herantritt, ist sie mit Laborkittel und Haube bekleidet.

In aller Gemütsruhe setzt sie sich auf den bequemen Drehstuhl, zieht die Pralinenschachtel näher, um sie vorsichtig zu öffnen, darauf bedacht die Verpackung nicht zu beschädigen. Nun setzt sie die Schutzmaske auf, ehe sie die Gummihandschuhe, einen nach dem anderen, über ihre Hände streift. Dann kann es losgehen.

Sie entkorkt ein Reagenzglas. Vorsichtig schraubt sie das Glas mit dem *Kaliumcyanid* auf. Sofort nachdem sie mit Hilfe des Löffels eine ausreichende Menge von den farblosen Kristallen in das Glasröhrchen gegeben hat, verschließt sie den Behälter mit dem Gift wieder, um ihn weit zur Seite zu stellen. An der Markierung auf dem Reagenzglas liest sie ab, wann sie die richtige Menge

---

8 Kaliumcyanid (Zyankali) ist das Kaliumsalz der Blausäure (HCN)

Wasser hinzugefügt hat. Anschließend verschließt sie das Glas mit dem Korken und schüttelt die Mischung so lange, bis sich der Inhalt vollständig aufgelöst hat.

Eine farblose Flüssigkeit entsteht, die sie aus dem Reagenzglas heraussaugt, indem sie die Spritze mit der Nadel hineintunkt und langsam den Kolben nach hinten zieht. Jede Praline erhält eine Injektion mit der ausreichenden Menge.

Ann-Marie legt die leere Spritze zur Seite. Nun tunkt sie den Pinsel in den Rest der durchsichtigen Flüssigkeit, die sich noch in dem Reagenzglas gesammelt hat. Die schön angeordneten Schokoladenteile, die nicht extra in Papier eingewickelt sind, bestreicht sie von außen. Ordnungsgemäß verschließt sie die Pralinenschachtel, sodass kein Unterschied zu dem frisch gekauften Produkt zu erkennen ist. Jetzt räumt sie alle Utensilien auf, reinigt die Schreibtischoberfläche, tauscht die benutzte Schutzmaske und die Gummihandschuhe gegen neue aus, die sie anbehält, bis das Präsent mit dem sorgfältig ausgewählten Recyclingpapier verpackt ist. Das Etikett der exklusiven Schokoladenfirma klebt sie oben auf.

Giftmorde werden als Frauenmorde bezeichnet. Sie muss lächeln. ‚Nur Frauen können so genau arbeiten. Lassen sich nicht ablenken. Sie sind bereit, den nötigen Arbeitsaufwand zu leisten. Männer hingegen sind grobe Wesen. Die hauen lieber direkt zu. An einem Giftanschlag ist nichts einfallslos oder plump. Es muss genauestens dosiert und gearbeitet werden.' Sie weiß, dass zweihundertdreißig Milligramm ausreichen, um einen erwachsenen Menschen zu töten. Ihre Opfer haben keine Chance! Eine einzige Praline führt unweigerlich zum Tod. Mit der Magensäure verbindet sich das *Kaliumcyanid* zu *Blausäure*, deren toxische Wirkung fast sofort eintritt.

Die Genesungskarte mit den besten Wünschen von Professor Klausthal befestigt sie an der Schleife. Ein Blick auf die Uhr zeigt ihr, dass sie sich zwar beeilen muss, aber noch gut in der Zeit liegt. Ihren Flieger wird sie nicht verpassen. Obwohl sie den Umweg über München machen muss, ist ein Flug immer noch die schnellste Reisevariante.

Nach viereinhalb Stunden checkt sie im *HK-Hotel* nahe der Düsseldorfer Universitätsklinik ein. Da es noch früh genug ist, um als Besucher getarnt die Räumlichkeiten des Krankenhauses in Augenschein zu nehmen, bricht sie umgehend auf. Ungehindert kann sie sich bis auf die Privatstation vorarbeiten. Dort sitzt vor einer der Türen ein Mann, den sie aufgrund seiner Aufmachung als Mitarbeiter einer privaten Sicherheitsfirma einstuft.

‚Hier bin ich richtig', erkennt sie. Sie ist sich sicher, dass der Mann von Peter Staller beauftragt wurde auf seinen Sohn zu achten. Sie bleibt lange genug im Krankenhaus, um den Schichtwechsel zu beobachten. Der letzte Weg führt sie noch einmal in die Notaufnahme.

„Es tut mir sehr leid. Aber ich muss Sie bitten zu gehen." Die Stationsleiterin kommt ihr zwar freundlich lächelnd entgegen, lässt aber keinen Zweifel daran entstehen, dass sie ihre Forderung durchsetzen wird. „Die Besuchszeit ist bereits vorbei. Außerdem sind Sie hier in der Notaufnahme. Da finden Sie keine Patientenzimmer."

„Entschuldigen Sie bitte", Ann-Marie liest den Namen auf dem Schild der Pflegekraft. „Eigentlich wollte ich gar nicht hier hin. Ich habe wohl irgendwo eine falsche Tür erwischt", erklärt sie peinlich berührt.

„Das passiert öfter als Sie glauben", gesteht ihr die Krankenschwester, froh dass sie nicht zu einer endlos langen Debatte verpflichtet ist. „Kommen Sie, ich bringe Sie bis zum Ausgang."

„Das ist sehr freundlich. Vielen Dank."

Zum Abend hin startet sie ihren Laptop, um mit einer ausführlichen Recherche über das Krankenhaus zu beginnen.

In aller Frühe am Sonntagmorgen tritt sie aus der Damentoilette im ersten Stock der chirurgischen Abteilung, ungeschminkt und bekleidet mit der typischen Arbeitskleidung der Krankenschwestern in diesem Haus. An die Kleidung in ihrer Größe zu gelangen war eine Kleinigkeit. Das gefälschte Namensschild, das sie trägt, gleicht denen des Krankenhauspersonals haargenau. Jetzt betritt sie, die große Pralinenschachtel in der Hand, das Stationszimmer.

„Hallo", begrüßt sie die müde wirkende Nachtschwester, die sich gerade im Schwesternzimmer einen Kaffee eingießt. „War viel los letzte Nacht?", erkundigt sie sich mitfühlend bei der Frau.

„Es reicht. Wer bist du? Ich habe dich hier noch nie gesehen."

„Beatrice. Ich arbeite eigentlich unten", erklärt ihr Ann-Marie möglichst ungenau. „Aber die ist gerade per Bote abgegeben worden", sie hält die Pralinenschachtel hoch. „Allerdings bei uns, wo sie gänzlich falsch ist. Wir haben herumgealbert, ob wir sie nicht einfach aufmachen sollen. Aber dann hätte Diana uns den Kopf abgerissen."

Anscheinend ist die Stationsleiterin aus der Notaufnahme keine Unbekannte. „Ja", antwortet ihre Gesprächspartnerin auch sofort lachend. „Sie hat eben keinen Humor."

„Stimmt. Aber bei euch hat wohl eine Patientin einen reichen Verehrer." Sie reicht der Schwester die Schachtel, so dass auch diese das Logo der Schokoladenfirma lesen kann. „Kannst du dafür sorgen, dass das Ding an seine Empfängerin gelangt?"

Die Krankenhausangestellte wirft einen Blick auf die Karte. „Das ist kein reicher Verehrer", schmunzelt sie. „Die ist für Herrn Staller. Auf der Privaten. Aber ich kann hier unmöglich weg, solange ich allein bin. Meine Kollegin hat sich krankgemeldet. Ich muss auf Ersatz warten. Da musst du schon selbst hingehen. Es ist ja nicht weit."

Das passt Ann-Marie überhaupt nicht. Trotzdem fügt sie sich in das Unvermeidbare. Sie hofft darauf, dass der Sicherheitsbeauftragte vor der Tür nicht weiter über sie nachdenkt. ‚Er wird mich schon nicht erkennen', hofft sie. Dass sie ungeschminkt, mit zusammengebundenen Haaren, in der hier typischen Bekleidung und mit flachen Schuhen ausgestattet gänzlich anders wirkt als die übliche elegante Erscheinung von Ann-Marie Lichtenstein, kommt ihr dabei zu Gute. Zügig macht sie sich auf den Weg.

Der Sicherheitsexperte schaut von seinem Stuhl auf, der hübschen Schwester entgegen, die mit einem freundlichen Lächeln auf ihn zukommt.

„Guten Morgen", grüßt sie den Mann lauernd. Da er überaus freundlich zurück grüßt, kann sie erleichtert aufatmen. Er erkennt sie nicht als die Frau, die den Tod der Menschen in dem Zimmer hinter ihm in Auftrag gegeben hat. „Diese Schachtel wurde heute Morgen bei uns in der Notaufnahme abgegeben. Darf ich sie dem Patienten hineinbringen?"

Sein Boss, Peter Staller, hat gesagt, es darf niemand hinein. Also ist das auch so! „Tut mir leid, ich darf niemandem außer dem behandelnden Arzt und der eingetragenen Krankenschwester Zutritt gewähren. Sie müssen die Schachtel schon bei mir lassen. Ich werde sie weiterreichen, wenn ich nachher abgelöst werde. Das dauert auch nicht mehr lange. Versprochen."

Überlegend mustert sie die Schachtel. „Nun ja, wenn Sie meinen. Dann machen wir das so. Hauptsache, ich habe sie korrekt abgegeben." Ann-Marie drückt dem Mann die Packung in die Hand. „Vielen Dank."

Erleichtert zieht sie sich zurück. ‚Das funktioniert ja besser als gedacht.' Sie verschwindet aus dem Krankenhaus, um beizeiten als Besucherin frisch geschminkt und modern gekleidet wieder zu erscheinen. Sie wird ein Auge darauf haben, was rund um das Krankenzimmer von Gerd Bach und Andreas Staller passiert.

Ann-Marie ist noch nicht lange weg, als sich Emma bei dem Wachmann ausweist. Sie wird umgehend hineingelassen. Hinter der Tür bleibt sie stehen und betrachtet die beiden Männer, die in ihren Krankenbetten liegend miteinander diskutieren. Als sie die unternehmungslustig glänzenden Augen der beiden wahrnimmt, lächelt sie. „Ihr macht dem buntesten Papagei Konkurrenz", weist sie auf die deutlich sichtbaren Ergebnisse der eingesteckten Schläge hin.

„Trotz deiner Neckerei freue ich mich, dass du noch hier bist", bemerkt Gerd, froh sie zu sehen.

‚Es scheint ihm tatsächlich etwas besser zu gehen', stellt Emma erleichtert fest.

Der eintretende Sicherheitsbeauftragte unterbricht die drei: „Die Ablösung ist da. Ich wollte mich für die nächsten Stunden verabschieden", erklärt er, bevor er dem überraschten Andreas das Geschenk vor die Nase hält. „Das ist heute Morgen für Sie abgegeben worden."

Der Doktorand greift verwundert nach dem Karton.

„Also, ich muss schon sagen", zieht der Wachmann ihn auf. „So gut möchte ich es auch einmal haben. Den ganzen Tag im Bett liegen, sich verwöhnen lassen, Essensservice und dann noch Geschenke von der Liebsten erhalten."

„Die sind nicht von meiner Freundin", antwortet Andreas immer noch erstaunt. „Die sind von Professor Klausthal aus Aachen." Mittlerweile hat er den Karton geöffnet. Zum Vorschein kommen die erlesenen Pralinen.

„Das wäre mir ziemlich egal. Hauptsache sie schmecken", beteuert der Wachmann lächelnd.

„Wer dir die Pralinen schenkt, kann es nicht gut mit dir meinen", neckt ihn Emma. „Du darfst dich nicht bewegen. Wenn du die alle allein isst, hast du drei Kilo mehr auf den Rippen bis du hier wieder heraus darfst."

„Sie hat Recht. Das sind viel zu viele für mich allein. Da müsst ihr alle mithelfen", er hält dem Wachmann die Packung unter die Nase. „Und Sie machen den Anfang. Greifen Sie ruhig zu. Sie haben es ja gehört, sie unterstützen damit meine Genesung."

Breit grinsend greift der Wachmann zu. Die erste steckt er sich direkt in den Mund. „Vielen Dank." Die zweite in der Hand verschwindet er.

„Greift zu", fordert Andreas seine Freunde auf. Er selbst wählt bereits die erste aus. Langsam wickelt er das Papier ab, das sich darum befindet. „Eigentlich ungewöhnlich", überlegt er laut genug, dass Gerd aufmerksam wird.

„Was meinst du?", hakt er neugierig nach.

Andreas hält beim Auswickeln der Praline inne um seinem Freund zu antworten. „Bei Professor Klausthal hätte ich mit einer schlichten Karte gerechnet, wenn überhaupt. Er ist eher der Typ, der dich, wenn du wieder gesund bist, auf eine Flasche Wein zu sich einlädt und sich deiner Gesundheit erfreut."

Gerd denkt einen Moment darüber nach. ‚Andreas hat Recht', wird ihm bewusst. ‚Außerdem, woher weiß der Professor so schnell, was passiert ist? Er muss das Paket ja schon am Freitag aufgegeben haben, spätestens Samstag. Das ist vollkommen unmöglich!' Seine Augen weiten sich entsetzt.

Andreas ist im Begriff, sich die Praline in den Mund zu stecken.

„Andy, nein!" Noch während er seinen Freund anschreit, wirbelt Gerd in seinem Bett herum. Er beugt sich weit hinaus, um Andreas die Praline aus der Hand zu schlagen. Das gelingt ihm zwar, aber dabei stürzt er seitlich aus dem Bett. Mit einem Schmerzensschrei landet er hart auf dem Boden.

„Hey, was soll denn das?", ereifert sich Andreas erschrocken.

„Gerd?" Emma springt eilig auf. Rasch ist sie an der Seite ihres Freundes, um ihm beim Umdrehen behilflich zu sein. Auf seiner Brust bilden sich erste rote Flecken auf den Verbänden. „Bist du verrückt geworden?", schimpft sie. Mit Sicherheit sind einige der Nähte an seinen Wunden aufgerissen.

Gerd stöhnt auf, vor seinen Augen dreht sich alles. „Die Pralinen. Nimm sie ihm weg", fleht er.

Nun begreift auch Emma. Sie nimmt den Karton vorsichtig aus Andreas' Händen. „Er glaubt anscheinend nicht daran, dass die Dinger von deinem Professor kommen." Für einen kurzen Moment glaubt sie, den Geruch von Mandeln wahrzunehmen.

„Bittermandel", stöhnt sie entsetzt auf. „Das ist Blausäure oder etwas Ähnliches."

Entsetzt starrt Andreas auf die Schokoladenreste an seinen Fingern.

Emma holt ein Handtuch aus dem Bad. Sie kippt reichlich von dem Desinfektionsmittel darauf. „Leck bitte in der nächsten Zeit nicht deine Finger ab", empfiehlt sie dem fassungslosen Andreas.

„Der Wachmann", stottert Andreas plötzlich, „Emma, halt ihn auf."

„Beeil dich", drängt auch Gerd, der immer noch auf dem Boden liegt. Er hat nicht die Kraft, sich allein aufzurichten. Doch der Wachmann ist im Augenblick wichtiger.

Sie alle drei wissen, dass da jede Hilfe zu spät kommen wird. Trotzdem stürzt Emma nach draußen.

„Lassen Sie niemanden hinein", befiehlt sie dem Sicherheitsmann vor der Tür im Vorbeirennen. „Auch keine Freunde."

Emma will nicht, dass jemand mit den gefährlichen Schokoladenstücken in Kontakt kommt.

Verstört schaut der Wachmann der davonrennenden Frau nach. Bis um die nächste Ecke schafft sie es noch, ehe sie abrupt abbremst.

Auf dem Boden liegt in verkrampfter Haltung der Wachmann des privaten Sicherheitsdienstes. Zwei Schwestern und ein Arzt rennen gerade auf ihn zu. Gleichzeitig öffnen sich die Fahrstuhltüren. Peter Staller und seine Frau treten heraus.

Sofort bückt sich der Konzernchef zu seinem Mitarbeiter herunter.

„Nein!", schreit Emma. „Gehen Sie alle zurück. Bleiben Sie weg von dem Mann." Dabei rennt sie an dem Toten vorbei, direkt in Peter Staller hinein. Ein gutes Stück von dem toten Wachmann entfernt stürzen sie zu Boden.

„Hey!", ruft Peter empört bei dem harten Aufprall.

Karola dreht sich verdutzt zu den beiden um und der Arzt kommt weiter auf den toten Mann zugelaufen.

Emma springt rasch wieder auf. Sie weiß, der Arzt will helfen, doch das kann er nicht und alle hier sind in Gefahr, das gleiche Schicksal zu erleiden. Ihre Hände abwehrend in beide Richtungen ausstreckend stellt sie sich ihm in den Weg. „Bitte gehen Sie zurück. Gehen Sie alle zurück! Sie können ihm nicht helfen. Wenn Sie näher herangehen, liegen Sie gleich tot daneben."

„Was sagen Sie da? Wieso sollte ich ihm nicht helfen können?", hakt der Arzt entrüstet nach. Auch Peter wartet gespannt auf die Antwort.

„Er wurde vergiftet. Ich tippe auf Blausäure."

„Mein Gott", der Arzt macht große Augen. Diese junge Frau hat ihnen allen wahrscheinlich gerade das Leben gerettet. Ihm ist sofort bewusst, dass das Gift durch Einatmen oder Berühren auch andere Personen gefährdet. „Räumen Sie den Flur", herrscht er die Schwestern hinter sich an. „Hier darf niemand herkommen." Er wendet sich zu Emma um. „Ich muss die Polizei rufen."

„Das übernehme ich für Sie", erklärt Emma und zieht ihr Handy hervor. „Stefan, ich brauche deine Hilfe", meldet sie sich, als der Bruder den Anruf annimmt. Dann schildert sie ihm was vorgefallen ist.

„Ich bin gleich da", verspricht Stefan ihr. „Ich war sowieso schon unterwegs zum Krankenhaus. Um die Meldung an die Dienststelle kümmere ich mich sofort. Die Mitarbeiter aus den Laboren der Kriminaltechnik werde ich ebenfalls direkt anfordern. Ein paar Kollegen zur Unterstützung besorge ich auch. Es ist bestimmt die eine oder andere Streife in der Nähe des Krankenhauses unterwegs. Sei bitte vorsichtig, der Mörder könnte noch dort sein."

„Ich weiß."

Peter und Karo warten immer noch auf eine Erklärung.

„Geht ihr zu Gerd und Andreas?", bittet Emma das Ehepaar. „Andreas kann euch erklären was vorgefallen ist. Außerdem geht es Gerd ziemlich schlecht, er muss dringend behandelt werden. Passt auf, dass niemand zu ihnen hineinkommt, der dort nichts zu suchen hat. Sie sollen auch nichts zu sich nehmen, weder Medikamente noch Nahrung. Fasst vor allem nicht die Pralinen an!"

„Wir kümmern uns darum", versichert ihr der Konzernchef, nachdem er sich von dem ersten Schrecken erholt hat. Gemeinsam macht sich das Ehepaar auf den Weg.

Die Agentin wendet sich wieder dem Arzt zu: „Herr Bach braucht dringend ärztliche Hilfe. Können Sie ihm die besorgen?"

Nachdem er erste Anweisungen an das Krankenhauspersonal ausgegeben hat, nickt er ihr bestätigend zu: „Das sehe ich mir selbst an", verspricht er Emma. Und rauscht eilends hinter Peter und Karola her zu dem Zimmer der beiden Freunde.

Unverzüglich werden an das Personal Atemschutzmasken und Handschuhe ausgegeben. Auch Emma erhält beides. Ein junger Pfleger bringt ein Laken und eine große Plastikfolie. Die Agentin hilft ihm gerade, die Tücher über den Toten zu breiten, als sich die Fahrstuhltüren erneut öffnen.

„Tut mir leid, hier dürfen Sie leider nicht aussteigen", erklärt eine Krankenschwester der gutaussehenden Frau, die im Begriff ist, den Fahrstuhl zu verlassen.

Ann-Marie wirft einen entsetzten Blick auf den noch nicht vollständig abgedeckten Wachmann, den sie natürlich sofort wiedererkennt. Sie begreift ohne lange zu überlegen, was sich abgespielt hat. ‚Wieso musste sich der Mann an den Pralinen vergreifen? Wahrscheinlich hat er dadurch Bach und Staller gewarnt.' Wut kocht in ihr hoch. ‚War etwa alles umsonst? Das darf nicht sein!'

Bis jetzt hatte sie noch keinen Blick über für die Frauen, die auf diesem Flur ihrer Arbeit nachgehen. Nun schaut sie auf, direkt in Emmas Augen, in denen sie das Aufblitzen der Erkenntnis ablesen kann. ‚Woher weiß diese Frau, wer ich bin?', fragt sie sich. Es dauert nicht lange bis sie begreift, dass sie hier garantiert keine Krankenschwester vor sich hat. Ihre Instinkte sagen ihr, dass diese Frau gefährlich ist, dass sie sie auf keinen Fall unterschätzen darf.

Auf dem Absatz wirbelt die Witwe von Kurt Gruber herum, um im Eiltempo die Treppe hinunter zu rennen.

Als die Krankenschwester ihre Arbeit unterbricht, um die Frau im Fahrstuhl anzusprechen, hebt Emma neugierig den Kopf. Es dauert nur eine Sekunde bis sie erkennt, wer vor ihr steht. Sie zerrt den Plastikkittel herunter, um an ihre Waffe zu kommen, die in einem Holster an ihrem Gürtel steckt. Gleichzeitig reißt sie sich mit einer Hand die Schutzmaske vom Gesicht. „Stehenbleiben", ruft sie der Fliehenden hinterher. Mit der Pistole in der Hand nimmt sie die Verfolgung auf.

Es geht über die Treppe ins Erdgeschoss, durch die Halle Richtung Ausgang. Trotz der hochhackigen Schuhe ist die ehemalige Terroristin schnell. Neidlos muss Emma anerkennen, dass die Frau in Höchstform ist.

‚Noch drei Meter, dann bin ich draußen', schätzt Ann-Marie. Sie nimmt sich nicht die Zeit, einen Blick hinter sich zu werfen. Ihr ist klar, dass sie von dieser Frau verfolgt wird, doch sie weiß auch, dass ihr so schnell niemand das Wasser reichen kann. Das Trainingsprogramm, das ihr Schwiegervater eigens für sie entwickelt hat, ist hart, aber es zahlt sich aus.

Durch die sich öffnende Eingangstür erreichen Stefan und die vier Polizeibeamten, die sich in seiner Begleitung befinden, die Eingangshalle.

„Halt sie auf", ruft Emma ihm entgegen ohne langsamer zu werden.

Die Beamten brauchen keine langen Befehle um zu reagieren. Ihre Waffen hervorziehend stellen sie sich der Fliehenden entgegen.

Ann-Marie sieht sich nun von zwei Seiten bedrängt und der Ausgang ist ihr verwehrt. Ohne die Geschwindigkeit zu drosseln wandern ihre Augen durch die Halle bis zur Anmeldung und der dahinter sitzenden Frau. Sie kennt ihren Ausweg! Automatisch wenden sich ihre Schritte der Anmeldung zu, vor der sie abrupt abbremst. Mit einem Satz springt sie über die etwas tiefergelegene Seite des Tresens, kommt sauber auf beiden Füßen auf und reißt die erschrocken aufschreiende Angestellte von ihrem Stuhl hoch. Die Pistole, die sie jetzt in der Hand hält, zielt auf den Hals der Frau, die Ann-Marie wie einen Schutzschild vor sich zerrt.

Voller Panik starrt die Angestellte mit weit aufgerissenen Augen zu den Polizisten, die ihre Waffen mit der Mündung auf sie richten. „Bitte ...", stammelt sie.

Ann-Marie reagiert gar nicht auf ihre Geisel. Sie weiß, dass die Frau starr vor Schreck und nicht in der Lage ist, sich ihr zu widersetzen. „Stopp!", ruft die Witwe den Beamten entgegen. „Kommen Sie keinen Schritt näher."

Niemand muss fragen was sonst passiert.

„Geben Sie auf", fordert Stefan. „Sie haben verloren."

„Das ist noch nicht heraus", giftet die Witwe zurück.

„Doch", bekräftigt Emma. „Egal ob Sie uns entkommen oder nicht. Sie haben verloren. Gerd Bach und Andreas Staller leben. Sie haben versagt!"

Der locker ausgesprochene Vorwurf sorgt dafür, dass Ann-Marie vor Wut kocht. ‚Dieses Miststück soll ja aufpassen, sonst ist sie die erste, die ihr Leben verliert!' Ihre Augen wandern gehetzt umher, doch außer dem Haupteingang gibt es für sie keine Möglichkeit zu einer Flucht. „Gehen Sie da hinüber. Machen Sie die Tür frei." Sie winkt mit dem Kopf in die entsprechende Richtung. Mit ihrer Geisel als Schutz verlässt sie den Anmeldebereich um den Tresen herum in Richtung Ausgang.

Die wenigen Passanten, die sich an der Anmeldung aufhalten, suchen schnellstens das Weite.

Erst als Stefan mit einem Wink den Befehl dazu gibt, ziehen sich die Beamten langsam von der Tür zurück. Mit jedem Schritt, den sich die Polizisten entfernen, bewegt sich die Frau mit ihrer Geisel einen Schritt näher auf den Ausgang zu, bedacht darauf, keinen Fehler zu machen.

Emma ist bewusst, dass die Frau schießt, sobald sie keinen Ausweg mehr sieht. Dann werden die Kollegen das Feuer erwidern. Aber sie will diese Frau lebend haben. Sie war in Berlin, hat auf Konrad geschossen. Die Agentin ist sicher, dass Dirk Stein der Witwe geholfen hat. Sie will eine Aussage von dieser Frau. ‚Wie kann ich das Blatt zu unseren Gunsten wenden?', überlegt sie. ‚Womit kann ich die Frau aus der Reserve locken?' Ihr fallen die Unterlagen von Wolfgang Keller ein. Jetzt kommt ihr zugute, dass sie letzte Nacht so viel davon gelesen hat. Sie zieht die Schutzhandschuhe aus und steckt sie in die Hosentasche, während sie überlegt wie sie vorgehen soll. „Glauben Sie, Ihr Schwiegervater ist von Ihrem Versagen begeistert?", versucht Emma die Frau zu reizen. Anscheinend hat sie den wunden Punkt getroffen.

„Was wissen Sie denn schon?", faucht die Witwe. „Sie haben keine Ahnung."

„Otto Gruber hat Sie ausgebildet. Das war bestimmt keine leichte Schule. Er verlässt sich darauf, dass Sie die Zeugen aus dem Weg räumen. Habe ich Recht? Wie hat er Sie kontaktiert?" Emma geht langsam, Schritt für Schritt auf ihre Gegnerin zu. Ihre Waffe ist mit dem Lauf auf den Boden gerichtet, so als ob überhaupt keine Gefahr für sie bestünde.

„Das werden Sie nie erfahren", verspricht ihr Ann-Marie. „Gehen Sie zurück. Sofort!" Die lockere Vorgehensweise der Agentin steigert ihre Wut.

Emma hört nicht auf die Frau. Fieberhaft überlegt sie, wie sie ihre Gegnerin weiter provozieren kann. „Sie sollten sich von Ihrem Schwiegervater lossagen. Der ist wahrlich eine Niete."

„Woher wollen Sie das wissen?", giftet Ann-Marie. „Sie wissen gar nichts über ihn", verteidigt sie den Mann.

Emma atmet auf. Sie hat die Frau genau da, wo sie sie haben will. „Otto Gruber hat Ihren Mann und seinen Zwillingsbruder ausgebildet. Mit welchem Erfolg? Sie sind beide tot! Er selbst sitzt im Knast. Seine Machenschaften wurden aufgedeckt. Und das von zwei jungen Amateuren. Ganz schön erbärmlich! Finden Sie nicht auch?" Emma weiß, dass sie richtig liegt. Sie setzt noch eins drauf: „Und was ist mit Klaus? Wurde Ihr Sohn auch von ihm ausgebildet? Hat er deshalb versagt? Denken Sie einmal darüber nach. Jetzt verlangt er von Ihnen, dass Sie sich für ihn opfern. Ich sage Ihnen etwas! Die Arroganz von Otto Gruber ist schuld, dass Ihre Familie zerstört wurde. Und diesem Mann wollen Sie jetzt helfen."

Anfänglich widerwillig, dann eher verblüfft hört sie Emma zu. Sie erkennt die Wahrheit in deren Worten, was sie noch wütender macht. Dieser Frau wird sie den Mund schon noch stopfen. In ihrem Zorn achtet sie nicht darauf, dass sie genau so handelt, wie es sich die Agentin erhofft, als sie die Waffe vom Hals der Angestellten weg auf Emma richtet.

Für die ausgebildete Scharfschützin ist es kein Problem, innerhalb von Sekunden die Pistole hochzureißen, ihr Ziel zu finden und zu treffen, ohne die Geisel zu verletzen.

Die Kugel trifft die Pistole in der Hand der Mörderin. Ann-Marie schreit auf, als dabei ihre Finger verletzt werden. Geistesgegenwärtig greift sie mit der linken Hand nach der Waffe. Dafür lässt sie ihre Geisel los, die sich einfach zu Boden fallen lässt.

Die Arme über dem Kopf zusammengeschlungen bleibt die Krankenhausangestellte weinend hocken.

Während Ann-Marie auf dem Absatz herumwirbelt, feuert sie auf die Beamten, die sich bereit machen den Kugelhagel zu erwidern.

„Nicht schießen", ruft Emma gerade noch rechtzeitig. „Wir brauchen sie lebend!" Während sie los sprintet, ruft sie Stefan eine Erklärung zu: „Sie kann Stein identifizieren. Wir müssen sie fassen!" Ohne abzubremsen rast sie durch die Tür hinter der Frau her.

Stefan folgt ihr mit zwei der Beamten, während sich die anderen beiden um die Angestellte des Krankenhauses und die Passanten kümmern.

‚Die Frau ist enorm schnell', stellt Emma fest. ‚Wenn sie die Straße erreicht, kann sie in der Menge untertauchen. Dazu darf es nicht kommen.' Sie legt alles, was sie hat, in ihren Sprint. Ganz langsam holt sie auf. Zu langsam! Sie entschließt sich zu handeln. „Bleiben Sie stehen", fordert sie die Fliehende laut auf, die allerdings kein Interesse daran hat, auf ihr Rufen zu reagieren. Schlagartig stoppt Emma ihren Lauf, achtet auf ihre Atmung, während sie sorgsam mit der Pistole zielt, ehe sie abdrückt.

Ann-Marie bricht auf der Stelle zusammen. Die Kugel ist oberhalb des Knöchels in ihr Bein eingedrungen. Trotz der Schmerzen will die Witwe nicht aufgeben und bemüht sich, schleunigst wieder aufzustehen.

Emma ist heran, bevor die Frau in der Lage ist, sich zu erheben. Da sie der Witwe, die bereits mit ihrer Pistole auf sie zielt, nicht über den Weg traut, schlägt sie ihr kurzerhand die Faust unter das Kinn. Ann-Marie verdreht die Augen und sinkt bewusstlos zu Boden.

Schwer atmend bleibt Emma über der Frau stehen. Bis Stefan mit den keuchenden Beamten bei ihr ankommt hat sie sich weit genug erholt, um die drei Männer frech anzugrinsen. „Leute, ihr müsst wirklich mehr trainieren", zieht sie die Kollegen auf. „Verfrachtet das Miststück in eine stabile Zelle und lasst sie ja nicht aus den Augen. Die ist mit allen Wassern gewaschen."

„Wir passen auf sie auf", versichert Stefan. „Woher wusstest du das alles?" Er spricht ihr Gespräch über Otto Gruber an.

„Von Keller. Es steht in seinen Unterlagen."

„Ich verstehe. Das war gut, wirklich gut. Lass uns hier aufräumen."

Emma beeilt sich zu Gerd zu kommen. Allerdings trifft sie nur auf Andreas und seine Eltern.

„Wo ist Gerd?" Vor Aufregung hält sie die Luft an.

„Im Operationssaal", antwortet Andreas niedergeschlagen. „Und das ist meine Schuld."

Verdutzt schaut ihn die Agentin an. „Wie kommst du denn darauf? Da ist diese blöde Kuh schuld, die euch die Pralinen untergeschoben hat."

„Ja, aber ich war so dämlich darauf hereinzufallen. Gerd hat sofort gemerkt, dass da etwas nicht stimmt. Ohne ihn würde ich jetzt nicht mehr leben."

„Gerd würde jetzt sagen ‚dazu sind Freunde doch da'", behauptet Emma mit einem Lächeln.

Andreas' Augen blitzen amüsiert auf. „Das stimmt!"

„Siehst du? Außerdem haben wir sie erwischt. Die richtet keinen Schaden mehr an."

„Ihr habt sie verhaftet?" Andreas' Miene hellt sich auf.

„Allerdings." Sie wendet sich an Peter. „Können wir die zwei nicht hier herausholen? Solange noch einer von diesen Kerlen auf freiem Fuß ist, wüsste ich die beiden gern in einer sicheren Umgebung."

„Sobald Gerd stabil genug für den Transport ist holen wir unsere Jungen nach Hause", entscheidet Karola. „Dann passe ich auf sie auf."

„Auweia", stöhnt Andreas und verdreht genervt die Augen, wofür er einen giftigen Blick von seiner Mutter erntet.

Die behandelnde Ärztin lässt es sich nicht nehmen, ihren Patienten für die nächsten achtundvierzig Stunden ruhig zu stellen.

Die beiden Freunde müssen das Zimmer wechseln. Die Mitarbeiter des Landeskriminalamtes aus der Abteilung der Kriminaltechnik nehmen sich jeden Zentimeter des Krankenzimmers vor. Bevor nicht alles untersucht, sowie gründlich gereinigt ist, werden weder das Zimmer noch der Flur für Besucher und Krankenhauspersonal freigegeben.

Solange die beiden jungen Männer in ärztlicher Obhut bleiben müssen, riegeln die Behörden den Krankenhausbereich systematisch ab. Selbst die Mitarbeiter aus Gerds Team erhalten keinen Zugang zu dem Krankenzimmer.

„Das ist doch zu doof", eifert sich Max. „Als ob einer von uns dem Boss etwas antun würde."

„Die gehen nur auf Nummer sicher", erklärt Daniel.

„Und was jetzt?", erkundigt sich Ralf. „Sollen wir einfach nur herumsitzen?"

„Leute, ich hätte da eine Idee", meldet sich Tim zu Wort. „Meint ihr nicht auch, dass Sven Kirschbaum es verdient hat, dass wir unseren Auftrag bei ihm sauber abschließen? Immerhin hat er uns sehr geholfen. Es geht doch darum, dass er im nächsten Frühjahr zu Saisonbeginn pünktlich eröffnen kann. Ich glaube, das wäre in Gerds Interesse."

„Du hast Recht", beeilt sich Oliver zu antworten. „Sven Kirschbaum hat uns nicht nur unterstützt, er hat an uns geglaubt. Außerdem hat er in Kauf genommen, dass die Fahrgeschäfte in seinem Park beschädigt werden, nur um uns zu helfen."

„Dann sollten wir dafür sorgen, dass der Boss mit uns zufrieden sein kann, wenn er entlassen wird", pflichtet Max bei.

„Du hast vollkommen Recht", stimmt ihm auch Dominik zu. „Lasst uns in den Park zurückkehren." Er schaut Daniel auffordernd an. „Kümmere dich darum, dass wir weitermachen können."

„Geht klar", erwidert Gerds Stellvertreter. „Ich melde mich, sobald es losgeht." Er zückt sein Handy, während er zur Tür hinausschlendert.

Drei Stunden später finden sich alle Teammitglieder im Freizeitpark ein. Nach einer langen Besprechung machen sie sich noch am selben Tag an die ersten Arbeiten im Park. Den Sonntag nutzen sie zum Aufräumen, bevor es dann mit der beginnenden Woche wieder an die Fahrgeschäfte geht. Sven ist begeistert von dem Enthusiasmus der Leute. Der Betreiber unterstützt sie, wo er kann. Montagmorgens ruft er seinen gesamten Mitarbeiterstamm zusammen, um dem Team unter die Arme zu greifen.

Emma überzeugt sich von dem gut gesicherten Krankenzimmer, ehe sie nach Düsseldorf-*Stockum* fährt. In Gerds Wohnung nimmt sie sich die Unterlagen ihres Vorgesetzten wieder vor. Die Recherche zu Ann-Marie Lichtenstein legt sie zur Seite. Das hilft ihr bei der Beweissuche zu dem Maulwurf nicht weiter. Trotzdem war es gut, dass sie die Akte studiert hatte. So konnte sie heute gegen die Killerin punkten. Außerdem ist sie sicher, dass diese Frau bestimmt nicht pausiert hat. Emma konnte sich selbst davon überzeugen, wie durchtrainiert die Witwe auch mit achtundvierzig Jahren noch ist.

Den Werdegang von Otto Gruber hat Wolfgang Keller ebenfalls akribisch untersucht. Das meiste davon kennt sie bereits aus den Recherchen, die ausgegraben wurden, als Gerd und Andreas sich mit den Grubers anlegten. Hier findet Emma eine ganze Seite mit Notizen von ihrem Vorgesetzten. Laut den damaligen Untersuchungsbeamten blieb Otto Gruber dem Nationalsozialismus auch nach Kriegsende verbunden. Zusammen mit Günther Hasselbach, einem ehemaligen Seeoffizier der Reichsmarine, baute er eine gut eingerichtete Anlage zur Rekrutierung und Ausbildung junger Anwärter auf. Erst nachdem Günther Hasselbach den Behörden auffiel und inhaftiert wurde, siedelte Otto Gruber mit seiner Ausbildungsstätte nach Trier in den Stadtteil *Igel* um, wo er das Anwesen der Familie Lichtenstein erwarb. Dort bildete er später nicht nur Ann-Marie Lichtenstein aus, sondern auch seine beiden Söhne Kurt und Erich.

Nachdem Emma bis hierher gelesen hat, blättert sie alles noch einmal achtsam durch. Doch sie findet keinen Hinweis, warum diese Unterlagen in der Recherche zu Dirk Stein auftauchen. Neugierig nimmt sie sich die Akte des Mannes vor, den sie für den Mörder ihres Vaters hält.

Dirk Stein.

Es gibt nicht viel über diesen Mann. Seine Eltern waren Fritz Stein, Grundschullehrer, und Barbara Stein, Kinderärztin. Unbescholtene Bürger der Stadt Konz im Landkreis Trier-Saarburg in Rheinland-Pfalz. Keller konnte keinen Bezug zu kriminellen Vereinigungen oder Terrorzellen finden. Die Lebensläufe beider Elternteile sind sauber, bis zu ihrem Autounfall im Februar *1986*, der nie ganz aufgeklärt wurde. Hier scheint es keine Ansatzpunkte zu geben. Der einzige Hinweis, den Emma findet, ist eine handschriftliche Notiz am Rand neben den Namen der Eltern.

Es ist nur ein Wort: *kinderlos*, dahinter ein dickes Fragezeichen.

Damit kann sie nichts anfangen. Sie blättert zurück, bis sie die Geburtsurkunde von Dirk Stein in den Händen hält. Es ist ein nachträglich wegen Verlust ausgestelltes Exemplar, das im September *1974* beantragt wurde. Laut der Urkunde wurde Dirk Stein am dreiundzwanzigsten August *1962* geboren. Schule,

Studium, Beruf und Karriere wie im Bilderbuch. ‚Irgendwer hat ihm da geholfen', grübelt Emma. Trotzdem weist hier nichts auf die Verbindung zu einer organisierten Terrorzelle oder Ähnlichem hin. Auch nicht darauf, was Stein mit Otto Gruber oder Ann-Marie Lichtenstein zu tun haben könnte.

Emma ist frustriert und hat keine Ahnung, wie sie weitermachen soll. Auch mit den verschlüsselten Unterlagen ihres Vaters sind sie noch nicht weitergekommen. Vorerst packt sie alles zusammen. ‚Vielleicht hat Gerd noch eine Idee', hofft sie.

23

Die dubiose Kneipe in Berlin-*Hellersdorf* liegt nicht gerade in der besten Gegend der Stadt. Eine halbe Stunde vom Bundeskanzleramt entfernt treffen sich hier in einer Ecknische sechs Männer und eine Frau. Unter ihnen Dirk Stein. Das geheime Treffen dient einzig dazu, einen Plan zur Beseitigung von Wolfgang Keller und Konrad Schrader zu entwickeln.

„Wir müssen uns vor allem darüber im Klaren sein, dass wir bei einer öffentlichen Aktion alle auffliegen können", vermittelt der Staatssekretär seinen Mitstreitern. „Das sollten wir zu vermeiden suchen."

„Ja, du hast Recht", versichert Paul Böhm ihm. „Aber das kriegen wir relativ einfach hin. Deine Idee, den beiden einen Sprengsatz an das Transportfahrzeug zu hängen, ist die sauberste Sache. Selbst wenn die Bombe gefunden werden sollte, lässt das keine beweisbaren Rückschlüsse auf uns zu."

„Aber dafür müssen wir die beiden erst einmal aus dem Krankenhaus herausbekommen", widerspricht Raimund Hauser, der dritte im Bunde. „Sie fühlen sich im Unfallkrankenhaus anscheinend sicher genug. Eine Unterbringung in einer gesicherten Einrichtung ist überhaupt nicht vorgesehen."

„Das stimmt leider", bestätigt ihm Dirk Stein. „Schrader war gestern noch bei mir. Er ist überzeugt davon, dass alles zur Sicherheit von Keller getan wird. Dass niemand an den Mann herankommt. Leider hat er damit Recht."

„Daran müssen wir dringend etwas ändern."

„Ich hätte da eine Idee", mischt sich jetzt auch Martha Pfeiffer in das Gespräch ein. „Wir starten einen Überfall auf das Krankenhaus. Danach werden sie für einen Umzug mit Sicherheit empfänglicher sein. Es ist egal, ob das schief geht oder nicht.

Die Leute, die wir dafür auswählen, dürfen allerdings niemanden zu uns führen."

„Das ist ja wohl das kleinste Problem", bestätigt ihr Raimund Hauser. „Die Idee ist gar nicht schlecht", richtet er sich an den Staatssekretär. „Darauf reagieren die bestimmt."

„Bis dahin sollte aber ein gut durchdachter Plan zur Verlegung von Keller vorliegen", bemerkt Paul Böhm. „Außerdem darf der in der jetzigen Situation nicht gerade von dir kommen, Dirk."

„Ja, richtig. Aber da weiß ich eine Lösung", antwortet der Angesprochene. „Wir erstellen den Plan jetzt hier. Er muss hundertprozentig überzeugend sein. Zudem müssen wir genau wissen, wie wir vorgehen werden." Er wendet sich direkt an Paul Böhm. „Dann unterbreitest du den Plan Holger Baumann. Wenn der zu Schrader geht, ist das absolut unverfänglich. Schrader weiß, dass er mich nicht ausstehen kann. Damit hat Baumann bei dem Mann Pluspunkte. Außerdem sind die beiden zumindest auf beruflicher Ebene irgendwie befreundet, glaube ich."

„Wir sollten uns mit dem Angriff noch ein paar Tage Zeit lassen", empfiehlt ihnen Martha Pfeiffer. „Dann kann Paul einfach in einem Gespräch locker über diesen Plan mit Baumann sprechen. So als ob er zu einem abgehakten Auftrag gehörte."

„Das ist gut", bestätigt Dirk Stein. „Lasst mich überlegen. Heute ist Dienstag. Wir sehen zu, dass wir alles zügig vorbereiten. Paul, du gehst zu Baumann. Sagen wir bis spätestens nächsten Montag. Am Mittwoch startet dann der Überfall auf das Krankenhaus. Von da an bin ich offiziell in diversen Besprechungen. Bis Freitag habe ich angeblich ein volles Programm. Dadurch bin ich für niemanden erreichbar. Das hindert sie daran, misstrauisch zu werden. Ich schätze, spätestens am Freitag werden sie Keller verlegen. Dann schlagen wir endgültig zu."

Da der Vorschlag allgemeinen Anklang findet, beginnen sie mit der Ausarbeitung ihres Plans.

Selbst die energische Dozentin stößt bei den behandelnden Ärzten an ihre Grenzen. Erst nach sieben Tagen geben diese die beiden jungen Männer in die Obhut durch die Unternehmers-Gattin ab. Karola schafft es tatsächlich, noch am selben Tag einen Krankentransport zu organisieren. Montagmittag erwarten Familie und Freunde den Krankenwagen mit Andreas und Gerd endlich im Anwesen der Familie Staller.

Zur Untätigkeit verdammt, kommt es Gerd gerade Recht, mit Emma die Unterlagen ihres Chefs durchzugehen. Sie brauchen fast zwei Tage, um alles zu sortieren, aufzulisten, sowie die Lücken durch Internetrecherchen weitgehend aufzufüllen. Und doch kommen sie nicht weiter.

Konzentriert fasst Gerd alles zusammen, um sich anschließend darüber im Klaren zu sein, was ihnen fehlt und wonach sie suchen müssen. „Wir sollten sehen, was wir über die Familie Stein herausbekommen können. Zum Beispiel seine Eltern, Geschwister. Nimm sie unter die Lupe. Wenn sich da nichts findet, auch noch die Großeltern. Sieh dir alles an. Wo gab es Kontakt zu mindestens einem der Grubers? Wo haben sie gelebt, wo sind sie zur Schule gegangen? Sind sie vielleicht im gleichen Krankenhaus geboren? Irgendetwas. Sieh dir alle Daten an."

„Würde ich gern, aber leider komme ich im Internet nicht weiter. Es sind einfach zu viele Daten. Hinzu kommt, dass die Ergebnisse nicht annähernd befriedigend sind. Da bin ich in zehn Jahren immer noch dran", bekräftigt Emma frustriert.

„Nicht wenn wir *Oscar* zurate ziehen."

Emma schaut ihren Freund niedergeschlagen an. „Aus deiner Truppe arbeiten alle im Freizeitpark. Da kannst du im Moment niemanden abziehen. Wer soll *Oscar* bedienen?"

„Schnapp dir Cornelius Pohlschneider und Michaela Kaiser. Cornelius kann mit dem Rechner absolut gleichwertig umgehen. Die zwei stehen unter der Aufsicht von Anna. Seit dem letzten Abenteuer der beiden lässt Anna sie nicht mehr aus den Augen", berichtet Gerd grinsend. Er kann sich nur zu gut vorstellen, wie Anna den beiden Studierenden den Kopf gewaschen hat.

Obwohl seine Sekretärin sichtlich stolz auf die Rettungsaktion der Studierenden war, hagelte es eine gepfefferte Strafpredigt. Im Anschluss schickte sie die beiden auch noch zum Konzernchef.

Lächelnd schaut Peter in die bedrückten Gesichter der beiden Aushilfskräfte, die wie begossene Pudel vor ihm stehen. „Ich nehme an, Frau Zerlinski hat Ihnen ausgiebig geschildert, wie sie zu der Geschichte steht?"

Als ihm die beiden dies kleinlaut bestätigen, lächelt er belustigt. „Na, dann brauche ich dazu ja nichts mehr sagen. Frau Zerlinski hat mit Sicherheit Recht. Sie haben sich in große Gefahr begeben. Doch aus meiner Sicht kann ich mich nur bei Ihnen bedanken. Ohne Sie beide hätte das ganz anders ausgehen können. Sie haben dazu beigetragen, zwei der wichtigsten Menschen in meinem Leben zu retten. Das werde ich bestimmt nicht vergessen."

Überrascht und erfreut verlassen die jungen Leute kurz danach das Büro von Peter Staller.

Mittwochmorgen fahren zwei schwarze Transporter der Marke *Ford Transit Custom Kombi*, ausgestattet mit *3,0*-Liter-Dieselmotoren sowie *330* kW Leistung, vor den Seiteneingang des Unfallkrankenhauses auf der *Warener Straße* vor.

Pünktlich zum Personalwechsel stürmen zwei Dutzend dunkel gekleideter, vermummter Männer in das Gebäude. Auf beiden Seiten vor dem Flur zum Krankenzimmer, in dem Wolfgang Keller untergebracht ist, sammeln sich die schwer bewaffneten Eindringlinge.

„Vorwärts!"

Auf den Befehl ihres Anführers hin, dringen sie schießend gegen die vier zur Bewachung abgestellten Beamten vor. Zwei der Wachhabenden stürzen tot zu Boden, bevor noch einer begreift, was da vorgeht.

Florian Goldschmidt befindet sich mit zwei weiteren Leuten im Krankenzimmer bei Wolfgang Keller und Konrad Schrader. Die ersten Schüsse lassen sie alarmiert aufspringen.

„Sie bleiben hier", befiehlt der Leiter der Personensicherheitstruppe Konrad. Dann wendet er sich seinen Männern zu: „Niemand kommt in dieses Zimmer hinein. Der Feind muss unter allen Umständen aufgehalten werden!"

„Verstanden!", bestätigen diese.

Unverzüglich stellen sich die Sicherheitskräfte den Angreifern in den Weg. Mit gezogenen Waffen begeben sie sich in den Flur, nur um sofort mit einem Kugelhagel aus den Waffen der Feinde eingedeckt zu werden. Im Rahmen der offenen Zimmertür suchen die beiden Beamten Deckung. Ihr Vorgesetzter stürmt über den Flur, um in dem gegenüberliegenden Türrahmen Schutz zu finden. In beide Richtungen zielsicher feuernd halten sie die Eindringlinge auf Abstand.

Durch die Schüsse wachgerüttelt eilen die im angrenzenden Flur postierten Polizisten den Kollegen zu Hilfe. Dadurch fallen sie den Angreifern in den Rücken, sodass diese keine Chance mehr haben, an ihre Zielpersonen zu gelangen.

Das erkennt auch der Anführer der Truppe. „Rückzug!", brüllt er laut, dabei macht er selbst auf dem Absatz kehrt, um aus dem Gebäude zu stürmen. Im Vorbeilaufen richtet er seine Pistole auf einen verletzten Kumpan und drückt gefühlskalt ab, bevor er schleunigst verschwindet. Seine Leute machen es ihm nach.

Bis sich die Eindringlinge erfolglos zurückziehen liegen neun ihrer Männer tot im Flur des Krankenhauses. Ebenso vier Einsatzkräfte aus der Einheit von Florian Goldschmidt. Verwundete Attentäter wurden von ihren eigenen Leuten erschossen, bevor diese flüchteten.

Die beiden Staatsbeamten waren gut geschützt und bleiben bei dem Angriff unversehrt.

Eine Stunde später findet sich Konrad Schrader in Begleitung des leitenden Personenschützers im Büro von Holger Baumann ein. Der dreiundvierzigjährige Leiter des Bundesverfassungsschutzes reagiert umgehend auf deren Bericht. Auch wenn der untersetzte Mann mit seinen ein Meter neunundsechzig eher wie der typische Büroangestellte wirkt, scheut er nicht davor unverzüglich zu handeln. „Wir haben leider keine Möglichkeit, uns mit Herrn Stein abzusprechen", erklärt er den Neuankömmlingen. „Der steckt zurzeit in wichtigen Verhandlungen. Seit gestern ist er nicht erreichbar. Da es eilt, werden wir ohne ihn agieren."

Dem Staatsbeamten fällt nicht auf, dass seine Gesprächspartner erleichterte Blicke tauschen. „Wir müssen Wolfgang unbedingt in eine Sicherheitseinrichtung verlegen", spricht er weiter. „Dich auch, Konrad", ergänzt er mit einem kritischen Blick auf den Freund.

„Holger ...", beginnt Konrad.

„Vergiss es am besten gleich", unterbricht Holger ihn. Er kennt Konrad gut genug, um ihn mit der passenden Begründung ruhig zu stellen: „Solange du hier draußen herumrennst, sind alle Männer in deinem Umfeld in Gefahr. Ich möchte ungern noch mehr Leute verlieren."

„Na schön", gibt Konrad ihm frustriert Recht. Er ist fair genug, die Wahrheit in den Worten seines Freundes zu akzeptieren.

Nachdem er an die Tür geklopft hat, steckt Paul Böhm ohne abzuwarten den Kopf in den Raum. „Bin ich zu früh?", erkundigt er sich. „Dann verschwinde ich wieder."

„Nein, das passt genau", bekräftigt Holger Baumann. „Kommen Sie herein."

Ohne auf eine förmliche Begrüßung zu warten richtet sich Holger an seinen Kollegen. „Konrad, du kennst Herrn Böhm. Ich habe ihn hierhergebeten, weil er mir vor kurzem eine interessante Geschichte erzählte. Herr Böhm?"

Der so aufgeforderte Mann greift in seine Tasche. Er holt mehrere zusammengerollte Straßenkarten hervor. „Die Idee stammt eigentlich von einem anderen Auftrag, ist hier aber genauso gut anwendbar. Allerdings wäre ich nie auf den Gedanken gekommen, dass Herr Baumann mich ein paar Tage nach unserem Gespräch noch einmal darauf anspricht."

„Konrad", beginnt der Leiter des Verfassungsschutzes. „Als du mich vorhin angerufen hast, fiel mir das Gespräch mit Herrn Böhm wieder ein. Es kann nicht schaden, wenn wir uns seine Ausführung einmal anhören."

Paul Böhm übernimmt wieder das Wort: „Wir hatten die Vorkehrungen zwar komplett ausgearbeitet, aber letztendlich nicht gebraucht. Gott sei Dank! Das Equipment ist noch vollständig vorhanden."

Alle lauschen gespannt den Ausführungen, die Paul Böhm ihnen unterbreitet.

„Wir haben vier haargenau gleiche Transporter zur Verfügung. Alle mit Tarnkennzeichen. In einem davon platzieren wir Herrn Keller. Die anderen drei starten zur gleichen Zeit vom selben Punkt aus. Jeder fährt eine andere Route. Außerdem endet jede Route an einem anderen Ziel. Es wird keine erkennbaren Begleitfahrzeuge geben, nur rein private Fahrzeuge. Die wechseln sich zudem auch noch ab. Herr Baumann hat mir den Ort mitgeteilt, an den Herr Keller gebracht werden soll. Ich habe vier Routen abgesteckt, die ich für ideal ersehe. Das können wir aber auch noch ändern." Paul Böhm schaut seine Kollegen beschwörend an. „Außerhalb dieses Raumes sollte niemand die vier Routen kennen. Jeder ist nur für einen Transporter verantwortlich. Vorzugsweise sollten so wenig Beteiligte wie möglich wissen, welches Fahrzeug Herrn Keller beherbergen wird." Er richtet seine Aufmerksamkeit auf die Menschen vor sich. „Der Nachteil bei der Geschichte ist, dass wir eine hohe Anzahl an Mitarbeitern brauchen, um diesen Plan zu verwirklichen. Die vier Transporter sind mit je drei Mann bestückt. Dazu kommen die Begleitfahrzeuge. Wir brauchen mindestens acht. Das ist eigentlich schon zu wenig, aber das sind noch einmal sechzehn Leute. Zudem brauchen wir noch die drei Personen für die anderen Krankentransporte."

„Das ist ziemlich aufwendig", stellt Konrad fest. „Wie sollen wir das so schnell bewerkstelligen?"

„Ich habe bereits für Unterstützung gesorgt", beeilt sich Holger zu versichern. „Herr Cremer wird uns mit zwei seiner Elite-Truppen unterstützen. Soweit ich weiß, kennen Sie alle den Einsatzleiter unserer Spezialeinsatzkommandos. Dazu kommt noch Herr Goldschmidt mit seinen Männern. Das dürfte eigentlich ausreichen."

„Du hast ein ganz schönes Aufgebot zusammengezogen", bemerkt Konrad. „Also schön. Sehen wir zu, dass wir alles sauber planen und vorbereiten. Wann soll es losgehen?"

„Übermorgen. Ich möchte auf keinen Fall länger warten", bestimmt Holger. Er richtet sich an die umstehenden Männer:

„Meine Herren, würden Sie Herrn Schrader und mich bitte einen Moment allein lassen?"

Sobald alle der Aufforderung nachgekommen sind, beginnt der Leiter des Bundesverfassungsschutzes seinem Freund die Einzelheiten weiterzugeben, die der Geheimhaltung unterliegen. „Wir haben eine neue Einrichtung ausgewählt. Herr Böhm und ich sind bisher die Einzigen, die davon Kenntnis haben. Sie liegt in *Wilhelmstadt*, im Ortsteil *Pichelsdorf*, ist gut gesichert und mit einer hervorragenden Überwachung ausgestattet. Im Bedarfsfall kann sie schnell verlassen werden. Sowohl über die Straßenanbindungen, als auch über den Seeweg. Konrad, ich möchte, dass du Wolfgang dahin begleitest. Zum einen wäre ich froh, dich in der Nähe unseres Chefs zu wissen, aber was viel wichtiger ist, du stehst genauso auf der Abschussliste wie er."

„Ich weiß", bestätigt Konrad niedergeschlagen. „Also gut, vorerst stimme ich zu. Aber ich werde mich nicht ewig verstecken. Sieh zu, dass ihr die Kerle erwischt. Vor allem den Drahtzieher."

„Versprochen."

Zu viert arbeiten sie den Ablauf der Verlegung des Ministerialdirektors aus. Die Angaben von Paul Böhm und die Kenntnisse von Florian Goldschmidt tragen nicht unerheblich zur Erstellung der vier Routen bei.

„Herr Goldschmidt, um Ihre Leute tut es mir sehr leid", wendet sich Holger Baumann abschließend an den Leiter der Sicherheitsgruppe. „Allerdings müssen wir den Personalmangel, den Sie durch deren Tod haben, dringend beheben. Herr Hauser, der Leiter von unserem Personalmanagement hat mir versichert, dass er sich bereits mit der für Ihre Einheit zuständigen Abteilung in Verbindung gesetzt hat. Es stehen Ihnen vier neue Leute zur Verfügung, die bestens ausgebildet und sofort einsatzbereit sind. Sprechen Sie mit Herrn Hauser und sorgen Sie dafür, dass diese Männer zeitnah Ihre Einheit verstärken."

„Klar. Mache ich", beeilt sich Florian zu bestätigen.

Ohne zu wissen, was gerade in Berlin vor sich geht, taucht Emma in der Firma *Staller* auf. Sie bittet Peter um die Erlaubnis, *Oscar* für die fehlenden Recherchen nutzen zu dürfen. Da es dazu der Unterstützung von Cornelius und Micha bedarf, erklärt sie dem Konzernchef, worum es geht.

Peter begreift sofort, welche Ziele sie verfolgt. „Du erhoffst dir aus dem, was der Computer ausspuckt, Hinweise darauf, wer Stein ist, beziehungsweise wie du ihn packen kannst?"

„Ja, genau. Solange wir die Akten von meinem Vater noch nicht entschlüsselt haben, muss ich mit dem Vorlieb nehmen, was ich durch die Unterlagen von Wolfgang Keller finde."

„Es wird langsam Zeit, dass wir diesem Mistkerl das Handwerk legen. Ich würde gern mit meiner Familie wieder normal leben. Bis zur Verhandlung von Otto Gruber sind es noch volle drei Monate. Sieh zu, dass du genug Beweise findest, um alle Beteiligten aus dem Verkehr zu ziehen. Ich sage Frau Zerlinski Bescheid, dass du meine Erlaubnis hast."

„Danke."

Emma findet sich im Computerraum ein, wo Cornelius gelangweilt einen Berg Akten durchsieht, um sie zu sortieren. Er reicht die Unterlagen weiter an Michaela, die die Vorgangsnummer darauf notiert, ehe sie alles in dicken Ordnern abheftet.

Der gequälte Blick, mit dem der Student Emma begrüßt, lässt sie schmunzeln. „Cornelius, Micha, was halten Sie davon, wenn Sie diese wichtige Tätigkeit unterbrechen, um mir bei Recherchen zur Verbrechensbekämpfung zu helfen?"

„Ist das Ihr Ernst?" Cornelius' Augen beginnen zu strahlen. „Was sollen wir machen?"

Emma schildert den beiden, was sie sich vorstellt.

„Sie wollen, dass wir den Hintergrund aller Personen rund um diesen Dirk Stein durchleuchten?", erkundigt sich die junge Studentin. „Das dürfte doch für *Oscar* kein Problem sein. Oder?", wendet sie sich fragend an ihren Kommilitonen.

„Keine Ahnung. Das kommt darauf an, wieviel im Netz gespeichert ist", erklärt der. „Soweit ich weiß, haben wir vor einiger Zeit versucht, eine junge Frau zu identifizieren, die durch Gemäldediebstähle der Firma *Staller* massiv geschadet hat. Wir haben absolut nichts gefunden." Er erinnert sich noch genau, wie sie versuchten Emma Wolf ausfindig zu machen. „Die Regierung schützt ihre Topagenten eben gut."

Emma lächelt nur. „Versuchen wir es einfach."

Cornelius macht sich umgehend an die Programmierung von *Oscar*. Binnen kürzester Zeit liegen neue Daten vor, die von Emma und Michaela durchgesehen und sortiert werden. Im Anschluss nehmen sie sich Stück für Stück die Unterlagen vor, um sie genauer zu studieren. Sie beginnen mit Dirk Steins Eltern. Die Mutter Barbara absolviert ihr Medizinstudium, *1959* heiratet sie Fritz Stein, der als Grundschullehrer tätig ist. Die Ehe bleibt zunächst kinderlos. Das Ehepaar wendet sich für die notwendigen Untersuchungen an eine renommierte Klinik zur Geburtshilfe, deren Ärzte bei Barbara Stein eine Unfruchtbarkeit diagnostizieren. Die letzten Untersuchungsergebnisse stammen aus dem Jahre *1971*.

Für den angehenden Computerfachmann bedarf es keines großen Aufwands, die vorhandenen Daten aus den diversen Archiven herunterzuladen.

Irritiert schaut Emma von den Unterlagen auf. „Wie kann das sein? Dirk Stein wurde *1962* geboren. Das passt irgendwie nicht zusammen."

„Vielleicht doch", widerspricht Cornelius. „Ich habe ein paar Fotos aus der Jugendzeit von Fritz Stein ausgegraben. Auf vielen dieser Bilder ist er mit einem anderen, etwa gleichaltrigen Mann zu sehen. Da sie anscheinend sehr vertraut miteinander waren, habe ich weiter nachgeforscht, bis ich diesen Mann fand. Die beiden waren befreundet. Gemeinsame Schule, Sport, Studium und so weiter. *Oscar* hat mir auch einen Namen ausgespuckt, Paul Hasselbach. Ich finde gemeinsame Tätigkeiten und Bilder bis *1974*. Dann hört alles schlagartig auf."

„Worauf willst du hinaus?", erkundigt sich Michaela bei ihrem Kommilitonen.

„Es ist doch merkwürdig, dass eine so lange Freundschaft urplötzlich aufhört. Meistens steckt ein tieferer Grund dahinter. Ein Umzug reicht da nicht aus. Ein Streit vielleicht? Jedenfalls habe ich mir diesen Hasselbach vorgenommen. Paul und Marianne

Hasselbach hatten einen Sohn. Dirk Hasselbach ist *1962* geboren, aber *1972* gestorben. Es gibt eine beglaubigte Sterbeurkunde. Ausgestellt von Barbara Stein."

„Du glaubst, die haben die Eltern ausgetauscht?", forscht Micha erstaunt nach.

„Ja", bestätigt der Student. „Aber ich habe keine Ahnung warum."

Emma schnappt sich die Unterlagen von Wolfgang Keller, um sie hastig durchzublättern. „Ich weiß, dass ich den Namen schon irgendwo gelesen habe", murmelt sie. In den Berichten zu Otto Gruber wird sie fündig. „Hier ist es. Günther Hasselbach, ein Seeoffizier der Reichsmarine. Er hat mit Gruber zusammen die Rekrutierung und Ausbildung junger Anwärter übernommen." Die Agentin starrt aufgeregt in die Runde. „Das ist es! Das ist die Verbindung, nach der wir gesucht haben. Die kannten sich alle!"

„Wir sollten sehen, was wir über diesen Günther Hasselbach finden können", empfiehlt Cornelius. „Wenn ich richtig vermute, wäre der ja der Großvater von Dirk Stein."

„Das ist doch verrückt!", kommentiert Micha ungläubig. „Warum schiebt man seinen Sohn, beziehungsweise seinen Enkel, an andere Eltern ab. Wer macht denn so etwas?"

„Dafür hatten die bestimmt einen guten Grund", vermutet Emma. „Wir müssen unbedingt mehr herausfinden. Es ist schade, dass wir die Verschlüsselung von meinem Vater noch nicht geknackt haben. Ich bin mir sicher, dass wir dort die fehlenden Antworten finden."

„Was für eine Verschlüsselung?", kommt die aufgeregte Frage beider Studierender gleichzeitig.

Emma muss lachen, wird aber sogleich wieder ernst. „Mein Vater vermutete einen Maulwurf in seiner Abteilung. Seine Nachforschungen brachten ihn auf die Spur dieses Mannes. Damit seine Unterlagen vor Entdeckung geschützt waren, hat er sie verschlüsselt. Max und Tim befassen sich immer damit, wenn kein Auftrag ansteht."

„Ich weiß, welche Unterlagen Sie meinen", bestätigt ihr Cornelius aufgeregt. „Die liegen im Sicherheitstresor gleich nebenan. Soweit ich weiß, hat Tim fast alles eingegeben." Noch während der Student seine Erklärung abgibt, öffnet er den passenden Link an seinem Rechner. Das Fenster, das auf dem Bildschirm erscheint, weist ihn daraufhin, dass er nun eine passwortgeschützte Datei vor sich hat.

„Da kommst du nicht weiter", teilt Micha ihm mit. „Er will ein vierstelliges Passwort haben."

„Wenn es weiter nichts ist." Cornelius lächelt selbstbewusst, während er Emma provozierend anschaut. „Herr Bach hat das Passwort eingegeben. Ich wette, ich treffe beim ersten Versuch." Er tippt

E-M-M-A

ein.

Das Fenster verschwindet und gibt die Dateiordner zum Öffnen frei.

Die Agentin kann sich ein leises Kichern nicht verkneifen.

Der junge Computerfachmann schaut sich das Ganze eine Weile an, bevor er eine Erklärung abgibt: „Es gibt zwei Dateien. Die Seiten aus dem ersten Dateiordner sind, glaube ich, uninteressant. Das sind die unchiffrierten Seiten, die jeder lesen konnte. Der zweite Ordner beherbergt die wichtigen Sachen. Aber ich habe keine Ahnung, was das soll."

Alle starren irritiert auf den Bildschirm, der ihnen den Inhalt des Dateiordners präsentiert. Mehrere Schriftstücke sind in dem Ordner abgespeichert. Cornelius öffnet ein Dokument nach dem anderen. Jedes einzelne Blatt ist leer!

„Sind Sie sicher, dass Sie die richtigen Dateien haben?", erkundigt sich Emma verstört.

„Ja." Er öffnet eine leere Seite. „Wie ihr seht, seht ihr nichts! Aber hier steht, dass sich auf dieser Seite zweitausendsiebenundfünfzig Zeichen befinden, beziehungsweise dreihundertachtzehn Wörter."

„Wie kann denn das sein?" Auch Micha ist maßgeblich irritiert. „Ist vielleicht nur die Schrift weiß?"

„Das habe ich schon ausprobiert. Aber da komme ich nicht weiter." Der Student markiert die ganze Seite und wechselt die Schriftfarbe nach dunkelgrau.

Das Ergebnis ist eine dunkelgraue leere Seite.

„Es ist zwar merkwürdig, dass die ganze Seite die Farbe wechselt, aber es steht jedenfalls nichts darauf", bemerkt Cornelius frustriert. „Und wenn ich den Hintergrund ändere, funktioniert das auch nicht." Als Beweis für seine Aussage wählt er das Feld für den Hintergrund aus und wechselt die Farbe zurück nach Weiß, wodurch auf der ganzen Seite das Dunkelgrau verschwindet. Ratlos starrt der angehende Computerfachmann vor sich hin.

Anna erscheint mit dem Konzernchef in dem Büro der Computerspezialisten. Die junge Frau mustert die frustrierten Gesichter. „Wie kommt ihr voran?"

„Gar nicht", erwidert Emma niedergeschlagen. Dann schildern sie Peter und der Sekretärin, wo sie hängengeblieben sind. Der Unternehmer schaut eine Weile still auf den Rechner.

„Drucken Sie die Seite bitte einmal aus", fordert er Cornelius auf. „Ich habe da eine Idee." Kurz darauf hält er ein leeres Blatt in der Hand, mit dem er ans Fenster tritt, um es gegen das Tageslicht zu betrachten. Bei den Erinnerungen, die ihn jetzt einholen, kann er sein Lächeln nicht zurückhalten. „Das habe ich schon eine Ewigkeit nicht mehr gesehen."

„Du weißt, was damit los ist?" Aufgeregt hält Emma die Luft an.

„Ja, das haben meine Freunde und ich gegen Ende unseres Studiums auch gemacht, wenn unser Professor das nicht mitkriegen sollte", berichtet Peter. „Damals kamen die ersten Computer an die Universität. Wie Sie sich sicher vorstellen können, kannte sich keiner mit den Dingern aus. Aber wir hatten unseren Spaß damit." Er lacht fröhlich auf bei den Gedanken an diese Zeit. „Die Schriftfarbe ist Weiß."

„Das haben wir schon ausprobiert", widerspricht der Student. „Die Schriftfarbe lässt sich nicht verändern."

„Lassen Sie mich raten. Das ganze Blatt verändert die Farbe."

„Du hast Recht", bestätigt Emma dem Konzernchef. „Weißt du, wie wir weitermachen müssen?"

„Wenn ich mich nicht irre, ist dein Vater genauso vorgegangen wie wir damals. Herr Pohlschneider, können Sie den Hintergrund des Blattes bitte dunkel einfärben? Die Schrift ist nämlich

Weiß. Und der Wechsel der Schriftfarbe ist durch eine Formel mit dem Hintergrund verknüpft. Aber nur in eine Richtung. Ein Wechsel der Schriftfarbe ergibt gar nichts. Probieren Sie es über den Hintergrund", fordert Peter den Studenten auf. „Aber nehmen Sie nicht Weiß dafür, sondern eine andere Farbe. Verändern Sie den Hintergrund, wird die Schriftfarbe automatisch wieder Weiß. Wir konnten uns damals davon überzeugen, dass für einen solchen Wechselrückgang grundsätzlich Weiß gewählt wurde. Daher kam die Programmierung in diese Richtung zustande. Das brachte uns zusätzliche Sicherheit."

Cornelius begreift, wo sein Fehler lag. Die vorher dunkelgrau eingefärbte Seite wieder nach Weiß zu ändern konnte ihnen natürlich nicht weiterhelfen, wenn die Schriftfarbe von Haus aus Weiß ist. Hätte er sich für Blau oder Rot entschieden, wären sie bereits ein großes Stück weitergekommen.

Nicht einmal eine Minute später starren alle auf ein voll beschriebenes Blatt.

„So einfach ist das?", staunt Emma.

„Normalerweise schon", bestätigt Cornelius. „Aber hier reicht es nicht aus."

Die Schrift ist jetzt sichtbar. Aber lesen kann man das nicht, was da zu Tage tritt.

„Drucken Sie es bitte noch einmal aus. Das lässt sich einfacher untersuchen." Peter schnappt sich das Blatt, das aus dem Drucker kommt. „Können Sie das Blatt bitte spiegeln", fordert er nach einer kurzen Musterung. „Und jetzt um einhundertachtzig Grad drehen." Zufrieden schaut er auf die lesbare Datei. „Na bitte, geht doch."

„Das musst du mit jedem einzelnen Blatt machen. Anschließend bringst du sie in die richtige Reihenfolge", ergänzt Micha.

„Wahnsinn", freut sich die Agentin. „Ihr seid unglaublich! Ich habe mich schon gewundert, woher mein Vater so plötzlich an Kenntnisse über Verschlüsselungstechnologien gekommen sein soll," ergänzt sie aufgeregt in Richtung Peter.

„Wir haben damals unsere Professoren zur Weißglut gebracht, weil sie nicht herausbekamen, wie wir uns verständigten." Lachend erinnert sich Peter daran, wie er mit seinen beiden Freunden immer wieder die Versuche der Aufsichtspersonen, ihnen auf die Schliche zu kommen, zunichtemachte. „Mein Freund Friedrich war ein hervorragender Mathematiker. Ziemlich schnell wusste er mit den Computern umzugehen. Die Programmierung stammte auch von ihm. Sie machte unter den Studierenden an der Universität schnell die Runde. Er war es auch, der uns zeigte, wie wir mit diesen Dingern umzugehen hatten." Ein Ausdruck von Trauer überfliegt sein Gesicht, als er an Friedrich von Middendorf denkt, den langjährigen Freund, der vor kurzem von den Mitgliedern der Nazi-Vereinigung getötet wurde, die auch ihn entführt hatten.

Emma legt ihm mitfühlend eine Hand auf den Arm. Auch sie weiß, was dem Kurator des Berliner Museums vor nicht einmal sieben Wochen zugestoßen ist.

„Danke." Peter lächelt sie traurig an.

Konrads Anruf unterbricht die Recherchen. Bei dem, was er ihr mitzuteilen hat, bleibt kein Spielraum, um ihm die Neuigkeiten ihrer Ermittlungen mitzuteilen.

„Ich muss dringend nach Berlin", eröffnet sie Peter, bevor sie ihm von dem Überfall auf das Krankenhaus berichtet.

„Augenblick." Der Konzernchef wendet sich an Gerds Sekretärin: „Soweit ich weiß, ist Herr Schwarz seit heute Morgen hier im Werk, um Materialnachschub zusammenzustellen. Schaffen Sie ihn bitte hierher."

„Ja, gut." Anna verschwindet eilig.

Peter betrachtet Emma einen Moment nachdenklich. „Meine Frau wird mich umbringen", bekräftigt er fast fröhlich, bevor er sich das nächste Telefon schnappt. Der Unternehmer beauftragt den Sicherheitsdienst seines Anwesens, seinen Projektleiter umgehend in die Firma zu bringen.

„Wir gehen in meinen Konferenzraum", bestimmt Peter kurz, als Dominik Schwarz und Oliver Klein in Begleitung von Anna erscheinen. „Herr Pohlschneider, Frau Kaiser, Sie möchte ich bitten, in der Zeit so viele Dateien wie möglich zu sichten. Sie wissen, wonach wir suchen. Damit würden Sie uns sehr helfen."

Die beiden jungen Leute sehen sich wie zwei Verbündete an. „Klar, machen wir", versprechen sie einstimmig.

„Ist auf jeden Fall besser als Akten zu sortieren", ergänzt Cornelius vorlaut.

Er erhält einen bösen Blick von Anna, den er zu ignorieren versucht, kann allerdings nicht verhindern, dass er rot anläuft. Schnell begibt er sich mit seiner Kommilitonin an die Arbeit, während die anderen den Raum verlassen.

Innerhalb einer halben Stunde liegt ein Packen sortierter Papiere vor den beiden Studierenden. Je weiter sie lesen, umso größer werden ihre Augen.

„Eigenartig!", äußert Cornelius nachdenklich. „Hier auf Seite dreiundzwanzig, das scheint eine Liste von Mitarbeitern von Herrn Wolf zu sein." Er hält das Blatt hoch. „Ich habe keine Ahnung, warum die dazwischen gelandet ist. Das ergibt überhaupt keinen Sinn, außerdem stehen nur sechs Namen darauf. Herr Wolf hatte doch sicher viel mehr Mitarbeiter als nur diese sechs."

So richtig zugehört hat Michaela nicht, da sie interessiert die Seite durchliest, die sie in ihren Händen hält. „Was ist denn ein Schläfer?", will sie wissen, ohne ihm auf seine Äußerung zu antworten.

„Das kenne ich nur aus Spionagefilmen", klärt Cornelius sie auf. „Die Terroristen schleusen ihre Verbündeten in die gegnerischen Reihen ein. Aber dort glaubt man, dass das ihre Freunde sind. Sie haben also keine Geheimnisse vor denen, während die dafür sorgen, dass alle wichtigen Informationen an ihre Mannschaft weitergeleitet werden. Diese Typen nennt man Schläfer. Es kann sein, dass die jahrelang in deiner Nachbarschaft wohnen, mit dir grillen oder auf deine Kinder aufpassen und plötzlich wollen sie dich umbringen. Sie handeln nur dann, wenn sie einen klaren Befehl erhalten. Warum fragst du mich das?"

„Weil das hier steht. Auf Seite zweiundzwanzig."

„Seite zweiundzwanzig? Eine Seite vor der Liste? Zeig mir das bitte." Alarmiert schnappt sich der Student das Blatt aus den Händen seiner Kommilitonin. Beim Lesen werden seine Augen immer größer. Als er sie nur erschrocken anstarrt, ohne einen Ton zu sagen, spürt Michaela, wie in ihr ein ungutes Gefühl aufkeimt.

„Was ist?"

„Los! Komm mit!" Cornelius schnappt sich aufgeregt die Unterlagen und läuft zur Tür hinaus.

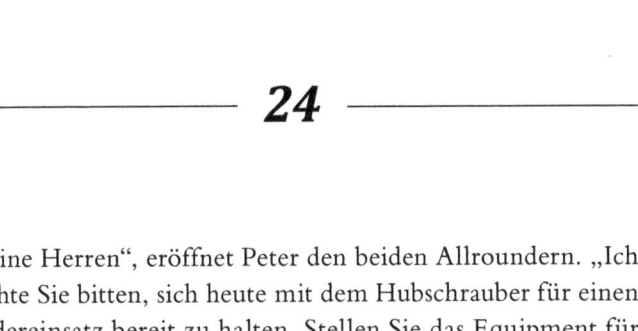

24

"Meine Herren", eröffnet Peter den beiden Allroundern. "Ich möchte Sie bitten, sich heute mit dem Hubschrauber für einen Sondereinsatz bereit zu halten. Stellen Sie das Equipment für unsere Baustelle zusammen und verladen Sie es auf einen der Transporter. Ich sorge dafür, dass es zeitnah ankommt." Damit erklärt der Konzernchef seinen Mitarbeitern die nötigen Details. Mitten in seiner Berichterstattung wird er durch das Öffnen der Tür unterbrochen.

"Hallo, Leute", begrüßt Gerd die Anwesenden beim Eintreten.

Obwohl er frisch gestylt, in Anzug und Krawatte mit unternehmungslustig blitzenden Augen vor ihr steht, kann Emma seine Blässe erkennen. Sanft nimmt sie ihn in die Arme, um ihn auf den nächsten Stuhl zu drücken.

Er schenkt ihr ein dankbares Lächeln, ehe er sich ernst an Peter wendet: "Was gibt es denn so Wichtiges, dass du mich aus meinem Käfig befreist?"

Abwechselnd schildern Peter und Emma ihm, was sie bisher herausgefunden haben.

Auch von dem Überfall berichtet ihm die Agentin. "Sie wollen Keller in eine gesicherte Einrichtung verlegen. Konrad wird ihn begleiten. Gerd, ich muss da hin", gesteht sie ihm aufgewühlt.

Da er über die familiäre Bindung seiner Freundin zu Konrad Schrader und dessen Frau im Bilde ist, versteht er genau, wie sie sich fühlt. Ihm ist es vor ein paar Tagen doch genauso gegangen, als sie alle Angst hatten Andreas und Karola zu verlieren. „Wissen wir Genaueres von dem Überfall? Wie ist er abgelaufen? Mich interessiert alles, was du dazu herauskriegen kannst."

„Ich weiß, wo ich das erfahren kann. Aber wozu brauchst du das?", hakt Emma interessiert nach.

„Nach allem, was die bisher auf die Beine gestellt haben, kann ich mir nicht vorstellen, dass die so ein sinnloses Unterfangen starten, wie sich mit einer bewaffneten Horde gut ausgebildeter Einsatzkräfte anzulegen. Also entweder wussten die Kerle nicht, was sie erwartet oder es war geplant."

„Ich verstehe, was du meinst", nickt Emma. „Das kriege ich heraus." Um die anderen durch ihr Gespräch nicht zu behindern geht sie aus dem Raum. Dabei kramt sie den Zettel mit Florian Goldschmidts Handynummer aus ihrer Tasche.

Der Beamte meldet sich fast sofort. Er hört ihrer kurzen Erklärung still zu und gibt ihr anschließend bereitwillig Auskunft zu dem Überfall. Ihm ist klar, dass sie bereits durch Konrad Schrader Informationen über den Vorfall erhalten hat. Auch wenn er erfreut ist, von der Topagentin zu hören, gibt er keine Einzelheiten zu dem Umzug der zwei Staatsbeamten preis. Immerhin gehört das unter die oberste Geheimhaltungsstufe. „Außer Paul Böhm, Konrad Schrader, Holger Baumann und mir hat bisher niemand Kenntnis von dem gesamten Plan. Wir beginnen mit der Verlegung von Herrn Keller am Freitag in den frühen Morgenstunden", beendet Florian seinen Bericht.

„Ich werde dabei sein", verspricht Emma ihm. Schnell setzt sie die anderen ins Bild.

Die beiden aufgeregten Studierenden platzen ohne Anmeldung in den Konferenzraum, wo sie erschrocken stehenbleiben.

„Entschuldigung", murmelt Cornelius rot anlaufend, als aller Augen auf ihn gerichtet sind.

„Schon gut", wehrt Peter ab. „Was haben Sie denn so Wichtiges?"

„Sie hatten Recht, Frau Wolf", beginnt Cornelius atemlos. „Ihr Vater ist genauso vorgegangen wie wir. Zuerst eine Recherche über Dirk Stein. Danach die Eltern Fritz und Barbara Stein. Damit hat er das Gleiche erreicht wie wir. Aber er hat weitergemacht." Der Student holt tief Luft. „Hier steht, dass Günther Hasselbach, geboren *1915*, gemeinsam mit Otto Gruber eine gut eingerichtete Anlage zur Rekrutierung und Ausbildung junger Anwärter für eine *NS*-Terrorgruppe aufbaute. Dafür gibt es diverse Schriftstücke als Beweise. Doch dann wurden die Behörden auf ihn aufmerksam. Sie stecken ihn in den Zeugenflügel eines Hochsicherheitsgefängnisses. Er sollte *1946* gegen Otto Gruber und seinen eigenen Schwiegervater, einen Hans Küßner, aussagen. Doch stattdessen begeht er Selbstmord. Sein Sohn Paul, Dirks Vater, ist zu diesem Zeitpunkt sieben Jahre alt." Nach Luft schnappend lässt er sich auf den nächsten Stuhl fallen.

Derweil macht Michaela weiter: „Hans Küßner, geboren *1896*, ist Dirks Urgroßvater. Er war ein deutscher Marineoffizier, Nationalsozialist, *NSDAP*-Mitglied und enger Gefolgsmann von Adolf Hitler. Er wurde später wegen Führens von Angriffskriegen und Kriegsverbrechen verurteilt. Küßner hatte zwei Kinder. Irene und Ingeborg. Irene heiratet *1935* Günther Hasselbach. Die jüngere Tochter Ingeborg heiratet *1942* Otto Gruber. Damit ist die Familie komplett."

Cornelius übernimmt die weitere Berichterstattung: „Ihr Vater hat einen ganzen Berg an Informationen zu Dirk Hasselbach ausgegraben. Mit zehn Jahren beginnt seine Ausbildung bei seinem sechsundsiebzigjährigen Urgroßvater. Sein Großvater Günther Hasselbach ist zu diesem Zeitpunkt bereits sechsundzwanzig Jahre tot. Im Alter von zwölf Jahren erhält er eine neue Familie, mit sämtlichen dazugehörigen Papieren. Sein Urgroßvater, der mittlerweile altersbedingt kränkelt, bildet ihn noch zwei weitere Jahre aus, bevor er stirbt. Und jetzt kommt es! Mit vierzehn Jahren, also *1976*, schafft er den Eintritt in eine hochrangige *NS*-Terrorgruppe im Anwesen der Grubers in Igel. Der Ausbilder ist Otto Gruber. Seine laut Urkunden besten Schüler waren Kurt Gruber, Dirk Stein, Ann-Marie Lichtenstein, die *1976* Kurt

Gruber heiratet. Ein paar Jahre zuvor gibt es Urkunden für Paul Hasselbach und Marie-Luise Lichtenstein."

„Es gibt noch eine Angehörige dieser Familie?", hakt Gerd nach.

„Ja, aber jetzt nicht mehr", berichtet der Student weiter. „Marie-Luise Lichtenstein war die fünf Jahre ältere Schwester von Ann-Marie. Sie starb im Alter von siebzehn Jahren. Laut diverser Zeitungsartikel vermutete man, dass Otto Gruber sie getötet hatte. Aber das konnte nie nachgewiesen werden. Angeblich ist sie bei der Geburt ihres Kindes gestorben."

„Wurde für diese Vermutung auch ein Grund benannt?"

„Ja, man glaubte, dass das damit zusammenhing, dass sie ein Jahr vorher Otto Gruber wegen Vergewaltigung angezeigt hatte. Sie zog ihre Anzeige aber ein paar Tage später wieder zurück. Das blaue Auge und die Schnittwunden der Frau ließen die Beamten an der Freiwilligkeit ihrer Aussage zweifeln. Otto Gruber hatte für beide Tatzeiten Alibis."

„Das war ja klar", kommentiert Oliver bitter. „Otto Gruber hat sich bei der Ausbildung seiner weiblichen Anwärterinnen anscheinend nicht mit halben Sachen begnügt. Was für ein Schwein!"

„Es wird dir niemand widersprechen, doch die Geschichte dieser Frau bringt uns momentan nicht weiter", überlegt Gerd. „Wir sind aber noch nicht am Ende, oder?"

„Nein", bestätigt Micha. „Richard Wolf ist in die Computerdatenbank von Dirk Stein eingedrungen. Dabei hatte er Hilfe von einem Kollegen, der zwei Tage später überfahren wurde. Sie konnten aber seine Unterlagen einsehen und kopieren. Schule, Studium, Karriere, Einstieg im Bundeskanzleramt, das ist uns bereits bekannt. Aber nicht der Grund für all das. Sie haben einen Schläfer eingeschleust. So nennt das jedenfalls ihr Vater", wendet sich Micha an Emma.

Der Beamtin wird nun klar, worauf das hinausläuft. Otto Gruber hat Stein erschaffen und ausgebildet, um ihn im Bedarfsfall zu aktivieren. Die Verbindung zu seinem Großvater und Urgroßvater hätte Dirk Hasselbach im Weg gestanden, er brauchte eine harmlose Familie mit einwandfreiem Leumund.

Cornelius übernimmt noch einmal das Wort. Er schaut Emma mitleidig an. „Ich habe auch die letzten Seiten gelesen. Ihr Vater hatte alle Beweise zusammen. Der Termin bei der Staatsanwaltschaft war noch für den gleichen Tag festgelegt. Ihm war auch klar, dass Stein das wusste. Er wollte sein Büro schnellstens mit unbekanntem Ziel verlassen."

„Deshalb wurde er in seinem Büro erschossen", begreift Emma.

„Stein hatte keine Zeit mehr. Er konnte nicht abwarten."

„Ja, aber im Büro Ihres Vaters soll es eine Kamera geben. Die müssen wir nur noch finden."

„Eine Kamera?" Aufgeregt starrt Emma den jungen Mann an.

Der nickt. „Ja, er wollte Dirk Stein aus der Reserve locken. Anscheinend hat er das auch mehrfach versucht, ohne wirklich zu punkten. Das alles hat er aufgezeichnet. Doch ich denke, im Augenblick ist diese Geschichte und die Suche nach dem Mörder Ihres Vaters eher zweitrangig."

„Was veranlasst Sie zu dieser Bemerkung?", will Peter von dem Studenten wissen.

„Micha hat auf Seite zweiundzwanzig in den Unterlagen den Vermerk von Richwrd Wolf auf einen Schläfer gefunden. Auf Seite dreiundzwanzig gibt es nicht viel. Nur diese sechs Namen." Cornelius reicht die Liste herum, während er Emma direkt anspricht. „Ich glaube, Ihr Vater sprach nicht von einem Schläfer, sondern von Schläfern. Und auf der Liste stehen die Mitglieder."

Cornelius schaut in die Runde, wobei er die verblüfften Gesichter der anderen bemerkt, die ihn alle sprachlos anstarren.

„Kann ich das bitte einmal sehen?", verlangt Gerd. Er überfliegt die Liste, die der Konzernchef an ihn weiterreicht, dann stockt er. „Hast du nicht vorhin den Namen Böhm erwähnt?", vergewissert er sich bei Emma.

„Ja, Paul Böhm. Er sitzt eigentlich im Untersuchungsausschuss. Es war wohl eher Zufall, dass Baumann ihn mit ins Boot geholt hat. Warum?"

„Er steht auf der Liste." Gerd reicht das Blatt mit der Liste an Emma weiter. „Kennst du die anderen auch?"

Die Agentin liest sich die Namen durch. „Raimund Hauser ist im Personalwesen tätig. Mit Lutz Heinrich hatte ich auch schon zu tun. Er ist in der Abteilung für Cybersicherheit. Die anderen drei, die hier stehen, Martha Pfeiffer, Helmuth Schuster und Benno Krüger, sind mir nicht bekannt."

„Auf jeden Fall habt ihr ein dickes Problem!", verkündet Gerd. Er bemerkt die fragenden Blicke rundherum. „Leute, kommt schon! Bin ich der Einzige, dem die Zusammenhänge auffallen?"

„Sie glauben, die Gegenseite kennt den Plan schon", bekräftigt Cornelius. „Paul Böhm hat den Plan mit ausgearbeitet. Mit Sicherheit wird das vorhandene Personal durch Herrn Hauser aufgestockt. Man weiß also nicht, wem man trauen kann. Da wir die anderen Personen nicht kennen, wissen wir auch nicht, ob die Sicherheit auf den Routen, desgleichen die Sicherheit der Einrichtung wirklich gewährleistet ist."

Emma kann es nicht fassen. Da spielen sie der Gegenseite mit ihren Aktivitäten eher in die Hände. „Konrad und Keller sind so gut wie tot", stöhnt sie entsetzt.

„Nicht, wenn wir es verhindern können." Gerds Gedanken überschlagen sich. Er weiß, was zu tun ist.

Peter sieht seinem Projektleiter an, dass dieser der Problemlösung näher ist als jeder andere im Raum. „Was hast du vor?"

„Wir holen Konrad Schrader und Wolfgang Keller da heraus, bevor es losgeht. Zudem stellen wir Stein und seinen Kumpanen eine wasserdichte Falle." Damit breitet er seine Pläne vor den Anwesenden aus. „Niemand darf mitbekommen, was wir unternehmen", beendet er seine Ausführung.

„Der Plan ist wirklich gut", pflichtet ihm Emma bei. „Aber allein schaffen wir das nicht."

„Nein. Und deshalb fliegst du heute Abend mit Dominik nach Berlin. Bring Konrad Schrader, deinen Bruder und Florian Goldschmidt hierher. Wir müssen mit Ihnen reden, ohne dass es jemand mitbekommt. Schaffst du das?"

„Klar. Das werde ich wohl müssen."

„Kurze Pause!", unterbricht Stefan das Training mit seiner Einheit. „In zehn Minuten machen wir weiter!"

„Sklaventreiber", witzelt einer seiner Männer.

„Genau", stimmt ihm ein weiterer zu. „Hey, Fuchs", spricht er Stefan mit seinem Tarnnamen an. „Du solltest dir dringend ein Ventil für deine überschüssige Energie suchen."

„Ach, wirklich? Ich glaube eher, du hast dich bei deinem Ventil zu sehr verausgabt", stichelt der Vorgesetzte. Seine Männer lachen bei der Bemerkung schallend auf.

Die Unterbrechung des harten Trainings nutzen sie alle für eine kurze Erholung.

„Also los, Jungs, weiter geht's!" Stefan stellt seine Wasserflasche zur Seite und steht auf. In dem Moment kündigt sein Handy ihm einen eingehenden Anruf an. „Moment noch!" Überrascht betrachtet der Elite-Polizist die angezeigte Rufnummer, die er mittlerweile auswendig kennt. Dass ihn seine Freundin während der Arbeitszeit anruft, gibt ihm zu denken. Solange er noch in Berlin ist sind sie übereingekommen, täglich außerhalb seiner Arbeitszeit miteinander zu telefonieren. „Anna, das ist jetzt kein guter Zeitpunkt."

Ungehemmt hören seine Kollegen dem Gespräch zu. Schon bei den ersten Worten ihres Vorgesetzten fangen sie an zu grinsen.

„Das ist es nie", gibt seine Freundin ihm gut gelaunt Recht. „Ich halte dich auch nicht lange auf. Es ist nur so, dass ich heute Abend in Berlin bin. Nur heute Abend", betont Anna. „Du hattest mir versprochen, dass du mir die Stadt zeigst. Darauf wollte ich dich festnageln. Eine Freundin von mir ist auch dabei. Ich glaube, Herr Goldschmidt wäre genau der Richtige für sie. Wie wäre es, wenn du ihn mitbringst? Dann können wir zusammen einen Ausflug machen. Ich würde auch gern Konrad Schrader wiedersehen. Das lässt sich doch bestimmt einrichten, oder?"

Mittlerweile dämmert Stefan, dass hinter dem Anruf mehr steckt. „Ja, ich denke schon. Wo möchtest du denn hin?"

„Meine Freundin und ich gehen shoppen. Weißt du noch, wo wir uns zum ersten Mal begegnet sind? Treffen wir uns dort um neunzehn Uhr? Ihr braucht kein Auto, ich habe mir das Transportmittel von unserem Freund Uwe ausgeliehen."

„Also schön. Ich werde mitkommen. Aber nicht lange. Immerhin muss einer von uns beiden hin und wieder arbeiten. Bis nachher." Er beendet das Gespräch. Rundum schaut er in die spöttisch lachenden Gesichter seiner Teamkollegen. Lässig zuckt er die Schultern. „Weiber", bekräftigt er augenrollend. Er erhält allseits belustigte Zustimmung.

Stefan hat begriffen, dass es sich um eilige, aber vor allem wichtige Informationen handeln muss. Nicht nur für ihn, sondern auch für Konrad und Florian. ‚Das kann nur mit der Verlegung von Wolfgang Keller zu tun haben', wird ihm bewusst. Sobald sein Training und die anschließende Vorbesprechung für den anstehenden Einsatz beendet sind, macht er sich auf zu dem stellvertretenden Leiter der Bundesnachrichtendienste. Dort trifft er auch auf Florian Goldschmidt.

„Konrad", begrüßt er seinen Patenonkel. „Anna ist heute Abend in Berlin. Sie will mit einer Freundin shoppen gehen. Danach treffen wir uns. Sie würde sich freuen, wenn du uns begleitest."

Bevor Konrad sich äußern kann, winkt Florian ab. „Das kommt überhaupt nicht in Frage. Die Gefahr ist viel zu groß."

„Sie können uns ja begleiten", stichelt Stefan herausfordernd.

Konrad vertraut Stefan gänzlich. Ihm ist bereits klar, dass mehr dahintersteckt. „Ich würde Anna wirklich gern wiedersehen."

Stefan ist erleichtert. Konrad hat ihn verstanden. Jetzt muss er nur noch seinen Aufpasser überzeugen. Beschwörend richtet er sich an den Bundesbeamten: „Kommen Sie schon. Geben Sie sich einen Ruck. Annas Freundin würde sich jedenfalls darüber freuen, Sie wiederzusehen."

Er kennt weder eine Anna, noch deren Freundin. ‚Was will der Agent von ihm?' Schlagartig begreift auch Florian, dass hier etwas Wichtiges vor sich geht, dass er es zudem nicht schaffen wird den Staatsbeamten von seinem Vorhaben abzuhalten. ‚Keine Ahnung, was hier los ist. Aber wenn ich mitgehe, habe ich zumindest eine kleine Chance, auf Konrad Schrader aufzupassen', urteilt Florian. „Na schön, aber nur eine Stunde", gibt er sich geschlagen.

Pünktlich um neunzehn Uhr steigen die drei aus Stefans Privatwagen, einem *Porsche 996 Turbo Cabrio S*, der mit einer Leistung von *331* kW aufwartet. Dabei quält sich Florian umständlich aus den hinteren Sitzen des *450* PS starken Fahrzeugs. Der Beamte aus den Reihen des Personenschutzes beäugt prüfend die Umgebung. „Was machen wir hier?"

Das dreistöckige, leerstehende Backsteinhaus eines heruntergekommenen Fabrikgeländes vermittelt nicht gerade einen positiven Eindruck.

„Das ist unser Treffpunkt." Stefan lehnt sich an seinen Wagen, die Hände in den Hosentaschen. „Hier haben wir vor einigen Wochen Peter Staller aus den Händen der Nazis befreit."

Sie können die Geräusche eines näherkommenden Hubschraubers hören.

„Unser Taxi ist da", bemerkt Stefan trocken.

Noch immer ist Florian auf der Hut. ‚Kann ich Stefan Wolf wirklich trauen?' Er kennt den Mann kaum. Bei seiner Schwester ist das anders, ihr vertraut er blind. Er atmet beruhigt auf, als er genau diese aus dem Hubschrauber springen sieht.

„Ich bin froh, dass das geklappt hat", begrüßt Emma die drei erleichtert. „Weiß irgendjemand, dass ihr hier seid?"

„Das wissen wir ja noch nicht einmal selbst", kontert Florian.

Erleichtert nimmt Emma ihn in die Arme. „Danke für die Unterstützung und für dein Vertrauen."

Einen Moment hält er sie einfach nur fest, genießt ihre Nähe, auch wenn er weiß, dass sie dieses Gefühl nicht erwidert. „Jederzeit", verspricht er ihr. „Verrätst du mir, was hier vor sich geht?"

„Ja, bald. Erst müssen wir hier weg. Los, kommt."

Eilig fliegen sie nach Düsseldorf.

Noch am gleichen Abend treffen sie im Konferenzraum auf Peter und Gerd. Anna und die beiden Allrounder gesellen sich zu ihnen.

„Was soll das alles?", erkundigt sich der leitende Beamte der Berliner Sicherungsgruppe schneidend.

„Das werden wir Ihnen sofort erklären", verspricht ihm Gerd. „Zum einen haben wir Sie hierhergebracht, um Ihnen ohne fremde Ohren mitteilen zu können, worauf wir gestoßen sind. Zum anderen müssen wir dringend handeln." Er blickt den Spezialisten prüfend an. „Emma vertraut Ihnen, dann tue ich das auch." Damit reicht er Florian die Hand.

Gemeinsam schildern die Mitarbeiter der *Staller Industrie Werke* den Beamten, was ihre Recherchen ergeben haben. Auch die Ergebnisse aus Richard Wolfs Unterlagen kommen zur Sprache.

„Da wart ihr aber fleißig", staunt Konrad.

„Wir waren hochmotiviert. Schließlich hängt dein Leben davon ab", äußert Emma knapp.

„Wie geht es jetzt weiter?", forscht Stefan.

„Wir brauchen einen guten Plan", erklärt ihm seine Schwester. „Und ich glaube, dass Gerd den schon perfekt ausgearbeitet hat." Auffordernd betrachtet sie ihren Freund.

„Ich habe da eher eine Idee. Ob sich das bewerkstelligen lässt, müsst ihr mir sagen. Dafür seid ihr schließlich die Spezialisten", verkündet Gerd den Beamten. „Wir sollten Herrn Keller morgen Nacht aus dem Krankenhaus herausholen. Ihn austauschen!"

„Wie sollen wir Wolfgang denn ungesehen aus dem Krankenhaus bekommen?", zweifelt Konrad.

„Mit dem Hubschrauber. Wir bringen ihn hierher, nach Düsseldorf. Da vermutet ihn keiner. Bis alles vorbei ist hat sich Peter Staller angeboten, Herrn Keller zu beherbergen."

„Er hat mir auch schon geholfen", verkündet Peter schlicht.

„In Ordnung. Gehen wir einmal davon aus, dass wir das schaffen", spekuliert Florian. „Wie machen wir dann weiter?"

„Das hängt davon ab, wie der Evakuierungsplan aussieht." Gerd mustert den Beamten prüfend. „Sind Sie bereit, uns alle hier in den Plan einzuweihen?"

Florian schluckt kräftig. Wenn er jetzt zustimmt handelt er seinen Befehlen zuwider. Aber er vertraut Schrader. Und er vertraut Emma. Sein prüfender Blick wandert zu Peter Staller, bevor er an Gerd hängen bleibt. „Ja", bekräftigt er kurz.

Konrad und er weihen die anderen in den Plan ein. Der Staatsbeamte eröffnet ihnen zudem, wo die gesicherte Unterkunft zu finden ist.

Die vier Routen der Transporter gibt Gerd in den Rechner ein. Er vergleicht die Strecken, während er den Beamten weiter zuhört. „So etwas in der Art habe ich mir schon gedacht. Durch die hohe Anzahl an Beteiligten kann später nicht festgestellt werden, welche Beamten bei dem Attentat mitgewirkt haben."

„Da ist etwas dran", murmelt Stefan.

„Ihr werdet einen Sprengstoffspezialisten brauchen", betont Gerd. „Überprüft bitte, wen ihr da zur Verfügung habt. Den müssen wir dann gegen Wolfgang Keller austauschen. Wenn ihr keinem trauen könnt, hat sich auch Oliver Klein für diese Aufgabe angeboten." Der Projektleiter weist auf seinen Kollegen. „Er hat in etwa die gleiche Figur und die gleiche Haarfarbe wie Wolfgang Keller. Außerdem kennt er sich mit Sprengstoffen seit seiner Militärzeit aus."

„Wieso glauben Sie, dass wir einen Spezialisten für Sprengstoff nötig haben werden?", erkundigt sich Florian.

„Das ist doch offensichtlich." Gerd blickt in die Runde. „Oder auch nicht!"

Die fragenden Gesichter der anderen beweisen ihm das Gegenteil. „Wie würden Sie denn vorgehen?" Er wartet nicht auf eine Antwort. „Überlegen Sie bitte. Die kennen die Route, auf der Ihr Vorgesetzter unterwegs sein wird. Spätestens von dem Moment an, in dem die Transporter eingeteilt sind, wissen unsere Gegner, in welchem Ihr Vorgesetzter liegt. Was ist einfacher, als ihm eine Bombe unter das Fahrzeug zu hängen?"

„Die Fahrzeuge werden vor der Abfahrt komplett kontrolliert. Da kommt keiner heran", weist Florian die Idee von Gerd zurück.

Gerd widerspricht ihm: „Ja. Von wem werden die Fahrzeuge kontrolliert? Von Ihren Männern nehme ich an. Wie viele neue Männer haben Sie seit dem Überfall im Krankenhaus in Ihrem Team? Haben Sie die durch Raimund Hauser zugeteilt bekommen?"

Florian wird blass. ‚Es stimmt, was dieser Mann sagt', begreift er. „Vier. Sie haben Recht, das wäre gänzlich schiefgegangen. Die neuen Leute hätte ich nicht zur Bewachung eingeteilt, eher für die Standardaufgaben."

„Wie zum Beispiel ein Fahrzeug zu kontrollieren?", hakt Stefan nach.

„Genau", bestätigt Florian.

Sachlich beginnt Gerd den anwesenden Personen seine Idee zu vermitteln. „Mein Vorschlag sieht wie folgt aus. Emma und Stefan übernehmen die Plätze von Fahrer und Beifahrer. Konrad und der angebliche Wolfgang Keller befinden sich im Laderaum. Herr Goldschmidt, Sie übernehmen eines der Begleitfahrzeuge. Sie brauchen dazu noch einen Mann, dem Sie unbedingt vertrauen können. Stefan, kannst du für den zweiten Wagen Ulf Cremer und Grille hinzuziehen?"

„Klar. Das kriege ich hin", verkündet der Angesprochene.

„Ich kenne meinen zweiten Mann auch." Florian weiß, wem aus seiner Truppe er genug vertraut, um ihn mit ins Boot zu holen. „Woher kennen Sie Ulf Cremer und seinen Mitarbeiter?", fragt er Gerd erstaunt.

„Wir haben zusammen eine Bank überfallen", antwortet Gerd dem verdutzten Spezialisten unter dem Gelächter der anderen, richtet seine Aufmerksamkeit aber gleich wieder auf die anstehende Aufgabe. Kritisch mustert er den leitenden Personenschützer. „Gehe ich recht in der Annahme, dass Sie sich ebenfalls mit Sprengsätzen auskennen? Zumindest soweit, dass Sie die Bombe vom Transporter entfernen können?"

„Selbstverständlich, das gehört zu unserer Ausbildung dazu."

„Soweit, so gut. Jetzt kommt der schwierige Teil", eindringlich schaut Gerd die Beamten an. „Sollte es auch nur von einem von euch Zweifel geben, werden wir uns etwas anderes überlegen. Ihr müsst euch über die Gefahr dabei im Klaren sein."

„Nun spuck es schon aus", fordert Emma.

„Die vier Transporter fahren gute fünf Kilometer gemeinsam, dann trennen sie sich", äußert Gerd. „Wir wissen nicht, wann die Bombe hochgeht. Aber mit Sicherheit erst, nachdem das Krankenhausgelände hinter euch liegt. Ich könnte mir vorstellen, dass die warten, bis der Transporter von den anderen nicht mehr gesichtet werden kann. Sonst beeilen sich die Beamten von dort, ihnen zu helfen."

„Mit der Vermutung liegst du bestimmt nicht falsch", bestätigt ihm Stefan.

„Und darauf baue ich. Wann haben diese Typen Zeit, die Bombe an dem richtigen Fahrzeug anzubringen? Alle vier Fahrzeuge in die Luft zu jagen wäre zu auffällig. Außerdem bräuchten die dafür zu viele Leute."

„Erst wenn die Fahrer bei ihren Fahrzeugen sind, werden diese kontrolliert. Von da an lassen wir die Transporter nicht mehr aus den Augen", schildert Florian.

„Das heißt, spätestens von dem Moment an, in dem Emma und Stefan den Transporter übernehmen, wissen alle Beteiligten, in welchem Fahrzeug eure Vorgesetzten transportiert werden." Gerd richtet seine Aufmerksamkeit auf die Geschwister. „Stellt euch dumm. Ihr müsst denen Zeit geben, den Sprengsatz zu befestigen. Die müssen sicher sein, dass ihr Plan gelingt."

Emma gibt ihm Recht. „Klar."

„Damit wir mitkriegen wie das abläuft, würde ich liebend gern ein paar unserer Überwachungskameras installieren."

„Wie wollen Sie denn das hinbekommen?", erkundigt sich Konrad.

„Wir installieren sie morgen, wenn wir Wolfgang Keller abholen. Meine Kollegen Maximilian Schreiber und Tim Hoffmann sind genau die richtigen für so eine Aufgabe. Das Ganze kann nur gelingen, wenn morgen Abend die richtigen Leute im Krankenhaus als Wachen eingeteilt sind. Das ist Ihre Aufgabe", richtet sich Gerd an Florian. „Sie müssen uns auch zur passenden Zeit einen Landeplatz freihalten."

„Wenn es weiter nichts ist", stimmt dieser zu.

Gerd macht mit seiner Ausführung zügig weiter. „Emma, euer Transporter muss unbedingt als erster losfahren, damit ihr die Geschwindigkeit bestimmen könnt. Bis zum Ausgang habt ihr laut der Karten etwa einen Kilometer. Danach kann der Sprengsatz jederzeit explodieren. Zudem wissen wir nicht, wie er ausgelöst wird. Er muss also schnellstens entschärft werden. Dafür gibt es nur eine Möglichkeit. Sobald die Kontrolleure von den Transportern zurücktreten, muss sich Herr Goldschmidt unter das Fahrzeug begeben, ohne gesehen zu werden. Er entfernt die Bombe und reicht sie an Oliver oder euren Experten weiter, der sie schnellstens entschärft. Vorerst wohlgemerkt, da wir sie noch brauchen. Stefan, Emma, ihr beide müsst Herrn Goldschmidt bei seiner Aufgabe decken. Zusammen mit den drei Begleitern. Niemand darf mitbekommen, dass er den Sprengsatz entfernt. Herr Goldschmidt, achten Sie auf den Auslöser. Wird er über die Geschwindigkeit geregelt, wäre das am besten. Dann können wir den Zeitpunkt der Explosion selbst bestimmen. Ist er zeitgeregelt, müssen wir uns, bis auf ein paar Sekunden vielleicht, daran halten. Bei einer ferngesteuerten Sprengung wird es für uns am schwierigsten. Wir müssen uns für alle drei Varianten eine Vorgehensweise festlegen. Im Nachhinein geht das nicht mehr. Ich tippe allerdings auf einen Zeitzünder. Das Gelingen der ganzen weiteren Aktion hängt davon ab, was ich gerade erklärt habe. Kriegt ihr das hin?"

Es herrscht absolute Stille. Keiner der Beamten nimmt das Gehörte auf die leichte Schulter. Dann bestätigen sie, einer nach dem anderen, den Plan.

„Wie läuft es anschließend ab?", verhört Florian den Projektleiter. „Wenn ich das richtig verstanden habe, wollen Sie den Transporter wirklich in die Luft jagen?"

„Das stimmt. Wir holen die Insassen mit dem Hubschrauber ab, bevor der Transporter in die Luft fliegt. Ich wette, dass Dirk Stein sich von nun an höchstpersönlich um den Unfall kümmern wird. Entweder kommt er selbst, um sich von dem tragischen Tod seiner beiden besten Agenten zu überzeugen oder er wartet auf den Bericht seiner Leute vor Ort. Was meint ihr, wie verdutzt er dreinschaut, wenn er erfährt, dass Konrad Schrader und Wolfgang Keller gar nicht im Wagen waren? Ich bin gespannt, wie er reagiert, wenn er plötzlich den Totgeglaubten gegenübersteht."

„Nicht schlecht", lobt Stefan. „Ihn mit seinem Fehlschlag zu konfrontieren haut ihn garantiert um!"

Nachdem auch der Rest des Plans sauber ausgearbeitet ist, bereiten sich die Berliner Beamten auf den Rückflug vor. Auch Emma wird ihren Bruder begleiten.

„Pass auf meine Freundin auf", witzelt Gerd und gibt ihr einen langen Kuss.

„Ich werde Sie dabei unterstützen", verspricht ihm Florian.

„Das weiß ich zu schätzen." Dankbar reicht Gerd ihm die Hand. „Du bist in Ordnung."

„Du auch", beteuert Florian ernst. „Ich muss neidvoll zugeben, dass du richtig gut bist. Mit dem, was du im Kopf hast, könnte ich dich in meiner Einheit garantiert gebrauchen."

„Nein, danke, ich eigne mich nicht für so einen aufregenden Job wie deinen. Ich brauche etwas Ruhigeres."

Florian schaut ihn verdattert an, bevor sie beide laut loslachen.

25

Am gleichen Abend gesellt Gerd sich zu seinem Freund. „Andy, ich könnte deine Hilfe gebrauchen."

„Was willst du denn von mir?"

„Kannst du deine Freundin kontaktieren?"

„Ilona? Ja, sicher. Worum geht es denn? Was soll sie machen?"

Ilona Kösters ist Reporterin bei der in Düsseldorf ansässigen Zeitung *Komet*, in deren Auftrag sie einen Artikel über den Fund des Nazi-Goldes durch Andreas Staller und seine Studierenden schrieb. Seit dieser Zeit sind Andreas und Ilona befreundet, weshalb sie ihm mit einem weiteren Artikel half, den stark geschädigten Leumund der Firma, der durch vermehrte Diebstähle nach dem Ausfall der Staller Alarmanlagen entstand wieder herzustellen, wobei die Mitarbeiter der Firma Staller, die Familie Staller und Wolfgang Keller sie unterstützten um die schwer belastenden Vorkommnissen zu entkräften.

Der Doktorand wartet gespannt auf Gerds Bericht. Mit Staunen vernimmt er, was bisher alles geplant wurde. ‚Aber das, was Gerd jetzt ausheckt, ist die Krönung!' Kritisch mustert Andreas seinen Freund. „Bist du dir absolut sicher? Wenn das schief geht, kann es für alle Beteiligten ziemlich unangenehm werden."

„Ich würde darauf wetten. Sie haben gar keine andere Möglichkeit." Gerd ist felsenfest überzeugt, dass er sich nicht irrt. Der skeptische Gesichtsausdruck seines Freundes zeigt ihm dessen Zweifel.

„Glaubst du wirklich, Mutter lässt mich einfach aufstehen und zur Tür hinausspazieren?", verhört Andreas ihn traurig. „Du hättest einmal hören sollen wie sie geflucht hat, als Vaters Sicherheitsdienst dich hier abgeholt hat. Außerdem hatten sie vorhin einen ziemlichen Streit."

„Meinetwegen?" Erschrocken starrt Gerd seinen Freund an. „Ich schätze, Vater ist alt genug um zu wissen, was er tut. Das war seine Entscheidung."

„Schon möglich." Gerd behagt es gar nicht, der Grund für einen Streit zwischen Andreas' Eltern zu sein. „Ich werde mit Karo sprechen."

Andreas kann es sich nicht verkneifen, seinen Freund aufzuziehen: „Anscheinend bist du jetzt auch noch lebensmüde. Viel Vergnügen dabei."

Er weiß genau, wo er sie suchen muss. Immer wenn sie aufgewühlt ist, sich beruhigen muss, oder sie einfach alles nervt, findet er sie im Garten. Der kleine Pavillon mit den geschwungenen Rattan-Möbeln bietet eine wunderschöne Aussicht auf die immer noch blühenden Pflanzen. Karola Staller sitzt auf der kleinen Hollywoodschaukel und schaut betrübt vor sich hin.

Gerd nimmt neben ihr Platz, ohne dass sie darauf reagiert.

Lange sprechen sie kein Wort miteinander.

Seine Gedanken wandern zurück in die Zeit, als er Andreas kennenlernte, als sie sich anfreundeten, sich gemeinsam gegen ihre Klassenkameraden zur Wehr setzen mussten. Trotz der Trauer über den Tod seiner Eltern nahmen sich Peter Staller und seine Frau des fremden Jungen an, gaben ihm ein Zuhause und eine Familie. Er wohnte zwar im Jugendheim, aber das kleine Einfamilienhaus in Düsseldorf-*Wersten* auf dem *Kirchhoffweg* wurde nach und nach zu seiner Heimat. Er erlebte mit, wie Peter um das Überleben der Firma *Staller* kämpfte, wie Karola ihn unterstützte und wieviel Tränen und Schweiß flossen, bis sie es geschafft hatten. In all dieser Zeit waren sie immer für ihn da. Selbst als sie es endlich geschafft hatten und das heruntergekommene Anwesen hier in Düsseldorf-*Kalkum* kauften, gehörte er für sie dazu. Seite an Seite mit Andreas half er bei den Renovierungsarbeiten, so gut es Vierzehnjährige eben konnten und erstmals bekam er ein eigenes Zimmer, in das er sich zurückziehen durfte, wann immer er wollte. Für diese Familie würde er alles geben und alles riskieren. Da er Karolas

Traurigkeit regelrecht spüren kann, unterbricht er das Schweigen: „Entschuldige!"

Karo hebt den Kopf. „Du brauchst dich nicht zu entschuldigen. Du hast doch nichts falsch gemacht."

„Aber du bist meinetwegen auf Peter sauer."

„Nein, Gerd. Nicht deinetwegen, sondern seinetwegen. Peter weiß genau, worum es mir geht, oder was mir wichtig ist. Aber er hat sich nicht daran gehalten." Traurig wandern ihre Augen durch den Garten.

„Erklärst du es mir?" Gerd möchte sie auch verstehen.

Einen Augenblick betrachtet sie ihn nachdenklich. „Ich muss dir nicht sagen, was du für mich bedeutest. Ich habe dich bereits am ersten Tag, als Peter dich zu uns brachte, ins Herz geschlossen. Andreas und du, ihr seid meine Söhne. Alle beide. Ich weiß, dass ich keinen von euch anbinden kann. Aber ihr fordert euer Glück oftmals geradezu heraus. Ihr seid Abenteurer. Unternehmungslustig! Ihr geht der Gefahr nicht aus dem Weg. Darüber kann ich noch nicht einmal schimpfen. Im Gegenteil, ich bin stolz auf euch. Ihr setzt euch jedes Mal für andere Menschen ein, denen ihr helft. Doch ich habe immer wieder Angst, einen von euch oder sogar euch beide zu verlieren. Wie soll eine Mutter damit umgehen? Warte ab, bis du eigene Kinder hast, dann kannst du es auch fühlen."

Gerd denkt über das nach, was sie gesagt hat. Es stimmt! Er erinnert sich, dass es ein paar Mal ganz schön knapp war.

Karo spricht weiter: „Peter war genauso wie ihr. Kurz vor Andreas' Geburt stürzt er sich mit seinen beiden Freunden in eines seiner Abenteuer. Es war schlimm! Ich habe geglaubt, dass ich ihn nie wieder sehe. Und dann kam Andreas. Peter versprach mir am Tag der Geburt, dass er sich nie wieder auf solche verrückten Unterfangen einlassen würde, was er bis heute auch nicht mehr getan hat. Aber was ist mit euch? Wie handelt er da?"

Gerd begreift, wie sie sich fühlt. „Er hat gewusst, wie du darauf reagierst. Trotzdem unterstützt er Andreas und mich immer wieder. Ist es das?"

Karola nickt nur. Ihr laufen Tränen über die Wangen.

Liebevoll legt er einen Arm um ihre Schultern. „Ist dir denn nicht klar, warum er das macht?", fragt er sanft.

„Was meinst du?" Verständnislos schüttelt sie ihren Kopf.

„Er passt für dich auf uns auf. Ihm ist es lieber uns zu unterstützen, dafür aber zu wissen, was wir gerade unternehmen. So kann er jederzeit eingreifen, wenn es einmal brenzlig wird." Gerd lächelt Karo an. „Er hat uns schon oft aus der Klemme geholfen."

Nachdenklich mustert sie ihn. Sie spürt, dass er die Wahrheit sagt. Plötzlich erkennt auch sie, was ihr Mann da macht. Er versucht ihre Jungen zu beschützen soweit es ihm möglich ist. Und das ihretwegen! Sie erinnert sich an die heftigen Worte, die sie Peter an den Kopf geworfen hat. Sie erinnert sich auch daran, dass er sich nicht verteidigt hat. Er stand einfach nur da. Traurig sah er sie an, ohne ein Wort zu sagen. Ihr Herz macht einen Satz. „Ich muss zu Peter!"

„Dann lass dich nicht aufhalten."

Karola springt auf, kommt aber nach zwei Schritten zurück. Lächelnd nimmt sie sein Gesicht in beide Hände und gibt ihm einen zärtlichen Kuss auf die Wange. „Danke."

Dann rennt sie ins Haus.

Gerd schaut ihr eine Weile versonnen hinterher. ‚Diesen Kampf konnte ich hoffentlich zu Peters Gunsten entscheiden. Bei Karo weiß man das nie so genau.' Die Hände in den Hosentaschen macht er sich auf den Weg zu seinem Freund.

„Du lebst ja noch", wird er von Andreas empfangen.

„Ja, aber es ist alles wieder in Ordnung. Glaube ich wenigstens."

„Wie hast du denn das hinbekommen?", staunt Andreas mit einem äußerst skeptischen Blick.

Er erntet aber nur ein Achselzucken.

„Du, Gerd. Ich habe Ilona angerufen. Prinzipiell ist sie gern bereit uns zu helfen. Außerdem ist sie an der Story mehr als nur interessiert."

Gerd lacht auf. „Das kann ich mir denken. Es hört sich jedoch so an, als ob es ein ‚Aber' gibt."

Andreas stimmt ihm zu. „Du hast Recht. Der Komet arbeitet zwar mit vielen hiesigen Sendern zusammen, aber Ilona darf ohne Genehmigung keine Aufnahmen in einem Gefängnis drehen. Auch nicht im Besucherraum. Wenn sie ohne Rückendeckung eine solche Story veröffentlicht, steigen ihr die ansässigen Sender aufs Dach. Zudem muss sie verdammt aufpassen, dass von den Beteiligten niemand eine Klage gegen sie einreichen kann wegen unbefugter Aufnahmen und so."

„Da hat sie wohl Recht", überlegt Gerd, der sich seine Idee noch einmal durch den Kopf gehen lässt. „Komm, lass uns einen Ausflug machen", fordert er Andreas auf.

„Wo willst du denn hin?"

„Zu deinen Eltern. Wir erklären ihnen alles. Morgen Abend kommt Wolfgang Keller hier an. Er ist der richtige Mann, um dir die notwendigen Genehmigungen zu besorgen. Andy, schnapp dir deinen Vater und geh mit ihm zu Wolfgang Keller."

„Gute Idee."

„Wenn Herr Keller hört, was Ilona bewirken will, stellt er sich bestimmt nicht quer. Er ist genauso daran interessiert Dirk Stein festzunageln wie alle anderen auch. Sollte Ilona es schaffen, von der Frau eine Aussage zu bekommen, können wir diesen Mistkerl vielleicht endlich überführen."

„Und du glaubst, dass Ilona das hinbekommt? Soweit ich weiß, hat sich diese Frau bis jetzt noch kein bisschen geäußert."

„Das ist richtig. Aber es hat auch noch keiner darüber nachgedacht, wie man sie zum Reden bekommt."

„Aber du weißt, wie das geht?", will der Doktorand neugierig wissen.

„Zuerst hatte ich darüber nachgedacht, dass Emma die Richtige für diesen Job wäre. Sie hat diese Frau besiegt, sie verhaftet. Bei dem Hass, den Ann-Marie Lichtenstein ihr gegenüber empfinden muss, könnte Emma sie bestimmt aus der Reserve locken. Aber dann fiel mir deine Freundin ein. Wir wissen, dass sie ihren Job gut macht. Ich bin überzeugt davon, dass sie Ann-Marie Lichtenstein schnell zum Reden bringt, wenn sie ihr im Gegenzug einen guten Sendeplatz und passende Publicity anbietet."

„Ich verstehe. Die Idee ist gut." Andreas sinnt darüber nach, wie er die Zusage für seine Freundin am besten durchsetzt. „Ilona kommt morgen Früh hierher. Wir erzählen ihr, was sie wissen muss. Dann kann sie vielleicht schon etwas vorbereiten. Ich bitte sie dann, morgen Abend noch einmal zu kommen, damit sich Keller ein Bild von ihr machen kann."

„Das ist gut. Nun steh endlich auf. Oder soll ich dich tragen?" Gerd lacht seinen böse dreinschauenden Freund an.

„Mutter lässt mich sowieso nicht mitmachen. Das kannst du vergessen."

Gerd zuckt nur die Schultern. Sie finden Andreas' Eltern in dem gemütlichen Wohnraum einträchtig beieinandersitzend.

Karola schmiegt sich glücklich in Peters Arm, ihre Augen strahlen. Als sie ihren Sohn erblickt wird ihr Ausdruck eher besorgt. „Andreas. Was machst du hier? Du sollst doch noch nicht aufstehen." Einen Moment betrachtet sie Gerd, um dann die Schultern zu zucken. „Ach, was soll's. Setz dich wenigstens hin."

Ungläubig starren Andreas und Peter die Unternehmers-Gattin an, während Gerd vor sich hinlächelt.

„Also, was habt ihr auf dem Herzen?" Karola kennt die jungen Männer nur zu gut.

Schnell berichten die beiden, worum es geht.

Peter staunt nicht schlecht. „Glaubst du wirklich, die lehnen sich so weit aus dem Fenster?"

„Ja, die haben doch gar keine andere Wahl", beteuert Gerd. „Überleg einmal. Was ist, wenn Dirk Stein verhaftet wird? Die müssen doch Angst haben, dass er auspackt. Dann sind sie mit dran. Sich darauf zu verlassen dass er schweigt, können die sich wohl nicht leisten. Nein, die werden ihm garantiert den Weg frei räumen, wenn es hart auf hart kommt. Davon bin ich überzeugt."

„Das könnte für alle Beteiligten reichlich gefährlich werden."

Gerd Stimmt dem Konzernchef zu: „Ja. Vor allem für Emma. Bis dahin wird Stein wissen, dass ihr die Unterlagen ihres Vaters zur Verfügung stehen. Sollte er auch nur die kleinste Chance sehen sie zu beseitigen, wird er es tun."

„Dann seht zu, dass ihr das verhindert."

Die drei Männer starren Karola verdutzt an. Doch die lächelt nur über deren Gesichter. „Niemandem aus unserem Freundeskreis sollte etwas passieren. Schon gar nicht denen, die wir lieben. Wenn ihr das verhindern könnt, dann, bitte, tut es." Sie wendet sich an ihren Sohn. „Wenn du mitmischen willst, wirst du einen festen Verband tragen, der deine Rippen stützt. Ansonsten bleibst du hier! Darüber diskutiere ich nicht."

„Einverstanden." Andreas kann es nicht fassen. Irgendwie ist seine Mutter verändert. ‚Nur wieso?' Nachdenklich mustert er seinen Freund. Er ist sich sicher, dass Gerd irgendetwas damit zu tun hat. ‚Aber das kriege ich noch heraus!'

Karola richtet ihre Aufmerksamkeit auf Gerd. „Wenn auch nur eine einzige deiner Nähte aufplatzt, drehe ich dir persönlich den Hals um. Achtet darauf, dass ihr heil zurückkommt. Über die unausweichlichen Gefahren brauche ich wohl gar nicht erst zu reden, aber stürzt euch nicht in die unnötigen. Das gilt für euch beide! Nein, für euch drei!"

„Versprochen." Gerd weiß, wie schwer ihr diese Entscheidung fällt.

„Du bist einmalig." Peter zieht seine Frau vom Sofa hoch in seine Arme, um sich mit einem liebevollen Kuss bei ihr zu bedanken, dann wendet er sich an Gerd: „Danke."

Es ist nach Mitternacht, als die Tür zum Büro von Wolfgang Keller geöffnet wird. Die dunkel gekleidete Gestalt bewegt sich absolut geräuschlos. Ohne Licht zu machen dringt sie weiter vor, um mitten im Raum stehen zu bleiben, während ihre Augen umher wandern.

Noch vor einem Jahr saß an diesem Schreibtisch Richard Wolf.

Es hat sich nichts verändert seit sie das letzte Mal bei ihrem Vater war. Der große antike Schreibtisch unmittelbar vor ihr zieht immer wieder die Blicke der Besucher auf sich. Links neben der Tür findet das bequeme Sofa seinen Platz. Hier hat Richard so manch eine Nacht verbracht, in der Hoffnung, seine Tochter nach überstandenem Auftrag heil in die Arme schließen zu können. Ein passender Sessel und der Beistelltisch runden die gemütliche Sitzgruppe ab. Gegenüber der Tür lässt ein Fenster tagsüber Licht und Sonne herein. Neben dem Fenster beginnt eine Schrankwand, die nach links verläuft, an einem Eck-Regal endet, um auf der angewinkelten Seite neben diesem noch zwei Meter weiterzuführen. Alle Regale sind bis in eine Höhe von einem Meter zwanzig mit geschlossenen Türen versehen. Oberhalb davon sind sie als offene Bücherregale ausgearbeitet.

Emma schaut sich um. ‚Wo könnte Vater eine Kamera versteckt haben?' Sie setzt sich an seinen Schreibtisch. Von dort aus betrachtet sie Stück für Stück ihre Umgebung. Sie sucht mit den Augen alles bis aufs Kleinste ab. Nichts!

Wenn die Kamera ihn und seine Umgebung aufnehmen sollte, muss sie auf den Schreibtisch ausgerichtet sein. Viele Möglichkeiten gibt es da nicht. Die beste Variante wäre wohl, das Gerät in dem Eck-Regal zu installieren. Emma sieht sich das Regal genauer an. Nichts!

Frustriert nimmt sie wieder Platz. Sie hat keine Ahnung, wo sie noch suchen soll. ‚Vielleicht hat Keller die Kamera gefunden. Er hat sie womöglich längst entsorgt.' Emma schüttelt energisch den Kopf. ‚Nein! Das kann nicht sein. Ohne die Daten auszuwerten hätte er das nicht getan.'

Noch einmal nimmt sie sich das Regal vor. In Augenhöhe stehen mehrere Bücher, gehalten durch zwei alte Buchstützen. Sie haben die Form von Märchenfiguren. Die eine zeigt die vier Tiere von Stefans damaligem Lieblingsmärchen, den *Bremer Stadtmusikanten*. Auf der zweiten Buchstütze sieht man ein Mädchen auf einer Bank sitzend, umgeben von Raben. Sie weist auf Emmas Lieblingsgeschichte hin. *Die sieben Raben.*

Sie muss lächeln bei der Erinnerung, woher ihr Vater die beiden Buchstützen bekommen hat. Stefan schenkte sie ihm zum Geburtstag. Im Bastelunterricht seiner Schule kämpfte er sich mit elf Jahren verbissen durch die notwendigen Arbeiten. Die ganze Zeit über war er absolut ungenießbar. Keiner wusste warum.

Sie greift nach einer der Buchhalterungen. Da sieht sie es! Die Miniaturkamera ist zwischen den Füßen des Hundes an der Buchstütze verankert. Aufgeregt sucht sie weiter. ‚Wenn die Kamera noch da ist, dann gibt es auch einen Empfänger.' Da der wahrscheinlich permanent aufzeichnet, muss er auch an ein

Aufnahmegerät angeschlossen sein. Ein Bandgerät oder Computer. Sie betrachtet den Computer auf Kellers Schreibtisch. ‚Nein, das wäre viel zu leicht nachzuverfolgen.' Ihr Vater muss noch irgendwo ein weiteres Gerät versteckt haben.

Sie wendet sich dem Raum zu. Der Empfänger kann überall stehen. Versonnen lehnt sie sich mit dem Rücken gegen das Regal. Ein leises Klicken lässt sie herumfahren. Das Regal ist auf der einen Seite ein paar Zentimeter verrutscht. Sie untersucht das Möbelstück erneut. Mit beiden Händen zieht sie an dem mittlere Regalboden, der mit den Seitenwänden fest verschraubt wurde. Das Regal gibt nach. Auf der linken Seite wird es durch Scharniere in seiner Position gehalten, die rechte Seite ist frei bewegbar. Emma schwenkt das Regal herum. Es gibt die Sicht auf einen Computer frei, der hinter dem Regal auf dem Boden steht. Unsichtbar für die Blicke der Besucher zeichnet dieser permanent auf. Der Empfänger für die Kamera, der oben auf dem Computer steht, zeigt durch regelmäßiges Blinken an, dass er immer noch arbeitet.

Die Agentin schnappt sich die Tastatur, die sie auf dem Schreibtisch entdeckt. Auch den Monitor schließt sie kurzerhand an. Sie findet die aufgezeichneten Dateien. Unmengen von Dateien! Aber sie weiß, wonach sie suchen muss. Sie öffnet die erste Aufnahme vom Todestag ihres Vaters. Hier wird sie nicht fündig, also öffnet sie die nächste Aufnahme.

Auf dem Flur sind leise Schritte zu hören. Schnell schaltet sie den Bildschirm aus, damit sie das Licht nicht verrät. Die Schritte gehen in gleichbleibender Geschwindigkeit an dem Büro vorbei. Sie kann hören, wie der Wachmann sich entfernt.

Emma ist klar, dass jede Minute, die sie hier bleibt, die Gefahr vergrößert, entdeckt zu werden. Sie schaltet den Bildschirm wieder ein. Über das Internet erreicht sie ihren *E-Mail Account*. Systematisch sendet sie die Aufnahmen vom Todestag ihres Vaters an Gerds private E-Mailadresse.

Als Gerd ihr vorhin am Telefon schilderte, mit welchen Aktionen der Gegenseite er noch rechnet, wurde ihr bewusst, dass die Geschichte erst vorbei ist, wenn auch der letzte dieser Schläfer in Gewahrsam landet. Obwohl die Schritte, welche er in Angriff nehmen möchte, für alle gefährlich sind, muss sie lächeln. ‚Das ist wieder typisch Gerd. So etwas fällt nur ihm ein. Hoffentlich geht das gut!'

Sie räumt alles zurück an seinen Platz. Bevor sie den Raum verlässt schaut sie sich noch einmal um. Nichts weist darauf hin, dass sie hier war.

So leise wie sie gekommen ist, verschwindet sie wieder.

26

Bis zum nächsten Abend sind alle Vorkehrungen getroffen.

Der schwarze *Eurocopter EC 155*, der an diesem Abend auf dem Landeplatz des Krankenhauses aufsetzt, ist nicht als Eigentum der Firma *Staller* zu erkennen. Das Logo sowie die Aufschrift sind mit der bunten Werbung eines Medikamentenlieferanten überklebt, den es gar nicht gibt.

Dominik, der die Maschine fliegt, bleibt im Cockpit sitzen, während sich die beiden Computerspezialisten und Oliver mit mehreren Kartons bewaffnen.

„Hier." Max drückt seinem Boss einen dicken Werkzeugkoffer in die Hand.

Seinen Kollegen voran begibt sich Gerd zum Eingang, wo er Stefan und Florian erblickt, die dort auf die Ankömmlinge warten. Zu sechst begeben sie sich in Richtung Krankenwagenzufahrt.

„Wie sieht es bei euch aus?", erkundigt sich Gerd bei den Beamten.

„Es ist alles vorbereitet. Wir können direkt loslegen", verspricht Stefan.

„Dann voran! Wir sollten uns nicht länger aufhalten als nötig."

„Zuerst kümmern wir uns um die Installation der Überwachung", bestimmt Florian. „Wer von Ihnen bleibt dann hier?", will er von Gerds Mitarbeitern wissen.

„Ich", meldet sich Max zu Wort. „Ich bin Max, der neue IT-Fachmann in Ihrem Team. Wussten Sie das noch nicht?", lächelt er mit einem frechen Grinsen. Auf seine Frage erntet er ein kurzes Lachen, das er aber ignoriert, da es Wichtigeres zu regeln gilt. „Die Kameras übertragen per Funk. Ich kann von überall hier im Gebäude mit meinem Rechner darauf zugreifen. Aber am unauffälligsten wäre es an der Anmeldung."

„Das haben wir schon geregelt. Sie erhalten einen eigenen Arbeitsplatz im Anmeldebereich hinter dem Tresen."

„Bestens", bestätigt Max dem Beamten des Bundeskriminalamtes.

Sie erreichen die Zufahrt, an der in Kürze die Transporter halten werden, um den Leiter der Abteilung Sechs aufzunehmen. Die beiden Computerspezialisten gehen den angrenzenden Bereich langsam ab. Sorgfältig betrachten sie die Begebenheiten. Ohne sich absprechen zu müssen nicken sie sich übereinstimmend zu.

Da Gerd seine Fachkräfte und deren Eigenarten mittlerweile in und auswendig kennt, ist ihm klar, dass die beiden ihrer Arbeit nachgehen werden, ohne sich erst mit einer Erklärung für die anderen aufzuhalten. Zumindest nicht solange sie nicht dazu aufgefordert werden oder Hilfe benötigen. Deshalb wendet er sich ermahnend an die beiden Fachkräfte: „Max? Tim?"

Tim packt bereits die Kartons aus. Dabei antwortet er Gerd: „Wir haben hier eine Bordsteinkante von sechs Zentimetern. Dahinter einen zwanzig Zentimeter breiten Streifen mit Kieselsteinen. Das werden wir nutzen. Unsere *Mini-Funk-Farbkameras* sind nur dreiundzwanzig Millimeter groß. Sie arbeiten auf einer Frequenz von Zwei Komma Vier Gigahertz. Bei einhundert Metern Reichweite liefern sie ein astreines Übertragungsbild. Bis zur Anmeldung sind es nicht einmal fünfzig Meter. Allerdings müssen wir noch überprüfen, ob es in der näheren Umgebung Störgrößen gibt. Wir haben die Kameras alle mit einem Halter ausgerüstet, der einfach in den Boden gesteckt wird." Er drückt Gerd und Stefan je einen in die Hand.

„Ihr könnt alle mithelfen", fordert Max. „Schiebt die Kiesel von der Bordsteinkante weg. Dann steckt ihr die Kamera in die

Erde, so dass das Auge über die Bordsteinkante geradeaus schaut." Er macht es den anderen vor. „Im Anschluss packen wir die Kiesel so darum, dass die Aufnahmegeräte nicht mehr auffallen."

„Die Kameras haben einen Wirkungsradius von einem Meter. Platzieren sie bitte im Abstand von etwa anderthalb Metern. Wir wollen ja nichts verpassen", ergänzt Tim.

In kürzester Zeit sind sie mit der Arbeit fertig. Max quartieren sie mitsamt den Empfängern am eingerichteten Arbeitsplatz ein, wo er die Geräte mit seinem Laptop verbindet. Die Überprüfung der gesendeten Bilder ist mehr als zufriedenstellend.

Nachdem alles angeschlossen ist, machen sie sich auf zu Wolfgang Keller, vor dessen Zimmertür sie auf Ulf Cremer und einen seiner Männer treffen.

„Schön, Sie wiederzusehen." Der Leiter der Spezialeinheit begrüßt den Projektleiter der *Staller* Werke mit Handschlag. „Da haben Sie sich ja wieder einmal einen dicken Brocken ausgesucht."

„Oder er uns."

Im Zimmer des Ministerialdirektors finden sie nicht nur Emma und Konrad, sondern auch ein weiteres Mitglied aus Ulf Cremers Truppe. Der Beamte, der auf den Tarnnamen Grille hört, grinst Gerd zur Begrüßung frech an. „So sieht man sich wieder. Erst ein Bankraub und jetzt die Entführung eines hochrangigen Regierungsbeamten aus dem Bundeskanzleramt", neckt er Gerd. „Sie kriegen wohl nie genug!"

Irritiert reißt Florian die Augen auf. „Das mit dem Bankraub hielt ich für einen Scherz", gibt er zu.

„Ein Scherz war das ganz und gar nicht." Grille erinnert sich bestens an die gut geplanten Aktionen, die dazu beitrugen Peter Staller aus den Händen der Nazis zu befreien. Er zeigt auf Emma und Gerd. „Lesen Sie bei Gelegenheit die Akte zu dem Fall ‚Staller'. Was diese beiden und ihre Freunde da geleistet haben, war wirklich Spitzenklasse."

Gerd begrüßt auch den verletzten Ministerialdirektor.

„Schön, Sie wiederzusehen", antwortet Wolfgang matt. Die Medikamente, die er erhalten hat, machen ihm sehr zu schaffen.

Es fällt ihm schwer, die Augen offen zu halten. „Ich kann mich für Ihre Unterstützung nur bedanken", flüstert er.

„Wir kriegen das schon hin", versichert Gerd lächelnd. „Sie sollten sich vorerst nur um Ihre Gesundheit kümmern. Bei Peter und Karola Staller sind Sie bestens aufgehoben. Versprochen."

Wolfgang kann nur nicken.

„Wir müssen uns beeilen." Emma drängt zum Aufbruch. Während sich die Beamten um den Austausch kümmern, nimmt die Agentin ihren Freund zur Seite. „Gerd, hast du alles bekommen, was ich dir letzte Nacht geschickt habe?"

„Allerdings. Im Alleingang da hin zu gehen war ganz schön riskant. Ich habe keine Ahnung, ob ich deswegen sauer oder stolz auf dich sein soll."

„Ich musste das einfach tun." Emma schaut ihn um Verständnis bittend an. „Es hat mir keine Ruhe gelassen. Ich wollte wissen, ob ich richtig liege. Doch um mir die Unmenge an Daten anzusehen, auf die ich da gestoßen bin, reichte die Zeit einfach nicht aus. Also habe ich alles zu dir geschickt."

„Ich verstehe. Leider konnte auch ich mir heute die Aufnahmen nicht komplett ansehen. Aber Peter und Andreas haben zusammen mit Ilona Kösters die Daten ausgewertet." Gerd schaut sich um. Da sie keine Zuhörer haben, wendet er sich noch einmal leise an Emma. „Andreas hat vorhin angerufen. Er verspricht uns für unsere Aktion morgen einen Wahnsinnsauftritt. Ich habe aber noch keine Ahnung, was die drei ausgeheckt haben."

Wolfgang wird mitsamt Krankenbett und Tropf aus dem Zimmer geschoben. Das zum Austausch abholbereite Krankenbett für Oliver fahren sie aus dem Nachbarzimmer herein. Die notwendigen Handgriffe sind rasch erledigt, sodass Oliver in das Bett schlüpfen und es sich dort bequem machen kann. Zu guter Letzt befestigt Stefan den Schlauch eines Tropfs mit Klebeband an seinem Arm.

„Das ist wirklich ein Spitzenjob! Macht's gut, Leute. Viel Spaß noch. Gute Nacht." Damit dreht Oliver sich um und zieht sich die Decke bis zur Nasenspitze hoch.

„Grille und ich bleiben bei ihm", verspricht Emma ihrem Freund.

Damit sie in dieser Nacht niemandem auffallen, trägt die Agentin die typische Bekleidung des Krankenhauspersonals, Grille einen Arztkittel.

Amüsiert betrachtet Gerd ihr Erscheinungsbild. Seine Augen blitzen frech auf bei seinem Ansinnen: „Hübsch. Die Kleidung solltest du aufheben."

Emma muss lachen. „Träum weiter!" Sie gibt ihm einen festen Kuss, dann schiebt sie ihn zur Tür hinaus. „Schnell jetzt."

Vorsichtig wird das Bett mit dem Leiter der Geheimdienste in den Hubschrauber gehoben.

„Bis morgen", verabschiedet Stefan die Freunde.

Am nächsten Morgen sind alle von Holger Baumann angeforderten Beamten an den ihnen zugewiesenen Plätzen.

Florian nimmt Jörg Wimmer, seinen zweiten Mann im Team, zur Seite. „Warte einmal, Jörg. Würde es dir etwas ausmachen, mit mir eines der Begleitfahrzeuge zu besetzen?"

„Du bist zur Begleitung eingeteilt?" Der sechsunddreißigjährige Jörg Wimmer horcht interessiert auf. „Bei wem?"

Florian schaut ihn nur wortlos an.

„Okay, ich habe verstanden. Klar bin ich dabei. Ohne mich schaffst du das doch gar nicht", stichelt der ein Meter zweiundachtzig große Beamte. Seine blauen Augen blitzen belustigt auf, während er dem Freund gutmütig auf die Schulter klopft. „Wer hat dich eingeteilt? War das Böhm?"

„Ist doch egal", antwortet Florian, seinen Kollegen abschätzend musternd. „Hauptsache wir vermasseln das nicht."

„Das stimmt."

Emma und Stefan stehen als Einzige vor der Krankenwagenzufahrt. Schon von weitem können sie die heranfahrenden weißen Transporter ausmachen. Alle vier Fahrzeuge sind identisch, äußerlich absolut nicht voneinander zu unterscheiden. Es sind Kastenwagen der Marke *Mercedes* Typ *Vito* mit *3,7-Liter-V6*-Benzinmotoren und besitzen eine Leistung von *170* kW. Die Fahrer parken rückwärts im Abstand von zwei Metern nebeneinander vor der Einfahrt ein. Anschließend steigen sie aus.

Emma wird blass als sie erkennt, wer da auf sie zukommt. Fahrer und Beifahrer des ersten Wagens gehören nicht zu den Spezialeinsatzkräften der für diesen Einsatz hinzugezogenen Truppen.

Der Fahrer reicht Emma die Hand. „Frau Wolf. Es freut mich, Sie wiederzusehen."

„Herr Hauser, das ist schon eine ganze Weile her", begrüßt Emma den Ministerialrat Raimund Hauser. Auch Paul Böhm, der als Beifahrer mit an Bord war, erhält ein Lächeln, doch ihre Gedanken rasen. ‚Wenn diese beiden Männer das Fahrzeug abgeholt haben, ist es sicherlich schon präpariert. Es ist für die Gegenseite garantiert ein Leichtes gewesen, sich abzusprechen. Sollte die Bombe bereits installiert sein, müssen die zuständigen Beamten nur noch darauf achten, dass sie Wolfgang Keller und seinen Fahrern den richtigen Transporter zuweisen.' Sie kann erkennen, dass Stefan die gleichen Gedanken hat.

„Gibt es etwas, worauf wir bei den Fahrzeugen achten müssen?", erkundigt sie sich bei dem Leiter des Personalmanagements.

„Nicht, dass ich wüsste", erwidert Raimund Hauser. „Oder doch! Ja, sehen Sie sich das bitte an." Er begibt sich zur Fahrerseite des von ihm gebrachten Kastenwagens. „Ich gehe davon aus, dass Sie beide Herrn Keller transportieren werden. Für diesen Transporter haben wir ein zusätzliches Kommunikationsgerät hinterlassen." Er öffnet die vordere Tür und weist mit seiner Hand auf die Mittelkonsole, in der ein simples Handy liegt.

„Ein *Krypto*-Handy." Emma begreift sofort, was es damit auf sich hat. Zudem ist ihr klar, dass damit der Transporter für Wolfgang Keller im Voraus ausgesucht wurde. „Mit wem ist es verbunden?" Sie ist sicher, dass sie ein weiteres Geschenk unter diesem Wagen finden werden.

„Mit Holger Baumann." Der lauernde Blick, den der Ministerialrat Emma zuwirft, straft seine Worte Lügen. „Er hat es mir heute Morgen in die Hand gedrückt. Für alle Fälle."

‚Wenn das stimmt, fresse ich einen Besen', denkt Emma. ‚Wahrscheinlich haben sie eine Überwachung in das Ding eingebaut.'

Eine Limousine kommt auf die Einfahrt zugefahren.

Fast im gleichen Moment liegen die Hände sämtlicher Beamter an den Holstern und Gürteltaschen, in denen sich ihre Dienstwaffen befinden. Beruhigend winkt Raimund Hauser ihnen zu.

„Das ist nur unser Taxi", erklärt er an die Männer gewandt. Noch einmal wendet er sich Emma zu: „Ich habe Herrn Baumann versprochen, dass ich mich mit Paul Böhm persönlich um den Wagen für Herrn Keller kümmere. Aber hier hört unsere Aufgabe auf. Ich wünsche Ihnen gutes Gelingen." Eilig steigen er und Paul Böhm in den wartenden Wagen ein. Zwei Minuten später ist das Fahrzeug aus ihrem Sichtfeld verschwunden.

Stefan schaut sich vorsichtig um.

Die Polizisten, die für die anderen Fahrzeuge eingeteilt sind, stehen unmittelbar neben den Wagen, wo sie die Überprüfung durch die Spezialkräfte aus Florian Goldschmidts Einheit abwarten.

Leise wendet sich Stefan an seine Schwester: „Hast du gesehen, wer sie abgeholt hat?"

„Ja. Lutz Heinrich. Ich sage dir, das stinkt zum Himmel! Die haben bestimmt schon alles unter Dach und Fach. Und die Kontrolleure brauchen nur noch auf den Knopf zu drücken. Wir sitzen gleich auf einer scharfen Ladung. Hoffentlich bekommt Florian Goldschmidt das hin."

Die vier neuen Beamten aus Florians Truppe beginnen mit der Durchsuchung und Kontrolle der Fahrzeuge. Ein Transporter nach dem anderen wird von den Männern auf das Sorgfältigste überprüft.

‚Sie sind wirklich gründlich', stellt Emma fest. ‚Niemand käme auf die Idee, dass sie absichtlich etwas übersehen könnten.'

Endlich treten die Einsatzkräfte von den Fahrzeugen zurück.

„Alles sauber! Es kann losgehen", teilen die Männer ihnen mit.

Die als Fahrer und Beifahrer eingeteilten Personen steigen wieder in die drei Transporter ein, die von den umstehenden Beamten aus Spezialeinsatzkommando und Sicherungsgruppe keine Sekunde aus den Augen gelassen werden während sie warten. Emma gibt den Startbefehl an Florian Goldschmidt weiter.

An der Anmeldung sitzt Max vor seinem Rechner. Er kann die Aufnahmen der zwölf installierten Kameras auf seinen beiden Bildschirmen verfolgen. Der Kopfhörer gestattet ihm obendrein alles zu hören, was gesprochen wird. Florian schaut über Max' Schulter hinweg auf die Monitore, ebenfalls einen Kopfhörer auf den Ohren. Noch haben sie etwas Zeit.

„Max, können Sie mir einen Gefallen tun?", bittet Florian den Computerfachmann.

„Was soll ich denn machen?", kommt die Gegenfrage.

Florian schnappt sich einen Zettel. Er schreibt nur einen Namen darauf. „Könnten Sie diesen Mann für mich überprüfen?"

„Klar, aber ich weiß natürlich nicht, wie schnell wir eine Antwort bekommen."

Florian ist fasziniert von der Geschwindigkeit, mit der Max seine Befehle über die Tastatur eingibt. Fast sofort erscheinen erste Daten auf dem Bildschirm.

„Die Standardsuche ist abgeschlossen", berichtet Max dem Einsatzleiter. „Da steht nicht viel. Nur sein bisheriger Lebenslauf." Er gibt erneut Befehle in den Rechner ein. „Ich habe *Oscar* beauftragt, weitere Ergebnisse zu suchen."

„Wer ist *Oscar*? Können Sie diesem Mann vertrauen?" Florian hat Bedenken, zusätzliche Personen einzuschalten.

Der Computerspezialist beruhigt ihn sofort: „Keine Angst, das ist der Name unseres Supercomputers. Da kommen auch schon die ersten Ergebnisse." Er liest sich die angezeigten Fakten durch. „Wow, da hatten Sie wohl den richtigen Riecher. Auf den Kerl sollten Sie lieber aufpassen." Er betrachtet das Foto. „Hey, den habe ich doch schon gesehen. Das ist doch …!" Er spricht nicht zu Ende, sondern starrt Florian einfach nur entsetzt an.

„Ja, genau!" Auch Florian liest sich die Daten durch. „Das gibt es doch gar nicht! Max, sind Sie ganz sicher, dass das stimmt?"

„Hundert Prozent!", versichert der Spezialist. „Ich habe die Suchparameter auf die Schnelle nicht geändert. Also hat *Oscar* nach allem gesucht, was bei der Recherche zu Dirk Stein programmiert worden ist."

Immer noch starrt Florian auf die Informationen, die ihm der Bildschirm preisgibt. Seine Ungläubigkeit macht einer tiefen Wut Platz, als ihm bewusst wird, dass dieser Mann ihn garantiert schon des Öfteren hintergangen hat. Er nimmt sich vor, ihn nicht davon kommen zu lassen. Aber zuerst muss der anstehende Transport sauber abgewickelt werden.

„Da! Da sind sie." Max zeigt auf die rückwärts einparkenden Fahrzeuge.

Die beiden äußeren Kameras erfassen das Gesamtbild der Transporter und Personen vor dem Krankenhauseingang. Die übrigen Kameras wurden von Tim so eingestellt, dass sie den Unterboden der Fahrzeuge ablichten. Da sich ihre Aufnahmebereiche überschneiden, können die beiden Männer an der Anmeldung alles lückenlos in Augenschein nehmen. Das Gespräch zwischen Emma und Raimund Hauser wird von ihnen über die Kommunikationsgeräte mitgehört.

„Wenn Raimund Hauser den Wagen bringt, ist er bestimmt schon präpariert", mutmaßt Florian. Durch die Gespräche, die er mithören kann, wird ihm bewusst, dass die Gedanken der Geschwister in die gleiche Richtung gehen.

„Schauen Sie sich das an." Max lenkt die Aufmerksamkeit des Spezialisten auf einen bestimmten Bildschirm. Er zoomt das, was sie auf der Kamera zu sehen bekommen, heran. Ein dickes Paket ist allem Anschein nach mit Klebeband unter dem Fahrzeug befestigt. Zwei rechteckige Päckchen, in Wachspapier eingeschlagen, mit Klebeband zusammengewickelt, sind durch Zünder an einen *Timer* angeschlossen. Man kann auf den gestochen scharfen Bildern sogar die Uhr erkennen, deren Anzeige zum jetzigen Zeitpunkt noch schwarz erscheint. Erst wenn der dafür zuständige Mann auf den Auslöser der Fernbedienung drückt, wird in dem schwarzen Feld eine Zeitangabe zu erkennen sein.

„Wow, die wollen kein Risiko eingehen", beurteilt Max. „Das sind bestimmt zwei Kilogramm Sprengstoff."

„Plastiksprengstoff. Sieht nach *C4* oder *Semtex* aus. Mit der Menge können die Typen eine Elefantenherde in die Luft jagen", bestätigt ihm Florian. „Was ist mit den anderen Transportern?"

Gemeinsam sehen sie sich die Unterböden der drei übrigen Fahrzeuge an. „Da ist nichts", bekräftigt Max. „Gerd hatte Recht. Nur ein Wagen ist präpariert."

„Gut gemacht." Florian klopft Max auf die Schulter. „Packen Sie alles ein und verschwinden Sie von hier. Unser Ziel haben wir erreicht. Ich muss mich jetzt um diese Bombe kümmern."

„Viel Glück", wünscht ihm Max. „Ich bleibe noch hier, bis die Transporter losfahren. Der Hubschrauber holt mich erst ab, wenn alle anderen an Bord sind."

Nach Emmas Rückmeldung gibt Florian den Startbefehl. Kurz darauf schieben die Beamten das Krankenbett mit dem angeblichen Wolfgang Keller genauso wie die drei anderen Personen in ihren Betten zum Abtransport zu ihren Fahrzeugen.

Konrad geht den Betten vorweg. Zwei Männer aus Ulf Cremers Einheit schieben das Bett mit Oliver, der nicht identifizierbar in sein Bettzeug eingemummt ist, zu dem Transporter, an dem Emma und Stefan auf sie warten. Der Infusionsbeutel des angeblich schwer Verletzten hängt in einer passenden Halterung, die am Kopfende des Bettes befestigt ist.

Emma schaut der ankommenden Karawane nachdenklich entgegen. Es wundert sie, dass niemand der beteiligten Personen ihre Handlungen bisher in Frage gestellt hat. Wenn Sie es wirklich darauf abgesehen hätten, Wolfgang Keller und Konrad unter strikter Geheimhaltung an einen sicheren Ort zu bringen, würden sie bestimmt nicht auf einen Plan zurückgreifen, bei dem jeder der Anwesenden klar erkennen kann, in welches Fahrzeug die beiden verfrachtet werden. ‚Es heißt schließlich nicht umsonst ‚Geheim'. Dass hier gänzlich anders gearbeitet wird, müsste jedem auffallen', grübelt die Agentin. ‚Aber anscheinend macht sich keiner Gedanken darüber.'

Gesichert werden die beiden Vorgesetzten auf ihrem Weg durch Ulf Cremer, seinen Kollegen und den Leiter der Sicherungsgruppe gemeinsam mit seinem zweiten Mann im Trupp, Jörg Wimmer. Sie alle tragen Privatkleidung und sind nicht als Polizeibeamte oder Personenschützer zu erkennen. Das einzig

Auffällige an diesen Männern ist, dass sie bewaffnet sind. Allerdings sind die Pistolen in ihren Gürteltaschen durch die Jacken der Männer verdeckt. Nur die Gewehre, die Ulf Cremer und Florian Goldschmidt mit sich tragen, sind zu erkennen.

„Hier, halt das bitte." Florian, der seinen dunkelgrauen Anzug gegen Jeans, Hemd und Lederjacke getauscht hat, drückt Jörg Wimmer sein Gewehr in die Hand, damit er als Erster einsteigen und den Verletzten in seinem Bett in Empfang nehmen kann. Ohne Verzögerung schieben sie das Krankenbett in den Laderaum des Transporters. Konrad klettert ebenfalls hinein. Die Türen schließen sich hinter ihnen. Jörg Wimmer bleibt wachsam vor den geschlossenen Hecktüren stehen.

Stefan lehnt lässig an der leicht offenen Beifahrertür. Jetzt gesellen sich Ulf Cremer und Grille zu ihm. Auch Emma steigt noch einmal aus und erscheint neben Stefan. Alle vier bemühen sich, die Sicht auf den Eingang und den Unterboden des Transporters zu verdecken.

Ulf Cremers Augen blitzen belustigt auf. „Ist es nicht blöd, sich von einer Frau chauffieren zu lassen?" Ganz bewusst macht er sich über Stefan lustig. Dabei ist er laut genug, dass ihn alle hören können.

Neugierig achten die anderen Beamten darauf, was bei dem Leiter des Spezialeinsatzkommandos vor sich geht.

Emma versteht ihn extra falsch. „Hey, wer ist hier blöd?", faucht sie genauso laut zurück.

Niemand bekommt mit, dass Florian durch die halb geöffnete Tür herauskommt, um sich rasch unter den Transporter fallen zu lassen.

Der Leiter der Elite-Einheit versucht seinen Kommentar abzuschwächen. „Ich sage doch nur, dass ein Mann besser selbst fahren sollte." Seine Augen strahlen Emma vergnügt an. Er weiß, dass sie jedes Fahrzeug im Griff hat. Davon konnte er sich selbst überzeugen, als sie noch seiner Einheit angehörte. Während Emma ihn böse anblitzt, schaut er sich vorsichtig um. Alle Beteiligten achten auf den kleinen Streit, auch die vier neuen Männer in der Einheit von Florian Goldschmidt.

Prompt erhält Ulf Cremer Emmas heftige Antwort: „Passen Sie auf! Wenn Sie mit einem Fahrzeug besser umgehen können als ich, dürfen Sie fahren."

Stefan zuckt nur die Achseln. „Mir macht das nichts. So kann ich in Ruhe vor mich hindösen. Dafür lohnt es sich nicht, einen Streit vom Zaun zu brechen. Gegen Emma komme ich sowieso nicht an. Der Klügere gibt eben nach", neckt er seine Schwester.

Die Männer lachen hemmungslos auf.

„Was heißt hier, der Klügere gibt nach?" Emma wirbelt aufgebracht zu ihrem Bruder herum. „Wenn du fährst, landen wir am nächsten Laternenpfahl. Ich weiß doch, wie deine Kisten immer aussehen!"

„Hey", ereifert sich jetzt auch Stefan laut. „Das war ein einziges Mal. Außerdem war die Delle so klein, die hat man kaum gesehen."

„Ja, du nicht", bekräftigt die Agentin ironisch. „Du hattest nur Augen für diese blonde Ziege, die beim Joggen auf und ab schwang." Um ihre Aussage zu unterstützen hebt sie die Hände in entsprechender Bewegung vor der Brust. Sie muss sich enorm konzentrieren, um bei ihren Worten ernst zu bleiben. Ihrem Bruder wirft sie böse Blicke zu.

„Nun ja, das sah auch echt klasse aus." Stefan ignoriert ihre angebliche Wut, seine Augen strahlen vergnügt. Bei Emmas Schilderung muss er sich das Lachen verkneifen. Die Männer rundherum haben diese Hemmungen nicht, sie lachen schallend auf.

Florian robbt unter dem Fahrzeug hervor und verschwindet wieder in dem Transporter.

Emma ist zufrieden, da die Ablenkung bestens funktioniert hat. „Männer!", schnauzt sie drastisch. „Ihr könnt mich mal!" Sie öffnet die Fahrertür. „Und damit das klar ist. Ich fahre!", faucht sie in Richtung ihres Bruders. Damit nimmt sie zur Belustigung der umstehenden Leute auf dem Fahrersitz Platz.

„Nun denn, legen wir los." Stefan begibt sich auf den Beifahrersitz, da auch die anderen Krankentransporte mittlerweile fertig zur Abfahrt sind. „Gut gemacht", lobt er seine Schwester.

Florian steigt eilig aus der hinteren Tür des Transporters aus, wo Jörg Wimmer immer noch auf seinem Posten steht. Der Kollege reicht Florian sein Gewehr, dann gesellen sich die beiden zu Ulf Cremer und seinem Begleiter.

Den fragenden Blick des Einsatzleiters beantwortet Florian mit dem ausgemachten Code. „Wie spät ist es jetzt? Liegen wir noch im Zeitplan? Ich habe das Gefühl, dass wir beinahe eine Dreiviertelstunde zu spät dran sind."

„Nein, Mann. Alles bestens." Der Truppenführer nickt kurz. ‚Eine Sprengladung mit Zeitzünder also. Eingestellt auf vierzig Minuten. So etwas hatten sie sich ja schon gedacht. Gerd Bach hatte wieder einmal den richtigen Riecher. Er hat den Ort der Explosion fast korrekt vorhergesagt.'

Eilig folgen sie dem anfahrenden Transporter in ihren Fahrzeugen.

Noch während sie losfahren ruft Ulf Cremer bei Gerd an. „Sie hatten Recht", berichtet er ohne große Umschweife. „Sie haben vierzig Minuten. Wir sehen uns gleich wie abgesprochen."

Emma hält vor der Schranke vom Krankenhaus noch einmal an, bis der Wachmann den Weg freigibt. Sie drückt Stefan das *Krypto*-Handy in die Hand. „Entsorg das bitte. Ich trau Hauser nicht über den Weg."

Da Stefan ganz ihrer Meinung ist, lässt er den Arm mit dem Handy aus dem Seitenfenster hängen. Schwungvoll wirft er das Gerät durch die Luft. Es landet in einem Bauschuttcontainer, der circa acht Meter entfernt steht.

„Guter Wurf", wird er von seiner Schwester gelobt.

Dann geht es weiter.

Oliver sitzt seit geraumer Zeit auf dem Boden des Transporters. Zusammen mit Florian Goldschmidt hat er die Bombe vorsichtig auseinandergenommen. Die beiden Zündkapseln wurden vom Sprengstoff getrennt. „Gut, dass es so viel ist", flachst er. „Da bleibt von dem Transporter kaum noch etwas übrig. Auch keine Leichen." Er macht sich an der Uhr zu schaffen, bevor er anfängt, die Bombe für ihre Zwecke umzubauen.

Emma beobachtet, wie die drei Transporter hinter ihr in seitliche Straßen abbiegen. Nach fünf Minuten ist auch der letzte

Wagen außer Sichtweite. Jetzt befinden sich nur noch ihre beiden Begleitfahrzeuge in unmittelbarer Nähe. Zügig geht es weiter durch die Straßen Berlins, auf denen reger Verkehr herrscht.

„Noch neun Minuten, dann muss die Bombe hochgehen", teilt Stefan den anderen mit.

„Wir sind gleich da."

„Die Bombe ist auch fertig programmiert. Ich gebe ihr zwei Minuten. Bis dahin hat Dominik den Hubschrauber außer Reichweite gebracht", verkündet Oliver.

Sie biegen um die letzte Ecke. Das *Brandenburger Tor* liegt jetzt direkt vor ihnen.

Nun versteht Emma auch, warum die Verlegung von Wolfgang Keller genau heute stattfinden sollte. Mitarbeiter der Stadtverwaltung sind damit beschäftigt, den Verkehr umzuleiten. Sie sind bestimmt noch nicht lange dabei, die Barrieren auf den Straßen einzurichten.

„Straßensperren! Wie haben die denn das hinbekommen?" Irritiert schaut Stefan sich um.

„Mussten sie gar nicht. Morgen findet hier das *Planet pro Berlin-Musikevent* statt", erklärt ihm Emma. „Ich hätte nur nicht gedacht, dass die hier schon so früh absperren. Wahrscheinlich wegen der ganzen Bühnen, die noch aufgebaut werden müssen. Wie kommen wir jetzt da hindurch?"

Ihre Sorge ist unbegründet. Nicht nur, dass sie passieren dürfen, winkt sie auch noch ein Mitarbeiter der Stadtverwaltung zur Seite. Sie dürfen an den mürrisch dreinblickenden Fahrern in ihren wartenden Autos vorbei in die *Ebertstraße* fahren. Emma hat keine Ahnung, wie Dirk Stein das hinbekommen hat, aber sie ist froh, dass sie auf diese Weise keine Passanten gefährden. Ihr Weg führt sie noch ein Stück weiter in die *Straße des 17. Juni*.

Die Straße ist menschenleer, kein einziges Fahrzeug befindet sich in ihrer Nähe, rundherum gibt es viele Grünflächen, die mit ausreichend Bäumen bepflanzt sind. Auf einer kleinen Lichtung können sie den wartenden Hubschrauber ausmachen.

An der ersten roten Ampel stoppt die Agentin den Transporter. Das *Dauer-Rot*, für das sich Tim und Gerd an dieser Ampel bereits zu schaffen gemacht haben, dient einem ganz speziellen Zweck. Emma zieht die Handbremse an, nimmt den Gang heraus, aber den Motor stellt sie nicht ab. „Raus hier", befiehlt sie den anderen. Sie selbst springt mit einem Satz aus dem Fahrzeug heraus.

Konrad und Stefan stehen bereits neben ihr, doch keiner rührt sich von der Stelle.

Behutsam schiebt Oliver die Zündkapseln wieder in den Sprengstoff. Er drückt den Auslöser für die Uhr. Schlagartig blinkt die Anzeige an dem Zeitzünder rot auf. Die Zeit wird nur kurz mit zwei Minuten angegeben, bevor die Uhr stetig rückwärts zu laufen beginnt. Als Letzter verlässt auch er das Fahrzeug. Er kramt die Armbanduhr von Wolfgang Keller aus seiner Hosentasche. Ein Stück hinter dem Transporter lässt er sie auf den Boden fallen. Als er im Anschluss aufschaut bemerkt er die anderen, die sich kein Stück fortbewegt haben. Obwohl er sich über die Loyalität seiner Freunde freut, schnauzt er los: „Was macht ihr noch hier? Los, verschwinden wir!"

Im Eiltempo laufen sie an dem dichten Stück des Waldgebietes vorbei. Dahinter wartet der startbereite Hubschrauber auf die vier.

„Noch dreißig Sekunden", ruft Oliver.

Gerd steht in der offenen Laderampe. „Kommt schon!" Helfend streckt er den Freunden die Hand entgegen.

Oliver, der als Letzter einsteigt, ist kaum im Hubschrauber, da heben sie schon ab. Trotzdem hat Dominik die Flughöhe noch nicht erreicht, als sie hinter sich die Detonation hören.

Gebannt beobachten alle die Explosion. In einem riesigen Feuerball löst sich der Transporter in seine Bestandteile auf.

„Wahnsinn", staunt Oliver. „Da unten liegt nur noch ein Haufen Schrott."

In aller Eile zieht Dominik den Hubschrauber vom Tatort weg. Unter sich erkennen sie die schnell näherkommenden Begleitfahrzeuge.

Florian folgt dem Wagen von Ulf Cremer, der sich viel Zeit lässt. In aller Gemütsruhe beginnen sie ihre Fahrt, wodurch der Transporter mit dem zu bewachenden Vorgesetzten immer mehr an Abstand gewinnt.

„Was macht der denn da?" Jörg Wimmer versteht nicht, warum der Wagen vor ihm so langsam fährt. Er müsste doch an dem Transporter kleben wie eine zweite Haut.

„Wir haben ausgemacht, dass wir in den ersten zwanzig Minuten zurückbleiben. Wir lassen Abstand um zu sehen, ob sich jemand daran hängt", klärt Florian seinen Begleiter auf.

„Ich verstehe." ‚Was für Idioten', denkt Jörg Wimmer. ‚Wieso ist so jemand Gruppenführer?' Er selbst hätte das weitaus besser geregelt.

Sie fahren über die *Leipziger Straße* am *Deutschen Spionagemuseum* vorbei. Ulf Cremer biegt vor ihnen gerade am *Potsdamer Platz* auf die *Ebertstraße* in Richtung *Brandenburger Tor* ab.

„Sie sind so weit vor uns, dass wir sie komplett aus den Augen verloren haben", meckert Jörg Wimmer. „Wir müssen dringend näher heran. Wenn etwas passiert, können wir nicht schnell genug eingreifen."

„Keine Angst, ab dem *Tiergarten* geht es stadtauswärts. Dann bleiben wir an ihnen dran", schildert Florian ihm den Plan. Auch er biegt jetzt ab, nur um seinen Fuß heftig auf die Bremse zu rammen, damit sie nicht in den stehenden Wagen des Einsatzleiters krachen.

„Was ist denn hier los?"

Die Beamten haben absolut nicht mit einer Straßensperrung gerechnet.

Ulf Cremer steht ein Stück von seinem Wagen entfernt und redet auf einen Mann der Stadtverwaltung ein. Ihm seinen Ausweis unter die Nase haltend deutet er erst auf ihre beiden Fahrzeuge, dann auf den Transporter. Der Mann weist auf die Seite, an der zwei Kollegen von ihm die Durchfahrt kontrollieren. Ulf Cremer sprintet zurück zu seinem Fahrzeug, dabei winkt er Florian, ihm zu folgen.

Anstandslos lassen die beiden Kontrolleure die zwei Fahrzeuge passieren. Sie folgen dem Transporter in die *Straße des 17. Juni*, wo sie das Fahrzeug mit laufendem Motor an einer roten Ampel erkennen können.

‚Na, endlich', freut sich Jörg Wimmer. ‚Hoffentlich bleiben wir von nun an dran.' Bis jetzt hat er noch keine Ahnung, warum er an der Seite des leitenden Personenschützers bleiben soll. Bei dem lauten Knall zuckt er erschrocken zusammen. ‚Jetzt ist mir klar, warum ich hier bin', begreift er.

Die enorme Explosion lässt selbst das noch gut entfernte Fahrzeug der Beamten erzittern.

„Verdammt!" Florians lauter Ruf zeigt seine Aufregung. Tatsächlich ist er erschrocken über die gewaltige Detonation, mit der der Transporter explodiert. Genau wie die Beamten vor ihm gibt auch er Gas. ‚Bitte lass alles geklappt haben', wünscht er sich.

Sie halten unmittelbar hinter dem zerstörten Transporter. Florian kann den entschwindenden Hubschrauber gerade noch ausmachen. Die Gesichter der Personen an Bord erkennt er nicht, doch die roten Haare fallen ihm sofort ins Auge, erleichtert atmet er auf.

Langsam gehen die Einsatzkräfte auf den Unfallwagen zu. Knapp einen Meter hinter dem Wagen bleibt Ulf Cremer plötzlich stehen, seinen Blick auf den Boden gerichtet. Er bückt sich nach dem Gegenstand, der sein Interesse geweckt hat, hebt ihn auf und hält ihn den anderen entgegen, sodass alle die Uhr erkennen können.

„Wenn die Herrn Keller gehört, gibt es eine Inschrift auf der Rückseite", teilt ihnen Florian beunruhigt mit.

Ulf Cremer mustert den Bundesbeamten prüfend. ‚Warum gibt der sich so besorgt?' Er bemerkt dessen warnenden Blick. ‚Hier ist also noch mehr im Argen. Grille kann es nicht sein. Bleibt nur noch Jörg Wimmer.' Er nimmt sich vor, ein Auge auf diesen zu haben. Fast unmerklich nickt er Florian zu, dreht die Uhr um, damit alle die Inschrift betrachten können. ‚Gut, dass wir auf die von Herrn Bach vorgeschlagene Vorsichtsmaßnahme zurückgegriffen haben', überlegt sich der Einsatzleiter.

„Ich rufe Herrn Baumann an." Florian hängt bereits am Handy.

Auch Jörg Wimmer zieht sein Handy hervor. „Die anderen Fahrzeuge können ihre Fahrt abbrechen. Ich hole sie zur Verstärkung hierher." Damit tritt er zur Seite. Leise spricht er in sein Mobilfunkgerät.

„Wie konnte das geschehen?", ereifert sich der Leiter des Bundesverfassungsschutzes. „Rufen Sie Ihre Leute zurück! Die sollen die Unfallstelle sichern. Ich schicke die zuständigen Beamten. Sie will ich umgehend hier sehen!"

„Ich muss zu Holger Baumann", erklärt Florian seinem Kollegen niedergeschlagen. „Kommst du mit?"

„Hol dir den Rüffel ruhig allein ab", verneint sein Stellvertreter. „Ich helfe Herrn Cremer beim Aufräumen."

Florian liest in seinen Augen so etwas wie Schadenfreude.

Dirk Stein betritt das Büro von Holger Baumann, als dieser gerade das letzte Telefonat beendet hat.

„Ich bin wieder da", verkündet Dirk Stein dem Kollegen fröhlich, ehe er dessen schreckensbleiches Gesicht bemerkt. Schlagartig wird er wieder ernst. „Was ist passiert?"

„Wolfgang Keller und Konrad Schrader sind tot. Ebenso die Geschwister Wolf."

„Bist du sicher? Wie konnte denn das geschehen?" Obwohl Dirk Stein von seinen Leuten auf dem Laufenden gehalten wird, gibt er sich unwissend und maßlos erschrocken. Er hört sich den Bericht seines Kollegen bis zum Ende an, um dann den Leiter des Bundesverfassungsschutzes heftig anzuschnauzen. „Bist du noch ganz bei Trost? So eine Aktion zu starten ohne mich einzuweihen?"

Die Niedergeschlagenheit von Holger Baumann verwandelt sich langsam in Wut. „Du warst nicht erreichbar. Wir mussten schleunigst handeln."

„Das wird noch ein Nachspiel haben", verspricht ihm Dirk Stein.

Das Klopfen an der Tür unterbricht ihren Streit. Ohne abzuwarten tritt Florian Goldschmidt ein. Er ist nicht überrascht den Staatssekretär hier vorzufinden.

„Sie kommen mir gerade recht!" Dirk Stein stürzt sich postwendend auf sein neues Opfer. „Das haben Sie ja gut hinbekommen!", faucht er.

„Ja", stimmt ihm Florian locker zu. „Wir hatten wirklich Glück."

„Glück?" Die beiden Männer starren den Leiter des Personenschutzes verdattert an. „Was verstehen Sie dabei unter Glück?"

Florian beginnt mit seinem Bericht: „Nun, um die Geschwister Wolf tut es mir zwar sehr leid. Aber die beiden wussten, welches Risiko sie eingehen. Wolfgang Keller und Konrad Schrader waren allerdings nicht in dem Transporter."

„Nicht?" Holger Baumann atmet erleichtert auf. „Wo waren sie denn dann?"

„Im Krankenhaus. Der Gesundheitszustand von Herrn Keller ließ eine Verlegung nicht zu. Herr Schrader ist zur Bewachung dortgeblieben. Im Transporter war einer meiner Männer."

„Da haben Sie ja doch noch etwas richtig gemacht", schnauzt Dirk Stein den Spezialisten an. Innerlich ist der Staatssekretär allerdings am Kochen. Er hatte sich bereits an seinem Ziel gesehen. „Also schön! Holger, du wirst dich um den Transporter kümmern. Herr Goldschmidt, Sie passen dabei auf ihn auf. Vielleicht schaffen Sie ja wenigstens das."

Florian nickt ergeben. „Ich werde mich bemühen." Er steckt den Vorwurf ohne zu murren ein.

„Wo bist du in der Zwischenzeit?", erkundigt sich Holger Baumann bei dem Staatssekretär.

„In meinem Büro. Ich suche eine passende Unterkunft aus. Außerdem werde ich mich um eine vernünftige Reiseroute für Wolfgang bemühen", verspricht Dirk Stein. „Ich bin aber jederzeit erreichbar. Falls es noch mehr Probleme gibt", tadelt er anzüglich in Richtung Florian.

Schleunigst machen sich die beiden Beamten auf den Weg.

Florian kommt keine zwei Straßen weit bevor Holger Baumann ihm befiehlt zu stoppen. Der Staatsbeamte hat erkannt, dass sein Fahrer nicht die Strecke zu dem zerstörten Transporter einschlägt.

„Halten Sie augenblicklich an!", faucht er.

„Sie sind gut. Ich habe auf zwei Straßen weiter getippt", äußert Florian nüchtern. Er zieht den Wagen an den Straßenrand, um in der nächsten freien Parklücke zu halten.

„Was geht hier vor sich?" Obwohl der Staatsbeamte merkt, dass irgendetwas falsch läuft, hat er nicht das Gefühl, dass ihm von seinem Begleiter Gefahr droht.

Mit knappen Worten weiht Florian den Vorgesetzten in den Plan ein. „Einverstanden?", erkundigt er sich zum Abschluss.

Holger nickt nur. Vor Staunen bekommt er kein Wort heraus.

„Wir müssen uns beeilen", schwört Florian.

Sie fahren weiter in Richtung Krankenhaus.

„Wieso erfahre ich erst jetzt davon?"

Florian wirft ihm einen prüfenden Blick zu. „Wir wussten nicht mit Sicherheit, auf welcher Seite Sie stehen."

In dem Krankenzimmer, das an Wolfgang Kellers Zimmer angrenzt, treffen sie auf Emma und Stefan.

„Ich freue mich, Sie beide lebend wieder zu sehen", bestätigt Holger Baumann erfreut, während er sich suchend umschaut. „Ist Konrad bei Wolfgang?"

„Er ist gerade auf dem Weg dorthin", versichert Emma ihm.

„Nach nebenan?"

Stefan lacht leise auf. „Nein, nicht nach nebenan. Wir haben ihn gestern Abend gegen einen anderen Mann ausgetauscht. Vorsichtshalber. Herr Keller ist in Sicherheit."

„Ich verstehe. Wenn ich Herrn Goldschmidts Bericht Glauben schenken darf, ist es noch nicht vorbei."

„Nein", stimmt Stefan zu. „Das dicke Ende kommt erst noch."

„Wie wollen Sie jetzt vorgehen?", verhört der Regierungsbeamte die Agenten.

Emma klärt den Vorgesetzten in aller Kürze auf. „Wir glauben, dass Stein in den nächsten Minuten hier aufschlagen wird. Ihm bleibt eigentlich gar nichts anderes übrig. Wenn er seine Haut retten will, muss er Keller schnellstens beseitigen."

„Glauben Sie, er kommt selbst?", zweifelt Holger.

„Viele andere Möglichkeiten hat er nicht mehr." Auch Stefan rechnet mit dem Erscheinen des Staatssekretärs. „Die anderen Schläfer fühlen sich sicher. Sie werden garantiert nicht ihren Kopf für ihn riskieren."

„Wir wissen von vier Handlangern, die sie in Herrn Goldschmidts Truppe eingeschleust haben", berichtet Emma. „Allerdings werden diese gerade von Ulf Cremer und seiner Mannschaft festgenommen."

„Es gibt aber noch einen weiteren Mann", mischt sich Florian in das Gespräch ein.

„Ja, ich weiß."

Jetzt ist es an Florian zu staunen. „Woher?"

„Von Gerd. Max hat die Information vorhin im Kurzstil durchgegeben. Wie bist du darauf gekommen, dass dieser Mann auch dazu gehört?"

„Verraten Sie mir bitte, wen Sie meinen?", unterbricht jetzt Holger Baumann das Gespräch der beiden Beamten.

„Jörg Wimmer, mein Stellvertreter. Das ist der Kollege aus meiner Einheit, den ich bat, mich auf der Fahrt zu begleiten. Bisher habe ich ihm bedingungslos vertraut. Aber er hat vorhin eine Äußerung gemacht, die mir nicht mehr aus dem Kopf ging." Bevor einer der anderen Fragen stellen kann spricht Florian weiter: „Er fragte, ob Paul Böhm mich eingeteilt hat. Woher wusste er von dem Mann? Das war außer Herrn Schrader und den hier Anwesenden niemandem bekannt. Ich war mir aber nicht sicher." Er schaut Emma an. „Darum bat ich vorhin Herrn Schreiber diesen Mann zu überprüfen. Er fand recht schnell heraus, dass Jörg Wimmer ein geborener Hasselbach ist. Oder besser ausgedrückt, er ist Dirk Steins acht Jahre jüngerer Bruder."

Es herrscht absolute Stille in dem Raum. Max hatte ihnen nur mitgeteilt, dass Jörg Wimmer auf der Gegenseite mitmischt, dass er Steins jüngerer Bruder ist, war auch Emma unbekannt.

Florian fasst mit beiden Händen verzweifelt an seinen Kopf, um sich frustriert die Haare nach hinten zu schieben. „Ich arbeite seit über vier Jahren mit diesem Mann Hand in Hand zusammen. Er ist mein Stellvertreter. Ich habe ihm zu hundert Prozent vertraut."

Emma legt ihm mitfühlend die Hand auf den Arm, da sie weiß, wie er sich fühlt. „Mein Vater hat Dirk Stein auch vertraut.

Viel zu lange. Deshalb ist er jetzt tot. Schnappen wir uns diese Kerle." Auffordernd lächelt sie ihn an.

„Unbedingt!" Er ist froh, dass sie ihn versteht.

Dirk Stein wandert in seinem Büro auf und ab. ‚Wie soll ich jetzt vorgehen?' Jörg hat ihm mitgeteilt, dass der Transporter wie geplant explodiert ist. Um die Geschwister Wolf braucht er sich also keine Sorgen mehr zu machen. Aber auch wenn Kellers beste Agentin das Zeitliche gesegnet hat, kann er nicht untätig die Hände in den Schoß legen. Er hat keine Ahnung, wie viel der Leiter der Abteilung Sechs schon weiß. Genauso verhält es sich mit Konrad Schrader. ‚Die beiden müssen umgehend entsorgt werden!' Noch weiß im Krankenhaus wahrscheinlich niemand, was geschehen ist. Aus seiner Schreibtischschublade holt er die Waffe, die er gleich benutzen wird, mitsamt dem passenden Schalldämpfer. Er braucht nicht nachzusehen um zu wissen, dass sie vollständig geladen ist. Rasch steckt er alle Utensilien in seine Manteltasche, ehe er sich auf den Weg zum Krankenhaus macht. Von unterwegs fordert er seinen Bruder zur Unterstützung an.

„In Ordnung", gibt Jörg kurz angebunden zurück. „Wir treffen uns vor seinem Krankenzimmer."

In Gedanken geht der Staatssekretär seine Möglichkeiten durch. Er ist sicher, dass er sich nur ausweisen muss, um den Raum betreten zu dürfen. Doch auf wie viele Beamte er dort treffen wird ist ungewiss. ‚Brauche ich Rückendeckung? Nein, bestimmt nicht! Trotzdem sollte ich die anderen wohl besser informieren.' Sein Anruf bei Paul Böhm wird fast sofort angenommen, woraufhin er dem Kollegen die Sachlage schildert und ihn mit seinen Absichten konfrontiert.

„Muss das unbedingt sein?" Paul zweifelt an der Notwendigkeit. „Was ist, wenn sie dich schnappen?"

„Dann habe nicht nur ich ein Problem, sondern ihr alle!"

Paul Böhm kann die Drohung aus Dirks Worten heraushören.

Der Staatssekretär hingegen gibt sich gelassen. „Sie erwischen mich nicht", versichert er arrogant. „Das werde ich zu verhindern wissen." Damit beendet er das Gespräch.

Paul Böhm starrt auf sein Handy. ‚Das darf alles nicht wahr sein!' Hastig wählt er die Nummer von Raimund Hauser. „Wir treffen uns bei Krüger! Sofort!", erklärt er dem Beamten knapp. „Bring Heinrich mit! Ich kümmere mich um die anderen." Damit stürmt er aus dem Raum.

Keine zehn Minuten später treffen die sechs Menschen, die auf der Liste von Richard Wolf stehen, im Büro von Benno Krüger zusammen.

„Wir haben ein Problem", verkündet Paul Böhm den anderen und berichtet ihnen, was er weiß.

Alle sind gleichermaßen betroffen.

„Was ist, wenn wir nicht reagieren? Sollte Dirk schaffen, was er sich vorgenommen hat, brauchen wir nicht in Aktion zu treten." Benno Krüger möchte nur ungern seine Tarnung aufgeben.

Lutz Heinrich widerspricht ihm augenblicklich: „Wie groß stehen die Chancen, dass er allein klarkommt? Ich sage dir, das klappt nie! Schrader ist nicht dumm. Außerdem wimmelt es da nur so von Polizisten."

Gedanklich beschäftigt Martha Pfeiffer sich bereits mit den möglichen Abläufen. In ihrem Kopf entsteht ein Plan, der ihrer Meinung nach die einzig richtige Vorgehensweise beinhaltet. „Was sagt ihr dazu?", will sie wissen. „Wir fahren alle zusammen da hin, treten aber nicht in Aktion, sondern warten ab. Kommt Dirk unbeschadet aus der Geschichte heraus, verschwinden wir wieder. Wird er ergriffen, schreiten wir ein. Besteht die Möglichkeit ihn zu befreien, tun wir das. Wenn nicht …"

Alle wissen, was sie da andeutet.

„Und wer soll das machen?", erkundigt sich Raimund Hauser.

„Ich! Immerhin bin ich in dieser Runde der beste Schütze." Helmuth Schuster erklärt sich freiwillig bereit, im Bedarfsfall seinen Verbündeten Dirk Stein zu erschießen.

„Dann los! Oder ist jemand dagegen?" Martha Pfeiffer mustert ihre Mitstreiter prüfend.

27

Eine halbe Stunde nach seinem Anruf findet sich Dirk Stein bei dem Wachmann ein, der vor dem Krankenzimmer seinen Dienst verrichtet. Der Spezialist aus der Einheit von Ulf Cremer ist dem Staatssekretär nicht bekannt. Gründlich kontrolliert der Beamte seinen Ausweis.

„Fertig?" Dirk Stein wartet ungeduldig auf die Erlaubnis, das Zimmer zu betreten.

„Ja, sicher. Tut mir leid, wenn es Ihnen zu lange dauert. Ich wollte nur keinen Fehler machen." Der Wachmann reicht ihm seinen Ausweis zurück. „Herr Keller wird sich über Besuch bestimmt freuen. Die ganze Zeit hier allein zu liegen ist bestimmt nicht angenehm."

Ruckartig bleibt er stehen. „Allein? Wo ist denn Herr Schrader?"

„Draußen vor der Tür. Er hat einen Anruf bekommen, der ihn ziemlich aufgeregt hat. Es ging wohl um die Familie Wolf." Der Wachmann sieht Dirk Stein offen an. Hoffentlich schluckt der Staatssekretär die Antwort.

‚Das klappt ja besser als gedacht', freut sich dieser erleichtert. Jetzt kann er sich in Ruhe um Keller kümmern. Jörg braucht er dazu nicht. Aber es ist ganz gut, dass sein Bruder abwartend hinter der nächsten Ecke steht. ‚Man kann schließlich nie wissen!'

Sobald das hier erledigt ist nimmt er sich Schrader vor. Er betritt den Raum, in dem sich außer dem Mann in seinem Krankenbett niemand befindet. Dirk Stein zieht seine Pistole. Gemächlich holt er einen Schalldämpfer aus seiner Jackentasche, um ihn auf den Lauf seiner Waffe zu schrauben. Die *HK Mark 23* von *Heckler & Koch* mit Kaliber *.45ACP*, also *11,43* Millimeter, ist mit Unterschallmunition geladen. Dadurch wird zwar der

Knall der abgefeuerten Pistole nicht vollständig verhindert, aber immerhin sinkt er auf eine Lautstärke herab, die erfahrungsgemäß niemanden erschrocken aufspringen lässt. Eher glaubt man an zu laut geratene Handwerksarbeiten. Langsam geht der Staatssekretär auf das Krankenbett zu. „Auf Wiedersehen, Keller! Sie werden meinen Absichten nicht mehr im Wege stehen."

Gerade als Dirk Stein die Waffe auf den Körper des Mannes vor sich ausrichten will, wird er von diesem angesprochen: „Das würde ich an Ihrer Stelle lieber lassen."

Verblüfft beäugt der Staatssekretär die Pistole, die ihn unter der Bettdecke heraus anvisiert. Der geübte Mann erkennt sofort, dass es sich hierbei um eine Selbstladepistole vom Typ *Glock 17* mit Kaliber 9 x 19 Millimeter handelt. Die Stimme, die ihn aus dem Bett heraus angesprochen hat, ist ihm gänzlich unbekannt. „Wer sind Sie?"

Oliver setzt sich ein Stück auf, ohne den Mann auch nur eine Sekunde aus den Augen zu lassen. Er ist dankbar, dass Stefan ihm die beschusshemmenden Westen besorgt hat, die sie unter der Bettdecke verteilt haben. Sie vermitteln ihm ein bisschen Sicherheit. Seine Pistole zielt jetzt offen auf den Beamten, während Oliver ihm antwortet. „Das ist egal. Ich glaube nicht, dass Sie das interessiert. Aber ich würde Ihnen gern ein paar Freunde von mir vorstellen."

Perplex mustert Dirk Stein den ihm unbekannten Mann. „Wen?"

Über die Kommunikationsgeräte konnten sie das Gespräch zwischen Oliver und dem Staatssekretär mithören. Emma hat nur auf ihr Stichwort gewartet. Sie betritt den Raum, gefolgt von Stefan und dem Präsidenten des Verfassungsschutzes, sowie dem Wachmann. Da der Staatssekretär von den Waffen seiner Freunde in Schach gehalten wird, kann Oliver unbeschadet aus dem Bett klettern. Er quetscht sich an dem Mann vorbei, bis er mit dem Rücken vor dem angrenzenden Waschraum steht.

Indessen bekommt Dirk Stein große Augen, als er die Agenten quietschvergnügt vor sich sieht. „Sie leben?", staunt er verdutzt.

„Wie Sie sehen können, ja", antwortet ihm Emma. „Geben Sie auf, Stein. Sie haben verloren."

„Wie kommen Sie denn darauf?" Arrogant mustert Dirk Stein die Agentin. „Ich habe gerade ihre dunklen Machenschaften aufgedeckt. Das kann ich garantiert beweisen. Leider habe ich viel zu spät begriffen, dass auch Herr Baumann in der Geschichte mit drinsteckt. Zu schade, dass ich sie alle töten musste, um meine eigene Haut zu retten."

Jörg Wimmer kann beobachten, wie sein Bruder das Krankenzimmer betritt. Kurz darauf muss er verblüfft mit ansehen, wie sich die Tür zum Nachbarzimmer öffnet, aus dem die Geschwister Wolf, die ja angeblich nicht mehr unter den Lebenden weilen, herauskommen. Gefolgt von Holger Baumann betreten sie zielstrebig das Krankenzimmer, in dem sein Bruder gerade verschwunden ist. ‚Das Ganze war also doch eine Falle!', erkennt er.

Die Agentin fordert den Wachmann auf, sie nach drinnen zu begleiten.

‚Hervorragend!', freut sich Jörg. Jetzt liegt der Flur menschenleer vor ihm, sodass er freie Bahn hat. Mit gezückter Waffe, sich nach allen Seiten umschauend, überwindet er die kurze Distanz zu dem Krankenzimmer.

‚Stein ist ganz schön unverschämt', urteilt Emma derweil. ‚Er hat bestimmt noch ein As im Ärmel.'

Durch die sich leise öffnende Tür schleicht Jörg Wimmer herein, die Pistole im Anschlag auf die Rücken der Agenten gerichtet. „Sie sollten alle Ihre Waffen ablegen!", gebietet er mit Nachdruck. „Schön vorsichtig!"

Emma und Stefan zeigen sich resignierend und ziehen mit spitzen Fingern ihre Pistolen hervor, die sie zu Boden fallen lassen. Den wissenden Blick, den die beiden tauschen, bemerkt keiner der Brüder.

Auch Holger Baumann entledigt sich auf diese Weise seiner Waffe, ebenso der Spezialist von Ulf Cremer.

Jörg Wimmer macht noch einen weiteren Schritt in den Raum hinein. Doch bevor er die Tür hinter sich schließen kann, spürt er den Lauf einer Pistole in seinem Nacken.

„Ich bin dafür, dass du das auch machst. Waffe weg!" Es war nicht verkehrt, dass Emma den Freund gebeten hat, den Flur im Auge zu behalten. Sie hat vorrausschauend gehandelt. Jetzt weiß Florian, warum sie in ihrem Job so gut ist. Sie überlässt nichts dem Zufall. Er wendet sich an den Staatssekretär. „Herr Stein, wären Sie so nett, Ihre Pistole ebenfalls abzulegen?"

Frustriert lassen beide Männer ihre Pistolen fallen. Florian ist bekannt, dass sein Stellvertreter eine Zweitwaffe trägt. Er greift unter die Jacke des Beamten, um die *Glock 17*, die in einem Gürtelhalfter im Rücken des Mannes steckt, an sich zu nehmen.

Dessen Waffe ergreifend baut sich Stefan mit bösem Blick vor Dirk Stein auf. „Sie haben meinen Vater getötet."

Selbstbewusst trotzt der Staatssekretär dem Agenten. „Das werden Sie mir nie beweisen können."

Emma mustert ihn kritisch. ‚Wieso ist er so selbstsicher? Er weiß, dass wir Kellers Unterlagen haben. Er hat keine Chance. Oder doch? Gerd hat es vorausgesehen. Stein rechnet mit Unterstützung.' Ihre Augen wandern zu Jörg Wimmer. ‚Er ist sein Bruder', fällt ihr wieder ein. ‚Wieso ist er nicht in unserer Recherche aufgetaucht? Cornelius war viel zu gründlich, als dass wir das hätten übersehen können.' Sie holt sich die durchgesehenen Unterlagen ins Gedächtnis. ‚Marianne Hasselbach hat definitiv nur ein Kind geboren. Einen weiteren Eintrag gab es nicht.' Schlagartig wird ihr bewusst, warum zu keiner Zeit von einem Bruder die Rede war. ‚Nicht Otto Gruber hat Marie-Luise Lichtenstein vergewaltigt, sondern Paul Hasselbach. Wahrscheinlich auf den Befehl seines Ausbilders hin. Nachdem sie den Jungen geboren hatte wurde sie entsorgt, während Paul und Marianne Hasselbach sein Kind großzogen. Ja, so muss es gewesen sein!'

Emma weiß mittlerweile, dass Dirk Stein ihren Vater nicht erschoss. Doch er steckt bis über die Ohren mit drin! Provozierend mustert sie den Mann, von dem sie bisher dachte, dass er ihren Vater tötete. „Sie haben Recht, das kann niemand beweisen. Weil Sie es nicht waren! Sie haben meinen Vater nicht erschossen. Dazu waren Sie zu feige. Nicht wahr? Sie haben arbeiten lassen. Wie ist es? Waren Sie wenigstens dabei oder haben Sie Ihren Bruder allein in die Höhle des Löwen geschickt?"

Rund um sie herum reißen die Anwesenden erstaunt ihre Augen auf, doch der erschrockene Gesichtsausdruck von Jörg Wimmer toppt sie alle. ‚Woher weiß die Agentin das?', geht es ihm durch den Kopf. ‚Dirk hat geschworen, dass niemand davon etwas erfährt.'

Emma achtet nicht auf die Reaktionen der anderen, ihre Augen sind herausfordernd auf Dirk Stein gerichtet.

Der Staatssekretär ist blass geworden. ‚Woher hat sie ihre Informationen? Das kann Keller unmöglich herausgefunden haben. Bisher war nur Richard Wolf ihm so nahe gekommen, dass er auch Jörg im Visier hatte. Die Agentin ist also doch im Besitz der Akten ihres Vaters.' Er überlegt, welche Chancen ihm noch bleiben. ‚Sie hat sich garantiert gut abgesichert. An die Akten kommt er bestimmt nicht heran. Das Einzige, was er jetzt noch tun kann, ist abzuhauen. Doch wie kommt er hier heraus?' Nachdenklich betrachtet er seinen Bruder, der ihm fast unmerklich zunickt. Sie verstehen sich ohne Worte.

Dirk Stein schaut sich möglichst unauffällig um. Nur der Bundesbeamte und Stefan Wolf haben eine Waffe. Die anderen Pistolen liegen noch auf dem Boden. Der Staatssekretär kann nur hoffen, dass seine Ablenkung funktioniert. Er muss sich beeilen. An Emma gewandt hebt er beschwichtigend die Arme. „Sie liegen vollkommen falsch. Weder habe ich Ihren Vater erschossen, noch habe ich den Befehl dazu gegeben."

Schon bevor er zu Ende gesprochen hat wirft sich Dirk Stein mit seinem Körper gegen Stefan, der durch den Ansturm mit dem Rücken auf dem Krankenbett landet. Sich fest gegen den Agenten drückend greift er mit beiden Händen nach dessen Schusshand und verdreht sie so hart, dass Stefan die Pistole aufstöhnend loslassen muss.

Sich die Waffe zu schnappen und den Agenten als Schutzschild vor sich zu zerren ist für den ausgebildeten Terroristen eine Kleinigkeit, was er im Anschluss durch die bedrohlich an Stefans Hals gedrückte Pistole beweist.

Zur gleichen Zeit wirbelt Jörg Wimmer zu Florian herum, schlägt ihm mit der Linken die Pistole aus der Hand, ehe der auch nur einen Schuss abfeuern kann, und holt mit seiner geballten Rechten weit aus. Der gut gezielte Faustschlag trifft den Elite-Spezialisten unter dem Kinn.

Florian wird gegen die Tür geschleudert, wobei er mit dem Hinterkopf gegen das Holz knallt. Für einen Augenblick sieht er Sterne.

Dieser Moment reicht Jörg Wimmer aus. Seine Zweitwaffe, die gut sichtbar im Gürtel des leitenden Personenschützers steckt, reißt er mit einem Ruck zu sich heran, um sie im gleichen Moment auch schon auf seinen Gegner auszurichten. Grinsend krümmt er den Finger um den Abzug.

Florians Augen weiten sich vor Schreck, als er in die auf ihn gerichtete Mündung schaut.

Emma ist die Vertrautheit der beiden Brüder nicht entgangen. Ihr ist klar, was passieren wird. Auch Stefan und sie können sich in dieser Form verständigen. Stefans leichtes Nicken reicht ihr aus, sie sind sich einig. Ohne sich um ihren Bruder zu kümmern, greift die Agentin Jörg Wimmer an, der sich mit der Waffe in der Hand zu Florian umdreht. Im letzten Moment schlägt sie ihm den Arm nach oben, sodass die Kugel einen Meter über dem Freund, der erleichtert aufatmet, in die Wand eindringt.

Emma lässt sich durch die Handlungen nicht ablenken, sondern schenkt ihre Aufmerksamkeit Jörg Wimmer, der sich jetzt ihr zuwendet. Seine Vorderseite bietet ein perfektes Ziel für ihre rechte Faust, die mit viel Schwung in seiner Magengrube landet. Sie hört, wie dem Mann die Luft entweicht, während er sich schmerzhaft stöhnend vornüberbeugt, die Hände schützend vor seinen Körper gepresst.

Die Agentin lässt ihm keine Zeit, sich von dem Schlag zu erholen. Sie weiß, sie muss schnell sein. Ihre linke Faust landet mitten in seinem Gesicht.

Jörg Wimmer wird zurückgeschleudert, dabei prallt er gegen Florian, der sofort zugreift. Der Terrorist reißt seinen Arm aus der Umklammerung und dreht sich zu seinem Gegner herum.

Doch Florian ist schneller. Auch sein Schlag trifft gekonnt das Kinn des Feindes.

Aufstöhnend torkelt Jörg Wimmer zurück. Aber noch gibt er nicht auf. Er packt Florian mit beiden Händen an den Schultern und wirbelt gemeinsam mit dem überraschten Beamten um seine eigene Achse, dann lässt er los.

Florian, der sich nicht auf den Beinen halten kann, prallt gegen Emma.

Darauf hat Jörg Wimmer gehofft. Bevor die beiden sich aufrappeln können ist er zur Tür hinaus.

Emma stürzt ihm hinterher, gefolgt von Florian. Weit kommen sie allerdings nicht, bevor sie ihren Lauf unvermittelt stoppen müssen.

Fünf Pistolen sind mit ihren Mündungen auf sie gerichtet und die Personen hinter den Waffen sehen nicht so aus, als ob sie lange fackeln würden.

Drei von ihnen kann Emma spontan identifizieren. Da die Namen dieser drei auf der Liste ihres Vaters zu finden sind, geht sie davon aus, dass die beiden Personen in deren Begleitung ebenfalls dort aufgeführt sind. Sie kann sich das Lächeln nicht verkneifen. ‚Gerd hat schon wieder mitten ins Schwarze getroffen.'

Arrogant mustert Jörg Wimmer die beiden Beamten vor sich. Er tritt an Florian heran, entwendet ihm die Waffe, dann schlägt er zu.

Seine Lippe platzt auf, sein Kopf fliegt nach hinten, doch Florian weicht nicht zurück. Er steckt den kräftigen Schlag ein, ohne mit der Wimper zu zucken. Das Blut, das sich in seinem Mund sammelt, spuckt er seinem Stellvertreter vor die Füße. Anerkennend nickt Emma ihm zu.

Auch Stefan hat die Gefahr früh genug erkannt. Dirk Stein schafft es nicht, ihm die Waffe an den Hals zu drücken. Der Agent fährt zu dem Mann herum, schlägt ihm die Pistole mit der linken Hand zur Seite, dann trifft seine rechte Faust hart auf die Bauchdecke des Staatssekretärs.

Obwohl er spürt wie ihm die Luft aus den Lungen entweicht, reagiert Dirk Stein postwendend. Mit der Absicht, seinem Gegner die Pistole fest vor den Kopf zu schlagen, holt er aus.

Es war nur zu deutlich erkennbar, was der Staatssekretär vorhat, so dass Stefan ausweichen und den Hieb mit der linken Hand abblocken kann. Doch Steins gezielter Linken, die jetzt auf seine Nieren trifft, kann er nicht mehr entkommen. Mit einem Schmerzenslaut taumelt er zur Seite.

Dadurch gewinnt Dirk Stein den Freiraum, den er braucht, um sich gegen Holger Baumann zu wenden. Die Mündung seiner Waffe richtet sich nun auf den ungeschützt vor ihm stehenden hochrangigen Bundesbeamten.

Aber Holger Baumann weiß sich durchaus zu wehren. Noch bevor Stefan oder der neben ihnen stehende Elite-Polizist aus der Einheit von Ulf Cremer heran sind, greift der Leiter des Bundesverfassungsschutzes seinen Gegner an. Mit einem gut platzierten Tritt landet die Pistole aus der Hand des Angreifers auf dem Boden. Der darauffolgende Hieb in das Gesicht des Staatssekretärs hat so viel Wucht, dass er diesen zu Boden schmeißt.

Stefan packt den liegenden Mann an seiner Kleidung, reißt ihn auf die Beine und zerrt seine Arme hinter den Rücken. Helfend greift jetzt auch der Elite-Polizist zu.

„Gut gemacht!", lobt der Agent in die Richtung des Vorgesetzten.

„Das wollte ich schon immer einmal machen."

Holger Baumanns Antwort entlockt Stefan ein Lächeln.

Sie legen dem Gefangenen Handschellen an, dann führen sie ihn nach draußen. Keine zwei Meter vor dem Krankenzimmer stehen die Mitglieder aus Steins Truppe, die Waffen auf Emma und Florian gerichtet.

„Lassen Sie augenblicklich unseren Staatssekretär frei", fordert Lutz Heinrich die Beamten auf. „Ergeben Sie sich besser ohne Gegenwehr. Sie haben keine Chance."

Paul Böhm richtet seine Pistole gezielt auf Stefan. „Sie haben gar keine Wahl. Eine Gegenwehr würde nur Ihren Tod zur Folge haben. Lassen Sie Ihren Gefangenen gehen. Wenn Sie sich ergeben, muss niemandem etwas passieren."

Emma lacht laut auf, ehe sie dem Mann antwortet. „Wie oft müssen Sie sich das sagen, um es zu glauben? Sie können uns doch gar nicht am Leben lassen. Dafür wissen wir doch viel zu viel. Wenn Sie mir nicht glauben, fragen Sie doch einen der Herren Hasselbach."

Paul Böhm wird blass. Sein fragender Blick richtet sich auf Dirk Stein, der ihm durch sein vorsichtiges Nicken die Bestätigung gibt. ‚Also müssen wir wirklich die beiden Agenten, Baumann, Goldschmidt und den vorhandenen Wachmann erledigen. Niemand von denen darf hier herauskommen', begreift Paul Böhm. „Nun machen Sie schon!" Mit der Waffe winkt er Stefan entgegen.

Stefan löst die Handschellen, dann lässt er Stein los.

Der Staatssekretär drängt sich sofort Schutz suchend zwischen seinen Mitstreitern hindurch.

Eilig werden die drei Männer von Paul Böhm entwaffnet und durchsucht. Die Pistole zeigt weiterhin auf Stefans Brust, während seine freie Hand auf das Krankenzimmer zeigt. „Wir sollten wieder da hineingehen. Ein bisschen Privatsphäre könnte im Moment nicht schaden."

Erschrocken sehen sich die Geschwister Wolf an. In das Krankenzimmer zurückzukehren würde ihren gesamten Plan zunichtemachen. Fieberhaft überlegen sie, wie sie das Blatt zu ihren Gunsten wenden können.

Emma atmet auf, als der Staatssekretär ihr ein Eingreifen abnimmt.

„Nein." Dirk Stein baut sich vor der Agentin auf. „Haben Sie doch bitte die Güte mir zu verraten, wo sich Wolfgang Keller befindet."

„Warum sollte ich das tun?", giftet Emma ihn hochnäsig an.

Der Staatssekretär schnappt sich von Paul Böhm seine Pistole, die immer noch mit dem Schalldämpfer verbunden ist. Mit einem Schritt überwindet er die Distanz zu Stefan, um ihm die Waffe an den Kopf zu halten. „Wer ist Ihnen wichtiger? Keller oder Ihr Bruder?"

„Emma, nicht", beschwört sie Stefan.

„Ruhig!", schnauzt Dirk Stein ihn an. Er wendet sich der Agentin zu. „Ich höre!"

Sie kaut unbehaglich auf ihrer Unterlippe. Man kann erkennen, dass sie zweifelt. Ihre Augen wandern in die Runde, aber niemand kann ihr diese Entscheidung abnehmen.

„Sie strapazieren meine Geduld", faucht der Staatssekretär. Fest drückt er den Lauf der Waffe gegen Stefans Schläfe. Er spannt den Finger sichtbar um den Abzug.

„Er ist in der Notaufnahme untergebracht", gibt sich Emma geschlagen.

„Na, also, es geht doch." Triumphierend schaut der Staatssekretär seine Leute an. „Ich würde sagen, wir besuchen jetzt alle zusammen Wolfgang Keller. Vorwärts!" Er schubst Stefan in die passende Richtung. Langsam macht sich die Gruppe auf den Weg. Es entgeht dem Staatssekretär vollkommen, dass da noch ein weiterer Mann war. Er ist viel zu sehr auf seine Zielperson fixiert.

Niemand achtet auf Oliver, der sich schon zu Beginn der Kämpfe in das kleine Bad zurückzieht. Obwohl es ihm gegen den Strich geht, seinen Freunden nicht helfen zu dürfen, wartet er zwischen Tür und Heizung eingequetscht ab, bis die Wege frei sind, damit er seinen Auftrag erledigen kann. Sobald alle das Krankenzimmer verlassen haben zieht er sein Handy hervor. „Gerd, du lagst absolut richtig. Sie sind auf dem Weg", teilt er kurz darauf seinem Boss mit.

„Gut. Sieh zu, dass du zum Hubschrauber kommst. Wir müssen schnellstens mit der nächsten Runde beginnen."

Der Allrounder sammelt in aller Eile die herum liegenden Waffen ein, dann steckt er vorsichtig den Kopf aus der Tür.

Der Flur wirkt wie ausgestorben.

Die Waffen im Arm läuft Oliver den Gang entlang zum Landeplatz des Hubschraubers.

Indessen führt Emma ihre Begleiter in Richtung Notfallambulanz. Sie geht so langsam wie es ihr ohne aufzufallen möglich ist, um ihren Freunden die notwendige Zeit zum Handeln zu verschaffen.

In der riesigen Halle befindet sich direkt neben dem Eingang eine Anmeldung. Der kleine Raum beinhaltet nur einen Schreibtisch mit Computer, ein Telefon und einen Stuhl. Dank der gut funktionierenden Einheiten der Elite-Spezialisten, die von Florian und Ulf Cremer zum Schutz der im Hause befindlichen Personen eingeteilt wurden, ist sowohl dieser Raum als auch die Halle menschenleer. Zudem werden alle in angrenzenden Räumlichkeiten arbeitenden Krankenhausangestellten durch Beamte der unterstützenden Polizeieinheiten bewacht.

Auf der anderen Seite der Türen, gegenüber der Anmeldung, ist hinter einer Abtrennung ein Wartebereich eingerichtet. Dort gibt es eine Reihe von Sitzgelegenheiten für wartende Angehörige der aufgenommenen Patienten. An der gegenüberliegenden Wand hängt ein großer Bildschirm, der auch von der Halle aus gesehen werden kann. Im Normalfall wird hier leise Werbung eingespeist. Niemand sitzt in dem Wartebereich, der Bildschirm ist schwarz. Neben dem Wartebereich befindet sich der Eingang zur Notaufnahme, was auch durch die dicke rote Aufschrift auf den beiden Milchglastüren angezeigt wird. Zwei Rollstühle zur Aufnahme der schlimmeren Notfälle stehen für einen schnellen Gebrauch an der Wand. Rundum sind die Türen diverser Untersuchungsräume angeordnet. In der Mitte der Halle stützen in regelmäßigen Abständen quadratische Säulen von circa anderthalb Metern Kantenlänge die Decke.

Emma bleibt neben einer der Säulen stehen, um vorsichtig ihr Umfeld zu überprüfen.

Dirk Stein, mit Stefan als Schutz vor seinem Körper, befindet sich rechts neben ihr. Jörg Wimmer steht einen Meter hinter ihnen, die Pistole auf Florians Rücken gerichtet. Die fünf anderen Mitglieder der Truppe halten Holger Baumann und Ulf Cremers Spezialisten in Schach. ‚Hoffentlich geht das gut‘, wünscht sich die Agentin. ‚Riskant ist es auf jeden Fall.‘

„Weiter", drängt Dirk Stein. „Wo ist Keller?"

„Gleich hier drüben." Emma zeigt auf eine der Türen.

Noch ehe sie einen Schritt machen kann öffnen sich die Eingangstüren, durch die zwei junge Männer die Halle vor der Notfallambulanz betreten.

Die Geschwister tauschen belustigte Blicke über das Erscheinungsbild der beiden. Gerd trägt einen Arm in einer Schlinge, sein Hemd ist blutgetränkt und auch sein Gesicht weist blutige Striemen auf.

Andreas, der, seine Jacke über dem Arm, den angeblich Schwerverletzten stützt, sieht kein bisschen besser aus. Erfreut auf Menschen zu treffen, die ihm beistehen können, bittet er rasch um Hilfe: „Mein Freund ist schwer verletzt. Können Sie mir helfen? Er braucht dringend einen Arzt."

Im Eilverfahren lassen die Beamten ihre Waffen unter ihrer Kleidung verschwinden. Das Letzte, was sie gebrauchen können, ist Aufmerksamkeit zu erregen. Bis jetzt lief alles ruhig ab.

Dirk Stein ist verärgert. So kurz vor dem Ziel will er nicht aufgeben. Das Beste ist, sie sorgen dafür, dass diese beiden Idioten hier schleunigst verschwinden. „Sie müssen dort hindurch gehen. Da finden Sie die Ärzte." Er weist auf die Tür mit der Aufschrift *Notaufnahme*.

„Vielen Dank", Andreas lächelt ihn kurz an.

In dem Moment sackt sein Begleiter aufstöhnend in sich zusammen. Stefan kann ihn gerade noch auffangen. Die Pistole ungesehen aus der Schlinge zu ziehen ist für den Agenten eine Kleinigkeit.

„Oje, tut mir leid." Andreas will seinen Freund zu sich ziehen, aber seine Jacke behindert ihn. „Halten Sie die bitte kurz?" Damit drückt er Emma die Jacke in die Hände. Er versucht Gerd stützend unter die Arme zu greifen, doch selbst mit Stefans Hilfe schafft er es nicht seinen Freund aufzurichten.

Emma faucht Paul Böhm an: „Holen Sie einen Rollstuhl. Machen Sie schon!" Während dieser tatsächlich los trabt, greift sie in eine der Jackentaschen. Den Lauf der Pistole fassend drückt sie dem Leiter des Bundesverfassungsschutzes das Kleidungsstück in die Hand. Eigentlich war die zweite Pistole für Florian gedacht, aber an ihn kommt Emma nicht ohne aufzufallen heran.

Holger Baumann, der alles um sich herum genau beobachtet, kapiert rasch, was gespielt wird. Er braucht nicht lange nachzufragen, warum ihm die Agentin die Jacke übergibt, obwohl sie beide Hände frei hat. Vorsichtig tastet er das Kleidungsstück ab, um im Anschluss unbemerkt die Waffe herauszuziehen.

Dank Gerd und Andreas sind nun zusätzlich zu den beiden Freunden drei von ihnen bewaffnet. Außerdem steht Emma momentan seitlich von Jörg Wimmer und Florian.

‚Es wird keinen besseren Moment geben', stellt die Agentin fest. „Jetzt!", schreit sie laut.

Gerd richtet sich ruckartig auf. Seine Faust trifft den überraschten Dirk Stein kraftvoll unter dem Kinn, so dass der zurückgeschleudert wird. Stefan wirbelt herum, die Waffe im Anschlag. Zusammen mit Andreas kommt er Holger Baumann zu Hilfe, der es gleich mit vier Gegnern zu tun hat. Auch der Wachmann stürzt sich auf einen seiner Widersacher. Jörg Wimmer schüttelt seine Verwunderung rasch ab, reißt seine Pistole hoch, um seinen Kollegen schnellstens auszuschalten.

Doch bevor er abdrücken kann ist Emma heran. Sie rennt einfach in ihn hinein. Mit ihm zusammen stürzt sie zu Boden, rappelt sich aber eilig wieder auf.

Ehe Jörg Wimmer reagieren kann ist Florian heran. Er revanchiert sich für den Faustschlag mit einem kräftigen Schwinger in das Gesicht seines Kollegen, der daraufhin benommen liegenbleibt.

Mit der Unterstützung von Emma zwingt Florian seinen Widersacher auf den Bauch.

Jörg Wimmer hat keine Chance, den beiden zu entkommen. Seine Hände werden mit Kabelbindern gefesselt, dann zerren sie ihn hoch.

Derweil geht Dirk Stein zum Angriff auf seinen Gegner über, aber er kommt nicht weit. Gerd hat nur auf ihn gewartet. Er lässt den Staatssekretär sauber in seine Faust rennen, woraufhin der Mann wie ein gefällter Baum zu Boden sackt. Um ihm die Hände zu fesseln kommt Gerd die Hilfe durch Holger Baumann gerade recht.

Bei den ersten lauten Rufen wirbelt Paul Böhm erschrocken herum. Er reißt seine Pistole hoch. Ohne zu zielen schießt er wild über die Köpfe der Kämpfenden hinweg, bevor Andreas ihn erreichen kann.

„In Deckung!" Die Warnung der Agentin kommt gerade noch rechtzeitig.

Florian und sie springen hinter eine der Säulen, ihren Gefangenen mit sich zerrend. Gerd und der Leiter des verfassungschutzes machen es ihnen nach. Auch die anderen suchen Deckung hinter den Säulen. Dafür müssen sie von ihren Feinden ablassen, die schnellstens die Säulen und Nischen der Türen zu ihrem Schutz nutzen. Von dort beginnen sie zu feuern.

Im Gegensatz zu ihren Widersachern wollen die Agenten ihre Gegner lebend haben. Sie wissen, sie können sich nicht lange halten, ohne dass einer von ihnen verletzt wird. Wenn alles nach Plan läuft, brauchen sie das auch nicht.

Lutz Heinrich legt mit seiner Waffe auf den Mann von Ulf Cremer an, der aus seiner Deckung hervor lugt. Emma nutzt die Chance, die sich ihr bietet, und feuert. Der getroffene Lutz Heinrich schreit schmerzvoll auf, lässt die Pistole fallen und umfasst stützend seine verletzte Schusshand mit der anderen Hand.

Holger Baumann findet ein Ziel, als Benno Krüger seine Pistole auf Stefan ausrichtet. Die Kugel dringt in dessen Schulter ein und schleudert den Mann zurück. Aufschreiend lässt der angeschossene Mann seine Waffe fallen.

„Guter Schuss", lobt Stefan anerkennend, statt sich zu bedanken.

„Zufall!", behauptet Holger Baumann schulterzuckend, ehe er Stefans Grinsen erwidert.

Dirk Stein und seine Mitstreiter befinden sich zwischen dem Eingang und ihnen. Emma ist klar, dass sie nicht an ihnen vorbeikommen können. ‚Das ist nicht weiter schlimm. So sehen die wenigstens nicht, was vor sich geht.' Erleichterung macht sich bei ihr breit, als sie erfasst, wie zwei schwarze Transporter vor der Ambulanz vorfahren.

Mehrere vermummte Elite-Polizisten unter der Leitung von Ulf Cremer springen aus den Fahrzeugen. Ausgestattet mit großer Einsatzmontur, bestehend aus schweren ballistischen Schutzwesten, Helmen, Sturmhauben, Einsatzkombis aus feuerfestem Material und robusten Einsatzstiefeln, stürmen sie den Eingang zur Notaufnahme. Bewaffnet sind sie mit ihren Pistolen der Marken *Glock 17* oder *SIG Sauer P228* sowie Maschinenpistolen der Marke *Heckler & Koch* vom Typ *MP5*.

‚Gut so!' Emma atmet auf.

Neben den Einsatzwagen hält eine Limousine, aus der aber niemand aussteigt, doch sie weiß, wer sich im Inneren des Fahrzeugs verbirgt.

Ulf Cremer tritt an das sich öffnende hintere Seitenfenster heran, während seine vermummten Spezialeinsatzkräfte in die Halle vordringen. Dadurch fallen sie den fünf Schläfern in den Rücken.

„Feuer einstellen! Hören Sie auf zu schießen! Legen Sie die Waffen nieder!", fordert der Truppenführer alle auf.

Paul Böhm gibt seinen Mitstreitern einen Wink, woraufhin diese ihre Waffen einstecken.

Abwartend bleiben sie stehen bis der Truppenführer sie erreicht hat.

„Wir haben die Attentäter gestellt, die Wolfgang Keller umzubringen versucht haben. Jetzt befindet sich der Staatssekretär Dirk Stein in ihrer Gewalt. Leider mussten wir feststellen, dass sie von Herrn Baumann unterstützt werden. Ich möchte Sie bitten, die Gefangenen zu befreien", wendet sich Paul Böhm direkt an den befehlenden Elite-Polizisten des Einsatzteams. „Meine Herrschaften, Sie haben Ihre Befehle. Nehmen Sie die Attentäter fest", fordert er von den Beamten.

„Ihr habt gehört, was der Mann gesagt hat. Nehmt die Attentäter fest." Es bedarf nur eines kurzen Winks, damit die Einsatzkräfte seinen Anweisungen eilends nachkommen. Sie stürmen vor.

Siegessicher schaut Paul Böhm die Agentin an. In dem Moment spürt er die Handschelle, die sich um sein Handgelenk schließt. Verdattert wendet er sich dem Truppenführer zu. „Was machen Sie denn da? Haben Sie mich nicht verstanden?", faucht er.

„Ganz genau sogar. Ich sorge dafür, dass alle Attentäter verhaftet werden."

Die fünf Personen werden von den Elite-Spezialisten entwaffnet und mit Handschellen gefesselt. Mehrere Beamte sorgen dafür, dass sie nicht entfliehen können. Auch Dirk Stein und Jörg Wimmer werden von den Spezialeinsatzkräften übernommen.

„Auf wessen Befehl handeln Sie?" Martha Pfeiffer gibt noch lange nicht auf.

Der Beamte mustert die Frau prüfend, ohne ihr zu antworten. Martha glaubt zu wissen, auf wen er hört. „Sie sind gar nicht befugt, den Weisungen dieser Frau Folge zu leisten", stellt sie richtig.

„Aber meinen!" Mit festen Schritten betritt der stellvertretende Generalbundesanwalt Roland Cordtmann den Raum, gefolgt von Ulf Cremer und Peter Staller.

Bereits am gestrigen Abend hat der Konzernchef Kontakt zu ihm aufgenommen, nachdem er erfahren hatte, dass Wolfgang Keller, genauso wie sein Vorgänger Richard Wolf, mit ihm in Verbindung stand. Nach einer kurzen Schilderung der Ereignisse bittet der Unternehmer Roland Cordtmann um seine Hilfe.

Statt Peter Staller einen seiner Mitarbeiter zu schicken begibt sich der stellvertretende Karlsruher Behördenleiter persönlich nach Berlin, um sich mit dem Konzernchef zu treffen. Da er sich seit einigen Tagen beruflich in Leipzig aufhielt, traf er fast zeitgleich mit Peter Staller um zehn Uhr morgens in Berlin ein. Auf seine Bitte hin wird ihm für das Gespräch mit dem Konzernchef, in dessen Begleitung sich Ilona Kösters befindet, das Büro von Konrad Schrader zur Verfügung gestellt. Staunend hört sich Roland Cordtmann an, was sein Besucher ihm zu berichten hat. Da er mit Wolfgang Keller in gutem Kontakt steht, ist er über dessen Aussage vor Gericht bestens informiert. Das Telefonat mit dem schwer verletzten Ministerialdirektor trägt letztendlich dazu bei, dass er sich für sofortiges Handeln entscheidet.

Jetzt baut sich der beeindruckende Mann mit seinen ein Meter achtundachtzig vor der Agentin auf. „Ich würde gern erfahren, was Sie dazu zu sagen haben?"

„Sicher." Emma holt tief Luft, dann beginnt sie: „Ich bin hier im Auftrag von Wolfgang Keller. Gemeinsam haben wir den Mörder von seinem Vorgänger Richard Wolf aufgespürt. Es ist dieser Mann." Sie zeigt auf den Beamten. „Jörg Wimmer aus der Einheit für Personenschutz von Florian Goldschmidt. Tatsächlich aber heißt er Jörg Hasselbach. Der Mord an Richard Wolf wurde ihm jedoch von einem anderen Mann befohlen." Sie zeigt auf Stein. „Sie kennen diesen Mann als Staatssekretär Dirk Stein.

Tatsächlich aber wurde er geboren als Dirk Hasselbach. Er hat seinem Bruder den Mordauftrag erteilt. Auf sein Konto geht auch das Attentat gegen Konrad Schrader und Wolfgang Keller. Er hat Ann-Marie Lichtenstein, der Witwe von Otto Gruber, Zutritt zum Bundeskanzleramt verschafft, damit diese für die notwendige Ablenkung sorgt."

Dirk Stein schenkt ihr einen giftigen Blick. „Das sind alles Hirngespinste, die Sie da von sich geben."

„Wirklich?" Emma lässt sich nicht ablenken. „Bei unseren Untersuchungen sind wir einem Komplott durch gut getarnte Attentäter in unseren eigenen Reihen auf die Spur gekommen. Die Beweise dafür liegen sicher verwahrt in einem Tresor. Aus den gesammelten Unterlagen geht hervor, dass Dirk Stein, alias Dirk Hasselbach, sich ein gut durchdachtes Netz an Mitgliedern mitten unter uns aufgebaut hat. Wir fanden eine Liste mit sechs Namen darauf. Fünf dieser Personen stehen jetzt vor mir."

Die Agentin weist auf die enttarnten Schläfer.

„Das ist doch vollkommener Schwachsinn", giftet Martha Pfeiffer. „Wie wollen Sie denn diesen Unsinn beweisen?"

„Es gibt in den Unterlagen von Richard Wolf eine Liste mit den Namen der Schläfer. Ich werde Sie Ihnen mit allen anderen Unterlagen übergeben."

„Ich denke, das reicht!" Der neunundvierzigjährige Roland Cordtmann hat genug gehört. „Alles Weitere sollten wir besser in einer anderen Umgebung klären." Wolfgang Keller hat ihm versichert, dass er dieser Agentin zu hundert Prozent vertrauen kann. Er glaubt ihr.

Ulf Cremer ergänzt Emmas Berichterstattung: „Ich kann Ihnen versichern, dass die Aussagen der Agentin Wolf korrekt sind." Der Leiter der Spezialeinsatzkräfte richtet sich an den Generalbundesanwalt. „In die Einheit von Florian Goldschmidt wurden vier Mitglieder dieser Herrschaften eingeschleust. Sie sorgten dafür, dass niemand den Sprengsatz, der sich unter dem Transporter von Wolfgang Keller befand, vorzeitig entdeckte. Da das Fahrzeug von Herrn Hauser und Herrn Böhm persönlich geliefert wurde, gehe ich davon aus, dass mindestens einer der beiden

Herren die Bombe dort platziert hat. Wäre Herr Keller wie geplant verlegt worden, bräuchten wir jetzt einen neuen Leiter der Abteilung Sechs. Ohne die Geschwister Wolf und das Team rund um Herrn Bach würden diese Leute mit ihren Machenschaften ungehindert durchkommen."

„Dann wissen Sie ja, was Sie zu tun haben", fordert Roland Cordtmann nickend. „Nehmen Sie diese Leute fest und sorgen Sie dafür, dass Ihnen niemand entkommen kann."

„Sie begehen einen großen Fehler, wenn Sie dieser Frau glauben." Dirk Stein versucht mit aller Macht sich zu behaupten. „Sie werden doch wohl einem hochrangigen Regierungsbeamten eher glauben als einer kleinen Möchtegernagentin."

„Die Entscheidung müssen Sie schon mir überlassen", stellt Roland Cordtmann richtig.

Es ist nur ein kurzer Gedanke, aber Emma wird ihn nicht mehr los. „Hey, Stein. Haben Sie doch bitte die Güte uns zu erklären, warum Otto Gruber Sie gezielt für das Amt des Staatssekretärs ausgebildet hat? Was hatten Sie vor? Oder besser gefragt, wen wollten Sie ausschalten?"

„Lassen Sie mich in Ruhe", faucht Dirk Stein. Sein hasserfüllter Blick richtet sich kurz auf den Karlsruher Bundesbeamten, bevor er rasch wieder wegschaut. Doch Emma hat das wütende Aufblitzen seiner Augen bemerkt.

„Herr Cordtmann?" Sie reißt erstaunt die Augen auf. „Roland Cordtmann ist Ihr Ziel?", fragt sie noch einmal fassungslos. Schockiert betrachtet sie den stellvertretenden Generalbundesanwalt.

Der jedoch lächelt nur kalt. „Da ist er nicht der Erste, der das versucht", erklärt er trocken. Seine braunen Augen blitzen entschlossen auf.

„Warum?" Holger Baumann begreift nicht, wieso Roland Cordtmann auf der Abschussliste von Dirk Stein stehen sollte.

„Jetzt wird mir einiges klar!", behauptet Emma, als sie sich an einen Bericht zu der Verhaftung von Otto Gruber erinnert. Ihr fragender Blick wandert zu dem Generalbundesanwalt, während sie ihre Vermutung äußert: „Sie übernehmen im Fall Gruber die Anklage. Habe ich Recht?" Neugierig richtet sie ihre

Aufmerksamkeit wieder auf den Staatssekretär. „Was sagen Sie dazu, Stein? Sind Sie immer noch die Marionette von Otto Gruber? Wären Sie diesmal selbst in Aktion getreten?"

„Sie sind ja nicht ganz bei Trost!" Seine Gedanken überschlagen sich fast: ‚Woher nimmt diese Frau ihre Informationen? Soviel kann selbst Richard Wolf nicht herausgefunden haben. Das ist doch vollkommen unmöglich!' Mit den Informationen gibt es für ihn keine Chance, hier heil herauszukommen. Das wissen auch seine Mitwisser. ‚Und überhaupt, wieso sind sie nur zu fünft? Wo ist Schuster?' Ihm fällt Schusters Fachgebiet ein. Der Mann wurde von Gruber an so ziemlich jeder Schusswaffe ausgebildet. Vorsichtig beäugt er seine Umgebung. ‚Solange ich hier drinnen bleibe, bin ich sicher. Aber mein erster Schritt nach draußen dürfte mein letzter sein.' Wütend betrachtet er Emma. Nur wegen ihr steht er jetzt hier. ‚Sie hätte sich aus der Geschichte heraushalten sollen.' Aber das wird sie ihm büßen. Selbst wenn es das Letzte ist, was er tut!

Die Spezialeinsatzkräfte führen ihren Gefangenen zu den mittlerweile eingetroffenen Polizeitransportern.

28

Gerd starrt den Elite-Polizisten hinterher. Sie hatten viel Glück, dass alles so gut für sie ausgegangen ist. Das hätte sich auch ganz schnell anders entwickeln können. Nur gut, dass keiner ihrer Gegner den Braten gerochen hat. Aber jetzt ist es vorbei. ‚Wieso habe ich dann so ein ungutes Gefühl? Was stimmt hier nicht?', fragt er sich. Seine Augen wandern über die Freunde, die Elite-Polizisten, den Staatssekretär und auch seine fünf Mittäter, die gerade Richtung Ausgang abgeführt werden. „Fünf!", flüstert er vor sich hin, dann ruckt sein Kopf hoch. ‚Das ist es! Wieso nur fünf?' Er greift nach Emmas Arm. „Warte!"

Auch Stefan dreht sich zu ihm um. „Was ist los?"

„Da fehlt noch einer. Wieso sind die nur zu fünft?" Gerd grübelt über den Ablauf der Aktion nach. „Die haben noch eine Risikoabsicherung!"

Florian, der die Bemerkung ebenfalls hören konnte, gesellt sich zu ihnen. „Was meinst du?" Er kann Gerd nicht folgen, doch Stefan begreift, worauf der Freund hinaus will. Er stoppt Ulf Cremer und seine Leute kurz vor dem Ausgang. „Einen Augenblick, bitte." Mit dem Leiter des Spezialeinsatzkommandos kehrt er zu Gerd zurück.

„Was gibt es denn noch?", hakt Ulf Cremer nach.

Gerd erklärt ihm, was er vermutet: „Die sind nur zu fünft. Ein Mann von der Liste fehlt. Warum?" Er wartet nicht auf eine Antwort. „Die glauben immer noch, dass nur Dirk Stein durch seine Aussagen die sechs anderen belasten kann. Bin ich der Einzige, der die Möglichkeit in Betracht zieht, dass Stein beim Verlassen des Gebäudes im Visier des sechsten Mannes landet?"

„Damit liegen Sie bestimmt nicht so falsch", bestätigt ihm der Einsatzleiter überlegend. „Der Kerl befindet sich mit Sicherheit auf einem der umliegenden Dächer, bereit zu schießen, sobald einer von uns den Fuß vor die Tür setzt."

„Stein ist nicht dumm", versichert Emma, die den Staatssekretär abschätzend mustert. „Ich bin mir sicher, dass er weiß, wer da draußen auf ihn wartet."

„Ja. Seinem Blick nach zu urteilen, gibt er dir an den Geschehnissen die Schuld." Auch Gerds Augen wandern versonnen zu dem Mann. „Emma, du musst aufpassen. Er wird dich mitnehmen wollen."

„Das haben schon andere versucht", behauptet Emma ernst.

„Wie finden wir heraus, wo der Kerl steckt?", erkundigt sich Stefan aufgewühlt. Die Sorge um seine Schwester ist ihm deutlich anzusehen.

„Ich hätte schon eine Idee. Die ist aber ziemlich riskant", warnt Gerd die anderen. „Wir können ihn aus seinem Versteck locken." Er spricht nicht weiter, sondern schaut Emma einfach nur an. ‚Sollen wir das wirklich riskieren? Kann ich sie einfach da hinausschicken? Was ist, wenn ihr etwas zustößt? Wie soll ich denn damit fertig werden?' Von ihrer Frage wird er aus seinen Gedanken gerissen.

„Und wie?" Erst als er seinen Plan erklärt, begreift sie die Zweifel und die Angst, die sie an seinem Gesicht ablesen kann.

„Emma, du hältst dich beim Hinausgehen neben Stein. Er wird versuchen, dich als Schutzschild zu nutzen. Du hast definitiv den gefährlichsten Part bei dieser Geschichte. Stefan, du begibst dich so schnell es geht zum Hubschrauber. Dominik soll über dem Eingang kreisen, bis alle in den Fahrzeugen sind. Sobald sich der Kerl blicken lässt, bist du gefragt. Du hast nicht viel Zeit, um den Typ unschädlich zu machen. Der erste Schuss muss sitzen. Er darf keine Chance haben, auch nur eine Kugel abzufeuern."

Stefan schluckt mulmig den dicken Kloß herunter. Er begreift, dass das Leben seiner Schwester von ihm abhängt. „Geht klar." Fragend schaut er zu Ulf Cremer.

„Bei Ihnen geht nichts einfach. Stimmt's?" Es dauert eine ganze Weile, bis der Einsatzleiter sein Schweigen bricht. „Also schön. Versuchen wir es. Sie haben zehn Minuten", ergänzt er an Stefan gewandt.

Dieser schnappt sich das Scharfschützengewehr eines Kollegen. Ein *MSG90A2* der Marke *Heckler & Koch*, geladen mit Weichkerngeschossen vom Kaliber *7,62 × 51 Millimeter NATO*. Das Stangenmagazin enthält zwanzig Patronen. Es ist eine Weiterentwicklung seines *PSG-1*. Leichter und mit einem *10 x 42*-Zielfernrohr der Marke *Schmidt & Bender* versehen. Damit kennt er sich aus. Trotzdem will er mindestens zwei Probeschüsse abgeben, bevor sie über den Dächern Position beziehen. Ein paar Sekunden später ist er verschwunden.

Sie sammeln sich neben dem Ausgang, wo Roland Cordtmann mit seinen Begleitern auf die Nachzügler wartet. Er bemerkt deren Entschlossenheit. „Sie haben doch noch etwas vor. Klären Sie mich bitte auf." Was die Beamten dem stellvertretenden Generalbundesanwalt nun mitteilen, lässt diesen die Agentin verblüfft anstarren. „Das wollen Sie doch nicht wirklich durchziehen?"

„Oh, doch", versichert ihm Emma. „Ich weiß, was ich tue. Vertrauen Sie uns bitte."

„Ich kann nicht gerade behaupten, dass ich von diesem Plan begeistert bin", zögert Roland Cordtmann weiterhin.

„Wir werden auf sie aufpassen", verspricht Gerd.

„Nein!" Emma wirbelt zu ihm herum. „Es reicht, wenn sich einer von uns in Gefahr begibt." Ihre bettelnden Augen bleiben an dem leitenden Personenschützer hängen. „Kannst du auf unsere Zivilisten aufpassen? Ich würde mich wohler fühlen, wenn alle hierbleiben, bis es vorbei ist. Sie auch, Herr Cordtmann."

Florian versteht, dass ihr die Sicherheit dieser Menschen hier am Herzen liegt, von einem ganz besonders. Auch wenn er lieber bei ihr sein würde, fügt er sich. „Ich achte auf alle. Versprochen." Er zieht seine beschusshemmende Weste aus. „Hier, nimm wenigstens die. Ein bisschen Sicherheit kann bestimmt nicht schaden."

Die Agentin schlüpft in die Weste und stellt sie passend für sich ein. „Danke."

„Emma?" Gerds Augen betteln regelrecht.

Sie kann die Angst an seinen Augen ablesen. Liebevoll legt sie ihre Hände um sein Gesicht. „Ich bin gleich wieder da." Sie nimmt sich die Zeit für einen langen innigen Kuss, ehe sie auf dem Absatz kehrt macht um ihrer Aufgabe nachzukommen.

Gerd spürt eine Hand, die sich auf seine Schulter legt. „Sie schafft das", versichert Peter ihm.

„Ich habe ihr das selbst vorgeschlagen. Sie braucht einfach einen sauberen Abschluss dieser Geschichte. Trotzdem ist es kaum auszuhalten", gesteht Gerd ihm gequält. „Jetzt weiß ich, wie Karola sich immer fühlt."

„Du hast doch gehört, was sie dir versprochen hat. Sie ist gleich wieder hier." Auch Andreas tritt zu ihm. „Weißt du noch, was sie im Krankenhaus gesagt hat?"

„Was meinst du?"

„Sie hat gesagt, sie ist da, wenn du sie brauchst. Erinnerst du dich?"

„Ja."

Andreas schaut seinen Freund lächelnd an. „Was hast du darauf geantwortet?"

„Dass ich sie immer brauche." Auch Gerd lächelt.

‚Dieser Mann ist einfach erstaunlich', überlegt Florian. ‚Wie sehr der sich zurücknimmt, um den Menschen, die er liebt zu helfen.' Langsam begreift er, warum Emma sich für ihn entschieden hat.

Sie hören die Rotoren des Hubschraubers, der einmal über das Dach hinwegfliegt.

„Es geht los."

Alle Gefangenen werden zu dem Transporter der Spezialeinheit geführt.

Dirk Stein hat nur Ulf Cremer als Begleitperson, der anscheinend überzeugt davon, dass ihnen keine Gefahr mehr droht, einfach lässig neben dem Staatssekretär herschreitet. Emma hält sich auf der anderen Seite neben dem Staatsbeamten.

‚Besser geht es gar nicht', freut sich dieser. Vorsichtig wandert sein Blick umher. Er ist Profi genug, um zügig alle Schussmöglichkeiten zu erfassen. Nirgendwo ist auch nur eine Menschenseele zu erkennen. Vielleicht täuscht er sich ja doch. ‚Ob Schuster einfach nur zu feige ist um einzugreifen?' Das kann er sich nicht vorstellen. Plötzlich sieht er das kurze Aufblitzen, das die Sonne auf dem Metall des Gewehrlaufs bewirkt. Von dort oben droht ihm also die Gefahr. ‚Die Wolf läuft genau auf der richtigen Seite', stellt er zufrieden fest. Er muss nur noch den passenden Moment erwischen. In Gedanken kalkuliert er Schusswinkel und Flugbahn, sowie die beste Stelle für einen Treffer. Er weiß, wo er zu stehen hat. ‚Es wird ein leichtes für Schuster sein, dieses Weibsbild abzuknallen. Die haben schließlich keine Ahnung, dass er da oben ist!'

Emma erkennt die Gefahr im gleichen Augenblick wie Dirk Stein. Auch sie kann diese korrekt einschätzen und macht sich bereit.

Helmuth Schuster, der gemeinsam mit den anderen fünf Mitgliedern am Krankenhaus angekommen ist, nimmt unverzüglich den Weg zum Dach des Gebäudes. Durch eine Tür, die laut Aufschrift nur vom Personal des Wartungsdienstes genutzt werden darf, gelangt er oberhalb der Ambulanz nach draußen, ohne beachtet zu werden. Er sucht sich einen Platz, von wo aus er den Eingang im Blick hat. Der Koffer, den er vor sich abstellt, enthält die Bestandteile seines Gewehrs, das er jetzt ohne Hast fachmännisch zusammenbaut. Er überprüft die Funktionen, dann legt er sich auf die Lauer. Jetzt heißt es abwarten.

Seine Geduld wird ordentlich strapaziert. Er muss mehr als eine Stunde warten, ehe sich an der Ambulanz etwas rührt, doch noch kann er nicht handeln. Er beobachtet, wie die Spezialeinsatzkräfte von Ulf Cremer das Gebäude stürmen. Er erkennt auch den stellvertretenden Generalbundesanwalt, der aus seinem Wagen steigt. Der Mann in seiner Begleitung ist ihm unbekannt. Auch diese Männer betreten durch den Eingang zur Notaufnahme das Krankenhaus. ‚Martha hatte wohl den richtigen Riecher. Das scheint absolut nicht sauber abzulaufen', stellt er fest. Da er nun doch reagieren muss, macht er sich bereit, Dirk Stein zu erledigen, um die Haut der anderen, vor allem seine eigene, zu retten.

Dann beobachtet er, wie die Gefangenen von den Spezialeinsatzkräften zu dem wartenden Transporter geführt werden.

Sie sind dermaßen umringt von den Beamten, dass ein sauberer Schuss gar nicht möglich ist. Er erkennt Dirk Stein, der jetzt hinausgeführt wird. Der Mann steht gänzlich frei. Der Beamte, der ihn bewacht, ist fast einen Meter entfernt. Die Agentin, die neben seinem Zielobjekt läuft, ist ihm durch die von Stein zusammengestellte Akte bekannt. Sollte sie ihm in die Quere kommen, hat er kein Problem damit, sie zuerst auszuschalten. ‚Nach allem, was Dirk uns über diese Agentin mitgeteilt hat, ist das vielleicht gar nicht so verkehrt', denkt er. Ohne zu zögern legt er an und nimmt sein Ziel ins Visier. „Komm, geh noch ein kleines Stück weiter, dann habe ich dich."

Der Hubschrauber, der sich dem Krankenhaus nähert, lässt ihn nur kurz aufblicken. Wahrscheinlich irgendein Krankentransport oder etwas in der Art. Nichts, was ihn interessieren sollte. Hinter dem kleinen Kamin liegt er gut geschützt gegen fremde Blicke. Nur jemand, der wirklich nach ihm Ausschau hält, würde ihn hier finden. Helmuth Schuster richtet seine Aufmerksamkeit wieder auf Dirk Stein, der sich jetzt genau an der richtigen Stelle befindet. Er drückt ab.

‚Genau hier!', denkt Dirk Stein. ‚Wir stehen absolut perfekt für einen Treffer.' Schlagartig bleibt er stehen. ‚Ja!' Während Emma sich ihm scheinbar irritiert zuwendet, triumphiert er innerlich. Die Agentin befindet sich mitten in der Flugbahn der Kugel.

Emma bemerkt seine schadenfroh aufblitzenden Augen. Sie packt Dirk Stein an beiden Oberarmen und wirft sich mit ihm zur Seite. Hart krachen sie auf dem Boden auf, keine Sekunde zu früh. Die Kugel verfehlt ihr Ziel nur um Zentimeter.

Die Beamten rundherum reißen ihre Waffen hoch, richten sie auf den Schützen. Doch der kippt schlagartig vom Dach. Schuster landet mit dem Rücken auf dem Asphalt. Seine gebrochenen Augen starren geradeaus.

Niemand hat auf den Hubschrauber geachtet, der kurz zuvor über Schuster hinwegfliegt. Dominik zieht ihn langsam über die Dächer des Krankenhauses Richtung Ambulanz. Das Gewehr im Anschlag sucht Stefan das Dach ab. „Verdammt! Wo steckt der

Kerl?", flucht er laut. Wenn sie ihn nicht bald finden, könnte es für Emma zu spät sein.

„Da!" Oliver zeigt nach vorne. Jetzt sehen auch die anderen den Mann, der hinter dem Kamin kauert. Sein Gewehr ist auf die Gruppe unter ihnen gerichtet. Stefan weiß, dass es auf jede Sekunde ankommt. Er nimmt sein Ziel ins Visier und schießt sofort.

Im gleichen Moment, in dem Helmuth Schuster seine Waffe abfeuert, trifft ihn die Kugel aus Stefans Gewehr in die Brust. Er wird, das Gewehr verlierend, rücklings auf das Dach geschleudert. Trotz der Verletzung versucht er sich aufzurappeln, dabei greift seine Hand nach dem Gewehr.

Stefan visiert den Mann ein weiteres Mal an. Bevor Helmuth Schuster das Gewehr erneut auf seine Zielpersonen ausrichten kann, streckt ihn das Geschoss endgültig nieder. Seinen Sturz vom Dach spürt er nicht mehr. Er ist tot, noch ehe er hinunterkippt.

Emma richtet sich auf. Sie schaut zu Dirk Stein, der mit entsetzt aufgerissenen Augen vor ihren Füßen liegt. „So leicht kommen Sie mir nicht davon." Mit diesem Mann kann sie kein Mitleid empfinden. Den schockierten Blick von Jörg Wimmer erwidert sie kalt, bevor sie ihrem Bruder in dem kreisenden Hubschrauber ihre typische ausgestreckte Faust zeigt, die Stefan, der das Zeichen kennt, zu verstehen gibt, dass alles in Ordnung ist.

„Emma!" Gerd eilt heran.

„Habe ich dir nicht gesagt, dass du drinnen warten sollst?"

„Hättest du das denn getan?", erkundigt er sich aufatmend bei seiner Freundin. „Ich habe es nicht ausgehalten." Er zieht sie in seine Arme, muss einfach spüren, dass es ihr gut geht.

Nachdem sie jetzt auch das letzte Mitglied aus Dirk Steins Reihen erwischt haben, sorgen die Spezialeinheiten für die Aufräumaktionen, sowie die medizinische Versorgung der Verletzten.

Kurz darauf findet sich auch Stefan wieder bei ihnen ein.

„Gut gemacht", lobt Emma nüchtern, um ihren Bruder anschließend in ihre Arme zu ziehen. „Danke."

Stefans Augen fallen auf Holger Baumann. Er erinnert sich an dessen Kommentare während der heutigen Aktionen. „Kleinigkeit!", antwortet er seiner Schwester mit einem breiten Grinsen.

Roland Cordtmann erscheint bei den beiden Agenten. „Ist einer von Ihnen in der Lage, mir die ganze Geschichte darzulegen?"

Stefans Augen ruhen einen Moment nachdenklich auf dem stellvertretenden Generalbundesanwalt. „Ich glaube, dafür wenden Sie sich am besten an meine Schwester und Gerd Bach."

„Ohne die Unterlagen und Wolfgang Keller bekommen wir das auch nicht lückenlos hin", beteuert Emma.

„Ich mache Ihnen einen Vorschlag", mischt Peter sich in das Gespräch ein. „Begleiten Sie uns doch einfach nach Düsseldorf. Dann haben Sie die Möglichkeit, die Unterlagen einzusehen, sich mit den Geschwistern Wolf, sowie Gerd Bach in Ruhe zu unterhalten. Außerdem treffen Sie in meinem Haus auch Wolfgang Keller und Konrad Schrader an. Solange Sie Ihren Aufenthalt für nötig erachten sind Sie mir als Gast willkommen."

„Das Angebot nehme ich gern an. Schon aus lauter Neugier." Roland Cordtmann schaut sich um. „Aber ich werde Sie nicht begleiten. Vorerst werde ich hier noch gebraucht. Wenn es für Sie in Ordnung ist, schlage ich im Laufe des morgigen Tages bei Ihnen auf."

„Das ist überhaupt kein Problem. Lassen Sie mich wissen, wann Sie am Flughafen ankommen. Ich schicke Ihnen meinen Fahrer." Die beiden Männer reichen sich zum Abschied die Hände. Der stellvertretende Generalbundesanwalt nickt den anderen zu. Dann bringt er sich eilends in die Aufräumaktionen ein.

Peter hält es für angebracht, das Feld zu räumen. „Machen wir, dass wir hier wegkommen."

Dem Ratschlag folgend wenden sich die Geschwister ab, um den Hubschrauberlandeplatz aufzusuchen. Nach ein paar Schritten bemerkt Emma, dass Gerd ihr nicht folgt, sondern seinen Blick in die andere Richtung lenkt. „Gerd, kommst du?"

„Gleich. Geht bitte schon vor. Wartet am Hubschrauber auf mich." Ohne auf eine Antwort zu warten begibt er sich zu Florian.

Mit gemischten Gefühlen starrt Emma ihm hinterher. ‚Was haben die beiden vor? Veranstalten die zwei jetzt einen Machtkampf oder etwas in der Art?' Das hätte ihr gerade noch gefehlt.

„Em', nun komm schon." Stefan fasst ihren Arm und zieht sie der Einfachheit halber mit sich. „Lass die beiden in Ruhe."

„Du weißt, was die zwei vorhaben?" Sie beäugt ihren Bruder misstrauisch.

„Jedenfalls nicht das, was du denkst", stichelt ihr Bruder. „Für sie ist ein sauberer Abschluss genauso wichtig wie für dich."

Endlich lässt sie sich von ihrem Bruder weiterziehen. Sie hat begriffen, was er ihr zu verstehen gab.

„Hast du einen Moment Zeit?"

„Was willst du denn von mir?", entgegnet der Bundesbeamte.

„Nur einen Moment reden."

Gerd tritt ein paar Schritte von den anderen weg, sodass Florian ihm neugierig folgt. „Also?"

„Ich möchte mich bei dir bedanken." Gerd hat schon längst erkannt, welche Gefühle der Beamte für Emma hegt. „Ich weiß, was Emma dir bedeutet. Du hast ihr geholfen, wo immer du konntest. Ohne dabei an dich zu denken."

Florian schüttelt den Kopf. „Nein, Gerd, ganz im Gegenteil. Ich habe nur an mich gedacht, im Gegensatz zu dir. So wie du dich zurückgenommen hast, das könnte ich nie. Dazu bin ich viel zu egoistisch. Du hast das gemacht, weil sie dir nicht nur wichtig ist, sondern auch weil du sie verstehst. Ich glaube, du würdest auf alles verzichten, sogar auf sie, wenn sie nur glücklich ist. Ich könnte das nicht." Er reicht Gerd die Hand. „Du bist absolut der Richtige für sie. Pass auf sie auf."

„Das mache ich. Danke."

Im Laufe des nächsten Nachmittags trifft der stellvertretende Generalbundesanwalt im Anwesen der Familie Staller ein. Da Wolfgang Keller darauf besteht bei den Gesprächen anwesend zu sein, versammeln sich alle Beteiligten in seinem Zimmer.

Erst jetzt erfährt Roland Cordtmann das ganze Ausmaß der Geschichte. „Es ist schon erstaunlich, wie weitreichend diese

Verbindungen sind. Sie machen eine einfache Studienfahrt am Rhein. Die Folge davon sind Kämpfe gegen gefährliche Verbrecher bis hin zu Attentaten auf hohe Regierungsbeamte. Sie haben die Hintergründe aufgeschlüsselt und gleichzeitig noch unseren fähigsten Spezialisten mit Rat und Tat zur Seite gestanden. Wir können uns nur bei Ihnen bedanken." Roland Cordtmann betrachtet Gerd und Andreas ernst. „Meine Herren, Sie sind die wirklichen Helden in dieser Geschichte."

Verlegen sehen sich die Freunde an.

„Was geschieht jetzt mit den ganzen Leuten, die Sie verhaftet haben?", erkundigt sich Andreas.

„Sie sind alle gestern noch dem zuständigen Ermittlungsrichter vorgeführt worden. Nicht nur, dass er sich um die korrekten Haftbefehle gekümmert hat, veranlasste er auch noch eine Sicherheitsverwahrung für unsere acht Schläfer."

Gerd erkennt sofort, worauf der stellvertretende Generalbundesanwalt anspricht. „Glauben Sie, die könnten in Gefahr sein?"

„Wir können nicht wissen, wo vielleicht noch irgendwer von denen Kontakte hat. Bevor einer von ihnen mit einem Messer im Rücken endet, gehen wir lieber auf Nummer sicher. Sie haben alle bereits nach einem Anwalt geschrien. Doch da wird keiner etwas erreichen. Bis zum Strafverfahren vor dem Bundesgerichtshof bleiben sie in Sicherheitsverwahrung. Dazu tragen auch Ihre Unterlagen bei, die ich schnellstens dem Gericht zur Prüfung vorlegen werde."

„Was ist mit Dirk Stein? Können Sie ihn auch für die geplanten Attentate belangen?" Emma kann sich noch gut an den hasserfüllten Blick erinnern, mit dem Dirk Stein den stellvertretenden Generalbundesanwalt bedacht hat.

„Nicht, wenn wir keine Beweise dafür finden", antwortet Roland Cordtmann ihr. „Alle Büros und Häuser unserer Schläfer wurden umgehend gestern und heute durchsucht. Die Auswertungen sind noch nicht abgeschlossen. Wir haben auch die Aufnahmen aus der Kamera im Büro Ihres Vaters zur Auswertung ins Labor geschickt. Einen Tag bevor er ermordet wurde nahm ihr Vater Kontakt zu mir auf. Wir vereinbarten ein Treffen für den nächsten Nachmittag. Aber dazu kam es nicht mehr. Er wollte mich unbedingt warnen und war ziemlich aufgeregt. Ich denke, er konnte herausfinden, was Stein geplant hatte. Vielleicht entdecken wir ja in seinen Unterlagen noch ein paar Beweise dazu. Auf jeden Fall liegt noch viel Arbeit vor uns, bis wir so weit sind, alle Anklagepunkte aufzulisten, beziehungsweise sie lückenlos zu beweisen." Er wendet sich an Ilona Kösters. „Die Aussage, die Sie von Frau Lichtenstein bekommen haben, ist ein weiterer Nagel zu Steins Sarg, wie man so schön sagt. Ich hätte nicht gedacht, dass irgendjemand aus dieser Frau etwas herausbekommt."

Ilona lächelt. „Ich habe sie da gepackt, wo es ihr Ego ansprach. Sie wollte nicht in einer Zelle schmoren, vergessen von der Welt da draußen. Die Sendezeiten, die ich ihr anbot, waren letztendlich wohl der Grund für ihr Entgegenkommen. Das war übrigens auch Herrn Bachs Idee."

„Das wundert mich, ehrlich gesagt, überhaupt nicht", bekräftigt Roland Cordtmann lächelnd.

Auch die anderen lachen auf.

Der Anwalt richtet sich wieder an die Reporterin. „Ich möchte Sie darum bitten, Frau Lichtenstein noch einmal zu besuchen. Wir besorgen Ihnen rechtzeitig die notwendigen Genehmigungen. Sie soll Ihnen alles berichten, was sie uns über Dirk Steins Werdegang und seine geplanten Aktivitäten verraten kann. Im Gegenzug setze ich mich, wenn nötig, für eine Strafmilderung in diesem Fall ein."

„Ich schätze, das kriege ich hin. Ich werde es selbstverständlich versuchen. Allerdings stehe ich zu meinem Wort. Das heißt, wenn ich Frau Lichtenstein Sendezeiten verspreche, wird sie diese auch bekommen. Sonst lasse ich mich auf den Handel nicht ein." Ilonas Antwort zeigt deutlich, dass sie keine leeren Versprechungen machen wird und auch nicht bereit ist, durch Lügen ihr Ziel zu erreichen.

„Einverstanden." Roland Cordtmann schmunzelt. Die junge Frau gefällt ihm ausnehmend gut. Sie ist selbstsicher und resolut. Mit solchen Leuten arbeitet er gern zusammen. Es fällt ihm leicht, ihren Wunsch zu akzeptieren. Er schaut sich in dem

Raum um. Es gibt nicht einen Menschen hier, an dessen Loyalität er zweifeln müsste. Jeder von ihnen hat sich dafür eingesetzt, dass die Gerechtigkeit siegt, allen voran Gerd Bach und Emma Wolf. „Für Montag ist ein Krankentransport bestellt, der Herrn Keller wieder nach Berlin bringen wird. Ich schätze, Herr Schrader erklärt sich freiwillig bereit, ihn auf der Reise zu begleiten." Sein Blick wandert fragend zu Konrad, der ihm seine Bitte gern bestätigt. „Frau Wolf, Herr Wolf, Sie möchte ich bitten, mich morgen auf meiner Rückreise mit allen Unterlagen, die uns zur Verfügung stehen, zu begleiten." Das verzweifelte Gesicht von Stefan lässt ihn noch eine Ergänzung hinzufügen. „Ich bin darüber informiert, dass Sie ab Montag einer neuen Dienststelle zugewiesen sind. Ich hoffe, es macht Ihnen nichts aus, einen Tag später dort anzufangen, da ich dringend Ihre Aussage benötige. Mit Ihrer Dienststelle werde ich mich persönlich in Verbindung setzen." Nun erklärt sich auch Stefan bereit, den Bitten des Generalbundesanwalts nachzukommen.

„Prima", freut der sich. „Dann ist ja alles geklärt."

Seit dem Besuch des Generalbundesanwalts ist bereits eine Woche vergangen, da erscheint Jens Fischer auf dem Anwesen der Familie Staller.

„Jens, gut dass du kommst", begrüßt ihn sein Projektleiter erfreut. „Ich hänge jetzt schon mehr als zwei Wochen hier herum. Na ja, mit einer kurzen Unterbrechung durch unseren Berlin-Trip. Aber trotzdem, bei der ganzen Nichtstuerei werde ich noch schwermütig", versichert er traurig. „Erzähl mir, wie geht es im Park voran? Was macht die Arbeit?"

Bei dem erwartungsvollen Blick seines Vorgesetzten muss der Ingenieur lachen. „Du kannst es nicht lassen, was? Am liebsten würdest du sofort wieder mitmischen. Habe ich Recht?"

„Natürlich", bestätigt Gerd ihm fest. „Wer will schon gern doof herumliegen?"

„Es soll Leute geben, die so etwas genießen. Das nennt sich ‚Ausspannen'. Hast du vielleicht davon schon einmal etwas gehört?", erkundigt sich Jens lachend.

„Das ist etwas für alte Männer, nicht für mich. Also los. Lass hören!"

So aufgefordert berichtet Jens ihm von den guten Erfolgen, die sie in dem Park erzielen. Gerd ist froh über den Eifer, den seine Leute an den Tag legen. Sven Kirschbaum hat es verdient, dass die Arbeiten in seinem Park sauber abgeschlossen werden. Er freut sich schon auf seinen nächsten Besuch dort.

„Gerd, ich muss mit dir reden", holt ihn Jens aus seinen Gedanken zurück. Er muss tief durch atmen, ehe er sein Anliegen vorbringen kann. Obwohl er genau weiß, was er will, fällt ihm dieser Schritt ungeheuer schwer. „Ich wollte das nicht gestern auf der Beerdigung machen. Deshalb bin ich heute hierhergekommen."

Erstaunt betrachtet Gerd das bedrückte Gesicht seines Ingenieurs. Die gestrige Beisetzung von Achim Voss war anscheinend nicht der richtige Ort für dieses Gespräch. ‚Es muss wichtig sein, was Jens mir zu sagen hat, wenn er extra dafür an einem Samstag zu mir kommt.' „Was ist los?"

„Du weißt, dass ich gern mit euch arbeite. Nach meiner Scheidung vor zehn Jahren ist das Team so etwas wie meine Familie geworden. Hier fühle ich mich zuhause. Eigentlich kann ich mir nicht vorstellen, irgendwo anders zu arbeiten."

„Aber?" Gerd begreift, dass da noch mehr kommt.

„Meine Ex hat mir immer vorgeworfen, dass ich nicht genug Zeit für die Familie aufbringe. Gut, da war noch mehr im Argen. Aber letztendlich stand uns tatsächlich der Job im Weg. Ich war rund acht Monate im Jahr unterwegs. So kann man keine gute Ehe führen."

Gerd muss daran denken, wie schwer es ihm fällt, Emma nach ihren Besuchen jedes Mal wieder gehen zu lassen. Bestätigend nickt er dem Freund zu. „Ich verstehe."

„Ja. Und deswegen bin ich hier. Beim zweiten Versuch möchte ich es richtig machen."

„Beim zweiten Versuch?", staunt Gerd, doch dann macht es *Klick*. „Jennifer Graf?"

„Ja." Jens strahlt. „Irgendwie hat es bei uns beiden gefunkt."

„Das war nicht zu übersehen", bemerkt Gerd frech.

Jens nimmt ihm das nicht übel. „Wir lassen es zwar langsam angehen, planen aber eine langfristige gemeinsame Zukunft. Gerd, die Arbeit, die ich bis jetzt gemacht habe, passt einfach nicht dazu. Ich habe keine Ahnung, wie ich das bewältigen soll. Es wird mir wohl nichts anderes übrig bleiben als zu kündigen."

Gerds Gedanken arbeiten wieder einmal auf Hochtouren. „Wenn es nur darum geht, dass du nicht mehr mit uns in der Weltgeschichte herumirren willst, finden wir bestimmt eine Regelung. Lässt du mir ein wenig Zeit darüber nachzudenken? Kündigen kannst du doch immer noch. Einverstanden?"

„Ja, klar." Jens ist froh, dass Gerd ihn versteht. Er vertraut seinem Boss gänzlich. ‚Wenn der sagt, er findet eine Lösung, dann ist das auch so. Vielleicht geht das ja doch zufriedenstellend für alle aus. Auch für mich selbst.'

Noch vor der Mittagszeit am Montag weist sich Sven Kirschbaum bei dem Wachmann am Anwesen der Familie Staller aus. Er kommt direkt von der Besprechung, die er mit seinem gesamten Mitarbeitertrupp geführt hat. Sichtlich beunruhigt verlässt er im Anschluss den Park. Hat er sich doch durch die neue Anlage am Ziel seiner Träume gesehen, wurde er gerade wieder auf den Boden der Tatsachen zurückgeholt. Hoffentlich kann Gerd Bach ihm weiterhelfen. Er weiß niemanden, der sonst dazu in der Lage ist.

„Gerd, du hast Besuch." Damit lässt Karola den Parkbetreiber eintreten.

„Herr Kirschbaum", begrüßt Gerd ihn freundlich. „Schön, Sie zu sehen. Was verschafft mir die Ehre Ihres Besuches?"

„Also, erst einmal wollte ich mich natürlich nach Ihrem Gesundheitszustand erkundigen. Wie ich sehe, geht es Ihnen ja schon wieder ganz gut."

„Ja, Unkraut vergeht eben nicht", lächelt Gerd. Er ist gespannt, was den Betreiber tatsächlich hierherführt.

Ohne Umschweife kommt dieser zum eigentlichen Thema. „Herr Bach, Ihre Leute arbeiten ja schon eine ganze Weile an den

Fahrgeschäften in meinem Park. Gestern habe ich mit meinem Mitarbeiterstamm zusammengesessen. Das Ergebnis war, dass wir ohne fachmännische Unterstützung aufgeschmissen sind. Deshalb bin ich hier. Besteht die Möglichkeit, dass Sie mir einen dauerhaften Wartungsvertrag mit regelmäßigen Kontrollen für Ihre Anlage anbieten?"

„Was verstehen Sie denn unter regelmäßigen Kontrollen?"

„Am liebsten jemanden, der täglich im Park ist. Auf den ich jederzeit zugreifen kann." Entschuldigend lächelt Sven den Projektleiter an. „Aber keiner Ihrer Männer wollte bei Ihnen abspringen. Egal was ich ihnen geboten habe."

Auch Gerd muss schmunzeln. Er kann sich vorstellen, wie das abgelaufen ist. „Im Normalfall würde ich Ihr Ansinnen rigoros ablehnen. Aber ich habe da eine Idee, die uns allen vielleicht weiterhilft."

„Was meinen Sie?"

„Mein Kollege Jens Fischer war vor zwei Tagen bei mir. Sie kennen ihn ja."

„Sicher", bestätigt Sven. „Ein sehr fähiger Mann."

„Ja, genau", stimmt Gerd zu. „Deshalb möchte ich auch nicht, dass er geht. Er möchte nicht mehr mit unserem Team auf Reisen gehen. Der Grund dafür ist Frau Graf."

„Frau Graf? Was hat denn meine Ingenieurin damit zu tun?" Sven ist sichtlich erstaunt.

„Das ist ganz einfach. Die beiden haben sich entschlossen, ihre Zukunft gemeinsam zu meistern. Da Jens schon einmal geschieden wurde, weil er nie genug Zeit für seine Frau aufbringen konnte, möchte er diesen Fehler nicht wiederholen. Ich kann ihn verstehen, möchte ihn aber auch nicht gänzlich verlieren."

„Das begreife ich", bekräftigt Sven. „Aber wo gibt es da eine Verbindung zu dem Park?"

„Ich stelle mir das so vor. Wenn Jens dazu bereit ist, und daran zweifle ich eigentlich nicht, werde ich Peter Staller überreden, Ihnen einen entsprechenden Wartungsvertrag anzubieten. Dann kann Herr Fischer uns bei der Planung und Ausarbeitung neuer Aufträge weiterhin helfen, gleichzeitig hätte er in der Wartung Ihrer Fahrgeschäfte eine dauerhafte Aufgabe."

Sven staunt nicht schlecht darüber, wie schnell der junge Mann eine Lösung für die neuen Probleme aufzeigt. „Damit würden Sie mir eine große Last von den Schultern nehmen."

„Die letzte Entscheidung liegt beim Konzernchef. Ich werde ihm das Ganze möglichst schmackhaft unterbreiten. Das verspreche ich Ihnen."

Mehr kann Sven nicht verlangen. Da er den Projektleiter der Firma *Staller* mittlerweile ganz gut zu kennen glaubt, verabschiedet er sich froh von diesem. Er vertraut gänzlich auf den Einfluss, den Gerd Bach auf den Konzernchef hat.

Diesem unterbreitet Gerd noch am gleichen Abend einen gut durchdachten Vorschlag. „Zum einen können wir mit Jens Fischer einen wirklich fähigen Ingenieur behalten, der bei Bedarf in unsere Projektentwicklung einsteigt, zum anderen kommen wir seinem Wunsch nach, ihn nicht mehr auf Reisen zu schicken. Oder nur in Krisensituationen. Außerdem kannst du einen großen Teil seines Gehaltes durch den Wartungsvertrag wieder hereinholen", lockt Gerd zum Abschluss.

Peter bleibt lange still. Man kann erkennen, wie es in ihm arbeitet. „Also schön. Ich denke, das lässt sich bewerkstelligen. Sehen wir, wie sich das auf das Team auswirkt. Ich werde mit Herrn Fischer sprechen. Auch mit Herrn Kirschbaum. Um einen so aufwendigen Vertrag auszuarbeiten, werden wir eine ganze Weile brauchen. Vorerst sage ich ihm nur mit Vorbehalt zu. Ich werde einen solchen Vertrag nicht ohne dich ausarbeiten. Sobald du fit genug bist, setzen wir uns mit den betroffenen Parteien zusammen."

„Fit genug bin ich jetzt schon", beteuert Gerd.

„Sag das meiner Frau", erklärt Peter seinem Projektleiter. Als Gerd gequält aufstöhnt, lächelt er verständnisvoll. „Das kenne ich. Leider musste ich das auch durchmachen."

„An Karo kommt keiner vorbei", bekräftigt Gerd. „Da muss sich Herr Kirschbaum noch etwas gedulden, schätze ich."

„Ja." Nachdenklich mustert Peter seinen Projektleiter. „Gerd, wenn ihr mit dem Team vorerst klarkommt, obwohl Herr Fischer fehlen wird, dann werde ich die Stelle in den nächsten zwei Jahren nicht besetzen."

„Wieso gerade zwei Jahre?" Gerd ahnt schon, was Peter da vorschwebt.

„Ich denke, Michaela Kaiser ist mehr als nur geeignet, um die Stelle von Herrn Fischer nach dem Studium dauerhaft zu übernehmen."

„Da kann ich dir nur zustimmen", freut sich Gerd über die Entscheidung.

Bereits am nächsten Tag finden erste Verhandlungen zwischen dem Parkbetreiber und dem Konzernchef für einen umfangreichen Wartungsvertrag statt.

Sven ist von der Unterstützung begeistert. Obwohl noch viel Arbeit vor ihnen allen liegt weiß er, diesmal kann er sein Ziel endgültig erreichen. Er überreicht Peter einen Briefumschlag, den dieser kritisch beäugt.

„Was ist das?"

„Das ist für Sie", lächelt Sven. „Ich habe neue Dauerkarten für meinen Park drucken lassen. Es sind ganz spezielle Sonderexemplare, kostenfreier Eintritt, gültig auf Lebenszeit. Sie und Ihre Familie sind mir in meinem Park jederzeit willkommen. Ihre Leute haben von mir ebenfalls alle eine Karte bekommen."

Peter dreht den Briefumschlag nachdenklich in seiner Hand. Dann fängt er schallend an zu lachen.

Sven mustert den Konzernchef dermaßen perplex, dass dieser sich zu einer Erklärung verpflichtet fühlt.

„Mit solch einem Briefumschlag hat das alles angefangen!"

28 Epilog

Schon früh am Morgen starten die drei Frauen ihre Einkaufstour. Da sich sowohl Gerd, als auch Andreas durch ihre Verletzungen selbst nach vier Wochen noch schonen müssen, verdonnert die Unternehmers-Gattin ihren Mann zum Aufpasser. So haben die Frauen die nötige Ruhe, welche Karola für die Umsetzung ihres Plans benötigt. Mit Anna und Emma, die sich seit dem gestrigen Tag in Düsseldorf aufhält, beginnt sie ihren Rachefeldzug.

Bei der gemütlichen Kaffeepause, die sie einlegen, feuern sich die Frauen gegenseitig mit immer neuen Ideen zu diesem Plan an.

Anna lacht vergnügt auf. „Was meint ihr, was die für Augen machen werden. Ich könnte mich jetzt schon kringelig lachen."

„Wenn die wüssten, was ihnen blüht." Emmas Augen blitzen unternehmungslustig. „Du bist aber kein bisschen nachtragend!", bemerkt sie an Karo gewandt.

„Eigentlich bin ich das auch nicht. Aber die drei hatten ihren Spaß", erinnert sich die Dozentin. „Auf meine Kosten! Ich habe ihnen versprochen, dass sie das zurückkriegen." Bei der Vorfreude strahlt sie über das ganze Gesicht. „Mädels, heute Abend werden wir unseren Spaß haben." Alle drei lachen begeistert auf.

„Schade, dass Ilona nicht dabei ist." Emma ist sicher, dass auch die Reporterin ihren Spaß an der Geschichte hätte.

„Das stimmt", pflichtet Karola ihr bei. „Doch seit Roland Cordtmann sie gebeten hat, für ihn als Pressesprecherin zu arbeiten, war sie kaum noch in Düsseldorf. Er hat seinen Amtssitz in Karlsruhe und wohnt auch dort. Sie hat uns erzählt, dass sie sich in der Nähe eine Wohnung suchen will. Anscheinend plant sie einen dauerhaften Wechsel."

„Wie kommt Andreas damit klar?" Anna kann sich nicht vorstellen, auch nur einen Tag von Stefan getrennt zu sein.

Die Unternehmers-Gattin schaut versonnen vor sich hin. „Gar nicht, würde ich sagen. Er freut sich für sie. Ich schätze, er will ihrer Karriere nicht im Weg stehen. Aber es tut ihm weh. Auch wenn es keiner ausspricht, wissen alle, dass dieses Kapitel in Kürze ein Ende finden wird. Ich möchte ihm gern helfen, aber das kann ich nicht, das kann keiner. Dafür braucht er einfach Zeit."

„Ja, und uns!", erklärt Emma fest.

„Genau." Karolas Augen strahlen auf. „Heute Abend bringen wir ihn garantiert auf andere Gedanken. Wetten?"

Beladen mit einer Vielzahl an Einkaufstüten erscheinen sie drei Stunden später im Anwesen der Familie Staller, nur um sich mit Maria, der Haushälterin, in die Küche zu verziehen. Immer wieder hört man schallendes Gelächter.

„Was ist denn mit denen los?", erkundigt sich Andreas neugierig.

Doch auch die anderen können nur mit den Schultern zucken. Gerds Versuch, bis zu Emma in die Küche vorzudringen, scheitert kläglich, daher geben die drei Männer ihre Versuche, dem Verhalten der Frauen auf den Grund zu gehen, vorerst auf.

Konrad Schraders Besuch an diesem Nachmittag unterbricht die Grübelei der Männer. Nachdem er zuvor seinen Patensohn besuchte, entschließt sich Stefan, ihn zu der Familie Staller zu begleiten. Seit seinem Wechsel in die neue Stelle ist dies der erste dienstfreie Tag, den sein Schichtplan ihm bewilligt, weshalb er bis jetzt keine Zeit für Freunde oder Familie aufbringen konnte. Von Anna weiß er, dass auch Emma und Gerd heute hier sind. Er freut sich darauf, seine Schwester und all die anderen zu treffen.

Die heißen Sommertemperaturen haben einer angenehmen Kühle Platz gemacht. Die überdachte Terrasse, auf die sich die

Männer zurückziehen, schützt vor den hin und wieder fallenden Regentropfen.

Konrad überzeugt sich von dem fortschreitenden Gesundheitszustand der beiden jungen Männer, denen sie alle so viel verdanken. „Ich habe dafür gesorgt, dass die Urne mit Achims Überresten nach Wiesbaden überführt wird", berichtet er. „Seine Schwiegereltern wohnen dort. Seine Frau liegt in der Familiengrabstätte. Ihre Eltern werden sich um alles Weitere kümmern. Ich denke, dort gehört er hin."

„Das ist eine gute Idee", stimmt Peter ihm zu.

Gerd erinnert sich an die Beerdigung vor zwei Wochen. Er hat trotz seiner Verletzungen darauf bestanden, daran teilzunehmen. Das war er seinem Freund schuldig! Zu guter Letzt erschien das ganze Team in Begleitung von Peter, Karola und Andreas um ihn zu begleiten, selbst Uwe humpelte mit seinen Krücken neben ihm her. Sie alle wollten dem Freund die letzte Ehre erweisen. Konrad Schrader und seine Frau wurden von Emma und Stefan begleitet. Gerd ist stolz auf seine Mannschaft. Er muss lächeln als er daran denkt, wie er Achim kennengelernt hat. Vor fast genau einem Jahr hatte Achim Uwe und ihn in Ludwigsburg festgenommen, als sie in die Wohnung des getöteten Torsten Menke eindrangen, um den Machenschaften von Otto Gruber auf die Spur zu kommen. Der verstehende Gesichtsausdruck von Konrad zeigt ihm, dass er das Gleiche dachte.

„Wie geht es jetzt weiter mit Gruber und seiner Schwiegertochter?", forscht Andreas.

„Grubers Verhandlung ist wie gehabt am neunten November in Karlsruhe vor dem Bundesgerichtshof. Er erhält garantiert keine Chance auf vorzeitige Entlassung oder so etwas. Dafür sorgt Roland Cordtmann, der die Anklage übernimmt. Ann-Marie Lichtenstein wird ihre Aussage machen. Demnach wurde sie von Gruber angestiftet. Der Kontakt zwischen Gruber und ihr kam wohl über dessen Anwalt zustande. Dafür gibt es anscheinend handfeste Beweise. Das wäre dann der letzte Nagel zu Grubers Sarg. Ihre Verhandlung ist voraussichtlich im Januar. Da müssen einige von Ihnen leider noch einmal aussagen."

„Mit dem größten Vergnügen", bestätigen ihm die Angesprochenen.

„Roland Cordtmann konnte einiges an Beweisen gegen unsere enttarnten Schläfer finden. Dirk Stein fühlte sich anscheinend vollkommen sicher. Er hat es selbst nach dem Tod von Richard Wolf nicht für nötig erachtet, seinen Schriftverkehr oder belastende Dokumente zu vernichten. Seine Hausdurchsuchung brachte allerdings erst einmal gar nichts." Konrad richtet sich an Gerd. „Dank Ihrer Hinweise wusste Cordtmann ja mittlerweile, wonach er suchen musste. Die kleine Villa in Berlin-*Tegel* fand er über den Grundbucheintrag. Als Eigentümer ist dort Dirk Hasselbach eingeschrieben. Sie haben die Hütte komplett auseinandergenommen. Der Kerl war so von sich eingenommen, dass er seinen ganzen Werdegang dokumentiert hat."

„Damit hat sich unsere Arbeit bezahlt gemacht", versichert Gerd. „Was ist mit Stein? Wann ist seine Verhandlung?"

„Das steht noch nicht fest. Es ist ein Termin am zehnten Oktober anberaumt, der seinen sechs Handlangern gilt. Auch hier liegen mittlerweile genügend Beweise vor. Die Ergebnisse aus dieser Verhandlung sollen in die Verurteilung von Stein mit einfließen. Hinzu kommen die Aussagen von Wolfgang und Emma. Sowohl diese Verhandlung, als auch die von Stein werden unter Ausschluss der Öffentlichkeit stattfinden. Ich schätze, hier kommt noch einiges zu Tage, was der Generalbundesanwalt in der Verhandlung gegen Otto Gruber verwenden wird."

„Dann fehlt nur noch einer", rechnet Peter nach. „Was ist mit dem Bruder von Dirk Stein? Wird der nicht wegen Mordes angeklagt?"

„Ja und nein. Cordtmann lässt es sich nicht nehmen, Jörg Wimmer, beziehungsweise Hasselbach, wegen Mordes an Richard Wolf anzuklagen. Aber da kommen noch einige Anklagepunkte hinzu. Mit Florian Goldschmidt sind sie die fehlgeschlagenen Einsätze unserer Elite-Einheiten durchgegangen. Es wurde massenhaft Beweismaterial zusammengetragen, das sie diesem Mann zur Last legen. Ich vermute, dass er anschließend im gleichen Verfahren wie sein Bruder wegen Mordes verurteilt wird. Er kommt nicht davon! Ich kann mir nicht vorstellen, dass einer der beiden wieder auf freiem Fuß landet, doch das entscheiden die Richter. Warten wir es ab."

„Egal, wieviel der Richter Jörg Hasselbach aufbrummt, wichtig ist, dass er verurteilt wird", überlegt Gerd. „Für Emma ist es wichtig, dass der Mörder von ihrem Vater verurteilt wird. Dann kann sie endlich loslassen."

„Wo ist eigentlich Emma?", wundert sich Konrad, da er die junge Frau noch nicht zu Gesicht bekommen hat.

„In der Küche", erhält er zur Antwort. „Aber da dürfen wir aus irgendeinem undefinierbaren Grund nicht hinein."

„Ich werde nachsehen", bietet sich Stefan neugierig an.

Vorsichtig klopft er an die Tür, hinter der lustige Stimmen und Lachen zu hören sind. Anna steckt den Kopf heraus. Ihr abweisender Gesichtsausdruck ändert sich schlagartig und sie strahlt auf, als sie ihren Freund erblickt. „Es ist Stefan", ruft sie nach hinten.

„Darf hereinkommen", bekommt Anna zu hören. Sie zieht Stefan in den Raum, um hinter ihm die Tür wieder zu schließen.

„Was läuft denn hier ab?", wundert sich der Elite-Polizist.

Ein Teller auf dem Tisch ist bis oben hin mit irgendwelchen Käfern angehäuft. In einer Schüssel entdeckt er, ja was? ‚Das sieht aus wie Maden.' Er kann zwar nicht erkennen, ob diese Tiere tot oder lebendig sind, aber auf jeden Fall bewirken sie bei ihm eine Gänsehaut, sodass er sich angeekelt schüttelt. „Was macht ihr hier?", hakt er wissbegierig nach.

„Wonach sieht es denn aus?" Emmas Augen strahlen ihn voller Unternehmungslust an.

Alarmiert mustert Stefan seine Schwester. „Den Blick kenne ich! Was heckt ihr hier aus?"

Sie betrachtet kurz die feinen Fäden aus Zuckerwatte, die Karo zu kunstvollen Spinnweben formt. „Wir kochen", beantwortet sie seine Frage.

„Sagt mir nicht, dass das heute euer Abendessen ist?"

Emma dreht sich mit blitzenden Augen zu ihm um. „Warum nicht?" Übermütig greift sie nach den Käfern, steckt sich einen in den Mund und beißt herzhaft zu. Es knackt laut, als sie die harte Schale durchbeißt.

Stefan kann nicht verhindern, dass er angewidert die Augen aufreißt.

Bei dem Ausdruck seines Gesichts fangen Anna und Emma gleichzeitig laut zu lachen an.

„Hier, probier einmal." Seine Schwester hält ihm einen Käfer vor die Nase. „Geröstete Kürbiskerne. Ich habe sie geröstet und danach jeden einzelnen noch heiß aufgeschnitten, damit es so aussieht, als ob sie Flügel hätten."

„Und die Maden da drüben, was ist das?" Neugierig beäugt der kampferprobte Mann den Inhalt der Schüssel. „Sieht irgendwie eklig aus."

„Was heißt hier eklig?", empört sich Anna. „Ich habe mehr als eine Stunde an dem Käse herum geschnippelt um ihn so hinzubekommen. Außerdem musste jeder Wurm noch mit einem Kopf aus der rosa Sauce betupft werden."

„Eine Stunde?", staunt Stefan. Er betrachtet einen Teller mit ausgehöhlten weißen Kugeln. „Was ist das?"

„Radieschen."

„Ist euch aufgefallen, dass die nicht richtig geschält sind? Da gibt es überall noch rote Streifen", teilt er den Frauen mit.

„Ja, genau. Pass auf." Emma schneidet eine schwarze und eine grüne Olive in der Mitte durch, dann steckt sie das geschlossene Ende der schwarzen in den grünen Ring. Beides zusammen schiebt sie vorsichtig in ein Radieschen, das sie Stefan unter die Nase hält. „Wie sieht das aus?"

Der Beamte dreht das Gebilde, das tatsächlich wie ein Augapfel aussieht, in der Hand. „Sag ich doch", beteuert er. „Total eklig!"

Während er sich das Teil mutig in den Mund schiebt lachen die Frauen fröhlich auf. Seine Augen wandern über die vielen Platten und Teller, die Zutaten, die überall herumliegen, und die Arbeiten, die die Frauen gerade ausführen. An einer hohen Schale bleibt sein Blick hängen. Ausgiebig betrachtet er das eigenartige Gebilde, das enorme Ähnlichkeit mit einem Gehirn hat. Ob es sich bei der roten Soße um Blut handelt, kann er nicht feststellen, aber es sieht auf jeden Fall ziemlich echt aus. „Wen habt ihr denn dafür umgebracht?"

Selbst Maria bricht bei seiner Frage in schallendes Gelächter aus.

„So etwas bekommst du in jedem Supermarkt", versichert Emma ihm mit Tränen in den Augen. „In der Gemüseabteilung."

„Und wofür das alles?", will Stefan wissen.

„Wenn du es für dich behältst, erzählen wir es dir", verspricht Anna.

Stefan wird nun klar, woher Peter das Haus in dem Park so gut kannte. Anna schildert ihm, was sich die Frauen für heute Abend vorgenommen haben.

Stefan kann sich das Lachen nicht verkneifen. ‚Eigentlich sollte ich ja zu meiner Zunft stehen', überlegt er kurz, entscheidet sich aber doch dagegen. ‚Das sind die drei selbst schuld.' Wie diese Geschichte ausgeht möchte er zu gern miterleben. „Darf ich zum Essen bleiben?", fragt er deshalb vergnügt und übernimmt die Arbeiten von Emma, damit die sich in Ruhe mit Konrad unterhalten kann.

Emma spaziert mit ihrem momentanen Vorgesetzten durch den Garten. „Es ist schön hier", stellt Konrad fest. „Ich kann dich verstehen."

„Du glaubst nicht, dass ich einen Fehler mache?" Sie zweifelt nicht an ihrer Entscheidung, möchte aber, dass der langjährige Freund das auch versteht.

Konrad ahnt, worum es ihr geht. „Hast du Angst, das Andenken deines Vaters dadurch zu verletzen? Glaube das bitte nicht. Du setzt dich für die richtige Sache ein. Egal wo! Allein damit wirst du ihm schon gerecht. Lass dir von niemandem etwas anderes einreden."

„Du bist mir also nicht böse?"

Konrad schaut sie lächelnd an. „Nur wenn du, und auch dein Bruder, also nur wenn ihr euch nicht ab und an meldet. Ihr seid mir wichtig. Nicht als Mitarbeiter, sondern als Familie. Das werden wir immer bleiben, egal wo sich wer von uns aufhält." Entschuldigend lächelt er sie an. „Mein Gott, hört sich das bescheuert an. Du weißt, was ich meine."

„Ja." Emma nimmt ihn in die Arme. „Du wirst immer von uns hören", verspricht sie ihm. „Familie ist etwas Wichtiges."

„Also schön, dann muss ich dir wohl erst einmal Lebewohl sagen. Du fängst nächste Woche in Düsseldorf an deiner neuen Arbeitsstelle an."

„Nächste Woche?", staunt Emma aufgeregt. „Wann? Wo?"

„Freitag, am ersten September. Du fängst beim Landeskriminalamt an. Eine ähnliche Stelle wie du sie früher beim Bundeskriminalamt hattest. Ich habe die Unterlagen in meiner Tasche. Du bekommst sie gleich."

„Was für eine Stelle ist das?", hakt sie bettelnd nach. „Sag es mir bitte jetzt schon. Bitte! Bitteee!"

Konrad lacht bei ihrem kindlichen Ausbruch fröhlich auf. „Kannst du dich noch an Mark Sievers erinnern?" Als sie nickt spricht er weiter. „Dein Kollege von damals hat es weit gebracht. Du weißt ja, dass er nach seiner Ausbildung in Berlin geblieben ist. Doch er kam aus Düsseldorf, seine Frau auch. Mittlerweile hat er einen der leitenden Posten in dieser Stadt angenommen. Vor ein paar Wochen stellte er den Antrag auf einen Partner. Anscheinend braucht er dringend Unterstützung. Er ist froh, dass sein Antrag so rasch bewilligt wurde. Ich habe ihn angerufen und ihm versichert, dass wir den passenden Mitarbeiter für diesen Posten gefunden haben, aber er war sichtlich erstaunt, dass ich mich auf sein Ersuchen bei ihm meldete und hat zudem noch keine Ahnung, wer ihn da in Zukunft unterstützen wird."

„Welche Abteilung?" Emma hält die Luft an.

„Organisierte Kriminalität. Dezernat 11."

„Ja!", jubelt Emma. „Danke." Sie nimmt Konrad fest in den Arm. Nicht nur dass sie dort aktiv mitarbeiten kann, freut sie sich darauf, ihren ehemaligen Partner wiederzusehen. Von dem zehn Jahre älteren Kollegen hat sie damals alles gelernt, was sie noch nicht wusste. „Wie geht es Wolfgang Keller? Wird er zurückkommen?"

„Davon hält ihn bestimmt nichts ab. Er war nicht erfreut darüber, dass er seine beste Agentin verliert." Konrad lächelt verschmitzt. „Er hat gesagt, wenn er dich braucht, wird er dich ausleihen. Wahrscheinlich arbeitet er schon an einem neuen Formular, einem Dauerleasingantrag für Agenten", witzelt Konrad vergnügt.

„Sag ihm, er soll einfach anrufen. Wenn er meine Hilfe wirklich benötigt, wird sich das einrichten lassen", verspricht Emma. „Bleibst du zum Essen? Es wird richtig eklig." Sie berichtet ihm von Karolas Erlebnis und ihrer heutigen Rache.

Der Berliner Beamte lacht schallend auf, da er sich nur zu gut vorstellen kann, welche Rolle den anwesenden Männern dabei zugedacht wird. „Das würde ich zu gern sehen. Aber ich muss heute noch meinen Flug erwischen. Erzähl mir bitte, wie das ausgeht. Fotos wären auch nicht schlecht."

„Fotos! Na klar. Du bist super. Darum kümmere ich mich sofort."

„Dann lass dich nicht aufhalten. Ich sehe noch bei Stefan vorbei. Die Unterlagen für dich lasse ich bei ihm, danach haue ich ab. Bis bald, Emma."

„Pass auf dich auf", bittet Emma.

Während Konrad sich auf den Heimweg macht greift sie zum Handy. Sie hat Glück und der gewünschte Gesprächsteilnehmer ist fast sofort am Apparat. „Max, tut mir leid, wenn ich am Wochenende störe, aber ich könnte deine Hilfe gebrauchen. Hast du ein bisschen Zeit für mich?" Auf seine Bestätigung hin erläutert sie Max, was sie sich vorstellt. „Aber die dürfen das nicht mitkriegen", beendet sie ihre Ausführung.

Max lacht schon bei ihrer Erzählung heftig auf. „Kein Problem. Pass auf, ich fahre zu Tim. Er hilft uns bestimmt. Wenn wir alles fertig vorbereitet haben, rufe ich dich an. Du musst dann dafür sorgen, dass wir ungesehen hineinkommen."

„Geht klar."

Bis zum Abend sind die Frauen schwer beschäftigt. Aber dann ist alles vorbereitet. Karola ruft ihre Männer zum Essen. Ohne sich groß umzusehen nehmen die Männer ihre üblichen Plätze an dem Tisch ein.

„Was ist denn das?" Andreas beäugt sein Besteck. In eine Serviette eingerollt liegen Messer, Gabel und Löffel neben seinem

Teller. Allerdings sind sie übersät mit weißen Spinnweben und Flusen.

Stefan, der weiß, dass es sich hierbei um Zuckerwatte handelt, wartet auf die Reaktionen der Männer.

Alle drei betrachten sie die seltsamen Gebilde. Keiner von ihnen kann sich erklären, was das soll. Vorsichtig tippt Peter mit einem Finger an die weißen Fäden. Prompt bleiben diese an dem Finger kleben, den er daraufhin schnell zurückzieht, ehe er fragend in die Runde schaut.

Haargenau achten die Frauen auf jede Bewegung ihrer Männer, wobei sie sich das Lachen schwer verkneifen müssen.

Es ist eher Zufall, dass Gerd mitbekommt, wie Emma die Spinnweben mit der Serviette anhebt und ihr Besteck herauszieht. Erleichtert macht er es ihr nach, nur um Andreas und Peter im Anschluss mit schadenfroh blitzenden Augen ihrem Schicksal zu überlassen.

Obwohl Karola ihr sonst hilft, hat Maria an diesem Abend darauf bestanden, das Essen persönlich aufzutragen, da auch sie sich den Spaß nicht entgehen lassen möchte. Auf einem Servierwagen bringt sie die Vorspeisengläser mit dem gemischten Salat, von denen sie an jeden Platz eines stellt. Dabei muss sie sich sehr zusammenreißen, um ernst zu bleiben.

Mittlerweile haben auch Andreas und Peter umständlich ihr Besteck aus der klebrigen Masse befreit, wobei ihre Finger reichlich von den Zuckerfäden abbekommen haben. Die Schüssel mit klarem Wasser, die Karola auf dem Tisch platziert hat, befindet sich zur Freude der Frauen nicht umsonst dort.

„Guten Appetit", wünscht die Unternehmers-Gattin in die Runde, nachdem nun endlich alle ihr Besteck in Händen halten, um sich über die Vorspeise herzumachen.

Andreas senkt seine Gabel in den Salat, zieht sie aber schnell wieder zurück. Kritisch mustert er den Inhalt seines Glases, bei dem obenauf zwei Augäpfel aus Radieschen und Oliven prangen. „Leute", beginnt er. „Mein Salat schaut mich an."

Bei dem verdutzen Ausspruch des Doktoranden beginnen Anna und Emma zu prusten.

„Solange er sich noch nicht bewegt, geht es doch", antwortet Stefan trocken und schiebt sich zum Entsetzen der drei Männer einen Augapfel in den Mund.

So ganz traut Peter der Geschichte nicht. ‚Was hecken die Frauen hier aus?', fragt er sich neugierig, wobei er seine Vorspeise genauer betrachtet. Beantworten kann er sich seine Frage aber nicht. Überall im Glas verteilt erkennt man etwa anderthalb Zentimeter lange Gebilde, die wie Maden aussehen. Er hebt mit seiner Gabel ein Salatblatt an, auf dem sich zwei der fetten hellen Viecher mit rosa Köpfen befinden. Die überhängenden Enden des Salatblattes wackeln leicht auf der Gabel. Er kann nicht erkennen, ob diese Viecher sich bewegen oder ob es nur die Bewegung seiner Hand und der Gabel ist. „So viel zum Thema, er bewegt sich nicht!"

Anna bricht ungeniert in Lachen aus. Auch die Augen der anderen Frauen blitzen humorvoll auf.

Ohne sich durch die Kommentare der Männer abhalten zu lassen, taucht Emma die Gabel in ihren Salat. Doch weit kommt sie nicht!

Gerd, der neben ihr sitzt, schnappt sich das Glas seiner Freundin und tauscht es gegen seines aus.

„Hey", ruft Emma empört, beginnt aber, mit einem leichten Schulterzucken, in aller Seelenruhe jetzt aus seinem Glas zu essen.

„Nur für den Fall der Fälle", bemerkt Gerd trocken. Kritisch mustert er den Salat vor sich, ehe er eine Made herauspiekt. Bevor er sich überwindet und probiert, holt er tief Luft. „Käse, würde ich sagen."

Emma lacht bei seiner skeptischen Beurteilung ungeniert auf.

Anscheinend vollkommen unbeeindruckt von den Handlungen rund um sie greift Karola nach dem Glaskrug, der mitten auf dem Tisch steht. Durch das Glas erkennt man eine giftgrüne transparente Flüssigkeit. Zudem scheint es, als ob in dem Krug ein ganzer Garten wächst. Das Limonen-Gras, das Karola zum Aromatisieren des gekühlten Tees benutzt, steckt fest in dem Eis am Boden. „Möchte einer von euch etwas trinken?", erkundigt sie sich zuvorkommend und füllt reihum die Gläser auf, die von den drei Männern kritisch beschnuppert werden.

„Vielleicht sollten wir sie zur Hälfte mit Wodka auffüllen", grübelt Gerd. „Vorsichtshalber. Zum Desinfizieren oder so."

Sein Kommentar lässt die Frauen schallend auflachen.

Nachdem auch Andreas und Peter ihre Vorspeise beendet haben, räumt Maria ab, um kurz darauf den nächsten Gang zu bringen. Dabei leuchten die Augen der temperamentvollen Spanierin schalkhaft auf. Die tiefen Teller mit der kräftig orangefarbenen Kürbissuppe stehen in einem zweiten tiefen Teller. Niemand sieht, was sich zwischen diesen beiden Tellern befindet. Auch Stefan hat keine Ahnung wieso die heiße Suppe wabernden weißen Rauch absondert.

Die verwunderten Augen der Männer bestätigen Emma, dass der Tipp von Max, Trockeneis mit heißem Wasser zu begießen, genau richtig war, denn alle drei Männer achten nur fasziniert auf den Rauch.

Peter tunkt den Löffel tief in seine Suppe, hebt ihn an den Mund, den er öffnet ohne wirklich hinzusehen. Erst im letzten Moment entdeckt er die in der Suppe schwimmenden Käfer. Erschrocken reißt er die Augen auf. „Was zum Henker …" Er spricht nicht zu Ende. Mit einem Klirren fällt der Löffel in die Suppe zurück.

Sowohl Peter als auch Andreas und Gerd starren entsetzt auf ihr Essen.

Anna und Emma tauschen erheiterte Blicke. Beide haben sie große Schwierigkeiten, sich noch eine Weile zu beherrschen.

Obwohl Karola ebenfalls Mühe hat ernst zu bleiben, schaut sie ihren Mann erstaunt an. „Was ist los?", erkundigt sie sich trocken, bemüht das Glitzern ihrer Augen zu unterdrücken. Dass Anna sich auf die Unterlippe beißt, um ihnen durch ihr Gelächter den Spaß nicht vorzeitig zu verderben, ignoriert die Unternehmers-Gattin rasch.

„Was los ist?", wiederholt Peter erzürnt ihre Frage. „Das ist los!" Er zeigt auf seine Suppe. „Da schwimmen Käfer in meinem Essen."

„Das nennt man Reformküche", erklärt ihm seine Frau todernst. „Gerade Gartenkäfer haben einen hohen Eiweißgehalt."

Peter kann nicht glauben, was er da hört. Entsetzt betrachtet er seine Frau.

Ehe er ihr antworten kann, mischt sich Emma in das Gespräch ein. „Das solltest du öfter machen. Die Viecher schmecken wirklich lecker." Damit beißt sie laut knackend auf einen der Kürbiskerne.

Geschockt starren alle drei Männer die junge Frau mit weit aufgerissenen Augen an.

Emma macht den Fehler in Annas Augen zu sehen, die bereits in Tränen schwimmen. Beide können nicht mehr an sich halten und prusten laut los, während ihnen die Tränen über die Wangen laufen.

Nun ist es auch mit Karolas Willenskraft vorbei. Fröhlich lachend nimmt sie ihren Mann in den Arm und lehnt sich bei ihm an.

Langsam ahnt Gerd, worum es bei der ganzen Geschichte geht. Nachdenklich mustert er Karo. ‚Sie hat ja gesagt, dass wir das zurückkriegen', erinnert er sich. Anerkennend wandert sein Blick über den Tisch. ‚Die haben sich wirklich viel Mühe gegeben.' Karo hat es verdient, dass er sie unterstützt.

„Also, wenn du das sagst, muss es ja stimmen", bestätigt er ihre Aussage, tunkt seinen Löffel tief in die Suppe um zu probieren. „Schmeckt gut", lobt er. Auffordernd sieht er Andreas an. „Los, iss. Sonst musst du heute hungern."

Als Maria den Hauptgang serviert, der aus Hamburgern besteht, die wie Monster aussehen, geht endlich auch Peter ein Licht auf. Verblüfft starrt er seine Frau an. „Nur um es uns heimzuzahlen hast du das alles auf die Beine gestellt?"

„Es hat sich doch gelohnt", bestätigt Karo ihm. „Eure Gesichter waren es wert."

Sie haben noch viel Spaß an den gruseligen Cocktails, den monstermäßigen Gemüseplatten mit gebackenen Brotstangen in Fingerform und dem Blumenkohl mit rot eingefärbter *Sauce Hollandaise*, der wie ein Gehirn aussieht. Den krönenden Abschluss bildet die Nachspeise. Die saftigen *Brownies* haben die Form von

Särgen, die mit einem kleinen Holzkreuz bestückt sind. Jeder hat sein individuelles Schokoladenkreuz mit seinem Namen darauf. Hebt man die Sargdeckel an, ist die blutrote Flüssigkeit zu erkennen, die, aus Kirschen und Likör erstellt, eine leckere Beilage zu dem herben Schokoladengeschmack bietet.

Emma hilft Maria beim Abräumen. Die Augen der Agentin strahlen übermütig als sie zurückkommt. „Könnt ihr bitte kurz mit nach nebenan kommen?"

In dem behaglichen Wohnzimmer ist der Fernseher bereits eingeschaltet. Aus einer unbekannten Quelle wird dort ein Film abgespielt.

Zu ihrem Leidwesen können die drei Männer sich dabei beobachten, wie sie ihr Essen in kritischster Weise beäugen. Dabei sehen sie alles andere als mutig aus. Außerdem werden sie von den drei Frauen am Tisch gehörig ausgelacht. Nur Stefan kommt glimpflich davon. Da der Film nicht nur eine hohe Bildqualität aufweist, sondern auch noch bestens vertont ist, bleibt dem Zuschauer keine Peinlichkeit verborgen.

Die Frauen lachen beim Betrachten des Films noch einmal ungeniert auf.

„Wie habt ihr denn das so schnell hinbekommen?", verhört Andreas sie verlegen.

„Ich kann mir schon denken, wer euch dabei geholfen hat", überlegt Gerd. „Aber das muss mir ja nicht gefallen."

„Worauf willst du hinaus?", verhört Peter ihn.

„Das war garantiert Max."

Als Emma bestätigend nickt sieht Gerd den Konzernchef vergnügt an. „Die Aufnahme wird per Funk übertragen", vermutet er. „Du kannst getrost davon ausgehen, dass Max und Tim sich den Film bereits angesehen haben. Was glaubst du wohl, macht am Montag in der Firma die Runde?"

Entsetzt starrt Peter seinen Projektleiter an. „Das hat mir gerade noch gefehlt", stöhnt er unter dem Gelächter der anderen.

Gerd hat einen Arm um Emma gelegt, während sie durch den wunderschönen Garten des Anwesens wandern.

„Wann wirst du wieder nach Berlin fliegen?", erkundigt er sich. „Vor allem, wann kommst du wieder?"

„Morgen", erhält er zur Antwort.

„Du fährst morgen schon?", hinterfragt er enttäuscht.

„Ja. Morgen Früh", bestätigt Emma, lächelt ihn aber im Anschluss liebevoll an. „Aber wenn du magst, komme ich morgen Abend wieder."

„Wie soll ich denn das verstehen? Warum gehst du erst, wenn du direkt wiederkommst? Und was machst du an einem Sonntag in Berlin, wenn du nur ein paar Stunden weg bist?"

„Ich muss meine Wohnung leerräumen", klärt sie ihn auf. „Vielleicht weißt du ja jemanden, der mir helfen kann alles nach Düsseldorf zu schaffen."

„Warum?" Gerd hält die Luft an. ‚Kann es wirklich sein, dass mein Wunsch sich erfüllt? Kommt sie für immer zu mir?'

„Ich habe vor circa vier Wochen in Berlin gekündigt. Konrad hat mir einen neuen Job in Düsseldorf besorgt. Am Freitag fange ich beim Landeskriminalamt an."

Aufgeregt schaut er sie an. „Am Freitag? Hier in Düsseldorf? Wieso machst du das? Ich dachte, du liebst deine Arbeit."

„Ja, du hast Recht. Ich mache meine Arbeit gern. Sie ist aufregend, geheimnisvoll, aber auch gefährlich." Emma macht eine Pause, während sie darüber nachdenkt, wie sie ihm am besten ihre Gedanken und Gefühle erklären kann. „Als Achim getötet wurde, kam mir in den Sinn, dass auch mir das irgendwann passieren wird, wenn ich weiter dabeibleibe. Ich habe mich gefragt, was ich will, wie meine Zukunft aussehen soll. Da ist mir schnell klar geworden, wo ich hingehöre." Tief durchatmend überlegt sie, ob sie sich nicht doch zu weit vorwagt. „Gerd, ich eigne mich nicht für eine Fernbeziehung. Entweder ‚ganz', oder ‚gar nicht'. Ich habe mich für ‚ganz' entschieden. Sag mir bitte, ob du das auch willst?", bettelt sie ängstlich.

„Weißt du das wirklich nicht?", will er überrascht wissen.

„Ich muss es einfach von dir hören." Sie hat noch nie so viel Angst gehabt wie jetzt.

„Seit wir uns kennen habe ich auf diese Entscheidung gehofft", bekennt er. „Doch das musste von dir kommen. Deshalb habe ich gewartet. Es gibt niemanden, der sich das mehr gewünscht hat als ich. Allerdings habe ich nicht damit gerechnet, dass du dich so schnell entscheiden kannst."

„Ich auch nicht. Im Gegenteil, ich war ziemlich hin und her gerissen. Dann habe ich Stefan und Anna zusammen gesehen. Wie wichtig sie füreinander sind, wie einfach es für ihn war, sich zu entscheiden. Ich konnte das nie ganz verstehen." Sie löst sich von ihm, bleibt vor ihm stehen und schaut mit Tränen in den Augen zu ihm auf. „Dann sah ich Rademacher und seinen Kumpan im Freizeitpark, wie sie dich wegschleiften." Selbst bei der Erinnerung an diesen Moment fühlt sie wieder das Entsetzen. „Für einen Augenblick war ich wie erstarrt, aus Angst du könntest tot sein. Doch dann habe ich es gespürt! Ich wusste, dass du lebst. Und ich wusste, dass ich dich nicht verlieren will, dass ich alles dafür geben würde, um dich zu retten."

„Peter hat mir erzählt, worum du ihn gebeten hast", gesteht Gerd ihr.

„Ich konnte nicht anders", versichert sie ihm entschuldigend. „Was hättest du getan?"

Ohne ihr zu antworten zieht er sie lächelnd in seine Arme. „Danke."

Ihre Lippen finden für einen innigen Kuss zusammen.

Erleichtert löst sich Emma von ihm. „Jetzt muss ich mir nur noch eine Wohnung suchen. Bis dahin kann ich alles bei Stefan unterstellen."

„Warum?", fragt er wieder. „Reicht meine Wohnung nicht aus für uns beide?"

„Bist du sicher?" Prüfend mustert sie ihn.

„Absolut. Entweder ‚ganz', oder ‚gar nicht'", wiederholt er ihre Worte. Einen Arm um ihre Schultern legend wandern sie weiter durch den Garten. Bei der Idee, die Gerd in den Sinn kommt, lacht er so herzhaft auf, dass Emma ihn verdutzt anschaut.

„Morgen Früh organisieren wir alles", verspricht er seiner Freundin. „Ich kenne da ein paar richtig gute Helfer. Bei Max und Tim habe ich garantiert noch etwas gut", grinst er in Gedanken an den Film.

Sie lenken ihre Schritte ins Haus zurück, um den anderen die Nachricht mitzuteilen.

Vorschau auf den nächsten Band ...

Mark Sievers legt den Telefonhörer in dem Moment auf, als Emma am Mittwochmorgen das Büro betritt. „Gut, dass du schon da bist." Er winkt sie mit sich zu den anderen Kollegen der Abteilung. „Hey, Leute, hört doch bitte einmal her. Gerade bat mich der Leiter vom Kriminalkommissariat zwölf der Kriminalinspektion eins aus Duisburg um Unterstützung. Vorige Woche hat er einen offiziellen Antrag auf Amtshilfe gestellt, dem stattgegeben wurde. Wir sollen ihm dabei helfen die Mitglieder einer gut getarnten Verbrecherorganisation hochzunehmen."

„Worum geht es denn dabei? Drogen?", erkundigt sich Kommissar Ludwig Gessner.

„Nein", widerspricht sein Vorgesetzter dem Kollegen. „Es geht um Menschenhandel."

„Weißt du schon Genaueres?", erkundigt sich auch Emma bei ihm.

„Bis jetzt konnten die Kollegen aus Duisburg keine Spur finden, wie die jungen Frauen ins Land gebracht werden. Auch nicht, wo sie unterkommen. Fakt ist, dass an den einschlägigen Plätzen immer wieder neue Gesichter auftauchen. Vorwiegend junge Frauen unter fünfundzwanzig aus Thailand, Kambodscha und Laos. Auch von den Philippinen und Malaysia. Der Kollege teilte mir mit, dass sie vor zwei Wochen sieben Müllsäcke mit grausigem Inhalt auf der Mülldeponie gefunden haben. Die Mädchen waren zwischen dreizehn und achtzehn Jahre alt. Die Verletzungen weisen darauf hin, dass sie systematisch zu Tode geprügelt wurden."

Emmas Augen blitzen wütend auf. „Das ist eine der schlimmsten Arten von Unmenschlichkeit. Diese Mädchen, meistens sind es noch Mädchen, keine Frauen, werden verschleppt, unter Drogen gesetzt, vergewaltigt und verprügelt. So lange, bis sie ohne Widerstand tun, was von ihnen verlangt wird. Die Menschen, die das verursachen, sehen in ihnen nur eine Ware. Da ist es doch egal, wenn ab und zu einmal eine auf dem Müll landet."

„Leider liegst du damit hundertprozentig richtig. Das ist wohl nicht der erste Fund dieser Art und es wird auch nicht der letzte sein. Dagegen sollten wir schnellstens etwas unternehmen."

***

„Herr Bach", beginnt Bodo Danberg direkt. „Verraten Sie uns, worum es geht? Wieso sind wir schon wieder hier?"

„Weil wir neue Informationen für Sie haben. Und weil wir dringend handeln müssen. Frau Kaiser ist eine meiner Mitarbeiterinnen. Sie kam heute Abend zu mir, weil ihre Freundin verschwunden ist. Christina Schmitt ist Studierende. Einundzwanzig Jahre. Seit heute fehlt von ihr jede Spur. Selbst ihre Wohnung ist komplett leergeräumt. Das Einzige, was Frau Kaiser fand, war ein Zettel mit ihrer Kündigung."

„Was hat das mit unserem Fall zu tun?", verhört ihn Mark Sievers.

„Haben Sie bitte ein klein wenig Geduld. Ich versichere Ihnen es hängt alles zusammen", verspricht ihm Gerd. „Seit gestern haben wir von vier vermissten Personen erfahren, denen wir unsere Aufmerksamkeit schenken sollten. Sie alle sind Studierende. Junge Frauen im Alter von zwanzig bis siebenundzwanzig Jahren. Eine aus Köln, eine aus Düsseldorf und zwei aus Aachen."

„Hängen diese Fälle etwa miteinander zusammen?", erkundigt sich auch Stefan. „Gerd, worauf willst du hinaus?"

„Sie hängen nicht nur miteinander zusammen, sondern …"

Bildquellennachweis:
Seite 11, 41, 90, 203: © P. R. Mosler
Seite 25: © Ffang | Dreamstime.com,
Seite 49: © Oleg Doroshin | Dreamstime.com,
Seite 115: © Mitrandir, Chernetskiy, José Lledó | Dreamstime.com,
Seite 129: © Low Fai Ming, Nerthuz, Andrew7726 | Dreamstime.com,
Seite 147: © www.pixabay.com,
Seite 177: © Dmytro Konstantynov | Dreamstime.com,
Seite 190: © Jennifer Thompson | Dreamstime.com,
Seite 236: © P. R. Mosler, Wanchai2070, Taviphoto, Zerbor, Smileus | Dreamstime.com,
Seite 297: © Kevkhiev Yury, Olesh | Dreamstime.com,
Seite 333: © José Lledó | Dreamstime.com,
Seite 358: © Ramzi Hachicho | Dreamstime.com,
Seite 417: © Maria Shchipakina | Dreamstime.com

Die Autorin

P. R. Mosler, geboren 1960 als zweites von vier Kindern, schließt ihren beruflichen Werdegang mit der Ausbildung zur staatlich geprüften Maschinenbautechnikerin ab. Bis zur Scheidung der ersten Ehe arbeitete sie als selbstständige Konstrukteurin. Von da an nahm die Tätigkeit als Hausfrau und Mutter neben der Halbtagsarbeit den größten Teil ihrer Zeit in Anspruch. Seit 2005 arbeitet sie Vollzeit in ihrem erlernten Beruf für einen System- und Anlagenbaubetrieb im Raum Düsseldorf. Ihren zweiten Ehemann lernte sie 1998 kennen. Nach gemeinsamen siebzehn Jahren heirateten sie im Dezember 2015. Ihr Mann verstarb nach schwerer Krankheit im Februar 2016. Parallel zu ihrem Beruf begann sie mit dem Schreiben und widmet das erste Buch ihrem Mann. Aus diesem einen Buch wurden im Laufe der Zeit mehrere, die sich zu einer Serie von Abenteuerromanen ergänzen. Für ihren Ruhestand nimmt sich die begeisterte Schreiberin vor, weitere Bücher zu verfassen.

novum VERLAG FÜR NEUAUTOREN

Der Verlag

„ *Wer aufhört besser zu werden, hat aufgehört gut zu sein!*

Basierend auf diesem Motto ist es dem novum Verlag ein Anliegen neue Manuskripte aufzuspüren, zu veröffentlichen und deren Autoren langfristig zu fördern. Mittlerweile gilt der 1997 gegründete und mehrfach prämierte Verlag als Spezialist für Neuautoren in Deutschland, Österreich und der Schweiz.

Für jedes neue Manuskript wird innerhalb weniger Wochen eine kostenfreie, unverbindliche Lektorats-Prüfung erstellt.

Weitere Informationen zum Verlag und seinen Büchern finden Sie im Internet unter:

w w w . n o v u m v e r l a g . c o m

P. R. Mosler

Kampf um die Loreley

ISBN 978-3-95840-753-4
374 Seiten

Ein Mann auf der Spur eines Killers. Ein Mann, der sein Leben aufs Spiel setzt. Der in die Falle seiner Gegner läuft. Er verirrt sich in einem Labyrinth, bei dem es keinen Ausgang zu geben scheint ...

P. R. Mosler
Die Vergeltung der Nemesis

ISBN 978-3-948379-36-0
396 Seiten

Zwei Männer im Kampf gegen ein Drogenkartell. Korrupte Polizisten, Bombenattentate und Gefangenschaft stehen auf der Tagesordnung. Kann Gerd Bach den gut getarnten Drogenschmuggel aufdecken? Wird er seinen Freund vor der kaltherzigen Verbrecherin retten?

P. R. Mosler
Mörderische Hinterlassen-schaft

ISBN 978-3-99107-141-9
406 Seiten

Neonazis fordern von Andreas Staller den gefundenen Schatz im Austausch gegen seinen entführten Vater. Kann Gerd Bach seinem Freund helfen, das Gold aus der Bank zu holen, um Peter Staller zu befreien? Erkennen sie alle lauernden Gefahren früh genug?